Lars Gustafsson

# Die dritte Rochade des Bernard Foy

Roman

Aus dem Schwedischen
von Verena Reichel

Carl Hanser Verlag

ISBN 3-446-14544-3

Schutzumschlag: Klaus Detjen
Satz: Utesch Satztechnik, Hamburg
Druck und Bindung: May + Co, Darmstadt
Printed in Germany

*Mr. Bernard Foy ist ein Geschäftsmann aus Houston, Texas, der zur Zeit hauptsächlich mit Geräten für die Ölförderung handelt. Zudem ist er ein Veteran aus dem Zweiten Weltkrieg; unter anderem landete er mit der 82. Fliegerstaffel in Sizilien.*

*Mit dem Helden dieses Romans hat er einiges gemeinsam: Mut und Entschlossenheit, eine bemerkenswerte Großzügigkeit, einen ausgeprägten Sinn für Humor und natürlich den Namen, in dem unüberhörbar das französische Wort für Glauben mitschwingt:* Foi.

*Als Dank für seine Freundlichkeit, mich seinen Namen borgen zu lassen, widme ich meine Geschichte Mr. Bernard Foy aus Houston.*

*»Wer spricht von Siegen? Überstehn ist alles.«*
*Rilke*

# Das erste Tor geht auf:
# Niedrig ist das Dach des Oktobers

# 1. Der abgeschlagene Kopf

Ein Mann zündet sich in der Nacht eine Kerze an, wenn sein eigenes Augenlicht unzulänglich ist. Lebend berührt er den Toten in seinem Schlaf; wachend berührt er den Schlafenden.

Als der neunundzwanzigjährige Rabbi Bernard Foy aus Houston Texas endlich in das untere Bett eines Schlafwagenabteils Erster Klasse im Kurswagen Stockholm-Paris gekrochen war, fand er keinen Schlaf. Die zahlreichen Ereignisse des kurzen Oktobertags zogen noch immer in seinem Gedächtnis vorüber wie ebenso viele Oktoberwolken, die ein starker Wind über den niedrig hängenden Himmel jagt.

Für einen kurzen Augenblick erinnerte er sich an seinen Morgenlauf von seiner Wohnung am Hornsplan aus längs des südlichen Mälarstrands, weiter über Slussen und Riddarholmen hinüber nach Marieberg und zurück über die beiden Essingebrücken und die neue große Brücke mit der Europastraße 4, deren Namen er nicht kannte, und wieder heimwärts durch das Gebiet von Gröndal mit seiner stillen Volksbibliothek und den kleinen Industriebetrieben.

Zweierlei war ihm von diesem Lauf besonders stark in Erinnerung: wie der Wind in der ersten Dämmerung das Laub mit erstaunlicher Geschwindigkeit über die Oberfläche des Pålsunds getrieben hatte. Das zweite war etwas, das er einen Moment lang gesehen hatte, als er die Wendeltreppe von einer der Essingebrücken hinabkletterte, um auf den Radweg zu kommen, der ihn über die gewaltige neue Brücke nach Gröndal führen würde.

Er hatte gesehen, wie eine Eisentür, die völlig unmotiviert in einem Brückenpfeiler angebracht war, einem Pfeiler weit draußen in der eiskalten Mälarbucht, sich öffnete, um sich ebenso überraschend und schnell wieder zu schließen. Wer brauchte eine Tür, um ins Innere des Pfeilers zu gelangen? Was mochte sich dahinter verbergen? Elektrische Leitungen? Geheime Verteidigungsanlagen? Eine Reparaturausrüstung? Die Bombe womöglich, mit der die Brücke an dem Tag in die Luft gesprengt werden sollte, an dem – Gott behüte – die Russen kämen?

Meine Vorfahren waren auch Russen, dachte er zerstreut.

In dieser höchst seltsamen Stadt, in der er nun, nicht ohne das eine oder andere zu lernen, seit drei Jahren als Assistent des Oberrabbiners an der traditionalistischen Synagoge in der Wahrendorffsgatan angestellt war, gab es sehr wenig, was Bernard Foy in Erstaunen versetzen konnte.

Diese Tür jedoch war ihm so sonderbar erschienen, daß er sich, dem Oktoberwind zum Trotz, im durchgeschwitzten Trainingsanzug über das Geländer der unteren Brücke gebeugt hatte, um zu sehen, ob sich die Tür nicht vielleicht noch einmal öffnen würde.

Der Wind, der Oktoberwind mit seinem speziellen feuchten Duft nach dem Rauch ferner Gartenfeuer und der lehmigen, herbstlich gepflügten Erde noch weiter entfernter Äcker hatte in dem komplizierten, verschnörkelten Betonlabyrinth aus Parabeln und Hyperbeln gespielt, in dem er sich jetzt befand, wie jemand in eine Muschel bläst und auf ihr spielt. Obwohl es Bernard Foy vom schnellen Laufen warm war und er obendrein eine blaue Mütze mit der Aufschrift JÄRLÅSA BETON in die Stirn gezogen hatte, begann er die Kälte rasch zu spüren.

Gerade in dem Augenblick, als er seinen Lauf fortsetzen wollte, öffnete sich die Eisentür in dem Pfeiler zum zweitenmal, und was sich nun abspielte, war so erschreckend und bizarr, daß er noch hier, unter der warmen Decke der Compagnie Internationale des Wagons Lits in einem friedlichen Nachtzug, der gerade über die große Brücke am Södertälje Kanal rollte, von Kopf bis Fuß zu zittern begann. Das hohle Rattern des Zugs auf der Brücke, die Empfindung der plötzlichen und tiefen Leere unter ihm, das leichte Flattern der Gardine in der Nachtluft am schmalen Spalt des geöffneten Fensters brachten ihn dazu, sich im Bett aufzusetzen und die kleine Leselampe anzuknipsen.

Am Fußende sah er undeutlich seinen großen, breitkrempigen Hut und den langen Wollschal, den seine Mutter ihm gestrickt hatte, als er vom warmen, feuchten Houston ins kalte und nüchterne Klima der Brandeis University übergesiedelt war.

Draußen war der Herbstregen jetzt deutlicher zu hören, der

Zug schien seine Geschwindigkeit zu drosseln. Sein Hut, der völlig durchnäßt gewesen war, als er in den Zug stieg, hatte einen feuchten Rand auf der Abendzeitung *Expressen* hinterlassen.

Obwohl er sie schon in der U-Bahn unterwegs zum Hauptbahnhof gelesen hatte, angelte er sich die Zeitung und überflog noch einmal die durchgefeuchteten Seiten. Wie so viele Ausländer, die sich das Schwedische erst spät und mühsam aneigneten, schätzte er diese Sprache mit ihrem stark vereinfachten Wortschatz.

Man hatte zwei geköpfte Politessen im Långholmskanal treibend gefunden – offenbar gab es jetzt in Stockholm eine Bande, die seit etwa einem Monat unter den Politessen der Stadt Furcht und Schrecken verbreitete, indem sie ihnen in dunklen Herbstnächten die Kehle durchschnitt. Laut der Zeitung handelte es sich möglicherweise um einen von fanatischen Hindus eingeführten Kult der Göttin Kali. Bernard Foy griff sich an die Stirn. Beim ersten Lesen hatte er diese Meldung übersehen.

Nicht nur die Widerwärtigkeit dieser Meldung ließ ihn schaudern. Er erinnerte sich, daß er ziemlich genau auf die Stelle geblickt haben mußte, wo die Körper am selben Morgen gefunden worden waren, ohne etwas anderes zu sehen als das blitzschnelle Gleiten der Blätter über die bald glatte, bald gekräuselte Oberfläche.

Mit einem erneuten Schauder – er würde doch nicht ausgerechnet auf der Reise nach Paris seine zweite Herbsterkältung bekommen? – blätterte er die noch feuchte Seite um. Ein achtundsiebzigjähriges Mitglied der Schwedischen Akademie, der Poet Jakob Brumberg, begeisterte und überraschte die Kritik mit einem neuen Gedichtband mit Motiven aus den Kindheits- und Schuljahren. »Als Blütenblätter noch im Frühling fielen« hieß der Band.

Wie schade, daß ich ihn nicht mehr rechtzeitig gekauft habe, dachte Bernard Foy.

Ein Schuljunge aus der Sankt Larsgatan in Uppsala (sein Name wurde in dem Artikel natürlich nicht genannt) hatte mit seinem Heimcomputer die Datenbank der Provinzialregierung des Landkreises Uppsala angezapft, sämtliche Steuerschulden seines Vaters getilgt und für seinen trunksüchtigen Bruder eine Frührente als Landrat von monatlich 30 000 Kronen eingespeichert.

Solche Meldungen kamen heutzutage gar nicht selten in den Zeitungen vor. Der Junge war dem Jugendamt offenbar in letzter Sekunde entwischt und hatte sich ins Ausland abgesetzt, ausgerüstet mit genügend Kenntnissen der Informatik, um sich vermutlich überall auf der Welt eine Zukunft aufzubauen.

In diesem Augenblick erwachte der Herr, der sich schon in der oberen Koje befunden hatte, als Bernard Foy einstieg, und dem wohl der große Aktenkoffer aus Schweinsleder gehörte, der jetzt den Weg zum Waschbecken versperrte, und sagte mit einer keineswegs unfreundlichen, jedoch entschiedenen Stimme:

»Würden Sie bitte freundlicherweise das Licht ausmachen, damit wir jetzt schlafen können?«

»Just a moment«, sagte Bernard Foy zerstreut, denn er hatte gerade noch eine faszinierende Meldung entdeckt, die interessanteste von allen.

»Sind Sie Amerikaner?« fragte der Herr in der oberen Koje.

»Ja«, sagte Bernard Foy.

Ein behaartes Bein im Seidenpyjama kletterte die Leiter hinunter.

»Entschuldigen Sie, wenn ich etwas grob war«, sagte der Herr. Er hatte ein intelligentes, nicht besonders ungewöhnliches Gesicht und war um die Fünfzig. Glatze, glatt rasiert, blaue, ein wenig wässrige Augen.

»Oh, ich mache es gern aus«, erwiderte der Rabbi in der Hoffnung, im letzten Moment einem Gespräch zu entrinnen, das ihn langweilen würde. Da er selbst in den USA die amerikanische Politik nur fragmentarisch und auszugsweise in der »Washington Week in Review« im Fernsehen verfolgte, war es ihm stets etwas unangenehm, wenn irgendwelche Schweden ihn nach dem amerikanischen Vorgehen in Lateinamerika ausfragten oder ihn sogar zwingen wollten, einzelne Maßnahmen zu verteidigen. Es war nicht einmal einfach, die Politik Israels immer zu verteidigen, und von der las er immerhin in all den fünfunddreißig Zeitschriften, die ein gewöhnlicher Rabbi jeden Monat von verschiedenen jüdischen Komitees und Gesellschaften erhält.

»Sie sind also ein Amerikaner auf dem Weg nach Paris?«

»Ich bin unterwegs zu einem Bewerbungsgespräch an der Synagoge in der Rue Copernic«, sagte Bernard Foy. »Das ist fast, aber nicht ganz dieselbe Sache.«

Der glatzköpfige Herr verstummte. Er setzte sich ohne weiteres auf das Bett neben Bernard Foy, der dieses Benehmen eine Spur eigenwillig fand, ihm aber Platz machte.

»Ich habe ein Problem«, sagte der Herr. »Mein Name ist Hans von Lagerhielm, ich bin Anwalt und außerdem Präsident des Schwedischen Schachverbands. Das ist der Grund für meine Reise nach Paris.«

»Ach«, sagte Bernard Foy mit neu erwachtem Interesse. »Dann gibt es also einen Weltkongreß, wenn mich nicht alles täuscht?«

(Sein Schwedisch konnte in glücklichen Momenten erstaunlich idiomatisch sein.)

»Nein«, erwiderte der Anwalt dumpf. »Wir werden im kleinsten Kreis tagen – es sind die Präsidenten der westeuropäischen Schachverbände, die sich in Versailles treffen.«

»Wie interessant«, sagte Bernard Foy.

»Wir müssen über eine kleine Regeländerung beraten.«

»Sie werden doch nicht den Läufer abschaffen oder die Rochade verbieten oder so einen Blödsinn?«

(Bernard Foy konnte zuweilen eine jugendliche Impertinenz an den Tag legen, die seinen Vater, den Barbesitzer und Kriegsveteranen Jacob Foy aus Houston, Texas, zur Weißglut brachte. Jacob Foy selbst war ein friedfertiger, jedoch nicht gänzlich stiller Mann, Besitzer von »Burnie's Saturday Beer Garden«, einer schrecklichen Kneipe in der Canal Street, in der die Monotonie des von nassen Glasrändern und abgelegten, heruntergebrannten Zigaretten gefleckten braunen Tresens lediglich durch zwei große, aquarienartige Glasgefäße unterbrochen wurde, von denen das eine Mixed Pickles und das andere hartgekochte Eier enthielt. Es war eine ulkige kleine Bar, mit einer Stammkundschaft von Matrosen, Piloten von den ländlichen kleinen Fluglinien des benachbarten

Hobby Airport und einer großen Anzahl von platinblonden Prostituierten.

Letztere waren eine anspruchsvolle, aber lukrative Kundschaft. Einige davon brachten nicht selten ihre Babys in Kinderwagen mit, die sie in dem ruhigen Winkel zwischen der Herrentoilette und den elektronischen Spielautomaten abstellten. Öfter mußte der alte Jacob Foy Fläschchen mit Milchbrei auf der Kochplatte neben der phantasievoll verschnörkelten Espressomaschine wärmen, die er von italienischen Geschäftsfreunden geschenkt bekommen hatte.

Ja, zuweilen sah man sogar diesen stillen, jedoch charakterfesten Herrn, einst Angehöriger der zweiundachtzigsten Fliegerstaffel und Teilnehmer an deren Invasion von Sizilien im Juli 1943 und ihrer zwei Tage vor dem Hauptangriff gestarteten Attacke auf Primärziele in der Normandie im Juni 1944, eigenhändig das eine oder andere dieser Babys mit dem Fläschchen füttern, wenn nicht mehr zu übersehen war, daß die Mutter sich aus diesem oder jenem Grund verspätet hatte.)

»Natürlich nicht. Große Regeländerungen sind im Schach kaum noch möglich, die hat es bestimmt seit über einem Jahrtausend nicht mehr gegeben«, erwiderte der Anwalt Hans von Lagerhielm mit unerschütterlicher Geduld.

Die letzte Regeländerung sei nach der Auffassung einiger Schachhistoriker gerade die Rochade gewesen, diese bemerkenswerte Operation, die es dem Turm erlaubt, im Endspiel in einem geeigneten Moment den Platz einer der Hauptfiguren einzunehmen und damit ganz neue Ausgangspunkte für den Fortgang des Spiels zu schaffen.

»O nein«, fuhr der offenbar gesprächige und pädagogisch gesonnene Schachverbandspräsident fort, »so große Regeländerungen nehmen wir heutzutage nicht mehr vor. Was uns beschäftigt, sind vor allem Regeln für Ruhetage beim Weltmeisterschaftsturnier.«

»Wie spannend«, sagte der Rabbi zerstreut. Er hoffte, der geschwätzige Anwalt möge ihn nicht allzu sehr bei der Lektüre seiner Abendzeitung und eines mitgebrachten Buches vor dem Einschlafen stören. Er war jetzt nur noch sehr mäßig interessiert.

Vor seinem inneren Auge passierten noch immer die Ereignisse des Morgens Revue.

Diese sonderbare Eisentür an ihrem bizarren Platz direkt über der Wasseroberfläche hatte sich tatsächlich ein zweitesmal geöffnet.

Hatte sich womöglich derjenige, der sie zum erstenmal öffnete, vergewissern wollen, daß niemand in der Nähe war? Tatsächlich war ja weit und breit kein Mensch gewesen, außer Bernard Foy. So spät im Herbst kamen keine Privatboote mehr vorbei. Hoch oben auf der Brücke donnerten schnelle Autos vorüber. Hier unten auf der Wendeltreppe, die zu einem Gehweg hinabführte, der allmählich in eine andere Autobahnbrücke hinüber zum freundlichen kleinen Stadtteil Gröndal mündete, war keine Menschenseele unterwegs. Niemand außer Bernard Foy, der im Schatten des oberen Brückenbogens stand, die Ellbogen aufs Geländer gestützt, und neugierig darauf wartete, ob sich die schwere Eisentür noch einmal öffnen würde oder ob er gar einer Illusion zum Opfer gefallen war.

Von der Tür dort unten mußte ein Mensch hier oben im Schatten nur äußerst schwer zu erkennen sein.

Bernard hatte gerade entschieden, daß alles eine Einbildung gewesen sein mußte – ihm war jetzt so kalt, daß er merkte, er würde sich eine handfeste Erkältung holen, wenn er länger stehenbliebe.

Das Folgende geschah so schnell und war so erschreckend, daß Bernard sich noch eine Minute später an die Stirn greifen mußte, um sich zu vergewissern, daß er wirklich gesehen hatte, was sich dort abspielte.

Ein Windstoß war aus der Mälarbucht im Norden gekommen, eine dieser schwankenden dunklen Windböen, die im Oktober einen Schatten mit seltsamem Eigenleben zu bilden scheinen. Als dieser Schatten mit dem Schatten unter der Brücke verschmolz und das Wasser um den Pfeiler herum kräuselte, öffnete sich die Eisentür noch einmal.

Heraus streckt sich ein Arm, der für einen einzigen, schwindelerregend kurzen Augenblick etwas zur Türöffnung heraushält, um es dann ins dunkle, herbstliche Wasser fallen zu lassen, in dem es so rasch und schwer versinkt wie ein Stein.

Ein lebhafter Verkehr rauschte in diesem Augenblick über die Brücke.

Bernard konnte sich nicht getäuscht haben, und im selben Augenblick, als er den Gegenstand fallen und in der Tiefe verschwinden sah, wußte er, was es war. Der Schock war so stark, daß er seinen ganzen drahtigen, durchtrainierten Körper wie ein Zittern durchlief. An seinem Brückengeländer, sicher dreißig oder sogar vierzig Meter höher, hatte er sich einen Schrei entschlüpfen lassen. Das war vermutlich unklug gewesen, es schien tatsächlich, als habe er sich damit die Aufmerksamkeit desjenigen zugezogen, der sich da unten hinter der Eisentür befand. Sie schloß sich nicht sofort wieder, sondern erst nach einem Zeitraum, der zwei Sekunden oder eine Ewigkeit gewährt haben mochte, je nachdem, wie man die Sache betrachtet.

Es gab keinen Zweifel. Was Bernard gesehen hatte, war ein Frauenkopf, bleich, schön, mit vollen Lippen, einer geraden, klassischen Nase, ein Kopf, dessen Umrisse um so deutlicher wurden, als die Hand, die ihn hielt, ihn an dem langen, schwarzen Haar gepackt hatte. So lag die Stirn frei.

Im nächsten Augenblick war nichts mehr zu sehen. Nur Wasser und Wind, eine Eisentür in einem Pfeiler, geschlossen wie sie es stets zu sein pflegte.

Komisch, dachte Bernard. Ich muß eine Halluzination gehabt haben. Was ich sah, war nichts weiter als ein etwas schlampiger Monteur, der an den elektrischen Anlagen im Inneren der Brücke gearbeitet hat. Die langen schwarzen Haare waren in Wirklichkeit die zähen Fäden von Isolierasphalt, und das bleiche weiße Gesicht muß die Tüte gewesen sein, in der dieser Asphalt verwahrt wurde. Aber wie kam ich dazu, das alles für den abgeschlagenen Kopf einer Frau zu halten, einer sehr schönen Frau obendrein.

Und als der Rabbi in den ersten schweren Tropfen eines dunklen und melancholischen Oktoberregens seinen unterbrochenen Lauf fortsetzte, hatte er immerzu das Gesicht der Toten vor sich. Noch immer sah er ihre Augen, und diese Augen hatten einen Blick, der den seinen zu erwidern schien, jedoch nicht in der üblichen Weise. Nicht er war es, der gesehen wurde. Sie wußten etwas von ihm, das er nicht von sich selber wußte, und dieses etwas war eine bedrohliche und düstere Wahrheit. Er schauderte im Regen und versuchte immerzu das unangenehme Wirklichkeitsgefühl abzuschütteln, das dieser hartnäckigen Halluzination anzuhaften schien.

Er versuchte, an alle möglichen Dinge zu denken, die mit dem eben begonnenen Tag zu tun hatten, mit seiner bevorstehenden Reise nach Paris und allem, was damit zusammenhing, doch nichts konnte ihn so recht von dieser seltsamen Einbildung befreien.

Merkwürdig, dachte er. Sie sieht mich noch. Obwohl sie aller Wahrscheinlichkeit nach nie existiert hat, sondern nur eine Halluzination ist, sieht mich diese Frau mit ihren toten, gebrochenen Augen. Die unangenehme, gewissermaßen milchweiße Erregung über diese Begegnung hielt den ganzen Tag über an. Und immerzu hallten in seinen Ohren die berühmten Zeilen von Charles Baudelaire wieder:

> »Un regard vague et blanc comme le crépuscule
> S'échappe des yeux révulsés.«

> (»Ein Blick, vage und weiß wie die Dämmerung
> stiehlt sich aus den gebrochenen Augen.«)

»Ihre Reise gilt also einer Bewerbung?« fragte der Präsident des Schachverbands zum dritten Mal, mit der höflichen Geduld, die man nicht selten bei guten Juristen findet.

»Einem Bewerbungsgespräch. Ich stamme aus Houston, Texas.«

»Eine interessante Stadt.«

»Überhaupt nicht.«

»Sie sind Rabbi?«

»Leider sind nicht alle Texaner in der Ölbranche. Wie man hier zuweilen anzunehmen scheint. Es gibt in Texas arme Kleinbauern mit schwarzen Ziegen. Und kleine jüdische Uhrmacher. Und Barbesitzer in den Hafenvierteln, wie mein Vater. Und auch Rabbis. Ich bin also, wie Sie sehen können, ein Rabbi. Aber jetzt fahre ich nicht nach Texas, sondern nach Paris. Dort werde ich mit dem Oberrabbiner der Synagoge in der Rue Copernic, Mr. Charles Williams, ein Bewerbungsgespräch führen.«

Aus einem Bernard Foy unverständlichen Grund pflegten Schweden stets zu stutzen, wenn er ihnen erklärte, daß er Rabbi sei. Nach jahrelanger Erfahrung hatte er begriffen, daß dieses Stutzen keine antisemitischen Gründe hatte, sondern daß vielmehr jede Andeutung, ein Mensch könne ein religiöses Leben haben, sie in einen Zustand steifer Verbindlichkeit versetzte. Das Gespräch konnte in einem solchen Augenblick in ihren Gesichtern buchstäblich zu Gips erstarren.

Dieser Anwalt (und Bernard Foy würde ihm in einem späteren Teil der Handlung um dieser und nur um dieser Haltung willen einen freundlichen Gedanken widmen) war offenbar ein Mann, der so manches von den Menschen gesehen hatte. Er sagte lediglich:

»Wie schön. Orthodox?«

»Nein. Traditionalistisch.«

»Aha.«

Für einen Moment wurde es still.

»Sagen Sie, Rabbi, Sie würden mir wohl nicht einen Gefallen tun wollen?«

»Aber selbstverständlich. Wenn ich kann?«

»Es ist so, daß ich Schwierigkeiten mit dem Einschlafen habe, wenn ich oben liege. Im Schlafwagen. Das ist immer so.«

»Ja«, sagte Bernard Foy. »Da oben wird es leicht so heiß. Sollen wir auch das Bettzeug tauschen?«

»Das ist doch nicht unbedingt nötig.«

»Und das Gepäck?«

»Ich schlage vor«, sagte Anwalt von Lagerhielm, »daß wir alles so lassen, wie es ist.«

»Genau wie die Philosophie«, sagte Bernard Foy und amüsierte sich sehr über diesen Scherz.

»Ich verstehe nicht«, sagte der Anwalt.

»Der Philosoph Wittgenstein sagt, die Philosophie lasse alles so, wie es ist.«

»Wie interessant. Darf ich das Licht jetzt ausmachen?«

»Gern. Aber sagen Sie mir noch, Herr Anwalt, welchen von Ihren Koffern der Zoll für den meinen halten soll, damit ich es weiß. Ich bin immer so schlaftrunken, wenn man mich mitten in der Nacht weckt.«

»Aber ich bitte Sie...«

»Sagen Sie es mir ruhig. Ich werde es keinem verraten. Ich stehe auf der Seite der Menschen. Einmal habe ich einen Menschen versteckt – nein, das werde ich nicht erzählen.«

»Es ist der schweinslederne Aktenkoffer.«

»Hoffen wir, daß der Zoll in jüdischen Gesetzen und Gebräuchen nicht besonders bewandert ist. Schweinsleder würde ich nie benutzen.«

»Das will ich hoffen.«

»Es geht auf Rechnung eines Klienten, wie ich annehme?«

»Ja. Ein sehr heikler Fall.«

»Ist Ihnen schon einmal aufgefallen«, sagte Foy nachdenklich, »in einem Land wie diesem, in dem jeder Geheimnisse hat oder jeder den anderen verdächtigt, Geheimnisse zu haben, weiß man die ganze Zeit fast instinktiv, welches die Geheimnisse sind. Oder vielleicht ist alles Leben immer schon so gewesen.«

Im Traum richtete der abgeschlagene Kopf jener Frau wieder seinen weißen Blick auf ihn. Es kitzelte ein wenig am Haaransatz, wie von einer ganz leichten Berührung, als sie ihn musterte. Plötzlich sahen ihre Augen direkt in seine Augen hinein. Sie waren offen, aber nicht mehr verblichen und tot. Sie lebten. Es waren tiefblaue, sehr kalte Brunnen.

Welch eine gute Reklame wären sie für eine Bar in Houston an einem Augustabend, wenn die Luft vor Hitze zittert, die Rücklichter der Autos wie ein Band aus glühender Kohle durch den Telegraph Drive gleiten und der Duft von verbranntem Gras die ganze Stadt durchzieht, an einem solchen Abend sollte man...

Mit altbewährter Disziplin unterbrach er diesen Gedankengang, denn der Traum, in Houston eine Bar zu eröffnen, kommt nicht jedermann zu, und sprach seine Abendgebete.

Wie schon so oft zuvor kam es ihm in den Sinn, mit welch ungeheurer Leichtigkeit wir kurz vor dem Einschlafen unseren Beruf, unsere Pflichten, unsere Vergangenheit und unsere Hoffnungen vergessen, und gleich dem Schauspieler nach beendeter Vorstellung zu einem älteren und ursprünglicheren Gesicht zurückkehren, das sich zu allem oder nichts hergibt.

Für den erfahrenen Schwedenreisenden – und Foy gehörte dazu – gibt es ein untrügliches Anzeichen dafür, daß der Zug sich Hälsingborg nähert. Und zwar wenn all die serbischen Frauen, die die Büros in Hälsingborg putzen, in Eslöv zusteigen. Nicht unähnlich den Nornen früherer Zeiten sitzen sie in den Korridoren der schwedischen Schlafwagen, überall wo sie einen Platz für ein Stündchen düsteren Grübelns ergattern können, mit Kopftüchern vermummt, aus denen nur die kleine, rotglühende Spitze der Zigarette wie ein magisches Auge hervorschaut.

Als Bernard Foy um vier Uhr dreißig in den Korridor hinaustrat, gab es dort keine von diesen Serbinnen, denn der Schaffner des internationalen Schlafwagens läßt sie nicht ein, doch als er zu seinem Erstaunen beide Toiletten besetzt fand, verließ er das Territorium, das der Compagnie Internationale des Wagons-Lits gehörte, und ging hinüber in den eher asketischen schwedischen Schlafwagen nach Kopenhagen, um dort die Toilette zu benutzen. Hier saßen wie üblich die serbischen Putzfrauen rauchend und nickend in einer Reihe. Auch nicht der kleinste Schimmer der Morgendämmerung war zu entdecken, wenn man durch die halb beschlagenen Fenster hinaussah, aber als Bernard Foy auf dem Rückweg durch eine Ziehharmonika-Kupplung kam, nahm er einen so überwältigenden Duft von feuchter Erde, schwerem Humus, vermoderndem Laub und fernen Schweineställen wahr, daß die ganze Landschaft für einen Augenblick als ihre eigene Molekularstruktur in seiner Nase schwebte. In solchen Momenten konnte dieser junge Texaner fast so etwas wie Liebe und Heimatgefühl für diese nordische Landschaft empfinden.

Er schaute auf seine Uhr. In etwa zehn Minuten würde der Zug in Lund sein.

Kaum hatte er die Tür hinter sich geschlossen, behutsam, um den Schlafenden nicht zu wecken, spürte Bernard Foy, daß irgend etwas in dem Schlafwagenabteil nicht stimmte, ganz und gar nicht stimmte.

Die Tür war nicht abgeschlossen, während ich auf der Toilette war, dachte der Rabbi. Also hat ein Dieb die Gelegenheit genutzt. In schwedischen Zügen gibt es ziemlich viele Diebe, da das Land arm ist und von Arbeitslosen wimmelt. Ich hoffe bloß, daß man mir nicht meinen Aktenkoffer geklaut hat.

Er arbeitete seit einigen Jahren unter der Anleitung eines Doktorvaters in New York, den er selten traf und von dem er auch nicht viel hörte, an einer Dissertation über den großen mittelalterlichen Mystiker Isaak Luria, und das einzig Wertvolle, was Bernard Foy außer den in der Westentasche verwahrten Reiseschecks bei sich hatte, waren die ersten drei Kapitel dieser Dissertation.

Der Aktenkoffer war noch da, er stand in der Ecke beim Waschbecken, neben dem Hut, der jetzt heruntergefallen war. Im Schein der schwachen bläulichen Deckenbeleuchtung sah sich Bernard Foy um, während seine Augen sich nur langsam an das Zwielicht gewöhnten.

Mit einem Seufzer der Erleichterung erkannte der Rabbi mit seinen immer besser angepaßten Augen nun auch den flachen, rechteckigen professionellen Aktenkoffer aus poliertem Schweinsleder, der für seinen Reisegefährten offenbar so wichtig war. Er lag in dem kleinen Gepäcknetz über dem Fußende von Bernard Foys Bett.

Das flüchtige Unbehagen, das kribbelnde Gefühl einer fremden Gegenwart, das Bernard Foy befallen hatte, sobald er das Abteil betrat, stand in Widerspruch zur ungestörten Ordnung, zur Ruhe, zur Stille da drinnen.

Das ist es, dachte der Rabbi. Es ist hier *stiller* als zuvor.

Mit äußerster Behutsamkeit legte er dem Anwalt drei Fingerspitzen auf die Schulter. Nicht einmal mit der größten Empfindsamkeit konnte er eine Bewegung spüren.

Er knipste die volle Beleuchtung an.

Es blutete kaum von der breiten Klinge des wuchtigen Jagdmessers, ein deutsches Bajonettmodell, das aus dem linken Schulterblatt des toten Schachverbandspräsidenten ragte.

»Schon als ich ihn kennenlernte, wußte ich doch, daß er sterblich ist«, sagte Bernard Foy leise zu sich selbst, als er mit flatternder Pyjamajacke zu dem kleinen Kabuff des Schlafwagenschaffners rannte. Ein zierliches, schmalschultriges blondes Mädchen von einem Typus, wie er oft in Finnland anzutreffen ist, lächelte nervös und trat zur Seite. Sie duftete nach Givenchy Nr. 3. Er streifte für einen winzigen Moment ihre Hüfte, und das gefiel ihm.

In diesem Augenblick merkte er, daß der Zug dabei war, nach dem kurzen Aufenthalt in Lund wieder abzufahren. Die kompakte Schar der Putzfrauen aus Eslöv, jede mit ihrem bunten Kopftuch, strömte zusammen mit einigen Arbeitern in den für dieses Land so typischen Steppjacken zum Ausgang.

Es ist irgendwie merkwürdig, dachte Bernard Foy, daß unter irgendeinem dieser bunten Kopftücher, an einer feuchten kleinen Zigarette ziehend, der Mann geht, der sich für meinen Mörder hält. Sein Herz pocht laut unter dem dicken Frauenmantel, er hat Schwierigkeiten, in den Röcken zu gehen, und er ist ganz sicher, daß er mich getötet hat und sich jetzt seine Belohnung abholen kann.

Und tatsächlich steht geschrieben: *Macht nur einen Plan. Er wird zunichte.*

»Ja, Sie wünschen, mein Herr?« fragte der Schlafwagenschaffner mit einer Spur von Ungeduld in der Stimme. Sein Dänisch verriet ihn als Deutschen.

»Ich habe mir die Freiheit genommen, die Notbremse zu ziehen. Ich gehe jetzt, um den Stationsvorsteher des Bahnhofs von Lund zu unterrichten, während Sie die Türen dieses Wagens an beiden Enden abschließen.«

Der Schlafwagenschaffner, gewöhnlich offenbar ein gesetzter und ruhiger Mann, verlor jetzt tatsächlich die Fassung.

»Was zum Donnerwetter haben Sie da angestellt«, sagte er.

»Ich gebe zu, daß mein Vorgehen im Moment mutwillig erscheinen mag«, sagte Bernard Foy. »Man hat aber soeben in meinem Abteil einen Menschen ermordet.«

Er warf sich aus dem Zug, ohne die Antwort abzuwarten. Indessen dachte er bei sich: Es mag pedantisch anmuten, aber ich möchte allzu gern den Mörder finden.

Es gibt Grund genug für die Annahme, daß es mein Tod war, den er bei sich trug. Und wer könnte der Versuchung widerstehen, für einen Augenblick seinen eigenen Tod zu berühren?

Niemand schien besonders schockiert zu sein, am allerwenigsten die verschlafene Funkstreife, die nach einer Weile auftauchte. Bernard Foy hatte eher den Eindruck, Vorkommnisse dieser Art gehörten längs dieser Bahnlinie zum Alltag. Nach einem fast grotesk kurzen Verhör, bei dem er seine Einwanderer-Personenkennziffer und seine Stockholmer Adresse angeben mußte, erlaubte man Bernard Foy, im Abteil sein Gepäck unter dem des Toten herauszusuchen.

Die Leiche war bereits auf einer Bahre zum anderen Ende des Wagens hinausgebracht worden. Seltsamerweise schien der Tote wenig geblutet zu haben. Und offenbar sollte der Wagen, in dem der Mord passiert war, zu Bernards Erstaunen weiterhin im Zug bleiben. Der Stationsvorsteher, ein morgenmuffliger und rotgesichtiger Mann, schien lediglich verärgert darüber, daß er einen der D-Züge in Richtung Süden so lange aufhalten mußte, daß der gesamte Morgenfahrplan durcheinandergeraten würde.

»Wollen Sie denn keine Spuren sichern? Gibt es keine Untersuchung des Tatorts?« Bernard Foy sprach einen der Polizisten an, einen riesigen jungen Mann in einem Overall von fast militärischem Schnitt, in Gummistiefeln und mit einer schweren Taschenlampe in der Hand.

»Die Kriminalpolizei ist heute nacht nicht im Dienst. Wir sind von der Verkehrsstreife. Die Kripo hat in letzter Zeit viel zu viele Überstunden gemacht.« Er schaute ungeduldig auf seine Rolex mit Goldarmband. Sie zeigte 5 Uhr 10.

»Es ist eine *Gewerkschaftsangelegenheit*«, fügte er hinzu, mit einem Gesichtsausdruck nicht unähnlich dem eines Gelehrten, der sich auf eine wohlbekannte Stelle aus der Mischna beruft, um sein Handeln zu rechtfertigen.

»*Ich verstehe*«, sagte Bernard Foy, und es kam ihm in den Sinn, wie oft dieser Ausdruck in Wirklichkeit sein Gegenteil bedeutet.

»Sonst noch was?« sagte der Polizist und reichte ihm seinen schwarzen Aktenkoffer und die Kleidertasche.

»Danke schön. Und wenn ich mich beim Schaffner dann vielleicht anziehen könnte.«

»Sie müssen mir nur zeigen, welche Sachen Ihnen gehören«, sagte der Wachtmeister, und Foy entdeckte mit einem Schauder, daß seine und des Toten Mäntel und Hüte noch immer brüderlich nebeneinander an der Wand hingen und daß keiner sie würde unterscheiden können.

Sein Tod ist in gewisser Weise der meinige, in ihm berühre ich meinen eigenen Tod und werde es noch lange tun.

Von nun an habe ich, könnte man sagen, zwei Körper, einen lebenden und einen toten, und das Geheimnis besteht darin, daß nicht jeder den lebenden von dem toten unterscheiden kann, dachte Bernard Foy bei sich.

Laut sagte er:

»Geben Sie mir den Kamelhaarmantel mit dem blauen Halstuch. Jawohl. Und jetzt den dunklen Anzug links. Jawohl. Danke, Schuhe und Strümpfe habe ich schon. Ich muß sie nur noch zubinden, die Schuhe, meine ich. Und dann noch den da. Nein, nicht den. Den kleinen flachen, aus Schweinsleder. Ja. Ich reise oft mit zwei Aktenkoffern.«

Man hatte ihm versprochen, daß er rasch mit dem nächsten Zug zur Fähre in Helsingör fahren könne, um einen neuen Kurswagen nach Hamburg zu bekommen. Im ersten schwachen Morgenlicht sah er Hälsingborg mit der langen Hafenmole verschwinden, die Parapett genannt wurde und auf der früher einmal die große Hälsingborg-Ausstellung stattgefunden hatte. Das hatte er erst kürzlich in einem Roman gelesen, der ihm empfohlen worden war, »Trauermusik« von Jacob ben Abraham.

Am anderen Ufer würde bald das Schloß Kronberg auftauchen, wo Prinz Hamlet von Dänemark einst nach der Sage die in den *Gesta Danorum* beschriebenen Taten vollbracht haben soll.

Er bezweifelte, daß Hamlets Schloß so barock und elegant gewesen war.

Dies war ein wichtiger Ort für die Schweden. Einer der klassischen Wege hinaus aus ihrem länglichen, wehmütigen Reich. Ein Hinterausgang natürlich, denn nur wem der Sinn für Geschichte völlig fehlte, konnte übersehen, daß Stockholm, heute so eigentümlich an der Rückseite von Westeuropa im Schatten des erschreckenden und unerbittlichen russischen Imperiums gelegen, einst ein Zentrum gewesen sein mußte: in einem ganz anderen Reich nämlich, das sich vom

Ladogasee im Osten, von Pommern und Reval, bis nach Värmland im Westen erstreckt hatte.

In diesem verschwundenen Wasserreich war die Lage der Stadt ganz natürlich gewesen. Heute machte sie eigentlich nur Ungelegenheiten.

Da das gesamte Wirtschaftsleben nördlich des Dalälven heutzutage staatlich subventioniert war, hätte die Landeshauptstadt ebensogut in Hälsingborg liegen können, mit dementsprechend enorm verringerten Transportkosten.

Naja, dachte Bernard Foy, das kann schließlich nicht meine Sorge sein. Und im übrigen habe ich einen Vetter, Benjamin Foy, der drei- oder manchmal viermal im Monat einen Jumbojet von Los Angeles nach Tokio fliegt. Und er beginnt seinen Arbeitstag stets damit, daß er am Vorabend nach Los Angeles fliegt, ungefähr als sei das eine Vorstadt von Austin. Man darf sich von der Geographie nicht allzusehr beeindrucken lassen. Das ist eine gute alte jüdische Regel.

Während er sozusagen seine überreizte Einbildung mit diesen harmlosen Gedanken beruhigte, über die Reling der Fähre gelehnt, kam ihm plötzlich in den Sinn, daß er lächerlich aussehen mußte, wie er hier stand, in jeder Hand einen Aktenkoffer, der eine alt und schwarz und abgewetzt, der andere blank und fest, aus poliertem Schweinsleder. Erst jetzt sah er, daß er ein eingebautes Kombinationsschloß hatte. Wie sollte man bloß die Kombination herauskriegen?

Und gab es nicht welche, die explodierten, wenn man sie mit Gewalt zu öffnen versuchte?

Er erinnerte sich, etwas derartiges in einem spannenden Schaukasten für Abhörgeräte und Spionagekameras auf dem Frankfurter Flughafen gesehen zu haben.

Vielleicht war es ein unglücklicher Einfall, die Aktentasche des Toten mitzunehmen, aber war es nicht seine Pflicht, zu versuchen, das Geschehene zu verstehen, es von Grund auf zu verstehen?

Noch gänzlich in diese Gedanken versunken, betrat er die Cafeteria, wo sich jetzt, trotz der frühen Stunde, eine ansehnliche Menge von Schweden versammelte, die entweder Kaffee mit Kopenhagenern oder Smörrebröd mit Elefantenbier zum Frühstück haben wollten. Bernard Foy, der nicht nur aufgrund seines Berufs und seiner Traditionen, sondern auch seinem Temperament nach genau darauf achtete, was er aß, begnügte sich mit einer Tasse Tee und einem Stück Kuchen.

Als er seinen Tee trank, schauderte ihn. Noch einmal machte er sich so richtig klar, daß dieses Messer mit der breiten Klinge, das tief unter dem linken Schulterblatt gesteckt hatte, mit anatomischer Genauigkeit mitten in den Herzmuskel plaziert, höchstwahrscheinlich für ihn bestimmt gewesen war.

Mußte es nicht so sein?

Oder hatte vielleicht auch der Anwalt Hans von Lagerhielm einen Feind im Zug gehabt? Soviel stand fest: die Antwort mußte sich in seinem eleganten Aktenkoffer befinden, und der ließ sich nicht öffnen.

In Paris, dachte Bernard Foy, gibt es in der Rue Claude-Bernard, irgendwo zwischen Nummer vierzig und sechsundvierzig, einen Laden, der den Ehrgeiz hat, praktisch *alles* zu reparieren, die Schaufenster sind immer voll von den absonderlichsten Gegenständen, alten Kameras, Regenschirmen, Dampfmaschinen und Schlössern. Bestimmt habe ich dort auch Schlösser gesehen. Dort kann man mir den Aktenkoffer öffnen.

Und wieder erstaunte es ihn, welche Fähigkeit die Angst hat, die Gedanken aufzuscheuchen, sie abzudrängen, ungefähr wie gute Verteidiger angreifende Stürmer abdrängen.

Wir sind willens, unsere Sterblichkeit zu akzeptieren, aber wir sind weniger darauf vorbereitet, daß uns jemand allen Ernstes vernichten möchte, dachte Bernard Foy. Vielleicht deshalb, weil eine so ungeheuerliche Überheblichkeit darin liegt, den Tod eines anderen zu wollen.

Und wieder ließ er seinen Blick durch die Cafeteria schweifen. Die Überfahrt mit dieser Fähre war sehr kurz, über die Lautsprecher wurden die Zugpassagiere bereits aufgefordert, wieder in ihren Wagen Platz zu nehmen. Als er die steile Treppe hinabging, machte er plötzlich eine sehr unangenehme Entdeckung. Müde und zugleich überdreht, wie er von den Ereignissen der Nacht war, hatte er an der Garderobe am Eingang der Cafeteria den Kamelhaarmantel des Toten über die Schulter geworfen, seinen Burberryhut aufgesetzt (der sich lächerlich klein und fremd anfühlte im Vergleich zu seinem eigenen großen schwarzen, von dem ihn nur die Ahnung einer Lebensgefahr hatte trennen können), und gewohnheitsmäßig hatte er seinen alten, abgewetzten Aktenkoffer genommen, den eleganten jedoch dummerweise stehenlassen.

Mit dem Gefühl, es müsse bereits zu spät sein, rannte er die Treppe wieder hinauf, was im anschwellenden Strom der ängstlich zu ihrem Zug eilenden Passagiere gar nicht so einfach war.

Er brauchte nicht viele Sekunden, um festzustellen, daß der Aktenkoffer weg war. Die Garderobe und die Abstellfächer waren jetzt völlig leer. Er entschloß sich, in sein Abteil zurückzukehren.

Immerhin, dachte er, habe ich schließlich noch meinen Auftrag in Paris. Es geht um meine Zukunft, und die will ich nicht verpassen.

Nach all diesen Abenteuern, wobei ihm der Verlust des fremden Aktenkoffers eher als Erleichterung erschien – eine Gleichung war sozusagen auf eine kleinere Anzahl von Unbekannten reduziert worden, wenn auch möglicherweise mit Hilfe einer Mogelei –, war er eher überrascht, daß das Umsteigen in Kopenhagen ohne jede Schwierigkeiten vonstatten ging.

Der Zug nach Paris stand schon bereit, und in den eleganten französischen Erste-Klasse-Wagen gab es freie Plätze in Hülle und Fülle. Bernard Foy ließ sich gegenüber von einem freundlichen älteren Paar nieder, offenbar belgische Juden, die ihn mit einem zerstreuten Lächeln grüßten. Sie schienen völlig damit beschäftigt, das Seelenleben eines offenbar recht problematischen Halbwüchsigen zu analysieren, wahrscheinlich eines Enkels.

Ärgerlich darüber, daß er es versäumt hatte, die dänischen Tageszeitungen zu kaufen – *Politiken* war oft intelligenter und besser redigiert als die immer regierungsfreundlichere *Dagens Nyheter* in Stockholm, und vermutlich hätte er in der großen Bahnhofshalle sogar die *Herald Tribune* bekommen können –, sah er den Zug durch die Vororttunnel in die dänische Landschaft hinausgleiten. Der Himmel war genauso schwer wie am Tag zuvor, die Temperatur das gleiche lasche, aber duftgeschwängerte Mittelding zwischen warm und kalt, wie er es am Morgen bei seinem sonderbaren Lauf über die fünf Brükken in Stockholm wahrgenommen hatte.

Es ist merkwürdig, dachte er. Entweder erlebe ich monatelang überhaupt nichts. Oder alles fängt an, in einem wahnsinnigen Wirbel zu passieren, alles auf einmal. Es gibt Augenblicke, da glaube ich allen Ernstes, daß ich dies alles selbst hervorbringe. Ich sollte einen neuen Aufsatz über Lurias manichäische Quellen lesen, den ich in einer Photokopie in der Aktentasche habe, dachte er und suchte ihn sofort heraus, um seine Absicht ins Werk zu setzen. Doch seine jugendliche Natur und die Strapazen der Nacht forderten ihr Recht, und bald war Bernard Foy in einen tiefen Schlaf versunken.

Er träumte, er befände sich in einem verfallenen Holzhaus in einer richtigen alten schwedischen Wohnsiedlung der soliden unteren Mitteklasse. Im Garten standen knorrige Apfelbäume, die so alt waren, daß der erste beste Novembersturm sie hätte fällen können, und mitten unter ihnen ein mächtiger Birnbaum, der im Traum so hoch war, daß man nicht bis ganz hinauf zur Krone sehen konnte.

Oder vielleicht war es auch der Himmel, der so niedrig hing.

Als er im Traum das Haus durch die knarrende Tür betrat, schlug ihm ein Geruch von Feuchtigkeit und altem, moderndem Holz entgegen, nicht unangenehm, nicht einmal aufdringlich, aber doch eine Erinnerung daran, daß alles, was erbaut worden ist, wieder zerfallen muß.

Im Haus schien niemand zu sein, aber vielleicht im Keller, denn die ganze Kellertreppe wurde hin und wieder von diesen weißen Blitzen erleuchtet, die entstehen, wenn die Elektroden eines Schweißapparats mit dem Arbeitsobjekt in Berührung kommen und der Lichtbogen aufflammt.

Das Gesicht des Klempners war nicht zu sehen, da er eine klobige alte Schweißmaske aus Eisen trug. Die Hände steckten in dicken Handschuhen, und mit der freien Linken, die nicht die Schweißelektrode hielt, schien er Bernard Foy bedeuten zu wollen, daß er herunterkommen und ihm helfen solle.

Bernard nickte wohlerzogen und rief: Ich komme, Herr

Klempner, nur einen kleinen Moment noch, dann komme ich und helfe Ihnen mit den frostgeschädigten Rohren.

Die Treppe aber wirkte plötzlich furchtbar tief und steil, nicht wie eine gewöhnliche, triviale Kellertreppe, sondern vielmehr wie eine Leiter, die in einen schwindelerregend tiefen Brunnen hinabzuführen schien. Bernard Foy spürte, wie ihn ein Schwindel im Zwerchfell befiel.

Der Flur war leer, bis auf einen großen Blechschrank von der Art, wie man sie in Autowerkstätten verwendet, um die Ölkannen aufzubewahren.

Unverzüglich öffnete Bernard Foy den Schrank. Darin stand, scheinbar in einer Gebärde des Entsetzens erstarrt, ein Mann in einer SS-Uniform. Nach den Rangabzeichen auf den Ärmeln zu schließen, war er so etwas wie ein Unteroffizier.

Wie es uns so oft in Träumen passiert, überraschte Bernard Foy sich selbst damit, daß ihm dieser Anblick nicht die geringste Angst einjagte.

Das ist der Oberfeldwebel Ernst Lutweiler vom Kriegsgefangenenlager 216 in Zwillerheyde, sagte er ruhig zu sich selbst. Der Oberfeldwebel soll da stehen, denn es ist mein Vater, der ihn da eingesperrt hat. Und da soll er noch lange stehenbleiben.

Behutsam schloß er die Tür hinter dieser gespenstischen Gestalt, deren merkwürdig starre, kalte blaue Augen von einem Zustand zeugten, der anscheinend weder Leben noch Tod war, und zugleich erschreckender als beide zusammen.

Nun hörte man im Inneren des Hauses eilige Schritte, und als er durch das kleine Zimmer neben der Küche ging, das eine altmodische Anrichte sein mußte, hatte Bernard Foy plötzlich das deutliche Gefühl, auf diesem Stockwerk nicht mehr allein zu sein. Er rannte in die Küche.

Die Person, die er flüchtig sah, als er um die Ecke bog, war dasselbe Mädchen, das er am Morgen im Korridor des Schlafwagens gesehen hatte.

Aber es kann doch nicht dasselbe Mädchen sein, murmelte Bernard Foy im Traum vor sich hin. Warum nicht? Gut und böse zugleich. Ich vermische ganz einfach zwei verschiedene Mädchen. Aus zwei verschiedenen Zusammenhängen. Das deutet natürlich darauf hin, daß ich träume. Aber andererseits zweifle ich selbst daran. Ich denke, das ist das einzige, worauf ich mich unter diesen Umständen verlassen kann.

Mit diesem Gedanken erwachte Bernard Foy.

Der Zug fuhr offenbar schon durch die Vororte von Hamburg.

Jetzt ist es doch nicht mehr so weit, dachte Bernard Foy. Es müßte jetzt ungefähr zehn Uhr sein oder vielleicht elf, und heute abend um sieben werde ich in Paris sein. Und dann werde ich wie üblich die Metro zum Hotel Jeanne d'Arc in der Rue de Jarente nehmen. Eine eigentümliche Unterkunft für einen Rabbi, könnte man meinen, doch die Sekretärin dieses Iren wollte es nun einmal so.

Jeanne d'Arc fiel, wenn ich mich recht erinnere, im Jahre 1430 in die Hände der Engländer, nachdem Johann von Luxemburg und der Herzog von Bedford in Compiègne das Fallgatter hinter ihr herabgelassen hatten. Übrigens frage ich mich, ob die Herzöge von Bedford damals schon in Woburn Abbey lebten?

In diesem Moment wurde ihm klar, daß dieser heftige Gedankenflug, der ihn nach den Ereignissen der Nacht immer wieder überfiel, nur das Symptom eines tiefen Schreckens war, eines Schreckens über etwas, das er gesehen hatte und nicht wahrhaben wollte, und daß es Zeit war, ein wenig geistige Selbstdisziplin gegen das zu mobilisieren, was sich allmählich schon zu einer schlechten Gewohnheit entwickelte.

Pfui, wieviel überflüssiges Wissen ich habe, sagte er streng zu sich selbst.

Schon glitt der Zug in die große gußeiserne Halle des Hamburger Hauptbahnhofs. Auf dem Korridor drängten sich die Reisenden zu den Ausgängen, unwahrscheinlich korpulente deutsche Damen, alte Herren mit Koffern, bierselige, durchtrainierte westfälische Jünglinge mit blondem Schopf auf Heimaturlaub von der Bundeswehr. Der übliche Querschnitt der westdeutschen Bevölkerung, die in den Intercity-Zügen zu reisen pflegt und die sich jetzt gerade mit ihrem ganzen Gepäck abplagte, da in Hamburg das Umsteigen so schwierig ist, wo man alles die entsetzlich steilen Treppen hinauf- und wieder hinunterschleppen muß.

»Good Lord«, platzte Bernard Foy heraus und sprang so schnell auf, daß das belgische Ehepaar unwillkürlich vor Schreck zusammenzuckte. Ein flüchtiger Blick nach draußen hatte ihm genügt.

Er schlüpfte in den Kamelhaarmantel, den er langsam zu hassen begann, drückte entschlossen den Burberryhut in die Stirn, hängte die Kleidertasche über die rechte Schulter, nahm den alten rindsledernen Aktenkoffer in die linke Hand und drängelte sich zwischen den Geschäftsleuten und älteren Damen durch, wobei er von seinen Ellbogen Gebrauch machte.

»Was für ein Benehmen«, sagte wütend eine Dame mit grünem Jägerhut, auf dem stolz eine fünf Zoll lange Fasanenfeder flatterte, als der Rabbi die Hürde ihrer drei wuchtigen Koffer nahm.

Natürlich hatte er keine Chance. Die blonde Dame, die den eleganten Schweinslederkoffer des unglücklichen Anwalts Hans von Lagerhielm in der einen Hand hielt und eine kleine Reisetasche in der anderen, war schon ausgestiegen, bevor Bernard Foy sie einholen konnte.

Draußen auf dem Bahnsteig war es keineswegs so einfach, sie wiederzufinden, wie er sich das vorgestellt hatte. Vermutlich kam sie mit ihrem leichten Gepäck bedeutend schneller voran als er.

Gepäckträger mit schweren Karren raunzten ihn ungeduldig an, er solle ihnen aus dem Weg gehen, Zeitungsstände und die kleinen Bahnsteigbüros des Bahnhofspersonals verdeckten die Sicht, der Italien-Express fuhr ein und ließ den bereits engen Bahnsteig überquellen. Am Rande der Verzweiflung entdeckte er in diesem Moment, daß die Dame die Treppe wieder heruntergelaufen kam.

Offenbar hatte sie sich im Gleis geirrt. Es gab keinen Zweifel, daß es dasselbe blonde, zierliche Mädchen finnischen Typs war, mit einer schmalen, ziemlich hohen Stirn, kalten blauen Augen und dem Schweinslederkoffer des verstorbenen Anwalts Hans von Lagerhielm in der Hand.

Bernard Foy versteckte sich diskret hinter dem kleinen Stand, an dem Miniaturflaschen mit Kognak verkauft wurden, und erstand vorsorglich zwei Stück, die er mit dem

Zehnmarkschein bezahlen wollte, den er seit dem Morgen in der Westentasche des Anwalts wußte.

Als er jetzt mit einem Blick auf die blonde Dame, die offenbar auf den Nahverkehrszug nach Bremerhaven wartete, den Zehnmarkschein aus der Tasche zog, fiel etwas auf den Bahnsteig. Er hob es auf.

Es war eine Benutzerkarte für den Lesesaal der Bibliothèque Nationale in Paris. Die Gebühr für das Jahr 1983 war bezahlt, was aus einem kleinen roten Aufkleber hervorging. Das Foto zeigte eine Frau. Sie war nicht blond, sondern hatte langes dunkles Haar, das ihr offen auf die Schultern fiel. Elisabeth Frejer hieß sie. Elisabeth Frejer war noch sehr jung, 1961 geboren.

Was hatte der Anwalt Hans von Lagerhielm mit einer Studentin in Paris zu schaffen gehabt? Nachdenklich steckte der Rabbi die Benutzerkarte wieder ein, diesmal in seine Brieftasche, und zwängte je ein Fläschchen schlechten deutschen Weinbrand in die Manteltaschen. Der Zug nach Bremerhaven hatte gerade Einfahrt, das blonde Mädchen stieg ein, offenbar ohne die geringste Ahnung, daß sie beobachtet wurde.

Rabbi Foy beschloß, selbst wenn es diesmal gefährlich war, im Abteil neben dem ihren Platz zu nehmen, falls es nicht überhaupt durchgehende Abteile waren, um auf jeden Fall zu sehen, ob sie vor Bremerhaven ausstieg.

Er war jetzt fest entschlossen, ohne recht zu wissen, woher der Entschluß kam, den schweinsledernen Aktenkoffer wiederzuerobern, ihn zu öffnen, ihm all seine Geheimnisse abzutrotzen, und sei es mit Gewalt.

Zielbewußt, ungefähr als hätte sie diese Reise schon viele Male gemacht, trabte das blonde Mädchen in den Wagen Erster Klasse. Dort gab es Abteile, im Unterschied zur Zweiten Klasse, wo eine Menge Schüler rauchten und lärmten.

Gegen seinen Willen bewunderte er einen Augenblick lang die schmale, elegante Hüftlinie des Mädchens unter dem hellen Popelinemantel. Gut und böse zugleich.

War es die Mörderin des Anwalts und Schachverbandspräsidenten Hans von Lagerhielm, die er vor sich hatte? Und der er nun so treu folgte.

Oder, und nur mit einem Schauder konnte er diesen Gedanken zu Ende denken: war es seine eigene Mörderin?

## 2. Die Worpsweder Schule

Die Menschen lassen sich oft täuschen, wenn es gilt, das Offensichtliche zu erkennen. Man nehme beispielsweise Homer, der doch der weiseste aller Griechen war und trotzdem von ein paar Jungen zum Narren gehalten wurde, die gerade Läuse knackten.

Sie sagten: Was wir sehen und fangen, das lassen wir hinter uns. Was wir aber weder sehen noch fangen, das nehmen wir mit.

Als nun Bernard Foy, ängstlich hin- und herschwankend, nahe an einem der Ausgänge im Zug Hamburg-Bremerhaven steht, unterwegs zwischen Herden von Pferden und wuchtigen alten Bäumen, die immer vereinzelter auftauchen, je länger der Zug fährt, ist er dabei, etwas Wesentliches zu übersehen. Was wir weder sehen noch fangen, das tragen wir mit uns.

Die nächste Station auf der Strecke war Osterholz-Scharmbeck, und das Mädchen, das offenbar ein Weilchen über einem für den Rabbi nicht sichtbaren Buch eingenickt war, begann nun, sämtliche Habseligkeiten von Kleiderhaken und Gepäckablage zusammenzuklauben. Jetzt, am Vormittag, sah sie wie ein ganz gewöhnliches Mädchen aus. Hatte sie noch immer den mystischen hellen Schweinslederkoffer mit Kombinationsschloß dabei, den sie Bernard vermutlich auf der Hälsingborgfähre entwendet hatte?

Tatsächlich, da kam er von der Gepäckablage herunter.

Der Nebel verdichtete sich um den langsam abbremsenden Zug herum. Bernard Foy erkannte, daß es aus zwei Gründen galt, rasch auszusteigen. Teils, um in keinerlei Auseinandersetzung mit dem Schaffner verwickelt zu werden. Seine Erfahrung mit deutschen Schaffnern, speziell aus dem Jahr als Bibliothekar im jüdischen Zentrum in der Berliner Fasanenstraße, hatte ihn gelehrt, daß solche Auseinandersetzungen mindestens drei Stationen länger währen konnten, als es dem Reisenden lieb war. Teils, weil er hoffte, die blonde Dame beschatten zu können, wenn er sie schon draußen erwartete.

Als er nun vor dem altertümlichen Bahnhofsgebäude von Osterholz-Scharmbeck mit seinen kühnen Vikingergiebeln und seltsamen Schnitzereien ausgestiegen war, ahnte Bernard Foy nicht einmal von fern, daß er sich am Rand der faszinierenden Marschlandschaft in der nordwestlichen Ecke Westdeutschlands befand, die Teufelsmoor heißt, einer der verlassensten Flecken Zentraleuropas, erst ab 1850 kolonisiert, als die Kurfürsten von Niedersachsen nach und nach einige ihrer am wenigsten erfolgreichen Untertanen hierherschickten, um den schweren, feuchten Torf in den Mooren zu stechen, der dann in schwarz geteerten Lastkähnen unter verpichten und vielfach geflickten Friessegeln nach Bremen verschifft wurde, um an den wenigen Stellen, die genug Erde hatten, den weißen Buchweizen anzubauen.

Hier, zwischen Himmel und Moor, wo die Flüsse und Kanäle unter einem endlosen Sommerhimmel ihre Silberlinien ziehen, während Gewitter wie ferne Schiffe am Horizont verschwinden, wo sich die Vogelschwärme in riesigen Wirbeln bewegen wie in Dantes Divina Commedia (Inferno, Canto V, 31–86, fügen wir eiligst hinzu, um gleich die unermüdliche Schar der Pedanten und Wortklauber für uns zu gewinnen), hier, wo im November und Dezember der Nebel alles einhüllt, wo die Birkenalleen taktfest von einem bescheidenen Dorf zum anderen marschieren, lebte der große Rainer Maria Rilke in mehreren Perioden um 1900 herum in der Künstlerkolonie Worpswede. Hier malen in den ersten Jahren des 20. Jahrhunderts Mackensen, Modersohn und Vogeler die Wolken, das Licht, die Luft und den Raum. In Worpswedes seltsamen Jugendstilateliers entstehen die Bilder von schweren Torfkähnen und düsteren Torfbauern auf den riesigen Leinwänden der damaligen Zeit. Und Rilkes junge Frau, die feine Bildhauerin Clara Westhoff, steht in ihrem blauen Kleid so rein und klar und still vor der abendlichen Sommerlandschaft, daß alle gerührt den Atem anhalten.

1900 malt Fritz Overbeck sein großes Bild »Sommertag in der Hamme-Niederung«. Die großen, trächtigen Sommerwolken des Marschlandes wandern wie Kühe über den Himmel, die stille, verlassene Hamme strömt feierlich zwischen ihren sanften, grasbewachsenen, morastigen Ufern gen Westen, wo der niedrige Weyerberg bescheiden zum Horizont aufsteigt. Das Wasser des Flusses spiegelt den Himmel auf eine kühle, eine kristallklare Art.

In weiter Ferne, am Fuß des anspruchslosen Berges, liegt Worpswede. Ein Blick auf das Kartenblatt *L 2718: Osterholz-Scharmbeck* nach der 1961 vom *Landesverwaltungsamt Niedersachsen* vorgenommenen Landvermessung sagt uns, daß der Künstler, um den Fluß an seiner Verzweigung genau so darzustellen, mit dem Waakhauser Kanal und dem Berg im Westen, seine Staffelei am Westufer neben der Brücke aufgestellt haben muß, wo das uralte Gasthaus Tietjens Hütte noch immer unter großen, friedlichen Ulmen hingelagert ist.

Ende Oktober ist die gesamte Landschaft in wogenden Nebel gehüllt. Zuweilen kann ein Storch auf schweren, wehmütigen Flügeln über das träge Wasser der Hamme geflogen kommen, eine Horde von Pferden bewegt sich langsam über ein tiefgrünes Feld, ein fernes Auto verschwindet mit seinen immer schwächer werdenden Scheinwerfern in die Namenlosigkeit hinein.

Sonst ist alles Stille, Anonymität, Vergessen, wenn die Oktobernebel über den Sumpfwiesen heraufziehen. So mag der Hades der alten Griechen ausgesehen haben. Und die Seelen darin wie jener Jogger, der sich gerade längs der Landstraße zwischen dem Segelflugplatz am Südrand von Osterholz-Scharmbeck und Tietjens Hütte bewegt, wo soeben ein gelber Bus gehalten hat, um einen einzigen Touristen mit seinem Gepäck abzusetzen.

Oder vielleicht wie die beiden Radfahrer, die gerade kurz hinter dem Bus abgestiegen sind, beide in gelben Pullovern und von hier aus schlecht zu sehen, und die Bepackung ihrer Räder kontrollieren.

Fahrradtouristen sind in diesem feuchten und stillen Hadesland etwas Ungewöhnliches.

Was wissen die Seelen im Hades davon, wer sie einst waren?

Der kleine, gebeugte Alte dort draußen auf dem Acker, der jetzt für zwölf Rassepferde eine abgeblätterte Emaillebadewanne mit frischem Wasser füllt. Vielleicht ist er einst ein Diktator gewesen, Herrscher über ein mächtiges Volk, seine Kerker waren voll von gefolterten Gefangenen, seine Geheimpolizisten drangen im Morgengrauen in Häuser ein und führten die Bewohner ab.

Und er weiß nichts davon.

Oder vielleicht träumt er davon, daß er ein solcher Diktator war, während er in Wirklichkeit sein ganzes Leben lang ein geduckter und recht versoffener Buchhalter bei der Vereinigten Wäscherei AG in Stockholm gewesen ist, wo er keinem Menschen ein Haar krümmte.

Solche Dinge sind nicht leicht zu wissen.

Jener Tourist mit einem abgewetzten schwarzen Aktenkoffer und einer Kleidertasche, der jetzt die Auffahrt zu dem mittlerweile recht eleganten Wochenendhotel Tietjens Hütte hinaufgeht, dessen Gäste nicht selten mondäne Paare aus Bremen und Hamburg sind, erpicht auf einige Tage der Ruhe und Erholung vom Großstadtleben in einem komfortablen Gasthaus mit den fetten Karpfen der Hamme auf der Speisekarte, dieser anspruchslose Besucher hat eine vage Erinnerung daran, daß er kürzlich Gemeinderabbiner in der Stockholmer Synagoge in der Wahrendorffgatan gewesen ist.

Aber warum gerade das?

Könnte er nicht genausogut etwas anderes gewesen sein?

Warum nicht ein amerikanischer Geschäftsmann, wohnhaft 8806 Brummel Drive, Houston, TX 77099, USA? Oder ein entlaufener Sexualmörder?

Nur Einer kann unseren wahren Namen wissen.

Die Wirtin, die rotblonde Frau Carola Matthiesen, bringt ihn freundlich zu seinem Zimmer, das ihm mit den großen Ulmen vor dem Fenster, der im Nebel verschwimmenden Hamme und einem hübschen blauen Sofa in der Ecke für einen alleinstehenden Herrn auf Geschäftsreise fast zu romantisch vorkommt.

Frau Matthiesen, eine Dame von Welt, zeigt selten Erstaunen über ihre Gäste, doch unwillkürlich zieht sie die Augenbrauen ein wenig hoch, als innerhalb der nächsten halben Stunde zwei Radfahrer ankommen, Ende Oktober, und ein Zimmer verlangen, der eine ein etwa dreißigjähriger, dunkelhaariger Mann, der andere ein sicherlich zehn Jahre älterer, offensichtlich durchtrainierter Herr mit überraschend großen Ohren. Ein Ringkämpfer, denkt sie.

Sie ist nicht nur wegen der Jahreszeit erstaunt. Es ist noch etwas anderes. Irgendwas stimmt hier nicht ganz. Diese Leute sehen nicht aus wie die üblichen sommerlichen Radfahrer in der Marsch. Die beiden wirken nicht – wie soll man sagen – offen, naturverbunden genug, um sich für Fahrradtouren zu interessieren.

Doch um nicht unnötigerweise der Mystifikation beschuldigt zu werden, müssen wir in der Handlung ein wenig zurückgehen.

Kaum war Bernard Foy aus dem Bahnhof herausgekommen, da erkannte er schon, wie schwierig es sein würde, sich draußen auf dem großen, menschenleeren Platz zu verstecken, wo drei verschiedene Buslinien von drei verschiedenen Haltestellen abgehen.

Als seine einzige Chance erspähte er eine etwas abseits gelegene Telefonzelle. Er begann also die Gelben Seiten im regionalen Telefonbuch durchzublättern, während er aufmerksam die herein- und herauskommenden Menschen studierte.

Interessanterweise hatte die blonde Dame, als sie schließlich auf den Platz vor dem Bahnhof hinaustrat, den schweinsledernen Aktenkoffer nicht mehr dabei. Und im übrigen auch kein anderes Gepäck. Durch ihren Popelinemantel vor dem Nebel geschützt und in einen Wollschal gehüllt, der nicht nur ihren blonden Kopf bedeckte, sondern den sie überdies vor den Mund hielt, um zu verhindern, daß die rauhe Oktoberluft in ihre Lungen strömte, schien sie auf den Bus zu warten.

Bernard Foy, von ganzem Herzen hoffend, daß kein anderer Reisender Anspruch auf die Telefonzelle erheben möge, und in seinen dünnen Halbschuhen auf den im Nebel frierenden Füßen herumhüpfend, blätterte hektisch im Telefonbuch hin und her.

Jetzt kam ein Bus an, doch es zeigte sich, daß er vom Militär war. Offenbar gehörte er zur amerikanischen Luftwaffe. Gab es hier draußen im Marschland einen großen amerikanischen Luftstützpunkt? Ein paar Soldaten, ihre Ausrüstung in Säkken über der Schulter, eilten in die Wärme des Bahnhofgebäudes. Die blonde Dame stand noch da und schien ebenfalls zu frieren.

Es ist nicht zu fassen, dachte Bernard Foy. Nicht zu fassen. Wo kann sie bloß den Aktenkoffer gelassen haben?

In diesem Augenblick fährt ein Mercedes an der Bushaltestelle vor. Ein Herr in Knickerbockern, einem kurzen englischen Sportmantel und mit einer Tweedmütze auf dem Kopf steigt aus. Er umarmt sie minutenlang mit einer anscheinend mehr als väterlichen Herzlichkeit und öffnet ihr dann höflich den Schlag. Bernard Foy sieht noch, wie der Herr die blonde Dame einigermaßen umständlich mit dem Sicherheitsgurt versieht, und dann verschwindet der Wagen, bevor er aus der Telefonzelle heraus ist.

Zu seiner Überraschung stand plötzlich ein freundlicher junger Mann mit Brille neben ihm.

»Sind Sie fertig«, sagte der junge Mann.

»Wieso fertig«, sagte Bernard Foy, der in diesem Augenblick das starke Gefühl hatte, daß kein Mensch eigentlich jemals mit irgend etwas fertig wird.

»Mit dem Telefonieren«, sagte der junge Mann unverändert höflich.

»Oh, mit dem Telefonieren«, sagte Bernard Foy. »Freilich. Übrigens, können Sie mir zufällig sagen, wer dieser Herr mit der Sportmütze war, der gerade eine Dame mit dem Mercedes abgeholt hat. Er kam mir irgendwie bekannt vor.«

»Natürlich. Das war Graf Hansdorff von Westerwede.«

»Tatsächlich. Wo könnte ich ihn schon gesehen haben?«

»Im Fernsehen natürlich.«

»Dann war die blonde Dame vielleicht seine Tochter?«

»Nein. Das glaube ich nicht.«

»Gestatten Sie einem Touristen noch eine Frage?«

»Selbstverständlich.«

»Wo liegt Westerwede?«

»Das ist ein Gut in der Nähe von Worpswede. Der große

Rainer Maria Rilke hat um die Jahrhundertwende ganz in der Nähe gewohnt. Wußten Sie das nicht?«

»Eine allerletzte Frage, dann will ich Sie nicht mehr belästigen, da Sie ja sicher dringend telefonieren wollen.«

»Aber gewiß doch.«

»Sie sagten, ich hätte Graf Hansdorff bestimmt schon im Fernsehen gesehen? Aber Gutsbesitzer aus dem Teufelsmoor pflegen doch nicht im Fernsehen aufzutreten?«

»Nein, das stimmt, aber Verteidigungsminister pflegen das zu tun. Es ist ihnen offenbar entgangen, aber Graf Hansdorff ist der Verteidigungsminister der Bundesrepublik.«

»Gosh, das habe ich nicht geahnt! Wie interessant. Sagen Sie, geht dieser Bus nach Worpswede?«

»Freilich.«

»Gibt es dort ordentliche Hotels?«

»Mehrere. Der Ort ist ja immer noch ein Künstlerzentrum. Aber das beste Hotel ist eigentlich Tietjens Hütte, es liegt auf dem Weg dorthin.«

Nachdem er festgestellt hatte, daß es bis zur Abfahrt des Busses noch fünfzehn Minuten waren, ging Bernard Foy wieder ins Bahnhofsgebäude. Er konnte weit und breit keine Schließfächer entdecken. Erst nach mehrmaligem Klopfen an die Scheibe des Fahrkartenschalters tauchte ein Bahnbeamter auf. Es war ein rotgesichtiger älterer Herr mit einer dünnen Goldrandbrille auf der Nase.

»Sagen Sie, gibt es hier eine Gepäckaufbewahrung?«

»Ja, was wollen Sie denn abgeben?«

»Gar nichts. Es ist nur so, daß meine Frau vorhin ihr Gepäck abgegeben hat und aus Versehen auch meinen hellen Aktenkoffer.«

Bernard Foy tat einen tiefen Atemzug – die Sache war unbestreitbar ein wenig abenteuerlich – und fuhr fort:

»Meine Frau ist die blonde Dame, sie sitzt draußen im Wagen und wartet.«

Der Mann hinter dem Schalter musterte ihn einen Augenblick von oben bis unten. Dann verschwand er ins Innere des Bahnhofs. War er gegangen, um die Polizei zu rufen? Außer Bernard Foy war niemand im Wartesaal bis auf einen Rauhhaardackel, der zusammengerollt neben dem Ofen schlief.

Das diskrete Schnarchen dieses Tiers wurde plötzlich von einem Knacken und Donnern hinter Bernard Foys Rücken unterbrochen, das ihn dazu brachte, sich mit der sprungbereiten Entschlossenheit eines Stuntman umzudrehen.

Der Fahrkartenverkäufer gehörte offenbar zu den zuweilen anzutreffenden Beamten, die es vorziehen, sich mit Gesten auszudrücken, statt zu sprechen, als wollten sie der Öffentlichkeit auf diese Weise ihre selbstverständliche Überlegenheit demonstrieren, die ganz vulgär ihre Löhne bezahlt.

Der Gepäckschalter war auf der gegenüberliegenden Seite, und dort stand nun der Fahrkartenverkäufer und winkte mit dem begehrenswerten Aktenkoffer aus elegantem hellen Schweinsleder, um dessentwillen womöglich der Präsident des Schwedischen Schachverbands, der Anwalt von Lagerhielm, vor erst zwölf Stunden ermordet worden war.

»Danke, das ist sehr freundlich«, sagte Bernard Foy und ging mit beherrscht eiligen Schritten zu dem gelben Bus, der soeben an der Haltestelle mit dem Schild *Worpswede* vorgefahren war.

Mit einem Segenswort für Ihn, der ihn schon im Mutterleib mit einem so klaren und listigen Kopf ausgestattet hatte, ließ sich der Rabbi auf einen der hinteren Sitze im Bus sinken. Sein Gepäck stellte er neben sich. Er konnte der Versuchung nicht widerstehen, vorsichtig am Schloß herumzufingern. Unwillkürlich entschlüpfte ihm ein kleiner Ausruf der Überraschung, als der Koffer sich diesmal völlig mühelos öffnen ließ.

»Aber natürlich muß es so sein«, sagte Bernard Foy zu sich selbst.

Ein schwacher Duft nach Givenchy Nr. 3, der Foy schon wohlbekannt war, stieg aus dem Koffer auf. Zu seinem Erstaunen war er fast leer. Er enthielt nur drei Gegenstände: Eine ungeöffnete Packung eleganter Strumpfhosen von Christian Dior in einer, wie es Bernard Foy schien, sehr aparten dunkelbraunen, fast schwarzen Schattierung. Einen Mini-Kassettenrekorder der Marke Parasonic und einen kleinen Taschenkalender.

Waren es die Habseligkeiten von Elisabeth Frejer und nicht die von Anwalt Hans von Lagerhielm, die er jetzt in seinen Händen hielt?

»Tietjens Hütte«, rief der Busfahrer und stampfte ungeduldig auf den Boden, während Bernard Foy seine Sachen zusammensuchte.

Nach einer angenehmen Dusche bestellte der Rabbi Tee und Kuchen aufs Zimmer und machte es sich in seinem hellen Morgenmantel bequem, um in der Tiefe des blauen Sofas den Lagerhielmschen Aktenkoffer nochmals in Augenschein zu nehmen.

Der Taschenkalender war überaus nichtssagend. Erstaunlicherweise war er von belgischem Fabrikat und französischsprachig, und Bernard Foy brauchte eine Weile, bis er tatsächlich zwei Notizen darin entdeckte.

Die eine stand unter Donnerstag, 27. Oktober 1983. Bis zu diesem Datum war es nicht mehr lange hin. *M. Bibliothèque Nationale* lautete die Notiz kurz und gut.

»Sonderbar«, murmelte Foy zwischen den Zähnen. »Entweder stammt diese Eintragung von Elisabeth Frejer oder von ihrem Liebhaber. Jedenfalls bin ich im Besitz ihrer Benutzerkarte für die Bibliothèque Nationale.«

Im selben Moment fuhr der Rabbi auf und klappte den Aktenkoffer zu, als sei er ein Schuljunge, den man bei verbotenen Spielen ertappt. Es war aber nur das Zimmermädchen, ein schüchternes, nervöses, mageres blondes Geschöpf, das direkt dem Nebel der Marschlandschaft zu entstammen schien und ihm jetzt den Tee brachte. Bernard Foy betrachtete mit Wohlwollen ihre zarten Brüste unter dem schwarzen Kleid, während sie ihm Milch in den Tee goß.

Sie trug eine hübsche altmodische weiße Schürze, wie man sie heute fast nur noch auf englischen Gütern findet.

Kaum hatte sie sich knicksend aus dem Zimmer zurückgezogen, als Foy sich wieder auf den Inhalt des Aktenkoffers stürzte. Der Duft, den das Parfum verbreitete, war voll und sinnlich, und Bernard Foy studierte abermals die Packung mit den eleganten Nylonstrümpfen von allen Seiten. Wann würde die Besitzerin ihren Verlust bemerken?

Die zweite Eintragung im Kalender galt dem Freitag derselben Woche, dem 28. Oktober also, und sie war womöglich noch verwirrender.

*International Utilities. Ranch Road 22 22 – Rt 10 Exit après La Grange*

Bernard Foy konnte sich nicht das Vergnügen versagen, mit der Zunge zu schnalzen, ungefähr wie ein Botaniker, der auf einer warmen Landzunge im Comer See endlich einen wirklich interessanten Giftpilz auf einem feuchten alten Baumstamm findet, oder wie ein Kunstsammler, wenn er in der Tiefe eines Antiquitätenladens eine Mappe mit Ehrensvärds Jugendzeichnungen findet. Nur seine Religion hielt ihn davon ab zu sagen: »Teufel nochmal«.

Der Mini-Kassettenrekorder war weniger ergiebig. Er funktionierte offenbar nicht richtig. Statt des üblichen Gezwitschers, das entsteht, wenn man das Band in einem solchen praktischen kleinen Apparat vor- und zurückspult, war hier nur ein scharfer, hoher Ton zu hören, auf beiden Seiten gleich, nicht unähnlich dem viergestrichenen Cis auf einer Querflöte.

Sicherheitshalber nahm Bernard Foy die kleine Kassette heraus und steckte sie in seine Westentasche. Warum er das tat, hätte er kaum begründen können. Wie so oft im Leben hatte er einen Gedanken, der zu schnell und subtil war, als daß man ihn hätte in Worte fassen können.

Von ungefähr einer Million Menschen hätte keiner, in einem freundlichen Hotelzimmer an der Hamme sitzend, während der Duft des Tees langsam aus der Kanne aufsteigt und der Nebel dort draußen unter den schweren Bäumen in dichteren und dünneren Schwaden vorbeizieht, der Notiz

*International Utilities. Ranch Road 22 22 – Rt 10 Exit après La Grange*

etwas entnehmen können, außer vielleicht »etwas Französisches«. Insbesondere da die vorhergehende Notiz offenbar den Termin für ein Treffen mit jemandem in der französischen Nationalbibliothek festsetzte.

Doch bei Bernard Foy war es etwas anderes.

»Gosh. Dieses Gebäude habe ich bestimmt schon hundertmal gesehen. Es ist eine eigentümliche Fabrik kurz hinter Bostrop Woods. Im östlichen Texas, an der Straße zwischen Austin und Houston. Wie um Himmels willen soll der Besitzer des Kalenders zwei solche Termine in ein und derselben

Woche wahrnehmen, den einen im Zentrum von Paris, den andern in der osttexanischen Provinz?«

Er beschloß, den schon dämmrigen spätherbstlichen Nachmittag für einen Spaziergang zu nutzen, schlüpfte in den Ulster des Toten, band sich das Halstuch um und setzte den Burberryhut auf.

»Ich mache einen kleinen Spaziergang«, sagte er an der Rezeption zur Wirtin. »Bitte reservieren Sie mir einen Tisch zum Abendessen«, fügte er hinzu. »Für acht Uhr.«

»Wir haben zwei Restaurants«, erwiderte die Wirtin mit einem freundlichen Lächeln. »Das eine ist französisch, und das andere hat deutsche Hausmannskost.«

»Dann nehme ich das französische«, sagte Bernard Foy, der in einem kurzen Moment der Reue daran dachte, daß man ihn an diesem Abend im gastfreundlichen Heim von Rabbi Charles Williams in der Rue Copernic willkommen geheißen hätte.

Auf die Freitreppe des Hotels hinauszutreten und die Glastür hinter sich zuzudrücken war wie der Übergang in eine andere Welt. Der Nebel legte sich sogleich auf Wangen und Stirn wie ein Gruß aus der deutschen Barocklyrik. Die Düfte von vermoderndem Torf, dunklem, herbstlichem Wasser, Flußlandschaft und Pferden, vielleicht auch draußen in der Ebene verborgenen Kühen, waren betäubend.

Bernard Foy ging zur Landstraße vor und wandte sich nach rechts. Es war ein bißchen unangenehm, die schmale Brücke über die Hamme zu überqueren, da sich gerade mehrere Autos begegneten, als er mitten auf der Brücke stand. Er kletterte auf die steinerne Brüstung und entdeckte ein paar hübsche alte Motorboote mit Kajüte, die unterhalb des Hotels vertäut waren.

Merkwürdig, daß sie ihre Boote nicht schon für den Winter an Land gebracht haben, dachte er.

Die Dämmerung senkte sich rasch herab. Ein Wirbel von Vögeln schwebte auf die Hammemündung und das Meer zu. Ein Storchenpaar kam schwerfällig über die Flußbiegung geglitten.

Europa ist rätselhaft, dachte Bernard. Rätselhafter als die Leute im allgemeinen annehmen, wenn sie nichts als die

Eselspfade in den Sierras oberhalb des Canyons Santa Margarita im Big Bend gesehen haben. Oder die Canyonschwalben durch die grüne Dämmerung dort drinnen haben schwirren hören. Der Gedanke, daß es zwei so verschiedene Welten geben konnte, machte ihn glücklich. Denn wie alle jungen Menschen war er zutiefst davon überzeugt, daß er mehr als eine Welt brauchte, um glücklich und frei zu leben.

Hinter sich hörte er ein leises Gespräch zwischen zwei Fahrradfahrern, deren schnelle, schmale Räder auf dem nebelfeuchten Asphalt sirrten. Das brachte ihn wieder nach Europa zurück.

Europa ist also rätselhaft. Aber noch etwas anderes ist rätselhaft. Wenn ich nur darauf käme, was es ist.

Wenn eine Dame den Aktenkoffer eines ermordeten Anwalts stiehlt, womöglich sogar den Präsidenten des Schwedischen Schachverbands ermordet, um in den Besitz seines Aktenkoffers zu gelangen, und diesen Koffer, der offenbar irgendeine geheime Botschaft enthält, dann nach Osterholz-Scharmbeck bringt, wo sie anscheinend zu Gott weiß was für finsteren Zwecken den Verteidigungsminister der Bundesrepublik verführen will, ist es dann wahrscheinlich, daß sie ihre Strumpfhosen in den Koffer legt?

Wenn andererseits der Präsident des Schwedischen Schachverbands, ein scheinbar sehr korrekter und insgesamt gutartiger Herr, so sehr darauf aus ist, einen Aktenkoffer aus Schweinsleder aus dem Reich zu schmuggeln, daß er bereit ist, mit einem amerikanischen Rabbi das Bett zu tauschen, um der Aufmerksamkeit der Behörden zu entgehen, warum in Liliths Namen legt er dann eine ungeöffnete Packung mit Damenstrümpfen von Christian Dior in den Koffer?

Und wenn obendrein ein Taschenkalender und ein Mini-Rekorder darin liegen, woher soll man wissen, ob sie dem Mörder beziehungsweise der Mörderin gehörten oder dem Opfer?

Hatte man den ursprünglichen Inhalt des Koffers womöglich ausgetauscht, um ihn irrezuführen? Aber wann hätte man das in diesem Fall getan? Irgendwas in dieser ganzen Sache will überhaupt nicht stimmen und paßt nicht in den Zusammenhang. Irgendwo steckt hier ein Fehler.

Die meisten Menschen denken sich die Dinge nicht in der Reihenfolge, in der sie ihnen begegnen, sie erkennen nicht, was sie tatsächlich erleben, sie glauben nur an ihre Ansichten, dachte Bernard Foy.

In diesem Augenblick ging ihm mit eiskalter, man könnte auch sagen kristallklarer Gewißheit etwas auf, was er die ganze Zeit schon gewußt hatte. So etwas kommt vor. Nur indem er sich mit, man könnte sagen, *talmudischer* Disziplin konzentrierte, war es ihm gelungen, für einen Augenblick die Dinge in der Reihenfolge nachzuvollziehen, in der sie sich tatsächlich ereignet hatten.

Er hatte den Verlust des Aktenkoffers in der Garderobe der Cafeteria auf der Fähre bemerkt. Ja. Und aus irgendeinem Grund hatte er angenommen, er habe ihn dort abgestellt. Doch man braucht nicht, das wurde ihm jetzt klar, eine Sache gerade an der Stelle gelassen haben, wo man ihren Verlust bemerkt.

»Ich muß sofort zum Hotel zurück. Denn wenn meine Hypothese stimmt, dann ist es lustigerweise so, daß . . .«

Die blitzschnelle und für einen Beobachter natürlich völlig unmotivierte Kehrtwendung, die er jetzt machte, rettete ihm höchstwahrscheinlich das Leben.

Die Radfahrer, die in diesem Augenblick rechts und links von ihm aufschlossen, trugen, angesichts der späten Stunde schon merkwürdig genug, eine Art von dunklen Taucherbrillen. Sie schwangen etwas in den Händen, was Bernard Foy für zusammengerollte Zeitungen hielt.

Vielleicht sind es Zeitungsboten, konnte er gerade noch denken, bevor eine der »Zeitungen« schwer wie ein Bleirohr auf seiner ziemlich gut gepolsterten Schulter landete und trotzdem entsetzlich weh tat. Hätte er sich nicht in diesem Moment umgedreht, so hätte das Rohr seinen ungeschützten Kopf getroffen. Es war kaum denkbar, daß er das überlebt hätte.

Und zum zweiten Mal innerhalb der letzten vierundzwanzig Stunden empfand Bernard Foy die tiefe, gerechte Empörung jedes gesunden Menschen, dem man mit Vernichtung droht. Bernard Foy war ein friedlicher, wohlerzogener Mann, an guten Universitäten geschult, die ganze Verbindlichkeit der Jeschiwa war ihm in Fleisch und Blut übergegangen, und er war stets bereit, auch über solche Standpunkte zu diskutieren, die ihm widerwärtig oder auf den ersten Blick unfaßlich erschienen.

Doch dieser brutale Mordversuch versetzte ihn in rasenden Zorn.

Bernard Foys Eltern hatten, als er noch ein kleiner Junge war, in der Gegend der Telegraph Road gewohnt, wo sich junge Mexikaner, Juden und teilweise auch Farbige regelrechte Straßenkämpfe lieferten. Er hatte im Alter zwischen elf und sechzehn Jahren viel gelernt, beispielsweise die vielversprechende Taktik, den Gegner am Beginn des Kampfes so hart auf die Nase zu schlagen, daß er vor Schmerz erblindete. Genau das tat jetzt der Junge, der noch im Körper des erwachsenen Mannes steckte. Bernard Foy schlug wie ein richtiger Raufbold, nicht mit den Knöcheln (die für so etwas viel zu zerbrechlich sind und die man nur zum Schlagen gebrauchen kann, wenn sie durch Boxhandschuhe geschützt sind), sondern mit der Handkante, wie die alten Etrusker es auf ihren Grabgemälden tun und wie alle vernünftigen amerikanischen Jungen, die zwischen den verschiedenen ethnischen Gruppen der Großstädte aufwachsen, sich schlagen, wenn sie auf dem Heimweg von der Schule überfallen werden.

Zu seiner Befriedigung fühlte er jetzt die Nase des Gegners auf die richtige Art unter seiner Rechten knirschen und sah, wie er sich nach vorn krümmte. Der Mann trug tatsächlich eine Taucherbrille, und das machte es sehr schwer, sein Alter und Aussehen zu erkennen, zumal sich das ziemlich große Gesicht unter einem heftigen Schmerz zusammenzog, während das Blut aus der Nase schoß.

*Macht nur einen Plan: er wird zunichte*, zitierte Bernard fromm für sich aus einem mittelalterlichen Havdala-Ritual, das er mit den Jahren zu lieben gelernt hatte.

Sein Feind krümmte sich am Brückengeländer, das Fahrrad war auf die Fahrbahn gefallen. Das einzige wirklich auffallende Merkmal an dem jammernden und blutenden Mann waren seine riesigen, seltsam hundeartigen Ohren, die fast spitz von einem kahlen Kopf abstanden, der jetzt sichtbar wurde, da der Mann seine Zipfelmütze verloren hatte.

Von der anderen Seite griff jetzt mit erschreckender Schnelligkeit der andere Radfahrer an. Er war offensichtlich von dem unverhofften Verlauf der Ereignisse überrascht worden. Doch jetzt war er nicht mehr überrascht, sondern schwang seine »Zeitung« wie ein Kürassier seinen Säbel beim letzten großen verzweifelten Kavallerieangriff der Franzosen bei der Schlacht von Waterloo. Bernard Foy, noch immer mit der kristallklaren Ruhe des großen Zorns, schnappte sich schnell das Fahrrad des Gefallenen, das noch mit kreisenden Rädern auf der Straße lag, ein leichtes, praktisches von Peugeot, und warf es mit erhobenen Armen genau auf den Angreifer. Das Ergebnis war spektakulär. Denn statt sofort das Gleichgewicht zu verlieren, wie Bernard Foy gehofft hatte, schlitterte der Gegner über die feuchte, glatte Fahrbahn, prallte mit voller Wucht gegen das niedrige Brückengeländer auf der rechten Seite und verschwand mit einem Plumps im eiskalten, herbstlichen Wasser der Hamme.

Der erste Angreifer schien unterdessen ernsthafte Versuche zu machen, sich mit seinem blutenden Gesicht wieder hochzurappeln.

Bernard Foy war keineswegs mit seinem Angreifer versöhnt, ganz im Gegenteil: die Ereignisse der letzten vierundzwanzig Stunden hatten in ihm eine Mischung aus eisiger Wut und Neugier ausgelöst, die – das hätte sein Vater jedem sagen können, der es wissen wollte – sich nicht so schnell verflüchtigen würde. Rasch war er auf der anderen Straßenseite, packte das demolierte Fahrrad des zweiten Angreifers, dessen Vorderrad eine deutliche Acht bildete, und bearbeitete den gefallenen Mann so nachdrücklich mit dem gesamten Fahrrad als Waffe, daß dieser sogleich wieder gegen das Brückengeländer zurücksank.

»Es ist meine starke Hoffnung, daß der Todesengel kommt und ihn holt.«

Als Antwort auf diesen kaum hörbar ausgesprochenen Wunsch ertönte aus der Ferne das dumpfe Geräusch eines Lastwagens. Sonst herrschte tiefste Stille. Eine Kuh muhte in der Dunkelheit und bekam von jenseits der Straße Antwort. Das Plätschern im Wasser unter der Brücke hatte aufgehört. Die ganze Welt brütete wieder ihr eigenes Geheimnis aus.

»Jetzt ist Eile geboten«, sagte Bernard Foy zu sich selbst.

Komisch, dachte er, Situationen wie diesen bin ich ganz und gar gewachsen. Und merkwürdigerweise bin ich sogar bestens dafür ausgebildet.

*Was anderes als das hat man seine ganze Kindheit lang im Fernsehen gesehen?*

Schon lange hatte er keine so gute Laune mehr gehabt.

Das Hotelpersonal wirkte äußerst hektisch, als er die Halle betrat, wo Frau Matthiesen hinter der Eichentheke telefonierte. Im Kamin loderte ein Feuer.

»Jawohl, Herr Lutweiler«, sagte sie. »Natürlich nicht, Herr Lutweiler. Aber selbstverständlich, Herr Lutweiler. Es ist nur so, daß ein Essen für dreißig Personen mit einer halben Stunde Vorbestellung ein wenig problematisch ist, selbst für Tietjens Hütte. Jawohl, Herr Lutweiler.«

Sah die schöne rothaarige Wirtin mit den schweren Brüsten und den breiten Hüften nicht ein bißchen bleich aus, als sie den Hörer auflegte?

»Probleme?« fragte Bernard Foy und lächelte sein gewinnendes, jungenhaft schüchternes Lächeln.

»Das kann man wohl sagen. Herr Lutweilers Tochter hat sich heute abend überraschend verlobt.«

»Das ist doch erfreulich.«

»Nein. Das ist nicht erfreulich. Mit einer halben Stunde Vorbestellung will er hier ein Familienessen geben.«

Bernard Foy dachte angestrengt nach. Es schien ihm, als habe er den Namen Lutweiler schon irgendwann einmal gehört. Aber wo? Wann?

»Wann kommen die Gäste?«

»Um neun. Aber Sie bekommen Ihr Abendessen, Herr Foy. Vielleicht könnten Sie ein bißchen früher anfangen.«

»Verzeihen Sie die Frage, aber wer ist Herr Lutweiler?«

»Oh, Herr Ernst Lutweiler ist einer der größten Gutsbesitzer in dieser Gegend. Ja, eigentlich ist er natürlich ein Industrieller. Aber er hat ein Gut hier in der Nähe. Er ist sehr anspruchsvoll, und er ist ein sehr guter Kunde, daher möchte ich ihm gern seinen Wunsch erfüllen.«

»Natürlich. Das muß man ja. Wie heißt die Firma von Herrn Lutweiler?«

»Ach, wenn ich mich nur erinnern könnte. Es ist ein multinationales Unternehmen mit Niederlassungen in Hamburg, Paris und New York. Irgendwas mit Utilities ...«

*»International Utilities?«*

»Genau. So heißt es. *International Utilities.*«

»Ich muß Ihnen leider sagen, daß ich gezwungen bin, meine Pläne zu ändern«, sagte Bernard Foy. »Ich esse in zehn Minuten, wenn möglich. Dann möchte ich Sie bitten, Frau Matthiesen, mir die Rechnung fertig zu machen. Ich werde natürlich eine Übernachtung bezahlen, wenn es nötig ist. Aber ich brauche ein Taxi, sagen wir, um zwanzig vor acht.«

»Wie schade, Herr Foy.« Ihre großen, eigentümlich *warmen* grünen Augen schienen es tatsächlich so zu meinen.

Sie hatten gottlob das Zimmer noch nicht durchsuchen können. Alles lag an seinem Platz, sogar der Siddur auf dem Nachttisch. Sein eigener Aktenkoffer lehnte in der einen Ecke des blauen Sofas, der Schweinslederkoffer in der anderen.

Er öffnete den altmodischen Kleiderschrank aus braunem Walnußholz in seinen quietschenden Angeln. Da hing ungeöffnet die Kleidertasche. Wann hätte er auch schon Zeit gehabt, sich umzuziehen?

Es war eine außerordentlich praktische amerikanische Konstruktion aus dunkelblauem Kunstleder, nicht besonders teuer, dabei haltbar und geräumig. Ein langer, vertikaler Reißverschluß an dem Fach für seine drei Anzüge und fünf Hemden, und darunter zwei Schuhfächer, die man mit horizontalen Reißverschlüssen öffnete.

Das Essen, das ganz hervorragend war, begann Foy einigermaßen schlechten Gewissens mit gebratenem Aal und Rührei. Auf den Wein verzichtete er. Seltsamerweise fand er es bei einem Wein wichtiger, daß er koscher war, als bei einem Fisch.

Die durchdringende Sirene eines Krankenwagens tönte durch den Nebel.

»Auf der Brücke hat es anscheinend einen Verkehrsunfall gegeben«, sagte ein älterer Herr am Nebentisch zu seiner Frau. »Der Krankenwagen ist dort oben stehengeblieben.«

»Wie schrecklich«, sagte seine Frau. Sie hatte sogar im Speisesaal einen grünen Jägerhut mit Feder auf.

»Ich hätte gern noch ein bißchen Aal«, sagte Bernard Foy zu dem schüchternen Mädchen.

Diskret schaute er auf seine Armbanduhr.

Frau Matthiesen persönlich kam gehetzt in den Speisesaal. Kellner schoben Tische für das Verlobungsessen zusammen, breiteten blendend weiße Tischtücher darauf aus, polierten Kristall und Silberbestecke, staubten Klappstühle ab.

»Ach, richtig«, sagte sie. »Ich weiß nicht, was ich tun soll. Es ist mir nicht gelungen, ein Taxi für Sie zu bestellen.«

»Oh«, sagte Bernard. »Herrscht denn um diese Zeit soviel Verkehr in Osterholz-Scharmbeck?«

»Nein«, sagte Frau Matthiesen. »Das heißt, ich weiß nicht. Das Problem ist, daß mit unserem Telefon etwas nicht stimmt.«

Bernard Foy konnte nicht mehr rechtzeitig einen Pfiff unterdrücken. Die Gäste des Hotelrestaurants, überwiegend ältere deutsche Paare, betrachteten ihn mit schockierter Mißbilligung.

Er dachte intensiv nach. Der Sekundenzeiger raste über das Zifferblatt seiner Olympic.

Vermutlich wäre es mit einigen Risiken verbunden, das Gebäude auf dem normalen Weg zu verlassen. Er schob vorsichtig die Gardine zur Seite und spähte hinaus. Der Nebel war noch genauso dicht wie zuvor. Der Krankenwagen war von der Brücke verschwunden. Diesmal würde sein Gegner, wer immer es war, gewiß einsehen, daß es seinen Preis hatte, einen Angriff auf Bernard Foy zu starten.

»Ich danke Dir, Herr, der Du Dich so großartig meiner Feinde annimmst«, sagte er mit einer Formulierung, die er sich damals auf dem Heimweg von seiner High School längs der Telegraph Road zurechtgelegt hatte, als die Mexikaner gerade in die Randgebiete der jüdischen Viertel zu ziehen begannen.

Er wandte sich der geduldig wartenden Frau Matthiesen zu.

»Dann übernachte ich hier. Das ist kein Problem, Frau Matthiesen. Aber ich möchte Ihnen trotzdem meine Kreditkarte geben und Sie bitten, die Rechnung abzustempeln, für den Fall, daß das Telefon wieder in Ordnung kommt.«

Zum Nachtisch gab es ein köstliches Mokkaeis. Er aß es

jedoch ohne rechte Begeisterung. Das Gemurmel von Herrn Lutweilers Verlobungsessen im Nebenraum schwoll an.

»Eigenartig«, sagte Frau Matthiesen, als sie kam, um ihm Kaffee nachzuschenken.

»Was ist eigenartig«, sagte Bernard Foy verbindlich.

»Alle Gäste sind da, nur der Gastgeber fehlt.«

»Herr Lutweiler?«

»Ja, ist das nicht komisch?«

»Ich hoffe, daß er keinen Unfall gehabt hat. Vorhin war ja offenbar tatsächlich ein Krankenwagen da.«

»Oh, das ist eine schreckliche Geschichte. Es scheint so, als habe ein Auto zwei Radfahrer im Nebel angefahren. Diese Radfahrer sind ja hier oft so unvorsichtig. Sie fahren sogar im Oktober bis tief in die Nacht hinein, ohne Katzenaugen an den Rädern.«

Seltsam, dachte Bernard Foy zwölf Minuten später. Letzte Woche um diese Zeit habe ich Schulkinder im Lesen hebräischer Buchstaben unterrichtet und herumtelefoniert, um Redner für einen Bibliotheksabend zu finden, und jetzt hocke ich tatsächlich auf einem leicht abschüssigen Blechdach in Niedersachsen.

Es war nicht schwierig gewesen, auf das Dach hinauszuklettern. Nur ein kleiner Schritt aus dem Fenster.

Er schleifte sein Gepäck vorsichtig hinter sich her, als er Schritt für Schritt auf der nebelfeuchten Fläche vorwärtsschlich. Das Dach fiel zum Garten hin ab, dahinter lag die Hamme mit dem Bootssteg, der Bernard Foys nächstes Ziel war. Der Park war spärlich beleuchtet, der Nebel durchzog ihn in dichten Schwaden, und nur eine halb vom Dunst erstickte Straßenlaterne ließ die Richtung vermuten.

Von der Abzweigung an der Hauptstraße her kamen Geräusche, als rangiere ein sehr großer Lkw oder ein Sattelschlepper vor der Hoteleinfahrt. Man hörte ärgerliche Stimmen und Rufe. Es war offenbar gar nicht so einfach, das Fahrzeug hineinzubugsieren. Jetzt tauchte es plötzlich zwischen ein paar Linden auf: es war ein großer Möbelwagen mit der Aufschrift *Harry W. Hamacher, Berlin.*

Wie eigenartig, dachte Bernard. Wer könnte Lust haben, in dieser Abendstunde umzuziehen?

Jetzt war er schon am Rand des Dachs angelangt. Er ließ das Gepäck in die Himbeerbüsche fallen, zuerst seinen eigenen abgewetzten Aktenkoffer, dann den eleganten, vermutlich nicht mehr ganz so makellosen Schweinslederkoffer und schließlich die Kleidertasche, die mit einem überraschend schweren Plumps zu Boden fiel.

Er selbst landete weich in den Himbeerschößlingen des Vorjahrs.

Macht nichts, dachte er. Sie müssen sowieso beschnitten und verbrannt werden.

In diesem Augenblick wurde ihm bewußt, wie sehr er sich fürchtete. Sein Herz klopfte, er fror am Nacken. Die inneren Gezeiten ließen die Flut wieder in ihm steigen.

Zwei Expeditionen hinunter zur Brücke und eine längere nervöse Sucherei waren nötig, bevor er fand, was er brauchte. Ein ordentliches Motorboot mit einer geräumigen Kajüte über dem Heck. Ohne zu zögern, nahm er einen Schraubenzieher, den jemand zwischen zwei Planken der Brücke vergessen hatte, und knackte das Vorhängeschloß an der Proviantkammer des Motorboots.

Der Benzingeruch führte ihn direkt zum Reservetank, und mit empfindsamen Fingern, für einen so abstrakten Menschen vielleicht überraschend empfindsam, fand er den Deckel des Tanks, zog den Choke heraus und drückte auf den elektrischen Startknopf.

Der Lärm des Möbelwagens, der über den Kiesweg des Gasthauses rollte, war jetzt so infernalisch, daß Bernard Foy leicht den Motor des alten Bootes hätte starten können, wenn er nur angesprungen wäre. Fieberhaft drückte er nochmals auf den Startknopf.

Eine Erinnerung an die Gewohnheit seines Vaters, der Kinder wegen stets vorsorglich das Zündkabel des Rasenmähers herauszuziehen, bevor er ihn am Sonntagnachmittag wieder in den vollgestopften Geräteschuppen am Brummel Drive zurückstellte, regte sich in ihm.

Tatsächlich, hier hingen nicht ein, sondern zwei Zündkabel lose herab. Nach einem Gefummel, das ihm mindestens zehn Minuten zu dauern schien, hatte er sie an ihrem Platz. Unterdessen war der Lärm des Möbelwagens verstummt.

Erstaunt spähte Bernard durch eins der vielen Löcher in der Persenning, durch die das kondensierte Regenwasser ins Boot sickerte.

Im Licht der Laternen am Eingang sah Bernard Foy mit einem Auge, das ebenso vom Windzug durch den Ausguck wie vom angestrengten Sehen tränte, praktisch einen ganzen Zug von deutschen Bereitschaftspolizisten mit Helmen, kugelsicheren Westen und Maschinenpistolen mit kurzen, von Kühlmänteln umgebenen Läufen, wie Bernard Foy sie nur aus den Fernsehnachrichten kannte, die Laderampe hinabstürmen, offenbar um Tietjens Hütte zu umstellen.

»Wie schrecklich, hier muß wohl ein gefährlicher Terrorist stecken«, sagte Foy zu sich selbst, während er still und leise und mit der inneren Freude, die nur eine zutiefst vieldeutige Situation uns schenken kann, das Boot ins dunkle Wasser hinausgleiten ließ.

Mit einem Paddel wriggte er das Motorboot stromabwärts und in den Schatten der Brücke hinein. Neue Polizeiwagen trafen mit heulenden Sirenen ein, und er nutzte die Gelegenheit, um den Motor zu starten.

Es war nicht einfach, in Nebel und Dunkelheit die Fahrrinne zu finden, und mehr als einmal sah Foy in letzter Sekunde Erlengehölze aus dem Dunkel auftauchen.

Mein Ziel, dachte er, muß es sein, mich durch das Labyrinth von Flüßchen und Kanälen zum Hauptfluß der Weser durchzuschlängeln, die weit im Westen liegen muß. Komme ich dorthin, kommt Rat. Und jedenfalls kann ich mich bestimmt bis Bremerhaven durchschlagen.

Je mehr sich Bernard Foys Augen an die Dunkelheit gewöhnten, um so leichter wurde es, das Boot zu steuern. Er freundete sich mit dem leise blubbernden Motorboot an, es war nicht mehr ganz so schwierig, die Fahrrinne zu finden, man konnte es am Ruder spüren, wenn man aufmerksam genug war.

Wenn sich nur der Nebel nicht lichtet, so daß sie Helikopter oder anderes Teufelszeug nach mir ausschicken können, dann werden sie mich niemals kriegen, dachte Bernard Foy.

Und indem er sich ganz selbstverständlich mit dem Verbrecher, dem Verfolgten und Außenseiter identifizierte, steuerte der Rabbi mit immer größerer, immer blinderer Sicherheit in die seltsame Welt des Marschlands mit ihren Weidenalleen, Kanälen, Hochwasserdämmen und längst schon stillgelegten Torfeisenbahnen hinein.

In der Dunkelheit vor ihm flatterten hin und wieder aufgeschreckte Bleßhühner, Haubentaucher und Wildenten auf, und Bernard Foy dachte, es müsse wunderbar sein, auf diese Weise aufzufliegen und sich fast lautlos durch die stille, feuchte Landschaft zu bewegen, um sich wiederum schattenlos und schnell in einem ganz anderen Kanal weit von hier niederzulassen.

## 3. Das Mysterium der beiden Aktenkoffer

Augen und Ohren sind wahrlich schlechte Zeugen für einen Menschen, der ihre Sprache nicht versteht! Der Salon im Schloß Westerwede wirkte jetzt, gegen vier Uhr, sehr ruhig, sehr angenehm, als ein Butler, assistiert von noch einem dieser schüchternen, mageren, ernsten blonden Hausmädchen, die stets aus frühen Bildern von Lucas Cranach d. Ä. zu stammen scheinen, Tee in blauen Tassen servierte und die Abendzeitungen hereingebracht wurden. Und trotzdem hätte es keinem entgehen können, daß in diesem Raum Gewitterstimmung herrschte.

Der Verteidigungsminister Hans Graf Hansdorff ging schweigend im Raum auf und ab, als wolle er mit seinen Schritten den Perserteppich zwischen den Rokokosesseln ausmessen. Sein Privatsekretär, der wußte, daß dieses Schweigen bei seinem Chef nichts Gutes verhieß, wartete unterwürfig im Hintergrund. Offenbar drohte die labile Front der Parteien schon wieder unter dem Druck von KGB-finanzierten Friedensdemonstrationen an strategisch geschickt gewählten Orten zu zersplittern. Im Bundestag bahnte sich anscheinend ein groß angelegter Aufruhr gegen die Stationierungspolitik an.

Und nun zu allem Überfluß auch noch die unangenehme Nachricht, daß Terroristen nur zehn Kilometer von hier zwei seiner eigenen Sicherheitsleute fast zu Tode mißhandelt hatten (er durfte nicht vergessen, ihnen Blumen zu schicken, sie lagen beide im Garnisonskrankenhaus in Bremerhaven). Und obendrein, als sei das nicht genug, noch der abscheuliche Streit mit Amelie beim Frühstück und ihre Abreise um zehn Uhr.

Und dann neue ärgerliche Briefe von seinem Anwalt wegen dieser lächerlichen Summe, die er leichtsinnigerweise im letzten Wahlkampf angenommen hatte. Er brauchte einen Sekretär, der diese Geschäfte für ihn abwickelte.

Die Last all dieser Ereignisse jagte einen leise pochenden Schmerz, der ihm nur allzu bekannt war, unter die linke Kante der Weste, genau dort, wo die Rippen enden. Verflucht, fing jetzt dieses Elend etwa auch wieder an? Und dann diese Frauen, einschmeichelnd, weich, mit ihren glänzenden Negligés, ihren dunklen Schneiderkostümen, ihrem Parfumduft. Am Anfang immer so verdammt ekstatisch, und dann nichts als Menstruationen, Kopfschmerzen, geheimnisvolle Hemmungen und neurotische Faxen, und das alles nur wegen ihrer idiotischen Vaterfixierung.

Die Frau ist insgesamt eine Lüge, dachte er. Ein *Matkesack* ist die Frau. *Von allen Frauen liebte ich den Schlaf am meisten.*

Letzteres kam ihm bekannt vor, wie ein klassisches Zitat, aber ihm fiel nicht auf Anhieb ein, von welchem Dichter es stammte. Möglicherweise aus Rilkes Sonetten?

Der Gedankengang wurde dadurch unterbrochen, daß ein Sicherheitsbeamter, der übers Wochenende die Gäste empfing und musterte, ein nichtssagender junger Mann, den Rabbi Bernard Foy anmeldete.

Ach verflixt, das war ja dieser amerikanische Tourist, der obendrein auch noch *Rabbi* war und aus Versehen Amelies Aktenkoffer bekommen hatte. Der Minister erwartete einen Herrn mit langen schwarzen Wangenlocken, einem breitrandigen schwarzen Hut und einem Kaftan oder etwas derartigem, und war dementsprechend erstaunt.

Vor ihm stand in einem korrekten Anzug aus schottischer Wolle, mit ziemlich kurzgeschnittenem rotem Haar ein offensichtlich durchtrainierter amerikanischer Collegestudent. Seine Augen leuchteten vor Intelligenz und möglicherweise auch vor ironischem Interesse.

Mein Gott, dachte der Minister, wie viel leichter wäre das Leben, wenn man solche Helfer hätte wie diesen Jungen! Der Gedanke ließ ihn im gleichen Moment erröten, denn er hatte für den Bruchteil einer Sekunde an etwas Verbotenes gerührt. Der Minister lenkte seine Aufmerksamkeit rasch auf den Gegenstand, den Foy in der Hand hielt, einen Aktenkoffer aus Schweinsleder, mit ein paar Feuchtigkeitsflecken hier und da, aber zweifellos noch sehr elegant.

»Bitte, nehmen Sie Platz, Sie kommen gerade zum Tee zurecht«, sagte der Graf mit einem plötzlich aufsteigenden Wohlwollen. Im selben Atemzug gab er seinem Sekretär die gnädige Erlaubnis, sich ebenfalls zu setzen.

»Zitrone oder Milch?« fragte der Butler zuvorkommend.

»Danke, ich nehme Milch«, sagte Bernard. Und an den Minister gewandt:

»Ich bitte um Verzeihung, wenn ich störe, aber wie ich feststellen konnte, gehört ein Koffer, den ich gestern fälschlich in der Gepäckaufbewahrung von Osterholz-Scharmbeck ausgehändigt bekam, einem Ihrer Gäste, Graf, einer Dame. Und nun möchte ich ihn gern persönlich zurückgeben, damit sie feststellen kann, ob auch nichts fehlt. Hier ist meine Visitenkarte. Jedoch wird sich meine Adresse bald ändern. Ich werde nämlich künftig in Paris arbeiten, bei Rabbi Williams in der Synagoge in der Rue Copernic.«

Er überreichte den Aktenkoffer. Der Minister, anscheinend unbeeindruckt von der Unantastbarkeit des persönlichen Eigentums (doch das ist ja bei Ministern üblich), öffnete den Aktenkoffer mit dem Gesichtsausdruck eines alten erfahrenen Zöllners. Er musterte den Taschenkalender im roten Ledereinband, den Bernard Foy bereits so eingehend studiert hatte, legte mit deutlichem Widerwillen die Zellophanverpakkung mit den Strumpfhosen von Dior wieder an ihren Platz und spielte zerstreut an dem Mechanismus des Mini-Rekorders herum.

»Meine Cousine Amelie ist heute morgen abgereist. Jedoch werde ich sie natürlich umgehend davon unterrichten, daß sich ihr Gepäck wieder eingefunden hat. Aber jetzt erzählen Sie mir doch ein bißchen, wie Ihnen das Teufelsmoor gefällt. Ist es nicht eine faszinierende Landschaft?«

»Großartig, Herr Graf«, sagte Bernard Foy höflich. »Bedauerlich ist nur, daß ich hier nicht reiten kann. Es wäre fabelhaft, durchs Moor zu reiten. Aber das muß ich auf ein andermal verschieben. Ich habe draußen ein Taxi warten.«

»Hans«, sagte der Minister zu seinem Sicherheitsbeamten. »Geh hinunter und gib dem Taxifahrer einen Bon. Rabbi Foy soll aus seiner Hilfsbereitschaft natürlich kein finanzieller Verlust entstehen. Was mich nur wundert, ist, warum meine Cousine ihren Aktenkoffer am Bahnhof gelassen hat, statt ihn mit zu mir nach Hause zu nehmen. Herr Foy, sind Sie« – er blickte mit müden, eisblauen Altmänneraugen zu Bernard Foy auf, der nachdenklich in seiner Teetasse rührte – »absolut sicher, daß dies Amelies Aktentasche ist?«

»Laut dem Bahnhofsvorsteher kann sie nur von mir oder von der blonden Dame abgegeben worden sein, die Sie, Graf, vorgestern am Bahnhof abholten.«

»Merkwürdig. Wer hat übrigens gesehen, daß ich sie persönlich abholte?«

»Der Bahnhofsvorsteher.«

»Aha. Nun gut.«

»Ich bedanke mich, daß ich Ihnen meine Aufwartung machen durfte. Übrigens ist da noch eine Kleinigkeit...«

Der Minister schien das Interesse verloren zu haben. Er untersuchte stattdessen die Aktentasche mit einer, wie es schien, minutiösen Gründlichkeit. Er sagte:

»Ich kann Amelies Namen nirgends entdecken, und im übrigen auch keinen anderen Namen.«

Und mit einem plötzlichen Mißtrauen, vielleicht mit jener Intuition für *das, was nicht stimmt*, die er ein Leben lang in den politischen Ausschüssen, Lobbies und Korridoren der Bundesrepublik entwickelt hatte, fügte der Graf hinzu:

»Sind Sie sicher, daß er nicht Ihnen selbst gehört, Rabbi?«

»Rabbis pflegen keine Schweinslederkoffer zu besitzen.«

Eine gedankenvolle Stille entstand im Raum. Durch die hohen französischen Fenster im Salon konnte man deutlich eine Kuh irgendwo in der Ferne muhen hören.

»Aber verzeihen Sie. Ich habe noch etwas vergessen«, sagte Foy. »Etwas Wichtiges.«

»Das Taxi wartet und wird von uns bezahlt«, sagte der Sicherheitsbeamte, der wieder ins Zimmer trat.

»Gut«, sagte Foy. »Ich muß nämlich meine Reise nach Paris heute abend mit dem Nachtzug fortsetzen. Aber da ist noch etwas, das ich sicherheitshalber in die Westentasche gesteckt habe. Eine Minikassette aus diesem Rekorder.«

»Ist etwas drauf«, fragte der Graf interessiert und streckte die Hand danach aus.

»Keine Stimmen«, sagte Foy, »aber spielen Sie sie ab – Moment, darf ich helfen, so muß sie wohl eingelegt werden, wenn Sie jetzt aufmerksam zuhören, Graf, werden Sie etwas bemerken.«

Ein hoher pfeifender und wieder abfallender Ton ertönte im Raum. Zuweilen ging er in ein paar kurze Piepser über, um sich dann wieder in das kontinuierliche Pfeifen zu verwandeln. Die Piepsperioden traten offenbar in einer unbestimmten Periodizität auf.

»Moderne Musik?« fragte der Graf. »So etwas wie Stockhausens ›Gesang der Jünglinge‹?«

»Ich bin kein Experte«, sagte Bernard. »Aber ich habe als Student manchmal in *The Main System* an der University of Texas gejobbt. Meine Aufgabe bestand vor allem darin, die Leseköpfe der Magnetbänder zu reinigen und Bier für die Operatoren zu holen. Doch das eine oder andere habe ich dabei natürlich gelernt. Dieses Band enthält eine Datenbank oder ein Computerprogramm, oder beides.«

»Und die drei kleinen wiederkehrenden Signale?« fragte der Butler einigermaßen überraschend.

»Das könnte ein Signal für einen Satelliten sein, diese spezielle Abfolge hat etwas mit einem Manöver zu tun, eine Wendung, vielleicht . . . *nein, wie dumm ich bin!*«

Er verstummte und versank für einen Moment in Grübelei. Was manövriert auf diese Weise in unregelmäßigen Abständen über einer großen Menge von anderen Informationen, kreuzt mit plötzlichen, ruckartigen Bewegungen über einem Wald von einzelnen Daten?

»Graf, verzeihen Sie, verzeihen Sie vielmals, aber irgendwas stimmt nicht mit Ihrer Cousine Amelie. Wenn ihr dieser Aktenkoffer tatsächlich gehört, müssen Sie wohl mit einer schmerzlichen Überprüfung Ihrer Beziehung zu dieser jungen Verwandten rechnen.«

»Junger Mann, was meinen Sie?«

»Was sie als gewöhnliche Kassette in ihrem Rekorder versteckt hat, ist *das Programm eines Marschflugkörpers.*«

»Mein Gott!«

Der Minister erbleichte. Er sank in sich zusammen und vergrub das Gesicht in den Händen. Bernhard Foy rückte seinen Stuhl näher an ihn heran.

»Wenn ich Ihnen irgendwie Trost spenden kann, will ich das gern tun.«

In diesem Moment kam ein Hausmädchen herein, dasselbe Mädchen, das den Tee serviert hatte und mit seinem strengen, altgotischen Gesicht einen merkwürdigen Eindruck auf Bernard Foy machte. Es war, als habe die gesamte Marschlandschaft mit ihrer eigenartigen Strenge, ihrer Wehmut und Verlassenheit, ihren plötzlich auffliegenden Vogelschwärmen und ihren nächtlich heulenden Hunden einen Spiegel in ihren grauen Augen gefunden. Sie waren wie herbstliche Brunnen, die einen grauen Himmel spiegeln, von dem die Blätter still und vereinzelt herabfallen.

»Herr Lutweiler ist am Telefon«, sagte das Hausmädchen.

Erst in der Metro, auf dem Weg von der Gare du Nord zur Place Victor Hugo, umgeben von Nordafrikanern, amerikanischen Touristen und jenen unbeschreiblichen bücherlesenden Studentinnen, die es nur in der Pariser Metro gibt, fühlte er sich wieder sicher. Der Nebel lockerte seinen Griff. In den langen, hallenden, gekachelten Korridoren der Station Barbès-Rochechouart hörte man einen einsamen Flötenspieler, vertieft in den langsamen Satz von Bachs a-Moll-Partita.

Mit grenzenloser Geduld schien diese Flötenmelodie wie eine einsame, suchende Hand die Mauer der Welt danach abzutasten, ob einer ihrer Steine sich gelockert haben könnte.

Zu seinem Erstaunen entdeckte Bernhard Foy, daß die Bäume an der Place Victor Hugo, überwiegend Platanen, noch immer fast grün waren. Er hatte das Gefühl, von einem kalten Zimmer in ein wärmeres zu gehen. Die Frühstücksgäste des Restaurants saßen noch im Freien, im milden Sonnenlicht.

Rabbi Williams, rothaarig, vital, völlig absorbiert von zwei Telefongesprächen auf einmal (an einem Apparat sprach er ein kraftvolles Englisch mit jemandem, der sich offenbar viel zu sehr in die Angelegenheiten seiner erwachsenen Tochter einmischte, an dem anderen ein äußerst gepflegtes Französisch mit den Besitzern eines Tennisstadions, das er für einen Gemeindeabend mieten wollte) hieß ihn mit einer Geste willkommen, als sei er eher ein Mitschüler von einer Public School denn ein Freund von einer Jeschiwa.

Bernhard Foy sah sich in dem von Büchern überquellenden Zimmer um, während sein neuer Chef hin und wieder mit einem freundlichen Nicken andeutete, daß er sich seiner Gegenwart bewußt sei, während er immer strenger in das eine Telefon und immer höflicher in das andere sprach.

Auf dem Tisch war die ausgezeichnete Berliner Ausgabe des Babylonischen Talmud von 1933 aufgeschlagen, und Bernhard erkannte mit einem plötzlichen Heimatgefühl die Stelle und das Kapitel. Es war offenbar die weitschweifige talmudische Abhandlung Schabbat, die das Interesse des Rabbis geweckt hatte. Eine Unterschriftenmappe, ein Haufen ungelesener Zeitungen und Zeitschriften und ein Bild des Rabbis zusammen mit seiner sehr schönen Frau bei einem Besuch in Venedig vervollständigten das Bild.

Dies alles und tausend andere kleine Details, die für das Arbeitszimmer eines Rabbis charakteristisch sind, wo immer auf der Welt, ob in Tunesien oder Texas, waren Bernard wohlbekannt und gaben ihm dasselbe solide Gefühl von Daheimsein und Gemütlichkeit wie Kaffee und Zimtgebäck einem Waldarbeiter in Västmanland. Diskret unter all diesen bekannten und vertrauten Dingen plaziert, dem Kalender vom World Jewish Council, den schwarzen Bänden mit Toratexten und Kommentaren, den hübschen Windsortassen auf dem Tisch, der gut eingerauchten Dunhillpfeife des Rabbis auf einem grünen, mit einem Mäanderband und chinesischen Drachen verzierten Aschenbecher, befand sich eine Sache, die in ihrer Rätselhaftigkeit, ihrer totalen Fremdheit Bernard Foy erneut einen eiskalten Schauder über den Rücken jagte.

Es war, als sei der eisige Nebel aus dem Marschland für einen Augenblick in dieses warme, teppichbelegte, mit Büchern tapezierte Zimmer eingedrungen.

Denn an eins der Schreibtischbeine gelehnt, gleichsam als müsse dieser Gegenstand unter besonderer Aufsicht gehalten werden, stand wiederum der goldbraune Aktenkoffer aus Schweinsleder, der Bernard Foy treu wie ein Hund zu folgen schien, seit er ihn von dem ermordeten Anwalt und Präsidenten des Schwedischen Schachverbands, Hans von Lagerhielm, übernommen hatte.

»Natürlich ist das nicht mein Aktenkoffer«, sagte Bernard Foy ganz leise und entschieden zu sich selbst. »Es ist nur meine von den bizarren und gefährlichen Ereignissen der letzten vierundzwanzig Stunden überreizte Phantasie, die mich das glauben läßt. Nun will ich meine Vernunft *fest* an die Kandare nehmen und die Koffersituation zusammenfassen, *bevor ich verrückt werde.*«

Rabbi Williams beendete das ärgerliche englische Telefongespräch und widmete sich jetzt ganz und gar dem französischen. Infolgedessen hatte er sozusagen eine *größere Kapazität* für Bernard Foy übrig. Er lächelte ihm einladend zu und musterte ihn brüderlich mit Augen, die vor Wohlwollen und Intelligenz leuchteten. Hinter all diesen Gesten lag die Verheißung eines langen und ergiebigen Gesprächs, und Bernard versuchte sie mit einem ebenso gewinnenden, klugen und pflichtbewußten Lächeln zu beantworten, um seinen neuen Chef davon zu überzeugen, daß dieser mit seinem Assistenten eine gute Wahl getroffen habe.

Zugleich war jemand an einem kleinen, eiskalten Punkt irgendwo in der Tiefe von Foys Gehirn dabei, mit computerartiger Präzision und Phantasielosigkeit ein SPREAD-OUT von ungefähr folgendem Aussehen nachzuzeichnen:

AKTENKOFFER AUS SCHWEINSLEDER

1. ÜBERREICHT VOM ANWALT HANS VON LAGERHIELM KURZ VOR DESSEN HINSCHEIDEN IM NACHTZUG STOCKHOLM-HAMBURG, VERLOREN AUF DER FÄHRE HÄLSINGBORG-HELSINGÖR.
2. EIGENTÜMERIN: EINE SCHICKE BLONDE DAME,

EX-GELIEBTE DES GRAFEN UND VERTEIDIGUNGSMINISTERS DER BUNDESREPUBLIK DEUTSCHLAND, HANS VON HANSDORFF, ENTHIELT UNTER ANDEREM EIN KOMPLETTES STEUERUNGSPROGRAMM FÜR EINEN MARSCHFLUGKÖRPER. KORREKTE ÜBERGABE AN DIE BUNDESREGIERUNG, VERTRETEN DURCH IHREN VERTEIDIGUNGSMINISTER, ZWECKS WEITERER MASSNAHMEN.

3. IN DER RUE COPERNIC AN DAS RECHTE VORDERE BEIN VON RABBI WILLIAMS SCHREIBTISCH GELEHNT: UNERKLÄRLICH. FRAGESTELLUNG: IST 3. IDENTISCH MIT 1. ODER MIT 2.? ODER HAT 3. MÖGLICHERWEISE EINE EIGENE IDENTITÄT?

Dieser blöde Computer in Bernard Foys Hinterkopf hätte noch endlos seine einfältigen Beobachtungen herunterrattern können, wenn Rabbi Williams nicht auch das zweite Gespräch beendet hätte.

»Willkommen, mein lieber Foy. Haben Sie schon zu Mittag gegessen?«

»Nein, noch nicht. Ich komme mir ein wenig so vor, als sei ich im Schilf treibend aufgefunden worden. Ich hatte einige Probleme auf der Reise.«

»Ich habe davon gehört, mein bester Foy.«

»Von *wem?*«

»Vom dänischen Generalkonsul. Er hat heute morgen angerufen. Aber jetzt gehen wir in ein nettes koscheres Restaurant, Wolkonskies an der Ecke der Avenue Kleber.«

Die Miene des freundlichen Iren wurde für einen Augenblick streng. Er fügte hinzu: »Denn Sie leben doch koscher, mein lieber Bernard Foy?«

»Selbstverständlich, Rabbi Williams, natürlich tue ich das.«

»Ich frage nur, weil ich an Ihr *Gepäck* denke. Der dänische Generalkonsul hat ja heute morgen angerufen und gefragt, ob er Ihren Aktenkoffer herüberschicken könne. Den Sie offenbar im Zug nach Kopenhagen vergessen haben?«

»Wie konnte er das wissen?«

»Oh, die dänische Polizei hat mit der Polizei in Lund Kontakt aufgenommen. Es war doch so, daß Sie unglücklicherweise das Abteil mit einem Mann teilten, der einem Verbrechen zum Opfer fiel?«

»Ja«, sagte Bernard, »eine äußerst unangenehme Geschichte.«

»Das verstehe ich«, sagte Williams. »Jedenfalls führte das Verbrechen dazu, daß die schwedische Polizei sich erinnerte, daß der Aktenkoffer Ihnen gehörte. Und nun hat man ihn Ihnen freundlicherweise aus Kopenhagen nachgeschickt.«

»Ist er geöffnet worden?« frage Bernard möglicherweise ein wenig gedankenlos.

»Das weiß ich nicht. Ich ...«

»Aber wenn ihn keiner geöffnet hat, weiß ich doch nicht, ob es meiner ist.«

»Mein lieber Foy, bevor wir jetzt essen gehen und das Bewerbungsgespräch beginnen, von dem wir natürlich *hoffen*, daß es nur eine kleine, unbedeutende Formalität sein wird, sollte ich Ihnen vielleicht eines sagen. Ich bin ja als ein sehr liberaler Mensch bekannt, bestimmt fände sich weder in Irland noch in Paris irgend jemand, der mich als ›fanatisch‹ bezeichnen würde ...«

»Aber natürlich nicht«, warf Bernard Foy pflichtschuldigst ein, während die beiden Herren ihre Hüte und Mäntel anzogen.

»Aber Sie verstehen, mein lieber Foy, daß wir eine Reihe von etwas älteren Gemeindemitgliedern haben, ganz zu schweigen vom Gemeindevorstand ... und für die ist es vielleicht nicht ganz selbstverständlich, daß ein Rabbi seine Bücher, vielleicht sogar seine Gebetbücher und seine Predigt für den Gottesdienst in einem Aktenkoffer aus Schweinsleder herumträgt. Auch wenn«, beeilte er sich hinzuzufügen, »ich zugeben muß, daß Ihr Koffer sehr elegant ist.«

»Selbstverständlich werde ich sofort den Koffer wechseln«, sagte Bernard Foy. »Ich kann nicht verstehen, daß ich nicht selbst daran gedacht habe. Aber in letzter Zeit habe ich mich völlig in Isaak Lurias gnostisch-manichäische Wurzeln vertieft. Ich kenne jedoch einen netten kleinen Laden in der Avenue Claude-Bernard, nahe der Rue Vauquelin, der den Ehrgeiz hat, *praktisch alles* zu reparieren. Er liegt zwischen einer

Metzgerei und einem Geschäft für hochentwickelte Mikroelektronik. Dort haben sie bestimmt brauchbare alte Koffer.«

Insgeheim dachte er: *sie werden mir helfen, den Code für dieses Schloß zu finden.*

Als sie auf die Straße hinaustraten, sagte Rabbi Williams: »Sie scheinen vielfältige Interessen zu haben, mein lieber Foy?«

Rabbi Foy fand es für diesen Moment ratsam, die Frage nicht zu beantworten.

Nach einem Mittagessen, bei dem sich die beiden frommen Männer nichts von den guten Dingen dieser Welt versagten, von *Gefillte Fisch* bis zur *Kugl*, und bei dem einige Gläser eines guten normannischen Apfelschnapses dazu beitrugen, eine friedliche und angenehme Atmosphäre zu schaffen, betonte Bernard Foy, daß es ihm wichtig sei, genug freie Zeit zu haben, um seine Dissertation über Isaak Lurias Schöpfungslehre abzuschließen.

Dieser bemerkenswerte mittelalterliche Lehrer, der einst die Kühnheit hatte zu vermuten, die ursprüngliche Schöpfungsarbeit sei durch irgendeinen subtilen Zusammenbruch gestört worden, ungefähr wie wenn ein verschlafener Computer sich weigert, das eingespeiste Softwareprogramm aufleuchten zu lassen und stattdessen nur in einigen kurzen, traurigen Worten sagt: FAILURE TO LOAD APPLICATION oder etwas ähnliches, war für beide Rabbis gleichermaßen interessant. Wie so viele Leser durch die Jahrhunderte hatten auch sie den kühlen, fast ironisch beruhigenden Hauch der Negationstheologie aus Lurias Schriften verspürt. Und der Gedanke, daß die ursprüngliche Harmonie zwischen Schöpfer und Schöpfung nur durch eine Anstrengung auch des Erschaffenen wiederherzustellen sei, daß es tatsächlich in der Macht des Menschen stehe, zwar nicht Gott, aber den Kontakt mit der dunklen Rückseite der Welt wiederherzustellen, wo Gott war, verborgen in der schwarzen Tiefe der Negation, barg er nicht etwas zutiefst Befreiendes?

Sollte Bernard nicht Zugang zu der außergewöhnlichen Sammlung von mittelalterlichen *Hebraica* in der Bibliothèque Nationale erhalten, um wenigstens an einigen Nachmittagen in der Woche seine Kenntnisse zu vertiefen? Müßte nicht eine umfassende Lektüre der anderen Kabbalisten hinzukommen, um zu zeigen, was originär war und nicht von Luria stammte, ein Ausdruck der spezifischen politischen Enttäuschung nach der tragischen Vertreibung der Juden aus Spanien, und was ein viel älteres Element war, älter vielleicht als das, was im reichen Begriffsgewebe des mittelalterlichen Judentums als sowohl gnostische wie manichäische Impulse bezeichnet wird?

Könnte man nicht geradezu den amerikanischen Kulturattaché überreden, ein kleines Empfehlungsschreiben für die strengen Damen zu verfassen, die über den Lesesaal der Bibliothèque Nationale herrschen?

Als das Gespräch bis zu diesem Punkt gediehen war, wurde Bernard klar, daß er gute Gründe für die Annahme hatte, als Gemeinderabbiner in einer der reichsten und in jeder Hinsicht vortrefflichsten jüdischen Gemeinden von Paris angestellt zu sein.

Er trennte sich in bester Laune von Rabbi Williams, um, wie er sagte, »zum Hotel zu fahren und ein bißchen zu schlafen«.

Ein neutrales, freundliches Herbstlicht fiel über die Stadt, und Bernard hatte nicht die geringste Lust, sein enges, warmes Zimmer (er wußte ja, wie sie auszusehen pflegten) im Hotel Jeanne d'Arc in der Rue de Jarente aufzusuchen. Der gelbe Aktenkoffer hing nach dem Mittagessen schwer an seiner rechten Hand. Was sollte er damit anfangen?

Ihn in den Fluß werfen? Ihn auf einer Parkbank stehenlassen? Versuchen, ihn zu verkaufen?

Doch wenn er nun etwas Wertvolles enthielte? Die schwedischen Devisenbestimmungen, von der jetzigen, ökonomisch wenig erfolgreichen Regierung aufrechterhalten, mit Gefängnisstrafen und Hausdurchsuchungen, führten natürlich zu einigen reichlich naiven Versuchen, Eigentum aus dem Land zu schaffen. Hatte der tote Anwalt vielleicht auf diese plumpe Weise versucht, für sich oder einen Klienten Geld aus Schweden auszuführen? War es dann nicht unethisch, nicht wenigstens den Versuch zu machen, dieses Geld zu retten, vielleicht mit den Erben des Toten Kontakt aufzunehmen?

Mit der ihm eigenen jugendlichen Fähigkeit, sich selbst zu sonderbaren Phantasien anzuregen, war Bernard Foy in der Metro bereits fest davon überzeugt, daß das Gewicht des Schweinslederkoffers von gebündelten Geldscheinen herrühren müsse. Vielleicht enthielt er Millionen? Millionen Dollar? Warum wäre der Anwalt sonst so ängstlich gewesen?

Er war nicht gänzlich gegen die Versuchung gefeit, die in dem Gedanken lag, daß er womöglich als einziger auf der Welt in diesem Moment wußte, wo sich dieser Aktenkoffer befand. Das Ruchlose an diesem Gedanken wurde ihm in dem Augenblick bewußt, als er aufblickte und erkannte, daß eine Bande von jugendlichen Marokkanern in dem Metrowagen ebenfalls ihr Augenmerk auf den Koffer gerichtet hatte. Bernard liebte den Kampf, ja er betrachtete ihn als moralische Pflicht, doch er hatte nicht die geringste Lust, sich in der Pariser U-Bahn mit vier arbeitslosen Marokkanern um einen schweinsledernen Aktenkoffer zu schlagen, über dessen Inhalt er nichts wußte und der womöglich eine Million Dollar enthielt, die jedenfalls nicht Bernard gehörten und folglich ihrem wahren Besitzer ausgehändigt werden mußten.

An der nächsten Station stieg er aus, stellte zu seiner Erleichterung fest, daß die jungen Marokkaner ihm nicht gefolgt waren und faßte rasch seinen Entschluß.

Der kleine Laden in der Rue Claude-Bernard, an dem er Ende der siebziger Jahre oft stillvergnügt vorbeigegangen war, weil ein Reklameschild im Schaufenster, ein Stück Pappkarton mit verschnörkelter Altmännerschrift *Reparaturen aller Art* versprach, war noch lustiger, wenn man ihn betrat. Hinter einer altmodischen Theke tauchte eine Werkstatt mit Drehbank, Amboß und Rohrabschneider auf. An der Decke, in Regalen und an verschiedenen Haken befand sich ein Sammelsurium von Gegenständen, die den Aragon, der »Le Paysan de Paris« schrieb, und den Marcel Duchamps, der die Flaschenbürste aus dem Bistro Rue du Bac zum Museumsstück erwählte, in wilde Begeisterung versetzt hätten.

Kinderwagen aus den zwanziger Jahren drängten sich mit Kameras von 1910. Zwei Puppen mit schönen, kalten, vermutlich frisch restaurierten Porzellangesichtern saßen auf einem Regal neben einer riesigen Spieldose aus Mahagoni, deren Deckel ein Mohr mit rotem Turban und gekreuzten Beinen zierte.

Warum werde ich plötzlich von *Mohren* verfolgt? dachte Bernard.

Neben der Spieldose mit den Puppen standen ein deutscher Volksempfänger aus dem Zweiten Weltkrieg, für Sammler vermutlich eine Kostbarkeit, einige Zinnfiguren von der runden, spanischen Art, ein römischer Zenturio, streng und mit dem Befehlshaberstab in der Hand, ein schlanker und durchtrainierter griechischer Hoplit in beinahe tanzender Haltung und ganz außen ein Wikinger, der offenbar seinen Schild verloren hatte und ihn wieder angeleimt bekommen sollte.

Eine kleine Türglocke bimmelte, als der Rabbi den Laden betrat. Der kleine Mann, der ihm jetzt in Pantoffeln und mit einer stark vergrößernden, halbmondförmigen Goldrandbrille entgegenkam, hatte eine so frappierende Ähnlichkeit mit dem letzten Bild von Dr. Walter Benjamin in Svendborg, daß Foy für einen Augenblick ein Gespenst zu sehen meinte.

»Monsieur«, sagte Foy in seinem etwas rauhen, jedoch fließenden und ordentlichen Französisch, »ich habe da ein verzwicktes Problem ...«

»Das haben die meisten Leute, die herkommen.«

»Es ist so, daß das Kombinationsschloß an meinem Aktenkoffer sich nicht öffnen läßt. Ich habe versucht, mir den Code zu merken, aber ich habe ihn tatsächlich vergessen.«

»Monsieur, gestatten Sie mir eine Frage, die vielleicht impertinent ist, doch ich fürchte, ich muß sie Ihnen trotzdem stellen. Gehört dieser Aktenkoffer wirklich Ihnen? Haben Sie ihn selbst schon einmal geöffnet? Ich frage nur deshalb, weil es vorkommt, daß die Besitzer von solchen modernen Aktenkoffern eine Sprengladung eingebaut haben, so daß der Inhalt tatsächlich durch eine Explosion vernichtet wird, wenn ein Uneingeweihter sich an der Tasche zu schaffen macht.«

Bernard Foy wand sich verlegen.

»Der Aktenkoffer gehört selbstverständlich mir. Man könnte aber auch sagen, daß er mir nicht gehört. Es ist nämlich so, daß er einem Onkel von mir gehörte, dem schwedischen Anwalt Hans von Lagerhielm, dem Präsidenten des schwedischen Schachverbands. Nach seinem Ableben ist er in meinen Besitz gelangt. Das, was Sie soeben sagten, Monsieur . . . ?«

»Klock.«

»Wie bitte?«

»Jean Christophe Klock.«

»Danke. Ich heiße Bernard Foy, und ich komme aus Stockholm.«

»Das höre ich . . .«

»Hrrm, jedenfalls kann ich Ihre *Vermutung*, Monsieur Klock, nicht gänzlich ausschließen. Zugleich muß ich jedoch feststellen, daß es mich wundern würde, wenn mein Onkel sich etwas so Dummes ausgedacht hätte.«

»Danke, Monsieur Foy, das wollte ich nur wissen. Jetzt bin ich beruhigt. Entschuldigen Sie mich einen Moment.«

Monsieur Klock zog sich in die Werkstatt zurück. Bernard Foy wartete zuerst darauf, daß eine ohrenbetäubende Explosion die Stille in diesem seltsamen Laden zerreisen würde, wo nur das Ticken einer Wanduhr die Bergsonsche Zeit in mechanische Elemente zerteilte. Es kam keine Explosion. Aber auch kein Monsieur Klock. Bernard wurde ein wenig unruhig.

Es gab doch wohl hoffentlich keine Hintertür, durch die Klock mit Millionen von Dollars hätte verschwinden können? Wie lächerlich. Hier war er ja schon wieder, obschon mit einem bekümmerten Ausdruck hinter der halbmondförmigen Goldrandbrille, in der einen Hand den Aktenkoffer und in der anderen einen kleinen Schraubenzieher.

»Ihr Onkel, Monsieur Foy, muß ein sowohl vermögender als auch sehr vorsichtiger Herr gewesen sein.«

»Wieso?«

»Das Schloß an seinem Aktenkoffer ist kein mechanisches. Es sieht zwar aus wie ein mechanisches Schloß, aber es ist elektronisch.«

Bernard Foy fand seine Replik selbst nicht besonders intelligent:

»Was machen wir da?«

»Sie bringen Ihren Aktenkoffer, wenn Sie so freundlich sein wollen, nur zu meinem Neffen, drei Geschäfte weiter die Straße hinauf. Er ist Elektroniker.«

Im Unterschied zu seinem Onkel hatte der junge Mann eine härtere geschäftsmäßige Einstellung, in der er sich auch durch Bernards Hinweis auf Monsieur Klock offenbar kaum erweichen ließ.

»Was ist denn das?«

»Ein Aktenkoffer mit Kombinationsschloß.«

»Das sehe ich. Was soll ich damit machen?«

»Er hat ein elektronisches Schloß.«

Er stieß einen Pfiff aus und warf dem zweiten jungen Mann, der sich in der Werkstatt befand, einen vielsagenden Blick zu. Dann verschwand er ohne einen weiteren Kommentar.

Bernard Foy hätte nie gedacht, daß es so viele bizarre elektronische Wanzen und andere Abhörgeräte auf der Welt geben könnte. Da gab es einen Apparat, ganz einfach verpackt wie irgendein Zubehör einer Stereoanlage, den man in seinem eigenen oder in einem fremden Telefon anbringen konnte. Dann rief man aus Paris oder Singapur an, und indem man eine Nummer hinzuwählte, verwandelte man das Telefon in ein empfindliches Mikrophon, das jedes Wort im Zimmer auffing.

Bernard empfand einen leisen Überdruß. Wer könnte so interessiert daran sein, die Geheimnisse anderer Menschen zu erfahren?

Der junge Mann kam wieder heraus.

»Glauben Sie, daß der Aktenkoffer vermint ist?«

»Nein, das glaube ich nicht«, erwiderte der Rabbi. »Andererseits kann ich jedoch«, fügte er mit einem grimmigen Lächeln hinzu, »nicht dafür garantieren, daß er es nicht ist.«

Der Neffe ging wieder hinaus. Triumphierend kehrte er zurück.

»Es ist nicht so schwierig, wenn man einen guten Computer hat, der sämtliche Kombinationen in zehn Minuten permutieren kann. Dieser Aktenkoffer Ihres Onkels ist ehrlich gesagt schon ziemlich *veraltet*«, sagte er.

»Deshalb bin ich zuerst zu Ihrem Onkel gegangen«, sagte Bernard Foy. »Um den Onkeln sozusagen die Möglichkeit zu geben, das Problem unter sich zu lösen.«

Nachdem er sich in dem engen, sehr gepflegten Hotel einquartiert hatte, öffnete er den Aktenkoffer. Auf alles war er gefaßt gewesen, praktisch auf *alles*, nur nicht auf *das*, was er fand, als er jetzt die beiden Seitenschlösser aufdrückte und den Deckel des seidengefütterten Aktenkoffers langsam aufgleiten ließ.

Sein Gewicht erklärte sich dadurch, daß er Bücher enthielt. In farbenprächtigen, entzückend zeittypischen, wenn auch einigermaßen verschlissenen Umschlägen war hier eine Reihe von Abenteuer- und Sensationsromanen in Heftform sorgfältig mit dem Rücken nach außen verpackt.

War der Tote ein Sammler gewesen? Standen diese alten Hefte wirklich so hoch im Kurs, daß man bereit gewesen war, den Anwalt dafür umzubringen?

Oder – eiskalt lief dieser Gedanke Bernard Foy das Rückgrat hinunter – war das Messer womöglich doch gegen ihn selbst gerichtet gewesen?

Er nahm die Broschüren einzeln aus dem Aktenkoffer. Es waren nicht so viele, wie er zuerst gemeint hatte. Zuerst Vidocqs »Les Vrais Mystères de Paris« von 1844. Und dann, ein wenig eleganter und in mehreren Heften, offenbar für ein raffinierteres Publikum bestimmt, X. de Montepins »Les Viveurs de Paris«. P. Bocages »Les Puritans de Paris« wirkte dagegen etwas langweiliger. Und dieses, Gaboriaus »Les Esclaves de Paris«, erschien einigermaßen akademisch.

Bernard bezweifelte, daß die Lektüre dieser Hefte seine Abende im Hotel Jeanne d'Arc beflügeln könnte. Er legte eins nach dem andern auf seinen Nachttisch. Hatte der Anwalt Hans von Lagerhielm etwa am linken Seine-Ufer einen eigenen Bücherstand eröffnen wollen?

Bernards Aufmerksamkeit und Interesse für diesen leidigen Aktenkoffer, der sein Leben so viele Tage lang verbittert und ihm das Dasein erschwert hatte, erwachte erneut, als sein müder Blick auf das einzige gebundene Buch in dem Koffer fiel. Es war ein Band von André Gides und Roger Martin du Gards ruhmreicher Zeitschrift »Nouvelle Revue Française«, gegründet zusammen mit Monsieur Gallimard dem älteren, Grundstock nicht nur für eine literarische Tradition, sondern für einen mächtigen Pariser Verlag. Dies war also der schön gebundene Band I des Jahres 1937, Januar–Mai.

Bernard drehte den Band nachdenklich zwischen den Händen. Aber was war das? Dieses Buch gehörte der Bibliothèque Nationale! Es bestand kein Zweifel, die Goldbuchstaben auf dem Rücken und das der Titelseite aufgeprägte Emblem waren unverkennbar.

Der Rabbi empfand für einen Augenblick eine vollständige Leere im Kopf, die große, massive Leere, die uns überkommt, wenn wir ein Buch mit Keilschrift aufschlagen. Warum sollte ein angesehener schwedischer Anwalt Bücher aus der Bibliothèque Nationale stehlen? Und wenn er es schon tat, warum wollte er sie wieder zurückgeben? Hatte er ein schlechtes Gewissen bekommen?

Und obendrein, wenn er nun unbedingt Bücher aus der Bibliothèque Nationale stehlen wollte, warum dann nichts Wertvolleres als diesen Zeitschriftenband, den man bestimmt für dreißig Francs in jedem beliebigen Antiquariat kaufen konnte?

Er blätterte das Buch rasch durch, ohne etwas Bemerkenswertes zu entdecken. Bibliothèque Nationale. Wann war dieser Begriff zum ersten Mal auf seiner Reise aufgetaucht?

Er steckte die Hand in seine mittlerweile ziemlich vollgestopfte Westentasche und fischte die kleine Benutzerkarte heraus, die Elisabeth Frejer gehört hatte und genaugenommen immer noch gehörte, einer schönen jungen Dame mit langen dunklen Haaren. Hatte der Anwalt sie gekannt? Wahrscheinlich.

Vielleicht hatte er versprochen, ihr das Buch wieder zurückzugeben? Aber dann mußte sie es gestohlen haben, denn in der Bibliothèque Nationale entleiht man keine Bücher, man sitzt korrekt und feierlich an einem der langen Lesetische rechts oder links unter den hübschen gußeisernen Ornamenten in dem großen Arbeitssaal, den Labrouste 1868 vollendet hat. Man sitzt da und betrachtet den schönen Buchenwald vor blauem Himmel, der die Wände in sanften Farben schmückt, oder man schaut in seine Bücher oder auf die schöne Doktorandin, die einem gegenübersitzt. In jedem Fall aber wartet man darauf, daß einem der Aufseher das bestellte Buch bringt.

Hatte Elisabeth Frejer das Buch womöglich gestohlen und sich von ihrem verantwortungsbewußten Liebhaber überreden lassen, es wieder zurückzugeben? Aber warum sollte eine schöne junge Studentin, die einen offenbar wohlhabenden Anwalt zum Liebhaber hatte, mit dem Risiko des Skandals und Hinauswurfs aus Universität und Bibliothek einen unbedeutenden, noch relativ modernen Zeitschriftenband stehlen, der nicht mehr wert sein konnte als bestenfalls fünfzig Francs?

Zum erstenmal in diesen Tagen hatte Bernard Foy das Gefühl, in eine Sackgasse geraten zu sein. Dieses Rätsel war wirklich wie ein Wollknäuel, bei dem das lose Ende einfach nicht zu finden war.

Doch war die *Bibliothèque Nationale* nicht auch irgendwo in Worpswede aufgetaucht? In einem ganz anderen Zusammenhang?

Natürlich! Morgen, am Donnerstag, dem 27. Oktober, sollte sich ja die blonde Dame, die aller Wahrscheinlichkeit nach das Programm eines Marschflugkörpers auf einer Kassette bei sich getragen hatte, diese attraktive, jedoch offenbar höchst gefährliche Dame, vom Minister Graf Hans Hansdorff zu Westerwede vermutlich nicht ganz wahrheitsgetreu als seine Cousine Amelie bezeichnet, mit jemandem in der Bibliothèque Nationale treffen!

Doch was hatte diese blonde Sowjetspionin, die er aus reinem Versehen, durch eine dumme Verwechslung enttarnt hatte, mit demjenigen oder denen zu tun, die den Präsidenten des Schwedischen Schachverbands ermordet hatten, oder mit Elisabeth Frejers Benutzerkarte für die Bibliothèque Nationale? Lauter Zusammentreffen, Muster, Konfigurationen, die einen Sinn vorspiegelten, den sie gar nicht hatten!

Ausgestreckt auf dem Hotelbett, den Kopf voll von einem ganzen Ameisenhaufen aus Hypothesen und Gegenhypothesen, schlummerte Bernard Foy von diesem ganzen Rätselgewirr weg und fiel in einen langen und stärkenden Schlaf.

Als er erwachte, war schon eine blaue Dämmerung über Les Marais hereingebrochen, die munteren Stimmen der Schüler aus dem Lycée Charlemagne auf dem Heimweg nach ihrem Schultag weckten ihn. Er zog die Gardine zur Seite und schaute auf die Straße hinaus. In der Boulangerie gingen die Hausfrauen des Quartiers ein und aus.

Das Ganze ist sehr einfach, durchfuhr es ihn plötzlich. Es

ist tatsächlich wie in einer Boulangerie. Man trägt etwas ganz Kleines, Unbedeutendes hinein, was vorher nicht da war. Und nimmt etwas anderes mit hinaus. Man tauscht Dinge gegeneinander aus.

Bd. I 1937 der *NRF* ist nichts anderes als ein Briefkasten, ein Postfach. Und wer behutsam vorgeht und keinen Fehler macht, wird erfahren, was darin enthalten ist.

*Morgen wird auch Bernard Foy in der Bibliothèque Nationale sein.*

Von diesem Gedanken gestärkt ging er in den dunkelblauen Pariser Herbstabend hinaus. Er wollte in einem kleinen Restaurant an der Börse in der Rue Saint-Marc zu Abend essen, das ihm als billig, angenehm und kultiviert in Erinnerung war. Le Petit Coin de la Bourse hieß es.

*Luxe, calme, volupté,* dachte er unwillkürlich.

## 4. Der Gaukler in der Rue des Petits-Champs

Der Name des Bogens ist Leben; sein Werk ist der Tod.

In der Rue des Petits-Champs, zwischen dem Palais Royal und der Bibliothèque Nationale, kann man an schönen Spätherbstnachmittagen oft einen komischen Kauz sehen, auf dem steinernen Fundament hockend oder lässig die kleine Treppe vor der Passage Palais Royal auf- und abschlendernd, in der einen Hand ein Champagnerglas und mit der anderen eine täglich erneuerte Flasche Veuve Cliquot schwenkend. Er trägt einen abgeschabten Frack mit korrekter weißer Fliege und einer Weste, die bestimmt schon weißer war, seine Hosen sitzen an den Waden sehr stramm, als hätten sie schon allzu viele heftige Regenschauer mitgemacht, und sind weit hochgezogen.

Mit Gesten, wie man sie sonst nur bei schelmischen Wiener Baronen in den Operetten der neunziger Jahre sieht, wenn sie in muntere Duette mit galanten Damen verstrickt sind, sitzt dieser Herr auf seiner Bühne, ob es nun die Treppe hinunter zur kürzesten Passage von Paris ist oder eins von den Fundamenten der Paläste aus Colberts Zeit, die die enge Straße begrenzen.

Wer ist er? Ein heruntergekommener Gentleman? Der Held eines Romans, den Balzac schreiben wollte, in der Eile aber vergessen hat, und der nun seit über hundert Jahren unselig herumirrt und seinen Autor sucht? Einer von diesen für Paris so typischen Verrückten, diesen heiligen Gauklern, die der Absolutismus auf dem Gelände der alten Salpetersiederei am linken Ufer einzusperren versuchte, der Wiege der modernen Psychiatrie, genannt La Salpêtrière. Die Verrückten von Paris wird man ohnehin nie unter Kontrolle halten können, ebensowenig wie seine Zauberer, Schwerttänzer und Feuerschlucker: diese Stadt hat ein Unterbewußtsein.

In dem Narren aus der Rue des Petits-Champs scheint sich eine ständige, lautlose Operette abzuspielen. Wer weiß, ob die Stadt nicht im Grunde genommen darauf angewiesen ist, daß sie auf exakt diese unhörbare Art aufgeführt wird, nicht minder als darauf, daß die Racine-Dramen jenseits des Palais Royal auf gebührende Weise gespielt werden? Dieser galante Herr, dieser zerlumpte Operettenheld, sollte an diesem besonderen Montag im November ein Mißgeschick erleiden, das für einen Künstler immer unangenehm ist, und ganz besonders für einen Künstler, der nach Vollendung strebt. Nämlich nicht das interessanteste Schauspiel in der Gegend zu bieten, auf die Schattenseite eines noch bizarreren Spektakels zu geraten.

Doch um acht Uhr siebenundvierzig an diesem Morgen, also dreizehn Minuten bevor die Bibliothèque Nationale weiter oben in der Rue Vivienne ihre Tore öffnen und die hoffnungsvolle Schar von Herren in Mänteln und mit Regenschirmen, schmalhüftigen Studentinnen in Lederröcken und mit langen, regennassen Haaren, korpulenten älteren Damen mit schweren Einkaufstaschen einlassen wird, die wartend dort steht, als Bernard Foy nach einem angenehmen Spaziergang unter den Gewölben von der Metrostation an der Comédie-Française durch die Passage du Palais Royal kommt, weiß dieser schelmische Herzog der Operetten noch nichts von seinem Schicksal. Er sieht nur einen jüngeren Rabbi, rothaarig unter dem schwarzen, offenbar neugekauften breitrandigen Hut, überraschenderweise mit einem schweinsledernen gelben Aktenkoffer, der mit entschiedenen Schritten vorbeihastet und es tunlichst vermeidet, dem Gaukler seine Aufmerksamkeit zu schenken.

In Wirklichkeit war Bernard Foy besorgt, daß er möglicherweise verspätet sein könnte. Und mehr als das: er hatte das bestimmte, uns allen vertraute Gefühl, daß dieser Tag eine Entscheidung bringen würde, daß es ein Tag sei, an dem ein lange schwelendes, irritierendes Rätsel zur Auflösung gelangen würde. Er hatte in seinem schmalen Bett im Hotel Jeanne d'Arc unruhig geschlafen, eingehüllt in graue, fadenscheinige Decken, die kaum die Feuchtigkeit des unablässig fallenden Herbstregens draußen abhalten konnten. Würde ihm das schlichte Empfehlungsschreiben von Rabbi Williams, das einzige, was in so kurzer Zeit zu beschaffen war, den Eintritt in den Lesesaal mit seinem stillen Wald aus Gußeisenpfeilern garantieren? Würde sich die *Nouvelle Revue Française*, Bd. I 1937 (er hatte das vermutlich falsche Exemplar aus dem Aktenkoffer des toten Anwalts sorgfältig verstaut), tatsächlich als Briefkasten von Geheimagenten entpuppen?

Und würde die blonde deutsche Dame, die in Worpswede über ein wesentliches Stück aus dem Programm eines Marschflugkörpers verfügt hatte, tatsächlich zu einem Treffen in der Bibliothek auftauchen?

Und, um schließlich die schwierigste von allen kniffligen Fragen dieses Tages in die Reihe der Mysterien einzufügen:

War es eine oder waren es zwei von einander unabhängige Organisationen, die er suchte? Die Antwort auf diese Frage war nicht unwichtig, denn wenn es zwei waren, trachtete ihm eine davon möglicherweise nach dem Leben.

»Alles Lebende leidet«, dachte er mit den tröstlichen Worten des Talmudisten.

Die strenge Dame in dem Glaskäfig musterte ihn eingehend und verlangte ihm einen Hundert-Francs-Schein für die kleine rote Marke ab, die nach einer lustigen Photographierzeremonie auf seine elegante neue Benutzerkarte geklebt wurde. Zerstreut bemerkte er, daß dies sein letzter größerer Schein war.

Ich muß Rabbi Williams um einen Vorschuß bitten, dachte er, doch der Gedanke änderte im gleichen Augenblick seine Richtung:

»Alles steht uns zur Verfügung. Wir müssen es nur greifen können.« Das hatte einst Rabbi Eliezer trostreich gesagt.

Er wurde als letzter eingelassen, bevor sich die übliche vormittägliche Warteschlange bildete, und nahm mit einem Seufzer der Erleichterung eine weiße Karte mit der Nummer 242 entgegen. Er würde also auf der linken Seite des Lesesaals sitzen. Er fand seinen Platz und legte den Aktenkoffer sorgfältig unter die grüne Lampe. Links neben ihm hatte sich ein wuchtiger, fast unförmiger Herr mit riesigen, hundeartigen Ohren niedergelassen. Rechts von ihm nahm eine Studentin Platz, natürlich in weichem Lederrock, Angorapullover und mit langen, dunklen Haaren, kurz gesagt, ein Mädchen von der Art, wie sie stets in Bibliotheken neben Bernard Foy zu landen pflegen, und die mit ihrer Erinnerung an die Schönheit und den Reichtum der Schöpfung nicht selten seine Aufmerksamkeit von Isaak Lurias Theologie ablenkten.

Nun galt es, nicht in Träume zu versinken. Im Katalograum, der ihm seit frühester Jugend vertraut war, diesem eigentümlichen unterirdischen Katalograum, brauchte er ein Weilchen, allein in einer Ecke, bis er sich mit der Zeitschrift zurechtfand. Er hatte vergessen, daß der Katalog der Bibliothèque Nationale eine fürchterliche Menge von Unterabteilungen aufwies, fast wie Jahresringe, oder Hundertjahresringe, je nach den verschiedenen Epochen.

Es war noch früh hier unten. Ein sonderbarer kleiner Mann, der sich in knarrenden Schuhen auf Krücken daherbewegte, erschreckte ihn irgendwie.

Was für ein seltsamer Ort, dachte er, als er an dem für die Redakteure der *Revue Bibliographique* reservierten Tisch vorbeikam, wo zwei Greise mit langen spitzen Bärten einander zuzunicken schienen, während sie linierte Seiten mit ihrer fahrigen Schrift füllten. Als seien sie Teil eines alten mechanischen Spielzeugs, dachte Foy. Sie nicken einander zu, wie das Pendel in alten Uhren hin- und herschlägt.

Nachdem er den mysteriösen Band der NRF bestellt hatte, der bereits in dem Aktenkoffer auf seinem Tisch lag, sah er sich vorsichtig im Saal um. Das junge Mädchen rechts von ihm schien in ein kunsthistorisches Werk vertieft, das sie vermutlich in jeder beliebigen Seminarbibliothek hätte bekommen können. Diese verflixten jungen Mädchen, dachte Foy, verwöhnte Töchter reicher Väter, die die Bibliothèque Nationale für ihre kleinen Seminararbeiten benutzen.

Das ist wirklich so, als würde ich eine Motorsäge zum Schneiden meiner Frühstücksbutter verwenden, dachte der Rabbi. Die Hüften des Mädchens waren in seinem Zorn auf geheimnisvolle Weise gegenwärtig. Jetzt schien sie völlig damit beschäftigt, ihre Stifte zu ordnen. Es waren viele.

Von dem Mann linker Hand ging ein unangenehmer, säuerlicher Geruch aus, wie von ungelüfteten alten Baracken, in denen verschwitzte, wollene Uniformen trocknen, die nie gewaschen werden, ein Geruch von Kampfer, Essigsäure, Pulver gegen Schweißfüße, Jodtinktur für infizierte Wunden und noch etwas anderem, das Bernard Foy tief beunruhigte, ohne daß er sich erinnern konnte, was es war.

Mit seinem Notizbuch vor sich versuchte Bernard Foy vor dem Geruch in eine Welt der objektiven Wahrnehmungen zu flüchten. Irgendwo in diesem Lesesaal konnte sich jeden Moment die blonde deutsche Dame zu einer Verabredung einfinden. Aber wo? Vielleicht vorn an der Anmeldung, wo alle Leser ihre Nummernschilder holen und abgeben mußten? Vielleicht auf der Damentoilette? Warum nicht in dem riesigen Zeitschriftensaal, ein ganzes Stück von hier entfernt? Warum nicht im Katalograum? Was war das Erkennungszeichen? Wie sollte er, falls das Treffen tatsächlich stattfände, es überhaupt mitbekommen?

In seinem Notizbuch, eigentlich für einen höheren Zweck bestimmt und mit endlosen hebräischen Zitaten von verschiedenen mittelalterlichen Autoritäten gefüllt, standen auf einer Seite nur zwei Worte: *Ernst Lutweiler*.

Ernst Lutweiler war der Industrielle, der sein friedliches Abendessen in Tietjens Hütte gestört hatte. Und vielleicht versucht hatte, ihn zu ermorden.

»Herr Lutweiler ist am Telefon«, hatte das Hausmädchen des westdeutschen Verteidigungsministers gesagt, als Bernard gerade überstürzt sein Haus verließ. Doch damit nicht genug – hier, unter den verlockenden grünen Zweigen der Wandgemälde, erinnerte er sich plötzlich kristallklar daran, wo er zuerst den Namen Ernst Lutweiler gehört hatte.

Das war nicht einmal gewesen, sondern Hunderte von Malen, in einer Bar in der Canal Street in Houston.

Bernards Vater, Jacob Foy, hatte nicht sein ganzes Leben lang hinter der Registrierkasse im Burnie's residiert. Er war, kann man mit Fug und Recht behaupten, ein weitgereister und lebenserfahrener Mann, wie er nun hoch in den Sechzigern über seine Kundschaft von Matrosen, Piloten und zweifelhaften Hausfrauen mit platinblonden Haaren gebot. Das große Glasgefäß mit Mixed Pickles sah aus wie ein sonderbares Aquarium für außerirdische Delikatessen, und ein ulkiges Spielzeugorchester an der Wand, eine Big Band im Glenn-Miller-Stil, spielte in regelmäßigen Abständen auf seinen winzigen Instrumenten.

In dieser Bar hing auch ein Bild von der Invasion der Normandie, ein Zeitungsphoto, auf dem Soldaten der zweiundachtzigsten Fliegerstaffel auf Frankreich hinabschweben.

Jacob war nach einer recht wilden Zeit in den Banden, die nur allzu typisch für das Houston der späten dreißiger Jahre waren, als Unteroffizier bei dem später so berühmten Fallschirmjägerkorps in San Antonio gelandet. Die Erinnerung an seine Jugend war für ihn verbunden mit dem Geruch nach verschwitztem Khaki, Armol, Wolken von texanischem Staub, den durchdringenden Signalen der Trillerpfeifen und Lederriemen, die in die Schulter schneiden.

Aus diesem Milieu war Jacob sozusagen in die leere Luft über Sizilien geworfen worden, um nach einigen höllischen Tagen inmitten von explodierenden Granaten, Maschinengewehrgarben und Haufen von Toten in der wabernden italienischen Frühsommerhitze plötzlich zu erfahren, daß er die Tapferkeitsmedaille des Kongresses in Silber bekommen hatte. Der Schritt vom schwarzen Schaf der Familie zum Helden war so abrupt, daß er es selbst kaum fassen konnte. Sein eigener Fallschirmjägerzug, eine Gruppe von außerordentlich hartnäckigen jungen Männern, die einander oft seit früher Jugend von Treffen in den Bars und erbitterten Bandenkriegen im Houston der späten dreißiger Jahre kannten, standen plötzlich auf den ersten Seiten von *New York Times* und *Colliers Magazine*.

Man hatte das Glück oder das Unglück gehabt, auf Sizilien an eine sehr schlagkräftige und zahlenmäßig überlegene deutsche Einheit zu geraten. Für einige seiner Kameraden hatte das den Tod bedeutet, für die Überlebenden Purpurherzen und Tapferkeitsmedaillen aus den fernen USA, die sie bis dahin kaum anders kannten als in der Gestalt von Motorradpolizisten und lästigen Jugendrichtern.

Die ersten Deutschen seines Lebens sah er als Tote. Es erstaunte ihn, daß diese wettergebräunten, ausgemergelten proletarischen Gesichter ihm übelwollten. Aber so war es ja. Die ersten Berichte über die Vernichtungslager waren schon in den jüdischen Gemeindeblättern zu lesen.

Er kehrte als Held aus Sizilien zurück, um später nach England versetzt zu werden. Sein Zug wurde 48 Stunden vor der großen Invasion in der Normandie abgesetzt. Es war eine reine, klare Frühsommernacht, als er sprang, und alles wäre gut gewesen, wenn die Fallschirmspringer diesmal nicht zufällig mitten in einem Trainingslager für SS-Offiziere gelandet wären, ein Teil von ihnen genau auf den Zeltdächern. Jacob konnte in dieser Nacht keine Schüsse abfeuern. Er schaffte es, nur um den Preis eines blauen Auges und einer gebrochenen Rippe den nächsten Tag zu erleben. Die Blutgruppe B auf seiner Erkennungsmarke bedeute »Baptist«, redete er dem verhörenden Offizier ein (es war nicht das erstemal, daß aufgebrachte Herren in Stiefeln und Uniform lautstarke Verhöre mit dem jungen Foy anstellten). Er kam auf die Liste des Roten Kreuzes und wurde einige Tage nach der großen Invasion als Gefangener durch Paris geführt.

Das war ein lehrreiches Erlebnis. Noch vier Jahrzehnte später, wenn der ständig laufende, lärmende und quatschende Fernseher in einer Ecke der Bar Dokumentarfilme vom triumphalen Einzug der Alliierten in Paris zeigte, was hin und wieder geschah, hatte Jacob Foy stets das Gefühl, die hier gezeigte Weltgeschichte müsse auf einer anderen Linie in einem anderen möglichen Universum stattgefunden haben.

Auch Jacob Foy erinnerte sich an triumphierende Gesichter, jubelnde Franzosen, uniformierte Männer mit schönen Frauen an ihrer Seite. Doch sie jubelten nicht darüber, daß er und seine Kameraden gekommen waren, um sie zu befreien, sondern darüber, daß sie Gefangene waren, die Frauen spuckten ihnen ins Gesicht, die Männer brachen in Hohngelächter aus, und immerzu waren sie von Lastwagen umgeben, auf denen die Filmkameras surrten.

Der weißhaarige, mittlerweile recht friedliche Jacob Foy fragte sich bei solchen Gelegenheiten in seiner Bar zuweilen: Wo sind all diese Leute, die über seine und seiner Kameraden Gefangennahme gejubelt haben, nach der Befreiung hin? Und woher kamen all diese *Befreiten*, die man mittlerweile in den Wochenschauen der CBS sah? Wie alt er auch werden mochte, er würde nie, fürchtete er, wirklich Einblick in die Welt bekommen. Sein Sohn, der ein weiser und gelehrter Mann war, würde es vielleicht schaffen, doch einerseits war dieser Sohn in letzter Zeit nicht mehr oft zu Hause, andererseits war er selbst manchmal etwas zu schüchtern, um Fragen zu stellen. Vielleicht würde der Junge ihn für dumm halten?

1944 war Bernard noch nicht geboren. Und der Mann, der sein Vater werden sollte, saß als Kriegsgefangener in einem großen Gefangenenlager, das wie üblich dreigeteilt war, mit den Russen und den Amerikanern an den Seiten und den Engländern im Zentrum. Es lag in Zwillerheyde.

Es war ein flaches und im Morgenlicht nicht selten schönes Land. Jenseits des Stacheldrahts konnte man bei klarem Wetter in der Ferne Wälder und Hügel sehen, über denen der Nebel aufstieg. Im Winter war es entsetzlich kalt: die Gefangenen pflegten eng umschlungen zu schlafen, um zu überleben, und das war damals kein Spaß. Es war tatsächlich üblich, daß sich jeweils zwei Gefangene zusammentaten, die kleinen Brotrationen, die Decken und die Rotkreuzpakete miteinander teilten. Es war eine Art Symbiose, die durch einfache ökonomische Gesetze das Überleben wahrscheinlicher machte.

Jacob Foys spezieller Quälgeist war der Feldwebel Lutweiler. Dieser Herr, dessen SS-Mütze offenbar nur durch seine unwahrscheinlich abstehenden Ohren an ihrem Platz gehalten wurde, muß im gleichen Alter gewesen sein wie sein Opfer. Jacob Foy konnte sich noch an seinen kurzgeschorenen Nacken erinnern.

Auf die Frage, was er 1945 mit Lutweiler gemacht habe, als die alliierten Truppen direkt vor dem Lager standen, die meisten Wächter geflohen waren und die Gefangenen sich schon in vollem Aufruhr befanden, pflegte Bernard Foy stets mit einem Ausdruck von kindlichem Glück im Gesicht zerstreut zu antworten:

»Oh, Lutweiler? Den habe ich umgebracht. Ich habe ihn durch einen langen Gang verfolgt, mit einem riesigen Holzscheit in der Hand, und am Ende des Gangs war nichts als ein großer Entlausungsschrank. Ich habe die Tür aufgemacht, es war eine schwere Blechtür, ein richtiges Tor, und habe ihn gezwungen, in den Schrank zu steigen. Ich habe mich oft gefragt, warum er mir gehorcht hat. Dann habe ich die Maschinerie für die Entlausung in Gang gesetzt. Arsenpulver und heißer Wasserdampf wurden da drin herumgewirbelt. Tja, das war das Ende von Lutweiler.«

Bernard Foy hatte als kleiner Junge mit unverhohlener Bewunderung der mit den Jahren allerdings immer dramatischeren Erzählung des Vaters gelauscht und sich vorgestellt, wie sich die Tür für immer vor den Augen dieses bleichen SS-Mannes schloß. Wie er da drinnen stehenblieb, ungefähr wie eine Mumie in ihrem Futteral. Was würde passieren, wenn jemand diesen Entlausungsschrank eines schönen Tages einfach auf einer alten verlassenen Müllhalde fände?

(Solche verlassenen alten Müllhalden spielten aus irgendeinem Grund eine bedeutende Rolle in Rabbi Foys Phantasie, ebenso wie unterirdische Verbindungsgänge, verzweigte Tunnelsysteme unter Krankenhäusern oder anderen großen Gebäudekomplexen, diese Verbindungsgänge und die realistischen elektronischen Spiele, die man darin spielen konnte. Das Merkwürdige war, daß Bernard Foy in Wirklichkeit natürlich nie eine Müllhalde, geschweige denn einen unterirdischen Gang besucht hatte.

Irgend etwas in ihm wurde jedoch von dem Gedanken angeregt, er nehme im Grunde genommen bloß an einem dieser Computerspiele teil, von denen die Jugendlichen heutzutage geradezu besessen zu sein schienen.)

Würde der entsetzliche Mann immer noch da stehen, jetzt mit einem nackten weißen, grinsenden Schädel unter der SS-

Mütze? Und den Blick des Lebenden mit den geistesabwesenden, milchigen Augen des Toten erwidern?

Oder man stelle sich vor, der Schrank wäre leer? Man stelle sich vor, Lutweiler habe sich auf irgendeine merkwürdige Weise auf die andere Seite gerettet? Welche andere Seite? Wo wäre die in diesem Fall?

»Undenkbar, mein Junge«, pflegte Jacob Foy mit seinem sicheren Lachen zu sagen, wenn der elfjährige Bernard bei den großartigen Erzählstunden in der Bar diese Möglichkeit behutsam zur Sprache zu bringen versuchte. »Völlig undenkbar.«

Es gab große Eisenriegel, die man vorschob, wenn der Entlausungsschrank in Betrieb genommen werden sollte. »Und dahinter, verstehst du«, fuhr der Vater fort und strich ihm liebevoll über den Hinterkopf, während die Gäste am Tresen atemlos lauschten, »dahinter, verstehst du, mein Kleiner, dahinter war nichts als die Wand. *Die Wand*, verstehst du, mein Kleiner!«

Und sein Lachen schallte über den Tresen.

Doch vielleicht war diese Hinrichtung des schlimmsten Quälgeistes im Gefangenenlager nur ein Tagtraum, eine nie verwirklichte Rachephantasie, die der sonst sehr friedliche Mann sich nach der Freilassung ausgedacht hatte? Etwas sehr Entschlossenes, sehr Hartes im Wesen des Vaters, das in alltäglichen Situationen fast nie zu merken war, doch zuweilen mit der Schärfe und Festigkeit eines Granatsplitters in einem freundlichen alten Baum zum Vorschein kommen konnte, sagte Bernard, daß es dennoch nicht unbedingt eine Phantasie sein mußte.

Bernard Foy versank in Gedanken und Träume. Das schöne Laubwerk der Deckenfresken, das einem das köstliche Gefühl gab, sich mitten in einem Wald zu befinden, bot dem Auge einen angenehmen Rastplatz. Und das Waldgefühl in diesem schönen Lesesaal, der schon so viele glänzende Essays und Bücher an den lagen grünen Tischen mit den freundlichen grünen Lampen hatte entstehen sehen, wurde von dem leisen Geraschel Tausender von Buchseiten verstärkt, die gleichzeitig unter der Kuppel umgeblättert wurden.

Es klingt, wie wenn ein Frühsommerwind durch die Espen streicht, dachte Bernard.

Wäre nicht der unangenehme Kasernengeruch des Mannes zu seiner Linken gewesen, hätte Bernard das alles als sehr angenehm empfunden.

Lange halte ich das nicht mehr aus, dachte Bernard. Ich werde, selbst auf die Gefahr hin, wieder in die Warteschlange zu kommen, um einen anderen Platz bitten müssen. Sehr unangenehm! Die junge Dame zu seiner Rechten, eben noch so anziehend für ihn mit ihrem Lederrock und ihren schmalen, gepflegten Händen, die nervös wie zwei junge Schwalben flatterten und in Walter Benjamins Passagenwerk in der neuen Suhrkamp-Ausgabe blätterten, hatte offenbar die einzig vernünftige Schlußfolgerung gezogen: in der Nähe dieses Stinkstiefels mit seinem Geruch von Infanteriesoldat und Polizeiwollsachen konnte man ganz einfach nicht sitzen.

Ich hoffe wirklich, dachte Bernard, daß sie nicht glaubte, dieser Gestank käme von *mir*. Das wäre wirklich zu peinlich.

Sieh da, hier hat sie übrigens einen Umschlag auf dem Tisch vergessen. Aber vielleicht ist es unhöflich, wenn ich ihn wegnehme? Vielleicht kommt sie zurück? Am besten gebe ich ihn in der Ausleihe ab. Er legte den Umschlag, der offenbar ein Photo oder ein anderes steifes Stück Papier enthielt, an seinem eigenen Platz auf den Notizblock von der *Papeterie Joseph Gibert* mit seinem fröhlichen gelben Pappdeckel.

Da saß er unter den Laubschatten der Deckengemälde. Hier hatte einst Walter Benjamin in den letzten Jahren vor dem Krieg hektisch seine Exzerpte und Zitate für das große Baudelairewerk zusammengesucht, das niemals in seiner endgültigen Form verwirklicht wurde. Doch als dieser Lesesaal am 16. Juni 1868 eingeweiht wurde, war Charles Baudelaire selbst seit einem Jahr tot.

Hier waren gelehrte Werke, säuerliche Rezensionen, glänzende Diskussionsbeiträge geschrieben worden. Hier waren Dissertationen und Lexika der altsumerischen und chaldäischen Sprache entstanden. Und hier, in der Tiefe der endlosen Magazine, schliefen all diese Bücher, die kein Mensch mehr liest. Solche wunderlichen alten Romane, wie sie der Schweinslederkoffer enthalten hatte.

Bernard wurde aus seinen vagen Überlegungen aufgeschreckt, als ihn jemand leicht am Ellbogen berührte.

Es war der Aufseher, der höfliche junge Mann, dessen Aufgabe es war, die bestellten Bücher auszuteilen. Manchmal bringt dieser Herr ein grünes Kärtchen, auf dem mitgeteilt wird, daß das gewünschte Buch bereits entliehen ist. Manchmal hat man Glück und bekommt sein Buch. Es ist wie in einer Lotterie. Es genügt, daß man einen Vormittag abwesend ist, damit man unwiderruflich das Recht auf dieses Buch verliert, auf das man wochenlang gewartet hat.

Doch diesmal war es nicht so. Vielmehr wurde ihm jetzt, erschreckend in seiner zwillingshaften Ähnlichkeit mit dem Buch, das Bernard in dem verschlossenen Aktenkoffer gefunden hatte, Band I 1937 der *Nouvelle Revue Française* überreicht. Und in derselben Sekunde nahm der junge Mann das Exemplar an sich, das Bernard bereits auf seinen Tisch gelegt hatte.

Es ging so schnell, daß Bernard nicht die geringste Chance zum Protestieren blieb. Und was hätte er überhaupt einwenden sollen. Auch dieses Exemplar gehörte ja der Bibliothèque Nationale. Es ist nicht gerade ein ruhmreicher Anfang für einen jungen Rabbi, seine Pariser Laufbahn mit einer Anklage wegen Buchdiebstahls in der Nationalbibliothek zu beginnen. Bernard machte seinem Schreck und seiner Enttäuschung mit einem Zischen zwischen den Zähnen Luft und begann rasch das neue Exemplar durchzublättern.

Hier schrieb Roger Martin du Gard und hier schrieb André Gide. Hier spielten sich die großen Debatten der Vorkriegszeit ab, ebenso wie das ewige und stets genauso triste Geplänkel zwischen jenen Intellektuellen, die die Macht in irgendeiner ihrer Erscheinungsformen bewundern, und jenen, die nein zur Macht sagen. Hier begegneten sich Vitalismus und Kommunismus, Psychoanalyse und die Reste der dünnen Ideologie der *hommes de la bonne volonté* in dem, was man respektlos eine bunte Mischung nennen könnte.

Und hier sollte nun ein Essay über Paris von dem interessanten jungen Kritiker Roger Caillois kommen. *Aber was war denn das?*

Selten war ein Rabbi so nahe daran, sich unter der ehrwürdigen Kuppel der Bibliothèque Nationale einen Lausbubenpfiff entschlüpfen zu lassen wie Bernard Foy aus Houston an diesem Vormittag. Doch er hatte auch gute Gründe dazu.

Denn was er entdeckt hatte, konnte nichts anderes sein als ein nahezu vollkommener Spionagebriefkasten.

An der Stelle, an der laut Inhaltsverzeichnis Roger Caillois' Essay »Paris, Mythe Moderne« beginnen sollte, das heißt auf S. 688, stand ein monotones Kryptogramm von Zahlen, die in Fünfergruppen geordnet waren:

85739 97878 24659 25375 36645 35332 97748 . . . usw. Seite für Seite, in der entsetzlichsten Monotonie, die selbst den aufgewecktesten Leser hätte zum Wahnsinn bringen können, und diese kompakte Zahlenmasse erstreckte sich genau bis zu dem Punkt, an dem der nächste Artikel in aller Stille seinen Anfang nahm.

So elegant war diese Interfoliierung ausgeführt, daß man von außen nur einen leichten Farbunterschied im Schnitt erkennen konnte, wenn man den Band direkt unter eine Lampe hielt.

Es konnte kein Zweifel bestehen. Offenbar gab es jemanden, der die Möglichkeit hatte, Bücher aus der Bibliothèque Nationale herauszuschmuggeln, um dann geschickt Faksimiles mit langen Codemitteilungen zu produzieren, die im richtigen Moment an diesem Tisch ausgetauscht wurden.

Aber wie schmuggelte man sie wieder heraus? War nicht das Risiko viel zu groß, von dem strengen Kontrolleur am Ausgang des Lesesaals entdeckt zu werden? Und gab es eine ähnliche Botschaft in dem Buch, das er in die Bibliothek mitgebracht hatte und das aus dem Aktenkoffer des ermordeten Schachverbandspräsidenten stammte? Er konnte sich nicht erinnern, irgend etwas in dem Band gesehen zu haben, das vom Üblichen und Selbstverständlichen abwich. Doch zugegebenermaßen hatte er vor allem nach losen Zetteln Ausschau gehalten.

Doch wer konnte in der Zeit der Xeroxapparate ein Interesse daran haben, diese Berichte so sorgfältig herzustellen? Das tut man nur, kam es Bernard plötzlich in den Sinn, wenn man sie über eine Grenze schmuggeln will. Keiner stiehlt und keiner liest Bücher, die so aussehen, am allerwenigsten Zollbeamte. Zumal sie keine Pornographie versprechen.

Bernard war sich sehr wohl darüber im klaren, daß er jetzt in Gefahr schwebte. Vielleicht beobachtete ihn jemand in diesem Moment von einem der Gänge in den oberen Gallerien aus? Es war kaum ratsam, hier, auf diesem Stuhl sitzend, den Versuch zu machen, diese monströse Zahlenmenge abzuschreiben, ebensowenig wie zu versuchen, das Buch unter dem Mantel hinauszutragen.

Offenbar mußte dieser Text wichtig sein, hier war eine Schrift zu retten.

Bernards Gedanken kehrten in diesem Augenblick zu dem magischen Wort zurück, das vorhin durch sein müdes Hirn geschwirrt war: Xerox!

Mit entschlossenen Schritten bergab er sich zur Xeroxabteilung der Bibliothek, die hinter dem linken Ausgabeschalter liegt.

Es war zu einer Zeit, in der es keine lange Warteschlange gibt. Er mochte drei oder höchstens fünf Minuten dagestanden haben (eine Zeitspanne, die sich später als überraschend bedeutungsvoll herausstellen sollte), bevor er an der Reihe war, von der freundlichen kleinen Vietnamesin bedient zu werden.

Sie zählte sorgfältig die Seiten, die kopiert werden sollten, rechnete aus, was es kosten würde, und war offenbar kein bißchen erstaunt darüber, daß diese Seiten nichts anderes enthielten als eine offenbar endlose Zahlenfolge.

Bernard bezahlte gleichmütig die achtzehn Franc und stellte beiläufig fest, daß er nicht mehr viel Geld hatte; schließlich hatte er sich ja seit einer ganzen Weile nicht mehr umseine Finanzen gekümmert, und sein langer Ausflug zu den Sumpfwiesen und den herbstlichen Kanälen bei Worpswede hatte ihn keineswegs bereichert.

Ein Blick genügte, als er in den Lesesaal zurückkam, um festzustellen, daß dort etwas Ungewöhnliches passiert sein mußte. Kein einziger Leser saß noch an seinem Platz; stattdessen bildeten sie murmelnde und flüsternde, wispernde Gruppen. In der Mitte des Saals war es dunkelblau von den Uniformen der Gendarmen, und weitere strömten hinzu.

Er *wußte* es schon: es war sein Platz von vorhin, den die Polizisten jetzt umringten und diskret abschirmten. Von der Treppe aus, die zur Xeroxabteilung hinaufführte, hatte er eien guten Überblick und sah nur allzu deutlich den schweren Körper, der jetzt abtransportiert wurde.

Erschrocken, doch zugleich voll unverbesserlicher Neugier, wichen die Leser und Gelehrten der Bibliothek schaudernd, jedoch überraschend langsam zurück, als zwei Polizisten den Körper rasch hinaustrugen. Und nur zu gut sah Bernard den Griff des offenbar sehr großen Dolchs mit breiter Klinge, der diesem unschuldigen Bibliotheksbenutzer zum Verhängnis geworden war.

Es mußte der unglückliche Leser sein, der als nächster in der Warteschlange gestanden hatte und nun auf seinem Platz gelandet war, da er ihn irrtümlich für frei hielt. Nur weil ich meinen Notizblock mitnahm, als ich zum Kopieren ging, hat ihn das Messer an meiner Stelle getroffen, sagte sich Bernard, und langsam dämmerten ihm die schrecklichen Konsequenzen dieses Gedankens.

Zum zweitenmal innerhalb einer Woche hat man versucht, mich zu ermorden, und statt meiner jemand anderen umgebracht. Und beide Morde wurden auf die gleiche Weise ausgeführt. Jetzt bekomme ich ernstlich Angst.

Rasch gab er den NRF-Band und die Marke für seinen Platz zurück. Mit der Fotokopie des bemerkenswerten Aufsatzes, dem Notizbuch und dem Umschlag, den das Mädchen vergessen hatte, eilte er zum Ausgang. Den Umschlag werde ich untersuchen, sobald ich nur kann, aber jetzt muß ich so schnell wie irgend möglich zum Ausgang, bevor jemand auf die Idee kommt, das Gebäude abzuriegeln, dachte er.

Der Hof der Nationalbibliothek, der an diesem Tag in derselben freundlichen Herbstsonne badete, die schon eine Zeitlang über Paris strahlte, bildet, wie wir wissen, ein schönes Rechteck in dem Komplex, in den der große Colbert im Jahre 1666 die Sammlungen aus der Rue de Laharp überführen ließ, ein Hof, in dem man heute nicht rauchen darf. Dieser Hof wimmelte jetzt von Polizisten und verwirrten Forschern, die nicht zu wissen schienen, ob sie hinein oder hinaus wollten. Auf der Straße draußen waren mehrere große schwarze Polizeiwagen geparkt. Der nette Mann, der links im Gewölbegang *Le Mondes* frühe Ausgabe für die Forscher bereithält, wenn sie nachmittags aus der Bibliothek kommen, war offenbar der einzige Mensch im ganzen Quartier, der sich nicht hatte beunruhigen lassen.

Er rief eine Schlagzeile aus, die Bernard veranlaßte, auf der Flucht rasch seinen letzten Franc aus der Tasche zu fischen und ein Exemplar zu kaufen. Lesend stolperte er auf die Straße hinaus.

Er hatte sich nicht verhört. Der Herr, den man im Bois de Vincennes aufgefunden hatte, kopfüber in einem der inneren Teiche liegend, war der westdeutsche Verteidigungsminister Hans Graf Hansdorff.

Offenbar hatte er sich zu einem privaten Besuch in Paris aufgehalten. Sein Tod, vermutlich ein Selbstmord – es war von Überanstrengung, Depression und geistiger Verwirrung die Rede – hatte in NATO-Kreisen Besorgnis ausgelöst.

Ich wußte es, dachte Bernard, als er halb in Trance die Straße überquerte und sich in dem ersten Café in der Rue Rameau gegenüber vom Eingang der Bibliothek an einen Marmortisch setzte.

Ich wußte es. Ich habe es in seinen Augen gesehen. Sein Tod ist ein Selbstmord.

Er zählte seine letzten Münzen und fand, sie würden wohl für eine *citron pressé* reichen. Das Muster in der Marmorplatte des Cafétisches fesselte seinen müden Blick für einen Moment mit seltsamer Kraft. Irgend etwas im Marmor sah aus *wie die elegante Locke einer Frau.*

Ich mag nichts mehr von diesem toten Mann lesen, sagte sich Bernard. Jetzt nicht. Ich will lieber nachsehen – und hier kommt schon meine *citron pressé*, mit Zuckerdose, wie es sich gehört – was der Umschlag des Mädchens enthält. Vielleicht kann ich ihn ihr zurückgeben, vielleicht ist eine Adresse darin. Es war ja ein schönes Mädchen. Sie hatte die Angewohnheit, mit der Spitze ihres Zeigefingers gleichsam streichelnd an der Oberlippe hin- und herzufahren, was ich unwahrscheinlich attraktiv und erregend fand.

Ganz zu schweigen von dem leichten Rascheln, wenn ihre Nylonstrümpfe sich an der Innenseite ihres Lederrocks rieben. Außerdem hatte sie die Angewohnheit, mal das eine, mal das andere Bein unter dem Stuhl nach hinten abzuwinkeln, wie ich es oft bei sehr jungen Mädchen beobachtet habe. Welch ein Glück, daß sie ging, bevor das Entsetzliche geschah.

Und daran mag ich nicht mehr denken. Nicht jetzt. Später vielleicht.

Der Umschlag war nicht zugeklebt. Er enthielt lediglich eine Fotografie. Darauf war er selbst abgebildet, schräg von unten, die Ellbogen gegen ein Brückengeländer gestützt, mit einem sehr starren und zugleich faszinierten Ausdruck direkt in die Kamera blickend. Das Bild mußte eine enorme Vergrößerung sein.

*Das Merkwürdige ist,* dachte Bernard, *daß Menschen auf Fotografien so tote Augen haben. Wir bilden sie auf eine solche Weise ab, daß sie keine Möglichkeit haben, unseren Blick zu erwidern.*

Hans Graf Hansdorff war also in einem Teich im Bois de Vincennes aufgefunden worden. Das war so, wie es war, und nichts daran zu ändern. Ein Mann, der aus irgendeinem Grund seinen, Bernards Platz in der Bibliothèque Nationale übernommen hatte, war an diesem Platz ermordet worden, während er selbst beim Fotokopieren war. Das war ernst, sehr ernst.

Denn entweder hatte man diesen Mann aus Versehen an seiner Stelle ermordet, oder auch . . . oder . . .

Der Gedanke verlor sich in der leichten Panik, die in ihm hochstieg. Alles eilte jetzt sehr. Der Gedanke schnurrte zu einem kleinen Punkt zusammen. Aber . . .:

Das Mädchen auf dem Platz rechts neben ihm hatte ein Bild von ihm hinterlassen, aufgenommen *in dem Augenblick, in dem er zu viel sah.* Das war wohl das Ernsteste von allem. Was mochte es bedeuten?

Ein Gedanke, zu phantastisch, als daß er ihn in diesem Moment ernst zu nehmen wagte, flimmerte vor seinem inneren Auge vorbei.

Angenommen, nur mal angenommen (ohne alle ontologischen Verpflichtungen), der wuchtige Mann mit den hundeartigen Ohren – ein ausgesprochen unintellektueller Typ –, der auf dem Platz links neben mir saß, wäre von derselben Bande geschickt, die mich in der Gegend von Minister Hansdorffs Schloß in Westerwede zu ermorden trachtete, einer Bande, der ich durch meine Reise nach Paris zu entkommen geglaubt hatte.

Angenommen, das Mädchen, jenes auffallend attraktive Mädchen, das rechts von mir saß, gehörte zur anderen Bande, jener, die mich im Nachtzug zu ermorden versuchte.

Und *angenommen* (was natürlich die einzig vernünftige Schlußfolgerung in diesem Haufen von Mutmaßungen und unbegründeten Hypothesen über Identität und Unterschiede ist, diese ganze laxe, leichtfertige Ontologie, kennzeichnend für jede Philosophie, die in Panik und Hektik entwickelt werden muß, aber für welche Philosophie gilt das nicht?), diese beiden Gruppen hätten tatsächlich nicht die leiseste Ahnung voneinander!

Wäre es dann nicht *denkbar*, daß die beiden Mörder, der klobige KGB-Mann auf der linken Seite und das hübsche schlanke Mädchen (das Gott weiß wen vertrat) auf der anderen Seite, einander irgendwie in die Quere gekommen wären?

Ich muß einen Ausweg finden! Koste es, was es wolle, aber ich muß versuchen herauszufinden, worum es hier überhaupt geht. Bernard holte sein Notizbuch hervor, in das er sonst vorwiegend Einfälle zu seiner Dissertation über Isaak Lurias manichäische Wurzeln eintrug, fand den stumpfen Bleistift, dessen Stumpfheit ihn bereits im Lesesaal irritiert hatte, und notierte in seiner pedantisch klaren Schrift:

Ich habe offensichtlich vier Spuren zur Verfügung, und *eine* davon muß den Schlüssel zu alledem enthalten:
1) Eine Benutzerkarte für die Bibliothèque Nationale, ausgestellt auf eine Dame namens Elisabeth Frejer, von der ich nur weiß, daß sie schön ist und daß ihre Benutzerkarte aus irgendeinem Grund beim mittlerweile toten Präsidenten des Schwedischen Schachverbands, dem Anwalt Hans von Lagerhielm, gelandet ist. Zusammen mit einer Kassette, wohlgemerkt, die sehr wohl das Steuerungsprogramm für einen Marschflugkörper enthalten haben kann. Auf irgendeine Art dem nunmehr toten Verteidigungsminister der Bundesrepublik, Graf Hansdorff, gestohlen. Oder vielleicht nicht *ihm* gestohlen, sondern auf dem Weg zu ihm? Wie soll man diesen Unterschied kennen?

Irgendwie steckte dieser Anwalt im Zentrum einer sehr schlimmen, sehr gefährlichen internationalen Intrige. Indessen kann er durchaus dem Dolch eines Mörders zum Opfer gefallen sein, der nichts von alledem wußte. Vielleicht mußte er sterben, weil er zufällig in einem Schlafwagen das Bett mit einem Mann tauschte, der unschuldig aussah, tatsächlich aber zum Tode verurteilt war, weil er etwas gesehen hatte, was er eigentlich nicht sehen durfte.

2) Der fremde schweinslederne Aktenkoffer mit den seltsamen alten Romanen. Das einzige, was ich über ihn weiß, ist, daß er mit höchst komplizierten Schlössern versehen war, fast als hätte er ein Staatsgeheimnis enthalten. Und vielleicht enthielt er wirklich ein Staatsgeheimnis?

Soviel stand jedenfalls fest: eins der Bücher in dem Aktenkoffer ließ sich blitzschnell gegen ein anderes in der Bibliothèque Nationale vertauschen, gegen eines, das ein langes Kryptogramm aus Zahlen in Fünfergruppen enthielt.

Die Bücher habe ich bei mir, mit Ausnahme des einen, das in der Bibliothèque Nationale vertauscht wurde, und –

3) Das Kryptogramm besitze ich in einer Fotokopie, sinnlos für mich, sinnlos wie alle Schrift, bevor man den Schlüssel gefunden hat, mit dem man sie deuten kann. Daher wertlos für mich, aber so wertvoll für jemand anderen, daß er mich vielleicht im nächsten Moment töten wird, um in seinen Besitz zu kommen. (Das ist lehrreich, und eines Tages werde ich es bei einer Auslegung der Thora verwenden.)

4) Das vergessene Bild, das mich selbst im Trainingsanzug über ein Brückengeländer gelehnt zeigt. Es erschreckt mich mehr als irgendein Bild, das ich je gesehen habe, ja, es erschreckt mich mehr als alles andere in dieser dunklen Geschichte.

*Denn dieses Bild zeigt, daß man mich gesehen hat, als ich sah.*

Rings um ihn her bewegte sich die Stadt, existierte, atmete, wimmelte Paris, dies Meisterwerk des menschlichen Gedankens. Meer, Labyrinth und lauschende Riesenmuschel zugleich. Blaue Busse hielten und spien ihren Dieselrauch fast bis zu seinem Tisch. Forscher auf dem Weg von der Bibliothek zu ihrem Nachmittagskaffee gingen mit eifrigen Schritten die Straße hinunter. Labyrinthisch und rätselhaft breitete sich das Leben der großen Stadt in alle Richtungen aus, während die ersten Abendwinde allmählich aufkamen, ein bißchen schwerfällig, ein bißchen langsam, wie Geschäftsleute, die sich aus ihren Sesseln erheben.

Waren es die Dämonen des Abends, die auszuschwärmen begannen? Was ließ die Straßenschilder klirren, die Jalousien für einen Augenblick rasseln?

Jetzt quoll die Wärme aus den offenen Türen der Restaurants, jetzt ließen sich die ersten Prostituierten blicken, seltsam unwirklich mit ihrer Schminke, da sie nicht gewöhnliche Frauen waren, sondern als »Frauen« verkleidet, so wie eine niedrige, grobe, gemeine Phantasie sie sehen wollte. Und schlich nicht vielleicht hier und da in der hereinbrechenden Dämmerung der Taschendieb, unterwegs zu seiner Arbeit, und der Tresorknacker mit seinen Werkzeugen. Ja, vielleicht. Vielleicht auch der gedungene Mörder, die rasiermesserscharfe Klinge in der Tasche des dunklen Mantels verborgen...

Diese ganze große Stadt, dieses Labyrinth, diese Riesenmuschel lebte, kurz gesagt, ihr eigenes Leben. Und in diesem Meer von menschlichen Bestrebungen, Gebärden, Leidenschaften, Kommunikationen war er ganz allein mit seinem Mörder.

Mit einer für einen Rabbi ungewöhnlichen Geschwindigkeit bezahlte Bernard seine *citron pressé.* Vorsichtig sah er sich nach allen Seiten um. Er wußte nur zu gut, wo dieses Foto von ihm aufgenommen war: bei seinem letzten Morgenlauf über Stockholms fünf große Brücken, in dem Moment, als er stehenblieb und *zu viel sah.*

*Auch dieser Feind ist mir also hierher gefolgt.*

*Wir sind jetzt sozusagen vollzählig.*

*Das Spiel kann beginnen!*

War es eine überreizte, kranke Phantasie, die ihm das Gefühl gab, er werde überwacht, als er in die Rue des Petits-Champs einbog? Er sah sich vorsichtig um.

Alles war wie sonst, aber doch nicht *ganz* wie sonst. Irgend etwas, eine blitzschnelle Regung im Hinterkopf, sagte ihm, daß nicht alles so war, wie es sein sollte.

Der hinterste Teil der Straße, der zu der kurzen Passage de

Palais Royal führt, war von einem riesigen Möbelwagen versperrt. Es half nichts, daß eine Reihe von Autofahrern, die weder vor noch zurück konnten, aggressiv und fast ununterbrochen hupten. Anscheinend hatte der Möbelwagen eine Reifenpanne. Jedenfalls waren zwei Männer in Overalls dabei, die Radkappe des rechten Hinterrads zu entfernen, offenbar, um es abzumontieren. Dabei ließen sie keine übertriebene Eile walten. Das schlimmste war, daß parallel dazu eine Mercedes-Limousine stand, mit Scheiben aus rauchfarbenem Glas, wie sie gern von Ministern und anderen scheuen Personen benutzt wird, wenn sie in den Verkehr hinausgezwungen werden.

Der Mercedes hatte offenbar versucht, an dem Möbelwagen vorbeizukommen, und war jetzt so unglücklich zwischen diesem und dem Baldachin des nächsten Restaurants eingeklemmt, daß nicht einmal ein sehr magerer Fußgänger sich hätte durchquetschen können.

Bernard wich nach rechts in Richtung des Torbogens der Passage de Palais Royal aus, die mit ihren beiden Läden zu den schönen Arkaden hinüberführt, als vier Männer sich buchstäblich aus dem Mercedes warfen und ihn umringten.

Einen schwindelerregenden Augenblick lang meinte er tatsächlich einen davon zu erkennen. War es nicht der rohe Kerl, der an dem nebligen Herbstabend ein wohlverdientes Bad in der Hamme hatte nehmen müssen, nachdem Bernard ihn vor Tietjens Hütte bei Worpswede von der Brücke geworfen hatte?

Doch was hatte er jetzt diesen vier grobschlächtigen, vermutlich bis an die Zähne bewaffneten und diesmal vermutlich besser vorbereiteten Männern entgegenzusetzen, die vermutlich Mörder und Handlanger im Dienst des sowjetischen Sklavenstaates waren?

Das ist nur meine Phantasie, dachte Bernard. Ich muß mir etwas einfallen lassen, und zwar schnell.

Das einzige, was unverändert war, war der seltsame Gaukler im fadenscheinigen Frack mit Zylinder und rissigen Glacéhandschuhen, mit anderen Worten der Gaukler in der Rue des Petits-Champs. Wie üblich in seine kleine autistische Operettennummer vertieft, schwenkte er die Champagnerflasche auf dem einen der Steinfundamente neben der kurzen Treppe, die zur Passage hinunterführt.

»Da«, sagte Bernard unwillkürlich so laut, daß die vier hundeartigen Gesichter, die sich ihm jetzt näherten, ihn offenbar hörten und für einen Augenblick zurückschreckten, *»da steht der Mann, den ich brauche«*. Und er deutete dramatisch in die Richtung des Gauklers.

So zwingend war diese Geste, daß sie alle in diesem Augenblick dorthin schauten.

## 5. Bernard begegnet einer Dame

Der Charakter eines Mannes ist sein Schicksal. Zu den Charaktereigenschaften Bernard Foys gehörte seine Schnelligkeit. Im Laufe seiner Reise war sie ihm schon mehr als einmal zur Hilfe gekommen.

So auch jetzt. Mit einem einzigen Satz war er bei dem befrackten Gaukler hoch oben auf dem Steinfundament, und sicherheitshalber schwang er sich noch auf die lebensgefährlich hohe Balustrade, so daß er nun diesen merkwürdigen Mann, diese magere, zerschlissene Parodie der achtziger Jahre auf den Dandy des vorigen Jahrhunderts, ein Stück unter sich hatte.

Mit einem lauten Gelächter schnappte ihm Bernard die noch nicht ganz ausgetrunkene Champagnerflasche weg und schwang sie in offenbar magischen Kreisen über seinem Kopf. Dem armen Kerl schien dieser Scherz nicht im geringsten zu gefallen. Sein Gesicht lief puterrot an, wütend versuchte er mit hohen Sprüngen, nicht unähnlich einem erbosten Schoßhündchen, zur Balustrade hochzuhüpfen, wo der hochgewachsene Rabbi mit seinem dunklen Mantel und seinem breitrandigen Hut stand.

Schon begannen sich dort unten Menschen zu versammeln. Der Anblick eines Rabbi, der einem umhertänzelnden, dandyhaften Alkoholiker seine Champagnerflasche entreißt und sie foppend vor seinen Augen schwenkt, teilte das Publikum sogleich in zwei Lager: diejenigen, die mißbilligten, was da offenbar geschah, und diejenigen, die es tatsächlich an der Zeit fanden, daß eben dies geschehe. Ihre lauten Kommentare und Zurufe, die zu Bernards Kummer nicht ganz frei von einer leichten antisemitischen Tendenz zu sein schienen, stiegen zu ihm auf wie aus der Tiefe eines antiken Amphitheaters. Jedoch mit dem Unterschied, daß es hier das Publikum war, das sich unten im Kessel befand, während die Schauspieler hoch über ihnen agierten.

Der Gaukler war jetzt dazu übergegangen, lauthals zu schreien. Er hatte unbestreitbar etwas von einer Diva, einer Operndiva, die entdeckt, daß nach der ersten Probe eine andere die große Sopranarie übernommen hat, die doppelt so voll und stark singt wie sie selbst.

Was er eigentlich so laut brüllte, war schwer zu verstehen. Seine Eleganz war unleugbar im Laufe weniger Sekunden um Grade verblaßt; übrig blieb kaum etwas anderes als ein weinerlicher kleiner Narr, der seinem Widersacher um die Beine hopste. Bernard hatte das unangenehme Gefühl, der Mann könne unversehens anfangen, ihn in die Beine zu beißen, da diese seinen Zähnen das einzige Ziel boten.

Zugleich spähte er diskret, falls so etwas in einer Lage wie der von Bernard überhaupt möglich ist, nach den vier Männern, die noch vor einem Augenblick so sicher gewesen waren, den Rabbi mühelos wie ein Paket in ihren dunkel verglasten Mercedes werfen zu können.

»Macht nur einen Plan. Er wird zunichte.«

Nein, dieser Gaukler im zerschlissenen Frack war wahrhaftig kein guter Ensemblespieler. Bernard hatte ihn fast schon satt. Bald schrie er unartikuliertes Zeug, bald biß er sich in den Daumen seines nicht mehr ganz weißen Glacéhandschuhs. Mit den einst blanken schwarzen Lackschuhen trat er wütend gegen die steinerne Balustrade, er versuchte mit hohen Sprüngen, abwechselnd Bernards Rockschoß und die Champagnerflasche zu erreichen. Inzwischen strömten immer mehr Leute zusammen.

Straßentheater? Ein Stück über den Zerfall der kapitalistischen Gesellschaft? Vielleicht verkörperte der befrackte Herr das Industriekapital, das versuchte, dem edlen M. Mitterrand die Kontrolle über die Gesellschaft wieder zu entreißen? Oder war es vielleicht der Schuft Mitterrand, der den französischen Unternehmern durch verschiedene sozialistische Zwangsmaßnahmen ihr rechtmäßiges Eigentum vorenthielt. Mehrere gegensätzliche Interpretationen erreichten Bernard in seiner erhöhten Position.

Offenbar hatten sich die Zuschauer jetzt dafür entschieden, das ganze Spektakel als Straßentheater aufzufassen. Doch wer kann zwischen Theater und Wahnsinn, zwischen Drama und Skandal unterscheiden? Bernard Foy, in der Regel ein bescheidener und zurückhaltender Mann, spürte für einen lehrreichen Augenblick die doppelte Faszination, die stets vom Schauspiel und vom Wahnsinn ausgeht.

Plötzlich bemerkte er eine Bewegung in der Volksmenge am Fuß des Steinfundaments, die ihn erstarren ließ. Die vier Mordgesellen aus Worpswede, Herrn Lutweilers Handlanger, hatten sich jetzt offensichtlich von ihrem Schock erholt, einen neuen Plan gemacht und sich umgruppiert. Entschlossen näherten sie sich aus allen vier Himmelsrichtungen. Sie hatten sich offenbar ausgerechnet, daß Bernard sie niemals alle vier zugleich im Auge behalten könnte. Was würde geschehen? Vielleicht sollte einer von ihnen oder den Verrückten vom Steinfundament herunterziehen. In dem Durcheinander, das vermutlich folgen würde, wäre es wahrscheinlich ein leichtes, ihn zum Auto zu tragen. Die Zuschauer? Ach was, die würden eine solche Episode als natürlichen Abschluß des Schauspiels betrachten, dem sie gerade beiwohnten. Die Gunst des Publikums, sagte sich Bernard, soll man natürlich nie mit Freundschaft verwechseln. Das ist etwas ganz anderes. Im Grunde fast das Gegenteil.

In der Gunst des Publikums ist stets die Hoffnung auf deinen Tod enthalten.

Die vier Männer waren jetzt ganz nah. Sie verharrten in sonderbaren Posen. Inmitten des lebhaft diskutierenden und jubelnden Publikums fielen sie sofort durch ihre gleichsam erstarrte Haltung auf. Man hätte meinen können, sie seien Roboter und für Situationen dieser Art programmiert. Oder Bestandteile der Inszenierung. Waren sie sich nicht erschrekkend ähnlich mit ihren Burberrymänteln und tief in die Stirn gezogenen Filzhüten?

Des ganzen Auftritts überdrüssig und unfähig zu begreifen, warum man darauf bestand, ihn dieser kleinen Freude seines Lebens zu berauben, begann nun der befrackte Herr, den Bernard so schnell zu seinem Kollegen gemacht hatte, buchstäblich zu jaulen wie ein altmodischer russischer Windhund. Das Geräusch war so authentisch, so fürchterlich klagend, daß seine Echtheit nicht zu bezweifeln war. Ein Ruck ging durch das eben noch so muntere Publikum, einer dieser Stimmungsumschwünge, die so charakteristisch sind für die Volksmenge mit ihrer wohlfeilen Gunst und ihrem ebenso billigen Zorn.

Mit einer ritterlichen Geste gab Bernard schließlich dem jaulenden Mann die Champagnerflasche zurück, der sie unverzüglich ansetzte, nicht unähnlich einem Baby, das endlich seine Saugflasche bekommt, und in der verblüfften Stille, die darauf folgte, rief er mit lauter Stimme (es galt nun auch, das immer wütendere Hupen aus der jetzt gänzlich verstopften Straße zu übertönen):

»Herhören, Leute! Hierher, Leute! Kommt näher, kommt näher! Unser magisches Straßentheater hat gerade eine bescheidene Kostprobe gegeben. Darf ich vorstellen: unser Direktor, der Herr Zigeunerbaron und ehemalige Graf Rudolfino von Zapfenstreich, direkt aus Wien, und ich selbst, Benny Foy, direkt aus Houston, Texas. Wir möchten Ihnen jetzt eine Weltsensation ankündigen: die Messerwerfergruppe *Die vier KGB*, bekannt aus Moskau und Worpswede, wo sie kürzlich eine bejubelte Vorstellung im Schloß von Westerwede gegeben haben. Und damit nicht genug. Gleich sehen wir, diskret im Hintergrund, aber unersetzlich und unverwechselbar – ja, da ist er schon! – Herrn Obersturmführer der SS a. D., jetzt Großkommissar des Ordens Roter Stern, mit dem Recht, eine rote Glühbirne am Hosenladen zu tragen, Ernst Lutweiler, genannt *Das Messer!* Wir wollen ihn mit einem herzlichen Applaus empfangen!«

Ernst Lutweiler, denn er war es tatsächlich, der sich jetzt mit schweren Schritten näherte, in einem eleganten schwarzen Ledermantel, den Tirolerhut ebenso tief in die Stirn gezogen wie die übrigen Herren ihre etwas billigeren Hüte, und die Hände sittsam vor dem Hosenladen gefaltet, dieser

Herr schien ganz und gar nicht über den lebhaften Applaus erfreut, der ihm entgegenbrandete, während sich die Volksmenge zugleich willig teilte, um ihn zu dem erwarteten hinreißend komischen Auftritt nach vorn zu lassen. Die vier Messerwerfer, die in diesem Moment tatsächlich allesamt Wurfmesser in der Hand hielten, standen reglos wie Statuen und starrten ihrem Chef ängstlich entgegen. Offenbar erwarteten sie von ihm, daß er irgendeine Initiative ergreifen würde.

Doch diesen verließ in diesem Augenblick der Mut, vielleicht deshalb, weil ein paar kleine Jungen ihn um Autogramme baten – womöglich in dem Glauben, ihn schon mal im Fernsehen gesehen zu haben –, und tatsächlich, Herr Lutweiler trat den Rückzug zum Mercedes an, rasch gefolgt von den vier Messerwerfern. Die allgemeine Verwirrung machte sich Bernard unverzüglich zunutze, um vom Fundament herabzuklettern.

Die fünf Herren, die sich mit bewundernswerter Schnelligkeit in ihre Limousine gezwängt hatten, versuchten nun verzweifelt, vorwärts und rückwärts zu rangieren, was die schon mißgelaunte und enttäuschte Volksmenge auch nicht gerade milder stimmte. Schon sah man die Spuren kräftiger Tritte auf dem makellosen Lack der Türen und Kotflügel.

Bernard, der im Gedränge und Geknuffe ganz unfreiwillig direkt vor der Windschutzscheibe gelandet war, hinter der er Ernst Lutweiler wild mit dem Schalthebel herumfuhrwerken sah, kam auf die Idee, daß ein harter Gegenstand, gezielt geworfen, die Scheibe in eine einzige milchweiße Fläche von tausend kleinen Rissen verwandeln würde. Doch wo die Waffe hernehmen? Jetzt hätte auch er vor Verlangen nach der Champagnerflasche heulen können. Einen Augenblick lang überlegte Bernard tatsächlich, ob er in die Gasse zurückrennen und dem glamourösen, selbstbezogenen Narren nochmals seine geliebte Champagnerflasche entreißen sollte. Glücklicherweise erkannte er, wie unmoralisch ein solches Vorgehen gewesen wäre: schließlich ist es unmöglich, einen Mitmenschen seines Genusses zu berauben, nur um einem Feind einen Schaden zuzufügen.

Bernard brauchte nicht lange über dieses grundlegende moralphilosophische und halachistische Problem nachzugrübeln, denn in diesem Moment tauchte praktisch unter der Achselhöhle des hochgewachsenen Rabbis eine weißhaarige, winzige alte Dame in adretter schwarzer Kleidung auf, eine von denen, die eine Wohnung an der Place des Vosges zu besitzen pflegen und von ihren Neffen gedrängt werden, sie für einen Phantasiepreis an arabische oder sonstige Potentaten zu verkaufen, wobei die alten Damen nicht selten in einem von frommen Schwestern geführten Pflegeheim landen.

Es ist möglich, daß dies irgendeinen darwinistischen Mechanismus ausgelöst hat, der diese alten Damen zu äußerst streitbaren Personen macht. Vielleicht gab es auch eine andere Erklärung, aber jedenfalls muß die Handtasche aus schwarzem Leder, die die Greisin Bernard jetzt überreichte, einen Bleiklumpen oder etwas Ähnliches enthalten haben. Mitten in dem ohrenbetäubenden Lärm bedeutete Bernard dieser überraschenden Helferin, deren Augen vor Begeisterung und sanfter Bewunderung leuchteten, sich in acht zu nehmen, wenn er mit der Tasche ausholte. (Als Golfspieler war Bernard für sein schwungvolles Ausholen bekannt.)

Und dann schlug er mit voller Wucht zu. Das Ergebnis übertraf seine kühnsten Erwartungen. Die gesamte Windschutzscheibe des großen Mercedes verwandelte sich mit einem Schlag in eine Schicht aus undurchsichtigem Milchglas; das gleiche weiße Licht wie unter den von Vogelmist und Fliegendreck verkleisteren Glasdächern in den Passagen von Paris, dachte Bernard. »Lumière blanchâtre«, wie Aragon es 1912 in seinem vorzüglichen Buch ausdrückt.

Jetzt ging alles sehr schnell. Aus dem Mercedes ertönten laute Flüche auf deutsch und russisch. Wen Gott vernichten will, den schlägt er zuerst mit Blindheit. Doch es kann klug sein, sich die Blindheit zunutze zu machen, dachte Bernard.

Schnell und mit einem möglicherweise allzu flüchtigen Dankeswort reichte er der pfiffigen kleinen Dame ihre Handtasche zurück. Diese Greisin ist unbestreitbar eine Persönlichkeit, dachte er. Die wird sich nicht so leicht von ihren Neffen unterkriegen lassen. Ob sie wirklich einen Bleiklumpen in ihrer Handtasche herumträgt? Oder warum nicht einen Goldklumpen? Mit einem nahezu kontemplativen Lächeln nahm die Dame ihre Handtasche entgegen, öffnete eins der zahlreichen Seitenfächer und holte eine kleine Visitenkarte hervor, die sie Bernard mit einem sanften Lächeln zusteckte. Bernard ließ sie in seiner Tasche verschwinden und rannte, so schnell es nur ging, in die dem Fluß entgegengesetzte Richtung. Erst am Restaurant Le Petit Coin de la Bourse, wo er für einen Augenblick eine Verschnaufpause machte, merkte er, daß er den gelben schweinsledernen Aktenkoffer nicht mehr bei sich hatte.

Einen Augenblick lang war es ihm, als habe er einen Freund, einen Begleiter, verloren. Doch er beruhigte sich rasch. Wie groß der Verlust auch sein mag, habe ich doch mein Leben gerettet, dachte er. Aber wo mochte er ihn vergessen haben? In dem Café, wo er an einem Marmortisch *citron pressé* getrunken hatte? Oder auf dem steinernen Fundament bei dem Verrückten in der Rue des Petits-Champs? In diesem Fall wußte Herr Lutweiler mittlerweile genau, wieviel Bernard wußte.

Nein. Nicht ganz. In der Westentasche hatte er ja noch die beiden wichtigsten Dinge, die Photokopie des Kryptogramms aus dem »Agentenbriefkasten« in der Bibliothèque Nationale und die Benutzerkarte von Mademoiselle Frejer. Ach, könnte er sie doch nur aufspüren.

Im Laufen vergewisserte er sich, daß er die Dokumente noch bei sich hatte. Aber was war das? Ach ja – natürlich! Die Karte der kleinen weißhaarigen Dame! Denn es war doch wohl die Ihre?

*Stern*
*Graveur depuis 1857*

*Le Prestige d'une gravure traditionelle*

*Ateliers et bureaux:*
*Passage des Panoramas*
*75002 PARIS*

War die alte Dame eine Graveurin? Höchst sonderbar und unwahrscheinlich! Oder war es vielleicht einer ihrer Neffen, den sie empfehlen wollte? Oder – der Gedanke durchzuckte ihn mit fast betäubender Plötzlichkeit: womöglich war es kein

Zufall, daß die alte Dame in diesem Augenblick zur Stelle gewesen war? Aber wer hatte sie in diesem Fall geschickt? Während ihm dies alles durch den Kopf ging, rannte er weiter. Denn wer weiß, was für Gefahren ringsumher lauerten? Wer konnte noch den Freund vom Feind unterscheiden?

Er befand sich kurz vor dem Eingang der Passage des Panoramas. Auf merkwürdige Weise fühlte er sich sicherer, als er in das milchweiße Licht der Passage eintauchte. Es waren immer noch viele Leute unterwegs. In diesem Quartier hinter der Börse schließen die Geschäfte wahrscheinlich spät, dachte er. Es schienen vor allem elegante, gehetzte Sekretärinnen unterwegs zu sein. Er blieb einen Augenblick vor einem Schaufenster stehen. Es war nicht zu leugnen, daß er ein wenig unordentlich aussah. Der große schwarze Hut war verrutscht, der Schlips hatte sich gelockert.

Diskret brachte er seine Kleidung in Ordnung. Immer mehr Leute schienen durch die Passage zur nächsten Metrostation zu strömen. Der Charakter eines Mannes ist, wie wir schon betont haben, sein Schicksal.

Das sollte sich auch jetzt wieder bewahrheiten. Denn als sich Bernard, jetzt kokett und sensibel, wieder zur Passage hin umdrehte, deren seltsames Exterieur zugleich ein Interieur ist, sah er in einem Sekundenbruchteil die schönste Frau vorübergehen, der er je begegnet war. Das Erlebnis hatte tatsächlich etwas von der Unmittelbarkeit des Blitzes, das heißt ihr Blick traf ihn dunkel, trotzig, heiß und kalt zugleich, lange vor dem Donner, der dieser Offenbarung selbstverständlich hätte folgen müssen.

Sie war ganz in Schwarz gekleidet. Eine behandschuhte Hand hatte den altertümlich langen, weiten Rock hochgerafft, als wollte sie die Rüsche mit der Blumengirlande davor bewahren, durch den Staub der Passage zu schleifen. Einen einzigen Augenblick lang sah er einen Schimmer ihrer Wade, ihr Weiß, ihr erschreckendes Marmorweiß.

Noch Minuten später, als er Sterns Gravierladen in der Nummer 47 betrat, unter dem leisen Bimmeln der kleinen Türglocke zwischen all den gravierten Bögen mit Herzogskronen, Einladungen zu privaten Konzerten oder Ausstellungen und Aktien für neue interessante Banken auf Les Îles de

Cayman, noch in diesem friedlichen Laden, wo ein sehr kleiner und zudem völlig glatzköpfiger Herr mit Schwalbenschwanz ihn fragte, womit er dienen könne, war Bernard völlig betäubt von dem Schock.

Es schien ein sehr distinguiertes Unternehmen zu sein. Überall hingen Proben der Produktion; schön graviertes Briefpapier mit herzoglichen und gräflichen Kronen, prachtvolle Briefköpfe für altmodische feierliche Anwaltskanzleien mit vielen Partnern. Und hinter dem Ladentisch ganz überraschend ein gerahmtes Bild von einem altertümlichen Luftschiff, das über einer makellos weißen arktischen Insel schwebte. Es war eine sehr alte, etwas vergilbte Fotografie. Bernard fragte sich, woher sie wohl stammen mochte.

Eigentlich wollte er nichts von dem sehen, was ihm hier vor Augen kam. Das einzige, was er noch immer sah, war die Dame, der er dort draußen im milchweißen Licht der Passage begegnet war. Von dieser Frau wußte er, daß er sie hätte lieben können. Und, durchfuhr es ihn, während er sich auf beide Arme gestützt über den Ladentisch lehnte und die Sprache wiederzufinden versuchte: auch sie wußte es.

Der freundliche, gnomenhafte Herr hinter dem Ladentisch betrachtete ihn mit einer Art von aufmerksamer Sympathie. Es kam Bernard in den Sinn, daß er eigentlich keine Ahnung hatte, warum er sich in diesem Laden befand. Die alte Dame, die gerade zur rechten Zeit das geeignete Werkzeug zur Hand gehabt hatte, um ihn vor den Verfolgungen des bizarren Herrn Lutweiler zu retten, hatte ihm eine Karte mit dieser Adresse gegeben. Da sie ihm das Leben gerettet hatte, war es offenbar so, daß sie ihm – aus welchem Grund auch immer – wohlwollend gesinnt war. Also war er hierher gekommen. Das war alles.

## 6. In der Passage des Panoramas

Es ist schwer, gegen die Leidenschaft anzukämpfen. Was immer sie haben will, kauft sie sich. Und zwar zum Preis der Seele.

Der stille, etwas gnomenhafte Mann, der offenbar der Besitzer des hübschen kleinen Ladens für graviertes und gekröntes Briefpapier mitten in der Passage des Panoramas war, lehnte sich nun seinerseits über den Ladentisch, wobei er sich auf einen kleinen Stuhl setzte und die Ellenbogen aufstützte. So beugten sich beide Herren über den Ladentisch, jeder von seiner Seite, und musterten einander aufmerksam. Hatte der Graveur womöglich die Frechheit, Bernard zu imitieren? Oder war ihm die Ähnlichkeit ihrer Haltung tatsächlich nicht bewußt?

Als er schließlich das Wort ergriff, war es mit einer angenehmen, überraschend kultivierten Stimme, die man eher mit einem friedlichen alten Lehrer an der École Normale Supérieure verbunden hätte als mit dem Besitzer eines Gravierladens.

»Willkommen. Wie schön, Sie hier zu sehen. Nur wenige haben es so lange durchgehalten wie Sie. Ich muß Ihnen zu Ihrer glänzenden Verkleidung gratulieren, Herr von Lagerhielm! Was für eine originelle Idee, sich als Rabbi zu verkleiden!«

Bernard empfand in diesem Moment nur eine einzige große Leere. Beinahe geistesabwesend betastete er das Kryptogramm in seiner Tasche, wo es zusammen mit Elisabeth Frejers Benutzerkarte für die Bibliothèque Nationale lag. Womit sollte er es zuerst versuchen?

»Es war nicht ganz einfach«, sagte Bernard. »Besonders in der Rue des Petits-Champs war ich dankbar für die Hilfe, die mir zuteil wurde.«

»Das ist doch selbstverständlich«, sagte der redselige kleine Graveur ruhig. »Ich hatte eine Menge Leute dort. Mit Funksprechgeräten und was man sonst noch braucht. Es bestand überhaupt keine Gefahr für Sie. Aber sie haben sich köstlich über die Vorstellung amüsiert. Man kann ohne weiteres sagen, daß Sie, Monsieur Lagerhielm, als Straßenregisseur bereits fabelhafte Rezensionen bekommen haben. Per Ultrakurzwellensender«, fügte er verbindlich hinzu. »Sobald mir klar wurde, Baron, daß Sie am Treffpunkt angekommen waren, habe ich alles in Bewegung gesetzt.«

Bernard wäre fast der Versuchung erlegen zu fragen, wo zum Teufel dieser Treffpunkt denn sei. Offenbar hielt man ihn auch hier für den toten Schachverbandspräsidenten, den Anwalt und Freiherrn Hans von Lagerhielm. Lieber Himmel, war das bizarr! Aber *wo* war der Treffpunkt gewesen? Wußte er überhaupt, auf welcher Seite diese Leute standen?

»Ich habe in der Bibliothèque Nationale etwas Bemerkenswertes entdeckt«, sagte er.

Zu seinem Erstaunen schien der Graveur nicht im geringsten an dieser Bemerkung interessiert zu sein. Entweder war er ein sehr geschickter Schauspieler, oder hier lag tatsächlich ein kolossales Mißverständnis vor.

»Ja, die Bibliothèque Nationale enthält wirklich viel Bemerkenswertes. Man kann da drinnen auf der Jagd nach neuen Funden ein ganzes Leben verbringen. Ich weiß noch, wie ich in meiner Jugend davon träumte, eines der verschollenen Manuskripte von Hegel zu entdecken. Oder womöglich ein unbekanntes Sonett von Baudelaire«, sagte der kleine Mann.

»Haben Sie übrigens schon einmal folgendes bedacht, Herr von Lagerhielm«, fuhr er fort. »Dies ist eine Zeit *ohne Werte.* Die Leute sind sozusagen imstande, alles mögliche zu sagen. Und das einzige, was sie respektieren, ist der Sieger, die rohe Macht. Als sie aufhörten, an die Entwicklung zu glauben, an eine moralische Tendenz, an einen Weltgeist, der dialektisch und mühsam aus seiner Schmetterlingspuppe schlüpft, begannen sie statt dessen, an die plumpe, rohe Chronologie zu glauben.

Es genügt, daß eine Macht gerade die Stärkere ist, damit man ihr die Stiefelspitzen küßt, nicht wahr? Heute genau wie in den Tagen der Kollaboration. Und diese Pazifisten mit ihren stupiden Massendemonstrationen sind am schlimmsten. Sie lieben die Gewalt, wenn es die stärkste Gewalt ist. Sie sagen ›Frieden um jeden Preis‹ – haben Sie das schon gehört? Sie geben sich also gern der Gewalt anheim, schließen sich ihr an, identifizieren sich damit, wenn sie nur richtig überzeugt davon sind, daß die Gewalt, mit der sie liebäugeln, die neueste, die stärkste, kurz gesagt die *unausweichliche* Gewalt ist. Sie müssen nur dafür sorgen, daß Sie etwas tun, was Erfolg zu haben scheint, dann gibt es keine Schändlichkeit, die Sie begehen können, ohne von warmherzigen und humanen Menschen unterstützt zu werden. Das ist nun aus Hegel geworden, dem Idol meiner Jugend, dem großen Meister aus Jena, wie ihn einst der große Professor Alexandre Kojève mir und den übrigen *normaliens* so glänzend erläutert hat.

Aber was rede ich da, und biete Ihnen nicht einmal einen Stuhl an, Baron, das ist ja schrecklich.«

»Aber ich bitte Sie«, sagte Bernard verbindlich.

War er sarkastisch? Oder hatte er, der so viel anderes wußte, tatsächlich keine Ahnung von den Ereignissen in der Bibliothek? Lag hier in Wirklichkeit eine phantastische Verwechslung vor?

»Welche Anweisungen haben Sie sonst noch zu geben, Baron? Über die Instruktionen hinaus, die ich bereits erhalten habe?«

Hier galt es offenbar, vorzupreschen, schnell wie ein Schwede, der auf dünnes Frühjahrseis geraten ist und erkennt, daß er sich sputen muß, damit das Eis ganz einfach keine Zeit hat, unter ihm zu brechen.

»Seien Sie doch so freundlich«, sagte Bernard, »alle Maßnahmen, die ich angeordnet habe, noch einmal zu wiederholen, damit ich sicher sein kann, daß es kein Mißverständnis gegeben hat.«

»Selbstverständlich. Ein Aktenkoffer mit dem Geld steht also im Schließfach Nummer A 345 66 auf dem Flughafen Charles de Gaulle Ouest bereit. Bei der Air France. Und der Flug nach New York ist für die Concorde heute abend um elf Uhr fünfzehn gebucht.«

»Geld?«

»Ja. Ihr Honorar, Baron.«

»Ausgezeichnet. Und wie kann ich wissen, ob die Summe korrekt ist?«

»Verzeihung, wieso korrekt?«

»Das es nicht zu wenig ist?«

»Aber es ist doch die übliche Summe. Genau dieselbe wie voriges Mal.«

»Ausgezeichnet«, wiederholte Bernard. Ihm war klar, daß er jetzt wirklich sehr vorsichtige Schritte tun mußte.

»Und der Flug ist also gebucht nach –?«

»Houston, wie üblich.«

Irgend etwas geisterte in seiner Erinnerung herum: *Ranch Road 22 22 – Rt 10 Exit après La Grange.* Das hatte in dem Kalender gestanden, den er von dem toten Anwalt übernommen hatte. Das hatte doch bestimmt etwas damit zu tun, daß sein Flug nach Houston gebucht war? Aber was konnte das bedeuten?

»La Grange?«

»Wie bitte?«

*»La Grange«*, sagte Bernard mit vorsichtigem Nachdruck.

»Verzeihung, aber ich kenne niemanden dieses Namens«, sagte der Graveur und schüttelte bedauernd den Kopf.

Schwang eine Spur von Mißtrauen in seinem verbindlichen Unterton mit? Vermutlich galt es zu handeln, bevor es zu spät war. Bernard setzte buchstäblich alles auf eine Karte. Die Karte aus der Westentasche, wo er das sonderbare Kryptogramm in Frieden ruhen ließ.

»Ist das alles«, sagte Bernard.

»Das ist alles, Herr Anwalt.«

»Ausgezeichnet«, sagte Bernard. »Dann möchte ich Sie bitten, mir mit zwei Dingen behilflich zu sein. Erstens muß mein Flug auf einen anderen Namen umgebucht werden: Bernard Foy.«

»Natürlich. Würden Sie ihn freundlicherweise buchstabieren, Herr Anwalt?«

Bernard tat es, doch nicht ohne ein gewisses Entsetzen. Er hatte das Gefühl, die ganze Welt um ihn her sei ein wenig *zu* ruhig, und jederzeit könnte irgendwas, das er sagte oder tat, eine Riesenexplosion auslösen.

»Und noch etwas.« Er fischte die Benutzerkarte für die Bibliothèque Nationale mit dem Foto dieses Mädchens Elisabeth Frejer heraus.

»Ich wäre sehr froh, wenn Sie mir sagen könnten, wo ich diese Dame finde: Elisabeth Frejer. Wissen Sie, wo sie steckt?«

Der Gnom schien nicht im geringsten erstaunt. Oder zog vielleicht für einen Moment ein winziger Schatten über seine sensiblen Ohrläppchen? Begann er zu wittern, daß etwas Merkwürdiges im Gange war? Wer war er überhaupt? Auf wessen Seite stand er?

»Sie erwartet Sie wie üblich, Herr Anwalt. Zimmer zweiunddreißig im Hotel Mussorgskij.«

»Sehr schön. Ich werde sofort hingehen. Nochmals herzlichen Dank für Ihre wertvolle Hilfe.«

»Oh, lieber Baron, wir haben zu danken. Was Sie für uns tun, ist ganz unschätzbar und unersetzlich.«

»Wirklich?« Bernard brachte ein schiefes Lächeln zustande. »Ach was, das ist doch nichts Besonderes?«

»Wenn Sie nur noch einen Moment Zeit haben, möchte ich Ihnen etwas sagen.«

Der Graveur beugte sich nachdenklich über den Ladentisch.

»Sie haben Ihnen *ungeheure* Probleme verursacht.«

»Ach, tatsächlich?«

»Ja, was Sie zuletzt schickten, hat wirklich Furore gemacht. Es gibt bald kein einziges Programm mehr, das nicht in Mitleidenschaft gezogen ist. Es breitet sich unaufhaltsam aus. Wie eine richtige mittelalterliche Seuche. Sie bekommen es nicht mehr aus ihren Datenspeichern heraus. Und es vermehrt sich unwahrscheinlich schnell; von einem Ort zum andern. Und immerzu suchen diese Dummköpfe am falschen Ort. Sie haben gerade ein paar von den kleinen Schmugglern in Stockholm ins Wasser geworfen. Mit den Füßen in einem Zementeimer.«

»Das ist ja eine erfreuliche Nachricht«, sagte Bernard unsicher. »Man sucht ja oft in diesem Leben am falschen Ort, nicht wahr?«

»Nächstes Mal holen sie sich bestimmt ein paar von ihren Kontaktleuten auf höherer Ebene in Stockholm. Das ist recht komisch, nicht wahr? Sie bekommen es ganz einfach nicht in den Griff. Wahrscheinlich würden sie nicht einmal glauben, wie einfach es ist, wenn man es ihnen erzählte.«

»In der nächsten Zeit wird in Stockholm offenbar viel Zement draufgehen?«

»Das ist zu befürchten.«

Schwang in Bernards Stimme nicht ein gedämpft kritischer Unterton mit? War er nicht in Wirklichkeit dieser sonderbaren Auseinandersetzung zwischen Mächten von unfaßlicher Stärke müde, die so unbegreiflich waren in der grenzenlosen Komplikation ihrer Verzweigungen? Wußte er, der arme einfache Rabbi aus Houston, überhaupt noch, auf welcher Seite er sich befand? Normale amerikanische Mitbürger interessieren sich viel zu wenig aktiv für die Außenpolitik, sagte er sich. Das bedeutet, daß man alles den Spezialisten überläßt. Und diese Spezialisten haben die merkwürdige Fähigkeit, alles *durcheinanderzubringen.*

Sein tiefstes Problem war jedoch in diesem Augenblick ein anderes. In seiner ganzen Seele breitete sich die entsetzliche Abwesenheit aus, die Negation, *das Nichts,* wie Jean-Paul Sartre gesagt hätte, das nach dem Verschwinden der schönen Dame entstanden war. Die Welt war voll von sonderbaren Seuchen und Rätseln, und dieser Augenblick war einer von denen, in denen wir auf alle Rätsel pfeifen, außer dem einen, das in diesem Moment unser Leben *ist.* Warum hatte diese Dame Trauer getragen?

»Ich gehe zum Hotel«, sagte Bernard. »Ich vermute, daß Sie den Kontakt mit mir nicht abreißen lassen?«

»Natürlich nicht; für Ihre Sicherheit ist von nun an bis nach Houston gesorgt. Insofern, als wir unser Bestes getan haben. Aber seien Sie vorsichtig. Wir können nicht für *alles* garantieren. Wenn ich mich nicht irre, stehen Sie erst am Anfang einer Expedition, die sicherlich recht abenteuerlich werden kann.«

»Wirklich?«

Bernard klang zweifellos eine Spur zögernd.

»Wie ich schon gesagt habe: es sind nur wenige, die überhaupt so weit kommen. Und die Fortsetzung kann wirklich gefährlich werden. Sie ist sozusagen viel weniger ausgeklügelt.«

»Nun gut«, sagte Bernard noch zögernder.

Nicht ohne Erleichterung öffnete er die quietschende Glastür des kleinen Gravierladens. Jetzt schienen weniger Menschen in der Passage unterwegs zu sein.

Vor dem Schaufenster eines Antiquariats blieb er einen

Augenblick stehen, um in der Spiegelung zu kontrollieren, ob ihm möglicherweise jemand folgte. Unwillkürlich fesselten die vergilbten Bände im Fenster seine Aufmerksamkeit. Sie hatten tatsächlich eine gewisse Ähnlichkeit mit den Heften, die er in dem gelben Schweinslederkoffer gefunden hatte und die nun für immer verloren waren. Wohin verschwinden sie, all diese genialen Werke, die uns von den Kritikern jeder Generation mit solcher Begeisterung und erhitzten Wangen zur Lektüre empfohlen werden? Und von denen dreißig Jahre später kein Mensch auch nur den Namen des Verfassers kennt? In welchem Spankorb auf einem Speicher in der Rue du Bac verbirgt sich jetzt das letzte Exemplar von Vidocqs »haarsträubend spannenden, fabelhaften und vieldeutigen« *(La Presse)* »Les Vrais Mystères de Paris« von 1844? Wo ist Xermand de Montepins elegantes »Les Viveurs de Paris« geblieben? In welchem verstaubten Regal auf der Veranda eines geschlossenen Badehotels in der Normandie steht jetzt »eine leidenschaftliche, einzigartige erzählerische Leistung« *(Journal des Débats)* wie Pierre Bocages »Les Puritains de Paris«, ganz zu schweigen von Marcel Gaboriaus »bitterer, jedoch wasserklarer Lebensweisheit« *(Le Figaro)* in seiner einst so bejubelten fünfstündigen Komödie »Les Esclaves de Paris«? In welchem verstaubten alten Theaterfundus hängen jetzt diese einst so eleganten Kostüme?

Während all dies vor sich geht und vergeht und auf eine so eigentümliche Weise darauf beharrt, der uns Dichtern von den Kritikern verheißenen Unsterblichkeit zu trotzen, gelingt es völlig unerwarteten und einst gar nicht besonders geschätzten Teilen der Vergangenheit den einen Weltkrieg nach dem andern zu überleben.

Ein gutes Beispiel dafür ist das unbedeutende Hotel Mussorgskij. Deutsche Besatzung, algerische Plastikbomben, das alles und noch viel mehr war über Paris gekommen und wieder gegangen, ohne daß sich eigentlich das geringste dort drin im milchweißen Licht der Hotelrezeption verändert hätte. Vielleicht deshalb, weil die Idee eines Hotels im Innern, tief drinnen in der Verzweigung zweier Passagen, etwas so Verlockendes hat. Fühlen wir uns dadurch nicht im Grunde an einen Mutterschoß erinnert?

Welch raffinierter Genuß, sich an einem verdämmernden Herbstabend in einem solchen Hotel in ein Zimmer zurückzuziehen, dampfend heißes Wasser in die uralte Badewanne auf ihren vier Löwentatzen zu lassen, eine Tasse mit glühend heißem Kaffee auf die Marmorplatte des Waschbeckens zu stellen und sich dann wohlig langsam in das warme Wasser gleiten zu lassen und die ganze unruhige Welt außerhalb des Riesenkörpers der Passage zu vergessen.

Oder nach einem *croissant* und einem *café au lait* in den frühen Morgen hinauszugehen und statt eines bösen Himmels voller Regen das milchweiße Licht der Passage über sich zu finden, wo ein stiller Straßenkehrer gerade den Marmorboden fegt.

Diese bemerkenswerte Hotelrezeption betrat Bernard jetzt, nachdem er die kurze Treppe hinaufgegangen war, die von der Passage hier hinaufführt. Der Herr hinter dem Rezeptionstisch war als Person noch merkwürdiger als der gnomenhafte Graveur, dem Bernard vorhin begegnet war. Erst als er näher kam, merkte er, daß der völlig glatzköpfige Mann mit den dicken, sinnlichen Lippen und den schweren, schläfrigen Augenlidern, hinter denen sich die rot unterlaufenen Augen müde bewegten, tatsächlich ein Zwerg war. Seine Beine waren unverhältnismäßig kurz im Verhältnis zu dem ausgesprochen kraftvollen Oberkörper.

Der Zwerg, der auf Bernard einen unbestimmt erschrekkenden Eindruck machte, ohne daß er richtig begreifen konnte warum, schien in die Buchführung des Hotels vertieft, und es brauchte mehr als einen Räusperer, um ihn dazu zu bringen, den Gast tatsächlich wahrzunehmen.

Die Hände hatten kurze, sehr kräftige Finger und jene Art von Handgelenken, die man sonst nur bei routinierten Tennisspielern findet. Es gab doch wohl keine Zwerge, die Tennis spielten? Insgesamt hatte der Mann etwas unbestimmt Asiatisches an sich. Es ist schwierig zu erkennen, aus welchem Erdteil ein Mensch stammt, wenn er keine Haare hat, sagte sich Bernard.

»Ich möchte zu Mademoiselle Elisabeth Frejer«, sagte Bernard. »Ist sie zufällig da?«

Da der Zwerg lange mit der Antwort zu zögern schien, wiederholte Bernard seine Frage.

»Man kann sagen, daß sie da ist«, sagte der Zwerg. »Man kann aber auch sagen, daß sie nicht da ist. Sind Sie angemeldet, mein Herr?«

Bernard zögerte. Der Zwerg musterte ihn mit Augen, scharf wie die Nadel einer Injektionsspritze. Dieser Krüppel hatte etwas höchst Unangenehmes an sich.

»Zimmer zweiunddreißig. Das ist im zweiten Stock, die Atelierwohnung unter dem Dach.«

Die Treppe war steiler und mühsamer zu erklettern als Bernard Foy gedacht hatte. Sie schien kein Ende nehmen zu wollen. Als er schließlich im zweiten Stock angekommen war, sah er, daß das Dach aus dem gleichen milchweißen verschmutzten Glas bestand wie das der Passage selbst. Natürlich, dachte er, es muß dasselbe sein.

Hier oben war es sonderbar still. War Elisabeth Frejer womöglich der einzige Gast auf diesem Stockwerk?

Er klopfte einmal sehr nachdrücklich an die Tür. Dann öffnete er sie. Der Anblick, der sich ihm bot, war einer dieser unfaßlichen, die uns im ersten Moment eher das Gefühl geben, ein *Bild* zu sehen, vielleicht die Skizze eines unbekannten Meisters, eine Zeichnung aus einem vergessenen illustrierten Buch, als ein Stück der Wirklichkeit selbst.

Einige von den Dingen, die wir gesehen haben, lassen wir nicht in unsere eigenen Erinnerungen eingehen, sondern übertragen sie jemand anderem.

Das Zimmer war ein großes, längliches Atelier und etwa doppelt so hoch wie die übrigen. Unter der Decke verlief eine Galerie, die offenbar zur Zeit keinem besonderen Zweck diente, früher aber Gemälde beherbergt haben mußte. Dies alles badete in dem ungewissen milchweißen Licht vom schmutzigen Glasdach des Ateliers, das zugleich das Dach der Passage war. Wenn man genau hinhörte, konnte man das ferne Gurren der Tauben hoch oben auf dem Dach vernehmen. Vage huschten ihre Schatten hin und her. Wie irgendwelche elementaren Phänomene, durch ein Mikroskop mit außerordentlicher Vergrößerung gesehen.

Die Einrichtung des Zimmers war luxuriös. Unter zahllosen Parfumflaschen, die auf dem großen Seitentisch das bleiche Licht mit opalisierendem Glanz widerspiegelten, gab es auch Weinkaraffen, einige funkelnde Messingschalen und eine schöne Marmorskulptur. Die Wände schmückten ein paar überraschend schwere Ölgemälde im Stil des Zweiten Kaiserreichs. Eins davon hätte durchaus ein kleiner Delacroix sein können, es stellte einen orientalischen Reiter zu Pferd dar, seinen Krummsäbel, den Scimitar, hoch über dem Kopf erhoben.

Eine Lilie welkte einsam in einer Vase. Es war stickig im Raum.

Nichts von alledem konnte jedoch Bernards Aufmerksamkeit fesseln. Wie in einem seltsamen magnetischen Stromkreis gefangen, kehrte sein Blick immer wieder zu dem prachtvollen Bett am hinteren Ende des Zimmers zurück.

Das leise Gurren der Tauben auf dem Dach war trotz allem nicht das einzige Geräusch, das zu hören war. Ein anderes, deutlicheres kam hinzu, das sich nur langsam durchsetzte, jedoch immer stärker anzuschwellen schien: ein leises, unregelmäßiges Tropfen. Wie von einem nicht ganz zugedrehten Wasserhahn. Es kam von der gräßlichen, immer noch kräftig blutenden Öffnung an der Stelle, wo der Kopf des nackten, selbst in seiner schauerlichen Blässe schönen Frauenkörpers sich hätte befinden sollen, der mit weit gespreizten Knien die Mitte des Bettes einnahm und es in einen Sumpf aus rotem Blut verwandelte, das langsam auf den Boden tropfte.

Fasziniert ließ Bernard den Blick von den kleinen Brüsten bis zu dem roten Strumpf gleiten, der noch das eine Bein bekleidete. Er war mit einem Strumpfband befestigt, das offenbar ein Erinnerungsstück war: das Band war mit Diamanten besetzt.

Das seltsamste aber war der Kopf der Frau: auf dem Nachttisch, wie eine Ranunkel, strahlte er eine unermeßliche milchweiße Leere aus, eine Leere wie die der Welt vor der Schöpfung. Von den langsam zerfallenden Augen ging ein Blick aus, der nichts zu sehen schien. Oder besser gesagt: er sah ins absolute Nichts hinein.

Es konnte keinen Zweifel mehr geben. Diese milchweißen Augen gehörten dem Mädchen auf der Benutzerkarte für die Bibliothèque Nationale, Elisabeth Frejer.

Und ihr toter Blick fiel für den Bruchteil einer Sekunde mit dem lebenden Blick aus den Augen der Frau in Trauer zusammen, der Bernard in der Passage begegnet war und die ihn für einen Augenblick gesehen hatte.

In diesem Jetzt schien es, als warte die ganze Welt für einen Augenblick, einen einzigen, auf einen Entschluß von ihm. Er wandte sich ab. Langsam und schleppend begann er das große Kaddisch über der Toten zu sprechen.

## 7. Nacht ohne Sterne

Die Menschen erwartet nach ihrem Tod, dachte Bernard, was sie niemals glaubten oder sich vorstellen konnten. Für mich aber gilt es jetzt, schnell von hier zu verschwinden. Eins ist sicher: wenn der Tod diese schöne junge Frau eingeholt hat, gibt es keinen Grund anzunehmen, daß er nicht auch mich einholen wird.

Er machte einen großen Bogen um die wachsende Blutlache am Bett. Tatsächlich sickerte dieses tiefrote, erschreckende Blut bereits auf die Tür zu. Was würde geschehen, wenn der unangenehme Portier in diesem Moment die Polizei riefe und man ihn hier zusammen mit der Toten fände?

Wie sollte Bernard seine Unschuld beweisen? Wie sollte seine Aussage sich gegen die des garstigen kleinen Mannes behaupten? Aber wußte der Portier überhaupt, daß Elisabeth Frejer einem entsetzlichen Verbrechen zum Opfer gefallen war?

Was hatte er wörtlich zu Bernard gesagt? Er konnte sich in diesem Augenblick nicht mehr daran erinnern. Vorsichtig legte er die Hand auf die Türklinke, und erst in diesem Moment kam ihm der unangenehme Gedanke, daß er es vielleicht besser vermeiden sollte, in einem Zimmer Fingerabdrücke zu hinterlassen, in dem so offensichtlich gerade ein Mord begangen worden war. Aber wer käme auf die bizarre Idee, ihn, Bernard Foy, einen jungen texanischen Rabbi, frisch aus Stockholm angereist, eines solchen entsetzlichen Verbrechens zu verdächtigen? Oder war er gerade die Art von Person, die man verdächtigen würde?

Das Unwahrscheinliche ist ja oft gerade das, was der Entdeckung entgeht. Vielleicht würde man gerade dieses Prinzip anwenden? Erschrocken und beunruhigt drückte er nochmals die Klinke herunter.

Zu seiner Verwunderung wollte die Tür sich nicht öffnen lassen. Sie war ganz einfach zugeschlossen. Lautlos hatte jemand den Schlüssel umgedreht, während er mit der Szenerie in dem Zimmer beschäftigt war. Man hatte ihn in der Falle! Oder doch nicht?

Dort oben auf dem schmutzigen Glasdach des Ateliers, das zugleich das der Passage war, unterhielten sich die Tauben noch immer auf ihre stille Weise. Einige wenige Schritte brachten ihn zur Galerie hinauf. Und hier gab es tatsächlich eine altmodische Dachluke, die man öffnen konnte, indem man an einer herabhängenden Schnur zog. Wenn man sich auf die Eichenbalustrade der Galerie stellte, mußte es möglich sein, durch die Dachluke hinauszuklettern. Bernard sah sich den Mechanismus mit der Schnur genauer an. Die Schnur lief über eine Rolle. Sie war verschmutzt, aber offenbar noch völlig intakt.

Da fiel für einen kurzen, fast unmerklich kurzen Augenblick ein Schatten über das von Generationen von Tauben weiß bekleckerte Glasdach. War es eine Wolke? Unmöglich! Ein großer Vogel, der rasch zwischen Sonne und Dach vorbeigeglitten war? Kaum anzunehmen. In Paris gibt es keine texanischen Truthahngeier oder Adler.

Also mußte ein Mensch dort oben sein! Ganz offensichtlich konnte jetzt jeder Schritt lebensgefährlich sein. Bernard blieb regungslos stehen, in den Schatten an der Innenseite der Galerie geduckt. Eine sehr große, schöne Porzellanvase unten im Zimmer brachte ihn auf eine Idee. Voller Grauen, sich noch einmal der Toten nähern zu müssen, und trotzdem unfähig, sich der Ausstrahlung dieses obszönen und zugleich so paradox jungfräulichen Körpers zu entziehen, dieses abgeschlagenen Kopfes, der sich nie wieder mit diesem Körper vereinigen würde, schlich Bernard die Treppe hinunter, nahm behutsam die schwere Porzellanvase von ihrem Platz auf dem Tisch neben der Toten und trug sie wieder hinauf.

Vorsichtig stülpte er seinen großen schwarzen Hut auf die

Vase, öffnete die Dachluke einen Spalt und schob das Ganze langsam durch die Öffnung. Die etwas herbstliche feuchte Abendluft drang angenehm kühl herein. Erst jetzt merkte Bernard, wie scheußlich warm es hier drinnen gewesen sein mußte. In der Ferne dröhnte der Verkehr der Boulevards, es war die Stunde der hereinbrechenden Dämmerung.

Unendlich vorsichtig, so nah an der Balustrade stehend wie möglich, die Zunge nervös zwischen den Zähnen, kippte Bernard die Vase mit dem Hut ein klein wenig nach links, und jetzt geschah genau das, was er vor zwei Minuten so scharfsinnig vorausgesehen hatte. Mit einem lauten, scharfen Schrei warf sich jemand nach vorn und hieb mit blitzender Klinge in Hut und Porzellanvase. Das kreischende Geräusch des Schwertes, das auf Porzellan traf, war in diesem Augenblick fast mehr, als Bernard ertragen konnte.

Der Rabbi ließ reflexartig die Vase los, und durch die Fensterluke fiel, nicht unähnlich einem gräßlich flatternden Sperlingskauz, jedoch von fast menschlicher Größe, der abscheuliche Zwerg aus der Portiersloge. Er landete direkt neben dem Bett mit der armen kopflosen Toten und kam, offenbar gut trainiert, auf die Füße. Irgend etwas an diesem Zwerg ließ an einen Zirkusakrobaten denken.

Dr. Mabuse schließt sich sozusagen jetzt den Artisten unter der Zirkuskuppel an, dachte Bernard. Ein Zeichen der Zeit! Der Zwerg hatte sich bereits wieder hochgerappelt. Und nicht nur das. Er war bereits auf dem Weg die Treppe hinauf, unbesiegt, mit einem seiner markerschütternden Schreie. Auf eine fast magische Art hatte er seine Waffe wieder in die Hand bekommen, die tatsächlich ein blauglänzender, scharfer türkischer Krummsäbel war.

Unterdessen hatte Bernard es gerade erst geschafft, die Balustrade zu erklettern. Er schwang sich aufs Glasdach hinauf und schlug die Luke hinter sich zu, offenbar im allerletzten Moment, jedoch nur, um sogleich zu erkennen, daß die endlose Glasfläche, auf der er sich jetzt befand, das Dach der Passage des Panoramas, eine lange, mit Taubendreck beklekkerte Bahn, nicht unähnlich einem hartgefrorenen und stillgelegten holländischen Kanal, zerbrechlicher sein mußte als neugefrorenes Eis, und daß es galt, mit äußerster Präzision auf dem rostigen alten Fachwerk aus Gußeisen zwischen den Glasflächen zu balancieren. Die rasch hereinbrechende Dämmerung machte es nicht leichter. Bernard peilte ein paar mächtige Schornsteine etwa dreißig Meter weiter links an und setzte vorsichtig einen Fuß vor den anderen.

Längst nicht besiegt, stieß der Zwerg noch einen seiner gräßlichen Schreie aus. Er drang durch das Dach, gläsern, klagend und wild, vielleicht einer dieser Schreie, die Glas zerschneiden können. Ob er schrie, weil er eingesperrt war oder weil er die Tote entdeckt hatte, war schwer zu sagen.

Alles Lebende leidet, sagte sich Bernard und streckte vorsichtig die Hand nach der nächsten gußeisernen Sprosse aus. Sie muß genauso alt sein wie die Weltausstellung von 1855, fiel ihm ein.

In diesem Augenblick gab die ganze Konstruktion unter ihm nach. Jetzt ist alles aus, sagte sich Bernard. Vermutlich war er irgendwo direkt über der Passage durch das Dach gebrochen und würde jetzt zwölf oder dreizehn Meter tief auf den harten Marmorboden fallen. Er schloß die Augen und wartete auf das Unausweichliche. Vielleicht stürze ich auf eine dieser schönen Rosen aus schwarzem Marmor, mitten auf der Kreuzung zwischen zwei Gängen, dachte Bernard.

In Wirklichkeit fiel er gar nicht tief, höchstens zwei Meter, und landete in einer enormen Staubwolke in einem dunklen Raum auf etwas, das sich anfühlte wie ein Haufen zusammengerollter alter Teppiche. Diffuses Licht sickerte durch die Öffnung, die er selbst verursacht hatte, als er durch das Dach der Passage fiel. Die Tauben beruhigten sich wieder dort oben, das Auge gewöhnte sich langsam an das Zwielicht, und von der anderen Seite des Zimmers, wo ein stärkerer Lichtstrahl unter der Tür durchschimmerte, hörte er, wie eine ärgerliche Stimme jemanden, der offenbar Caratti hieß, aufforderte, einen Motor abzustellen: »*Ecco – Caratti, ferma la macchina!*«

Tatsächlich verstummte jetzt das, was vermutlich ein dröhnender Staubsauger war, einer von diesen großformatigen, die man in Bars oder in öffentlichen Gebäuden sieht.

Bernard drehte sich in seiner halbliegenden Stellung vorsichtig um. Das eine Knie tat ihm weh; es hatte den ersten

Stoß von dem Teppichhaufen abgefangen. Sonst schien wunderbarerweise alles intakt, nichts war gebrochen. Er beschloß, sich ganz still zu verhalten. Diese Italiener hinter der Tür hatten wahrscheinlich den Aufprall gehört, aber nicht begriffen, woher er kam. Jetzt hatten sie den Staubsauger abgestellt, um auf weitere Geräusche zu horchen.

Mucksmäuschenstill und fasziniert betrachtete Bernard jetzt das, was sich im Lichtschimmer auf der Teppichrolle abzeichnete, an die er seine linke Wange lehnte. Es war kein Teppich, sondern ein zusammengerolltes Ölgemälde. Und zwar so nachlässig und unsachgemäß gelagert, daß man die Farbschicht nach außen gekehrt hatte. In dem Licht, das von oben hereinfiel und sich mit der fortschreitenden Dämmerung rasch abschwächte, erkannte Bernard gleich neben seinem linken Ellbogen, minutiös gemalt, eine winzige Windmühle. Und neben dieser Mühle sprengte die Kavallerie über die Leinwand, Schwadron für Schwadron, mit den charakteristischen Helmen der französischen Gardekürassiere, von deren Spitze die griechischen Pferdeschwänze wehten, alle klein wie die Zinnsoldaten.

War es eine Szene aus einer Feldschlacht? Womöglich Marschall Neys große verzweifelte Kavallerieattacke in der Schlacht bei Waterloo?

Phantastisch, sagte sich Bernard. Es gibt keinen Zweifel. Ich bin in einem der alten Panoramen gelandet. Einst gab es sie hier fast hinter jeder zweiten Tür in dieser langen Passage, diese innersten, glühenden Zellen der *Ville Lumière;* Panoramen, Dioramen, Kosmoramen, Diaphanoramen, Navaloramen, Pléoramen, Fantasma-Parastasien, *Expérience fantasmagoriques et fantasmaparastatiques*, malerische Reisen im Zimmer, Ausblicke über historische Schlachtfelder, Unterwasserszenen, Horizontgemälde, die sich dem Betrachter vermittels Wachsfiguren und ausgestopften Tieren bis zu seinen Füßen nähern.

Rasch vorrückende Truppen von den Windmühlen am Horizont bis hin zu den sterbenden, ausgestopften Kavalleriepferden, die sich steigern und einen unhörbaren Todesschrei ausstoßen, und den verwundeten Kürassieren in ihren von Pulver geschwärzten, blutbefleckten Uniformen, bis dicht ans Geländer der Holzplattform, wo im Dunkeln die verzauberten Zuschauer stehen. Am Horizont Rauch, brennende Dörfer, gesprengte Brücken.

Oder Landschaften unter Wasser, das brennende Farbenspiel der Tiefseefauna, nicht unähnlich den Juwelen der Damen in einem Salon. Ein Band gleichsam von innen erleuchteten Wassers längs der Wände eines großen, verdunkelten Saals. Oder indische Landschaften, wo sich Serails in mondbeschienenen Gewässern spiegeln. Oder weiße Nächte in menschenleeren Parks, und am Ende der feierlichen alten Pappelallee erkennt man, die helle Fassade in einem Teich widergespiegelt, das Schloß von Saint-Leu, in dem der letzte Condé erhängt in einem Fenster aufgefunden wurde. Der Vatikan im Sommerlicht. Baden-Baden mit eleganten Paaren, die durch die Dämmerung spazieren, Diorama von Dr. Enzensberger aus München. Das tote gelbe Licht und die windgetriebenen, unruhigen Wolken über Gericaults Floß mit den unglücklichen Schiffbrüchigen der Medusa, kopiert und mit geschickten Beleuchtungseffekten versehen von Maître Weiss aus der Rue du Bac.

Aber am schönsten von allem: Kerzenlicht! In der Dämmerung der alten Kathedrale – es fehlt nur das gedämpfte Krächzen der Dohlenschwärme vor den hohen Fenstern mit ihren undeutlich schimmernden Glasmalereien – ruht, umgeben von flatternden Kerzen, der kürzlich ermordete Herzog von Berry, und die Kerzen sind von Maître Delblanc aus der Rue du Vieux Cirque so ausgesucht und naturgetreu nachgebildet, daß man seinen Augen nicht traut! O liebliches Scheinleben der Kunst!

Wie seltsam schaffen nicht diese Rundmalereien ihre eigene Welt! Wie tief gleichen sie nicht der geheimnisvollen Rundbühne unserer eigenen Träume, diese Landschaften, die sich nach innen öffnen in den Pariser Passagen um 1857, diese fensterlosen Fenster, diese illusorischen Horizonte, Raum in Raum. Auf die gleiche Weise, wie der Traum stets ein Raum ist, der noch einen viel größeren Raum in seinen Wänden birgt. Wie seltsam führst du uns nicht in die Irre, du künstliches Paradies, du Universum der Interieurs, du Labyrinth der Schöpfung, mit deinen Optischen Pittoresken, Cinéoramen,

Phanoramen, fabelhaften Stereoramen und diesen hochmodernen Cycloramen!

Wie komme ich hier raus? fragte sich Bernard und erhob sich noch ein Stück aus dem schier endlosen Haufen von Rundgemälden. Welche Art von Panorama wird meine nächste Bühne sein?

Vielleicht führt der Weg durch ein *Panorama Dramatique?* Oder vielleicht durch ein *Pléorama Aeronautique?* Oder etwa – morbider Gedanke – durch ein *Diaphanorama Nécrophilique!*

Seine Augen, die sich langsam an die Dämmerung gewöhnt hatten, nahmen jetzt wahr, daß durch einen weiteren Türspalt am anderen Ende des Raums Licht fiel. Das Licht hinter der Tür, durch die soeben noch die munteren Stimmen der Italiener und das Summen des Staubsaugers gedrungen waren, erlosch jetzt.

Ach was, sagte er sich, mein Fehler ist, daß ich mich die ganze letzte Zeit kindisch verhalten habe. Alles, was das Auge fesselt, hat auf höchst lächerliche und disziplinlose Art auch mich gefesselt. Ich habe mich in einem infantilen Stadium befunden. Das ist die düstere Wahrheit.

Mit entschlossenen Schritten ging er auf die andere Tür zu. Sie ließ sich ohne die geringste Mühe öffnen.

## 8. Die Spieler und die Uhr, das Pendel und der Abgrund

Das Unglaubliche entgeht stets der Entdeckung. Und so trat er ein, ungezwungen und mit einem nur ganz wenig angestrengten Lächeln auf den Lippen . . . Der Raum war tief, von einer Reihe von Kristallüstern erleuchtet, im ersten Moment wirkte er riesig, und das erste Geräusch, das Bernard hörte, war das leise metallische Klirren von Schmuck auf den flachen und verwelkten Brüsten einiger betagter, blauhaariger, vermutlich amerikanischer Damen, als sie sich über den grünen Tisch beugten, um neue Karten aus dem Schuh zu bekommen, den der Croupier herumbalancierte. In ihren schmalen, plissierten Terylenekleidern – von der Art, wie man sie in einem Gruppenreisehotel über Nacht gereinigt bekommt – hätte man sie für einen Augenblick in der trotz der Kronleuchter ziemlich gedämpften Beleuchtung leicht für gealterte Kurtisanen halten können. Doch solche Kurtisanen gab es kaum mehr in Paris. In einer Empirependüle an der Querwand schlug das Pendel hin und her.

Eine Spielhalle also, dachte Bernard. Denn an der Querwand hängt eine schöne Pendüle, deren langsames Pendel das Auge auf eine ganz bestimmte Art fesselt. Hier wird Black Jack gespielt, genau wie in Las Vegas. Natürlich, früher gab es stets Glücksspiele in den Pariser Passagen. Dafür waren sie ja unter anderem berühmt. Daß solche Spielsalons immer noch existieren, muß an den Touristen liegen. Besonders die Amerikaner mögen ja so etwas.

An den Türpfosten gelehnt, sah er sich vorsichtig um und entdeckte immer mehr Details in diesem seltsamen Bild, das sich nicht unähnlich einem nächtlichen Traum vor ihm auftat.

An den grünen Tischen Gesichter ohne Lippen, Lippen ohne Farbe, zahnlose Gaumen. Doch ihre Hände, die sich zu öffnen und zu schließen schienen, als suchten sie etwas in leeren Taschen oder griffen nach der sich heftig hebenden und senkenden Brust, bildeten mit ihrer unterdrückten Unruhe einen Kontrast zu all dieser Bleichheit. Es war, als habe eine dämonische Macht von ihren dünnen Körpern Besitz ergriffen und sie mit fremdem Leben erfüllt.

Es ist schrecklich, wie skelettartig alte amerikanische Touristinnen an einem solchen Ort wirken können, dachte Bernard.

Die Ellbogen auf einen Tisch gestützt, der offenbar nicht dem Spiel diente, sondern eher für die Überwachung im hinteren Teil des Raums gedacht war, saß ein Mann, recht bleich und augenscheinlich kalt, stumm und neidisch. Sein Gesicht war schön, hatte aber etwas von der Starrheit einer Maske. Die Augen groß und seelenvoll, jedoch eigentümlich in sich selbst versunken. Als er jetzt langsam vom Tisch aufblickte, direkt zu Bernard hin, dessen Ankunft er sogleich quer durch den Raum und das Gewimmel der spielenden

Herren und Damen bemerkt zu haben schien, lächelte er ein kleines Lächeln, das nicht ganz frei von Bosheit war.

Sehr diskret, mit der Geste eines Dandy, könnte man wohl sagen, bedeutete er Bernard, an seinen Tisch zu kommen. Dieser bahnte sich seinen Weg durch die Spieler, die nicht einmal für einen Augenblick die Köpfe von den Tischen heben mochten.

Von nahem wirkte der Herr wohlbekannt, doch Bernard konnte sich durchaus nicht daran erinnern, wo er ihm begegnet war. Er strömte den schwachen, aber deutlichen Geruch eines chemischen Präparats aus. Konnte es womöglich Laudanum sein?

»Sie sind der Geschäftsführer dieses Spielsalons, mein Herr?«

»Keineswegs. Es macht mir nur Spaß, zuweilen bei einem Glas Limonade hier zu sitzen, wenn die Cafés in der Passage draußen mich langweilen. Es ist unterhaltsam, die Gesichter der Spieler zu beobachten. Das gehört ja sozusagen zu meinem Beruf. Und Sie, mein lieber Baron? Also wieder, ich weiß nicht zum wievielten Mal, zurück in *La Vie Parisienne?* Sie sind wirklich unverwüstlich!«

Die Stimme, mit der diese ganze Replik ausgesprochen wurde, war eigentümlich müde, die Stimme eines Menschen, der alles auf der ganzen weiten Welt erlebt zu haben schien, nicht einmal, sondern schon viele Male. Vielleicht war es das eigentümlich tote Absinken am Ende jeder Silbe, das diesen Eindruck vermittelte.

»Wie ich höre, haben Sie den Morgen in der Bibliothèque Nationale verbracht?«

»So?« erwiderte Bernard vorsichtig. Dieser Herr flößte ihm kein größeres Vertrauen ein.

»Es war offenbar ein wenig abenteuerlich, nicht wahr? Aber das ist es ja immer, wenn Sie auftauchen. Das letztemal, als wir einander an der Gare du Nord Lebewohl sagten, habe ich wirklich nicht geglaubt, daß wir uns wiedersehen würden. Dieser widerliche Zwerg im Atelier auf Reimersholme hat Sie nur um Haaresbreite verfehlt, nicht wahr? Er hat Ihre Sekretärin erwischt. Das war ja schrecklich! Mein aufrichtiges Beileid.«

Der schöne bleiche Herr, der also behauptete, nur als Zuschauer hier zu sitzen, machte eine Kunstpause, und in diesem Augenblick nahm sein Gesicht immer mehr den Charakter einer starren Maske an, der Bernard eben schon aufgefallen war. Genau so, ging es ihm durch den Kopf, sieht das Gesicht eines Menschen aus, der sich ein für allemal entschlossen hat, niemals ernstlich erwachsen zu werden, einer, der sein wirkliches Gesicht lieber für immer hinter einer unbeweglichen Maske versteckt, als sich auch nur für einen Augenblick dem Schrecken auszusetzen, *gesehen zu werden.*

»Und zwei Politessen, aus Versehen, nicht wahr? Das ist doch wirklich lächerlich.«

Er stieß ein kaltes Gelächter aus.

In diesem Moment gewann der Rabbi die Oberhand über alle anderen möglichen und unmöglichen Gestalten in Bernard.

»Ich finde nicht«, sagte er mit jugendlicher Entrüstung in der Stimme, »daß der Tod zweier unschuldiger junger Frauen unter makabren Umständen und, wie Sie sagen, aus Versehen, eine wirklich komische Geschichte ist.«

Der bleiche Herr lachte ungerührt weiter, ja, sogar mit einer solchen Munterkeit, daß Bernard fast den Eindruck hatte, er finde ein spezielles Vergnügen am Tod dieser Frauen.

»Es gibt keine unschuldigen Politessen«, kicherte er in ein elegantes Spitzentaschentuch. »Wenn Sie nur eine Ahnung davon hätten, was die sich hier in Paris erlauben können, in welche *Exzesse* sie zuweilen verwickelt sind, hin und wieder sogar freiwillig, würden Sie die Sache weniger moralisierend sehen«, fuhr dieser seltsame Dandy fort. »Sie haben wirklich einen erlesenen Humor, mein lieber Baron von Lagerhielm. Daß Sie so etwas sagen, nach allem, was *Sie* sich erlaubt haben, als wir uns zuletzt trafen! Pfui, schämen Sie sich! Haben Sie wirklich diese entzückenden jungen Marokkaner draußen in Pontoise vergessen? Sie sind wirklich ein abscheulicher Heuchler! Oder diese kleine Negerin, erinnern Sie sich *wirklich* nicht an sie? Der Sie versprochen haben, sie auf eine Reise nach Westindien mitzunehmen? Wenn sie nur machen würde, was Sie wollten? Die schön polierten Möbel? Die stillen Zimmer? Die langsamen Schiffe in den Kanälen? Mein lieber Baron. Erinnern Sie sich nicht, in welch einer köstlichen Reklamesprache Sie das alles beschrieben haben: *Luxus, Ferienfriede, Wollust*!«

Er beugte den Kopf zurück und stieß ein Gelächter aus, das tatsächlich die Tränen aus seinen kalten blauen Augen strömen ließ.

»Es kam ja dann ein bißchen anders, wie Sie sich erinnern. Sie kleiner Heuchler! Und ausgerechnet *Sie*, lieber Freund, reden von Politessen, *Sie* . . . oh nein, das ist zu komisch!«

Bernard errötete unwillkürlich. Wir können also, dachte er, leicht über die Verbrechen anderer erröten. Nur die Verbrecher selber erröten nie.

»Nun ja, das waren noch Zeiten«, fuhr der bleiche Herr fort, der jetzt nach seinen anhaltenden Lachkrämpfen wieder ein wenig Atem geschöpft hatte. »Hier in Paris klärt es sich jetzt ein wenig, und einige Probleme haben sich bereits gelöst. Das ist natürlich nicht ohne gewisse Opfer geschehen. Aber jetzt sind wir wohl die meisten von den Personen los, die unsere Organisation so lange belastet haben. Schön, nicht wahr?«

»Gewiß«, sagte Bernard, vielleicht eine Spur zögernd. »Das ist klar.«

»Sie haben den Code aus der Bibliothèque Nationale? Das Wunder, den alles entscheidenden Code, den wir trotz der größten Anstrengungen des Staatssekretärs ausfindig machten . . . – ja freilich, genau der. Wer denn sonst? Der Code, der alle fetten interkontinentalen Sprengköpfe enthauptet, Medusas eigener abgeschlagener Kopf, der noch nach dem Tod alle Krieger lähmt. Die kleine Friedensmedusa mit den Schlangenlocken, sozusagen! Ach, ich wünschte wirklich, ich könnte Ihnen nach Terlingua folgen und ihn selbst an den richtigen Platz in dem dummen Computergehirn eintippen. Das würde mich für ein Leben voller Mißerfolg und Bitterkeit entschädigen!«

Das ist zugleich erschreckend und phantastisch, dachte Bernard. Hier beginnt offenbar eine ganz andere Geschichte. Da paßt ja kaum etwas zu meinem Gespräch mit diesem Graveur in der Passage des Panoramas. Der Graveur wußte überhaupt nicht, daß ich in der Bibliothèque Nationale war und daß ich dort nur um Haaresbreite der Ermordung entgangen bin.

Mit jeder neuen Wendung, die diese Geschichte nimmt, geht eine neue Deutung mit neuen Freunden, neuen Feinden, neuen Aufträgen einher. Das ist doch grotesk! Bald will man mich aus diesem Grund ermorden, bald aus jenem. Doch einen Grund, mich zu töten, findet man allemal. An Argumenten *gegen* mich mangelt es wahrhaftig nicht. Aber ist es nicht an der Zeit, daß jemand ein Argument *für* mich findet?

»Jetzt ist also alles für den nächsten Schritt bereit.«

»Aha«, sagte Bernard.

»*Terlingua.*«

»Terlingua?«

In Wahrheit habe ich mich wohl in der letzten Zeit zu viel mit kindischen Dingen abgegeben, sagte sich Bernard. Es ist Zeit, daß ich schleunigst damit aufhöre. Aber hier sind zweifellos noch einige Fragen aufzuklären. Das merkt doch jeder Trottel. Und ein Trottel bin ich doch nicht? Oder bin ich vielleicht wirklich dabei, verrückt zu werden? Ist die ganze Welt dabei, verrückt und unüberschaubar zu werden?

Wie kommt es zum Beispiel, daß man mir in der Bibliothèque Nationale an den Kragen wollte? Etwa weil ich allzu deutlich zu erkennen gab, daß ich einen bemerkenswerten Briefkasten für den Austausch geheimer Dokumente kannte, den sich jemand zurechtgemacht hatte? Oder vielleicht aus einem anderen Grund. Womöglich traf ganz einfach das zu, was ich angenommen habe, als ich herausbekam, daß zwei voneinander unabhängige Organisationen, die beide ein Interesse daran hatten, mich zu töten, sich in ihrem Eifer gegenseitig behinderten? Ich bin nicht sicher, ob ich noch viel mehr davon verkrafte.

Dieser sonderbare Dandy behandelt mich wie einen Freund. Der Graveur behandelte mich am ehesten wie einen Chef. Für diesen Herrn scheint der garstige Zwerg ein ernst zu nehmender Feind zu sein; kein Lutweiler weit und breit. Der Graveur hat am Flugplatz Charles de Gaulle eine große Geldsumme deponiert. Er scheint zu glauben, daß ich nach Houston unterwegs bin. Der Dandy spricht von einem noch tödlicheren, abgelegeneren und eigentümlicheren Ort, Terlingua, unten an der mexikanischen Grenze, dieses alte Quecksilberbergwerk, das ein Yankee namens Perry betrieb, ein Ort, der jetzt nur noch eine Geisterstadt draußen im Big-Bend-Massiv ist, mit einem verlassenen Friedhof, wo die Holzkreuze der an Malaria gestorbenen mexikanischen Arbeiter im Sand versinken. Das hat mir doch mein Vater Jacob erzählt, als ich noch ein kleiner Junge war.

Manchmal passen die Dinge hier zueinander und manchmal überhaupt nicht. Eins haben alle gemeinsam: sie halten mich für diesen Hans von Lagerhielm, obwohl es ganz klar ist, daß ich ihm kein bißchen ähnlich bin.

Wohin ich mich auch wende, gibt es eine Paralleldeutung. Und jede Deutung eröffnet nur eine neue Lebensbedrohung für mich! Als sei dies die Aufgabe der Deutungen! Vorhin bin ich fast in der Rue des Petits-Champs ermordet worden. Und jetzt ist es plötzlich die Bibliothèque Nationale, die wichtig ist! Jetzt sind es abgeschlagene Köpfe! Vorhin waren es Programme von Marschflugkörpern. Wie ist das zu erklären? War Hans von Lagerhielm ein Doppelagent? Oder war die Welt schon immer voll von solchen doppelten Theorien? Die *zum Teil, aber nicht gänzlich übereinstimmten?*

Und warum bestehen alle Leute darauf, gerade mich mit dem toten Doppelagenten zu verwechseln, obwohl wir nicht die geringste Ähnlichkeit miteinander haben?

»Natürlich. Wo sonst?«

»Sie können unmöglich dieses alte Quecksilberbergwerk westlich von Big Bend meinen?«

»*Was denn sonst?*«

War es Einbildung? Oder verengten sich die Augen des anderen in diesem Moment mißtrauisch. In diesem Fall wäre seine rasche und gefaßte Reaktion bemerkenswert. Der bleiche Dandy stand auf, trat einen Schritt zurück und breitete die Arme in ironischer Bewunderung aus.

»Was denn sonst, mein lieber Freund. Mein *junger* Freund, sollte ich vielleicht sagen? Und nicht einen Tag älter sind Sie geworden! Im Gegenteil, Sie sehen fast jünger aus als früher! Wie *machen* Sie das eigentlich? Denken Sie nur, als Sie dort hinten an der Tür standen, habe ich einen *phantastischen* Augenblick lang geglaubt, Sie seien dieser entzückende junge

Rabbi, der uns irgendwann mal über den Weg gelaufen ist. Wo war das doch ... in Stockholm, nicht wahr? Wie hieß er doch nur wieder?«

Wenn das eine Falle sein sollte, so war sie jedenfalls viel zu einfach konstruiert, als daß Bernard hineingetappt wäre. Vielleicht weiß er, wer ich bin, durchzuckte es ihn mit eisiger Deutlichkeit. Aber warum spielt er dann auf diese sonderbare Art?

»Nein, daran kann ich mich ganz und gar nicht erinnern«, sagte er mit der verzweifelten Lässigkeit eines Mannes, der schon alle Hoffnung hatte fahren lassen.

»Bernard Foy, nicht wahr? Geben Sie sich keine Mühe, Foy. Sie müssen doch einsehen, daß ein Stockholmer Anwalt keine solchen Details der Landschaft unten am Big Bend kennen kann. Das erfordert einen Spezialisten. Und ich weiß nicht, was Sie hergeführt hat, aber wenn Sie schon da sind, und wenn dieser Doppelagent Hans von Lagerhielm nun ein für allemal tot ist, kann man Sie genausogut fragen, ob Sie die Sache übernehmen möchten. Sind Sie ein guter amerikanischer Patriot, Foy?«

Wie der Mann da auf der Kante des grünen Tisches saß, bleich und kühl, mit dem einen Fuß wippend, unberührt von dem Getuschel und der Hektik der Spieler rings um ihn her, war es fast unmöglich zu erkennen, ob er es ironisch meinte oder nicht. Der ertönte im Hintergrund ein anschwellendes, jedoch immer noch relativ gedämpftes Gebrüll.

Bernard hatte es schon einmal gehört. Jetzt hat also zu allem Überfluß auch noch dieser abscheuliche Zwerg meine Spur gefunden und ist bei den Panoramen gelandet, dachte Bernard. Bleibt mir an diesem grotesken Tag auch gar nichts erspart?

Das Gefühl der Peinlichkeit, zugeben zu müssen, daß er von einem so lächerlichen und widerwärtigen Feind wie diesem Zwerg verfolgt wurde, plagte Bernard tatsächlich viel mehr als der Gedanke an den schrecklichen Krummsäbel und wozu der Zwerg ihn eventuell benutzen könnte.

»Natürlich bin ich ein guter Patriot«, sagte Foy. »Wer Sie auch sein mögen, mein Herr, bilden Sie sich ja nichts anderes ein. Hören Sie übrigens, was ich höre?«

»Gewiß.«

»Kommt es nicht hierher?«

»Nun hören Sie mal gut zu«, sagte der Dandy. »Das Kryptogramm, das sie in der Bibliothèque Nationale an sich genommen haben, ist etwas anderes als Sie denken.«

»Jetzt kommt er näher! Er hämmert gegen die Tür!«

»In Wirklichkeit ist es ein Programm, das sich im ASCII-Code eingeben läßt, wenn man CALL verwendet. Aber verwenden Sie bloß nicht USER. Können Sie sich das merken, Rabbi Foy?«

Bei dem bloßen Gedanken, diesem grauenhaften Zwerg nochmal zu begegnen, brach Foy der Angstschweiß aus. Diese garstige, kahlköpfige Erscheinung hatte irgend etwas, das er einfach nicht ausstehen konnte.

»Ich denke schon. Aber ich bin kein Programmierer. Wahrhaftig nicht.«

»In dem alten Quecksilberbergwerk von Terlingua, das alle für verlassen halten, arbeitet ein Haufen moralisch gänzlich verkommener, verantwortungsloser amerikanischer Programmierer, die meisten wahrscheinlich Opfer von Drogenmißbrauch oder Erpressung, arme Teufel, an dem Programm für einen neuen sowjetischen Marschflugkörper mit Mehrfachsprengkopf, einem Marschflugkörper, der gegen die Städte und Dörfer Europas eingesetzt werden soll. Unter der Leitung eines finsteren Kerls, Dr. Ernst Lutweiler, ehemaliger Nazi und Obersturmführer. Ihre Programme schmuggeln sie teils über Mexiko City hinaus, teils über das blonde und pazifistische Stockholm. Wie so viele andere nette Kleinigkeiten, die der Sklavenstaat aus Dummheit oder Sterilität nicht selbst zu schaffen imstande ist...«

Der Lärm vom anderen Ende des Spielsalons war jetzt so laut, daß sogar die amerikanischen Damen von ihren Glücksspielen aufblickten.

»Wovon lassen Sie sich ablenken? Was ich zu sagen habe, ist wichtig, verstehen Sie... Ach so, dieser gräßliche Zwerg – der kleine Dr. Mabuse, wie wir ihn zu nennen pflegen. Um den werde ich mich kümmern. Kein Problem. Er kommt aus einem Bordell in der Nähe. Es ist nur Theater. Meine Güte, wie dumm von Ihnen, sich gerade jetzt von ihm stören zu lassen. Aber jedem sein eigener Greuel, wie einer meiner Freunde zu sagen pflegt.«

»Es ist gar nicht so, daß ich Angst vor ihm hätte«, entschlüpfte es Bernard. »Er ekelt mich nur.«

»Ihre Aufgabe ist es, sich Zugang zu ihrem Computer zu verschaffen und via CALL – denn CALL ist viel sicherer als USER – etwas zwischen ein paar Zeilen in ihrem ASCII einzugeben, Zeilen, die ganz einfach eine *Escape Sequency* sind. Sie haben sie aus der Bibliothèque Nationale. Wenn es glückt, wird jede einzelne von ihren Raketen allmählich eine Sequenz aktivieren, die sie buchstäblich den Kopf verlieren läßt, und zwar so, daß sie in einer großen Schleife zurück zur eigenen Basis fliegt und diese bombardiert. Listig, wie?«

»Aber warum soll gerade ich ...«

»Mein lieber Bernard Foy. Das haben die Leute schon seit Troja gefragt. Aber Sie haben doch gesagt, daß Sie ein guter Patriot sind.«

»Sagen Sie«, sagte Bernard. »Hans von Lagerhielm war also ein Doppelagent; aber auf wessen Seite stand er? Auf ihrer oder auf unserer?«

»Ganz ehrlich, Bernard, ich weiß es nicht ...«

In der darauf folgenden Stille wurde Bernard bewußt, daß die scheußlichen, zugleich hysterischen und höchst aggressiven Schreie vom anderen Ende dieses wahrhaft infernalischen Raums tatsächlich verstummt waren. Die hintere Tür, durch die er selbst vorhin unfreiwillig eingetreten war, öffnete sich jetzt, doch statt des ekelhaften zwergischen Schreihalses mit seiner Waffe, den Bernard erwartet hatte, stand da, in einer Art Livree mit weißen Handschuhen, ein eleganter Herr, der einen unbestimmt *italienischen* Eindruck machte.

Es war wohl einer von den Italienern, die hinter der Tür geputzt hatten, als Bernard seine Bruchlandung machte. Offenbar ein Mitglied des spärlichen, jedoch stilvollen Personals in diesem Spielkasino. In diesem Moment sah er aus irgendeinem Grund gerade ziemlich unschlüssig aus.

»*Caratti! Caro, come sta?*« sagte Bernards neuer Freund, der den Mann offenbar gut kannte, während er sich zugleich rasch auf das hintere Ende des Raums zubewegte, auf den Fersen gefolgt von einem zögernden Bernard. War dieser bleiche

Mann wirklich nur ein Flaneur, ein zufälliger Gast? Jetzt trat er wirklich so auf, als sei er der Chef des Spielsalons. Die Touristen schienen noch immer genauso vertieft in ihr Spiel. An einem der Tische wurden von einer weißhaarigen Dame in einem schwarzen Moirékleid immer mehr Geldscheine gegen Chips eingetauscht. Auch sie gehörte offenbar zum Haus. Doch sie blickte keine Sekunde auf.

Der Diener öffnete die Tür und ließ sie hineinsehen. Mit widerwilliger Faszination schaute Bernard seinem neu erworbenen Freund über die Schulter.

Hoch oben unter der Decke hing der Zwerg, langsam hin und her schwingend wie das Pendel einer Uhr. Offenbar hatte sich einer seiner Hosenträger im schadhaften Fachwerk des Passagendachs verhakt, als er auf demselben Weg hineingelangen wollte, den Bernard genommen hatte. Und so unglücklich hatte sich der Träger um seinen dicken, jetzt ganz geschwollenen Hals geschnürt, daß er tatsächlich in dieser merkwürdigen Stellung stranguliert worden war.

»*Wie beim Tarock*«, bemerkte der Dandy, offenbar eiskalt wie immer, zu seinem sprachlosen Begleiter. »Ein gutes Omen für Ihre Reise, Rebbe Foy!«

Als Bernard endlich auf die Rue Saint Marc hinaustrat, war es schon Nacht. Und keine Sterne.

## 9. Du mußt nicht sterben, wenn du spielen kannst

An einem heißen Oktoberabend im südlichsten Texas, in den kargen, dramatischen Bergen, die die mexikanische Hochebene begrenzen, erschienen zwei Reiter auf Mauleseln auf dem Weg zwischen den Chisosbergen und dem Canyon Santa Helena. Im Abendlicht bewegten sich ihrer beider Schatten, von den fast horizontal einfallenden Strahlen der untergehenden Sonne ins Riesenhafte verzerrt, wie zwei groteske mythologische Reiterfiguren längs der tiefroten Felswand der hohen Mesa, die der erste Berg auf der mexikanischen Seite ist: Mesa Aquilas.

Ein Kaktuszaunkönig spielte in einem riesigen, staubigen Tamariskenbusch sein plötzlich einsetzendes Schattenlied, ein Knacken in den Mesquitesträuchern kündigte an, daß eine Familie von Porcopinos, dem liebenswerten mexikanischen Wüstenschwein, mit dem Eber an der Spitze und dem Mutterschwein am Ende, jedes der Ferkel sich jeweils am Schwanz des vorangehenden festklammernd, im Begriff war, mit der Feierlichkeit und Langsamkeit einer akademischen Festprozession den roten Lateritstaub der Landstraße zu überqueren.

Tiefrosa zeichnete sich der Sonnenuntergang mit unvergleichlicher Schönheit auf der mächtigen Mesa Aquilas ab, deren hoch aufgetürmte Wände tatsächlich wie uneinnehmbare Festungsmauern aussehen, und langsam senkte sich der Friede des Abends mit blauschwarzen Schatten auf die wie nachlässig ausgestreuten Blöcke von Marmor, Basalt und Lava herab. Trotzdem herrschte noch eine Temperatur von etwa zweiunddreißig Grad, wie es an solchen Novemberabenden in dieser Gegend üblich ist, und der jüngere Reiter wischte sich mit einer erschöpften Geste den Schweiß aus der vom Sonnenbrand geröteten und sich abschuppenden Stirn.

»Ich frage mich, ob es nicht an der Zeit wäre, für heute ein Lager aufzuschlagen, Feuer zu machen und den Teekessel aufzusetzen; denn etwas anderes als Tee ist wohl kaum mehr da«, sagte Bernard Foy.

Denn es war tatsächlich kein anderer als er.

»Eine gute Idee«, sagte der ältere Mann. »Ich glaube, ich habe mich ein bißchen wundgeritten. Außerdem besagt dieses alte Holzschild, daß es hier eine Quelle geben soll. Ich habe hier tatsächlich schon einmal Rast gemacht und Wasser geholt. Aber das ist lange her.«

»Du weißt, daß es gar nicht so einfach ist, zweimal in denselben Fluß zu steigen«, erwiderte Bernard mit einem müden Lächeln.

Darauf antwortete der andere Reiter nichts; dieser weißhaarige Mann mit braungebranntem Gesicht und stark ausgeprägten Zügen, dominiert von buschigen Augenbrauen und einem großen, jedoch sensiblen Mund, war offenbar völlig davon in Anspruch genommen, seinen widerstrebenden Maulesel am nächsten Mesquitestrauch anzubinden, um die Satteltaschen abnehmen zu können, in denen er nach der Mittagspause auch die Feldflasche und den Teekessel verstaut hatte.

Es ist spät, dachte Bernard und schaute auf die Armbanduhr, die halb acht zeigte. Der Weg, der hierher führte, war lang. Und lang ist der Weg, der uns noch bleibt. Der morgige Tag wird entscheidend sein, da es ein Freitag ist. Was wir nicht bis morgen abend bei Sonnenuntergang vollbracht haben, am Beginn des Sabbats, das werden wir nie mehr vollbringen. Unter allen Umständen wird es sehr schwierig werden. Und was mag uns dort drüben erwarten? Hunde vielleicht? Stacheldraht, Minenfelder, Stolperdrähte, elektrische Hochspannungsleitungen. Wüßte ich nicht, daß diese Arbeit getan werden muß, würde ich mich wahrhaftig lieber anderen Dingen widmen.

Hätten wir nur Kraft genug und fänden den Weg in der pechschwarzen Dunkelheit, dann sollten wir die ganze Nacht hindurch reiten, um bei Sonnenaufgang bei dem alten Quecksilberbergwerk in Terlingua zu sein, aber ich wüßte nicht, wie wir das schaffen sollten. Der Weg ist schon bei Tageslicht gefährlich genug mit seinen Löchern und Steilhängen und Windungen. Er schüttelte leicht den Kopf, während er seinem Maulesel den letzten Rest des abgestandenen, nach Lehm riechenden Wassers aus der Fünfliterflasche gab. So hatte das Wasser in seiner Kindheit stets gerochen. Auch das Wasser aus den Wasserhähnen in den ärmlichen Vororten von Houston. Besonders im Sommer, wenn der Verbrauch anstieg. Doch manchmal, wenn er den ganzen Nachmittag draußen im Staub der nicht asphaltierten Vorstadtstraße Baseball gespielt hatte, gab ihm seine Mutter *rootbeer*.

Ich wünschte, ich hätte ein bißchen *rootbeer* da, dachte er unwillkürlich. Und auf eine Weise, die sicherlich typisch ist für jemanden, der gerade erkannt hat, daß er ein unlösbares Problem vor sich hat, ließ Bernard seine Gedanken träumerisch in die unmittelbare Vergangenheit zurückschweifen, als könne diese dazu beitragen, eine Antwort auf die Fragen zu finden, die ihm die unmittelbare Zukunft stellte.

Wie hatte er es überhaupt geschafft, lebendig aus einem plötzlich so bedrohlichen und feindseligen Paris zu entfliehen, wo nahezu an jeder Straßenecke, in jeder Arkade und jeder Metrostation ein Feind zu lauern schien?

Jetzt muß Schluß sein mit diesem kindischen Zeug, dachte er, als er wieder auf die Straße hinauskam.

Und die wunderbare Dame in Trauer schlage ich mir wohl am besten ein für allemal aus dem Sinn, denn die werde ich doch niemals wiedersehen.

Weder tot noch lebendig.

Ich muß vom Flugplatz aus die Gemeinde in der Rue Copernic anrufen und Bescheid sagen, daß ich krank geworden bin, daß ich mich ein wenig verspätet habe, aber daß ich bestimmt bald zurückkomme. In einer Woche, nein in zehn, fünfzehn Tagen, vielleicht in drei Wochen ... jedenfalls, daß ich verschwinde, jedoch zurückkommen werde.

Mit raschen Schritten stieg er in die kleine Metrostation hinter der Börse hinab, die tatsächlich *La Bourse* heißt.

Erst an der Sperre entdeckte er, daß er nur noch fünfundzwanzig Centimes besaß, wie gründlich er auch die Taschen in seinem mittlerweile ziemlich mitgenommenen Anzug umstülpte, den er so stolz in Stockholm für sein Bewerbungsgespräch gekauft hatte.

Wäre er in den USA gewesen, hätte er den Mann an der Sperre bestimmt bitten können, ihn einfach durchzulassen. Doch dieser Sperrenwächter aus dem einen oder anderen Land der Dritten Welt sah ihn mit demselben unbarmherzigen Blick an, mit dem Funktionäre speziell in armen und unglücklichen Ländern ihren Nächsten zu betrachten pflegen.

*(»Ein Aktenkoffer mit dem Geld steht also im Schließfach Nummer A 345 66 auf dem Flughafen Charles de Gaulle Ouest bereit. Bei der Air France. Und der Flug nach New York ist für die Concorde heute abend um elf Uhr fünfzehn gebucht.«*

*»Geld?«*

*»Ja. Ihr Honorar, Baron.«*

*»Ausgezeichnet. Und wie kann ich wissen, ob die Summe korrekt ist?«*

*»Verzeihung, wieso korrekt?«*

*»Daß es nicht zu wenig ist?«*

*»Aber es ist doch die übliche Summe. Genau dieselbe wie voriges Mal.«)*

Nur etwa eine schwedische Meile von hier, dachte er, während er immer hektischer in seinen Taschen wühlte und die Quittungen und Visitenkarten in seiner Brieftasche durchstöberte, genauer gesagt im Schließfach Nummer A 345 66 auf dem Charles de Gaulle Ouest liegt eine gewaltige Geldsumme. Und ein Flugticket nach Houston, was mir zugleich die Chance gibt, meinen Vater zu bitten, mir bei dieser wahnsinnig schwierigen Aufgabe zu helfen, meiner fürchterlichen Pflicht, der in Terlingua zu vollbringenden Operation Medusa. Und da stehe ich nun, hilflos wie ein Narr!

Das einzige Ergebnis all dieser Inspektionen war ein Stahlkamm in der rechten Westentasche und ein dünnes Papier, der Beleg für die letzten Francs, die Bernard bei seiner Ankunft an der Gare du Nord gewechselt hatte.

Das Papier war nicht ganz ideal. Es war ein wenig zu hart, aber als er es um den Kamm knickte und probierte, brachte er doch einen ganz annehmbaren Ton zustande. Mit der Entschlossenheit, die vielleicht für die ganze Familie Foy typisch war, ließ er sich an der unangenehm kahlen Kachelwand gegenüber der Eingangssperre nieder, breitete in Ermangelung seines verlorenen Hutes das noch einigermaßen saubere Taschentuch neben sich aus und begann mit der Energie eines Kapellmeisters zu spielen, der die Aufgabe hat, am Tag der Schwedischen Fahne die Nationalhymne »Du Gamla Du Fria« auf dem Klavier zu begleiten.

Bernard hatte schon in der Jeschiwa als sehr musikalisch gegolten. Auf diesem Gebiet hatte er stets die besten Zensuren gehabt, besser als in den philosophischen Disziplinen. Jetzt begannen mehr Menschen hereinzuströmen, teils flotte Sekretärinnen aus den umliegenden Banken, die vermutlich Überstunden gemacht hatten, teils die eleganten Gentlemen von der Börse, die in einer der zahllosen kleinen Bars dieses Quartiers die Geschäfte nach Börsenschluß abzuwickeln pflegten. Er begann mit dem Yankee Doodle, aber da dies in den vorübereilenden Fondsmaklern und ihren Sekretärinnen in strengen Kostümen offenbar nicht die geringsten sentimentalen Gefühle weckte, ging er zur Solostimme in Beethovens Violinkonzert über, erster Satz, mit den drei schnellen, eigentümlich assonanten Oktavsprüngen, die das erste Solo einleiten, während er mit dem rechten Fuß den Rhythmus der Orchesterstimme auf den Betonboden stampfte.

Eine hellblonde junge Dame, die aussah, als heiße sie Clara und sei ein schwedisches Au-pair-Mädchen, blieb stehen und betrachtete den musizierenden Rabbi mit weit aufgerissenen, sozialpsychologisch mitleidigen Augen und warf großzügig einen ganzen Franc auf das Taschentuch. Nun brauchte es wohl nur noch vier solcher Mädchen, um eine Fahrkarte zum Flughafen Charles de Gaulle zu finanzieren.

Da es ihm genausowenig wie jedem anderen vernünftigen Menschen gefiel, ein so problematisches und gefährliches Gefühl wie Mitleid zu wecken, ob bei einer schönen Frau oder bei sonst jemand, entschloß er sich, das Violinkonzert noch lange vor der Kadenz des ersten Satzes abzubrechen, und begann statt dessen ein bißchen Country and Western zu spielen. Dieser Entschluß erwies sich als richtig. Es dauerte nicht lange, bis sich ein kleiner, andächtig lauschender Kreis um ihn versammelt hatte. Es ist die Frage, ob nicht der eine oder andere Börsenmakler seinetwegen verspätet zu seinem großbürgerlichen Abendessen kam.

Mit munterem Klirren fielen die Münzen auf das Taschentuch, die eine oder andere rollte ein Stück weit über den Betonboden, doch stets fand sich jemand, der sie ihm zurückbrachte. Nun gesellten sich auch vereinzelte Scheine zu dem Kleingeld, und Bernard fühlte für einen Moment einen zweifachen Schrecken in sich aufsteigen. Der eine galt den beiden Organisationen, die ihm unabhängig voneinander nach dem Leben trachteten und ihn hier finden könnten, an der Wand gegenüber der Sperre, wo es für ihn nur einen einzigen Ausgang gab. Der andere Schrecken war komischerweise viel größer: daß Rabbi Williams oder jemand anders, der ihn in seinem Amt kannte, hier auf ihn stoßen würde.

Daher brach er das Konzert ab, bevor er auch nur einen Teil all der fröhlichen Stücke hatte spielen können, die er aus den zahllosen Radioprogrammen im Texas seiner Jugend kannte. Nachdem er seine Metrokarte zum Charles de Gaulle bezahlt hatte, eine Strecke, für die man mittlerweile die erstaunliche Summe von sechs Francs verlangte, blieben ihm immer noch achtunddreißig Francs.

Vielleicht hätte ich doch auf meine Mutter hören und Musiker werden sollen, dachte er, während der Zug zu seiner Erleichterung endlich am Bahnsteig einrollte und ihn mitnahm.

Es war, als habe diese Musik auf eigentümliche Weise das Magnetfeld des Daseins um ihn her verändert. Alle Feinde waren aus seinem Umkreis wie weggeblasen oder vielmehr wie *weggespielt*. Von nun an bis nach Houston war dies die trivialste, die selbstverständlichste Reise auf der Welt.

Das Schließfach A 345 66 öffnete sich sogleich dem Schlüssel, den Bernard aus seiner Westentasche gefischt hatte. Er war nicht besonders erstaunt darüber, daß es einen Aktenkoffer genau derselben Art enthielt, von der ihn schon mehrere im Laufe dieser Erzählung verfolgt hatten. Dieser ließ sich mühelos öffnen, doch er beeilte sich, ihn blitzschnell wieder zuzuklappen. Der Aktenkoffer barg keine Bombe. Diesmal auch keine interessanten alten Bücher. Er enthielt nur eine Sache. Mit der schrecklichen Monotonie eines Geisteskranken, der nur eine einzige Sache in seiner Seele festhalten kann, diesen seinen einzigen, armseligen Gedanken aber unablässig wiederholt, enthielt dieser schweinslederne Aktenkoffer frisch gedruckte, nie gefaltete und säuberlich gebündelte Hundertdollarscheine.

Es muß mindestens eine Million Dollar sein. Ich muß sie für irgendeinen geeigneten Zweck stiften, zum Beispiel für den Keren Kajemet. Falls nicht mein Vater gerade wieder Konkurs gemacht hat. Das pflegt ja jedesmal der Fall zu sein, wenn ich heimkomme.

Einigermaßen erschüttert von seiner Entdeckung, doch mit der selbstbewußten Haltung, die eigentlich nichts anderes als die große Liebe oder das Geld bei einem Mann bewirken kann, spazierte er zum Air-France-Schalter hinüber und holte seinen Flugschein Erster Klasse nach Houston ab, der dort für ihn bereit lag, korrekt unter dem Namen Bernard Foy gebucht.

In einer leicht turbulenten Abendbrise hob die große Maschine ab und nahm Kurs auf Belgien und Ostende und das herbstliche und dunkle Wasser der Nordsee. Die Stewardess klapperte verheißungsvoll mit den Eiswürfeln für den abendlichen Cocktail, und Bernard vertiefte sich sogleich in das Gebet, das ein frommer Mann stets spricht, wenn er eine Reise antritt.

Bevor sich ein wohlverdienter Schlaf auf ihn herabsenkte, konnte er gerade noch denken: Für meinen alten Vater in Houston wird dies einen Wendepunkt bedeuten. Er hat schon lange den Wunsch geäußert, seine schäbige Bar aufzugeben. Jetzt wird er die Chance bekommen.

Für mich aber bedeutet dies alles etwas anderes, etwas, das ich noch nicht überblicken kann. In jeder Partie macht man nur einmal die Rochade, dachte er und fiel in tiefen Schlaf. Und die Maschine, sanft auf einer abendlichen Turbulenz über Irland rollend, verlor sich immer schneller in der verlängerten Nacht, die bevorstand.

## 10. Zwei gegen Terlingua

Bleigrau und warm war die Dämmerung. Gähnend und einigermaßen ungewaschen stieg er aus der großen Boeing 747, angekommen in seiner unförmigen Heimatstadt, die sich gleichmäßig grau und schläfrig Meile für Meile mit Schnellstraßen, Fabriken, Büros, Wolkenkratzerzentren und netten kleinen Hamburgerstuben in alle Richtungen ausbreitete. Atlantisches Sumpfland, gestreichelt von einer grauen, herbstlichen Wärme von der Mexikanischen Bucht, ungefähr wie eine graue Hauskatze sich an die Beine einer Riesin schmiegt.

Der weißhaarige Paßkontrolleur hieß ihn und seinen mittlerweile ziemlich strapazierten Paß mit einem kurzen Nicken willkommen. Bernard fragte nach dem Wetter, worauf der Beamte nur still sein ehrwürdiges Haupt schüttelte. Diese wunderlichen meteorologischen Fragen, auf denen nur Japaner und Yankees bestehen! Bernard solle doch den Wetterdienst des Flughafens anrufen, dann werde er bestimmt die laufende Prognose bekommen.

Es war wirklich eine Erleichterung, daß die Zollbeamten zu dieser frühen Stunde ebenso uninteressiert an den aufdringlichen Abweichungen und Überraschungen des Lebens waren wie alle anderen.

Bei Hertz mietete er einen der noch freien Wagen dieses Morgens. Bald hatte er sich in den regen Morgenverkehr auf der Interstate 45 eingefädelt und sah ohne Rührung, aber auch ohne Trauer eine Reihe von neuen Wolkenkratzerprofilen am Horizont auftauchen, die nicht das geringste mit dem Houston zu tun hatten, das er vor einigen Jahren verlassen hatte. Es war immer dasselbe. Nichts blieb sich gleich. Darum waren Städte wie Paris oder Stockholm vorzuziehen, wo sich durch die Jahrhunderte eigentlich alles gleich bleibt.

Nachdem er etwa eine Stunde gefahren war, begann die Landschaft jedoch gewisse wohlbekannte Züge anzunehmen. Allmählich klangen sogar die Straßennamen wohlbekannt: Humble Road, Mac Carthy Drive und Jensen Drive. Statt bei der Bar in der Canal Road zu parken, stellte er den Wagen auf der Irvington Street ab, um das letzte Stück in einem Bogen zu Fuß zu gehen.

Die Zeit des Lebens ist wie ein spielendes Kind, das die Figuren in einem Schachspiel hin- und herschiebt. Ja, einzig das Kind ist der wahre Fürst. Bei der Operation Medusa geht es also darum, ein schauerliches Haupt abzuschlagen, um seinen tödlichen Blick als Waffe gegen ein noch größeres Ungeheuer zu gebrauchen. Oder anders gesagt, den Maschinencode des Programms zu ändern, das die neue sowjetische Mittelstreckenrakete lenkt, im Jargon der CIA Burgler III genannt, und zwar so, daß die Störung diese Rakete nicht nur unbrauchbar macht, sondern sich durch periphere Effekte in dem ganzen gewaltigen Netzwerk von Computersystemen ausbreitet, aus dem die russische Gefechtsleitung besteht.

Durch leicht geänderte Kopien, die sich ihrerseits kopieren lassen und zugleich Millionen von anderen Daten in den Speichern löschen, soll diese Pest sich drahtlos und über Modems, durch Kommandosprache und durch Debuggingprogramme wie eine entsetzliche Lähmung in der greulichen, schon im Augenblick der Schöpfung nicht nur tödlichen, sondern toten, eiskalten Seele des sowjetischen Kriegsmonsters ausbreiten.

Dieses Programm wird also von einem Haufen moralisch

und menschlich verkommener Programmierer in gänzlich abgeschlossenen Arbeitsräumen in dem verlassenen alten Quecksilberbergwerk in Terlingua eingetippt. Und Bernard soll dieses Haupt abschlagen und seinen steinernen Blick auf den richten, der es schuf.

In seiner Westentasche trägt er in einer Form, die ihm selbst nicht verständlich ist, den Code mit sich, den er in die böse Seele der Medusa eintippen soll. Doch wie soll er es schaffen, die verhängnisvollen Zeichen zwischen die Hunderttausende von Zeilen einzufügen, die schon da stehen? Wie sollen die Lebenden mit den Toten reden?

Vorsichtig, wie er es seit der Kindheit gewohnt war, was aber an diesem warmen und feuchten Morgen, an dem er so viel Geld bei sich trug, auch besonders gerechtfertigt schien, äußerst vorsichtig öffnete er die Tür der Bar. Es brauchte eine Weile, bis seine Augen sich an das ewige Dämmerlicht gewöhnt hatten. Die einzige Person im Lokal war eine Farbige, die verbissen einen lärmenden Staubsauger betätigte. Bernard kannte sie nicht. Sie hatte graue Haare. Noch schien sie ihn nicht bemerkt zu haben. Das matte Licht der Deckenlampe wirkte irgendwie anders als in seiner Kindheit. Ach ja, tatsächlich, statt der gemütlichen alten Messinglampe hing da eine unpersönliche Neonröhre, verborgen hinter opalisierendem Glas, das Bernard für einen Augenblick mit einem Schauder an seine Abenteuer in der Passage des Panoramas denken ließ.

Das kalte Licht fiel auf eine ganz andere Art über die Flaschen und Stühle, als es das freundliche Abendlicht zu tun pflegte. In seiner Jugend hatte er nachmittags hier in der Bar seine Aufgaben gemacht. Er erinnerte sich, wie er für die Philosophiekurse lernte und sich damit amüsierte, die verschiedenen Philosophen mit verschiedenen Flaschen zu identifizieren. Spinoza war ein Eierlikör. Leibniz war Jack Daniels, Descartes hingegen Jim Beam. Husserl war Smirnoffs blauer Vodka, während der etwas schwächere Jean-Paul Sartre der rote Smirnoff war. Sogar Cocktails ließen sich auf diese Weise beschreiben: anhand ihrer philosophischen Bestandteile. Das eigentümliche war, daß sie dann nicht selten ganz hervorragend mit der Ideengeschichte übereinstimmten. Bertrand

Russell war beispielsweise eine Mischung aus Frege, Leibniz und McTaggart.

Die Frau schien wirklich schwerhörig zu sein. Offenbar hatte sie noch nicht gemerkt, daß er mit seinem Aktenkoffer mitten im Lokal stand. Nicht ohne Ekel betrachtete er das Glasgefäß mit den gekochten Eiern von gestern und den anderen, ebenso riesigen Behälter mit Mixed Pickles, der in diesem Licht wie ein Ausstellungsgegenstand in einem teratologischen Museum aussah.

Könnte er doch wenigstens eine Tasse Kaffee bekommen! Und wenn doch bloß nicht alles so schrecklich rührend aussähe! Das war also das kleine Königreich seiner Kindheit! Das war es, was man ihm als Erbe in Aussicht gestellt hatte, auf daß er es mehre! Er mußte der alten Frau buchstäblich direkt ins Ohr schreien, bevor sie ihn zur Kenntnis nahm:

»Wo ist mein Vater?«

Sie schüttelte den Kopf, als habe sie noch nie etwas so Dummes gehört.

»Wo ist mein Vater?« wiederholte Bernard mit Donnerstimme. »Was haben Sie mit meinem Vater gemacht, Sie dumme alte Frau?«

Sie musterte ihn mit ihren uralten braunen Augen, während sie den Wasserhahn an der Theke aufdrehte, um ihren Putzeimer zu füllen.

»Junger Mann«, sagte sie, »woher soll ich denn wissen, wer Ihr Vater ist.«

»Mein Vater«, erwiderte Bernard, nicht ohne einen gewissen gekränkten Stolz, »mein Vater ist der Besitzer dieses Lokals.«

»Da seien Sie bloß nicht so sicher. Wenn Sie diesen Gauner Jacob Foy meinen, der mir seit fünf Wochen keinen Lohn bezahlt hat, dann kommen Sie wohl etwas zu spät.«

»Wieso«, sagte Bernard mit vorgetäuschter Gelassenheit.

»Heute nachmittag kommen sie und pfänden die Bar. Es liegt ein Gerichtsbeschluß vor.«

Das erstaunte Bernard nicht allzu sehr. Unbezahlte Schulden und ein Jonglieren mit Krediten am Rande des Unfaßbaren waren ihm seit der Kindheit vertraut, was die Geschäfte des Vaters betraf. Aber ganz so weit pflegte es sonst nicht zu gehen.

»Wo ist er jetzt?«

»Wenn Sie die Straße überqueren, kommen Sie zum Northwestern Fitness Center. Gehen Sie dort hinein.«

Bernard, der seit mehr als vier Jahren nicht mehr in Houston gewesen war, sah sich um, als er ins Tageslicht hinauskam. Es wirkte grell, wenn man aus dem sanften Herbstlicht Europas kam. Er merkte, wie fürchterlich staubig die Fenster in der Bar gewesen sein mußten.

Weiter unten in der Straße hätte ein Drugstore liegen müssen, einer von den ganz großen, in dem man praktisch alles kaufen kann, was ein Mensch braucht, ein Eckers. Doch er war nicht mehr da. Über den Glastüren des Eingangs, wo noch Spuren der alten Eckersbuchstaben zu erkennen waren, hing ein kaltes blaues Neonschild mit der Botschaft: *Northwestern Fitness Center.*

Bernard Foy, der noch beim Hineingehen darüber nachgrübelte, was »Northwestern« bedeuten mochte – ein Begriff, den er in seiner Jugend niemals auf diesen Teil von Houston angewendet hätte, wo man noch in den sechziger Jahren einen Barbesucher wie ihn schlecht und recht als verirrt bezeichnet hätte, hielt sein Gepäck, den beängstigend wertvollen Aktenkoffer und die abgenutzte Reisetasche, fest in den Händen.

Die platinblonde Dame am Empfang war bestimmt nicht jünger als fünfzig Jahre.

»Mitgliedskarte?«

»Ich habe keine Mitgliedskarte. Ich bin Rabbi Foy. Ich bin gekommen, weil ich meinen Vater suche, Jacob Foy. Ist er vielleicht hier?«

»Wir stören unsere Klienten nicht gern beim Training.«

Ihr strenger Gesichtsausdruck wurde etwas milder, als sie die Gesichtszüge des Sohns studierte. Vielleicht sah sie eine Ähnlichkeit zwischen Jacob und Bernard.

»Sie haben keine Turnschuhe dabei, Rabbi?«

»Leider nicht.«

»Ich will schauen, ob ich ein passendes Paar für Sie habe. Man muß hier Turnschuhe tragen. Und ein T-Shirt.«

»Aber ich möchte nur einen Augenblick mit meinem Vater sprechen.«

Die Dame war ebenso unerbittlich wie kokett. Bald

stand Bernard in Turnschuhen da. Wo sollte er seine eigenen Schuhe hinstellen? Er versuchte Schuhe und Gepäck so beiläufig und diskret wie möglich ins Nebenzimmer mitzunehmen, um nicht zu erkennen zu geben, daß etwas zu Wertvolles dabei war, um es selbst dieser Rezeptionsdame anzuvertrauen.

Der Raum, den er betrat, hatte eine verblüffende Ähnlichkeit mit einer mittelalterlichen Folterkammer. Von Wand zu Wand die bizarrsten Apparate, auf denen die Opfer, meist sehr fette Männer in Turnhosen und T-Shirts, lagen oder saßen, manche davon rittlings auf eigentümlichen, leicht obszönen Ledersitzen. Sie stöhnten, teilweise schrien sie sogar, während sie mit Hilfe von Griffen, lederbezogenen Hebestangen, Ketten und Treibriemen die fürchterlichsten Gewichte, an den verschiedensten Stellen in den Apparaten untergebracht, hoben und senkten. Etwas derartiges hatte Bernard Foy noch nie zuvor gesehen, so etwas hatte es in Houston nicht gegeben, als er die Stadt verließ, und die Vorstellung, sein Vater könnte sich mit solchen Dingen abgeben, erschien ihm aberwitzig.

Einige der Opfer (oder der Teilnehmer) brüllten dabei so fürchterlich, als sollten sie gevierteilt werden, und das Ganze machte auf Bernard einen so irrsinnigen Eindruck, daß er sich ernstlich fragen mußte, ob er träume oder wache. Nicht einmal bei seinen halsbrecherischen Abenteuern in Paris hatte er etwas so Eigentümliches gesehen. Er musterte einen nach dem anderen von diesen Sportsmännern der neuen Zeit und beugte sich kurz hinunter, um festzustellen, ob der Herr mit der purpurblauen Gesichtsfarbe, der sich kurz vorm Erstikken mit einem Griff abmühte, um eine ganze Schubkarrenladung von Bleiplatten in die Luft zu befördern, etwa sein Vater sein könnte.

Es schien aber nicht so. Er fühlte sich in dieser Umgebung völlig deplaziert. Doch in diesem Moment kam sein Vater aus einem Hinterzimmer, dessen Tür mit der diskret angebrachten Aufschrift PRIVAT er sorgfältig hinter sich zumachte. Im Unterschied zu allen anderen trug er ein Netzunterhemd, das offenbar lange nicht in der Wäsche gewesen war. Er war gerade dabei, mit der Umständlichkeit der alten Männer seinen Hosenladen zuzuknöpfen. Er war gealtert, wenn auch nicht übermäßig. Aber seine Haare waren weiß geworden.

»Papa! Gehört dieser scheußliche Laden dir jetzt etwa auch noch?«

»Natürlich, mein Junge«, erwiderte der alte Fallschirmjäger ungerührt. »Jedenfalls bis heute nachmittag. Ich habe etliche Probleme gehabt. Diese Apparate sind teurer als man denkt. Aber mein lieber kleiner Bernard« – Jacob Foy legte los, als könne er sich gar nicht schnell genug von diesem ärgerlichen Thema befreien –, »was treibt dich denn her? Ich dachte, du seist in Stockholm.«

»Das war ich auch. Ich war sogar eine Weile in Paris, aber irgendwie war nichts von Dauer.«

»Ich weiß«, nickte Jacob Foy nachdenklich. »Der Jugend fällt es immer schwer, Wurzeln zu schlagen. Ich war genauso, als ich jung war.«

»Ich muß dich in einer Angelegenheit um deine Hilfe bitten. Wir müssen morgen nach Terlingua.«

»Nach Terlingua? Du bist nicht bei Trost. Mit meinem alten Auto nach Terlingua? Tja, obwohl, vielleicht wäre es ganz lustig. Hier sind jetzt so viele Gläubiger hinter mir her, daß es ganz schön wäre, ihnen für eine Weile zu entrinnen. Aber hör mal, ich glaube, dann müßten wir einen anderen Wagen mieten.«

»Zuallererst«, sagte Bernard, »möchte ich wissen, wieviel Geld du anderen Leuten schuldest.«

Der Vater wirkte nicht willens, über diese Sache zu sprechen. Er wand sich auf eine Art, die Bernard an ihm kannte, seit er fünf Jahre alt war. Genau so pflegte Jacob sich zu winden, als die Mutter noch lebte und ihn im Flur fragte, was er mit dem Fünfdollarschein gemacht habe, den sie ihm am Morgen des vorhergehenden Tages anvertraut hatte.

»Dann muß ich dich bitten, mir alles zu sagen, was du über Lutweiler weißt.«

»Aber mein kleiner Bernard! Lutweiler? Lutweiler ist tot. Das weißt du doch?«

Über das Gesicht des alten Mannes huschte ein glückliches Lächeln.

»Ich habe ihn *umgebracht*. Ich habe ihn eigenhändig im

April 1945 umgebracht. Ich habe ihn in den Entlausungsschrank im Gefangenenlager von Zwillerheyde gesperrt und die Maschinerie in Gang gesetzt. Das habe ich doch schon so oft erzählt!«

»Bist du dir dessen *absolut* sicher?«

»Absolut, kleiner Bernard.«

»Können wir in dein Büro gehen und ungestört reden?«

»Ist das unbedingt notwendig?«

»Warum nicht?«

»Tja, es ist gerade ein bißchen *unordentlich* da drin.«

Statt zu argumentieren, öffnete Bernard seinen neuesten und zweifellos kostbarsten schweinsledernen Aktenkoffer. Der Vater schaute hinein, schnappte nach Luft und sagte kurz:

»Komm schnell hier herein, Junge.«

Mit einer Handbewegung scheuchte er ein platinblondes Mädchen hinaus, das mit zerrauften Haaren, ein Frotteehandtuch um den schönen Körper gewunden, rasch verschwand. Aus irgendeinem Grund schien es ihr gar nicht zu gefallen, auf diese Weise hinausgeworfen zu werden.

Er zog Bernard schnell ins Büro und schenkte dem Mädchen weiter keine Beachtung. Das war sein Stil. Das Büro war unbestreitbar sehr klein. Er sagte streng:

»Junge. Daß du dich mit so was abgibst, habe ich nicht gewollt. Und deine Mutter hätte das auch nicht gewollt. Dafür hast du doch deine Ausbildung bekommen. Aber wenn du dich nun schon mit so was abgibst, ist es ja gut, daß du gerade heute gekommen bist.«

Es dauerte nicht lang, und sie glitten über die Autobahnschleife nach Westen, diesmal in einem eleganten, blaumelierten gemieteten Saab Turbo.

»Was die Bewaffnung angeht«, sagte der Vater, »habe ich meinen bewährten alten Barrevolver mitgenommen.«

»Den *Peacemaker*, sag bloß, hast du den wirklich noch?«

Bernard spürte, wie ein warmes Gefühl der Rührung in seiner Brust aufstieg. Dies war der riesige Revolver, den er an seinem Vater bewundert hatte, als er noch ein kleiner Junge war. Sonntags pflegten sie manchmal zu einer *shooting-grange* bei den neuen Dränagekanälen zu fahren, wo der Vater, wenn er wirklich allerbester Laune war, dem Jungen erlaubte, den einen oder anderen Schuß aus dem schweren, alten, lebensgefährlichen Revolver abzufeuern. Damit konnte man ein Loch wie ein Fallrohr mitten durch einen Mann machen. Bernard erinnerte sich von seinem Schießunterricht als Junge noch genau an die Überraschung über den heftigen Rückstoß, der ihm damals fast die Waffe aus der Hand geschleudert hätte.

Was sollen wir machen, wenn wir erst da sind, fragte sich Bernard, den eine immer größere Unsicherheit angesichts des Abenteuers beschlich.

Die *Operation Medusa* war mit nichts vergleichbar, was ihm in seinem ganzen Leben zugestoßen war. Würde er fähig sein, den tödlichen Hieb zu führen? Wie sollten sie es schaffen, ungesehen dort hinzukommen? Wäre es nicht am klügsten, sich beispielsweise im nahegelegenen Nationalpark von Big Bend für ein paar Tage zwei Maulesel zu mieten?

Und wie sollte der Code, den er besaß, sich in einen Maschinencode für ein kompliziertes Computerprogramm verwandeln lassen?

»Papa«, sagte Bernard. »Jetzt kocht das Teewasser.«

Der Vater schien in Gedanken versunken. Er wirkte riesig, wie er mit seinem Lederhut dastand und dem Maulesel bedächtig über die graue Mähne strich.

»Du sagst, du glaubst, Lutweiler sei immer noch am Leben. Das sind Hirngespinste, Junge. Ich schwöre dir, daß er tot war wie ein toter Hering, nachdem ich damals im Lager von Zwillerheyde die Eisentür hinter ihm geschlossen hatte. Ein sehr toter Hering. Und die Idee, daß in Terlingua irgendwas für die abscheulichen Raketen der Russen und andere Mordwerkzeuge des neuen Pharao fabriziert werden könnte, ist doch sehr sonderbar. Ich glaube, du machst dir keine rechte Vorstellung davon, wie es da draußen aussieht. Weißt du, damals als dieser Yankee Perry sein Quecksilberbergwerk anlegte, das so vielen unschuldigen, armen mexikanischen Grubenarbeitern das Leben kostete, mußte man beispielsweise das Trinkwasser mit einer Herde von Mauleseln hintransportieren, und später mit Lastwagen, denk dir nur. Ich glaube auf keinen Fall, daß du recht haben kannst. Wäre es nicht an der Zeit, jetzt umzukehren?«

In diesem Moment wurde das Gespräch von einem sonderbaren Motorengeräusch unterbrochen. Es war sehr stark und bewegte sich praktisch über sie hinweg, als sei es ein Flugzeug, aber viel zu langsam, um wirklich ein Flugzeug zu sein.

Zögernd, fragend und unentschlossen blickten sich die beiden Männer im engen Lichtkreis des Feuers an.

## 11. Die Adler über der Mesa Aquilas

Am folgenden Tag gegen zwölf Uhr erreichten sie die Gegend von Terlingua. Hier gab es buchstäblich nichts zu sehen, ihre Schatten waren scharf und schmerzhaft wie die Schatten bei einem texanischen Revolverduell um zwölf Uhr mittags. Die roten Berge am Rand der Hochebene beschatteten mit biblischem Ernst diese grauen Hügel, auf denen kaum ein Mesquitestrauch, nicht einmal ein Grashalm, nichts als Agaven und hundertjährige Kakteen sich halten konnten.

Ungefähr eineinhalb Stunden vor Terlingua waren sie durch eine kleine provisorische Ortschaft gekommen, zusammengewürfelt aus Wellblechhütten, wo mexikanische Schwarzarbeiter offenbar einen schadhaften Brunnen mit braunem Wasser gefunden hatten, und ein paar alte Telefonmasten, um ihre Wäscheleinen dazwischen aufzuspannen. Unruhig flatterte die bunte Wäsche in dem gleichbleibend heißen Wüstenwind von der westlichen Mündung des Tals her. Es war ein staubiger, trockener, unmöglicher Ort. Halbnackte Kinder spielten im Staub, einige schwarze Ziegen schrien Gott weiß welche Qual hinter einem der Schuppen heraus, ein rostfreier, jedoch völlig demolierter Buick aus den fünfziger Jahren diente offenbar als Käfig für die flatternden und gackernden schwarzen Hühner. Nur Mexikaner waren imstande, an einem solchen Ort zu leben.

Sie waren von ihren Mauleseln abgestiegen und hatten ein Weilchen geplaudert, hatten erklärt, sie seien Touristen, kämen vom Nationalpark Big Bend und seien unterwegs zu der alten Geisterstadt Terlingua. Eine alte mexikanische Frau mit indianisch hohen Backenknochen und sehr dunklen Augen hatte sie lautstark gewarnt: Geht nicht dorthin, um alles in der Welt! Die anderen Mexikaner, die sie in einer Gruppe umstanden, vorwiegend arbeitslose junge Männer, die mit fast ausdruckslosen Gesichtern ihre Zigaretten rauchten, hatten zustimmend genickt.

Es gab irgend etwas Grausiges in der Geisterstadt Terlingua, irgend etwas stimmte da nicht, es ging nicht mit rechten Dingen zu, aber was es eigentlich war, konnte man kaum aus den Leuten herausbekommen. Menschen? Nein. Dämonen? Tiefe alte Quecksilbergruben, in die man stürzen konnte? Es war nicht ganz einfach, eine vernünftige Antwort zu bekommen.

»Die Seelen im Hades können viele Dinge wittern«, zitierte Jacob Foy mit leiser Stimme. Es war eher an ihn selbst gerichtet als an den Sohn. Der Ort hatte, als sie ihn endlich erreichten, etwas Erschreckendes in all seiner preisgegebenen Einsamkeit. Bernard und Jacob Foy waren nicht die einzigen, die das bemerkt hatten.

Dies war wirklich einer der ödesten, verlassensten Orte im ganzen Chisosmassiv. Verstreuten Gruppen von Puebloindianern auf der Wanderung vom Fluß herauf mußte die eigentümliche rote Farbe mancher Felsen aufgefallen sein. Vielleicht hatten sie den roten Zinnober, in dem das Quecksilber ist, für ihre rituellen Feste verwandt?

Die Konquistadoren hatten diesen Ort nur gestreift. (Ihre Schwerter, einst im lauen Nachtwind unten am Fluß in Toledo geschmiedet, finden die Archäologen noch immer in den wandernden Sandbänken des Flusses, spanische Schwerter, aus dem einzigartigen Stahl, der nur von den alten Meistern in Toledo geschmiedet werden konnte, wenn der warme Südwind über den Fluß wehte, so daß der Schmelztiegel nicht zu schnell abkühlte, wenn man ihn von der Esse zum Härten ans Wasser trug, wo stets ein Lehrling mit dem Gebetbuch bereitstand, um die erforderlichen Gebete zu sprechen, damit der Stahl genau richtig gehärtet würde: nicht zu lange und nicht zu kurz. So wurden die Schwerter der Konquistadoren geschmiedet, und in Mexikos dunkle und blutige Geschichte schrieben sie sich mit einer unauslöschlichen Schrift ein. Eins, das man vor ein paar Jahren gefunden hatte, trug auf der einen Seite die Inschrift PUR ME REY und auf der anderen PUR ME LEY. (Das bedeutet »Für meinen König« und »Für mein Gesetz«. So waren die Schwerter der Konquistadoren beschaffen.)

Doch hier waren sie vorbeigeritten, nach einer einzigen Sache hungernd und gierend: Silber.

Der schwedische Geologe Johan August Uddén aber, der zum ersten Mal 1903 mit der Texas Mineral Survey hierherkam, hatte begriffen, was das reiche Vorkommen von Zinnober bedeutete. Diese Felsen konnten, wenn man sie erhitzte, Quecksilber schwitzen. Und Quecksilber war auf dem besten Weg, ein wertvolles Material zu werden. Drei Jahre darauf kehrte er zurück, in Begleitung von Howard E. Perry, diesem seltsamen kleinen Industriellen aus Chicago, um Sinteröfen zu bauen und Grubenschächte in dieser verlassenen Gegend auszuheben. Alles mußte von Marathon und Terlona durch unwegsames Gelände hierher gebracht werden. Es gab düstere Berichte darüber, wie Männer und Maulesel monatelang riesige Dampfkessel auf Schlitten durch die Terebinthen der Einöde geschleift hatten.

Die Stollen wurden in einen unsicheren Berg getrieben und stürzten oft plötzlich ein. Dampfkesselexplosionen, Seuchen und vor allem die entsetzlichen Krankheiten, die das Quecksilber, dieses kostbare und tödliche Gift mit seinem Vollmondglanz stets verursachte, forderten ihren Tribut. Hier waren, wie überall auf der Welt, die Armen die Verlierer. Hier waren Menschen für wenig oder gar nichts einen grausamen Tod gestorben. Die schlichten Holzkreuze des Friedhofs mit all den spanischen Namen türmten sich jetzt zu Haufen von morschem Holz auf. Die Winterwinde ließen in diesem Tal nicht viel stehen.

Wahrhaftig, Terlingua war wohl immer schon ein Hades gewesen.

Und jetzt war es schon lange her, daß hier Quecksilber gewonnen wurde. Seit Perry, der wunderliche, kleinwüchsige Herrscher dieses Ortes, ein Zwerg fast, gejagt von Gläubigern und einem Staatsanwalt, der wissen wollte, warum er unter den Bergwerken der Konkurrenten Schächte grub, Ende 1944 alles aufgegeben hatte, blieb eine Geisterstadt zurück. Keiner hatte mehr versucht, der roten Zinnobererde Quecksilber abzugewinnen. Auch wenn es hin und wieder Pläne gegeben hatte. Howard E. Perry war im Dezember desselben Jahres gestorben. Der Zwerg war für immer verschwunden, und nun spielte der Wind mit den Kreuzen der toten Mexikaner.

War es nicht seine prächtige Direktorenvilla, die mit verrammelten Fensterläden, von den Winterstürmen übel zugerichtet, in diesem Moment auf der Kuppe des grauen, graslosen Hügels auftauchte? Sie waren jetzt so nahe, daß sie sogar die riesigen Schilder am Eingang des Bergwerks entziffern konnten: EINSTURZGEFAHR. BETRETEN STRENG VERBOTEN stand da in großen, deutlichen Buchstaben auf spanisch und englisch.

Am Fuß des Hügels saßen sie ab. Die Maulesel scharrten träge hier und da im Geröll herum. Hartnäckig wehte der immer gleiche Wind durchs Tal. Dieser Wind mußte einst den Rauch der Röstöfen in langen, giftigen Schwaden über die kleine Schule, die Post und die Polizeistation getrieben haben, die sich hier unten am Hügel in rührender Einsamkeit und raschem Verfall aneinander lehnten.

Bernard schauderte. »Die Seelen im Hades können viele Dinge riechen.«

»Hier ist doch überhaupt nichts, zum Teufel«, sagte Jacob Foy verärgert. »Ich weiß es sehr zu schätzen, daß du aus Europa Geld anbringst, um die Finanzen der Familie etwas aufzubessern. Aber ich bin wahrhaftig nicht davon begeistert, ohne vernünftigen Grund auf solche sinnlosen Touristenausflüge mitgeschleppt zu werden.«

»Nur Geduld«, sagte Bernard still. »Ich glaube, wenn wir nur geduldig warten, wird hier etwas passieren.«

Der Vater brummte etwas Unverständliches.

Der gleiche hartnäckige Wind wehte durchs Tal. Jetzt erschienen drei Adler, erkennbar eher an ihrer Art zu fliegen als an ihren Silhouetten, denn sie waren sehr weit entfernt und hingen an einem Punkt, der sich genau über der Mesa Aquilas befinden mußte.

Es ist gut, dachte Bernard, daß diese Adler da sind. Wenn das, was ich erwarte, von dort kommt, werden die Adler mich rechtzeitig warnen.

»Müssen wir wirklich hier in der Sonne sein. Sollen wir nicht wenigstens versuchen, einen schattigen Platz zu finden?«

»Doch«, sagte Bernard. »So bald wie möglich. Ich muß mir nur noch den Horizont genau anschauen.«

»Dabei kannst du leicht auch selbst gesehen werden«, sagte der alte Fallschirmjäger spöttisch. »Wie viele Männer mit Feldstechern kann man in den Felsspalten verstecken, glaubst du?«

»Viele, Papa«, sagte Bernard. »Sehr viele. Und wir würden sie nie entdecken.«

»Wäre es mit Rücksicht darauf nicht vielleicht angezeigt«, erwiderte der Vater dumpf, »ein bißchen *vorsichtiger* zu sein. Wir könnten uns zum Beispiel in diese Geistervilla da oben einschleichen. Ich würde es tatsächlich vorziehen, von Gespenstern umgeben zu sein, statt hier unten am Hügel zu stehen und mich den Zielfernrohren darzubieten.«

»Aber manchmal kann es auch gut sein, wenn man gesehen wird«, wandte Bernard ein.

Sie standen nebeneinander, Vater und Sohn, und waren sich in diesem Augenblick sehr ähnlich. Nur das kurzgeschnittene weiße Haar des Vaters und die zahllosen Fältchen um die Augen herum, die davon zeugten, daß er den größeren Teil seines Lebens in starkem Sonnenlicht verbracht hatte, trennten sie. Wie sie da standen, waren sie plötzlich stark und schwer wie Felsen, fast wie die mächtigen Wüstenberge rings um sie her.

Einem Feind hätten sie Respekt eingeflößt. War der Wind wirklich stärker geworden? Plötzlich geschah etwas mit den Adlern da drüben über der Mesa; nachdem sie so lange im Aufwind gekreist waren, der unentwegt aus der Tiefe des Canyons Santa Helena steigt, vermutlich nach kleinem Wild ausspähend, warfen sie sich aus der Bahn und verschwanden südwärts im Sonnenlicht, auf die Mexikanische Hochebene zu.

»Jetzt«, sagte Bernard, »jetzt ist es, glaube ich, tatsächlich

Zeit, in dieses Haus zu gehen. Jetzt könnte sogar Eile geboten sein.«

Sie rannten den Hang hinauf. Das war nicht ganz einfach; loses Geröll rieselte ihnen ständig unter den Füßen weg, die Büsche schienen Finger zu haben. Es war nur zu hoffen, daß keine Klapperschlange ihren Nachmittagsschlaf auf ihrem Weg hielt.

Je mehr sie sich der Villa näherten, um so schreckenerregender wirkte sie mit all ihren seltsamen Terrassen, ihren mit schweren Fensterläden verschlossenen Glasveranden und morschen Holzgeländern. Die flinken kleinen Eidechsen verschwanden wie ertappte verbotene Gedanken. Der Geruch von trockenem, zerfallendem Holz war plötzlich überall.

»Ich glaube, am besten gibst du mir deinen Revolver, Papa. Ich werde als erster hineingehen.«

»Unsinn«, sagte der Vater. »Ich gehe zuerst hinein. Außerdem ist da nichts.«

Die Tür war noch nicht einmal zugeschlossen. Man sah von weitem, daß sie vor langer Zeit aufgebrochen worden war. Vielleicht von einer vagabundierenden, hungrigen mexikanischen Familie auf der vergeblichen Jagd nach etwas Wertvollem, vielleicht von einer Bande von Drogenschmugglern, die von der anderen Seite des Rio Grande kamen?

Ohne Zögern marschierte Jacob Foy ins Haus hinein, gefolgt von Bernard. Zunächst sahen sie nichts, dann gewöhnten sich die Augen langsam an die Dunkelheit.

»Hier ist, wie ich schon sagte, absolut nichts«, raunzte Jacob Foy, »nichts außer einem alten Korbstuhl. Aber was ist das! Da sitzt ja ein alter Mann im Korbstuhl! Er lebt ja! Warum bewegt er sich nicht? Warum sagt er nichts? Ich wünschte, wir hätten eine Taschenlampe dabei. Ich sehe so gut wie nichts.«

»Du wirst allmählich ganz schön kurzsichtig, Papa«, sagte Bernard, der bereits dabei war, das Seil durchzuschneiden, mit dem die kalten und sicherlich entsetzlich schmerzenden Hände des bewußtlosen Mannes an die Rückenlehne des Korbstuhls gefesselt waren. Er lockerte das Halstuch, mit dem sein Mund zugebunden war, half dem Mann, den Lappen auszuspucken, der ihn am Reden gehindert hatte, und sagte in ruhigem Ton:

»Anwalt Hans von Lagerhielm, vermute ich.«

»Wie konnten Sie das wissen, Rabbi Foy?« fragte der andere mit fast unhörbar schwacher Stimme. Seine ganze Mundhöhle mußte völlig ausgetrocknet sein.

»Am Bahnhof von Lund, als die Polizisten Ihre Leiche hinaustrugen«, antwortete Bernard ruhig. »Daß es bemerkenswert wenig blutete, erstaunte mich natürlich ein bißchen. Aber schließlich bin ich Geistlicher und kein Histologe. Erst durch die Polizisten fielen mir die Schuppen von den Augen. Als ich nämlich ausstieg, bemerkte ich, daß sie alle Rolexuhren mit Goldarmbändern trugen. Das kann sich kein gewöhnlicher Polizist im Schweden der achtziger Jahre leisten. Und schon gar nicht mit Goldarmband ... Aber es dauerte noch bis Tietjens Hütte, bis ich erkannte, daß *dies alles nur für mich inszeniert war, um mich dazu zu bringen, den Job zu übernehmen*. Sie waren der anderen Seite zu gut bekannt, nicht wahr? Was mich darauf brachte war, daß *mir jemand half*. Jemand stand auf meiner Seite. Dieser Bootsmotor im Hammekanal, beispielsweise. Der Motor eines Bootes, das sein Besitzer den ganzen kalten Herbst über im Nebel gelassen hat, startet nicht auf Anhieb.«

»Entschuldigen Sie, wenn ich Ihre sehr überzeugenden Ausführungen unterbreche, Rabbi Foy«, sagte der Anwalt von Lagerhielm, »aber wenn Sie an diesem Ort von einer deutschen Kanallandschaft im Oktober reden, werde ich fast verrückt vor Durst. Könnten Sie mir nicht einen Schluck aus Ihrer Taschenflasche geben?«

Ziemlich beschämt über seinen Egoismus in diesem Moment, in dem eher seine Hilfsbereitschaft erforderlich war, führte Bernard Foy die Flasche an die ausgetrockneten Lippen des Anwalts.

»Hören Sie auch dieses Motorengeräusch«, sagte Jacob Foy. »Ich habe noch nie ein so eigentümliches Geräusch gehört. Es klingt wie ein Dieselzug auf der Sante-Fé-Linie, einer mit drei bis vier Lokomotiven. Aber das kann es ja kaum sein. Panzer? Undenkbar. Nicht hier.«

»Es ist ein Luftschiff, ein Zeppelin«, sagte der Anwalt mit

einem ganz neuen Ton von schreckerfüllter Entschlossenheit in der Stimme. »Er kehrt zurück, wider alle Erwartung. Foy, Sie haben ihn herbeigelockt!«

»Genau das hatte ich vor. Aber ich war meiner Sache nicht sicher, nicht bevor ich Sie hier gefunden habe.«

»Foy, jetzt müssen wir um unser Leben kämpfen! Haben Sie den Code noch in der Westentasche?«

»Das habe ich«, sagte Foy. »Aber soweit ich sehen kann, ist es kein Mikroprogramm. Ich begreife nicht, wozu es gut sein soll.«

»Es ist etwas viel Besseres«, sagte der Anwalt. »Es ist ein *Compiler*, der gerade deshalb geschluckt wird, weil er nicht wie ein Mikroprogramm *aussieht*«, sagte Hans von Lagerhielm. »Zum Mikroprogramm wird dieser vorzügliche Angelwurm erst im Bauch des Drachen. Sie werden sehen, wie es wirkt. *Vorausgesetzt, wir überleben die nächsten zehn Minuten.*«

Der Vater war schon zur Tür hinaus. Zu Bernards Überraschung war es draußen nicht mehr hell. Es schien, als sei eine Art Sonnenfinsternis ausgebrochen, während sie sich in der Villa mit ihrem Geruch nach altem Holz aufgehalten hatten. Die Veränderung der Landschaft um ihn her war zunächst unfaßlich. Wohin er auch sah, hing ein metallisch glänzender Schatten über ihm.

Er brauchte vielleicht zehn Sekunden, um zu erkennen, daß die Sonne von der riesigen, bootförmigen Passagiergondel eines gigantischen Zeppelins verdunkelt wurde. Gedämpft surrten die Propeller der drei Motorgondeln, er hing offenbar direkt über der Villa und schwankte nur leicht im Wind hin und her.

Interessant, dachte Bernard. So etwas habe ich noch nie von nahem gesehen. Dieses extrem lange Kabel, das vom Heck herabhängt, ist vermutlich eine Langwellenantenne. Dann sind wir nicht ganz fehl am Platz.

Im selben Moment traf der blendendweiße Mündungsblitz von Jacob Foys Peacemaker Bernards unvorbereitete Augen, kaum einen halben Meter vor ihm abgefeuert.

Der Mann, auf den er geschossen hatte, wurde von der Wucht der Kugel zwei Meter weit weggeschleudert. Die gräßliche Wunde in seinem Bauch, aus der die Eingeweide quollen, war groß wie eine Untertasse. Der Mann schien schon tot zu sein. Gelobt seist du, der das Licht vom Dunkel trennt... dachte Bernard.

»Lutweiler«, hörte er seinen Vater wie durch einen Nebel der Unwirklichkeit ausrufen. »Lutweiler«, rief der alte Fallschirmjäger mit plötzlicher Munterkeit. »Da gibt es keinen Zweifel! Ist das nicht merkwürdig? Denk nur nicht, ich hätte etwas vergessen. Ich weiß noch alles: die Latrinen, die ich mit der Nagelbürste putzen mußte, die Ratten in der Isolierzelle, die Peitschenschläge! Ich habe dich einmal getötet, und da du offenbar darum bettelst, habe ich dich noch einmal getötet. Es macht, genaugenommen, richtig Spaß, dich zu töten!«

»Wir haben keine Zeit zu verlieren«, rief Hans von Lagerhielm durch das Motorengedröhn. »Die Strickleiter hinauf und nichts wie hinein! Wir müssen auf mindestens achttausend Fuß kommen, bevor die Langwellenantenne ganz ausgelegt ist. Dann können wir anfangen zu senden!«

»Aber sagen Sie mir eins: warum muß es extreme Langwelle sein?«

»Weil die angeblich nicht von dem elektromagnetischen Sturm gestört wird, der bei einer Atombombenexplosion entsteht.«

»Lutweiler war nicht nur ein Verräter und Spitzenagent. Er war zudem ein äußerst gut ausgerüsteter Verräter. Dieses Luftschiff ist sicherlich Teil der Reserveausrüstung, die die nuklearen Streitkräfte der Sowjets für alle Fälle bereithalten. Sie wollen in der Lage sein, ihr ungeheures Netz von strategischen Computerprogrammen auch dann aufrechtzuerhalten, wenn die Städte ausgelöscht sind und die unterirdischen Generalstäbe keine Radioantennen und Telefonleitungen mehr zur Verfügung haben. Genau dieser Umstand ist jetzt unsere Trumpfkarte. Das macht es möglich, das Mikroprogramm, das Sie in der Tasche haben, direkt ins Herz des sowjetischen Systems zu senden.«

»Es steht geschrieben: *Macht nur einen Plan! Er wird zunichte!*«

Das war alles, was Bernard sagen konnte. Denn die Strickleiter war wirklich abscheulich hoch und schwer zu erklettern, sie pendelte unter den raschen Bewegungen der drei

Männer hin und her, und Bernard, der zu Schwindel neigte, konnte keins der halsbrecherischen Abenteuer dieser Woche schlimmer finden als dieses. Die leichte Bewegung des Luftschiffs, das im Wind schwankte, ließ die Strickleiter hin und her schlenkern.

»Aber wer von uns«, rief er dem Anwalt zu, der über ihm war und schon die Öffnung der Gondel erklomm, während Jacob unbekümmert unter ihm kletterte, den Revolver schußbereit in der einen Hand, *»wer von uns kann einen Zeppelin steuern?«*

## 12. Das Haupt der Medusa

Der Blitz leitet alle Dinge. Genauso kann ein Mensch sich von Entschlossenheit leiten lassen, wenn er wirklich einen Auftrag hat. Auf der lebensgefährlich schlenkernden und pendelnden Strickleiter dem Schwindel trotzend, warf sich Bernard in die Gondel des unverankerten Zeppelins. Noch nie hatte er ein Luftschiff von innen gesehen. Es sah aus wie in einem Schiff, Aluminiumwände, Bullaugen wie in einem alten Mahagonisegelboot, ganz vorn ein Armaturenbrett mit komplizierten Steuervorrichtungen für die Höhen- und Seitenruder, eine Treppe führte zu der rätselhaften zigarrenförmigen Hülle hinauf, die das Ganze in der Schwebe hielt, jetzt sicherlich mehr als zwanzig Meter über dem Boden. Die Motoren liefen im Leerlauf, genau wie vorhin, offenbar startbereit.

Bernard bemerkte die drei Anzeigeninstrumente für den Ansaugedruck, die Nadeln des Drehlzahlmessers, die im untersten Bereich vibrierten, und die drei Regler für fette und magere Treibstoffmischung, rot genau wie in Sportflugzeugen, damit man keinen verhängnisvollen Fehler machte. Das VOR stand auf Luckenbachs Funkfeuer, 151 Grad. Das Signal war STV, genau wie in Bernards Jugend.

Was Bernards Aufmerksamkeit erregte, waren indessen nicht diese Instrumente, sondern die drei Computerkonsolen, die den Raum im Zentrum des Luftschiffs ausfüllten. War dies der Ort, an dem er seinen Auftrag zu vollbringen hatte? Würde er endlich die Chance bekommen, seine Zeichen in das rätselhafte, unsichtbare, jedoch fürchterlich aktive, aufgeladene und mächtige Dunkel einzugeben, das sich wie eine schwarze Gewitterwolke hinter diesen Monitoren ausbreitete?

Er griff in seine Westentasche. Ja, das Papier war noch da. Würde dieses Luftschiff mit seiner herabhängenden Langwellenantenne tatsächlich als drahtloses Modem fungieren und seine furchtbaren Zeichen in das fremde System, das riesige Netz von strategischen feindlichen Computerprogrammen einschleusen? Warum nicht?

War es nicht erst kürzlich einem Jungen in Ohio gelungen, nicht nur sämtliche Appleprogramme seines Physiklehrers, sondern auch fast alle ähnlichen Programme in den Computerläden der Stadt zu zerstören, indem er eine unmerkliche, böse kleine, sich selbst kopierende Schleife, einen dämonischen kleinen Wurm ins Innere des Apfels pflanzte?

Wie lange würden seine Zeichen wie braune, vertrocknete Papyrusfragmente im Innern des fremden Systems ruhen, bis der rechte Regen käme, um diese Buchstaben vom Papyrus zu lösen und sie wieder in eine lebendige Schrift zu verwandeln? In Feuerschrift, in göttliche Sprache, geschrieben – wie die Mystiker einst von der ungeschriebenen Thora sagten, »mit Buchstaben aus Feuer auf einem Hintergrund aus Feuer«. Denn diese kleine Schrift würde sich wie ein Brand durch das fremde System fressen, zuerst als sein Sklave und gehorsamer Diener, dann aber (gerade durch seine Dienstbarkeit) als sein souveräner Herrscher, Richter und schließlich Henker... Die neue Schrift würde das fremde strategische Netz von Programmen in so etwas wie einen alten Pullover verwandeln, den eine Laufmasche aufdröselt.

Bernard schauderte, denn er meinte etwas von der Schrift und dem Geschriebenen zu begreifen, was er nie zuvor verstanden hatte. Es konnte im Verborgenen leben, bis seine Zeit gekommen war. Es konnte eine Schrift geben, die geschrieben war und doch nicht geschrieben. Die fast auf ewig im Verborgenen lebte, bis eine neue Schrift, ja, nur ein neues Wort sie wieder zum Leben erweckte.

Wenn ich das überlebe, dachte Bernard, werde ich eine bessere Dissertation schreiben, als ich je gehofft hätte.

Er hörte einen gewaltigen Lärm hinter sich, als Hans von Lagerhielm den Vater in die Gondel zerrte. Mit vor Anstrengung gerötetem Gesicht hielt der alte Fallschirmjäger den Revolver noch immer hoch erhoben.

»Passen Sie um Gottes willen mit dem Revolver auf, Mr. Foy«, sagte Hans von Lagerhielm. »Ein einziger Schuß hier drinnen, und zehntausende Hektoliter von Wasserstoff explodieren in einem einzigen weißen Blitz über uns.«

»Halten sich moderne Luftschiffe wirklich mit explosivem Wasserstoff schwebend«, wandte Jacob ein. »Ich dachte – das heißt, ich las neulich in *Popular Science*, daß man nach der Explosion der Hindenburg in modernen Luftschiffen Helium verwendet?«

»Aber sei trotzdem vorsichtig, Papa«, sagte Bernard. »Du kannst nicht *absolut* sicher sein, daß dies ein modernes Luftschiff ist! Wenn du dich mal umschaust, sieht es hier drinnen nicht besonders modern aus. Schau dir mal die Mahagoniverkleidung des Armaturenbretts an. Eindeutig zwanziger Jahre!«

»Lächerlich«, erwiderte der Vater, noch immer munter mit dem schweren Revolver herumfuchtelnd. »Sind diese VAX-Terminals etwa auch zwanziger Jahre? Ich will dir mal was sagen, dies ist die effektivste und modernste Computerausrüstung, die es auf der ganzen Welt zu kaufen gibt.«

»Ich weiß, daß Rabbis liebend gern diskutieren«, sagte Hans von Lagerhielm mit einem leichten Unterton von Gereiztheit in der Stimme, während er mühsam die Tür hinter sich verriegelte. Auch diese hatte eine überraschende Konstruktion. »Aber jetzt geht es ums Ganze. Wir müssen auf acht- bis zehntausend Fuß über die Mesa kommen, dafür sorgen, daß die Langewellenantenne bei ungefähr achtzig Meilen Geschwindigkeit frei hinter uns herabhängt, und zu Gott beten, daß das Radiomodem funktioniert und daß wir die richtige Frequenz erwischen und die richtigen *acceptance code* und *user password* haben. Aber wenn uns dies alles gelingt, ja, dann machen wir heute nachmittag Weltgeschichte.«

»Die Weltgeschichte wird in jedem Augenblick gemacht. Von uns allen«, sagte Bernard.

»Wer bringt uns mit dieser miesen Kiste auf zehntausend Meter?« fragte Jacob.

»Diese Kleinigkeit regle ich schon. Dafür habe ich den ganzen letzten Winter in der Wüste von Arizona trainiert.«

Es schien tatsächlich, als wisse der Anwalt und Präsident, oder vielleicht sollte man sagen, *ehemalige* Präsident des Schachverbands, wovon er redete, denn als er sich jetzt an den bizarr geformten Höhen- und Seitenrudern niederließ und nach vorsichtigen Blicken durch das abgeschrägte Seitenfenster Vollgas gab, gehorchte ihm das Luftschiff, als habe es nie etwas anderes getan. Der Bug stieg und das Heck sank, doch es gab kein unangenehmes Gefälle, es war weniger steil als bei einem startenden Flugzeug. Es war überhaupt nicht wie in einem Flugzeug. Es muß viel eher wie in einem aufsteigenden U-Boot sein, dachte Bernard und beugte sich über die Schulter des bemerkenswerten Luftschiffers.

Mr. Perrys Haus dort unten, der tote Lutweiler in seiner rasch anschwellenden Blutpfütze, der Hügel, die Schlackenhaufen, das zerfallende alte Schulhaus, das einst für die mexikanischen Kinder gebaut wurde, die Post und die Polizeistation, all das verschwand sehr rasch. Lutweiler sah mausetot aus. Würde er auch diesmal imstande sein, von den Toten zurückzukehren? Wie die Drachen bei Beowulf?

Jetzt würde er doch wohl für immer wegbleiben.

Die Aussicht vom Luftschiff aus war jetzt prachtvoll. Vor ihnen lag die mächtige Mesa Aquilas, und in einem Licht, das schon die sanfte, angenehme rosafarbene Tönung des Abends annahm, türmten sich die steilen Bergwände rasch vor ihnen auf. Tief dort unten lag der Canyon Santa Helena mit seinem munter sprudelnden Bach, verborgen im üppigen Grün, aus dem jetzt die Canyonschwalben in schnellen beweglichen Wolken hochstoben, aufgestört vom Motorengeräusch des Zeppelins. Ganz im Norden, wo die Landschaft fast verführerisch flach und grün erschien, verglichen mit den Bergen und der Dürre im Süden, flogen majestätisch drei von den braunen Adlern der Mesa. Bald würden sie weit hinter dem Horizont sein. Direkt unter ihnen die uralten Eselspfade der Mesa, die Schmugglerpfade zwischen Kreosotsträuchern, und die Wärme des Tages strahlte davon aus, ungefähr wie die großen

Bibliotheken die Geschichte ausstrahlen. Es war ein wunderbarer und gefährlicher Abend.

Nicht ohne große Unruhe sah Bernard, wie die Abendwolken sich immer mehr röteten. Das bedeutete, daß in knapp einer halben Stunde der Sabbat anbrechen würde. Jetzt oder nie, dachte er.

»Müssen wir nicht mit dem Eintippen anfangen?«

»Nein«, sagte von Lagerhielm. »Wir müssen noch mindestens dreitausend Fuß steigen.«

Sein Gesicht war angespannt. Die Motoren brummten lauter, als arbeiteten die Propeller mit verstärkter Kraft. Was vielleicht tatsächlich der Fall war.

Majestätisch erhoben sich die immer bräunlicheren, immer ferneren Mesas im Abendlicht. War es nur eine Einbildung, daß es in der Gondel immer kälter wurde? Schien nicht sogar die Luft ein wenig dünner zu werden?

»Ich lasse das Schiff jetzt kreisen. Sie können sich an das Computerterminal setzen. Nein, nicht da. An das mittlere.«

Auf dem großen, dunklen Bildschirm war jetzt nichts als ein rhythmisch blinkendes *prompt* zu sehen. Das ist beruhigend, dachte Bernard, beruhigend wie der rhythmisch schwingende Pendel einer alten Standuhr. Er bemerkte, daß Lagerhielm jetzt richtige Fliegerhandschuhe trug, die er abstreifte, um auf der linken Konsole zu tippen. Plötzlich leuchtete auch Bernards Konsole auf. TERMINAL CONFIGURATION stand da, und eine unheimliche Menge von Zahlen, Werten und Fragen, die mit ja oder nein zu beantworten waren, liefen über den Bildschirm.

Bernards Finger waren jetzt so steif von der Kälte, daß er sich fragte, ob er überhaupt schreiben könnte. Neue, schwer verständliche Worte tauchten auf, wie BAD COMMAND, SIGNAL ERROR, HANDSHAKE und andere, noch seltsamere, die in der üblichen Typographie kein Gegenstück hatten, und plötzlich entdeckte Bernard mit einem Entsetzensschauer, der viel tiefer war, als er je erwartete hätte, daß jetzt alle Buchstaben, die über den Bildschirm des Terminals liefen, kyrillisch waren.

»Wann kann ich denn anfangen?« fragte Bernard ungeduldig.

»Noch nicht sofort, aber bald. Alles läuft wie erwartet.« Also war der Kontakt zur anderen Seite jetzt hergestellt?

Hans von Lagerhielm, der für einen schwedischen Anwalt ein überraschend geschickter Operator war, ging ruhig und systematisch das eine Menü nach dem anderen auf dem Bildschirm durch. Der Umstand, daß die Schrift jetzt kyrillisch war, schien ihn nicht im geringsten zu stören.

Jedenfalls sind Jacob und ich, zwei wahre Dilettanten, diesmal offenbar an richtige Profis geraten.

Dies wollte Bernard gerade zu Jacob sagen, als er merkte, daß der Vater verschwunden war. Merkwürdig! Durch die Tür konnte er doch kaum hinausgegangen sein? Bernard sah sich um. Die einzige Möglichkeit war natürlich diese Treppe zu den Wasserstofftanks und dem Ballast über der Gondel hinauf. Wollte er sich vielleicht aus Neugier dort umsehen? Bernard hatte keine größere Lust, ihm nachzugehen, zumal die Kreisbahn, die der Zeppelin jetzt hoch über der Mesa beschrieb, die tief dort unten in der abendlichen Wärme lag, ihn ein bißchen seekrank machte. Doch er konnte seine nagende Unruhe nicht ganz unterdrücken. Der Vater war doch vor einem Augenblick noch hiergewesen?

Hans von Lagerhielm war offenbar von einem besonders verzwickten Teil seiner Konfigurationen völlig beansprucht. Jetzt schaue ich doch mal oben nach, dachte Bernard.

Die Treppe war aus Leichtmetall. Sie verschwand in einem Mannloch, und zu seinem Entsetzen merkte Bernard, daß sie dort nicht endete. Sie führte zwischen den riesigen Gastanks empor, bis zu einer schwindelerregenden Gangway, die nur ein Geländer aus Drahtseilen hatte und sich, offenbar zu Inspektionszwecken, an der gesamten Längsachse des Luftschiffs entlangzog. Vereinzelte Neonröhren schufen hier oben ein mattes, grauweißes Licht. Es ist gut, dachte Bernard, daß das Licht nicht stärker ist, denn dann wäre der Schwindel noch schlimmer.

Vom Vater war keine Spur zu sehen. Am Ende der Laufplanke bot sich Bernard plötzlich ein Anblick, der sein Herz erstarren ließ. Da stand eine Dame, deren schwarze Haare und dunkle Augen er nur zu gut wiedererkannte. Wie war das möglich? Ohne zu überlegen, besessen von einer fast metaphysischen Leidenschaft, dieses Rätsel zu lösen, rannte er den Gang hinunter. Kein Zweifel: dieser dunkel gelockte Kopf war der gleiche, den er in abgeschlagenem Zustand letzten Sonntag in Stockholm gesehen hatte, von jemandem aus dem dunklen Wartungsraum in einem Brückenpfeiler herausgestreckt. Jetzt saß der gleiche Kopf fest auf einer Dame, deren schöne Figur ihrem Schneiderkostüm alle Ehre machte. Wie konnte dieselbe Frau, der man an einem Sonntagmorgen in Stockholm den Kopf vom Körper getrennt hatte, am folgenden Freitagnachmittag wohlbehalten im Inneren eines Zeppelins stehen, der zur Zeit über dem nördlichsten Mexiko kreiste? Bernard war der rätselhaften Dame jetzt nahe genug, um sich im Motorenlärm verständlich zu machen, der merkwürdigerweise hier oben durchdringender war als unten in der Gondel.

»Wo ist mein Vater?«

»Ihr Vater?«

Sie blickte ihn mit ihren unergründlichen, zugleich kühl kurzsichtigen und glühend tiefdunklen Augen an, während sie mit ganz ruhigen, fast tänzelnden Schritten auf ihn zuging. Aus irgendeiner Tasche des Kostüms zog sie einen kleinen, eiförmigen Gegenstand, den sie jetzt in der linken Hand hielt.

Mit eiskalter Gewißheit erkannte Bernard, bevor er das Ding überhaupt richtig gesehen hatte, daß es eine Eierhandgranate war. Sie griff schon mit der rechten Hand nach dem Abzugsring, um sie zu zünden. Offenbar ist sie Linkshänderin, dachte Bernard.

»Tun Sie das nicht!« sagte Bernard mit schwankender Stimme. »In einem Luftschiff würde keiner überleben. Auch Sie nicht. Es würde in einem einzigen weißen Blitz enden. Man würde ihn bis weit hinein nach Mexiko sehen.«

»Junger Mann«, sagte sie wie nebenbei. »Wie um alles in der Welt soll ich wissen, wer Ihr Vater ist?«

»Mein Vater«, sagte Bernard nicht ohne eine gewisse Gekränktheit, »ist der Mann, der jetzt über dieses Luftschiff herrscht. Jedenfalls bis vor wenigen Augenblicken. Wenn die Dorfbewohner auf den trockenen mexikanischen Sierras und Mesas den großen weißen Blitz sehen, der aus der Explosion des Wasserstoffs in diesem Luftschiff entstehen wird, dann werden sie glauben, der Atomkrieg sei ausgebrochen.«

»Woher wissen Sie, daß er nicht *tatsächlich* ausgebrochen ist?«

»Ich habe Sie übrigens schon zweimal gesehen. Sie sind sehr schön. Aber ich glaube, Sie sind auch sehr böse.«

»*Zweimal?*«

(Wie lange würde ihre schmale, aristokratisch gepflegte rechte Hand noch am Abzugsring und der Zündung verharren?)

»In der Passage des Panoramas.«

(Errötete sie nicht tatsächlich ein ganz kleines bißchen?)

»Und in Stockholm.«

»Sie lügen!«

(Weshalb reagierte sie mit einer solchen Heftigkeit auf seine letzte Bemerkung? Plötzlich, mit blitzartiger Klarheit, begriff Bernard den Zusammenhang.)

»Lutweiler hat Sie hereingelegt. Ihre Zwillingsschwester«, sagte Bernard langsam und mit großem Nachdruck, »Ihre Zwillingsschwester, die für diesen Industriellen arbeitet und die Sie in La Grange zu treffen hofften, sobald Sie mich und meine Freunde erledigt hätten, Ihre Zwillingsschwester, Mademoiselle Frejer, wird nicht kommen.«

»Warum nicht?«

»Weil sie letzten Sonntag in Stockholm geköpft wurde.«

»Das ist nicht wahr! Sie lügen! Sie widerlicher Chauvi, Sie Zionist, Sie CIA-Agent! Woher wollen Sie das wissen?«

»Ich habe ihren abgeschlagenen Kopf gesehen.«

»Sie lügen!«

»Ich habe ihre Benutzerkarte für die Bibliothèque Nationale. Sehen sie!«

Die Reaktion kam ganz überraschend, jedoch nicht gänzlich überraschend für Bernard, der trotz seiner Jugend einige Menschenkenntnisse besaß. Das Mädchen brach ganz einfach weinend auf der Gangway zusammen. Bernard hockte sich neben sie, legte ihr beschützend seinen Arm um die Schultern und wand ihr behutsam die Handgranate aus der krampfhaft geballten, eiskalten linken Hand. Vorsichtig half er ihr die Treppe hinunter.

»Bernard, was hast du da?« brüllte der Vater, als er halb tragend, halb schleifend den vor Trauer und Erschöpfung völlig gelähmten Körper des Mädchens die Metalltreppe hinunterbrachte. Es war ein harter Job.

Und ein noch härterer Job würde es werden, dieses arme betrogene, irregeleitete, verführte Mädchen wieder zum Leben zurückzubringen. *Alles Lebende leidet*, sagte sich Bernard und spürte in diesem Moment mit großer Gewißheit, daß das talmudische Wort die Sache genauso roh, so einfach und unabänderlich ausdrückte, wie sie nun ein für allemal war.

»Sie kommen zu spät zum Eintippen«, sagte Hans von Lagerhielm. »Ich konnte nicht warten. In Ihrer Abwesenheit habe ich selbst den ganzen Code von Ihrem Papier eingetippt. Es schien mir sicherer so.«

»Dann ist jetzt alles eingespeichert?«

»Alles ist eingespeichert. In derselben Schrift.«

»Und gesendet?«

»Ja.«

»Und wo bist du gewesen, Papa?«

»Ich habe schließlich eine Toilette gefunden.«

»Dann ist jetzt alles vorbei.«

Niemand antwortete Bernard, denn die Antwort war nur zu offensichtlich. Die Schultern des Mädchens bebten von krampfhaften Schluchzern, doch der Motorenlärm übertönte das Weinen. Bernard hatte die gottlob gesicherte Handgranate noch in der Tasche. Er zerbrach sich den Kopf, wie er sie nur loswerden könnte. In diesem Augenblick bemerkte er, daß die riesige, tiefrote mexikanische Abendsonne schon halb hinter dem Horizont versunken war.

»Ferma la macchina!«

»Aber warum sprechen Sie italienisch?« fragte Hans von Lagerhielm.

»Das weiß ich nicht. Aber tun Sie, was ich sage. Stellen Sie die Motoren ab! Und zwar schnell!«

Und Hans von Lagerhielm griff mit seiner behandschuhten Hand nach den roten Zündhebeln und stellte die großen schweren Benzinmotoren einen nach dem anderen ab. Gerade in diesem Moment versank der letzte Teil der Sonnenscheibe hinter dem Horizont, über dem die ersten beiden Sterne aus einer unendlich samtblauen und warmen Dunkelheit hervorzutreten schienen.

Nicht der leiseste Windhauch bewegte mehr das Luftschiff aus seiner Lage.

»Ich weiß schon, was Sie meinen«, sagte Lagerhielm sehr freundlich. »Sie meinen, der Sabbat ist angebrochen. Und ich finde, Sie haben ihn wirklich verdient.«

# Das zweite Tor geht auf: Als Blütenblätter noch im Frühling fielen

# 1. Verlorene Tage

Dies ist der bizarre Spionageroman, den der dreiundachtzigjährige Lyriker, Ordensträger und Angehörige der Schwedischen Akademie, Bernard Foy, an den langen Nachmittagen der Wintermonate 1983 hinter zugezogenen Gardinen in seiner großen, stillen und langweiligen Wohnung oben in der Malmskillnadsgatan in Stockholm schrieb.

An solchen Nachmittagen, die er in der düster braungetönten Bibliothek verbrachte, war das Telefon abgestellt und seine Frau Amelie vorsorglich davon unterrichtet, daß niemand ihn stören durfte, am allerwenigsten sie selbst. Denn, so hieß es, hinter den geschlossenen Türen mit den eingekerbten Jugendstilornamenten entstehe nun der seit zwanzig Jahren angekündigte und mit allgemeiner Spannung erwartete zweite Band der Lebenserinnerungen des alternden Poeten, »Niedrig ist das Dach des Oktobers«.

Der erste Band, »Als Blütenblätter noch im Frühling fielen«, bereits 1961 im Albert Bonniers Verlag erschienen, hatte einen überraschenden, ja beinahe spektakulären Erfolg gehabt, den er nie so recht verstanden hatte. Ihn selbst hatte das am meisten überrascht. Seit seinem Debut war er es gewöhnt, daß seine Gedichtbände in der Presse über den grünen Klee gelobt, von Stipendien aus Fonds und Akademien überschüttet und in einer Auflage von allerhöchstens eintausend Exemplaren verkauft wurden. Daß es bei diesem Buch nun dreißigtausend waren, dafür gab es keine natürliche Erklärung (noch zwanzig Jahre später war der recht ansehnliche Foy mit seinen weißen Schläfen, seiner hohen Denkerstirn und den männlich breiten Schultern allein wegen dieser Memoiren so etwas wie ein Günstling der Damenzeitschriften).

»Als Blütenblätter noch im Frühling fielen« hatte erneut das Interesse für einen Lyriker geweckt, der bereits als ein wenig überholt gegolten hatte. Diese Schilderung einer Kindheit auf dem idyllischen Gut Svanå in Västmanland mit seinen Seerosenteichen, tiefen Kiefernwäldern und zauberhaften Waldseen voll rasselnder Krebse (die man an lauen

Frühherbstabenden fing und im Laternenschein nach Hause brachte), der ungekünstelte, freundliche Bericht von seinen Jugendjahren am Gymnasium von Västerås hatte ihm seinen ersten wirklichen literarischen Erfolg verschafft. Der dröhnende Glockenklang vom alten Dom an dämmernden Spätherbstabenden, wenn man sich beeilte, in sein billiges Untermietzimmer heimzukommen, während die Schatten da draußen auf dem Friedhof wuchsen, die ersten literarischen Versuche, der Kontakt mit Gunnar Mascoll Silfverstolpe und anderen Poeten der beginnenden zwanziger Jahre in schwärmerischer Freundschaft und bei nächtlichen Gesprächen, der Frühlingsball des Gymnasiums mit frischen jungen Mädchen, deren Röcke sich beim ersten Walzer wie Blüten entfalteten – all das hatte im Jahre 1962 so exotisch, so fremd und verlockend gewirkt, daß jedem Leser angesichts dieser unwiderruflich verschwundenen Welt ein kleiner Seufzer das Zwerchfell dehnte.

Eigentlich war der nächste Band gleich im Anschluß geplant. Er sollte vom Wehrdienst beim Kgl. Uppländischen Regiment im Jahre 1919 handeln und von Bernards Freundschaft mit den hochbegabten, beide leider viel zu früh verstorbenen Geschwistern Hans und Veronica von Lagerhielm auf Stora Åsby, dem Studium in Uppsala, den Freunden in der Volkstanzgruppe Philochoros, den ersten kunstgeschichtlichen Studien, die schließlich zu der seinerzeit vielbeachteten Dissertation über die Worpsweder Schule im Rahmen der Malerei der Jahrhundertwende führten.

Und als krönender Abschluß die Begegnung mit seiner künftigen Frau, Amelie Jensen, bei einer Studienreise nach Kopenhagen im Jahre 1924.

Dieser reichhaltige Stoff hätte gewiß innerhalb einiger Jahre einen ebenso geschätzten, hochgelobten und gut verkauften Roman ergeben können wie der vorhergehende es war. Jedenfalls in weniger als zwanzig Jahren. Aber es gab natürlich Erklärungen für die Verzögerung. Einige davon waren einfach und einsichtig, beispielsweise Bernards Pflichten in der Schwedischen Akademie, seine Aufgaben im Vorstand des Herrenclubs »Sällskapet«, die liebenswerten, aber auch hartnäckigen Ansprüche seiner Frau auf eine zumindest begrenzte Aufmerksamkeit.

Das wirkliche Hindernis aber war auch ihm selbst unbekannt. In letzter Zeit, zumal in diesem Winter, litt er unter ganz ungewohnten, merkwürdigen Störungen des Kurzzeitgedächtnisses (jene Episode mit der gelben schweinsledernen Aktentasche, die er in der Königlichen Bibliothek vergessen hatte, die Vertauschung und alles, was sie an Verwicklungen und sonderbaren Telefongesprächen zur Folge gehabt hatte, beunruhigte ihn noch immer). Es ging doch hoffentlich nichts ernstlich kaputt in der dünnen, exzentrischen Membran von Nervenfasern, durchtränkt von bizarren Chemikalien und vermutlich tiefgreifend geschädigt von lebenslangem Whiskytrinken, Nachtwachen und dicken Zigarren, die vorerst noch sein Gehirn war. Bislang brachte er es fertig, diesen Gedanken in einem einigermaßen bequemen und anständigen Abstand zu halten. Wie lange ihm dies noch gelingen würde, wußte er nicht.

Obendrein, und das belastete ihn fast genauso sehr, gab es nichts in einem nachlassenden Kurzzeitgedächtnis, das ihm erklärte, wie zwanzig Jahre so verdammt schnell hatten verstreichen können, ohne daß der zweite Band zu Papier kam. An seinem Langzeitgedächtnis war genaugenommen nicht das geringste auszusetzen.

Erinnerte er sich beispielsweise nicht an die eigentümlich blonde Marmorierung der Tischplatte in einem der Cafés an der Comédie-Française, nicht unähnlich einer blonden Haarlocke, die ihn an jenem schönen Septembernachmittag 1924 so stark beschäftigt hatte?

Ein Schnörkel im Marmor, der vielleicht immer noch da war? Was passierte eigentlich mit französischen Cafétischen aus Marmor? Nützten sie sich jemals ab?

Und erinnerte er sich etwa nicht mit fast halluzinatorischer Deutlichkeit daran, wie der Landschaftsmaler Modersohn an einem Novemberabend in Worpswede, vor der durch die Dunkelheit schon spiegeltiefen Fensterscheibe sitzend, mit seiner große klobigen Bauernhand ein kleines Spinnenweibchen in die Richtung stupste, wo sie ihren offenbar gerade verlorenen Eiersack wiederfinden würde?

»Es ist doch etwas Wunderbares, wenn man eines der allerkleinsten Tiere erfreuen kann«, hatte Modersohn mit seinem ungeheuer schlauen Torfstecherlächeln gesagt.

Manchmal sagte er sich, ihn plage eher ein Zuviel an Erinnerung als ein Zuwenig; die Reservoire der Erinnerung müßten eins nach dem anderen abgesperrt werden, um ihn nicht in einer einzigen, fürchterlichen Überschwemmung von Vergangenheit zu ertränken.

Die Gegenwart, nicht die Vergangenheit war davon betroffen und wurde auf bizarre Art plötzlich von immer breiteren, immer erschreckenderen Rissen im zarten Vorhang der Erinnerung zerspalten.

An kalten, frostigen Tagen, an denen das Eis auf den Trottoirs weniger glatt und die Gefahr eines Oberschenkelhalsbruchs folglich geringer war, pflegte Bernard mit feierlich langsamen Schritten, die treue alte Aktentasche in der Hand, zur Königlichen Bibliothek zu spazieren, angeblich in der Absicht, ein wenig in seine Quellenschriften zu schauen, aber eigentlich vor allem, um ein bißchen mit den alten Herren zu plaudern, die in der Vorhalle Zigarillos rauchten.

Daß er außerdem einen großen Teil der Zeit darauf verwendete, in verschiedenen medizinischen Handbüchern nachzuschlagen, um herauszufinden, was eigentlich mit seinem Gedächtnis los war, brauchte er keinem zu sagen.

Es gab verschiedene Möglichkeiten. Eine davon hieß Alzheimersche Krankheit und gehörte offenbar zu den schlimmeren Leiden. Sie begann schleichend, mit vergessenen Schlüsseln und Telefongesprächen. Zuletzt konnte der Patient Dinge vergessen, die jedem Menschen selbstverständlich erschienen; wie man Zahnbürsten und Wasserklosetts, Löffel und Gabeln benutzt. Natürlich würde, falls man nicht das Glück hatte, zuvor an etwas anderem zu sterben – beispielsweise weil man vergessen hatte, wozu die Fußgängerampel diente – schließlich ein Zustand eintreten, in dem man buchstäblich von der einen Minute zur anderen nicht mehr wußte, wer man war oder warum man sich gerade hier befand.

Bernard hätte gern gewußt, wie man sich in einem solchen Zustand fühlen mochte. Auch daraus müßte im Prinzip irgendwelche Kraft zu schöpfen sein.

War es beispielsweise möglich, zu wissen, daß man nichts wußte? Oder wurde man ungefähr wie ein Welpe, ein ganz kleiner Welpe, der hin und her rennt und überall herumschnuppert, ohne die geringste Ahnung zu haben, in welcher Art von Welt er sich befindet.

Vielleicht war es doch nicht so schlimm, an der Alzheimerschen Krankheit zu leiden?

Aber was passierte, wenn es einen mitten auf der Straße erwischte und man nicht mehr wußte, wo man wohnte? Oder beim Nachtisch, wenn man beim König eingeladen war und weder wußte, daß das, was sich um einen her abspielte, ein Essen beim König war, noch erkannte, daß man in der rechten Hand ein Messer hielt und daß der Gegenstand in der linken eine Gabel war?

Bernard stellte sich vor, daß diese Situation zu eigentümlichen Komplikationen führen könnte. Angenommen, man würde sich seiner Tischdame zuwenden, der rundlichen kleinen Gattin irgendeines Landtagsrats aus Norrland, und sagen:

»Verzeihung, meine Liebe, aber können Sie mir vielleicht sagen, was das hier eigentlich ist?«

(Lebhaftes Gefuchtel mit der Gabel.)

»Verzeihung, aber was ist das da unter dem Rock? Es knallt so lustig, wenn man daran zieht. Ach, das mögen Sie nicht, meine Liebe – wie war doch der Name? Tja, was gibt es nicht für tolle Sachen heutzutage. Raffiniert, diese moderne Unterwäsche. Ach, das gehört sich nicht? *Wirklich* nicht? Aber ich spür's doch. Hier sind Sie doch schon naß. Na so was. Dann mögen Sie es also doch. Sie sind also gar nicht so uninteressiert, wie Sie vorgeben? So ein kleines Frauenzimmer. Was gibt es da zu meckern? Es gefällt Ihnen ja doch. Ach so, es gefällt Ihnen, aber nicht *hier!* Wo sind wir denn überhaupt? Ach, tatsächlich? Verflixt, das habe ich vergessen. Ich hoffe, man beobachtet uns nicht. Sie sind ja über und über rot! Sie bekommen doch wohl keine Erkältung, meine Liebe? Ich finde, Ihre Augen haben einen merkwürdigen Glanz.«

Bernard war unbestreitbar ziemlich fasziniert von seinen eigenen Phantasien.

Da er ein wirklicher Dichter war, brauchen wir nicht eigens zu betonen, welch ein vieldeutiges Verhältnis er zu seinen eigenen Problemen hatte.

Falls es tatsächlich stimmte, daß eine rasch fortschreitende Gehirnerkrankung zuerst sein gesamtes Kurzzeitgedächtnis zersetzte, um dann allmählich in noch tiefere Hierarchien seiner Persönlichkeit einzudringen, verschloß er sich durchaus nicht den Glücksmöglichkeiten, die eine solche Situation bieten könnte. Und auf eine Weise, die sicherlich auch typisch für einen Dichter ist, betrachtete er seine Erinnerungsschwierigkeiten nicht ohne eine gewisse Koketterie.

Mit anderen Worten, lange bevor die Krankheit ausgebrochen war oder sich möglicherweise in ihrem Anfangsstadium befand, war er schon damit beschäftigt, sie zu *probieren*, und es war ihm unmöglich, den genauen Zeitpunkt festzustellen, an dem die Phantasie zur Wirklichkeit wurde oder die Probe in die Vorstellung überging.

Natürlich ahnte er, wie stark ihn das machte, doch war er sich über das volle Ausmaß dieser Stärke nicht im klaren.

Es versteht sich von selbst, daß ein so vulgärer und äußerlich kraftvoller Feind, wie beispielsweise Dr. Ernst Lutweiler, kaum erkennen konnte, mit welch einem fabelhaften Gegner er es aufgenommen hatte.

Ihr letztes Telefongespräch war, gelinde gesagt, bizarr gewesen und hatte damit geendet, daß Dr. Lutweiler dem alten Dichter mit matter Stimme »fünf Prozent vom Abnehmerpreis« angeboten hatte (was immer das bedeuten mochte), wenn er nur seinen Aktenkoffer wiederbekäme. Dieser sollte innerhalb kürzester Zeit am Wettschalter fünf der Galopprennbahn Täby abgegeben werden, einem Ort, an dem Bernard nicht gerade häufig verkehrte. Der Aktenkoffer, von der neuen, viereckigen Art, war aus blankem, herausfordernd gelbem Schweinsleder.

Bernard hatte nicht das geringste Interesse an diesem verdammten Aktenkoffer, um den er nicht gebeten hatte, den er aber auch nicht wiederfinden konnte, seit er ihm durch eine blödsinnige Verwechslung vor zwei Wochen in die Hände gefallen war.

Was ihn jedoch am allermeisten faszinierte, war die Vorstellung, buchstäblich nicht zu wissen, wer man war; einesteils erschien ihm dies als ein gräßlicher und unfaßbarer Zustand, dann wieder meinte er, dies sei der Zustand, in dem er sein gesamtes Leben verbracht hatte, wie übrigens alle anderen Menschen auch.

An manchen Tagen, nach der Lektüre gewisser Handbücher, war er der festen Überzeugung, an der Alzheimerschen Krankheit zu leiden, und an anderen Tagen, nach anderen Handbüchern, war er ebenso sicher, der gesündeste Mensch in der ganzen Bibliothek zu sein.

Und es war gar nicht einfach, sich zu entscheiden. Eigentlich war das schon sein ganzes Leben lang so gewesen. Es war unmöglich zu entscheiden, ob er sich wirklich in einer unglücklichen Situation befand oder ob er nur ausprobierte, wie es sein würde.

Mit stiller Energie rief er sich ein Zitat von Sokrates ins Gedächtnis – diese großartige Stelle, wo der Philosoph sagt, daß er, er allein, der Genesung entgegengehe, während alle anderen weiterhin zu den Kranken gehörten – doch es war kein großer Trost.

Jedenfalls war er so verdammt vergeßlich geworden. Und nun wurde er also täglich von diesem Herrn belästigt, dem wegen Bernards fataler Vergeßlichkeit der Aktenkoffer abhanden gekommen war.

Es bestand kein Zweifel, daß dieser Herr, dessen Weg Bernard anscheinend rein zufällig gekreuzt hatte, ein Gangster war. Doch was mochte er damit meinen, daß er »Torpedos« schicken wollte? Bernard würde Jansson fragen müssen, den wunderlichen alten U-Bootmatrosen, der seit zwanzig Jahren seine Wohnung putzte und jeden Dienstag morgen mit der U-Bahn aus Hässelby kam, um die alten Sessel und Gardinen in seiner und Amelies Wohnung abzustauben, was es heutzutage bedeuten mochte, wenn man ankündigte, Torpedos mitzubringen.

Mit der Sanftmut, die alte Männer auszeichnet, hatte er Herrn Lutweiler am Telefon versichert, er selbst bedauere es ebenso, doch er sei jetzt wirklich dabei, die Mülltonne und den Speicher zu durchsuchen, und er werde ihm so schnell wie möglich Nachricht geben, wenn Herr Dr. Lutweiler die Freundlichkeit hätte, ihm seine Telefonnummer zu geben. Das führte kurioserweise dazu, daß Lutweiler mit einem nahezu hysterischen Gelächter den Hörer auf die Gabel knallte.

Er hatte die allergrößte Mühe, Amelie sowohl dieses Gespräch wie die vorhergehenden zu verheimlichen. Er wollte sie auf keinen Fall beunruhigen. Es schien ihm, als liebe er diese Frau, die trotz ihrer weißen Haare und ihrer Schwerhörigkeit zehn Jahre jünger war als er, viel zu sehr, um ihr überhaupt irgendwelche Sorgen zu machen. Auf diese Weise hatte er seit ziemlich langer Zeit fast wider Willen ein geheimes Leben entwickelt.

Was wußte Amelie von seinem schlechten Gedächtnis? Vielleicht genausoviel wie er von ihrer Schwerhörigkeit, ihrer Vorliebe für Illustrierte und das Königshaus, ihren plötzlichen langen Depressionen, die sie hinter einem schüchternen Lächeln vor ihm zu verbergen suchte?

In einer plötzlichen Anwandlung von Zärtlichkeit und Fürsorge ging er zu ihr in die Küche hinaus.

Amelie, klein und weißhaarig, saß ganz ruhig, wie so oft zu dieser winterlichen Jahreszeit, mit aufgestützten Ellbogen am Küchentisch, vertieft in eine Reportage des *Månadsjournalen* über Houston, Texas.

Das fand Bernard völlig in Ordnung.

Sie war so unbelesen wie kaum eine andere Frau, die er in seinem ganzen Leben kennengelernt hatte, und er war nicht sicher, ob sie in seinen Büchern, einschließlich der Autobiographie, mehr als nur geblättert hatte. Das hatte er stets als zutiefst beruhigend empfunden.

Als er jetzt die Küche betrat, gab sie sich den Anschein, als habe er sie bei etwas Verbotenem ertappt, was er nicht recht verstehen konnte.

Um seine eigene Verlegenheit zu überspielen, bat er sie um eine Tasse Kaffee.

Nicht ohne einen gewissen verletzten Stolz, den er nur zu gut kannte, wies sie ihn darauf hin, daß sie ihm tatsächlich erst vor zwanzig Minuten eine große Tasse Kaffee auf seinen alten Mahagonitisch gestellt hatte, auf dessen grünem Filz so viele braune Ränder von anderen Kaffeeorgien zeugten.

Es war derselbe Schreibtisch, auf dem einst Gedichtbände wie »Lieder in Moll und Lieder in Dur« oder »Jahrestage« entstanden waren. Und auch jetzt, sollte man vielleicht hinzufügen, fehlte es dort nicht an Aufgaben. Nur daß diese mittlerweile zu Bernards geheimem Leben gehörten. Hatte er nicht erst kürzlich einen richtig spannenden Spionageroman abgeschlossen? Zwar in der allergrößten Heimlichkeit und vor der ganzen Welt verborgen, aber doch so etwas wie ein Beweis dafür, daß er noch atmete, daß es ihn noch gab auf der Welt.

Wenn er sich weigerte, die Wahrheit zu akzeptieren, konnte sie, wie jetzt gerade, ihre warme Ecke an der Heizung verlassen, um ihn wortlos, denn üblicherweise redeten sie nicht viel miteinander, da sie sich auch ohne Worte verstanden, ins Arbeitszimmer zu begleiten.

Mit einer ungeduldigen, äußerst charakteristischen Geste, die er schon seit langem an ihr liebte, strich sie sich eine weiße Haarsträhne hinters rechte Ohr und machte Anstalten, sich vom Tisch zu erheben.

»Mach dir keine Umstände, liebe Amelie, ich glaube dir«, sagte Bernard mit überraschender Wärme und Herzlichkeit. Sie blickte freundlich mit ihren dänischen, von feinen Fältchen umgebenen Augen von der Zeitschrift zu ihm auf.

Aus dem Küchenfenster sah man im Licht der Straßenlaternen gegenüber, daß der Schnee sich wieder in großen, schweren Flocken auf die Stadt hinabsenkte.

Schon Anfang März, und keine Spur von Frühling, dachte Bernard. Er hing seinen Gedanken nach. Amelie hatte bereits ihre Inspektionsrunde beendet. Außer der gesuchten Kaffeetasse hatte sie zwei weitere hinter der Gardine gefunden, dazu ein Glas mit abgestandenem Wasser, ein wahrer Tummelplatz für Infusionstierchen, und obendrein einen Teller mit Zwieback. Er mußte ihn erst kürzlich aufs Fensterbrett gestellt haben, denn sie waren wenigstens nicht schimmlig wie das andere Zeug, das sie neulich dort entdeckt hatte.

Brot und Milch über Nacht hinausstellen war nicht gut. Das hatte er als junger Kunststudent auf einem Ausflug nach Sizilien gelernt. Brot und Milch ziehen die Toten an. Welche Toten könnten hier erwachen? Mehr als einer, könnte man meinen. Gar nicht so wenige.

*»Die früh Verstorbenen bleiben uns im Gedächtnis*
*Die früh Verstorbenen tragen ihren Tod im Gesicht.*
*Als Schatten. Als Wehmut.*
*Die früh Verstorbenen sind die wahren Freunde,*
*sie betrügen uns nicht und verlassen uns nie.«*

Veronica? Nein, er wollte heute nicht mehr an sie denken. Oder Hans, der im Frühjahr 1928 im Polareis verschollen war, nach einer Notlandung mit einem italienischen Luftschiff, schneeblind durch die Eisbrocken stolpernd, getrieben von der Furcht, derjenige der Kameraden, der ihn um ein weniges überlebte, würde ihn aufessen, bevor die wilden Tiere es taten.

Er wurde dann doch noch zum Helden, dieser Hans, als der russische Eisbrecher »Krassin« schließlich zurückkehrte und die Männer auf der Scholle fand und die ganze Geschichte in Scherben und Bruchstücken nach Uppsala gelangte, »aus Schwärmen von flackernden Funkentelegrammen«, wie Silfverstolpe schreiben sollte, und zu guter Letzt die Statue an der Luthagsesplanade aufgestellt wurde.

Damals gab es noch nicht so viele Helden. Hans bekam seine Statue in dem kuriosen kleinen Park vor dem Haus des Studentenverbands Västmanland-Dala. In einem bronzenen Pelz, mit einem Grönlandhund zu seinen Füßen.

Wie schnell alles gegangen war! Brot und Milch hinausstellen.

Oktobertage: 1920, 1921, 1922, noch bevor Hans seine glaziologische Laufbahn eingeschlagen hatte, die in den ganz großen Eiswüsten enden sollte, noch bevor er von seiner Dissertation »On the Properties of Sea-Ice« träumte, hatten sie sich vor allem beim Paddeln getroffen. Beide waren sie im Grunde genauso schüchtern.

Bernard fragte sich plötzlich, ob er nicht doch einen Spaziergang machen sollte. An schönen Tagen pflegte er bis zur Engelbrektsgatan und zurück zu gehen, mit einem kleinen Besuch in Rönnells Antiquariat in der Birger Jarlsgatan und manchmal sogar mit einem Abstecher zum Bonbonladen von Augusta Jansson. Vor allem wegen der Düfte. Und wegen des warmen Lichts, das dort drinnen herrschte.

Seine Beine und Knie waren noch fabelhaft in Ordnung, und er wäre gern dreimal so weit gelaufen, wäre die Stadt nicht so entsetzlich langweilig gewesen an solchen Spätwinternachmittagen, oder sollte man vielleicht besser Vorfrühlingsnachmittagen sagen, wenn das scheue Märzlicht einen Himmel aus Porzellan über die kahlen Bäume der Stadt legte.

Nur ein paar vereinzelte Krähen in einem Baum, die rote Brust eines Dompfaffen im Humlegården-Park konnten, zumindest für einen Augenblick, seine Aufmerksamkeit erregen. Sonst war alles so eigentümlich fremd und fade geworden. Es war eine fremde Stadt, und er hatte keine klare Vorstellung davon, was er dort eigentlich zu suchen hatte. Vielleicht gab es dort etwas, aber nicht für ihn.

Die einzige Alternative zu einem Spaziergang im Schneetreiben war offensichtlich, zu Hause zu bleiben. Aber hier herrschte die gleiche bleigraue Langeweile.

Die schwere alte Silberzwiebel auf seinem Schreibtisch hatte Schwierigkeiten, wie er es zuweilen Amelie gegenüber ausdrückte, *die Stunden aus sich herauszubekommen.* Wie sterbenslangweilig wäre es ihm nicht diesen Winter gewesen, hätte er nicht den glücklichen Einfall gehabt, seinen Spionageroman zu schreiben. Zudem hatte es sehr beruhigend auf Amelie gewirkt. Von seinem immer ausschweifenderen geheimen Leben wußte sie nichts.

(Der kühle Wind, der Oktoberwind der zwanziger Jahre über dem Mälarsee, immer der gleiche. Schwimmendes gelbes Laub, das der Wind vereinzelt übers Wasser treibt. Die gelben Blätter des Septembers. Die roten Blätter des Oktobers. Diese klaren schönen Tage mitten im Oktober, wenn man in den Klub geht und ein wenig plaudert und sein Boot abschrubbt. Der Duft des Mälarwassers beim Akademischen Kanuklub unten an der Ekolnsbucht.)

*»Heimat – die Birken kannte ich alle.*
*Zeigen konnte ich jeden einzelnen Stein«*

hatte der sanftmütige Silfverstolpe einst geschrieben.

Bernard hätte etwas Ähnliches sagen können, beispielsweise über den Mälarsee. Vielleicht hatte er es sogar getan und es wieder vergessen.

An alle Düfte erinnerte er sich. Auf jede einzelne Untiefe im See konnte er zeigen. Die Stille vor dem Gewitter und die Stille vor dem Winter. An alles erinnerte er sich. Das kühle

Rieseln der Wassertropfen von den Paddeln in die Ärmel, wenn man die Manschette nicht richtig befestigt hatte.

Der Schmerz in den Knien, wenn man allzu lange gekniet hatte, um einen Kanadier durch das herbstliche Wasser zu paddeln.

Die Schreie von Prachttaucher und Kranich.

*Nein. An seinem Gedächtnis war im Grunde genommen nichts auszusetzen.*

## 2. Oktobermanöver

Sie hatten im Tal bei Håga geschossen, die Studentenkompanie mit dem ganzen Regiment, sie waren in der rasch hereinbrechenden Dunkelheit den Weg am Fluß entlanggegangen und hatten westlich der Brücke bei Flottsund übernachtet, um bereits um fünf Uhr morgens am anderen Ufer zu sein, wo rote Schirme die feindlichen Bataillone markierten.

Zu dieser Zeit, ein Jahr nach dem Weltkrieg, als man Hindenburgs fabelhafte Erfolge in den masurischen Sümpfen noch in frischer Erinnerung hatte, waren solch kühne nächtliche Märsche längs der Seen und Flüsse groß in Mode.

Weiter durch den Wald von Nåsten, auf schmalen, mühseligen Pfaden, wo man leicht auf dem glatten Felsgrund ausrutschen konnte. Für Bernard war das zwar nicht so schwierig, da er ja schon als Knabe mit den riesigen västmanländischen Wäldern um Svanå herum vertraut gewesen war, aber es zog doch ganz schön in den Schultern, im Kreuz und in den Beinen, und die schwere Mauser, Modell 97, hatte die Eigenschaft, die Schultern ungleich zu belasten. Nach ein paar Meilen fühlte sich der ganze Körper schief an.

Dann stieß Bernard das Mißgeschick zu, daß er beim Überqueren eines bemoosten Felsens auf eine lose Stelle trat; er rutschte schnell und unaufhaltsam aus, fiel zwar nicht hin, hatte aber für den Rest des Tages einen unangenehmen Schmerz im linken Knie.

Sie waren ja bloß Studenten, keine richtigen Soldaten. Und

verglichen mit dem, was richtige Soldaten ihrer Generation auf den Schlachtfeldern Europas mitgemacht hatten, konnten sie sich wirklich nicht beklagen.

Soll ich aufgeben, dachte er. Soll ich mit dem Leutnant reden und ihn fragen, ob ich auf dem Troßwagen mitfahren darf? (Der Troßwagen, gezogen von einem zuverlässigen Ardennergaul und außer mit Milchkannen und Zeltplanen bereits mit mehreren Rekruten beladen, denen der strenge Unteroffizier offene Blasen an den Füßen bescheinigt hatte, sollte sie angeblich am Bahnhof von Brunnsberga erwarten.)

Dann verwarf er den Gedanken wieder.

Er war in diesem Alter gegen alles eingestellt, was irgendwie mädchenhaft oder zimperlich wirken konnte. Für seine eigene Sensibilität bestrafte er sich, als sei sie ein heimliches Laster. Bei den Festen der Studentenverbindung trank er Punsch, bis sich alles um ihn drehte, obwohl er das Gesöff eigentlich verabscheute und jedesmal Kopfweh davon bekam. Er rauchte dicke brasilianische Zigarren, besonders wenn ein Senior sie ihm anbot, er duschte prinzipiell nur eiskalt. Der Geruch nach verschwitzten Wollsachen, Armol und herbstlichem Rauch aus den Uniformen der Kameraden, vermischt mit den sonderbar apothekenartigen Düften des Waldes nach Porst, Moorbeeren und feuchtem Moos, berauschten ihn. Sie waren als Spähtrupp unterwegs, und einer rauchte Kalmare Nyckel in seiner Pfeife.

All das hätte noch vor ein paar Jahren einen Duftakkord gebildet, stark genug, daß ihm davon fast übel geworden wäre. Mittlerweile konnte er solche Gefühle zügeln.

Als sie auf die Ebene hinauskamen, war alles schon wieder ganz anders. Sie gingen unter einem großen, bedrohlich roten Himmel über die gelben, abgeernteten Felder, und in der Oktoberdämmerung stand die Sonne tiefrot und schräg über der dänischen Kirche. Draußen in der Welt hatte der Himmel vier Jahre lang gebrannt, und Millionen junger Menschen wie sie waren auf viel nackteren und verwüsteteren Feldern gestorben, vermutlich völlig sinnlos.

»Du gehst so mühsam! Magst du nicht mit mir tauschen und mein Rad nehmen?«

Hans von Lagerhielm war heute Meldefahrer und hatte ein

Fahrrad zur Verfügung. Den ganzen Tag war er am Rand lehmiger Wege zwischen dem Kompaniechef an der Spitze und der Nachhut hin- und hergesaust. Er müßte eigentlich auch ziemlich erschöpft sein. Er war ein netter Junge, mit sorgfältig geschnittenen blonden Stirnfransen unter der verschwitzten Schirmmütze. Er gehörte sonst dem Studentenverband von Sörmland an, und Bernard erinnert sich, daß er ihn dort auf einem der Feste im Vorjahr getroffen hatte.

»Das ist sehr nett vor dir«, erwiderte Bernard. »Aber brauchst du das Rad nicht selbst als Meldefahrer?«

»Da pfeif ich drauf«, sagte Hans. »Der Hauptmann ist in Bergsbrunna mit dem Auto abgeholt worden, und bald ist es sowieso viel zu dunkel, um jemanden zu erkennen.«

Bernard zögerte. Die simple Wahrheit war, daß ihm sein Knie unbestreitbar ganz abscheulich weh tat. Trotzdem ließ er sich Zeit mit der Antwort, ohne recht zu verstehen, warum.

Unterdessen ging Hans neben ihm und schob das Rad. Das dicke Kartenfutteral der Ordonnanz knallte bei jedem Schritt gegen seinen rechten Oberschenkel. Seine Gamaschen waren von einer dicken Schlammschicht bedeckt. Der Stab der Kompanie hatte einen anderen Weg durch den Wald eingeschlagen, ebenso der Troß, einen lehmigen Forstweg wahrscheinlich.

Es war ein Augenblick, in dem keinem von beiden so recht etwas zu sagen einfiel.

»Ist es nicht eigentlich komisch, daß wir hier so gehen«, sagte Hans.

»Und am Leben sind«, sagte Bernard.

»Hast du Arthur Schopenhauer gelesen?« sagte Hans.

»Ich kenne ihn«, sagte Bernard. »Aber so richtig gelesen habe ich noch nichts von ihm.«

»Das solltest du aber«, sagte Hans.

(Die ersten Tropfen eines schweren und kalten Regens begannen emphatisch zu fallen.

Der Feldwebel, der offenbar als einziger Befehlshaber bei der Kompanie geblieben war, da der Marsch jetzt seinem Ende zuging und die übrigen wohl bei der letzten Wegkreuzung mit dem Wagen abgeholt worden waren, gab den Befehl »Mäntel anziehen«. Es war kaum zu befürchten, daß die

Ordonnanz auf diesem Marsch noch gebraucht werden würde. Sie konnten ruhig weiter miteinander reden.)

»Er sagt bemerkenswerte Dinge. Beispielsweise, daß das Leben entweder aus Leiden oder aus Langeweile bestehe.«

»Ich würde sagen, entweder aus Angst oder aus Langeweile«, sagte Bernard.

Wie war das Gespräch weitergegangen? Der Regen hatte zugenommen, sie waren sehr müde gewesen, als sie schließlich zum Regiment zurückkehrten, der Oktobersturm hatte in jener Nacht mit zunehmender Stärke gewütet, und Bernard hatte trotz seiner Müdigkeit lange wachgelegen und nachgedacht, auch über den neuen Freund, den er gewonnen hatte.

Im Sturm dort draußen, der die letzten Blätter von den Bäumen auf dem Kasernenhof streifte und die Schnur an der Fahnenstange mit der dreizüngigen schwedischen Fahne wild knallen ließ, dort draußen war sein, Bernard Foys Leben, sein ganzes Leben, als Teil des Sturms, aber auch als etwas, das diesen Sturm aushalten mußte. Und er wußte nicht, was er daraus machen sollte. Angsterfüllt umbrauste ihn die Herbstnacht und auch seinen neuen Freund Hans von Lagerhielm und all die Millionen junger Toten, die jetzt auf den riesigen dunklen Schlachtfeldern des herbstlichen Europa begraben waren. Und nichts auf dieser Welt würde je wieder so werden, wie es einmal war.

Hatten sie damals schon über Rilke gesprochen?

Das war wohl nicht möglich. Es gab doch kaum einen Menschen, der in jenem Jahr in Schweden Rilke gelesen hatte? Oder vielleicht doch?

Er erinnerte sich jetzt ganz genau an Hans' Wohnung in der Järnbrogatan, es mußte im Jahr 1920 oder 1921 gewesen sein. Und dort mußten sie viel über Lyrik geredet haben. Es war eine für ihre Zeit hochmoderne Wohnung, mit Zentralheizung und dem, was man ein Jahrzehnt später als »Kochnische« bezeichnen sollte. Bernard konnte sich nicht erinnern, daß Hans sie je zu etwas anderem als zum Mischen von Cognacgrogs benutzte, wie sie es etwas hochmütig in ihrem Briefwechsel buchstabierten. (Sie wechselten überhaupt recht byzantinische Briefe mit verzwickten, nahezu albern komplizierten Andeutungen über sexuelle Erlebnisse mit Ladenmädchen und Schwesternschülerinnen, und in Bernards Fall sogar, wie man leider feststellen muß, den zweifelhaften Huren der Dragarbrunnsgatan, ganz zu schweigen von den schrecklichen kleinen Finninnen in der Mansarde von Ofvandahl. Bernard hatte immer große Probleme mit diesen Mädchen, sie erschreckten ihn. Doch seine feste Entschlossenheit, ein neuer Baudelaire zu werden – nein, zu sein, ließ ihn immer wieder dorthin zurückkehren. Das machte sie mit der Zeit weniger erschreckend.)

Diese ganze Vertraulichkeit war in Wirklichkeit unaufrichtig. Sie spielten einander zwei Persönlichkeiten vor, die sie aus der Welt der Dichtung kannten. Hans den etwas melancholischen, gepflegten englischen Gentlemanpoeten in Pullunder und Knickerbocker. Bernard, von seinem ganzen Charakter her dunkler, schneller und leidenschaftlicher, mußte, so gut es ging, den Symbolisten, Dekadenten und Poète maudit darstellen. Hinter diesen Masken steckte wohl dennoch eine Aufrichtigkeit, ein Einverständnis zwischen zwei sehr schüchternen jungen Männern, der eine 19, der andere 20, als sie sich kennenlernten.

Wobei der eine jedenfalls 83 werden sollte und der andere nur 32. Bernard fragte sich manchmal, ob es nicht besser umgekehrt gewesen wäre; wenn er, Bernard, gestorben und Hans am Leben geblieben wäre. Aber Bernard hätte sich natürlich nie auf etwas so Wahnwitziges eingelassen; er haßte es sogar, mit doppelt um den Hals geschlungenen Schal durchs winterliche Uppsala zu radeln, was Hans ein wenig zimperlich fand.

Wie auch immer, hatten sie nun über Rilke gesprochen, oder hatte Bernard sich das nur im nachhinein eingebildet?

Im Moment konnte er sich nur an die beiden abgenutzten, aber bequemen Ledersessel erinnern, die Hans mit Erlaubnis seines Vaters von Stora Åsby in die Stadt mitgebracht hatte, um seine Studentenwohnung ein bißchen persönlicher und gemütlicher zu machen als die der Kameraden.

Dazu ein schöner, wie man damals sagte »türkischer« Rauchtisch aus Messing.

Aber an jenem ersten Abend hatten sie doch bestimmt schon über Rilke gesprochen? Bernard erinnerte sich noch so genau, als wäre es gestern gewesen, an ein Gedicht, das Hans aus den »Sonetten an Orpheus« übersetzt hatte. Oder hatte er selbst es übersetzt und vielleicht nur in Gedanken dem toten, nein, nicht toten: dem im Polareis verschollenen und vermißten Freund gewidmet?

»Ein Gott vermags. Wie aber, sag mir, soll
ein Mann ihm folgen durch die schmale Leier?
Sein Sinn ist Zwiespalt. An der Kreuzung zweier
Herzwege steht kein Tempel für Apoll.

Gesang, wie du ihn lehrst, ist nicht Begehr,
nicht Werbung um ein endlich doch Erreichtes;
Gesang ist Dasein. Für den Gott ein Leichtes.
Wann aber *sind* wir? Und wann wendet *er*

an unser Sein die Erde und die Sterne?
Dies *ists* nicht, Jüngling, daß du liebst, wenn auch
die Stimme dann den Mund dir aufstößt, – lerne

vergessen, daß du aufsangst. Das verrinnt.
In Wahrheit singen, ist ein andrer Hauch.
Ein Hauch um nichts. Ein Wehn im Gott. Ein Wind.«

In einem Sommer, es mußte vierundzwanzig oder fünfundzwanzig gewesen sein, hatte Bernard bei seiner Mutter und seinen Geschwistern, die seit einigen Jahren in einer billigen Wohnung in der Karlsgatan in Västerås wohnten, durchgesetzt, daß er in den Semesterferien nicht nach Hause zu fahren brauchte. Statt dessen wollte er in der Universitätsbibliothek Carolina sitzen und ein Referat über die Maler von Worpswede schreiben. Normalerweise pflegte er sein Zimmer jedes Frühjahr zu kündigen und damit zu rechnen, daß er im Herbst einen neuen Unterschlupf finden würde. Die Wirtinnen waren einander ja doch so lächerlich ähnlich. Und ebenso die Zimmer. Aber diesmal blieb er also.

Abends war er oft zu einem Gespräch bei Hans. Hin und wieder gingen sie ins Gillet oder Flustret, um einen Cognacgrog zu trinken. Aber nicht oft.

»Nichts ist für einen kreativen Menschen so erniedrigend«, pflegte Hans zu sagen, »wie aufgezwungene soziale Kontakte.«

(Und mit leichten Gewissensbissen dachte Bernard an die Mutter und die Schwestern daheim in Västerås. Vielleicht vermißten sie ihn sehr. Oder vermißten sie ihn womöglich überhaupt nicht?)

Nie waren die Bäume in der Skolgatan und Järnbrogatan so tief, so andächtig gewesen wie an den warmen Sommerabenden jenes Jahres. Es war das Jahr, in dem Hans Elisabeth Frejer gefunden hatte, die Tochter des großen Orientalisten François Frejer, der einige Semester lang der Universitätsbibliothek Uppsala die Ehre erwies.

Elisabeth hatte dem Paddeln ein Ende gesetzt, und damit nicht genug, sie hatte die Beziehung zwischen Bernard und seinem Freund auf eine tiefe und endgültige Weise gestört, sie auseinandergetrieben, bis an die Grenze der Feindschaft.

Das hatte sie beide vieles gelehrt, was sie bisher nicht wußten; über sich selbst und über einander. Und danach stürzte sich Hans bald ernstlich in die Arbeit an »On the Properties of Sea-Ice«. Elisabeth Frejer, die schöne junge Französin mit den rotblonden Zöpfen, bildete, wie sich wohl unverhohlen sagen ließ, die *Grenze* dessen, was sie in ihrem Leben beherrschen und was sie nicht beherrschen würden. Sie bildete zudem die Grenze ihrer Jugend.

Doch bevor dieser Schatten fiel, hatten sie immerhin ihr letztes großes Kanuprojekt verwirklichen können: den schmalen, verschilften Örsundaån flußaufwärts.

## 3. Brot und Milch hinausstellen

Sein erster Besuch bei der Familie von Lagerhielm war gedankenverloren und glücklich gewesen. Das alte Haus am Mälarsee war wunderschön mit seiner gelben Fassade und den großen französischen Fenstern im Schatten der Markisen mit Aussicht auf einen verwilderten Garten, der zum See hin abzustürzen schien. Die Terrassen verschwanden eine nach der anderen in der Tiefe, zum Ufer hin, wo die Eichen in Erlen übergingen, ein teils gelbes, teils weinrotes Meer aus erstarrten Wellen bis hinab zum Mälarsee mit seinem Schilf und sanften Wellenschlag. *(»Es stürmt auf der geplünderten Terrasse.«)*

Dort unten, bei dem alten Badehaus, lag ein Segelboot, das offenbar nie benutzt wurde, sondern vor allem als Dekoration diente, und säuberlich daneben aufgebockt Hans von Lagerhielms Kanu, das straff gespannte Segeltuch mit roter Ölfarbe gestrichen, wie es damals üblich war.

Hier war er zum ersten Mal Veronica von Lagerhielm begegnet, als sie langsam den schmalen Pfad entlanggeschlendert kam, einen geschmackvoll zusammengestellten Strauß aus roten, tiefgelben und braunen Blättern in der Hand.

*(»Unwissend, rein und glücklich kamst einst du auf herbstlichem Pfad. / Und der Strauß aus rotem Laub in deiner Hand / zum Frühling wurde er in deiner schmalen Finger Nest.«)*

Sie hatte nicht am Lunch teilgenommen, einer ziemlich altmodisch feierlichen Angelegenheit im Stil der Zeit, zu der die jungen Männer mit Schlips und Pullover erschienen, der Vater im Jackett. Nur eine dicke und reizlose ältere Schwester war anwesend, mit so vielen Perlenketten um den Hals, daß sie ihren schweren, stets gleichbleibend melancholischen Kopf zum Tisch hinabzuziehen schienen. Als Bernard einige Stunden später wissen wollte, weshalb die jüngste Schwester nicht dabeigewesen war (es sollte doch zwei Schwestern Lagerhielm geben, nicht wahr?) und ein wenig scherzhaft danach fragte, hatte Hans sofort den Zeigefinger warnend auf die Lippen gelegt. Bernard hatte verstanden. Hier verbarg sich irgendein Kummer, wie man ihn in allen Familien findet, wenn man genau hinschaut. Doch was mochte es sein? War die jüngste Schwester irgendwie monströs?

Mit der Zeit erfuhr er es.

Veronica von Lagerhielm, dieses zerbrechliche, liebliche und eigentümlich abwesende Mädchen erwähnte man am besten gar nicht. Nicht einmal Jahre später, als die Nervenklinik ihre Tore endgültig und unwiderruflich hinter ihr geschlossen hatte, da sie von einer anscheinend unheilbaren nervösen Melancholie umfangen war, und ihre zerbrechliche Gestalt für immer vor ihm verbarg, hatte er in ihrer Familie nachzufragen gewagt, was der Auslöser dafür gewesen war, und wie sie die letzte Zeit vor der Einweisung verbracht hatte. Noch weniger hatte er den Mut gehabt, sie zu besuchen.

Dennoch *(»Heimlich beginnt hier meine Schuld. / Die Schuld, die keiner mir je nehmen wird. / Mein ist sie, keines andern.)* war dieses hochgewachsene, melancholische Mädchen mit den kühlen blauen Augen und dem rötlichen Schimmer im Haar, dieses gedankenverlorene, zugleich heiße und kalte Geschöpf, der Grund dafür, daß Bernard mehrere Jahre in Uppsala blieb, obwohl man ihm eine Arbeit in der Königl. Hauptstadt als Assistent am Nationalmuseum angeboten hatte. Ja, mehr als das; ihr war es zuzuschreiben, daß er Poet geworden war und nicht bloß irgendein Museumsassistent, der kühl und angepaßt die übliche großbürgerliche Karriere verfolgte, auf deren Stufenleiter seine Kommilitonen bald ihren Pfründen, Direktorenposten und gleichgültig an der Brust baumelnden Ordenssternen zustrebten.

Sie hatte ihm die tränenwarme Trauer gegeben, die es ihm ermöglichte zu leben, ohne zu erfrieren. Ja, tatsächlich gab es nicht viel in seinem Leben, das sich nicht auf die eine oder andere Weise auf dieses Mädchen zurückführen ließ. Sie war seine Muse, und sie war die einzige, die das wußte. In ihrem ganzen Leben hatten sie nur einige wenige Male miteinander gesprochen. Als sie viele Jahre später starb, war es wie eine kleine, anfangs fast unmerkliche, dann plötzlich fast unerträgliche Trauer. Eisig, lähmend und vorwurfsvoll wirkte die Meldung auf der Familienseite von *Svenska Dagbladet*, durch die ihn schließlich die Botschaft von ihrem Tod erreicht hatte und die ihn tage- und nächtelang schlaflos gemacht hatte. Wie sollte sie tot sein können, sie, die Unsterbliche! Aus ihren ein wenig spöttischen blauen Augen, eiskalt und zugleich *interessiert*, hatte er seine ersten wirklich bedeutenden Gedichte geschöpft, aus ihrem Schicksal ... Ja, viel mehr als aus dem tragischen Bankrott und Selbstmord seines Vaters war sein eigenes Schicksal aus dem jenes Mädchens gewachsen. Und dieses Schicksal, das in aller Stille und vor der Welt verborgen sie beide vereint hatte, den Lebenden und die Tote, hatte ihn geformt und gehärtet, es hatte die Metalle in ihm geschmolzen und sie zu solcher Härte kristallisiert, daß Lyrik daraus wurde, richtige, klingende, große schwedische Lyrik, und nicht bloß die verwirrten Gedichte eines jungen Studenten, gespielt auf der Klaviatur jener Zeit. Der Kontrast zwischen diesem Mädchen und ihrem Schicksal, zwischen ihrer Empfindsamkeit und dem eisengrauen Leben, das sie hinter der Biegung des Gartenweges ihrer Jugend erwartete und sie unwiderruflich in eine Eisjungfrau verwandelte, eine eiserne Jungfrau, ein entsetzliches mittelalterliches Folterinstrument, bei dem alle Nägel nach innen gerichtet waren, gegen ihr eigenes Selbst, war erschreckend. Aber es war mehr als das. Ihr Schicksal hatte etwas, das ihn auf eine dunkle, unklare und zutiefst aufwühlende Art an ihn selbst erinnerte. Mehr als jemals die warme, mütterliche Amelie mit ihren Schwächen und Stärken war diese junge Frau, die er kaum im tieferen Sinn des Wortes kennengelernt hatte, seine Gattin. Er hatte das vage Gefühl, sie sei die erfrorene Jungfrau, die in ihm selbst steckte; sie habe ihn durch ihr Leben von dem Grauen befreit, auf die eine oder andere Weise das gleiche Schicksal zu erleiden wie sie.

In diesen Jahren nach dem Kriegsende hatte fast alles in ihm das Gefühl eines brutalen und unvermeidlichen Betrugs geweckt. Schöne junge Männer wie er selbst, ebenso bereitwillig und ebenso ungewiß über die wirklichen Qualitäten des Lebens wie er selbst: Unweit der schwedischen Grenzen waren diese Millionen von jungen Männern, die sich auf keinerlei bemerkenswerte Weise in ihrer Vitalität, Intelligenz oder Empfindsamkeit von ihm unterschieden, in Invaliden verwandelt worden, die sich mit Hilfe eines Brettes durch verwüstete Parks schleppten, um die Straßenecke zu erreichen, an der sie ihr tägliches Brot zu erbetteln hofften. Pianisten, die mit nur einer intakten Hand aus den Gefangenenlagern heimkehrten, würden für immer nach der Melodie tasten, die sie verloren hatten. Reichte es nicht, daß etwas derartiges geschehen konnte, um einen insgeheim fürchten zu lassen, die ganze Welt sei im Grunde sinnlos? Alles sei nur ein Märchen, von einem Narren erzählt. Er konnte Fritz Overbecks wunderbaren »Sommertag in der Hamme-Niederung«, eins der besten Gemälde der Worpsweder Schule aus dem Jahre 1900, nicht ansehen, ohne daran zu denken, daß die Welt durch den großen Krieg ein für allemal ein ursprüngliches Glück, eine Unschuld verloren haben mußte, die sie einmal besessen hatte. So sanft wanderten die Frühsommerwolken über den Himmel der Marschlandschaft und spiegelten sich im braunen Wasser der Torfkanäle, still und feierlich stand der Weyerberg am Horizont und badete im warmen Licht des Nachmittags. Genau wie seine eigene Welt war diese für immer verloren.

Natürlich hatte es in seiner Jugend auch viele persönliche Enttäuschungen gegeben. Widerwärtige Mitbewerber um die Dozentur, richtige Gangster, ausstaffiert mit dem akademischen Spazierstock und dem akademischen Gehrock mit Krawatte, aber dennoch Gangster, sollten Anfang der zwanziger Jahre mit Erfolg versuchen, ihm den mageren Lebensunterhalt streitig zu machen, den er sich und Amelie gesichert hatte. Und im Hintergrund hatte immerzu die völlig überraschende und fürchterliche Katastrophe aus seinem Studentenjahr 1917 nachgedröhnt; die Katastrophe mit der Wechselreiterei, dem Bankrott, der drohenden Gefängnisstrafe und dem darauf folgenden Selbstmord seines Vaters. Auch das war ein Betrug. Er meinte, etwas Besseres verdient zu haben, und auch der Vater, fand er, habe etwas Besseres verdient. Sie waren beide gleichermaßen betrogen worden, wie ihm schien. (Wie grotesk, als welch eine bittere Herausforderung empfand er es, wenn die Jugend der achtziger Jahre in den Feuilletons und in den Musiksendungen des Radios ganz selbstverständlich von den »goldenen Zwanzigern« redete.)

Doch bei alledem war es nur dieser eine, sein eigener Betrug, der seiner reifen Lyrik den melancholischen Grundton verleihen würde, für die man sie damals, am Ende jenes unglücklichen Jahrzehnts, so bewunderte. Sie war schön wie die von Anders Österling und Gunnar Mascoll Silfverstolpe, ihr Rhythmus tanzte wohl auf eine Weise, die eher an Sven Lidmans Gedichtbände aus den neunziger Jahren erinnerte als an Karlfeldts schwere Bauernfüße, aber das war wohl ganz gut so. Bei Bernard gab es noch etwas anderes; jenen Ton beherrschter Verzweiflung, jenes fast schwerelose Balancieren über einen Abgrund, was praktisch sofort bei Kritik und Publikum höchste Aufmerksamkeit und faszinierte Bewunderung erregt hatte. (Und selbstverständlich einen sorgfältig verborgenen Haß bei den etwas älteren Lyrikern jener Periode heraufbeschworen hatte, mit Ausnahme des großzügigen Aristokraten Silfverstolpe, der in Bernard einen Weiterführer seiner eigenen västmanländischen Dichtung gesehen hatte.) Ja, Betrug war ihm von früh an etwas Vertrautes geworden. Und noch wie er jetzt dasaß, das Kinn in die Hände und die Ellbogen düster auf den schweren Schreibtisch gestützt, und durch die porzellanfarbenen Gardinen auf den verschneiten Park hinaussah, wo der erste Schneefall dieser Woche in schweren Flocken durch den sanftblauen, feucht duftenden Märzabend mit seiner Vorahnung des Frühlings rieselte, spürte er einen winzigen Moment lang die ganze Last dieser Erinnerung mit ihrer ungeheuren Verflechtung von Schmerz und jubelnder Freude. Es hat mich doch gegeben, dachte er. Ja, trotz allem ist es schwer zu leugnen, daß ich gelebt habe.

Er wußte nicht recht, was eigentlich an diesem Nachmittag diese Erinnerungen in ihm ausgelöst hatte. In diesem Augenblick hörte er die solide alte Stjernsundsuhr draußen im Salon mit ihrem Lot rasseln. Und gleich darauf ihre fünf Stundenschläge. Jetzt hat sie es geschafft, sie aus sich herauszubringen, dachte Bernard. Amelie wird mit anderen Worten gleich verkünden, daß der Tee fertig ist. Und dann brauche ich nicht mehr hier zu sitzen und so zu tun, als würde ich arbeiten. Jedenfalls heute nicht mehr. Wie angenehm das ist, dachte Bernard Foy.

Wie es so oft mit alten Männern ist, hatte Bernard wenige und sehr bizarre Freuden, Freuden, die jenen Menschen, die noch nicht alt sind und immer noch meinen, das Leben böte ihnen eine Menge interessanter, aber eiliger und wichtiger Aufgaben, völlig unverständlich sind. Eine von Bernards Zerstreuungen bestand darin, in einem schönen alten weißen Schaukelstuhl zu sitzen, den Amelie einst mit in die Ehe gebracht hatte, um zu sehen, wie das messingglänzende Pendel sich nicht unähnlich einer mystischen Sonne im Inneren der alten Uhr hin- und herbewegte. Besonders gern tat er dies nach dem Nachmittagstee, wenn er nicht länger den falschen Eindruck erwecken mußte, beschäftigt zu sein. In diesen Augenblicken bestand die Möglichkeit, sich mit dem Pendel zu identifizieren, dem kleinen, völlig leeren Stück seines verbleibenden Lebens, dem kurzen Leben, das noch bevorstehen mochte und das jetzt, sichtbar gemacht, in regelmäßigen Abständen hinter dem kleinen Fenster im Bauch der Uhr vorüberschwang. Und dieses Einswerden mit dem Augenblick, das sich von außen gesehen ganz zwecklos und komisch ausnehmen mochte, bedeutete für Bernard Foy eine nicht unbeträchtliche Erleichterung. Wenn er mit dem Pendel eins werden und mit ihm hin- und herschwingen konnte, gab es für ihn keine Zeit, keine Niederlagen, keine Siege. Er war in der Bewegung des Pendels und ging ganz und gar darin auf.

## 4. Generalprobe

Laut Amelie war es nicht ganz einfach zu rekonstruieren, was wirklich geschehen war, aber es gab immerhin eine Theorie, daß er an einem Donnerstag vor etwa zwei Wochen wie üblich in die Königliche Bibliothek gegangen sei, wo er sich genau wie sonst verhalten habe, einschließlich eines langen Gesprächs mit seinem alten Freund, dem glatzköpfigen, mit einem Zwicker versehenen Lesesaalvorsteher Dr. Lennart Rodin. Natürlich hatte er seine abgewetzte Aktentasche aus schwarzem Rindsleder dabeigehabt. Diese oft geflickte Aktentasche hatte ihm sein Vater, der strenge Forstmeister Foy auf Svanå, im schönen Monat August 1914 zum Eintritt ins Gymnasium von Västerås geschenkt.

Als es dann Zeit war, zu Amelie und dem wartenden Abendessen heimzukehren, hatte er gemerkt, daß der Garderobier, irgendein Ausländer, dem er weiter keine Aufmerksamkeit geschenkt hatte, ihm seine Aktentasche nicht mit den anderen Sachen aushändigte. Als Bernard, all dieser merkwürdigen Ausländer überdrüssig, die heutzutage sämtliche

Postschalter und Garderoben in Stockholm zu bevölkern schienen, ihn energisch aufforderte, ihm endlich die Aktentasche zu geben, hatte ihm der Ausländer tatsächlich eine gebracht.

Bernard hatte ihr zunächst keine größere Aufmerksamkeit geschenkt, er hatte genug mit dem schweren Wintermantel, Amelies beiden selbstgestrickten Schals, den Fäustlingen und – natürlich – den verdammten Galoschen zu tun. Endlich fertig angezogen, marschierte er mit einem mürrischen Gebrummel aus der Bibliothek, und erst zu Hause entdeckte er zu seiner Überraschung, daß es gar nicht seine Aktentasche war. Diese war nicht schwarz und alt und aus Rindsleder, sondern neu, elegant, aus hellem Schweinsleder. Wo zum Teufel mochte aber seine eigene Aktentasche mit all den Notizen über das Luftschiff Italia und die Bruchlandung nördlich der Foyninsel im Jahre 1928 stecken? (Eine der in seiner Biographie erwähnten Personen, der junge Lagerhielm, hatte nämlich an dieser Expedition teilgenommen.) Ohne Begeisterung öffnete er den fremden Aktenkoffer und fand zu seinem äußersten Verdruß, daß er nur einen Haufen kleiner Tüten enthielt, Hunderte von derselben Art; kleine Plastiktüten mit einem weißen Pulver drin.

Vermutlich eine Warenprobe, hatte er zu sich selbst gesagt. Wie ärgerlich, daß ich einem Vertreter seinen Musterkoffer weggenommen habe. Aber was zum Kuckuck hat ein Vertreter in der Königlichen Bibliothek zu suchen? Wie dem auch sei; es ist meine Pflicht, ihn so schnell wie möglich wieder zurückzugeben. Das werde ich gleich morgen erledigen.

Komischerweise hatte er von diesem Augenblick an keine Ahnung mehr, wo der neue Aktenkoffer abgeblieben war. Amelie hatte gerade gerufen, das Essen sei fertig, und in der Eile mußte er sie an einer völlig unbegreiflichen Stelle deponiert haben.

(Seit einiger Zeit plazierte er ständig irgendwelche Dinge »an einer komischen Stelle« und konnte sie dann nicht mehr finden.)

Wie sich herausstellen sollte, hatte er in Wirklichkeit einen der vielen Wohltäter der Menschheit, Dr. Ernst Lutweiler, an der Ausübung seiner so bedeutsamen Tätigkeit gehindert.

Das war der Anfang von Dr. Lutweilers Anrufen. Ernst Lutweiler, anfangs äußerst höflich, hatte in einer Reihe von Anrufen die ganze Skala von Höflichkeit über leichte Gereiztheit bis zu direkten Drohungen durchlaufen. Zunächst hatte er gehofft, Bernard würde einsehen, welche Verantwortung er trug. Besonders die Kinder in Afrika seien in vieler Hinsicht auf sein Präparat angewiesen – es gehe darum, ein neues Mittel gegen tropische Fieberkrankheiten herzustellen. Der Inhalt der Tasche sei das Ergebnis einer fünfzehn Jahre langen, harten Arbeit in einigen der besten pharmakologischen Laboratorien Europas und der USA.

Bernard bedauerte zutiefst und versicherte, wenn Herr Lutweiler nur die Freundlichkeit hätte, morgen nachmittag noch einmal anzurufen, wäre bestimmt alles in Ordnung.

Das war es indessen nicht. Bernard war inzwischen in der Bibliothek gewesen und hatte seine alte Aktentasche gefunden. Er hatte sie wie alle anderen Forscher natürlich gar nicht abgegeben, sondern sie in den Lesesaal mitgenommen, wo sie sein ehrerbietiger jüngerer Freund und früherer Schüler am Gymnasium von Västerås, Dr. Lennart Rodin, mit liebevollem Respekt für den alten Poeten aufbewahrt hatte.

Bernard brachte seine geliebte alte Aktentasche im Triumph nach Hause, doch der sonderbare gelbe Koffer mit all den wertvollen medizinischen Substanzen war nun offenbar vollständig verschwunden. Konnte er durch irgendein sonderbares Tor in ein anderes Universum entschwebt sein?

Der große Forscher und Wohltäter der Menschheit, Dr. Ernst Lutweiler, war an diesem Abend weniger höflich. Er deutete an, daß jemand, der die Entwicklung eines neuen Medikaments behindere, mit dem das Leben von Hunderten, ja vielleicht Millionen von Menschen in Afrika gerettet werden könnte, eigentlich selbst keinen größeren Anspruch darauf habe, am Leben zu bleiben. Bernard Foy entschuldigte sich tausendmal und versicherte ein wenig lahm, wenn Dr. Lutweiler die Freundlichkeit hätte, morgen abend nochmals anzurufen, wäre der Koffer sicher gefunden und all die Hunderttausende von leidenden Afrikanern könnten wieder aufatmen.

Am nächsten Abend um sieben Uhr rief Dr. Lutweiler

wieder an, und als er diesmal denselben abschlägigen Bescheid bekam, wurde sein Ton entschieden vulgärer. Bernard Foy sei nichts anderes als ein *alter Clown*, ein seit Jahrzehnten völlig unbedeutender Dichter, um den er, Dr. Ernst Lutweiler, sich mit Vergnügen *persönlich kümmern würde.* Er würde Bernard Foy seine eigene Treppe hinunterschmeißen, wenn er nicht sofort mit seinem blöden Getue aufhöre und das *Kokain* herausrücke.

Aber, wandte nun Bernard Foy ein, wenn *Kokain* wirklich so gut gegen Fieber sei, hätte man es doch schon längst bei den armen fieberkranken Negern in Afrika einsetzen können? Hatte der junge Sigmund Freud nicht eine bedeutende Abhandlung über die Vorzüge des Kokains geschrieben und damit zum vorzeitigen Tod mindestens eines Kollegen beigetragen, aber außerdem auch zur Entwicklung des sanfteren und ungefährlicheren Xylocains? Darauf entgegnete Dr. Lutweiler lediglich, daß Bernard gut daran tue, mit dem Blödsinn aufzuhören. Mit solchen kleinen Dealern wie Bernard kenne er sich gut aus. Morgen um drei müsse die gesamte Lieferung an der Kasse des Kurzzeit-Parkplatzes auf dem Flughafen Arlanda abgegeben worden sein, wo Lutweiler seit langem seine Kontakte habe.

Am darauffolgenden Tag klang Dr. Lutweiler merkwürdigerweise erheblich respektvoller.

Bernard seinerseits hatte die ganze Geschichte vergessen. Oder nicht? Wir werden, glaube ich, nie genau einschätzen können, wieviel in seinem Wesen Koketterie und Vieldeutigkeit ist, die ausweichende, sanfte, aber ungeheuer überlegene Stärke des Dichters, die triumphale Kraft der Phantasie, sich über die Welt hinwegzusetzen.

An diesem Tag deutete Dr. Lutweiler die Möglichkeit gewisser Verhandlungen an. Es könne schließlich unangenehm für ein feines altes Mitglied der Schwedischen Akademie sein, wenn herauskäme, daß einer von ihnen mit solchem Zeug handelte. Die Boulevardzeitungen könnten die Geschichte aufgreifen, und schließlich wisse man, wie rücksichtslos sie seien.

Wenn Bernard sich hingegen vernünftig verhalte, ließe sich über fünf bis acht Prozent reden. Aber dann müsse der Aktenkoffer heute nacht um zwei Uhr dreißig an einen weißen

Kastenwagen übergeben werden, der an der Europastraße 18 parke, an der Stelle, wo sich die schöne Brücke fast hundert Meter hoch über den pittoresken Abgrund des Ryssgraven schwingt.

Es sei verständlich, erwiderte Bernard, daß man nervös und ärgerlich werden könne, wenn man das Resultat jahrelanger Forschungsmühen verlöre und nicht zurückbekäme, nur weil ein alter Mann in der Bibliothek den falschen Aktenkoffer genommen habe und sich um alles in der Welt nicht daran erinnern könne, wo er ihn abgestellt habe. Aber trotzdem müsse man doch versuchen, sich in Geduld zu üben. Er, Bernard, werde weiterhin energisch nach dem Aktenkoffer suchen, und wenn Dr. Lutweiler freundlicherweise seine Telefonnummer und eine vollständige Adresse hinterlassen könnte, würde Bernard ihm die Tasche ohne irgendwelche komischen Zeremonien oder Prozente zuschicken.

Wenn ihm das nicht passe, solle er doch freundlicherweise morgen wieder anrufen. Bestimmt würde man bis dahin den Aktenkoffer gefunden haben.

Nach fünf Minuten kam der nächste Anruf. Und dieses Gespräch wurde, kann man sagen, der Punkt, an dem Bernard ernstlich die Initiative in einem Feldzug ergriff, der ihn zunächst nur gestört und beunruhigt hatte, dessen anregende und unterhaltsame Qualitäten jedoch mit jedem Tag immer deutlicher zum Vorschein kamen.

(Es galt nur, Amelie um Gottes willen herauszuhalten.)

Wäre Bernard Foy Napoleon, so wäre dies zweifellos die Schlacht bei Marengo.

»Foy. Guten Tag. Wie bitte? Entschuldigen Sie, aber ich kann mich leider *wirklich* nicht an den Namen erinnern. Ach so, Professor Furtwängler? Ja, wir haben uns doch schon gesprochen. In der Börse, nicht wahr? Und womit kann ich alter Poet denn zu Diensten stehen? Gerade eben? Komisch, daran habe ich nicht die geringste Erinnerung. Nein. Überhaupt nicht. Das ist doch zu sonderbar. Nicht wahr? Verzeihung, jetzt verstehe ich nicht ganz. Aktenkoffer? Ich habe noch nie von irgendeinem Aktenkoffer gehört. Sind Sie sicher, Herr Professor Dorfschwengel, daß Sie die richtige Nummer gewählt haben?

Ach wirklich? *Heraufkommen?* Mit *Torpedos?* Stellen Sie sich vor, ich habe gerade einen alten Experten für Torpedos da. Obwohl er jetzt meistens staubsaugt. Er putzt nämlich meine Wohnung. Er war Torpedomeister auf dem kleinen U-Boot Starke, dem ersten dampfbetriebenen U-Boot der Ostsee. Es würde ihn bestimmt glücklich machen und unvergeßliche alte Erinnerungen in ihm wecken, wenn er wieder über *Torpedos* reden könnte. Er hat einmal ein Anerkennungsschreiben von Prinz Eugen bekommen. Nach einer sehr erfolgreichen Attacke auf das Panzerschiff Victoria bei einer Übung des Ostseegeschwaders. Das Jahr habe ich natürlich vergessen. Ja, das wissen heute wahrscheinlich nur noch wenige Menschen, aber der Malerprinz war tatsächlich einmal der Chef der Zweiten Torpedodivision.

Ja, so war das. Ich selbst habe den Malerprinzen erst viel später kennengelernt. Und zwar, als ich für einige Jahre im Vorstand des Künstlervereins war, aber das war natürlich schon tief in den dreißiger Jahren. Zweimal im Jahr pflegte der Prinz die Vorstandsmitglieder zu einem Essen in seine Villa auf Waldemarsudde einzuladen. Ich kann mich so gut an ihn erinnern, an seinen schweren, freundlichen Kopf mit dem silberweißen Haar, seine makellose Artikulation, die keinen einzigen Konsonanten im Stich ließ. (Ja, die modernen Menschen sprechen ja wirklich so schlampig, als gehörten sie alle zu den unteren Schichten. Ist es nicht merkwürdig, daß das so sein muß? Man versteht ja kaum mehr, was sie am Telefon sagen.)

Am besten erinnere ich mich natürlich an die wunderbaren Frühlingsabende draußen auf Waldemarsudde; die Lindenblüten, die wie ein heller Teppich auf allen Gartenpfaden lagen, das Dröhnen der Motorsegler auf dem Weg durch den Sund, die blauen Hyazinthen in der Bibliothek des Prinzen. Und an die festlich gedeckte Tafel.

Sie mögen noch nie etwas davon gehört haben, Herr Doktor Grossweiler, aber der Prinz hatte tatsächlich eine ausgeprägte Vorliebe für südfranzösische Weine. Ja, er hat den Côtes de Rhône allemal dem Bordeaux vorgezogen. Komischerweise. Es war bestimmt eine Erinnerung an die glücklichen Malersommer seiner Jugend in der Provence.

Wenig bekannt im Zusammenhang mit dem Malerprinzen ist auch seine Schlagfertigkeit. Seine Fähigkeit, tiefsinnige und witzige kleine Verse zu improvisieren, war wirklich ganz fabelhaft. Nein, ich glaube, seine Biographen haben diesen Zug an ihm überhaupt nicht richtig gewürdigt.

*Unvergeßliche Augenblicke*!

Ich erinnere mich zum Beispiel an einen solchen schönen Abend im Mai, als die Gäste, Prinz Vilhelm, der Dichter Karlfeldt und noch ein anderes Mitglied der Akademie, war es vielleicht Fredrik, der Literaturwissenschaftler Fredrik Böök also, nicht so recht aufbrechen wollten. Der Prinz ließ einen Imbiß mit Würstchen und Fleischklößchen, Pripps Bier und feinen kleinen beschlagenen Schnapsgläsern servieren, aber er war wohl müde und wollte uns allmählich loswerden.

Aber die verdammten Gäste, die wollten überhaupt nicht gehen; das Gespräch bewegte sich angenehm hierhin und dorthin, in labyrinthischen Bahnen, genau wie es sich für ein Gespräch unter intelligenten Menschen gehört. Und allmählich kamen wir auf Fontaine de Vaucluse zu sprechen, diesen wunderbaren Ort im Vaucluse, an den sich Francesco Petrarca in den letzten Jahren seines Lebens zurückzog, hochgeehrt und durch wichtige diplomatische Aufträge bereichert.

Und dann war das Gespräch auf die riesigen dunklen Forellen gekommen, die in dem Gewässer vor der Terrasse des kleinen Touristenrestaurants regungslos darauf zu warten pflegten, daß die Gäste ihnen Brot zuwarfen. Dann schossen sie zur Oberfläche, wie tiefe, nicht unfreundliche, aber erschreckend große Gedanken einen Augenblick an die Oberfläche des menschlichen Bewußtseins kommen können, jedoch nur, um rasch wieder in die primalen Triebzonen abzutauchen, wo sie normalerweise leben und ihre Nahrung finden.

Irgend jemand – es kann kaum der trotz seines Lateins sehr ländlich schlichte Karlfeldt gewesen sein – eher wohl ein ganz anderer Poet jener Zeit, der zuweilen überraschend subtile Gunnar Mascoll Silfverstolpe, *genug davon*, dieser Jemand, wer es nun auch war, hatte also diese riesigen Forellen in dem tiefgrünen frischen Wasser erwähnt, das aus einer kühlen Quelle in einem Berg am Rande des Tals von Vaucluse entspringt, *Vallis Clausa*, ›das verschlossene Tal‹, wie der Lateiner sagt.

Und der Prinz, der seit einigen Minuten am Küchentisch seinen weißhaarigen Kopf auf die Arme gelegt hatte (immerzu tickte die große braune alte Küchenuhr, die Küchenuhr von Waldemarsudde, die sonst die Köchinnen und Butler auf Trab hielt und die Küchenmädchen mit den mageren Armen und blonden Zöpfen, die aus Karelien kamen oder von den Schlössern in Skåne, wo der Prinz sich so gern im Sommerhalbjahr aufhielt, diese Küchenuhr also tickte immer lauter), schaute plötzlich auf und sagte: ›Apropos *Forellen* möchte ich folgendes bemerken:

*Gut ist satt und ungegessen*
*Besser geil und unverdrossen*
*Doch am besten nett und ungebunden,*
*So leckt die Forelle viele frohe Stunden.*‹

Noch in der Garderobe hatten sie gelacht, und die Taxis draußen hatten lange warten müssen, bevor sie endlich verstaut waren und in der beginnenden, unendlich scheuen Maidämmerung davonfuhren, jeder in seine Richtung.

Verstehen Sie wirklich den Witz daran, Professor Furtwängler? Sind Sie noch am Apparat?«

Doch im Hörer ertönte seit einer Weile ein eigentümliches Ticken, das Bernard an die gute alte Küchenuhr auf Waldemarsudde erinnerte.

## 5. Die Mühsal eines Dichterfürsten

War er, wie man sagt, »glücklich«?

Manchmal war er glücklich, manchmal nicht so sehr. Tatsächlich hatte er nie so recht verstanden, was eigentlich mit diesem Begriff gemeint war. Man war ja oft beides zugleich.

In keinem Stadium seines Lebens war es anders gewesen. Es gab einen Zustand, den Amelie »die Anfechtung« nannte, und einen anderen, den sie als »königliches Aufplustern« bezeichnete.

Beides betrachtete sie mit einer milden Skepsis, die es ihr erlaubte, im ersten Fall einen hilfreichen Abstand beizubehalten, und im zweiten, sich nicht in den überweltlichen Hochmut hineinziehen zu lassen, der zweifellos zu den unausweichlichen Konsequenzen dieses Zustandes gehörte. Mystisch kontemplative Menschen neigen ja entweder dazu, unausstehlich asketische Langweiler oder grenzenlos selbstgerechte Windbeutel zu werden.

Bernard waren beide Zustände vertraut.

Die Anfechtung gehörte meist dem Morgen an, besonders im Winter, wenn er, wie es in seinem Alter üblich ist, viel zu früh in der pechschwarzen Dunkelheit erwachte und dann nichts Rechtes mit sich anzufangen wußte. (In diesem Jahr war einige glückliche Wintermonate lang der schrecklich vulgäre und eindimensionale Spionageroman »Die dritte Rochade des Bernard Foy«, an dem Bernard heimlich geschrieben hatte und den er in der unteren rechten Schreibtischschublade verwahrte, ein Rettungsanker gewesen. Nun war er seit einigen Tagen abgeschlossen, und er mußte sich mit etwas anderem zerstreuen.)

*Svenska Dagbladet* taugte nicht immer dazu. Die Zeitung, zumal im Morgengrauen gelesen, konnte ihn an die Feinde, die Plagiatoren und vor allem an den Tod erinnern, diesen grausamen Meister, der alle so gleich behandelte, daß zu befürchten war, er werde über Bernard die gleiche Gerechtigkeit walten lassen wie über alle anderen.

*Die Plagiatoren*, um die Geißeln nun der Reihe nach zu benennen, waren diese verdammten jungen Männer, deren Bücher ständig in der Zeitung besprochen wurden und die offensichtlich aus seinen Gedichten, ja sogar aus seinen alten Zeitungsartikeln stahlen, ohne sich je veranlaßt zu sehen, die Quelle anzugeben.

So konnte beispielsweise dieser junge Schlingel Fredrik Westholm in seinem neu erschienen Gedichtband »Schnitte, Bruchflächen, Verfugungen« (ein offenbar peinlich laienhaftes Buch, das hier über den grünen Klee gelobt wurde) die Frechheit haben, auf die jungfräuliche Königin und den Stier anzuspielen, ja, praktisch den ganzen mythologischen Gedanken aus seinem eigenen Gedichtband »Pasiphaë« zu entwenden:

»O du Königin Pasiphaë!
Reiterin! Du Vierzigjährige, verlangend nach dem Tier
um deine mächtige Brunst zu stillen!
Eine Brunst, die nicht beim Menschlichen haltmacht,
sondern ins samtdunkle Auge des Stiers blicken muß.«
(Westholm 1984)

»Echoklang aus großer Tiefe, Ton und Widerhall:
Durst, der nach dem Grund des Brunnens strebt,
Durst, der weiter noch hinunter wollte.
Ach, das sind die Träume und der Durst Pasiphaës.«
(Foy 1928)

Reichte das etwa nicht als Beweis? Und das war nur ein Beispiel. Er konnte praktisch Zeile für Zeile beweisen, wie dieser junge Mann in seiner unsäglichen Unverfrorenheit seine eigene »Pasiphaë« von 1928 abgeschrieben hatte. Und so ging das immerzu. Keine Buchsaison verging, ohne daß man ein neues Motiv aus seiner Jugenddichtung stahl. Hätte er wenigstens einen Kreis von treuen Freunden gehabt, die etwas an der Sache hätten ändern können! Doch er war stets einsam gewesen, ein Einzelgänger in der schwedischen Literatur, ein Einzelgänger in der Kunstgeschichte, ein Einzelgänger in der Akademie.

»Frisches Wasser perlt über meine Hände.
Es ist ein gewöhnlicher Dienstagmorgen
und ich mag nicht recht nach Hause gehn.
Die Wohnung, in der ich erwache,
gehört einem fremden Mädchen.«

Dies schreibt, laut dem Lyrikkritiker vom Dienst, »der vielversprechende, raffinierte junge Ironiker« Per-Ola Eriksson in seinem zweiten Gedichtband »Erlebt«, der jüngst erschienen ist. Ach du meine Güte! Gibt es denn *keinen* Menschen, der gebildet oder vernünftig genug ist, das *Vorbild* zu sehen, das in der schwedischen Lyrik selbstverständliche, nahezu große, wie er wohl sogar selbst zu behaupten wagte, *Vorbild* dafür:

»Wie freundlich perltest du, Quelle,
Wo alles sonst starr war im weißen Schnee.
Wie freundlich strebte doch deine Welle
nach einem fremden Leben, nach dem letzten See.«
(*Ananke und Lyra.* 1932)

Es war nur so: wenn man empört mit jemandem darüber sprach, lief man immer Gefahr, daß man der Wehleidigkeit bezichtigt wurde oder schlimmstenfalls sogar des Verfolgungswahns. Bald gab es kaum mehr ein Thema in seinem ganzen Werk, das nicht irgendein junger Idiot zu übernehmen schien. Nicht selten hatte er ungefähr dasselbe Gefühl wie einer, der zu einer Stelle mit Walderdbeeren kommt und dann entdeckt, daß eine Beere nach der anderen von einer Beerenlaus verdorben wurde.

Das schlimmste war jedoch nicht der Verdacht, daß man ganz frech einige seiner schönsten Sonette aus den zwanziger und dreißiger Jahren abschrieb und sie rücksichtslos in die tristen Frieskleider des Alltagsrealismus einflickte und einfügte. Es könnte tatsächlich noch schlimmer sein. Und dieser Gedanke war so unangenehm, daß er ihn am liebsten vermied; es wäre möglich, daß diese einfältigen Dichterjünglinge mit ihren Ansprüchen, ihrer Wichtigtuerei, ihren Mottos von Jacques Lacan, Julia Kristeva und Jacques Derrida und wie sie alle hießen, ihn unverschämterweise ganz einfach nicht gelesen hatten!

Ach, konnte er denken, was soll nur aus mir werden, wenn sich anscheinend alle verschworen haben, um mich zu bestehlen. Komm doch jemand und rette mich, aber schnell, bevor man mich gänzlich gestohlen hat, bevor ich aufgeribbelt bin wie ein alter Pullover, der sich wieder in Garn verwandelt!

Schlimmer als die Sache mit den *Plagiatoren* war jedoch die Geschichte mit dem *Wettkampf.* – Was für ein Wettkampf? fragt sich natürlich der sanftmütige und unschuldige Leser. Der einzige Wettkampf, der auf die Dauer zählt, natürlich, der Kampf ums Überleben. Oh, hätte er doch bloß mit seiner unglückseligen Gewohnheit brechen können, die Familienseite zu lesen, und natürlich in erster Linie die Todesanzeigen! Dann hätte es nicht das geringste Problem mit der Sache gegeben! Aber diese nervöse Angst und Unsicherheit, die enttäuschten Hoffnungen, das lang sich hinziehende Warten und die wenigen kurzen Triumphe, wenn endlich *die richtige* Todesanzeige auftauchte, waren fast zuviel für die arme Amelie als Beobachterin.

Eine der bizarrsten von Bernard Foys vielen bizarren Freuden bestand darin, die Familienseite in *Svenska Dagbladet* zu lesen, auf der Jagd nach Todesanzeigen von Bekannten, Freunden wie Feinden, um zu sehen, *welche er überlebte.*

Dieser eigentümliche Sport spielte für ihn mittlerweile die gleiche Rolle wie die Liebe für den sehr jungen Menschen und die politischen Leidenschaften für den Erwachsenen. Er war jetzt in einem Alter, in dem er fast immer auf ein oder zwei Namen traf, die zumindest flüchtige Erinnerungen weckten, ein Gesicht in einer Schulklasse, eine Stimme in einem Komitee, ein halb vergessener Ärger, der für einen Augenblick wieder aufflammte, um sich wiederum in einen raschen Triumph zu verwandeln, als Bernard begriff, daß dieser Ärger nie wieder in seinem Leben aufkommen würde. Das war die schwächste Form von Genuß.

Dann gab es einen Genuß, der um einen Grad stärker war; diese Namen, die man wieder und wieder las, wobei man eine deutliche Erleichterung empfand. Zuweilen war diese Erleichterung so groß, daß Bernard in seinem Sessel vor Wohlbehagen gähnte, nicht unähnlich einer großen fetten Hauskatze mit weißer Mähne.

Aber auch das waren nicht die Sternstunden. Diese kamen vielleicht einmal im Jahr oder nicht einmal das, und man erkannte sie sofort an dem kurzen, schallenden und rasch wieder unterdrückten Gelächter, das Bernard bei diesen Gelegenheiten aus der Tiefe des Sessels ertönen ließ.

Wenn Amelie bei solchen Gelegenheiten angelaufen kam, war er stets wieder ganz ernst und erzählte mit gedämpfter Stimme, jetzt habe *bedauerlicherweise* Herr Skunk, der Redakteur von Skandia, oder der ehemalige Steuerprüfer Bladh, der noch in den sechziger Jahren Bernards Studienreise nach San Remo für nicht abzugsfähig erklärt hatte (zum Baden, gewiß, aber auch, um nach möglicherweise hinterlassenen Papieren der Italia-Expedition zu suchen), oder sein früherer Hauswirt, Oberst Holm in der Banérgatan (der die Frechheit gehabt hatte zu behaupten, er, Bernard, ein großer schwedischer Lyriker, habe seine Frau im Treppenhaus »du Sau im Pelz« genannt), sie alle hätten jetzt *zu unserer grenzenlosen Trauer um diesen Verlust* das Zeitliche gesegnet.

Aus dem leisen *Glucksen*, das bei diesen Gelegenheiten aus Bernards Sessel aufstieg, pflegte Amelie zu folgern, was geschehen war. Die ganze Vitalität, die er dann ausstrahlte, konnte sie an einen viel jüngeren, viel kraftvolleren Mann erinnern. Insgeheim liebte sie, wie selbstverständlich jede wirklich weibliche Frau, diesen Zug von Krieger, Jäger und Gangster, den dieser Nachfahr zahlloser Generationen von västmanländischen Förstern und Bauern in solchen Augenblicken erkennen ließ.

Plötzlich an einem grauen Wintermorgen die Todesanzeige eines Feindes in *Svenska Dagbladet* zu entdecken, war eine der angenehmsten Empfindungen, die das Leben Bernard Foy noch zu bieten hatte. Das Gefühl, sich (wieder) in einer Welt zu befinden, in der die göttliche Gerechtigkeit zwar nur partiell, aber immerhin, wiederhergestellt war, indem »eine alte publizistische Gangsterkoryphäe« wie X., »ein in sich selbst verliebter schwuler alter Spitzenklöppler« wie der Lyrikkritiker Y. oder »eine widerliche pazifistische Klapperschlange« wie die ehemalige Ministerin Z. (er hatte ihre Spuren seit den zwanziger Jahren ganz genau verfolgt und versah sie alle mit eigenen Namen und Etiketten, ungefähr wie eine Hausfrau ihre Marmeladengläser) nun ihre irdische Ausrüstung für immer an dem grobgezimmerten Feldwebeltisch der Geschichte abgeliefert hatten, erfüllte ihn mit einer stillen, andächtigen Bewunderung angesichts der Harmonie und Schönheit des geschaffenen Kosmos, die tagelang anhielt. Er bekam fast Lust, zur Stadtbibliothek am Sveavägen zu gehen und ein paar gute Bücher über Galaxien zu entleihen, nur um dieses andächtige Gefühl noch ein wenig zu verlängern.

Kein Gedanke erschien ihm geschmackloser, unhygienischer und rundherum abstoßender als die Idee der persönlichen Unsterblichkeit.

»Es ist die pure Gedankenlosigkeit und eine Unfähigkeit, die Konsequenzen der eigenen Ideen zu überblicken«, pflegte

Bernard zu sagen, »wenn sich jemand die Auferstehung der Toten wünscht. Eine auferstandene, einigermaßen nette Tante, die wir dann nach der Auferstehung für endlose Zeit auf dem Hals hätten, ist schon eine erhebliche Belastung. Werden wir sie nach dreihundert Jahren immer noch genauso lustig finden wie in den ersten fünfundsiebzig Jahren? Soll die Unsterblichkeit überhaupt irgendeinen Sinn haben, dann dürfen sich die Leute wohl auch nicht allzusehr verändern. Wenn sie große Veränderungen durchmachen, ist es schließlich nicht ganz sicher, daß sie noch unsterblich sind. Man muß also davon ausgehen, daß die Tante im großen und ganzen dieselbe bleibt. Sie wird dieselbe lästige Gewohnheit haben, die Asche der Zigaretten, die sie in langen Bernsteinspitzen raucht, überall herumzustreuen, dasselbe Lispeln, dieselbe schreckliche Unkenntnis der Geographie. Wir werden sie stets darauf hinweisen müssen, daß Roskilde in Dänemark liegt und nicht in Norwegen und daß Franz Josephs Land keineswegs in Österreich liegt.

Aber okay. Sei's drum! Was die Tante betrifft. Doch was machen wir mit den wirklichen Feinden? Möchte der fromme und anständige Mensch wirklich Hunderte von gottlob toten und verschwundenen SS-Divisionen aus Nazi-Deutschland auferstehen sehen, damit sie wieder mit ihren Pogromen und Vernichtungen beginnen? Wer möchte Attila und seine Hunnen wieder durch ein zeitloses Europa stürmen und friedliche französische Weinbauern in den Flüssen ertränken sehen? Ganz zu schweigen von den Verwüstungen der Schweden im Dreißigjährigen Krieg! Mein Gott, welche Vulgarität liegt in diesem unseligen Unsterblichkeitsglauben auf der Lauer.«

Und abschließend pflegte Bernard zu sagen: »Ich versichere, daß *kein* Mensch, der sich je ernsthaft mit dem Problem beschäftigt hat, auf eine so dumme Idee kommen würde, sich die Unsterblichkeit zu wünschen. Und schon gar nicht etwas so ungeheuer Destruktives, wie sich die Unsterblichkeit aller möglichen unangenehmen Menschen zu wünschen. Grotesk!«

Daß seine Feinde nicht mehr *im Zusammenhang des Daseins* vorhanden waren, konnte Bernard auf geheimnisvolle Weise einen Vorgeschmack des Paradieses geben. Denn diese Verschwundenen bestätigten nicht nur Tag für Tag den Wert seiner eigenen fortgesetzten Existenz.

Sie gaben der Welt ihre ursprüngliche Reinheit zurück.

Einen Namen gab es jedoch, den er insgeheim auf dieser Seite suchte und den er mit größerer Inbrunst als jeden anderen dort zu finden wünschte. Welcher Name das war, hätte er unter keinen Umständen irgend jemandem verraten. Und es gab Zeiten, in denen er ihn nicht einmal sich selber eingestand. Doch jeden Tag suchte er aufs neue danach. Und zwar mit einer Hartnäckigkeit, die sogar ihn selbst erstaunte. Denn er hatte nicht mehr viele starke Gefühle.

(»Du wirst erst richtig froh sein, wenn es überhaupt keine Menschen mehr gibt«, pflegte Amelie zu sagen.)

In manchen Augenblicken fühlte sich Bernard andererseits ungeheuer groß und über alle Dinge erhaben. Wie zum Beispiel an jenen Nachmittagen in der Vorfrühlingsdämmerung, wenn es ihm gelang, mit der Pendelbewegung der alten Stjernsundsuhr eines zu werden. Diese kontemplative Übung gab ihm sogar das Gefühl körperlicher Größe. Wie ein alter Löwe saß er da und wuchs, blähte sich langsam über die Ränder seines Sessels. Das war es, was Amelie »Die königliche Aufgeblähtheit« zu nennen pflegte.

Er wollte sich gern einreden, daß dies die edelsten Momente in seinem Leben seien, und er wünschte, er sähe beim Jahresfest der Schwedischen Akademie genauso aus, was ihm jedoch nicht ganz gelingen wollte. Bei solchen Gelegenheiten war immer irgend etwas nicht richtig in Ordnung. Die Unterhosen klemmten unter dem Frack, die Manschettenknöpfe mit dem Wappen des Kgl. Uppländischen Regiments waren verkehrt herum eingesetzt, und jetzt war es zu spät, um etwas daran zu ändern. Oder jemand hatte auf dem Weg zum Börsensaal mit den brennenden Kerzen eine kränkende Bemerkung gemacht oder zumindest etwas gesagt, was sich als kränkend auslegen ließ.

In den Momenten, in denen er Die königliche Aufgeblähtheit tatsächlich verwirklichen konnte, wünschte er oft, Frau Elisabeth Verolyg möge zu Besuch kommen. Er wußte, daß er in einem solchen Augenblick sexuell erfolgreich sein könnte. Wenn Amelie dann nur zum Einkaufen gehen würde oder zur

Post. Oder zu Beata von Post. Aber Amelie war schwierig. Sie ging fast nie aus.

Ich bin alt, dachte Bernard. Ich bin schwach, umgeben von jungen willensstarken Menschen. Ich habe es nie verstanden, mich mit einer kleinen Organisation von Anbetern und jungen Männern zu umgeben, die wissen, daß ihnen Stipendien und andere Vorteile winken, wenn sie freundlich über mich in der Zeitung schreiben. Mein Gott! Ich war immer ein Einzelgänger. Ich habe es nie verstanden, meine Schriftstellerei zu einem florierenden kleinen Unternehmen zu organisieren wie so viele meiner Kollegen. Lieber Himmel, warum sollten sie übrigens freundlich über mich in der Zeitung schreiben? Schließlich habe ich seit Jahren nichts veröffentlicht, was es wert wäre, freundlich oder unfreundlich darüber zu schreiben, kurz gesagt, zu rezensieren. »Als Blütenblätter noch im Frühling fielen«, das den ersten Teil meiner Erinnerungen bilden sollte, ist ja herausgekommen, als die jungen Männer von heute noch kaum lesen gelernt hatten!

Zweifellos werden meine Bücher zwei Jahre nach meinem Tod verschwunden sein. Jetzt spricht man in den Zeitungen noch freundlich über mich, weil man weiß, daß ich sehr alt bin und bald sterben werde und keinem gefährlich werden kann.

Aber sobald ich fort bin, wird man sich leisten können, mich ernstlich zu verschweigen. Wie einen alten Pullunder wird man mich aufribbeln. Es wird nichts mehr übrigbleiben.

Ein paar zerstreute Nachrufe, und dann ist alles vorbei.

Und mit der Zeit natürlich ein Artikel im Schwedischen Biographischen Lexikon. Und eine Nummer in der Reihe der Gedächtnisschriften der Schwedischen Akademie. Aber mein Gott, die liest ja kein Mensch. Ich lese sie ja nicht einmal selbst, kam es Bernard in den Sinn. Oder vielleicht noch schlimmer: Man wird mich *schlechtmachen*. Da oben im Tageslicht. Und ich kann nichts erwidern, bis da hinauf kann man mich nicht hören.

Ich werde tief unten in einem düsteren Grab ruhen, aus dem keine Proteste nach außen dringen. Lutweiler wird verbreiten, ich sei ein Drogenhändler. Svenholm wird behaupten, ich hätte Hans von Lagerhielms Tod verschuldet, ich hätte ihn zu dieser abscheulichen Luftschiffexpedition getrieben, nur weil ich ihm das einzige Mädchen wegnahm, das er je geliebt hat oder hätte lieben können, Elisabeth Frejer. Aber das ist falsch, falsch, falsch! Hört ihr! Und man hört es nicht!

Und zuinnerst weiß ich, daß dies alles eine Strafe ist. Die Strafe dafür, daß ich einst Veronica von Lagerhielm verriet, daß ich sie, die ich liebte, verraten und verlassen habe, weil ihre Abwesenheit, ihr zauberisches Anderswosein mich erschreckte. (»O Nymphe der Wälder, grünäugig sanfte / Nymphe, komm mir nicht zu nahe.«)

## 6. Besuch einer literarischen Verehrerin

Bernard wurde in seinem düsteren Gedankengang von der Türklingel unterbrochen. Wer mag das sein, so spät am Nachmittag, fragte er sich. Vielleicht war es nur ein komischer Marktforscher, der herumläuft und die Leute befragt, wie sie abwaschen oder wie oft sie vor dem Fernseher sitzen? Hoffentlich ist es nur nicht der alte Oberst von gegenüber, dann werde ich wirklich wahnsinnig.

Amelie meldete die Besucherin sogleich an, die mit Emphase in den Salon schwebte, nicht unähnlich der Art, wie eine bessere Regattenjolle vor dem Klubhaus auf die Reede segelt. Es gelang ihr sogar, den Eindruck zu erwecken, als hole sie ein Segel nach dem andern ein. Lange bevor sich jemand die Frage hatte stellen können, ob sie willkommen sei oder nicht, ob es die rechte Zeit sei oder ob es ein andermal besser gepaßt hätte, war Elisabeth Verolyg im Salon fest verankert. Amelie, fast verschwunden unter ihrem Pelz mit seinem starken Duft nach vielerlei Parfums, verschwand in die Küchenregion hinaus. Sie kehrte nach einem Augenblick zurück, um zu fragen, ob vielleicht ein wenig Tee . . . Die simple Wahrheit war, daß das Ehepaar Foy zu dieser Nachmittagsstunde Tee zu trinken pflegte. Bernard hätte nach allzu vielen Tassen Kaffee lieber einen Spaziergang gemacht oder vielleicht sogar ein Stündchen geschlafen, aber dennoch konnte er sich nicht gänzlich der Faszination erwehren, die von diesem Gast ausging.

Elisabeth Verolyg war keine ganz unwesentliche Kraft in dem Spiel, das um ihn her im Gange zu sein schien; das mußte er zugeben, ob es ihm paßte oder nicht.

Er wußte nicht, warum sie im letzten halben Jahr angefangen hatte, ihn anzurufen und ihm freundliche, äußerst anerkennende Briefe zu schreiben – dieses Interesse seitens der Starkritikerin war tatsächlich sozusagen wie ein Blitz aus heiterem Himmel gekommen (oder aus »blankem« Himmel, wie Bernard zu sagen pflegte; er liebte es, Redensarten zu verdrehen) – und Bernard in lichten Stunden zu verheißen schien, daß er vielleicht trotz allem von der jüngeren Generation nicht so schrecklich übergangen und vergessen war, wie es manchmal den Anschein hatte.

»Liebe Amelie, welche Ehre für uns«, sagte Bernard nebenbei zu seiner Frau und küßte nervös Elisabeths Hand, die noch in einem eleganten schwarzen Handschuh steckte. Er konnte deutlich die schweren Ringe unter dem Leder spüren.

»Es ist so still bei euch.« (Sie sprach mit einer angenehm leisen Stimme, die jedoch von einem offenbar recht erheblichen Zigarettenkonsum verschleiert war.)

»Ich bin ganz zufrieden, weißt du, wenn ich nur hier bei euch sitzen und die Stille genießen darf.«

Sie trug einen Lederrock, und ihre dunkel geschminkten Augen leuchteten über einem üppigen, sehr sinnlichen breiten Mund. Die zahlreichen Fältchen um ihre Augen verrieten, daß sie vielleicht nicht ganz so jung war, wie es der straff um die junonischen Hüften gespannte Lederrock weismachen wollte.

»Ihr strahlt eine solche Ruhe aus, ihr beiden. Ich glaube wirklich, euch selbst ist das gar nicht bewußt.«

»Aber liebe Elisabeth, ein wenig Cognac darf ich dir doch anbieten«, probierte Bernard.

»Danke, mein Lieber, aber dann doch eher einen Whisky«, erwiderte Elisabeth Verolyg mit dem ihr eigentümlichen Lächeln.

Ihr Mund war wirklich sehr breit, ein wenig wie der Mund einer Tragödin, könnte man vielleicht sagen, und wenn sie lächelte, zog sie die Mundwinkel so weit nach hinten, daß das ganze Lächeln einen düsteren Gedanken, einen Schmerz, eine bittere Erinnerung verbarg, über die sie sich stolz und schweigend hinwegsetzte. Aber vielleicht war es auch nur eine Eigentümlichkeit ihrer Gesichtsmuskulatur?

»Hierher komme ich nur um des Friedens willen. Dies, Bernard, ist eine der letzten wirklichen heiteren alten Dichterwohnungen in Stockholm, weißt du das? Und ich habe einen so anstrengenden Tag hinter mir, das könnt ihr euch gar nicht vorstellen. Ihr habt doch einen Whisky, liebe Amelie? Cognac soll doch so schädlich fürs Herz sein, habt ihr das nicht gehört?«

»Freilich«, sagte Bernard. »Ich schaue mal in der Küche nach.«

Er gehörte jener Generation an, die den Cognac im Eßzimmer in einer Kristallkaraffe neben dem Sherry und dem Wermut verwahrten. Whisky war hingegen etwas, das man eigentlich nicht zu Hause hatte. Er gehörte eher in Bars.

Glücklicherweise gab es ja noch Amelies Flasche, die sie, wie es hieß, gegen ihr Rheuma brauchte. Es bestand natürlich die Gefahr, daß der U-Boot-Matrose, wie er ihn zu nennen pflegte, der Flaggleutnant Jansson von der *Victoria*, die Flasche an irgendeiner unauffindbaren Stelle untergebracht hatte. Es gehörte seit Jahren zu seinen Privilegien, sich nach vollbrachter Arbeit einen kleinen Whisky in der Küche zu genehmigen. Der Mann war energisch und effektiv, er wirbelte wie eine Furie herum, wenn er in der Wohnung war und bewies nachdrücklich, was alle klugen Menschen im 19. Jahrhundert wußten, nämlich daß keiner so gut putzen kann wie ein Matrose, wenn es drauf ankommt. Bernard fragte sich im stillen, ob er morgen wiederkommen würde oder erst nächsten Mittwoch.

Draußen in der Küche stand schon Amelie. Das war recht merkwürdig. Er hatte nicht gesehen, daß sie den Salon verlassen hatte. Offenbar mußte das breite und tragische Lächeln Elisabeth Verolygs ihn stärker beschäftigt haben, als er es sich zunächst eingestehen mochte.

Ihm fiel auf, daß Amelie verglichen mit ihrem Gast plötzlich klein, dünn und durchsichtig aussah. Wie eine Mücke aus Glas, dachte er. Und zu seinem eigenen Ärger stellte er fest, daß der Vergleich nicht zu Amelies Vorteil ausfiel.

Mag sein, daß Elisabeth Verolyg unerträglich, machtlüstern, geschwätzig und vielleicht sogar ein bißchen dumm ist. Aber sie hat zweifellos eine Art junonischen Charme. Sie ist sehr irdisch, dachte Bernard. Im übrigen frage ich mich, ob sie nicht unter ihren Masken ziemlich schüchtern ist.

»Es ist besser, wenn du dich um sie kümmerst«, flüsterte Amelie angespannt und nervös.

Es passierte ziemlich oft, daß Amelie Bemerkungen machte, die den Eindruck erweckten, als habe sie seine Gedanken gehört, lange bevor er sie gedacht hatte.

»Was meinst du damit, daß ich mich um sie kümmern soll«, sagte Bernard.

»Bitte kümmere dich um sie. Rede mit ihr. Sonst fängt sie bald wieder an, diese langen Telefongespräche zu führen. Ich muß ohnehin noch ausgehen.«

Amelie mochte Elisabeth Verolyg nicht.

»Wohin willst du denn?«

»Aber mein Lieber, es ist doch *Mittwoch.*«

»Na und, was bedeutet das? Es bedeutet übrigens, daß Jansson morgen kommt. Aber warum willst du in der Dämmerung in der Stadt herumlaufen, nur weil Mittwoch ist? Paß auf, draußen kann es glatt sein. Und ich dachte, du hättest aufgehört, mit Kerstin Löwenadler in diese langweiligen Filme in der Alliance Française zu gehen.«

»Aber lieber Bernard, du fängst doch hoffentlich nicht an, *verkalkt* zu werden. Heute ist doch Damenbridge. Ich habe doch jetzt drei Winter hintereinander jeden Mittwoch einen Bridgeabend gehabt.«

»Ach so. Dann bin ich allein mit ihr.«

»Tut mir leid, lieber Bernard, aber ich kann den Bridge jetzt nicht mehr absagen.«

»Aha.«

Seine Frau konnte manchmal wirklich überraschend kompliziert sein. Wie jetzt gerade. War es unbedingt nötig, ihn auf diese Weise im Stich zu lassen?

Er war bereit, wieder hineinzugehen, mit einer Flasche Glenfiddich und drei Gläsern. Er stellte eins der Gläser wieder auf die Spüle.

Bernards Gefühle waren recht zwiespältig. Elisabeth Verolyg verströmte stets einen Duft von massiver Weiblichkeit, etwas abgestandenem Whisky und schwerem Shalimar. Sie mußte um die Fünfzig sein.

»Geh nur«, sagte er. »Ich werde mit Elisabeth reden. Sie wird nicht so lange bleiben. Weiß der Himmel, was sie will. Jedenfalls ist sie weg, wenn du wiederkommst.«

Sie hat doch eine prachtvolle Haltung, dachte er, als er mit einer Flasche und den Gläsern auf einem Tablett zurückkam, bereit, seine abwesende Frau zu entschuldigen. Und prachtvolle Schenkel, muß man natürlich sagen. Nur schade, daß der Hals so *faltig* ist, fügte er vor sich selber hinzu. Oder ist das vielleicht nur eine Täuschung?

»Es ist so dunkel hier drin«, sagte Bernard. »Nur einen Moment, ich werde die Deckenlampe anmachen.«

»Oh, ich fand es so angenehm«, sagte Elisabeth. »Können wir nicht statt dessen diese kleine Tischlampe anmachen. Sie scheint ein so *warmes* Licht zu haben.«

Wenn ich nur begreifen könnte, was diese Frau von mir will, dachte Bernard.

Als er gerade das Silbertablett mit dem Glenfiddich, dem Eiseimer und – sicherheitshalber – zwei Gläsern abgestellt hatte, fand er sie in die Betrachtung eines der wenigen wirklich interessanten Dinge versunken, die es in dieser Wohnung zu studieren gab.

In dem ziemlich düsteren Gang zwischen Küche und Eßzimmer hingen nämlich zwei sorgfältig gerahmte, mittlerweile vergilbte fotografische Vergrößerungen. Die eine stellte ein Luftschiff dar, das in unwirklich stiller Luft offenbar über einem arktischen Meer hing, mit Treibeismassen unter sich und einer gleißenden, majestätischen Bergkette hinten am Horizont. Das Luftschiff, majestätisch in seiner Einsamkeit, seiner Einzigartigkeit, schien alles Licht zu reflektieren.

Auf der anderen Fotografie hing dasselbe Luftschiff über Stockholm. Dieses ganze Bild war aus irgendeinem Grund etwas melancholischer, verregneter; es hatte nicht das gleiche immaterielle Gepräge wie das andere. Man erkannte deutlich das Industriegebiet von Essingen, noch jungfräulich, unterentwickelt, jedoch schon mit der kleinen Staubsaugerfabrik an ihrem Platz.

»Ist das wirklich das Luftschiff Italia?« Sie studierte das Bild mit unverhohlenem Interesse, kurzsichtig in dem dunklen Korridor vorgebeugt, so daß sich der Lederrock um Hüften und Hintern spannte. Es war das arktische Bild, das sie gefangennahm.

»Ja«, sagte Bernard. »Das ist die Italia. Es ist das Jahr 1928, im Mai, als das Luftschiff Stockholm überquert. Hans von Lagerhielm warf übrigens eine Kapsel für eine Tante ab, die in Äppelviken wohnte. Das andere Bild hat Dr. Běhounek aufgenommen, der die Expedition als Experte für atmosphärische Elektrizität begleitete. Er hat sich auf dem Hinweg sehr eng mit Hans angefreundet.«

»Hans von Lagerhielm war doch ein Lyriker, nicht wahr?«

Das Bild war wirklich sehr schön. Der Silberschimmer, ein Hauch von etwas Seltsamem und Wunderbarem, das eine sterile und öde Landschaft besucht, macht es so schön, dachte Bernard.

»Die Italia-Expedition fand 1928 statt«, bemerkte Bernard trocken. »Es war der italienische Versuch, Amundsens Bravade zu wiederholen, der einige Jahre zuvor über das Polarmeer gesegelt war. Die Italia stand unter der Leitung des Generals Umberto Nobile, der sich bei Amundsens Expedition große Verdienste erworben hatte. Er genoß vermutlich das Vertrauen der faschistischen Regierung in Rom. Oder er hatte einfach nur gute Beziehungen zur italienischen Luftwaffe. Jedenfalls bekam er den ehrenvollen Auftrag, eine neue Expedition zu leiten, welche die noch unbesegelten Gewässer östlich von Amundsens Weg erforschen sollte.«

»Und es endete mit einer Katastrophe?«

Er nickte.

Wieder fragte er sich, was diese Frau wohl von ihm wollen mochte. Sie war natürlich, abgesehen von ihren junonischen Hüften, nicht besonders sympathisch. Oder, falls sie sympathisch war, war sie ihm jedenfalls vollständig fremd. Ihre Tätigkeit als Literaturkritikerin in *Dagens Nyheter* mußte sich über die letzten zwanzig Jahre erstreckt haben. Ihr Grundprinzip war es anscheinend, alles zu loben, was aus dem Umfeld der kleinen Gruppe von Familien aus dem Stadtteil Östermalm kam, der für sie das eigentliche Schweden war und wo jeder jeden kannte und selbst die Debutanten ihren Platz im Kreis der Vettern und Cousinen hatten. Dieser Kreis verstand sich heute als »radikal«, freizügig und emanzipiert und zeigte sich gern auf sozialdemokratischen Kulturpartys im Modernen Museum.

Kalt ließ sie als Kritikerin alles, was von anderswo kam: aus dem komischen Ausland oder dem noch bizarreren Inland, das sie vor allem vom Skiurlaub in verschiedenen Hochfjällhotels kannte, in Gesellschaft von wechselnden, mehr oder weniger erfolgreichen Liebhabern aus der jüngeren, aufstrebenden Schicht der Kulturredaktion.

Sie war in ihrer Kritik zutiefst ungebildet und machte eine Tugend daraus. Sie gehörte zu den Kritikern, deren Tätigkeit eher auf sozialen Verdiensten beruht als auf der Lektüre von Texten und Büchern. Deshalb war sie auch so einflußreich.

Mich kann sie mit der linken Hand stürzen oder unsterblich machen, dachte Bernard. Mit der linken Hand . . . Aber sollte sie tatsächlich willens sein, etwas für ihn zu tun? Sie war doch wohl nicht sonderlich beeindruckt von einem bürgerlichen Poeten aus den zwanziger Jahren wie Bernard, der sich jetzt über zwanzig Jahre Zeit gelassen hatte, etwas so Einfaches und Unkompliziertes zu schreiben wie den zweiten Teil seiner Memoiren. Wen sie, die Tochter eines hochadligen Versicherungsdirektors vom Karlavägen, im Grunde bewunderte, waren Hüttendirektoren, Rittmeister beim Kgl. Regiment, die an der Ecke Karlavägen-Sturegatan mit dem Säbel vor den Damen salutieren, weißhaarige Direktoren mit Apfelbäckchen an schweren Schreibtischen aus meerwassergetränkter Eiche. Das sind genau die Leute, die sie bewundert, dachte er.

Gleich darauf fiel ihm ein, daß er eine Kategorie vergessen hatte: die finnlandschwedischen *poètes maudits.* Mit ihnen hatte sie, vermutlich schon seit jeher, eine ans Wunderbare grenzende Geduld. Als jüngere Frau hatte sie am laufenden Band einen nach dem anderen von ihnen geheiratet, nur um festzustellen, daß das eine oder andere subtile organische Leiden, eine streikende Leber hier, ein schwaches Herz da, diese leidenschaftlichen Ehen stets mit dem vorzeitigen Tod des Gatten beendete. Es war wie verhext. Und alle waren sie glänzende Poeten.

»Sie hat«, pflegte die zuweilen boshafte Amelie zu sagen, »die Gabe, bei ihren Männern einen vorzeitigen Tod hervorzurufen.«

»Erstens bist du ungerecht, an der Grenze zur Geschmacklosigkeit«, pflegte Bernard darauf zu erwidern. »Und außerdem mußt du dir klarmachen, daß es eine ganze Reihe von Tierarten gibt, bei denen das etwas völlig Selbstverständliches ist. Bei den Spinnen zum Beispiel tötet das Weibchen nicht selten das Männchen nach der Begattung.«

Oder starben die Männchen vielleicht vor Überanstrengung? Er erinnerte sich nicht so genau. Ihr etwas unbegreiflicher, aber offenbar sehr großer Einfluß als Kritikerin hatte möglicherweise letztlich etwas damit zu tun, daß sie alle hochmütigen und bornierten Vorurteile ihres Leserkreises bis in die kleinste Einzelheit teilte.

Er bestand offenbar aus diesen unzähligen Experten, Leitern von Untersuchungskommissionen, Landtagsräten, Regierungsdirektoren, Ministerialdirigenten und Generaldirektoren des mittlerweile immer üblicheren Typs, die es inmitten des sozialdemokratischen egalitären Reformsystems, das seinen Kindern laut einiger Beobachter nicht mehr als ein Taschengeld zukommen lassen konnte, das Kunststück fertigbrachten, sich Zehn-Zimmer-Villen, englische Kindermädchen und jährlich wiederkehrende Familienstipendien von der Bank Julius Bär in Zürich zu verschaffen.

Dies war also ihr Leserkreis, und folglich waren es dessen Vorurteile, die sie bestätigte. Während sie es zugleich verstand, all diese Vorurteile und kraß konservative Stellungnahmen als Ausdruck eines *fast* gefährlichen Radikalismus zu kaschieren. (Hatte nicht etwa ihre Großmutter, die Freiherrin Oehl-Fries geborene Bebra in ihrer Jugend als schwärmerisches junges Mädchen dem Fürsten Kropotkin in Paris persönlich einen Brief übermittelt, als sie von Riga dorthin fuhr?)

*Warum* sollte die Arbeiterklasse Autos haben? Das führte doch nur zu schrecklich vielen Abgasen. Wäre es nicht viel besser, wenn der *Staat* dieses Geld an sich nähme und es an benachteiligte Gruppen weitergäbe? Und wozu waren all diese widerlichen und *häßlichen* Sommerhäuschen gut, an denen die Arbeiterklasse hartnäckig in ihrer Freizeit hämmerte und schreinerte? Sie zerstörten ja die ganze Natur! Wäre es nicht viel besser, wenn der *Staat* diese Häuser zu Siedlungen zusammenziehen würde, damit man das nicht alles direkt vor der Nase zu haben brauchte?

Was schließlich Israel und den Mittleren Osten betraf, war sie ja selbst eine eifrige Verfechterin von Demokratie und Antifaschismus, und sie hatte *so* viele jüdische Freundinnen. Und Freunde. Einige davon gehörten zu ihren engsten Freunden, und keiner in ihrer Familie hatte Hitler so früh durchschaut wie ihr Vater, aber mußten sie sich wirklich aufführen wie impertinente Lakaien der USA, Imperialisten und wahre *Nazis* mit ihren ahnungslosen brutalen Ansprüchen? Wenn sie doch nur ein bißchen besser wüßten, *was sich ziemt*!

Seit Jahrzehnten verkauften sich die Bücher, die sie lobte, und die anderen, die nicht ihre Zustimmung fanden, blieben liegen. Mitten in ihrer Leidenschaft für das Zeitgenössische und ihrem heftigen Engagement für die große Frage der Zeit, den Problemen der Dritten Welt, der Frauenfrage und dem Bedürfnis nach einer tiefgehenden *Friedenserziehung* der Jugend, fand diese bemerkenswerte Dame auch noch Zeit, die Klassiker zu studieren und kritisch zu kommentieren.

Ihr Buch über Petrarca war unkonventionell, aber groß. Nicht nur groß. Bei den wenigen, die es vermutlich gelesen hatten, galt es als *genial*. Es war sogar ins Deutsche übersetzt. Groß war auch ihr Buch über Skogekär Bergbos Sonette, dieses bemerkenswerte Barockwerk, dessen Urheber man hinter dem höfischen Pseudonym trotz aller Anstrengung noch nicht hatte aufspüren können (Elisabeth deutete im Vorwort vorsichtig an, es sei womöglich trotz allem einer ihrer Vorfahren und vermutlich keineswegs einer von diesen langweiligen Brüdern Schering oder Gustav Rosenhane, auf die man zu tippen pflegte). Sie ließ in solchen Büchern oft durchblicken, daß sie Zugang zu einzigartigen Familiendokumenten habe, die sie leider nicht herauszugeben befugt sei. Es wurde zwar kein *akademischer* Erfolg. Es hatte, nicht unerwartet, einen neidischen und von Männern dominierten Kreis langweiliger Barockprofessoren in Rage versetzt, doch wie einer ihrer Bewunderer, der junge Tom Wedelin, es in *Aftonbladet* ausgedrückt hatte: »Bevor Elisabeth Verolyg sich dieser

Aufgabe annahm, wußte keiner, wer Skogekär Bergbo ist, jeder aber wußte, wer Elisabeth Verolyg ist. Jetzt weiß jeder, wer Skogekär Bergbo ist, aber keiner weiß mehr, wer Elisabeth Verolyg ist.«

Von ihr gelobt zu werden hieß, auf der Welle des Zeitgeists zu schwimmen. Von ihr nicht wahrgenommen zu werden, nicht richtig dazuzugehören. Mit Strenge und Eifer pries sie gern die Debütanten, die Ernsthaftigkeit und Gefühl zeigten, auch wenn sie vielleicht nicht ganz so begabt waren, wie sie es sich offenbar manchmal einredete. Die sehr wenigen jungen Autoren, die offenbar eine echte Originalität besaßen, schien sie – jedenfalls kam es Bernard oft so vor – nicht zu sehen oder mit einem absichtlichen, fast ärgerlichen Schweigen zu übergehen.

Wenn sie schon der Jugend gegenüber streng war, so war sie es den Vertretern einer älteren Literatur gegenüber noch mehr. Abfällige Urteile über bereits kanonisierte Dichter gehörten zu den vielfältigen Spielarten ihres mangelnden Konformismus und ihrer Weigerung, »die versteinerten Wertungen der Männergesellschaft« und »die toten Konventionen des literarischen Establishments« zu akzeptieren.

Sollte diese bemerkenswerte Dame Bernard Foy nun tatsächlich ein wohlwollendes Interesse widmen wollen, so wäre dies der reinste Segen.

Zudem war sie trotz all ihrer Vorurteile, ihrer Unwissenheit und ihrer Beschränktheit natürlich mit ihrem immer noch straffen Busen, ihren ungebändigten rotblonden Haaren und ihrem leider ein wenig zu stark geschminkten Gesicht, ihrem Shalimarduft und vor allem ihren junonischen Hüften das, was er »eine wahnsinnig reizvolle Frau« zu nennen pflegte.

Gedankenverloren schob er seine rechte Hand unter ihren Lederrock, während sie noch das unwirkliche Schweben des Luftschiffs über dem arktischen Meer betrachtete, und ließ sie unter ihre eleganten Seidenhöschen gleiten. Zu seiner Überraschung war sie schon in diesem Moment ganz naß zwischen den Beinen. Sie ließ es geschehen, ja, tatsächlich deutete nur ein leichten Zittern ihres soliden Körpers an, daß etwas eher Ungewöhnliches in dieser Passage vor sich ging.

*Man kann immer hoffen, ging es Bernard mit einem plötzlichen Gefühl der Überzeugung durch den Sinn, daß sie wirklich einen langen und lebendigen Nachruf auf mich schreibt.*

## 7. Ein Anblick von unbestreitbarer Schönheit

Bernard Foy war einst ein zwar nicht großartiger, aber immerhin gründlicher Liebhaber gewesen. Das war indessen eine geraume Zeit her. Als sich nun die bedeutende Kritikerin und Kulturpersönlichkeit, die fünfzigjährige Elisabeth Verolyg, in seinen Armen völlig überraschend in ein überaus williges, zitterndes Schilfrohr verwandelte, einzig aus dem trivialen Grund, daß er ihr zwischen die Beine gelangt hatte, während sie eine der wenigen noch erhaltenen Aufnahmen vom Luftschiff Italia studierte, versetzte ihn das kurzfristig in Verlegenheit.

Ein weicher Lehmklumpen wäre der adäquate Ausdruck für den Zustand, in dem sich diese bemerkenswerte Dame befand. Eher mit dem jetzt sehr sanften Gewicht ihres Körpers als mit Gewalt drückte sie Bernard in einen seiner tiefen alten Ledersessel und streifte mit entschlossenen Bewegungen, nicht unähnlich denen einer erfahrenen alten Hure, ihre eleganten weißen Seidenhöschen ab. Ihr Lederrock war unterdessen bis zum Nabel hochgerutscht, und ihre nonchalant flatternden roten Haare hatten sich wie von selber gelöst und schienen sie ganz und gar einzurahmen. Dies alles war ein Anblick von unbestreitbarer Schönheit, und Bernard sagte etwas verlegen: »Einen Moment, ich muß nur meinen Hosenladen aufmachen. Ich glaube, du mußt ihn zuerst ein bißchen lutschen. Es ist ja nun mal leider so bei uns alten Männern, daß wir das brauchen.«

Diese Bemerkung schien ihre bebende Erregung noch zu steigern. Mit einem sanften, katzenartigen Gurren knöpfte sie ihm den Hosenladen von oben bis unten auf. In dem Augenblick, als sie mit ihren vollen, jedoch bitteren Lippen sein so lange nicht gebrauchtes Glied umschloß, mit seinen Krampfadern, alten Pickeln und verheilten Zeckenbissen aus dreiundachtzig Jahren nicht unähnlich einer alten Salzgurke, die über den Winter in ihrem Glas liegengeblieben ist, sah er ihr eines Auge, blau, skeptisch und freundlich durch die rote Haarlocke zu ihm aufblicken. Sie schien einen Augenblick ein kurzes, sanftes Lachen auszustoßen.

»Warum lachst du?« sagte Bernard.

Doch aus natürlichen Gründen bekam er keine Antwort.

»Mein lieber Bernard, dies schreibe ich dir auf einer Höhe von zwölfhundert Metern, irgendwo zwischen Kattowitz und Königshütte. Wir haben gerade radiotelegrafischen Kontakt mit Stolp gehabt, wo wir unser Landungsmanöver einleiten wollen, ein Manöver, das hoffentlich den ruhigen Abschluß der, wie ich glaube, einunddreißig dramatischsten Stunden meines Lebens bilden wird, einunddreißig Stunden, in deren Verlauf ich mehr als einmal fürchtete, daß wir sie nicht lebend überstehen werden.

Man ist richtig durchgefroren, mußt du wissen, vom Stehen in der kleinen, bootförmigen Gondel; wenn man schlafen will, muß man tatsächlich versuchen, sich gegen ein Fenster zu lehnen, denn Platz zum Sitzen gibt es keinen. Außerdem müssen ja die regelmäßigen Ablesungen der Instrumente auf zuverlässige Weise durchgeführt werden.

Aber laß mich nun in Kürze von den wichtigsten unserer Abenteuer nach dem Start in Mailand berichten. Wir fuhren den ganzen Nachmittag durch die milde, stille Frühlingsluft, bis wir über die tschechische Grenze kamen. Nur das regelmäßige Dröhnen unserer drei Maybachmotoren 250 PS, in ihren Motorgondeln hängend, und das Geräusch von den Glocken des Maschinentelegrafs konnten hin und wieder meine Gedankengänge stören, die natürlich dem Elternhaus galten. Aber auch den Freunden in Uppsala.

Manchmal fragt man sich ja zum Beispiel, ob Elisabeth Frejer und ihr französischer Papa noch immer in der Stadt sind. Spazierst du immer noch an den Sonntagnachmittagen mit ihr zum Island-Wasserfall? Trägt sie noch weiße Handschuhe und den mühlradgroßen Hut? Und mußt du noch diese schreckliche Anstandsdame mitnehmen? Wie hieß sie doch. Fräulein Engeström, oder? Die mit den Zähnen meine ich also.

Jedenfalls glaube ich, daß es Zeit wird, auf unsere schauderhaften Abenteuer zurückzukommen. (Ich habe noch nicht versucht, ein Gedicht darüber zu schreiben, noch bleibt es bei elektrostatischen Meßprotokollen. Aber vielleicht wird doch noch ein Gedicht daraus. Es bleiben ja noch viele tausend Kilometer bis zum Kungsfjord hinauf, und da kann noch viel passieren.)

In der ersten Nacht war der Wind schwach und ruhig. Es war ein phantastischer Anblick, all die italienischen Städte mit ihren Tausenden von Gaslichtern wie große, goldrote Schmuckstücke unter uns ausgebreitet zu sehen. Wer das nicht gesehen hat, kann sich nicht im entferntesten vorstellen, wie schön es ist!

So überflogen wir die Städte Brescia, Verona und Padua, und es war ein Gefühl, als spiegelten wir uns in ihren Geräuschen von bellenden Hunden und Stimmen aus einem fernen Dunkel.

In gewisser Weise erinnerte es mich an ein eigentümliches Wort von Meister Eckehart, das ich letzten Winter in meiner melancholischen Phase fand (du weißt sicher noch, wie sie nun mal eben war): ›Gott schaut uns mit den gleichen Augen an, mit denen wir Gott anschauen.‹ Das erinnert mich stark an etwas Merkwürdiges, das ich gleich berichten will. Wie du weißt, glaubten die alten Kabbalisten, es sei ein Zeichen dafür, daß ein Mann in Gottes Nähe sei, wenn er sich selbst begegnete, buchstäblich sich selbst.

Denn dies sei die einzige Art, wie Gott sich dem Menschen in den labyrinthischen Strukturen der Welt zeigen könne. Ein wunderbarer, tiefer Gedanke, nicht wahr? Du erinnerst dich sicher, daß Goethe Eckermann tatsächlich einmal erzählt, er sei sich selbst begegnet, sich auf einem Spazierweg entgegengekommen. Damit wird etwas davon enthüllt, möchte ich mir gern einreden, wie die Welt tatsächlich konstruiert ist.

(Und dabei denke ich mir nicht selten eine endlose Anzahl von Widerspiegelungen des Bildes in sich selbst hinein, *Involutionen*, wie die Topologen es nennen. Die Welt existiert nirgendwo, sie existiert nur als ein Punkt im göttlichen Bewußtsein, und die punktförmige Existenz dieses Punktes besteht darin, daß er es vermag, sich unendlich viele Male sich selbst vorzustellen. Aber laß mich rasch schließen, denn ich weiß, lieber Bernard, daß du solche Gedankengänge abstrus zu finden pflegst.)

Über diesen und andere ähnliche Gedanken, die mir in der letzten Zeit öfter gekommen sind, mag ich im Moment nicht mehr sagen.

Zurück zu unseren Abenteuern also! Wir fuhren durch die dünnste Frühlingsluft, bis die Nacht hereinbrach. Als wir über die Lagune von Venedig kamen, fiel der letzte schräge Sonnenstrahl durch unsere Kabine und warf ein seltsames Licht auf die Gesichter der Gefährten. Zappi und Trojani, intensiv mit den Höhen- und Seitenrudern beschäftigt, General Nobile selbst mit einem männlich konzentrierten Gesicht wie aus römischem Marmor über den prachtvollen, großen Kurskompaß gebeugt, der in der Mitte der Gondel festgeschraubt ist. Bewundernswert und seltsam, ein später Nachfahre der florentinischen Condottieri und Ritter, so erscheint er mir oft, wenn er da im Zentrum der Gondel sitzt (der einzige, der auf einem kleinen Piedestal sitzen darf) und gewaltige Kräfte beherrscht. Genau so sieht natürlich der moderne Mensch aus, wie ihn sich Dichter wie Marinetti, Majakowski und Gabriele d'Annunzio heute vorstellen. Ein Mensch, der die Schönheit der modernen Technik erkannt hat und sie beherrscht, ungefähr so, wie er die Welt der neuen Geschwindigkeiten mit ihrem Erlebnis von Gleichzeitigkeit, das Luftmeer und die tödlichen Waffen einer neuen Zeit beherrscht.

Wir erblickten die blaugrüne Fläche des Meeres und sahen auf Triest hinunter, steuerten dann nach Nordosten, um in den großen Bogen zur Umgehung der Alpen einzuschwenken, der uns über die junge tschechische Republik führen sollte. Die Heimat von Franz Běhounek. (Franz Běhounek ist mein neuer wissenschaftlicher Expeditionsgefährte. Er hat seinerzeit schon an der letzten Etappe der Norge-Expedition teilgenommen. Doch später mehr über ihn.)«

(Bernard hatte sich getäuscht. Er hatte in Wirklichkeit keine Schwierigkeiten, ihn hochzukriegen. Es überraschte ihn selbst, wie mächtig er war. Blieb also nur noch das Problem, sie so auf sich draufzusetzen, daß die Armlehnen des knarrenden alten Ledersessels nicht im Weg waren. Ich frage mich, dachte Bernard mit der ganzen List und Berechnung eines Mannes, der jetzt weiß, daß er die Situation vollständig beherrscht und sie noch für eine ganze Weile unter Kontrolle behalten wird, wie es wäre, wenn sie sich ganz einfach umdrehte. Dann könnte ich sie von hinten nehmen.)

»Östlich von Laibach überquerten wir den Fluß Sava und gerieten in ziemlich turbulente Luftströmungen hinein; der angenehme, ruhige Flug und das gleichmäßige Motorengebrumm wurden von einer heftigen Aufwärts- und Abwärtsbewegung abgelöst, die uns krampfhaft nach jedem festen Gegenstand in Reichweite greifen ließ – mich nach meinen Apparaten –, und bald klingelte der Maschinentelegraf fast ununterbrochen, als der General abwechselnd versuchte, an Höhe zu gewinnen und sie zu verringern, um sich den immer abenteuerlicheren Luftströmungen anzupassen.

Bewundernswert war es zu sehen, wie er die ganze Zeit über, ich zögere nicht, es auszusprechen, Statur und Aussehen eines römischen Zenturios beibehielt. Als es ganz schlimm wurde, übernahm der General selbst schweigend das Höhenruder. Das ist zweifellos ein Mann, mit dem man Stürme überstehen kann.

Dann beruhigte sich die Lage wieder. Wir überflogen Steinamanger, wo wir für einen Augenblick heruntergingen und das Ortsschild am Bahnhof ablasen, um uns zu vergewissern, daß unsere navigatorischen Berechnungen stimmten. (Wie müssen wir nicht einen einsamen Bewohner erschreckt haben, der in diesem Moment zufällig aus dem Fenster schaute und unsere gigantische silberglänzende Zigarre im Mondlicht über den kleinen Dächern sah!)

Je mehr wir uns der schlesischen Grenze näherten, um so dichter wurden die Wolken. Über den Radiotelegrafen erhielten wir etwa halbstündig Wettermeldungen, jetzt hauptsächlich von den tschechischen Wetterstationen Prag und Lindenberg. Bald meldete Prag, daß sich ein schweres Unwetter mit einer Geschwindigkeit von dreißig Stundenkilometern aus Südwesten nähere, und das Geräusch unserer drei starken Motoren steigerte sich zu einem mächtigen Crescendo, als wir dem heranrasenden Sturm zu entkommen versuchten. Radiotelefonischer Kontakt war bereits aufgrund der gewaltigen elektrostatischen Entladungen unmöglich geworden, und aus demselben Grund war jede Arbeit mit meinen atmosphärischen Meßinstrumenten einigermaßen sinnlos.

Nach einer knappen halben Stunde mußten wir ganz einfach feststellen, daß wir ein Unwetter vor uns und ein anderes hinter uns hatten, das uns mit rasender Geschwindigkeit einholte.

Es blieb nicht viel anderes zu tun, als sich männlich in die Mitte des Sturms zu begeben. In der Gondel herrschte pechschwarze Dunkelheit, obwohl der Mond eigentlich bis Mitternacht hätte scheinen sollen, und das violette Licht ungeheurer Blitze erleuchtete praktisch ununterbrochen die weißgestrichenen Tuchwände der Gondel. Anfangs befanden wir uns praktisch im Zentrum der elektrischen Entladungen, und ich glaube, es gab keinen unter uns, der nicht an das unglückliche französische Luftschiff Dixmude dachte, welches vor einigen Jahren über dem Mittelmeer durch einen Blitz zerstört wurde.

Den Schräglagen, der panischen Angst, endlos zu fallen, mit dem plötzlichen Aufsteigen dazwischen, ja, diesem ganzen seltsamen Luftzirkus in der Form eines Briefes, ja, in irgendeiner Form gerecht zu werden, fällt mir schwer.«

(Auch Bernard hatte in diesem Augenblick, um ehrlich zu sein, große Schwierigkeiten, der Situation gerecht zu werden, denn in seinem dunklen Salon saß jetzt Elisabeth Verolyg, im Mondlicht einer seltsamen und gewaltigen Hexe der Leidenschaft nicht unähnlich, rittlings auf ihm, ihre langen wilden Haare bei dem ekstatischen Ritt über ihm ausgebreitet, wobei ihr reichlich fließender Speichel auf seinen Kopf tropfte. Weder dies noch die Tatsache, daß irgendein teuflischer viereckiger kleiner Gegenstand ihn störte, der von Amelies Nähtisch gefallen war, als er vorhin umstürzte, konnte Bernard daran hindern, die Situation mit hörbarem Stöhnen und Schreien zu genießen.

Wie ein römischer Zenturio steuerte er sein Schiff durch den Sturm.)

»Als das mächtige Luftschiff schließlich aus den Wolken hervorkam und in seiner ganzen Größe von dem reichlich flutenden Mondlicht angestrahlt wurde, war dies ein Anblick von unbestreitbarer Schönheit.

Ich und der tschechische Physiker Franz Běhounek lehnten uns gleichzeitig in der Motorgondel an die dünne Wand aus weißgestrichener Leinwand und blickten durch die Glimmerscheibe hinaus, die als Frontfenster des Luftschiffs diente.

(Běhounek ist ein Mann, mit dem ich mich an Bord immer mehr angefreundet habe. Als einzige ›Ausländer‹ halten wir recht viel zusammen. Wir haben beide das Gefühl, die Italiener sähen es am liebsten, wenn alle an Bord Italiener wären, und es ist uns durchaus bewußt, daß wir eigentlich nur auf General Umberto Nobiles Wunsch dabei sind; wir alten Experten vom Luftschiff Norge.)

Vor uns wogten die monotonen Kumuluswolken des Morgens wie ein Meer in mächtigen, silberfarbenen Wellen, ein sehr träges Meer. Hier und da wurde die Landschaft unter uns sichtbar, durch überraschende Öffnungen im Gewebe von nassen, schweren Vorfrühlingswolken über diesem Zentraleuropa, das wir alle liebten und nun hinter uns ließen, um Kurs auf andere, arktischere Gegenden zu nehmen. Wen überkam in diesem Augenblick nicht Sehnsucht? Ja, vielleicht sogar Trauer!«

»Bernard, mein armer Liebling«, sagte Elisabeth Verolyg und wischte seine Stirn mit einem stark parfümierten Taschentuch ab, das für eine so große Frau viel zu klein wirkte. »Bernard, mein Freund, ich hoffe, es geht dir gut. Ich hatte keine Ahnung, daß eine so stürmische Leidenschaft in dir verborgen ist.«

Bernard hoffte in diesem Moment dasselbe. Sein Herz fühlte sich gut an, es blieb noch viel Zeit, bis Amelie von ihrem Bridge zurückkommen würde – zu seinem Erstaunen sah er auf der Stjernsundsuhr, daß nur zwanzig Minuten vergangen waren, seit sie das Zimmer betreten hatten.

Ich hoffe nur, dachte er still und nicht ohne ein gewisses düsteres Selbstbewußtsein, daß dies in ihren Memoiren vorkommen wird. Zweifellos würde es meiner Stellung im Urteil der Nachwelt zugute kommen.

»Jetzt, mein Liebling, habe ich einen speziellen kleinen Wunsch an dich«, sagte Elisabeth Verolyg. »Eine Kleinigkeit, die du mir sicherlich nicht verweigern wirst.«

## 8. Mehr über das Vergessen; Kunst und Leben

Oh, der arme Bernard! Als die Wörter ihn jetzt nach und nach im Stich ließen, und das ging mit jedem Tag schneller, war es ungefähr, wie wenn ein Schachspieler, mit einem überlegenen Gegner konfrontiert, seine Figuren verliert. Es beginnt mit den leichten Bauern der Substantive. Allmählich müssen dann auch die schnellen Läufer der Adjektive und die Springer der Adverbien dran glauben. Schließlich ist es Zeit für die schweren Türme der Verben, auf diskrete Weise zur Seite geschafft zu werden. Dem erfahrenen Schachspieler ist dann klar, daß nicht mehr viel zu retten ist.

Bald stehen die aus dem Spiel gezogenen Wörter in langen Reihen neben dem Brett, und nur wer es von nahem sieht, kann erkennen, wie schlecht es dem einen Spieler ergeht, wieviel er schon an seinen offenbar *weit* überlegenen Gegenspieler verloren hat.

Drei Wochen nach den Episoden, die wir im vorhergehenden Kapitel mit leichter Hand gestreift haben und die nicht zu Amelies Kenntnis gelangen sollten (doch darf man vielleicht nicht gänzlich die Möglichkeit ausschließen, daß wir uns im vorigen Kapitel von Bernards ebenso lebhafter wie seniler *Phantasie* düpieren ließen, ganz zu schweigen von unserer eigenen obszönen Romanleserphantasie, denn die Manneskraft, in der er sich so ausgiebig in wichtigen Abschnitten des Kapitels erging, erscheint uns bei genauerem Nachdenken nicht ganz vereinbar mit dem, was über sein Alter gesagt wurde), fand Bernard den vermißten schweinsledernen Aktenkoffer.

Seit Jahren verwahrte er seine Reimlexika in einem diskreten Versteck hinter der schweren Gardine aus chinesischer Seide im Arbeitszimmer. Natürlich hatte er keinen Grund zu verbergen, daß er hin und wieder, genau wie die meisten anderen Lyriker seiner Generation, für seine Gedichte ein Reimlexikon benutzt hatte. Wer zum Teufel hatte das nicht getan? Silfverstolpe? Quatsch! Österling? Österling hatte bestimmt einen halben Meter Reimlexika benutzt. War Österling überhaupt viel mehr als ein Reimlexikon? Bernard hatte seine Reimlexika so gut wie nie zu Rate gezogen, aber da standen sie jedenfalls schon seit Dezennien auf dem Fensterbrett, von einer dicken Staubschicht bedeckt, zusammen mit einer sehr verstaubten Palme, die der Flaggleutnant Jansson zu gießen pflegte. Wenn man schon als großer nordischer Poet zufällig von Jugend an etwa sechs oder sieben Bände davon besaß, war es schließlich nicht unbedingt notwendig, sie so hinzustellen, daß jeder hereinkommende Illustriertenreporter sie sofort bemerken mußte.

Vor einigen Wochen hatte der Besuch der jugendlichen, brillanten Kritikerin Elisabeth Verolyg mit ihren langen, flatternden roten Haaren und weit aufgerissenen, seelenvollen blauen Augen, einer Dame, mit der er eine überraschend tiefe innere Zusammengehörigkeit empfunden hatte, nicht zuletzt in ihrer Eigenschaft als Repräsentantin einer jüngeren Kritikergeneration, in Bernard das lebhafte Bedürfnis geweckt, ein Gedicht zu schreiben. Es war das erste Mal seit einer sicherlich sehr langen Zeit. Ihm schwebte vage etwas über den Herbst vor, wie sengend die Herbstsonne sein kann. An gewissen überraschenden Tagen im Oktober. Die selbstverständliche Anziehungskraft der Jugend auf das reife Alter. Aber auch die unfaßbar köstliche Attraktion, die das reife Alter unter günstigen Umständen auf die Jugend ausüben kann.

(Wir erlauben uns weiterhin, uns ein wenig kritisch abwartend gegenüber den Proportionen zu verhalten, die Bernard dem Ereignis im vorigen Kapitel geben möchte.)

Jedenfalls hatte er gar nicht schlecht angefangen mit so etwas wie:

»Noch einmal jetzt mein Herbst erglüht,
der Vogelbeeren ungeheure Massen
in denen schon die Spatzen prassen
verkünden einen strengen Winter. Dem Gemüt

dem armen, ängstlichen zum Trost erblüht . . .«

Hier begann es kritisch zu werden. Denn das petrarkistische Muster, das er mit der Reimordnung abba, abba gewählt hatte, verlangte nicht weniger als zwei neue Reime auf »prassen«. Was er nun ungefähr sagen wollte, war, daß solche späten, glühenden Tage eine Größe hatten, die dem gewöhnlichen Sommertag abgeht. Man konnte es natürlich mit »verglasen« versuchen:

»dem armen, ängstlichen zum Trost erblüht
ein Tag, an dem die Lüfte frostig sich verglasen«

Man muß kein Profi sein, um zu erkennen, daß Bernards Lage in diesem Augenblick etwas prekär ist. Aufrichtig gesagt sieht es so aus, als führten ihn die verdammten Reime mit der Eigenwilligkeit, die solche ungebärdigen kleinen Monster auszeichnet, eher von dem weg, was er sagen möchte, als näher heran. (Ach, gäbe es doch eine Sprayflasche gegen Reime wie gegen Mücken!) Wie sollte das nächste Reimwort lauten?

Es müßte diskret sein, dennoch überraschend, schnell und wirkungsvoll eingesetzt wie ein Florettstoß, und es müßte eine große Rose von Hitze in dieser herbstlichen Landschaft aufblühen lassen, die er im ersten Quartett skizziert hatte. »Vasen« klang nicht sehr vielversprechend. (»Und auf den Gräbern schlanke Vasen.«) »Hasen« war besser, doch was ihm dazu einfiel, würde ihn noch weiter von der im Zentrum des Herbsttags schwelenden Hitze wegführen, die ja tatsächlich das heimliche Herz des Sonetts war. »Die einsame Fährte des Hasen« sieht man ja nur im Schnee, und den gibt es in unseren Breitengraden kaum vor Ende Dezember.

Mein Gott, wie merkwürdig, dachte Bernard, ich möchte von Wärme schreiben, und es wird nur kälter und kälter in meinem Gedicht.

Man könnte natürlich versuchen (zwar hatte diesem Lindegren etwas Ähnliches vorgeschwebt, doch es war ihm nicht gelungen, in seinem »Arioso« so besonders viel daraus zu machen, aber immerhin), hier eine ordentliche *Meereswoge* einzufügen:

»nun schwillst du, Meereswoge, um emporzurasen,
bis sich dein Wellenkamm versprüht...«

Dafür, daß es seit etwa zweiundzwanzig oder vierundzwanzig Jahren mein erstes Gedicht ist, klingt es gar nicht so übel, dachte Bernard. Ich habe allen Grund, mit mir selbst recht zufrieden zu sein.

Und es *war* wirklich nicht so übel, wenn man bedenkt, daß ein Mann, der beim letzten Zug praktisch geschlagen schien, nun die folgende ganz hervorragende Figurenkonstellation vor dem Endspiel hatte:

»Noch einmal jetzt mein Herbst erglüht,
der Vogelbeeren ungeheure Massen
in denen schon die Spatzen prassen
verkünden einen strengen Winter. Dem Gemüt

dem armen, ängstlichen zum Trost erblüht
ein Tag, an dem die Lüfte frostig sich verglasen,
nun schwillst du, Meereswoge, um emporzurasen,
bis sich dein Wellenkamm versprüht . . .«

An diesem Punkt, im letzten Augenblick, bevor das Sextett seine Klauen in ihn schlagen würde, verspürte Bernard, von einer auch bei einem großen Lyriker völlig verständlichen Schwäche befallen, ein starkes Bedürfnis, eins seiner recht zahlreichen Reimlexika zu konsultieren, die er seit Jahren im Schatten der Palme hinter der Gardine versteckt hatte.

Da stand der rätselhafte Schweinslederkoffer, der in den letzten Wochen so viele eigentümliche Anrufe dieses unangenehm aggressiven Arzneimittelvertreters veranlaßt hatte – hieß er nicht Dr. Ernst Lutweiler? Sie stand im Schatten der lyrischen Palme und eines reichlich gegossenen und sorgfältig beschnittenen Hibiscus hinter der Gardine am Nordfenster des Arbeitszimmers. Ein leichter Frühlingswind, eher dem April als dem März zugehörig, war aufgekommen, und die Birken hatten den allerersten Hauch von Violett angenommen. So steht uns also auch diesmal wieder ein Frühling ins Haus, dachte Bernard.

»Ach so, der«, sagte Amelie Foy. »Ja, den habe ich natürlich schon die ganze Zeit da stehen sehen. Ich hatte mir schon überlegt, ob ich ihn nicht auf den Speicher bringen soll.«

»Tu das nicht«, sagte Bernard. »Es ist irgendwas Wichtiges darin, aber ich kann mich nicht recht erinnern, was. Doch, da ist so ein Kerl, der ständig hier anruft und droht und von diesem Aktenkoffer faselt. Er heißt Lutweiler. Er sagt, ich hätte ihn aus Versehen aus der Garderobe der Königlichen Bibliothek mitgenommen.«

»Aber Bernard, daß du dich nicht schämst«, erwiderte Amelie. »Es ist doch klar, daß du ihn zurückgeben mußt.«

»Vermutlich«, antwortete Bernard. »Aber komischerweise wollte er mir seine Telefonnummer nicht geben. Er hat nur gesagt, er würde von sich hören lassen, wenn ich mich recht erinnere. Vielleicht sollten wir doch nachschauen, was drin ist. Das gibt uns womöglich einen Hinweis.«

In diesem Augenblick huschte schwach wie ein Schatten, behutsam wie ein Hirsch, der durch den Wald zu seinem Wasserloch geht, aber dennoch sehr deutlich die Vorstellung durch Bernards Bewußtsein, daß er diesen Koffer tatsächlich schon einmal geöffnet hätte. Aber wo und wie, wußte er nicht mehr. Und auch nicht, was er enthalten hatte.

Die Alzheimersche Krankheit, wenn es nun das ist, woran ich leide, ist ein Schachspiel, und der Gegner, mit dem man es zu tun hat, ist wahrhaftig furchtbar. Bei der kleinsten Unaufmerksamkeit fehlt schon wieder eine Figur. Schwupps! Schon ist sie weg. Eben war sie noch da. Und in der nächsten Sekunde ist sie verschwunden. Die langen und komplizierten Wörter vergißt man zuerst.

»Pneumatologisch« und »Homologie« verschwanden ins Dunkel hinein, Seite an Seite wie zwei melancholische Elefanten. Ich möchte wissen, wo sie jetzt sein mögen. Und welchen Reiter sie jetzt in ihrem Turm tragen. Übrigens gebraucht bestimmt kein Mensch mehr diese Wörter. »Pneumatologisch« verbinden alle heute irgendwie mit Autoreifen, vermute ich. Sie wissen überhaupt nicht, daß es die Lehre vom Heiligen Geist ist. Oder vom Odem Gottes, wie es in älteren Texten heißt.

Es ist keineswegs gleichgültig, in welcher Reihenfolge man vergißt, sagte sich Bernard. Ein einigermaßen systematisches Vergessen ist ebenso wichtig wie das einigermaßen systematische Lernen. Wer in der falschen Reihenfolge vergißt, ist dazu verurteilt, seine Würde zu verlieren.

Das möchte ich nicht.

So konnte er drauflosreden. Amelie hatte dafür den Ausdruck, er *spintisiere.*

»Aber passiert es dir nie, daß du etwas vergißt, Amelie?«

Sie sah verdutzt zu ihm auf, klein, weißhaarig und total vertrauensvoll.

»Nein. Ich habe nicht das Gefühl. Du bist vergeßlich. Ich vergesse fast nie etwas. Aber«, fügte sie hinzu, »ich bin schließlich auch kein Poet.«

Schon das Geräusch eines schweren Busses draußen auf der Straße versetzte die Fensterscheiben des alten Hauses in leichte Schwingungen. Ein Schwarm ruheloser Möwen kreiste über den Bäumen des Parks.

»Manchmal«, sagte Bernard unvermittelt, »habe ich das Gefühl, alles hätte sich sehr schnell verändert. Wie in einem Land, in dem neue Machthaber über Nacht die Macht übernommen haben, in den Rundfunkstationen, den Zeitungen: überall. Und sie versuchen in der Öffentlichkeit den Eindruck zu erwecken, als sei eigentlich gar nichts passiert. Alles soll so erscheinen, wie es vorher war. Das ist ihre Absicht. Aber ich kann mich tatsächlich unmöglich daran erinnern, wann es passiert ist. Da gab es bestimmt etwas Selbstverständliches, was alle Leute wußten, außer mir.«

»Mein armer Bernard!«

Sie ergriff mitleidig seine Hand.

»Ein gutes Beispiel«, sagte er plötzlich an diesem friedlichen Mittwochnachmittag, als die Bäume draußen im Park schon die allererste zart braunviolette Färbung annahmen, die der Vorbote des Frühlings ist, und die Schatten der Bäume lang und blau in der natürlichen Komplementärfarbe über dem verharschten Schnee lagen ... »Ein gutes Beispiel für ... diese Sache ist ...«

Dann herrschte wieder für eine ganze Weile Schweigen.

»Wie lange wird es dauern, bis der König, der eigene Name, matt gesetzt ist und aufgegeben werden muß. Und verlassen von der Königin, die ... was ist? Wenn ich nur darauf kommen könnte, wer die Dame ist.

Ein gutes Beispiel für meine Vergeßlichkeit ist dieser Aktenkoffer. Er enthält vermutlich etwas Kriminelles, etwas, das mit Drogen zu tun hat. Kokain vielleicht. Er gehört einem Gangster. Einem widerwärtigen Gangster von diesem modernen Typ, wie es sie heute gibt. Er hat mehrmals angerufen und mir mit den fürchterlichsten Repressalien gedroht, falls ich die Tasche nicht zurückgäbe. Sonderbar ist nur, daß ich schon seit mehreren Wochen nichts von ihm gehört habe. Und natürlich habe ich vergessen, wie er heißt. Sonst könnte ich den Aktenkoffer wenigstens bei der Polizei abgeben. Aber wenn ich ihn jetzt abgebe, gerate ich natürlich in den Verdacht, in die Sache verwickelt zu sein.«

»Ach, du *armer* Bernard«, fuhr Amelie ebenso mitleidig fort. »Willst du damit sagen, daß du ein solches Geheimnis ganz allein mit dir herumgeschleppt hast? Es ist nicht verwunderlich, mein kleiner Bernard, daß du in letzter Zeit so unglücklich gewirkt hast.«

»Ich bin nicht unglücklich«, sagte Bernard sehr entschieden. »Ich bin dabei, ein Gedicht zu schreiben.«

»*Ein Gedicht?*«

Sie konnte diesen lauten Ausruf des Erstaunens nicht unterdrücken.

In diesem Augenblick läutete es an der Wohnungstür (er hatte mit den Jahren ganz gut gelernt, diese Klingel von der in der Küche zu unterscheiden, die einen alten Dienstboteneingang für Laufburschen und Handwerker hatte). Es war auch nichts besonders Merkwürdiges daran, denn es war drei Uhr nachmittags und die Besuchszeit hatte begonnen. Ein schwacher roter Schimmer verweilte noch hinter der Gardine, wo dieser rätselhafte Aktenkoffer stand und hartnäckig sein Geheimnis wahrte.

Die munter flötende Stimme, die jetzt im Flur ertönte und sich rasch näherte, war nicht zu verwechseln. Es mußte Elisabeth Verolyg sein. Jetzt war sie schon draußen im Salon, gerade als die wehmütige alte Stjernsundsuhr ihre drei Stundenschläge unter großem Gesurr und Geschnarr erklingen ließ. (Wie ein sehr alter Dichter, der versucht, aus seinem rostigen Werk noch die vierzehn Zeilen herauszuschnarren, die ein Sonett bilden, dachte Bernard.) Wollte er, oder wollte er nicht diesen Besuch empfangen, der die Arbeit an seinem letzten Sonett störte und zugleich die Ursache des Sonetts war?

Er hörte, nicht ohne ein leichtes und glückliches Erschauern, das sein Geheimnis bleiben sollte, bereits ihre laute, starke Sopranstimme, die bestimmt Glas zerschneiden könnte, wenn man sie darum bäte, Amelie mit heuchlerischem Wohlwollen dies oder jenes versichern. Was für ein unerträglicher, abscheulicher Mensch, dachte er. Warum sollte gerade diese ungewöhnlich affektierte und liederliche und obendrein rothaarige Literaturkritikertigerin diejenige sein, die den Anlaß für das sicherlich letzte Sonett eines großen Lyrikers gab? Aber hatte es nicht *stets* etwas Störendes, um nicht zu sagen Genierliches, gehabt, den Umständen nachzuforschen, unter denen ein bedeutendes Kunstwerk entstanden war? Das hatte jedenfalls Thomas Mann einmal gesagt, als er in seiner Princetonrede amerikanischen Studenten einen seiner Romane erklären wollte.

Mit einem alten Stahlkamm, den er seit seiner Studentenzeit in Uppsala besaß, brachte Bernard rasch sein von lyrischen Mühen etwas zerrauftes Haar wieder in Ordnung und tupfte sich ein paar Tropfen von Watzins Keratin auf die weißen Schläfen.

Es gibt eigentlich nichts, was ich so sehr verabscheue, dachte er bei sich, wie diese gockelhafte Rolle des Dichterfürsten, in der arme schwedische Poeten meinen, sich nach ihrem sechzigsten Lebensjahr produzieren zu müssen, falls sie in diesem Lebensalter noch proper gekleidet sind und nicht in der Entziehungsanstalt sitzen. Mein Gott, wie gern wäre ich stattdessen ein reicher alter Anwalt!

Wie der Graf Dr. jur. Hans Hansdorff, der sein Büro hier im Haus unter meiner Wohnung hat. Er würde all das tun, was ich mache, nur sehr viel lässiger und besser. Zudem ist er reich. Er hat wahrhaftig hin und wieder junge, unglaublich rehartige Fotomodelle zu Besuch. Oder sind es vielleicht nur erwachsene Töchter? Genaugenommen können doch auch Töchter Fotomodelle werden, nicht wahr?

Ein unauffälliges, tiefblaues Kordsamtjackett lässig über die Schulter geworfen, die Haare tadellos um die weißen Schläfen gekämmt und die langen schmalen, sensiblen Hände ein wenig ausgestreckt; nicht so weit, daß es feminin aussah, sondern gerade genug, damit es empfindsam wirkte, ohne affektiert zu sein, betrat Bernard Foy mit einem perfekten *timing* seinen eigenen Salon.

*(»Leicht warst du niemals,*
*Schicksal, das zu meinem wurde,*
*doch zuweilen gab es da einen*
*Honig von unbekannter Süße.«)*

## 9. Was der Aktenkoffer nicht enthielt. Und was der Aktenkoffer enthielt.

*Noch einmal jetzt mein Herbst erglüht,*
*der Vogelbeeren ungeheure Massen*
*in denen schon die Spatzen prassen*
*verkünden einen strengen Winter. Dem Gemüt*

*dem armen, ängstlichen zum Trost erblüht*
*ein Tag, an dem die Lüfte frostig sich verglasen.*
*Nun schwillst du, Meereswoge, um emporzurasen,*
*bis sich dein Wellenkamm versprüht . . .*

»Jawohl. *Ein Gedicht*«, sagte Bernard. »Und«, fügte er hinzu, »ich würde es gern vollenden, bevor wir diesen verdammten Aktenkoffer öffnen. Ich war mitten drin, als ich ihn entdeckte. Und ich suche die letzten sechs Zeilen für mein letztes Sonett.«

»Das letzte, Bernard? Warum sagst du so was Schreckliches?«

»Ich habe das Gefühl, als ob es das letzte wird«, erwiderte Bernard. »Wenn ich ein Gedicht schreibe, ist es *immer* so, als sei es das letzte. Ich glaube, ich muß dich bitten, mich in Ruhe zu lassen. Es wäre solch ein Unglück, wen ich mein *letztes* Gedicht vergäße. Aber vielleicht *müssen* wir zuerst den Aktenkoffer öffnen? Du bist vielleicht neugierig.«

»Überhaupt nicht, lieber Bernard. Arbeite du nur ruhig

weiter an deinem Gedicht. Es ist so lange her, seit du etwas geschrieben hast.«

Er hatte leichte Gewissensbisse. Es wäre wirklich besser gewesen, wenn das Gedicht, nach so vielen Jahren ihrer Geduld, ihr gewidmet wäre. Aber das war es nicht.

Kaum hatte er den Gedanken zu Ende gedacht, als er schon spürte, wie ihm das Gedicht aus den Händen glitt. Er hatte schon begonnen, es zu vergessen. Und wenn man angefangen hatte, etwas zu vergessen, trat oft ein phantastischer Augenblick ein, der ihn an diese schrecklichen Episoden erinnerte, zu denen es kommt, wenn kleine Kinder (er selbst hatte es nie getan, denn er gehörte einer zu frühen Generation an, doch er hatte es gesehen) ihre Sachen ins Klo spülen.

Nicht selten sind es ja ihre Eltern oder andere Angehörige, die sie runterspülen. Und es kommt immer der Moment, in dem sie unwahrscheinlich gern die Hand hineinstecken würden, um alles wieder rauszuholen. Doch der Gedanke an all das Stinkende und Glitschige und Ekelhafte, was im Klo steckt, hält sie natürlich davon ab. Und so sehen sie den geliebten Gegenstand, den kleinen Teddy oder das Spielzeugauto oder den kleinen ausgestopften Vogel oder was es nun ist, unwiderruflich verschwinden. Und wissen natürlich, daß sie selbst es sind, die sie da verschwinden sehen.

Künstler sein, dachte Bernard, ist in gewisser Weise dasselbe, wie wenn man die Hand entschlossen in *das da* steckt und versucht, das Vergangene zu packen, bevor es verschwunden ist. Gerade der Moment, in dem es *hinabflutscht*, ist natürlich der lustvolle Augenblick. Wie oft hatte er nicht als kleiner Junge auf der Brücke über dem Svartån in Västerfärnebo gestanden und hatte die Schleppangel blinkend und mystisch ins Dunkel hinab verschwinden sehen. Welche Lust, als sie verschwand! Und welche Lust, als sie wieder hervorkam und sichtbar wurde!

Natürlich war das Vergessen eine lustvolle Handlung, genau wie alles Loslassen im Grunde lustvoll war. Und natürlich mußte das Festhalten – was auch immer man festhielt, Körpersäfte, Erinnerungen, bittere Gedanken – stets mit Schmerz und Qual verbunden sein.

Hatte nicht der große Jorge Luis Borges eine schattenlose,

furchtbare und unsterbliche Erzählung von einem Mann geschrieben, der irgendeine Kopfverletzung erlitten hatte und dann nichts mehr vergessen konnte? Ein Mann, der sich an die geringste Nuance des wechselnden Windes, des fallenden Regens, des Sonnenuntergangs auf dem Weg zum Dunkel erinnerte. Ein armer Unglücklicher, dessen schlaflose Welt für immer von einem entsetzlichen Ameisenhaufen wimmelte: sinnlose Telefonnummern, idiotische Bemerkungen ebenso idiotischer Menschen, Preise von Glühbirnen in einem Kaufladen in Skåne 1923, das Rezept für eine Bienenwachsmedienlasur, von der ein Kommilitone vom Studentenverband Västmanland-Dalarna einmal in einem kunstgeschichtlichen Seminar erzählt hatte – mußte das nicht grauenhaft sein?

Ein Mann, der also einen ganzen Tag in seiner Erinnerung wiedererleben konnte, wenn er wollte. Und der dafür natürlich einen ganzen Tag brauchte.

*Das* war natürlich der springende Punkt. Das war der Haken, das war der Angelpunkt, das war der tote Winkel, in dem der Arm sich nicht beugen läßt, ohne daß der spröde Ellbogen bricht, die Art, auf die sich das Papier nicht knicken läßt, ohne daß es dabei zerreißt:

Was wurde aus dem Tag, den er damit verbrachte, sich zu erinnern? Zu welcher weißen und unerreichbaren Rückseite der Welt entfloh er?

Man konnte nicht einen Tag, einen einzigen Tag seines Lebens damit verbringen, sich zu erinnern, ohne genausoviel Leere in der Welt der künftigen Erinnerungen zu schaffen, in dem also, was das Jetzt oder die Wirklichkeit genannt wird. Jeder Augenblick enthielt alle vorangegangenen, wie die Ringe im Wasser alle neuen Ringe innerhalb ihrer Peripherie enthalten. Alles Leben war in Wirklichkeit eine einzige Zeit, alles Leben durchdrang sich selbst in alle Richtungen. Und daher war es wichtiger zu lernen, wie man vergißt, als sich zu erinnern. Denn wo Vergessen war, gab es noch Hoffnung. Sich zu erinnern hieß stets, etwas am Geschehen zu hindern, was sonst geschehen wäre.

Diese neue Entdeckung erschien ihm überwältigend, und Bernard, nicht unähnlich einem Schuljungen, der zum ersten

Mal begriffen hat, wie Gleichungen zweiten Grades gelöst werden, ging erregt im Zimmer auf und ab, das Amelie gerade verlassen hatte.

Das Schreckliche, das ihn, Bernard, bedrohte, war nicht, wie er deutlich in diesen Tagen spürte, die Alzheimersche Krankheit und auch nicht das Vergessen überhaupt. Das Schreckliche bestand darin, daß er offenbar vor eine abscheuliche Wahl gestellt war, wobei offenbar irgendeine dunkle Macht, die vielleicht eher in ihm selbst als außerhalb war, ihm die Entscheidung abverlangte, alles zu vergessen oder sich an alles zu erinnern.

Es war, als seien ihm die üblichen Proportionen zwischen Erinnern und Vergessen verboten, und es blieben ihm nur die Extreme.

In diesem Augenblick griff er wieder entschlossen nach dem langen Schwanz des Sonetts, der gerade mit unverhohlen sinnlichem Genuß in das feuchte, warme Loch des Vergessens hinabflutschen wollte.

Zuallererst galt es, diese ärgerliche Welle loszuwerden, nein, nicht loszuwerden, dazu war es zu spät (denn nach Bernards Ansicht war das tatsächlich schon geschehen, wenn auch mit einer beschwipsten, rothaarigen und ganz schrecklichen Lyrikkritikerin, die jedoch möglicherweise für den in der Zukunft winkenden Nachruhm nützlich sein konnte), sondern sie ihrem optimalen lyrischen Ende zuzuführen. Wenn eine Welle emporgestiegen ist, muß sie auch wieder fallen, dachte Bernard. Das ist sonnenklar.

Es besteht natürlich die Gefahr, daß man sagen wird, ich hätte »Das Mysterium der Seufzer« von Stagnelius nachgeahmt, aber das muß ich eben riskieren. (Er spürte, daß ihm nicht mehr viel Zeit blieb. Sollte das glatte, das entgleitende, seltsame Ding, Bestandteil nicht nur einer Welt, sondern vieler anderer, das ein wahres Gedicht stets ist, ihm jetzt entwischen, dann wäre es für immer fort.) Fieberhaft griff er nach dem Füllfederhalter auf dem Schreibtisch und nach einem Umschlag, der eine Einladung von C. M. Lerici ins Italienische Kulturinstitut enthielt, und beeilte sich, das Sextett zu Papier zu bringen. Existierte es oder existierte es in diesem Augenblick nicht in dieser Welt? Eine uralte chinesische Tradition wußte zu berichten, daß alle wahren Gedichte nicht einmal, sondern mehrmals geschrieben werden, denn sie werden in allen möglichen Welten gleichzeitig geschrieben, und in diesem Moment war er felsenfest von der Wahrheit dieser Lehre überzeugt. Er konnte jedoch nicht der Versuchung widerstehen, sich zwar nicht wie Lots Weib umzudrehen, aber immerhin einen raschen kleinen Blick über die Schulter zu werfen; was um Himmels willen bedeutet *»die Lüfte frostig sich verglasen«*, fragte er sich.

Vermutlich hat es irgendeinen Sinn. Oder es hatte *eben noch* einen Sinn für mich. Vielleicht muß nicht alles in einem Gedicht gleichzeitig einen Sinn haben?

Sollte es gelingen, dieses schleimige Ding, das das Sextett in seinem Sonett war, noch rechtzeitig aus der steilen, dunklen Krümmung zu fischen, durch die es schon seit mehreren Zehntelsekunden hinabglitt, durfte er nicht allzu viele Skrupel haben. *»Die Lüfte frostig sich verglasen«* – das war doch genauso kristallklar, wie es klang. Im übrigen könnt ihr es annehmen oder ablehnen, wie es euch gefällt – es ist doch mein letztes Gedicht, dachte Bernard. Jedes Gedicht ist mein letztes. Und ihr, einfältige Leser, werdet ja doch nie unterscheiden können zwischen dem, was in meinen Gedichten wirklich sinnlos ist, und dem, was nur sinnlos erscheint. Ich selbst übrigens auch nicht.

Schluß jetzt mit diesem pubertären Geschwätz über den Sinn! *From Sounds to Things*, wie der Engländer sagt.

Von Jugend an verabscheute Bernard ein allzu penibles Reimschema im Sextett. Die beiden letzten Terzinen in jeder Zeile aufeinander reimen zu lassen war etwas, mit dem sich nur sehr unsichere Sonettverfasser abgaben. Genau wie ein Vibrato nie zu aufdringlich gemacht werden darf, da es sonst ein bißchen nach Hammondorgel klingt, sollten sich auch nie zwei nahe beieinanderliegende Zeilen im Sextett reimen.

Die Reime sind genauso, wie ich sie haben will. Nicht aufdringlich. Aber auch nicht so unscheinbar, daß man sie gar nicht wahrnimmt. Der Reim ist nicht mehr mein Problem, dachte er. Mein Problem . . . Mein Problem ist, daß ich irgendwo etwas Wahres über mein Leben sagen muß. Etwas, das nicht nur Dichtung ist.

Was in aller Welt soll ich sagen? Plötzlich fällt mir überhaupt nichts zu mir ein, was wahr ist. Doch. *Es hat weh getan.* Alles hat weh getan. Das ist jedenfalls etwas, das ich sagen kann: *Jeder Stein war scharf.* Würdig, ruhig. Nicht übertrieben wie bei diesem ermüdenden Ekelöf. Ruhig wie bei Gunnar Mascoll Silfverstolpe. Nobel wie bei Arvid Mörner. Und ein Hauch Exotik (Wüstenschilderung) wie beim seligen Gullberg.

Und das beste ist, daß es stimmt, dachte er. Jeder Stein war tatsächlich scharf.

Und nun, zu guter Letzt, bleibt nur noch eine Aufgabe:

All das Nasse im Gedicht muß einen Kontrast bekommen. Und dieser Kontrast ist viel wichtiger als der, an den ich zuerst gedacht habe: zwischen kaltem Herbst und warmer Leidenschaft. Ich wollte ein Gedicht über den Unterschied zwischen warm und kalt schreiben, und seltsamerweise ist ein Gedicht über den Unterschied zwischen naß und trocken geworden, sagte sich Bernard Foy und drehte kurzsichtig den zerknitterten Umschlag von C. M. Lerici, Italienisches Kulturinstitut, mit seinen unzähligen Hieroglyphen und Streichungen unter seinem Goldrandzwicker.

Er hörte genau, daß Amelie zur Tür hereinkam. Ihre Schritte sagten ihm bereits, was sie dachte.

»Jetzt weiß ich, was der Aktenkoffer enthielt«, sagte Bernard. »Ein Sonett. Ein Sonett und nichts weiter. *Nur* ein Sonett, könnte man sagen.«

»Ach so«, sagte Amelie ohne das geringste Erstaunen, jedoch mit einem winzigen Unterton von Ironie in der Stimme. »Tatsächlich nur ein Sonett? Ich habe übrigens in diesen mystischen Aktenkoffer hineingeschaut. Er ist leer. Absolut leer.«

»Ja«, sagte Bernard. »Die Zeit räumt überall auf. Nur die Zeit löscht alle Spuren.«

Und er las mit deutlicher Stimme den kostbaren Inhalt des Umschlags vor:

*Noch einmal jetzt mein Herbst erglüht,*
*der Vogelbeeren ungeheure Massen*
*in denen schon die Spatzen prassen*
*verkünden einen strengen Winter. Dem Gemüt*

*dem armen, ängstlichen zum Trost erblüht*
*ein Tag, an dem die Lüfte frostig sich verglasen.*
*Nun schwillst du, Meereswoge, um emporzurasen,*
*bis sich dein Wellenkamm versprüht*

*am Gipfel deiner Leidenschaft. So mag*
*die Welle dann getrost in Schaum versinken.*
*Erinnerung ist eine schattenlose Wüstenwelt*

*wo scharf war jeder Stein. Sanftes Vergessen*
*du tiefer Quell aus Nacht und Nichtigkeit*
*o reinste Lust, sich an dir stumm zu trinken!*

## 10. Der süße Trank des Vergessens

»Herr Lutweiler, ich weiß, daß die Geste, die Sie machen, für mich einmal eine Bedeutung gehabt hat. Ich weiß ganz genau, daß sie etwas ganz Besonderes bedeutete. So weit ist mein Gedächtnis in Ordnung. Aber *was* sie bedeutete; denken Sie, das weiß ich überhaupt nicht. Könnten Sie sich nicht ein bißchen deutlicher ausdrücken? Und an dieses blauglänzende kleine Metallding erinnere ich mich auch! Ich habe es im Kino gesehen! Natürlich, *daher* kenne ich es! Wenn Sie mir ein bißchen auf die Sprünge helfen könnten! Oh, Dr. Lutweiler, wenn Sie doch so freundlich wären, mir mit Worten zu erklären, was Sie wollen, statt diese eigentümlichen Gesten zu gebrauchen, dann glaube ich, könnten wir einander *viel* besser verstehen.«

(Natürlich weiß er, daß es den Tod bedeutet. Aber es gibt Dinge, an die wir uns erinnern möchten, und andere, an die wir uns nicht erinnern möchten. Und außerdem gibt es für jemanden, der kein Gefühl mehr dafür hat, daß sein Bewußtsein einen Zusammenhang bildet, keinen Grund, den Tod zu fürchten.)

Als er nach einem eigentümlich düsteren Abendspaziergang, der eine merkwürdige Tendenz hatte, sich endlos auszudehnen, in die Wohnung zurückkehrte, brannte überall

Licht, aber Amelie war nirgends zu sehen. Es war spät, erstaunlich spät, er mußte für den Heimweg viel länger gebraucht haben, als er gedacht hatte. Die Stjernsundsuhr zeigte Viertel nach sechs.

Vielleicht hätte er besser ein Taxi genommen? Womöglich war Amelie draußen und suchte nach ihm?

Aber ich begreife nicht, sagte er sich, warum sie überall die Lichter angelassen hat. Sieh da, hier liegt jedenfalls *Svenska Dagbladet* auf dem Bibliothekstisch.

Irgendwas kam ihm komisch vor, aber er setzte sich trotzdem hin, um die Zeitung zu lesen. Vielleicht hatte er mehrere Tage gebraucht, um nach Hause zu kommen? Oder es war das übliche: er las die Zeitung morgens im Bett und fand sie abends wieder neu und interessant. Das scheußliche an dieser Vergeßlichkeit war, daß man manchmal das Gefühl hatte, nah an einem ungeheuren Vakuum zu sein, das ebenso leer war wie das All zwischen den Galaxien. Und das entsetzliche war, daß sich dieses Vakuum in einem selbst befand. Und daß man folglich durchaus in sich selbst hineinstürzen und für alle Ewigkeit weiterfallen könnte, ohne überhaupt zu merken, daß man durch das eigene Innere fiel.

Es ist eigenartig, dachte er, als ich in meiner Jugend Lyrik schrieb, hatte ich die banalsten und uninteressantesten Ideen für meine Gedichte. Und heute, wo ich richtig originelle Ideen habe, fehlt mir eigentlich die Lust, sie niederzuschreiben.

Dieses schreckliche Vakuum, in dem man in meinem Alter herumspaziert, ist ja eigentlich nichts anderes als der Tod. Sollte man nicht einen »zutiefst ergreifenden« oder »einfachen und menschlichen« oder vielleicht sogar einen »haarsträubenden« Gedichtband darüber schreiben?

Tja, über nichts habe ich im Moment so wenig Lust zu schreiben wie über meine Erlebnisse. Ich wünschte wirklich, es gäbe etwas, was ich *nicht* erlebt habe und worüber ich vielleicht ein bißchen was schreiben könnte.

Hier bin ich mit meinem schlechten Gedächtnis, mit seinem banalen und unklaren Inhalt, und gleich daneben ist das Vergessen, das alles andere als banal ist. Es ist nur so: wenn ich einen Schritt hineintue, bin ich für immer verloren. Hier, wo ich noch sein kann, ist alles uninteressant und trist. Und in der faszinierenden Kluft, die sich in mir auftut, in dem großen, wachsenden Loch in meinem Inneren, kann ich auch nicht sein. Ist das nicht sonderbar und bizarr und zugleich abscheulich?

Ob ich mich nicht doch in die Küche begeben sollte, dachte er, um mir etwas Tee zu machen? Das wäre vielleicht nicht schlecht? Wenn ich alles für den Tee vorbereite, kommt Amelie vielleicht inzwischen nach Hause und macht ihn fertig.

Doch Bernard war nicht allein in seiner Küche.

Der Herr, der in einem tadellosen Nadelstreifenanzug auf dem Küchentisch saß, mit dem einen Bein leicht über dem anderen wippend, war Bernard völlig unbekannt. Er sah aus wie ein älterer, nicht besonders menschenfreundlicher Anwalt oder Geschäftsmann, mit einem Fassonschnitt, der seine Ohren mit den kleinen Haarbüscheln darin grotesk groß erscheinen ließ.

»Herr Dr. Lutweiler, vermute ich?«

»Sie irren sich nicht, Herr Foy.«

Zugleich mit seiner Antwort zog der elegante ältere Herr im Nadelstreifenanzug ganz unsentimental einen schweren, blauglänzenden Revolver. Bernard war aufrichtig überrascht, daß er eine so banale Waffe wählte. Doch vielleicht ist es im Grunde gerade die Banalität, die unsere Feinde zu Feinden macht?

Aber konnte Dr. Lutweiler sich wirklich allen Ernstes einbilden, diese Drohung wäre etwas Neues für einen Mann, der Tag für Tag auf dem *Kraterrand* des Nichts balancierte?

(Verdammte Metaphern, dachte Bernard und rückte seinen Schlips zurecht, eine Gewohnheit, die er sich schon in seiner Jugend zugelegt hatte, sobald er über Metaphern nachdachte; was ich meine, ist natürlich nicht ein Kraterrand, sondern der Rand einer alten Sandgrube, so eine, in der man schon den Sand wispern und unter dem Fuß wegrieseln hört, wenn man da oben steht. Und man weiß, daß einen nur ein paar zähe Blaubeerwurzeln und ein bißchen Gras davor bewahren, in den *Treibsand* abzustürzen.

Aber wer hat je von einer so dämlichen Metapher gehört wie *der Sandgrubenrand des Nichts*?

*In einer Landschaft dieser Art wird der Rückweg maßlos schwer.* O Gott, wo kommen nur all diese Phrasen her.)

Seit einigen Tagen hatte Bernard das ausgeprägte und belastende Gefühl, es gelinge ihm nicht recht, durchgehend derselbe Mensch zu sein. Vielleicht hing es mit der Alzheimerschen Krankheit zusammen? Oder war es vielleicht immer so gewesen? Es gibt Augenblicke, in denen er sich wie ein vollbesetzter Ausflugsbus fühlt. Nur mit der Besonderheit, daß nicht alle Passagiere sich zugleich in derselben Landschaft befinden. Sie scheinen in Zeit und Raum verstreut zu sein.

Jetzt ist irgendwo ein stiller, trockener Oktoberabend und nicht, wie hier, ein dunkler Aprilabend mit einem Frühlingssturm, der durch die Bäume im Park fegt, einer Tür, die schlägt, der Tür zur Dienstbotentreppe, Laufburschentreppe, und davor ein stiller und bedrohlicher Lutweiler, der in der düsteren Küche finster eine schwere Pistole schwenkt. Wo um alles in der Welt mag Amelie stecken? Ihre Bridgeklubs und Gymnastikgruppen bilden für Bernard seit einiger Zeit ein undruchdringliches Labyrinth. Er hat das Gefühl, sie tue ihm eine Art subtiler Ungerechtigkeit an, wenn er heimkommt und sie nicht da ist. Schließlich passiert es nie, daß sie heimkommt, und er ist nicht da.

(Aber irgendwo ist es ein stiller, trockener Oktoberabend, ein Abend in Uppsala Mitte der zwanziger Jahre. Sie stehen da, Bernard und ein Mädchen, das nur undeutlich zu sehen ist, beide mit Studentenmützen auf dem Kopf und mit Fahrrädern, beide so ordentlich wie auf einem Foto in einem Reiseführer, und schauen zu den Türmen auf, die von einem roten Widerschein des letzten Lichts angestrahlt werden.

Und in einem feierlichen Doppelwirbel immerzu die Dohlen, unermüdlich, Besucher aus einer anderen Welt, oder ruhelose Geister von Toten, in einem hilflosen Tanz um die Türme, nach Luft oder nach Sinn schreiend – es ist nicht leicht zu sagen, welches von beiden – und unablässig auf der Flucht vor ihrer eigenen Einsicht.)

Hier steht eine kleine Kristallkugel, verhältnismäßig schwer. Sie ist dafür gedacht, daß man die ersten frühlingshaften Birkenzweige oder Weidenkätzchen hineinsteckt, um eine schöne Tischdekoration zu bekommen.

Wenn sich nun die Kristallkugel in zwei, nein, vielleicht in drei oder mehr Welten gleichzeitig befinden könnte! Wenn Herr Lutweiler tatsächlich auch in einer ganz anderen Welt in eine Kristallkugel hineinstarrte, die ein anderer Bernard Foy im Halbdunkel hochhielte, und in diesem Augenblick uns beide sehen könnte, gespiegelt wie in einem kleinen Fenster, Bernard im roten Morgenmantel mit der Kristallkugel in der erhobenen Hand, nicht unähnlich einem Zauberer, während Dr. Ernst Lutweiler in der Projektion der Kugel als sehr kleiner Mann erscheint, im Nadelstreifenanzug und mit einem Revolver in der Hand!

Warum sollte übrigens diese Geste, eine Kristallkugel in der Hand zu halten, weniger bedrohlich, weniger unbegreiflich sein, als wenn man obszön und kindisch mit diesem bizarren, kleinen, blauangelaufenen, metallischen Penis auf das Gesicht eines anderen Menschen zielt! Wie schön spiegelt doch die Kugel in diesem Moment das Rot von Bernards Morgenmantel, rot wie Blut, oder vielleicht wie ein geheimnisvolles Feuer. Sieht er nicht aus wie der Oberpriester eines Geheimbunds, den es schon seit jeher gegeben hat, eine Art in Zeit und Raum ständig gegenwärtige Ordnungspolizei, die stets im richtigen Moment zur Stelle ist.

Nachdenklich blickt Bernard in seine rote Kugel.

»Glauben Sie, Herr Dr. Lutweiler, daß eine solche Kugel in mehreren Welten zugleich existieren könnte? Ich meine also nicht eine Kugel dieser Art, sondern buchstäblich dieselbe Kugel. Glauben Sie, sie könnte in der einen Welt vielleicht an der Spitze eines gewaltigen Mastes befestigt sein, umflattert von fürchterlich großen, in der Dämmerung ruhelos flatternden Vögeln, und in der anderen Welt ganz still auf einem Küchentisch mit einem roten Tischtuch liegen? Eine solche Kugel gab es in meiner Jugend in einer Erzählung von H. G. Wells.

Glauben Sie, eine Kristallkugel kann in der einen Welt stilliegen und in der anderen herumgetragen werden? Oder muß nicht die Welt, in der sie stilliegt, irgendwelche Bewegungen zum Ausgleich dafür ausführen, daß die Kugel in der einen Welt so still auf ihrem Tischtuch liegt und sich in der anderen bewegt?

Wissen Sie, was ich glaube? Ich glaube, daß alle Menschen gleichzeitig viele verschiedene Leben führen und daß der rote Schatten, der in ein solches Stück Kristall fallen kann, tatsächlich der Schatten oder der Reflex von etwas ist, das sich schon an einem anderen Ort ereignet hat.

Vielleicht eine Bluttat?

Komisch, wenn ich ›Bluttat‹ sage, habe ich das bestimmte Gefühl, an eine Erinnerung zu rühren. Aber ich kann doch wohl keine solche Erinnerung haben. Ich habe ganz entschieden den Eindruck, daß ich nur ein alter Poet bin, der in letzter Zeit ein bißchen wirr im Kopf geworden ist.

Sie verstehen, Herr Dr. Lutweiler, so ziemlich das Schwierigste an einem Zustand wie dem meinen ist, daß man nicht so leicht wie andere Menschen unterscheiden kann zwischen Erinnerungen an das, was schon geschehen ist, und Erinnerungen an das, was noch geschehen *wird.*

Ich habe zum Beispiel eine ganz deutliche und traurige Erinnerung an Sie, die ich einfach nicht im Zusammenhang meines Lebens unterbringen kann, und daher muß sie wohl aus der Zukunft stammen. Wissen Sie, Sie liegen ganz blaugeschlagen und übel zugerichtet am Fuß der Küchentreppe, die Sie vermutlich aus irgendeinem sonderbaren Grund von der Straße her betreten haben und die Sie offenbar wieder hinuntergestolpert sind, als Sie entdeckten, daß sie in eine private Küche führt.

Ich sehe meinen vortrefflichen Hausmann über Sie gebeugt. Vermutlich hat er Sie entdeckt, als er zum Putzen kam. Er beugt sich über Sie, um festzustellen, ob Sie noch atmen. Doch Sie atmen nicht. Ach, das ist eine traurige Geschichte!

Verzeihung, jetzt habe ich Sie nicht richtig verstanden. Ich höre auch nicht gut, müssen Sie wissen! Mein Vater? Sagten Sie *mein Vater?* Aber er hat doch genaugenommen nichts mit dieser Sache zu tun. Oder vielleicht doch?«

(Als der Vater gestorben war, hatte man Bernard zunächst nichts davon gesagt. Erst am nächsten Tag hatte man in der Schule angerufen.

Er erinnerte sich, wie er als Obersekundaner bei einer lateinischen Klassenarbeit saß und wie er durch die Fenster der Aula auf die großen, schweren, herbstlich gelben Äste der

Ulmen und Eichen vor dem Hauptgebäude des Gymnasiums von Västerås hinausblickte und wie der Wind hin und wieder durch das halb gelichtete Laubwerk strich. Er wußte, wie es an einem solchen Tag draußen im Wald klingen würde, ein Orgelwerk aus Wind von Hügel zu Hügel, und wie die dunklen Windböen die västmanländischen Seen kräuseln würden, und er fand es so langweilig, daß er hier drinnen sitzen und einen langen und zähen Text von Sueton übersetzen mußte, während er statt dessen im tiefen weichen Moose des Harakerwalds nach den großen gelben Pfifferlingen hätte suchen können.

Für einen Augenblick war dieser Tag sehr gelb, und er wußte schon, daß sein Vater sich erschossen hatte, lange bevor jemand kam und es ihm erzählte.

Und dann war der gefürchtete Direktor persönlich in seinem strengen dunklen Anzug mit Weste und Taschenuhr hereingekommen und hatte den Jungen für ein Weilchen in sein Büro gebeten.

Allein die Tatsache, von der lateinischen Klassenarbeit weggeholt zu werden, obendrein vom Direktor persönlich, war natürlich etwas ganz Unerhörtes, und vierzig junge Köpfe hoben sich von Wörterbüchern und Klassenarbeitsheften, um zu sehen, was eigentlich los war. Was für ein ungeheuerliches Verbrechen konnte dieser Junge begangen haben?

Natürlich brauchte es mehr als eine Lappalie, damit der Direktor persönlich einen holen kam. Das Sonnenlicht fiel durch den Kreidestaub im oberen Korridor mit seinem unveränderlichen Geruch nach Marmor und Scheuerpulver; und auf dem Weg zum Büro hatte der strenge und exzentrische Direktor seinen rechten Arm beschützend um die Schultern des Jungen gelegt.

*Pfifferlinge schneidet man mit einem Messer an ihrem Fuß ab. Man reißt sie auf keinen Fall heraus. Es könnte dem empfindlichen Myzel schaden. Das hatte Bernard gedacht.* Warum hatte er das eigentlich gedacht?)

*Der Rückweg war maßlos schwer. Das Eis veränderte sich jetzt zusehends. Wo eben noch nur ein Riß gewesen war, verlief jetzt ein breiter Kanal, den der Wind kräuselte. Ein anderer Kanal, den man gerade unter großen Mühen mit Hilfe einer mitgeschleppten Planke überquert hatte, war jetzt völlig verschwunden. Es war, als habe dieses ganze Labyrinth aus Rissen, Blöcken, Spalten und Windbrunnen einen eigenen Willen und treibe seinen Scherz mit diesen hilflosen Männern, die sich mit nassen Füßen unter einem porzellanfarbenen Himmel durch diese schattenlose Welt schleppten.*

(In einer Landschaft dieser Art, aber das würden die wenigen Überlebenden erst lange nach ihrer Rettung erfahren, hatten Hans von Lagerhielm und seine beiden italienischen Gefährten entdeckt, daß sie nach einem äußerst mühseligen Tagesmarsch nur drei Kilometer zurückgelegt hatten. Und manchmal waren sie nach diesen drei Kilometern durch die Eigenbewegungen des Eises weiter entfernt von ihrem Ziel, der Foyninsel, als am Abend zuvor.

Wenn man auf der Karte den Platz sieht, an dem Mariano und Zappi in einem Eisloch Hans von Lagerhielm dem Tode überlassen haben, bedeckt mit einigen wenigen Kleidungsstücken, blind und apathisch, wundert man sich, daß er so nahe bei der Insel liegt.

Für den, der die Umstände nicht kennt, ist es nahezu unfaßlich, daß Hans nicht einfach aufgestanden und weitergegangen ist.

*Der Rückweg war natürlich maßlos schwer.* Er ging eigentlich immer noch weiter. Der Direktor hatte gesagt, Bernard brauche nicht ins Klassenzimmer zurückzugehen, wenn er nicht wolle, er habe für den Rest des Tages frei. Bernard hatte das so interpretiert, daß er tatsächlich ins Klassenzimmer zurückkehren könne, *wenn* er es wolle. Mit hoch erhobenem Kopf kam er wieder herein. Alle Köpfe drehten sich zur Tür; man spürte, daß sogar der Lehrer, der die Aufsicht hatte, eine Menge darum gegeben hätte zu wissen, worum es bei der ganzen Sache ging.

Durch einen Tränenschleier, den er nur mit äußerster Anstrengung zurückdrängen konnte, hatte Bernard Foy ganz still die Latein-Aufgabe in seinem Klassenarbeitsheft abgeschlossen, es mit gemessenen Schritten, die nichts auf der Welt verrieten, zum Katheder getragen und es mit einer höflichen Verbeugung dem graubleichen, kurzsichtigen und allgemein unsympathischen Physiklehrer Nilsson überreicht, der seine zum Haß gesteigerte Neugier kaum mehr verbergen konnte.

Vielleicht war es dieser Augenblick, der von außen wie ein völlig normales, musterhaftes Betragen wirkte, dem Eingeweihten jedoch als die wildeste, die unglaublichste aller Improvisationen erscheinen mußte, nicht unähnlich der Wahnsinnsarie in Lucia di Lammermoor oder dem letzten großen Sprung der Artisten unter der Zirkuskuppel, bei dem alle zugleich in einem schwindelerregenden Akt ihre Plätze tauschen, der Bernard Foy zum Dichter machte.

*»Ruhig, gingst du, Herbstwind,*
*ruhig und unerbitterlich,*
*durch den frischen Wald meiner Jugend*
*und hast seine Krone verwüstet.«)*

»Nein, Herr Lutweiler, nicht einmal mit meinem Vater können Sie mich erschrecken.«

(Wie hatte der Vater eigentlich ausgesehen? Das einzige, woran er sich erinnern konnte, war das graubleiche Gesicht des Physiklehrers mit der scheußlichen Nickelbrille. Der Vater war fort, und in dieser Art von Landschaft gab es an seiner Statt nur die Zeit, die Schwere und den Tod.)

## 11. Die Winterpension

Wenn er wenigstens aufhören könnte, sich so entsetzlich affektiert aufzuführen, dachte Bernard.

»Dann ist es vielleicht an der Zeit, auf eine sehr interessante Periode Ihres Lebens einzugehen, auf Ihr Mannesalter. Das begann ja in den letzten Friedensjahren vor dem Zweiten Weltkrieg. Gerade als Sie anfingen, wirkliche Anerkennung als Dichter zu finden. Das Dramatische Theater brachte sogar ein Stück von Ihnen, wenn ich mich recht erinnere?«

»Ach, Sie kennen also mein Drama ›Eislicht‹? Ich hätte nicht gedacht, daß viele das noch kennen. Heutzutage. Es wurde auch nie ein richtig großer Erfolg.«

»Oh, wie bescheiden Sie sind, Dr. Foy! Prinz Eugen war

bei der Premiere anwesend. Die gesamten Einnahmen gingen als Spende an die Hilfsaktion des Roten Kreuzes. Die Rezensionen am nächsten Tag waren glänzend. Einfach glänzend. Ein Kritiker mit der Signatur W. W. schrieb beispielsweise in der *Morgenzeitung* ...«

»Ja, ich weiß schon«, sagte Bernard. »Ich kenne solche Erfolge: ich habe in meinem Leben schon einige davon gehabt. Sie sind bitterer als Mißerfolge. Es gibt nichts, was bitterer wäre. Nach einer Woche mußte ›Eislicht‹ abgesetzt werden. Es gibt doch wohl keinen Grund, in meiner Küche zu sitzen und nach so vielen Jahrzehnten dieses alte Fiasko wieder aufzuwärmen, an das sich kein Mensch erinnert? Oder gibt es das? Schließlich habe ich das Stück nicht einmal in meinem Werkverzeichnis in WER IST WER aufgeführt.«

»Möglicherweise«, sagte Dr. Lutweiler mit einem sehr schleppenden Tonfall, als bereite ihm jedes Wort einen sadistischen Genuß, »möglicherweise gibt es doch einen Grund.«

(Und noch immer leuchtete die Kristallkugel mit mildem rotem Glanz in Bernards rechter Hand. Dr. Lutweiler saß noch mit derselben Lässigkeit auf der Kante des Küchentisches. Sein rechter Fuß in elegantem Schuhwerk wippte mit einer Spur von Ungeduld auf und ab. Wer, zum Teufel, glaubt er eigentlich, daß er ist? fragte sich Bernard ungeduldig. Eine Art Vernehmungsleiter? Die Frage, wie lange ich ihm noch erlauben soll, hier zu sitzen und Kokolores zu reden, hängt ganz von dem Ausmaß meiner eigenen Neugier ab. Er kann dankbar sein, daß ich mir seine alberne Suada anhöre.)

Dr. Lutweiler wirkte nicht besonders dankbar. Sein Gesicht hatte den tugendhaften Ausdruck eines Revisors angenommen, der dabei ist, die Bücher eines Großkunden zu prüfen.

»Wo lag nun eigentlich diese Pension? Die Skipension? Die Winterpension? In Engelsberg oder in Svärdsjö? Sie erinnern sich doch? Zu der Sie fuhren, um sich zu erholen, nachdem das Stück abgesetzt worden war. Zusammen mit Helena Roge, dieser blonden jungen Schauspielerin, die in Ihrem Stück die Schwester des tapferen Polarforschers spielte?

Ein nettes blondes Mädchen mit der hoffnungsvollen Aussicht, eines schönen Tages eine der großen Tragödinnen des

Dramatischen Theaters zu werden, vielleicht in einem Jahrzehnt, wenn ihre Ausstrahlung etwas reifer und gewichtiger wäre und einige der Herren, die sie favorisierte, etwas mehr Einfluß bei Hof, in der Presse und beim Kultusminister hätten.

Und Amelie ist noch eine Frau in den besten Jahren, während Sie etwas zu alt sind, um ein paar Jahre später am Bereitschaftsdienst teilzunehmen. Mit schönen braunen Haaren und einem Gesicht, das vielleicht eine Spur bleich ist. Warum so bleich? Das wissen Sie nicht mehr. Erinnern Sie sich, Herr Foy, was Amelie in jener Woche tat? Das wissen Sie auch nicht mehr?

Bernard, Sie sind ein abscheulicher Heuchler!«

An jenem Nachmittag waren sie früh aus ihrem Zimmer heruntergekommen. Es war angenehm. Keine Gaffer, bis auf die schreckliche Propstin Mannfelt, die ständig in einer Ecke des Lesezimmers strickte. Die Gäste, die weder besonders zahlreich noch besonders interessant waren, störten sie nicht weiter.

Da war ein auffallend forscher, vermutlich mit den Nazis sympathisierender Oberstudienrat aus Västerås mit Frau und drei streng erzogenen Jungen im Gymnasiastenalter. Sie ließen sich nur morgens und abends blicken. Und da war der obligatorische Geschäftsmann aus Stockholm, vermutlich mit einer kaputtgesoffenen Leber, der, wie es hieß, »regelmäßige Spaziergänge unternehmen sollte«, um Bewegung und frische Luft zu bekommen, der jedoch meistens über dem Börsenteil von *Svenska Dagbladet* und *Göteborg Handels- och Sjöfarts-Tidningen* einzunicken schien. An der Börse herrschte jetzt Unruhe. Die Welt kam wieder ein bißchen in Schwung.

Doch das kümmerte weder Bernard Foy noch seine junge Geliebte mit den tänzelnden Schritten und den breiten weiblichen Hüften. Sie kamen und gingen, wie es ihnen gefiel. Wenn sie nicht Ski fuhren, schliefen sie miteinander. Bernard war schwer verliebt.

Die blonde, unbeschwerte und lebhafte Helena Roge mit den kurzgeschnittenen Haaren war anders als alle Mädchen, die Bernard bisher in seinem Leben kennengelernt hatte. Sie war ein klein wenig gefährlich, ein klein wenig hysterisch, und gerade diese Gefährlichkeit machte, daß sie irgendwie zu ihm paßte wie der Schlüssel ins Schloß.

»Schau, da liegt *Svenska Dagbladet*«, sagte die junge Dame, die ihm ins Schreibzimmer der Pension gefolgt war. Behutsam löste er das blaue Etikett vom Streifband. Immer bekam man die gestrige Ausgabe hier in Svartsjö. Bernard fand sonst nichts zum Lesen. Es gab nur ein paar ganz triviale Zeitschriften wie *Zeitvertreib* oder *Die lustige halbe Stunde.* Lektüre für Dienstmädchen, dachte Bernard. – »So schlecht ist es doch auch wieder nicht«, sagte Helena tröstend. »Warum mußt du dich immer beklagen?«

»Meinst du wirklich, mein Liebling?« Er legte ihr den Arm um die schlanke Taille und spürte deutlich das Korsett unter der Seide. Sie entwand sich seinem Griff.

»Bernard, du Langweiler, willst du jetzt Zeitung lesen?«

»Was möchtest du denn machen?«

»Ich will hinaus. So oder so. Ski fahren oder spazierengehen. Oder vielleicht eine Schlittenpartie. Was sagst du dazu? *Darling?*« Sie liebte diese kleinen Anglizismen. In Stockholm waren sie der letzte Schrei.

Die Pension arrangierte Schlittenfahrten, bei denen man in Fell gehüllt ein Stück am See entlangfuhr und dann in den rauhreifbedeckten Hochwald auf der anderen Seite hinein. Doch vielleicht war es nicht ganz so einfach, wie Helena Roge meinte, sofort einen Schlitten zu bekommen. Bernard war glücklich. Helena war zwar nicht ganz unproblematisch. Ganz plötzlich konnte sie Anfälle von Migräne und schlechter Laune bekommen, »bitchiness«, wie Bernards Papa diesen Zustand bei den Damen nannte.

Der Ehebruch hatte für ihn noch den Reiz des völlig Neuen und Unerlaubten. Und zu seinen vielen raffinierten ontholögischen, oder soll man vielleicht sagen, metaphysischen Genüssen gehörte es, einer Person so nahe, so familiär verbunden zu sein, deren ganzer Zauber darin bestand, daß sie fremd war. In dieser Vermischung von Familiärem und Nicht-Familiärem meinte er für einen Augenblick einen schwachen Abglanz der Beziehung des Mystikers zu Gott zu erkennen.

Überhaupt war dies ein Jahr, in dem Foy sich fast vollkommen glücklich fühlte. Die Freundschaft mit Prinz Eugen verschaffte ihm Einladungen in die besten Familien. Und sein Stück ›Eislicht‹ war selbstverständlich vom Kgl. Dramatischen Theater angenommen worden. Er war ganz offensichtlich dabei, eine Art sozialer Karriere zu machen. Allmählich verheilten bestimmte Verletzungen aus seiner Jugendzeit.

Auch das Raffinierte daran, eine Liebesaffäre mit einer jungen Schauspielerin zu haben, die in einem Drama die Rolle einer Person spielte, die er in seiner Jugend geliebt hatte, die Schwester seines verstorbenen besten Freundes, entging ihm nicht. Tatsächlich machte es diese Beziehung besonders erregend.

»Du mußt dich jetzt gleich entscheiden«, sagte Helena. »Sonst fahre ich allein auf Skiern los. Dazu bin ich durchaus in der Lage.«

Ein Lächeln umspielte ihre Augenwinkel, die Sonne, die durchs Fenster fiel, ließ ihre goldblonden Haare rings um ihr schmales (und eigentlich recht entschlossenes) Gesicht aufflammen. Ich mag sie wirklich sehr gern, sagte sich Bernard.

»Ein Gespräch für Herrn Dr. Foy«, sagte die Pensionswirtin durch die Türspalte.

Ihn überkam ein leichtes Unbehagen. Was mochte passiert sein? War es etwas mit Amelie? Vielleicht war seine Mutter krank? Er spürte die Schuldgefühle wie einen schwarzen Springbrunnen in sich aufsteigen. Auf dem Weg zum Wandtelefon der Pension, einem respekteinflößenden altmodischen Apparat, der gleich neben der Haustür in der Diele angebracht war, so daß man beim Telefonieren ständig einen kalten Zug an den Schläfen spürte, war er plötzlich fest davon überzeugt, daß Amelie Selbstmord begangen haben mußte. Es sah Amelie zwar überhaupt nicht ähnlich, so etwas zu tun, aber trotzdem. Ob sie etwas herausgefunden hatte? Vielleicht hatte jemand getratscht? Vielleicht war sie in abgrundtiefe Verzweiflung gestürzt.

Doch wenn sie Selbstmord begangen hatte, wie mochte sie es gemacht haben? Mit dem Gas vom Küchenherd?

Es summte in der Leitung. Schließlich sagte die Stimme der Telefonistin im singenden Dialekt von Dalarna, oder war es Västmanländisch, das war nach vierzig Jahren nicht mehr so leicht zu wissen, »Ihr Gespräch mit Stockholm«, und dann – Gott sei Dank, Amelies Stimme.

»Was ist los, es ist doch hoffentlich kein Unglück passiert?«

»Nein, mein Dummerchen. Hier ist alles in bester Ordnung. Ist bei euch in Svärdsjö auch alles in bester Ordnung?«

Sie mußte mehrmals nachfragen, bevor er begriff, wie trivial und harmlos die Frage war.

»Wie steht es bei dir da oben? Du machst doch ordentliche Spaziergänge?«

»Aber natürlich.«

»Du bist doch wohl nicht deprimiert?«

»Kein bißchen.«

»Hast du Heimweh?«

»Ja, ein wenig«, erwiderte Bernard höflich.

»Ich hätte nicht angerufen, wenn nicht der Reichsmarschall, Graf Bonde, nach dir gefragt hätte.«

»Wirklich? Hat er gesagt, was er will?«

»Nein. Er wollte dich nur sprechen.«

Bernard hatte ihn einmal zu Hause beim Prinzen kennengelernt, einen charmanten und wenig aufsehenerregenden Aristokraten, der neben dem Bridge offenbar auch gewisse literarische Interessen hegte und im übrigen nicht viel Aufhebens von seiner Person machte. Einer von diesen hochgewachsenen, gleichbleibend knabenhaften Herren, die man so oft im Hochadel und in der Beamtenwelt Schwedens antrifft. Was mochte dieser Herr bloß von ihm wollen?

Eine Reihe von angenehmen Möglichkeiten schossen Bernard durch den Kopf. Natürlich konnte es so sein, daß der Oberzeremonienmeister seiner Majestät des Königs, ein mächtiger Mann bei Hofe, nur herausfinden wollte, ob ein mehr oder weniger angesehener Kollege von Bernard verheiratet war oder den Doktor hatte oder irgend etwas anderes, was für die Tischordnung bei einem königlichen Essen von Belang sein mochte.

Da es jedoch eine Unmenge von Kalendern und Handbüchern gab, die solche Dinge verzeichneten (allerdings war dies im Schweden der dreißiger Jahre, das sich zwar für äußerst *modern* und *fortschrittlich* hielt, ein *Volksheim* mit *Dachorganisation* für alle Menschen in einer *nationalen Gemeinschaft*, wo man aber noch nicht vorgab, daß alle Menschen *gleichberechtigt* seien), kam Bernard die Sache sonderbar vor. Vielleicht sollten er und Amelie zu einem Essen beim König eingeladen werden, mit dem ganzen Sozialprestige, das dies sicherlich zur Folge haben würde? Um so wichtiger, daß von seinem Skiurlaub mit Helena Roge nichts in die Öffentlichkeit drang, zumal sie vom Theater her bekannt genug war, um leicht eine Beute der Presse zu werden.

Hatte nicht die Zeitschrift *Idun* in einer ihrer letzten Ausgaben vor Weihnachten ein ziemlich eingehendes Interview mit ihr gebracht? Natürlich lag hier der Skandal und damit auch das soziale Unglück auf der Lauer, wenn man sich nicht in acht nahm. Bernard war sehr empfindlich gegen so etwas. Nie hatte er die letzten Tage und den Tod seines Vaters vergessen. Hier galt es, kurz gesagt, Vorsicht walten zu lassen. Jede Biegung auf dem Weg, den er jetzt betrat, war vermint.

»Bernard, bist du noch da?«

»Soll ich versuchen, ihn anzurufen?«

»Du kannst es ja probieren. Er hat ein Büro im Schloß. Es ist eine Geschäftsnummer. Aber dir geht es sonst gut?«

Sie klang ein wenig enttäuscht, daß er sich so wenig für sie interessierte und sich von diesem prestigegeladenen Telefongespräch derartig fesseln ließ.

Der Abschied fiel recht kurz aus. Jetzt wußte er, wie es gehen würde. Dieses *kleine* Schuldgefühl, das schwache, aber stets gegenwärtige Gefühl von Betrug, das ihm von jetzt an folgen würde (und damit auch Amelie), würde zwischen ihnen wachsen wie der noch unsichtbare Riß in einem beschädigten Glas.

Es würde ihn *dumm* machen, denn Dummheit (die er nur zu gut aus der Kindheit kannte, als er dumm gewesen war, fast an der Grenze zur Idiotie) ist natürlich nichts anderes als unsere Verweigerung, wenn wir einsehen, daß wir von der Welt mehr annehmen, als wir ihr in der Münze unserer eigenen Prägung zurückgeben können.

Für immer würde wegen dieser Sache etwas Hartes und Hölzernes zwischen ihnen sein.

Und er bereute es nicht?

Nein, er bereute es keinen Augenblick. Hätte er das getan, so hätte es die ganze Sache verändert, sie wäre trivial geworden, aber nicht . . .

»Ihr Gespräch mit dem Königlichen Schloß.«

Zweifellos war die Telefonistin in der Zentrale von Svärdsjö oder Engelsberg nach dieser Anmeldung voller Respekt. Es summte in der Leitung. Vor dem Fenster begannen schwere Schneeflocken zu fallen. Während er mit Stockholm telefonierte, war der blaue Himmel verschwunden, »wie durch einen Zauberschlag«.

Er fragte sich kurz, wohin Helena Roge verschwunden sein mochte. Vielleicht saß sie im Schreibzimmer? Oder war sie klug genug gewesen, etwas Tee mit Sherry zu bestellen? Sie hatten sich bereits kleine Gewohnheiten zugelegt. Eine davon war, ein wenig Tee mit einem Glas Sherry zu trinken, wenn sie von der kurzen Skitour zurückkehrten, die sie jeden Tag nach dem Lunch unternahmen. Tee mit einem Gläschen Sherry würde jetzt vorzüglich schmecken, da der Himmel sich verdüsterte. Kein Zweifel, ein Schneesturm zog auf.

Er schob die Gardine zur Seite. Die fette Pensionskatze, die auf dem Fensterbrett geschlafen hatte, sprang mit einem Satz auf den Flickenteppich. Der Schnee draußen bewegte sich in raschen Wirbeln über den sorgfältig freigeschaufelten und gefegten Hof. Die schwedische Fahne flatterte heftig und angestrengt an der Fahnenstange.

Es war der 5. Februar 1938, und nur auf eine schwache und sozusagen vergeistigte Art vernahm er durch die summenden, schneebedeckten Telefonleitungen eine Stimme, die der Sekretärin des Reichsmarschalls gehören mußte. Ja, Seine Exzellenz würde in einem Augenblick frei sein und gern Herrn Dr. Foys Gespräch entgegennehmen.

Nach einer Wartezeit, die endlos lang erschien, erklang schließlich die Stimme des großen Mannes in der Leitung, genau die Art von knabenhaft kecker, fast ein bißchen effiminiert piepsiger Stimme, die oft die Mitglieder des Hochadels und Inhaber der allerhöchsten staatlichen Ämter in Schweden kennzeichnen. Graf Bonde war wie gewöhnlich überaus höflich und zuvorkommend.

»Oh, Herr Dr. Foy, es tut mir leid, daß ich Sie so lange warten ließ. Ich hatte ja *keine Ahnung*, wissen Sie, daß Sie direkt aus Dalarna anrufen. Wie ist übrigens das Skiwetter da oben? Aha. Ich kann mir denken, daß Sie dort eine angenehme Zeit verbringen. Jedenfalls ist es mir wirklich sehr peinlich, einen Poeten in einer seiner schöpferischen Ruhepausen zu stören.

Es geht wirklich nur um eine Lappalie. Gestern nämlich, als Prinz Eugen mich und ein paar Freunde zum Bridge bei sich hatte und *Bridge mit seinem Bruder spielte*, kam das Gespräch auf das Sonett eines französischen Poeten. Aber keiner kannte mehr als den Anfang. Und beschämend genug wußte auch keiner, ob der Verfasser Baudelaire oder Mallarmé war. Der Prinz hatte es oft in seinen Studienjahren in Paris zitieren hören.

Doch der Prinz bestand darauf, daß Dr. Bernard Foy es einmal ins Schwedische übersetzt hätte. Und ich versprach, ein wenig übermütig, wie man meinen könnte, schon am nächsten Morgen herauszufinden, wie es sich wirklich mit dieser Sache verhält. Wen ein so bedeutender Poet und Kenner der französischen Literatur wie Bernard Foy es übersetzt hat, wird er sich sofort daran erinnern, sagte ich zum Prinzen. Wenn ich morgen in mein Büro komme, werde ich ihn zu allererst anrufen und danach fragen.

Dann grüßen Sie ihn herzlich von mir, sagte der Prinz. Ich werde den Poeten gleich morgen früh fragen, sagte ich zum Prinzen, aber natürlich hatte ich nicht vorgehabt, auf diese Weise mitten in einer Skiwoche zu stören.«

»Oh«, sagte Bernard geschmeichelt, genau wie es beabsichtigt war, »das macht *überhaupt* nichts. Bitte richten Sie dem Prinzen meine ehrerbietigsten Grüße aus. Aber sagen Sie, wie lautete der Anfang des Gedichts? Ich habe ja tatsächlich mehrere übersetzt.«

»*Das* habe ich mir allerdings genau aufgeschrieben«, erwiderte die Exzellenz. »Es beginnt so: ›La rue assourdissante autour de moi hurlait . . .‹ «

»Oh, danke, dann weiß ich Bescheid. Das habe ich tatsächlich schon während meiner Zeit in Uppsala übersetzt. Es ist für immer mit einer sentimentalen Erinnerung aus meiner frühesten Jugend verknüpft«, sagte Bernard mit einer aufrichtigen Rührung in der Stimme, die ihn jedoch keineswegs daran hinderte, gleichzeitig den intensiven und leicht gerührten, warmen und sensiblen Poeten *zu spielen*, einen der Freunde im Kreis um den Malerprinzen Eugen.

»Das ist Baudelaire, ›A une passante‹, aus *Tableaux Parisiennes.* Ein sehr bekanntes Gedicht«, fügte Bernard vielleicht ein wenig unvorsichtig hinzu.

»Tatsächlich?«

»O ja. Meine Übersetzung ist mir noch immer ganz und gar *präsent.*«

(Und Bernard hatte sie noch immer im Kopf, nicht nur *damals,* an jenem verschneiten Februarnachmittag im Jahre 1938, sondern auch jetzt, in dieser seltsamen Mitternachtsstunde in der Küche seiner letzten Wohnung im Jahre 1983. In einer Spätwinternacht, oder Vorfrühlingsnacht, je nachdem, wie man es nun betrachten wollte.

Und es kam ihm in den Sinn, daß das Gedicht damals, als er es übersetzte, noch lange nicht hundert Jahre alt war, heute aber – mindestens 120 Jahre. Er befand sich nicht mehr in der Mitte des neuen Jahrhunderts. Diese seltsame Nacht, diese »Nacht am Horizont«, wie Mallarmé sie sicher genannt hätte, war nur siebzehn Jahre vom Ende des neuen Jahrhunderts entfernt. Ich bin eine totaler Fremdling in dieser Zeit, in der ich jetzt lebe, dachte Bernard. Nur eine Art launischer *biologischer* Gleichzeitigkeit, ein Band zarter als ein Seidenfaden, verbindet mich mit dem, was sich jetzt ereignet, *Computer, Astronauten, Software-Programme.*

Der arme Baudelaire hätte sie in Wirklichkeit viel mehr geschätzt als ich. Er war der erste, der schrieb, daß die Straße *brüllte.* Und irgendwie war er stets bereit, dieses Gebrüll zu *bejahen.* Hundert Jahre später konnten ich und meine provinziellen Freunde nur über »alte Häuser und alte Bäume« schreiben! Ist es nicht ärgerlich, so vollständig *überholt* zu sein! Wir hier oben im Norden sind nur schüchterne Jungen mit knabenhaften Stimmen. *Aus uns wird nie etwas*! *Aus keinem von uns ist etwas geworden*! *Nicht einmal an Silfverstolpe werden sie sich noch erinnern*!)

Diese eisige Gewißheit brachte ihn zurück in seine trotz allem glücklichen dreißiger Jahre, die Zeit, in der er seine eigene Mittelmäßigkeit, seinen Mangel an tiefer und im eigentlichen Sinn schöpferischer Begabung durch knabenhafte Hoffnungen wie Gunstbeweise und die Achtung von Prinzen hatte vertuschen können. Welch freundliche Illusion! Und ach, wie kurzlebig!

»Ich bin ganz Ohr«, sagte die ferne Exzellenz, die freilich nicht wissen konnte, daß Bernard zugleich auf einem kurzen, aber intensiven Besuch in den fernen achtziger Jahren gewesen war und daß er bald dorthin zurückkehren würde.

»Aber das dauert jetzt vielleicht zu lange?«

»Überhaupt nicht«, erwiderte die Exzellenz mit unverändert knabenhafter Höflichkeit. »Die Dichter reisen leichter in der Zeit als andere.«

*»Pas de problème«*, sagte Bernard. »So habe ich es 1927 übersetzt:

(Etwas später habe ich es in *Wort und Bild* veröffentlicht, fügte der Bernard der achtziger Jahre still für sich selbst hinzu.)

»Die Straße mit Gebrüll betäubend mich umrauschte.
Groß, schlank, tiefschwarz, in königlichem Leid
Ging eine Frau vorbei, den Rüschensaum am Kleid
Prachtvoll mit einer Hand gerafft, daß es sich bauschte.«

»Großartig, das ist es!« jubelte die ferne Exzellenz in dem knisternden und summenden Wandtelefon.

»Geschmeidig, edel, und das Bein von einem Marmorbild.
Ich selber trank, wie ein Besessner zitternd,
von ihrem Auge, fahler Himmel, jäh gewitternd,
Die Süße, die betört, die Lust, im Tod gestillt.

Ein Blitz ... und darauf Nacht! – Flüchtige Schönheit
Durch deren Blick ich plötzlich neu geboren war,
Werd ich dich nicht mehr sehen bis in Ewigkeit?

Weit fort von hier, zu spät! Woanders! *Niemals* gar!
So fremd wie dir mein Weg, ist mir, wohin du mußt.
O dich hätt ich geliebt, o du, die es gewußt!«

»Eine zauberhafte Übersetzung eines bezaubernden Gedichts!« jauchzte die Exzellenz. »Genau das Gedicht, das der Prinz im Sinn hatte! Der Prinz wird entzückt sein.«

Als das Gespräch beendet war, ließ sich Helena Roge immer noch nicht blicken. Das beunruhigte ihn.

»*Helena*! Verzeih mir, es war nur eine so dumme Bagatelle... Helena! Bist du da?«

Nein. Im Schreibzimmer konnte sie bestimmt nicht sein.

Wie sonderbar, dachte er. Sie wird doch bei diesem Wetter unmöglich auf Skiern hinausgefahren sein?

Aber genau das hatte sie getan.

## 12. Das Mädchen und der Tod

Lutweiler, der mit einer geradezu dämonischen Hartnäckigkeit auf der Kante von Bernards Küchentisch saß, genoß mit unanständiger, obszöner Befriedigung die demütigendsten, die unerträglichsten Augenblicke im Leben des alten Dichters.

Ja, er genoß es! Ungefähr wie der Coyote, der böse Wüstenhund im Mondschein der Sierra, wo nur die Grillen zwischen den Mesquitesträuchern zirpen, das Mark aus den gebrochenen Knochen seines Opfers schlürft. Genoß es, und wollte überhaupt nicht heimgehen. Im Gegenteil, mit ungebrochener Energie und Wachheit wippte jetzt der blankgeputzte Schuh in den grauen Gamaschen am Küchentisch mit fast fieberhafter Energie auf und ab. War er womöglich eine Art *Grille*?

»Was für eine traurige Geschichte, Herr Dr. Foy! Sie starb, nicht wahr? Sie ging in den immer dichter werdenden Schneesturm hinaus, enttäuscht darüber, daß Sie darauf bestanden, am Telefon der Pension mit Ihrer Frau zu sprechen, und wenn Sie nicht mit Ihrer Frau sprachen, statt dessen mit diversen Hoffunktionären, bei denen Sie es ratsam fanden sich einzuschmeicheln. Ist das nicht wie in einem Roman des eleganten Henning Berger oder wie in einer Novelle des melancholischen, hochbegabten Adolf Johansson? Sie brauchen kein Wort zu sagen, mein lieber Foy, ich kenne die Geschichte ebensogut wie Sie.«

Nachdem er den Hörer nach seinem Gespräch mit Stockholm und dem Königlichen Schloß aufgelegt hatte, in jeder

Hinsicht ein kostspieligeres Gespräch, als er es sich leisten konnte, und die Kurbel zum Schlußzeichen eine übertriebene Anzahl von Malen gedreht hatte, schaut Bernard zum Fenster hinaus und stellt fest, daß der Schneesturm sich zu einem weißen Inferno verdichtet hat.

Zu seiner Bestürzung erfährt er, daß Helena Roge, ungeduldig wie sie ist und unwillig, weiter auf den ewig telefonierenden Bernard zu warten, sich auf eigene Faust zur »leichten Runde« aufgemacht hat, die die Pension neben der »schweren Runde« für ihre Gäste bereithält.

Er sucht sie vergeblich, und auch andere suchen sie. Ein Aufgebot von Pensionsgästen, erfahrenen Skiläufern unter den Ortsbewohnern, Landjägern und Ortspolizisten; alle suchen sie, doch ohne Erfolg.

Erst als sich der Sturm am dritten Tag gelegt hat und eine bleiche Wintersonne auf die mit Rauhreif bepuderten, schwer herabhängenden Fichten scheint, findet man sie tot in ihrem weißen Schneegewand, Eisjungfrau, Schneeheilige, nur wenige Kilometer vom Haus entfernt. So etwas kommt vor.

Bernard, untröstlich, ignoriert den Klatsch und die Skandalgerüchte, er tut kein Auge zu in den drei entsetzlichen Tagen, die verstreichen, bevor eine örtliche Skipatrouille schließlich die junge Tote unter einer dichten Tanne findet, wo sie zuletzt vergeblich Schutz vor dem dröhnenden Schneesturm suchte. »Der Tod und das Mädchen«: Bernard erinnert sich so genau daran, wie dieses Streichquartett von Franz Schubert auf ihrem Begräbnis gespielt wird, während er still und bleich auf der hintersten Bank sitzt, mit seinem tief in die Stirn gezogenen schwarzen Hut einigermaßen, wie er meint, vor den neugierigen Blicken der Fotografen und Reporter geschützt.

Mit Rücksicht auf die junge, viel zu früh heimgegangene Schauspielerin und den Zustand von untröstlicher Trauer, in den ihr Tod den empfindsamen Dichter offenbar versetzt hat (der kurz darauf in die Schwedische Akademie gewählt wurde, als Nachfolger des in Dänemark lebenden, leider seit langem lungenkranken Henning Berger, wenn wir uns dieser Sache präzise erinnern, was wir in Bernard Foys Gesellschaft selten tun), lassen die Zeitungen jedoch eine überaus rücksichtsvolle Diskretion walten. Trotzdem wird über die Angelegenheit geredet.

Eine bittersüße Jugenderinnerung ist vollendet.

Aber noch immer wippt der ärgerliche Lutweilersche Schuh.

»Aber Herr Dr. Foy! Kann das ganz korrekt sein? Helena Roge, den Namen habe ich doch schon gehört. Ist das nicht die fette Schauspielerin, die irgendwann den Millionär und Mühlenbesitzer, Generalkonsul Fimmersten-Hansson geheiratet hat? Um später mit ihm an Bord seiner Jacht Ixthapa nach Mexiko zu reisen, als der Zweite Weltkrieg schließlich auch Schweden in Mitleidenschaft zu ziehen begann?

Eine Dame, die oft in den Gesellschaftskolumnen jener Zeit auftaucht, buchstäblich eingewickelt in Reihen um Reihen von Perlenketten. Das ist schon in der Nachkriegszeit; um die Mitte der fünfziger Jahre herum, und die Dame ist allem Anschein nach aus Mexiko zurückgekehrt, an der Seite ihres eleganten Gatten mit grauen Schläfen und Vorstandsposten in zahllosen Aktiengesellschaften.

Die Frage ist, ob Sie sich dieser Episode ganz korrekt erinnern, Herr Dr. Foy? Oder wollen Sie tatsächlich behaupten, Helena Roge habe eine *Zwillingsschwester* gehabt?«

Nein, so war es nicht. Er hört einen Laut. So war es. Er hört einen Laut.

Als Bernard die Skibindung befestigt hatte und mit klammen Händen in die Fäustlinge geschlüpft war, hatte der Schneefall schon aufgehört. Eine blaßrote Wintersonne kam aus den Wolken hervor, leichter Pulverschnee zog über die Loipe, auf der Helena knapp zwanzig Minuten vor ihm entlanggeglitten sein mußte.

Es war eine gute Loipe. Sie führte zuerst durch ziemlich offenes Gelände, dann folgte sie den komplizierten Buchten und Kurven des Seeufers, bis sie schließlich der Fichtenwald nach einer sanften Steigung aufnahm, ein richtiger dichter alter Fichtenwald, ein Hochwald von der Art, wie es ihn heutzutage im südlichen oder mittleren Schweden kaum mehr gibt.

Jetzt fallen die Schatten lang und schräg über die Loipe. Die Seidenschwänze in einer großen Birke direkt am Waldrand flattern für einen Augenblick auf, als er angestakst kommt, lautlos wie eine flatternde Vorwarnung, lassen sich aber gleich wieder nieder.

Ist Helena hier wirklich vor einer kleinen Weile vorbeigefahren? Nicht nur sie, viele Skifahrer scheinen die Loipe benutzt zu haben; das sieht man an all den Abdrücken der Stöcke. Schon beginnt die Dämmerung. Und hier führt die Loipe in den Wald hinein. Es geht auf und ab, und wenn man zwischen den großen Steinblöcken durchkommt, muß man aufpassen, daß man nicht mit den Stöcken daran hängenbleibt.

Er hört einen Laut und hält es zuerst für ein Klagen. Einen Moment lang muß er geglaubt haben, ihr sei ein Unglück zugestoßen, der Laut kam unter einer der ganz großen, schweren Fichten hervor. Als er aber die beiden sorgfältig aufgestellten Paar Skier mit den freundschaftlich zusammengekoppelten Stöcken sah, begriff er, daß es keineswegs ein Klagelaut war.

Was er hörte, war Helena Roge, die vor Lust schrie, die im Augenblick der Lust in den Armen eines anderen Mannes schrie, unter dem schützenden Schatten dieser großen, dunklen Fichte.

Sie war ihm nicht einfach nur vorausgefahren. Sie hatte sich einem anderen hingegeben, die kleine Hure.

Bernard konnte nicht einmal ein Taxi zum Bahnhof bekommen, als er bleich und mit kaltem Schweiß bedeckt zum Hotel zurückkehrte und sofort eins verlangte. Sie waren alle vorbestellt, und außerdem konnte niemand begreifen, wieso der Herr es plötzlich so furchtbar eilig hatte.

Wäre er nicht so entschieden aufgetreten, hätte er niemals den Schlitten bekommen, der ihn schließlich aufnahm. Und um die Demütigung auf die Spitze zu treiben, ihr einen abscheulichen Stachel zu verleihen, sah Bernard die beiden tatsächlich zurückkehren, gerade als der Kutscher sein letztes Gepäckstück in den Schlitten hob. Helena mußte ihn gesehen haben. Den Mann, der sich in ihrer Begleitung befand, kannte er natürlich aus dem Speisesaal, irgendein unbedeutender Stockholmer Ingenieur, sehr schweigsam, mit graugesprenkeltem Bart und Goldrandbrille.

Dieser Mann, fuhr es ihm mit stillem Triumph durch den

Kopf, der damals bestimmt zehn Jahre älter war als ich und mit der ganzen falschen Autorität seines Alters auftrat, muß aller Wahrscheinlichkeit nach schon lange tot sein.

Der Rückweg war maßlos schwer.

Er erinnerte sich, daß er ganz still am Fenster des D-Zugs saß. Er war der einzige in seinem Abteil Erster Klasse, und er atmete ganz behutsam, ganz vorsichtig, als fürchte er, zu ersticken, wenn er unvorsichtig wäre.

Endlose Fichtenwälder und Felder langen in der Dunkelheit hinter dem Rauch der Lokomotive. Doch wenn er die Augen anstrengte, um hinauszuspähen, sah er als einziges sein eigenes scheues Gesicht, gespiegelt in der schmutzigen Fensterscheibe.

Das Mädchen und der Tod. Das war etwas, das ihn lange fesseln sollte, doch über dieses Thema schrieb der Poet Bernard Foy niemals ein Gedicht.

Allein der Versuch rief einen metallischen Geschmack in seinem Mund hervor. Vielleicht schmeckte der Tod so?

Und noch an diesem Tag, tief in einer anderen Zeit, konnte er seinen hilflosen Zorn über dieses Mädchen, diesen Tod empfinden. Wäre sie doch wenigstens wie andere Leute den gewöhnlichen, den richtigen Tod gestorben, dachte er, *die kleine Hure.*

Die Frage war, ob er jemals irgend jemanden so geliebt hatte wie sie.

»Die Frage ist, Herr Dr. Lutweiler, ob wir, wenn wir lieben, wirklich einen Menschen lieben oder nur einen Begriff. Wissen Sie darauf eine Antwort?«

Ganz überraschend antwortete der Herr, der sich hier Ernst Lutweiler nannte, unverzüglich:

»Menschen sterben und verwandeln sich. Die Begriffe sterben niemals.«

Aha, dachte Bernard. Dann wissen wir, wie es sich damit verhält. *So ist das also.*

# 13. Herr und Knecht

Eines Morgens vor nicht allzu langer Zeit wurde Bernard schon um acht Uhr von seinem Verleger, dem Baron und Ehrendoktor Sven Kolzack, angerufen. Das erstaunte Bernard, denn er konnte sich nicht erinnern, wann er ihn das letztemal angerufen hätte. Es schien ihm, als habe er den Verleger letztesmal tatsächlich bei einem der Jahresfeste der Schwedischen Akademie 1952 oder 1953 gesehen. Kolzack hatte, im Leihfrack mit dem korrekten Doktorkragen, auf einer der ersten Bänke im Börsensaal gesessen und Bernard ermunternd zugelächelt, als dieser die jährliche Vorstandsrede hielt, jedoch bestand natürlich die Möglichkeit, daß der Herr, den er gesehen hatte, in Wirklichkeit Prinz Bertil war.

Prinz Bertil war nämlich ebenfalls imstande, allen Menschen, die er traf, eine herzliche und großzügige Anerkennung zu zeigen. Kolzack und seine Königliche Hoheit Prinz Bertil von Schweden hatten den beiderseitigen Vorzug eines sehr ähnlichen Aussehens: Männer mit dem Charme der weißen Schläfen und mit runden, rosigen, freundlichen Gesichtern, in denen ein Leben voll angenehmer Stunden ein Lächeln hinterlassen hatte.

Kolzack, der wie so viele andere bedeutende und tüchtige Schweden einem baltischen Adelsgeschlecht aus den Tagen des Deutschen Ordens entstammte, war ein vielbeschäftigter Mann. Er war nicht nur seit etwa zehn Jahren der Geschäftsführer von Victor Hagerbergs Verlag, sondern auch als Opernkritiker in *Svenska Dagbladet* sehr geschätzt, wo er sich vor allem einer zugleich umfassenden, scharfsinnigen und eingehenden Berichterstattung über die großen internationalen Festspiele widmete: Bayreuth, Glyndebourne, Salzburg – und natürlich der Saison an der Metropolitan.

Manchmal schaffte er es tatsächlich auch, die eine oder andere Premiere in Chicago zu besuchen – allerdings gab es unter den Lesern von *Svenska Dagbladet* wohl nicht besonders viele, die seiner Aufforderung nachkommen konnten, zum Reisebüro zu laufen, um sich Flug- und Eintrittskarten für die nächste Vorstellung mit Placido Domingo in Chicago zu besorgen. Doch die Leser der Opernseite liebten Dr. Kolzack trotzdem, da er ihnen das Gefühl gab, sie gehörten zu den Menschen, die zu der neuen Inszenierung in Chicago hätten fahren können, wenn sie nur Zeit gehabt hätten.

Einige Freudentöter, Neidhammel und andere pflegten zu behaupten, es sei nicht gut für den Hagerberg Verlag, daß Herr Kolzack, der Cheflektor des belletristischen Programms, sich ständig in Salzburg oder New York aufhielt. Man behauptete, das beeinträchtige gewissermaßen seine Möglichkeiten, sich um die Verlagsgeschäfte zu kümmern.

Bernard seinerseits konnte diese Auffassung nicht im geringsten teilen.

In Wirklichkeit grauste es ihn ganz schrecklich davor, Kolzack zu treffen; zwar dürften die Vorschüsse, die er in den sechziger Jahren im Hinblick auf einen neuen Band seiner Memoiren zu bekommen pflegte, mittlerweile abgeschrieben sein. Doch ein Kontakt mit Kolzack hätte immerhin eine düstere Erinnerung daran bedeutet, wie verheißungsvoll dieses Memoirenwerk einst mit »Als Blütenblätter noch im Frühling fielen« begonnen hatte, und daß nach diesem heiteren Auftakt die vermutlich faszinierende Fortsetzung mit »Das reife Alter« und »Niedrig ist das Dach des Oktobers« hinter der nächsten Ecke wartete.

Eine Ecke, die mit Verlaub zu sagen zurückzuweichen schien, sobald Bernard sich ihr näherte.

Bernard war kurz gesagt der Auffassung, je mehr Zeit Dr. Kolzack in den Lobbies der internationalen Hotels und den lichterfunkelnden Foyers der Opernhäuser verbrachte, die versüßt waren von Parfumduft und wunderbaren elfenbeinweißen Frauenbrüsten in ebenholzschwarzen Dekolletés, um so besser nicht nur für Victor Hagerbergs Verlag und seine Mitarbeiter und Autoren ganz allgemein, sondern für Bernard Foy im besonderen. Daß Dr. Kolzack dem Hörensagen nach nun auch Präsident des Internationalen PEN-Clubs mit all seinen zeitraubenden Round-Tables, Ausschußsitzungen und Weltkonferenzen zwischen Riga und Tokio werden sollte, erschien Bernard als eine überaus umsichtige und kluge Maßnahme nicht nur für den namhaften Doktor, sondern auch für den PEN International.

Die Stimme, die ihm jetzt mit jugendlicher Frische und einem pulsierend optimistischen Willen zum Leben und zum sogenannten Lebensraum durch den von Amelie nur äußerst zögernd überreichten Telefonhörer entgegendonnerte, gehörte einem Mann, der genaugenommen nur zwölf Jahre jünger war als Bernard, wenn er richtig rechnete. Es war unglaublich, aber wahr.

Bernard konnte weder vor Amelie noch vor sich selbst verheimlichen, daß seine Hand tatsächlich in diesem Augenblick ein bißchen zitterte.

*»Guten Tag*, Bernard«, sagte die Stimme so familiär, so wirklich, so präsent, als hätten die Herren vor wenigen Tagen miteinander geredet. »Ich hoffe, es geht dir gut, Bernard. Es tut mir so leid, daß ich eine Weile nichts von mir hören ließ – das kommt daher, daß ich so schrecklich viel zu tun hatte, weißt du.«

»Ich auch«, sagte Bernard. *»Schrecklich* viel zu tun.«

»Ich habe es gesehen, in *Aftonbladet.*«

»Tatsächlich, was schreibt denn *Aftonbladet* über *mich*?«

»Hast du das nicht gesehen. Es ist doch eine ganze Artikelserie. Es wird angedeutet, du hättest sehr gute Beziehungen zu – einem Teil – des Wirtschaftslebens.«

»Jetzt begreife ich wirklich gar nichts«, sagte Bernard.

Kolzack hatte die durch lange und bittere Erfahrung erworbene Fähigkeit des altgedienten Verlegers, genau zu wissen, wann man bei einem feinen alten Nationaldichter auf einem Gesprächsthema beharren soll und wann nicht. Wenn Bernard diese Artikel mit ihren ziemlich schamlosen Andeutungen über seine tiefgreifenden Beziehungen zu der allerschwärzesten Geschäftswelt, speziell zur Kokainbranche, nicht gelesen hatte, dann war es wohl besser, es dabei zu belassen. Es war ja sogar behauptet worden, eine ganze Aktentasche mit einer Kokainlieferung sei Bernard in Gegenwart von Zeugen in der Vorhalle der Königl. Bibliothek übergeben worden. Daß man einen solchen Unsinn über einen angesehenen alten Lyriker veröffentlichen konnte, fand sogar Sven Kolzack ein wenig merkwürdig.

Aber eigentlich war ja nichts mehr so, wie es einst zu sein pflegte.

»Sieh mal an, davon hatte ich keine Ahnung«, sagte Bernard.

»Oh, du bist doch jetzt *überall* im Gespräch«, sagte Kolzack rasch. »Du hast doch bestimmt gesehen, daß du neulich in *Dagens Nyheter* von keiner Geringeren als Elisabeth Verolyg erwähnt wurdest. In ihrer Rezension von Vera Flygers letztem großem Gedichtband, – den sie leider *nicht* allzu sehr mochte.«

»Ach nein«, sagte Bernard mit plötzlicher Aufrichtigkeit. »Was hat sie denn geschrieben?«

»Daß du zu den *großen verborgenen Schätzen* unserer Literatur gehörst, wenn ich die Formulierung noch richtig im Kopf habe.«

»Nicht schlecht!«

»Und daß tatsächlich *keiner* von den jungen Schriftsellern mit dir vergleichbar sei. Wenn man den *nackten Tatsachen* ins Auge sähe.«

In der etwas verwirrenden Stille, die eintrat, als die beiden Herren, nicht unähnlich zwei Ringern, die einander noch von zwei gegenüberliegenden Ecken der Matte betrachten, um den günstigsten Angriffspunkt zu erspähen, jeder an seinem Ende der Leitung in Spekulationen darüber versanken, was wohl hinter der letzten Bemerkung des anderen stecken mochte, ertönten nur einige von den dumpfen, brummenden Autogeräuschen, die man stets in dem strapazierten und schadhaften Telefonnetz von Stockholm hört. Hinter dieser plötzlichen ehrenvollen Erwähnung in einer Zeitung, die sich seit den fünfziger Jahren kaum mit Bernards Werk oder Person befaßt hatte, konnte sich, dachte Kolzack, nur eine von zwei Möglichkeiten verbergen. Entweder ein bizarres Mißverständnis oder auch, und dieser Gedanke jagte ihm einen eiskalten Schauder über den Rücken, es ereignete sich gerade eine Wende des gesamten Zeitgeschmacks, und alles, worauf Kolzack in den letzten zehn Jahren in Form von Debütanten und Genies und Dissertationen und Nationalausgaben gesetzt hatte, wäre verfehlt gewesen!

Wenn es so wäre, erkannte er mit dem Tod im Herzen, müßte nicht nur Bernard Foy in Golddruck herausgegeben werden, sondern vermutlich auch Gunnar Mascoll Silfverstolpe, Sven Lidman und Hans von Lagerhielm in Paperback! Und natürlich saß irgendwo ein konkurrierender Verleger mit besseren Kontakten zur jungen Kritik und legte in diesem Augenblick letzte Hand an diese Ausgaben. Zum Teufel auch! Und das war natürlich nur die Folge davon, daß ihn seine Pflichten in diesem Frühjahr so lange in Paris festgehalten hatten.

Zu seinem eigenen Erstaunen war es Bernard Foy, der als erster die Initiative ergriff.

»Kann ich irgendwas ... für dich tun ... irgendwie?«

»Durchaus, Bernard, *durchaus.* Du kannst mit mir Lunch essen. Morgen um eins im Opernkeller.«

»Hat er denn wieder offen?«

»Wieso *offen*?«

»Ja, war er nicht eine Zeitlang wegen Reparaturen geschlossen?«

»Aber lieber Bernard, das war Ende der fünfziger Jahre.«

Von dem goldbetreßten Portier mit einer Mischung aus Ehrfurcht und Mißtrauen betrachtet, kam Bernard am nächsten Tag im Taxi vor dem berühmten Restaurant an, in das er nach seiner Erinnerung keinen Fuß mehr gesetzt hatte, seit es Ende der zwanziger Jahre geschlossen war.

Es war nicht zu übersehen, daß es jetzt wieder offen hatte.

Hier wimmelte es von Menschen, jüngeren und älteren, einige von den Herren waren in Kleidung und Gesten auffallend feminin. Ein wenig aufgestört von Svens Andeutungen am Telefon, daß er offenbar dabei war, eine Berühmtheit zu werden, daß seine Poesie, nicht unähnlich einem aus der Puppe kriechenden Schmetterling, nun aus ihrer vierzigjährigen Latenzperiode auftauchte, erleichterte es Bernard zu sehen, daß man sich nicht gegenseitig flüsternd auf ihn aufmerksam machte.

Das sind wohlerzogene Menschen, sagte sich Bernard. Diskret. Außerdem ist man im Foyer des Opernkellers natürlich an literarische Berühmtheiten gewöhnt.

In meiner frühen Jugend war dies ja das *gegebene* Lokal. Mit Punsch und kleinen starken Zigarillos. Hier traf sich damals ganz Stockholm. Einige Herren hatten jüngere Opernsängerinnen in ihrer Begleitung, andere Näherinnen. So ein Lokal war das. Heute scheinen eher Schwule hier zu verkehren. Aber das ist ja jetzt Mode.

Jedenfalls ist es angenehm, finde ich, daß man nicht deutet und flüstert. Tatsache ist, daß alle so tun, als würden sie mich nicht erkennen. Und ich selbst kenne nicht eine Menschenseele.

Nicht einmal Sven ist hier. Oder bin ich zu früh dran?

Dieser Gedanke beunruhigte Bernard einen Augenblick.

Hoffentlich ist es der richtige Tag. Mühsam kramte er seinen Taschenkalender hervor, in den er mit gestochenen, aber mittlerweile ziemlich großen Buchstaben den Namen »Kolzack« und das Wort »Lunch« für diesen Donnerstag eingetragen hatte.

Natürlich hatte er sich umsonst beunruhigt. Elegant wie immer, in einem graublauen Anzug von Karl Lagerfeld, New York, mit einem diskreten Schlips und polierter Glatze, kam der Verleger förmlich ins Foyer *geflossen*, wo Bernard sich vorerst auf einem der Sofas niedergelassen hatte, in düsteres Grübeln über ein Kunstwerk an der gegenüberliegenden Wand versunken, das er schon woanders gesehen zu haben meinte, obwohl er sich nicht erinnern konnte, wo.

Alle eben noch abwesenden Kellner schienen plötzlich aus allen Richtungen herbeizuströmen.

Ganz ohne Zweifel, dachte Bernard, ist er öfter hier als ich.

Sie nahmen an einem Tisch Platz.

Kolzack bestellte Campari Soda für sich und für Bernard nach einigem Palaver etwas, das dieser hartnäckig als »Kognaksgrog« bezeichnete.

»Aaah, tut das gut«, sagte Bernard und lehnte sich in seinem Stuhl zurück, um die üppige Speisekarte zu studieren, deren Preise ihm total unwirklich vorkamen.

Und gestärkt vom Kognaksgrog fuhr er fort (ob er sich womöglich ganz frech einfach noch einen bestellen sollte?):

»Du willst also jetzt meine gesammelten Gedichte herausgeben?«

»Habe ich das wirklich gesagt?« fragte Kolzack, dessen spielerischer Charme im Umgang mit Autoren allgemeine Bewunderung genoß.

»Ich hatte den Eindruck, als wir miteinander telefonierten«, sagte Bernard, »daß du der Ansicht wärst, es sei jetzt an der Zeit.«

»Ja, irgendwas müssen wir machen«, sagte Kolzack. Seit dreißig Sekunden folgten seine grauen Augen gedankenverloren einer Person, die sich mindestens hundert Meter weiter weg im Restaurant befand.

»Ehrlich gesagt finde ich zwei Bände angemessen«, sagte Bernard. »Vielleicht sogar drei. Ich denke mir, sie könnten ungefähr so aussehen wie seinerzeit die Nationalausgabe von Karlfeldt. Aber die wurden ja nicht in deinem Verlag herausgegeben.«

»Doch, natürlich«, sagte Kolzack.

Vieles deutete darauf hin, daß er in diesem Augenblick an seinem Gast nicht besonders interessiert war. Wäre die Person, der er nachstarrte, wenigstens eine schöne Frau gewesen, so hätte man das besser verstehen können. Doch der, dem er so hartnäckig mit dem Blick folgte, schien ein Herr in seinem eigenen Alter zu sein, der zusammen mit einem etwas dünneren und verbrauchteren, aber im großen und ganzen ähnlichen älteren Herrn auf einen Tisch zusteuerte.

»Lieber Bernard«, sagte Kolzack, »bitte nimm es mir nicht übel, aber da hinten sehe ich einen Menschen, dem ich schon die ganze Woche nachtelefoniert habe. Ich würde ihm gern nur kurz wegen einer Sache Bescheid sagen. Würde es dir etwas ausmachen, wenn ich für einen Augenblick zu ihm hinübergehe? Das würde mir einen lästigen Brief ersparen.«

»Natürlich«, sagte Bernard, der das Gefühl hatte, seine Angst gut zu überspielen. »Ich meine, es würde mir nichts ausmachen. Das ist kein Problem. Ich trinke noch ein Gläschen und schaue mir die Deckengemälde an. Sie sind so hübsch unanständig.« Er ließ seinen Blick über die Faune und Nymphen schweifen, die einst in der Kindheit des Jahrhunderts eine ernsthafte Sittlichkeitsdebatte heraufbeschworen hatten. Eine von den Nymphen erinnerte ihn an Elisabeth Verolyg. Sie hatte die gleichen Waden.

Wäre da nicht dieser sonderbare Lutweiler mit seinen unangenehm bedrohlichen Telefongesprächen, könnte man ruhig sagen, daß dieser Frühling sich gut anließ.

Zwei bis drei Bände, dachte er, sowohl in einer gebundenen als auch in einer broschierten Ausgabe, und vielleicht mit einem gediegenen Vorwort von einem geeigneten Professor, womöglich einem jüngeren Kollegen von der Schwedischen Akademie, oder gar von Elisabeth Verolyg, der charmanten Literaturkritikerin von *Dagens Nyheter*, wäre das etwa nichts? Vielleicht schon für nächstes Weihnachten? Würde ihm das nicht endlich das Gefühl geben, der Klassiker zu sein, der er tatsächlich war?

»Darf es noch etwas von der Bar sein?« fragte ein todernster Kellner.

»Freilich«, antwortete Bernard. »Bringen Sie mir noch so einen vorzüglichen Kognaksgrog. Mit viel Wasser.«

»Mineralwasser? Vichy? Clubsoda?«

Bernard bat nach gründlicher Überlegung zum unverhohlenen Erstaunen des Kellners um einfaches, gewöhnliches Leitungswasser.

Es störte ihn eigentlich nicht im geringsten, daß der Verleger auf diese ziemlich umverschämte Weise verschwand, kaum daß er gekommen war.

Offenbar nahmen viele Herren hier ihren Lunch ein, und das Gesumme der vielen Stimmen begann nun den angenehm einschläfernden Charakter anzunehmen, den fließendes Wasser haben kann. Wie fließendes Wasser, dachte Bernard. Aber war dieser Strom nicht schon etwas zu stark?

Warum, fragte er sich, gibt es hier einen Wasserfall? Wie bin ich in diese seltsamen Katarakte geraten?

Mein Boot treibt zweifellos immer schneller einem Wasserfall entgegen. Ich hoffe, er ist nicht allzu groß.

## 14. Bernard Foy begegnet einem Fremden

*(»Ein Tropfen Blut*
*befeuchtete mit unbekannter Wirkung*
*die feinen Wurzeln des Gehirns ...«)*

Das Licht vom Strömmen draußen war porzellanfarben, arktisch und diffus. Einen Augenblick lang fühlte er das gesamte melancholische Gewicht all seiner Jahre in sich auffliegen, ungefähr so, wie der Schwarm kreischender Möwen draußen im Porzellanlicht aufstieg, um wieder hinabzusinken. Wieder befand er sich, ohne zu wissen, wie er dorthin geraten war, in der wohlbekannten Landschaft seiner eigenen Melancholie. Weder der Gedanke an Nationalausgaben noch an Elisabeth Verolygs stramme, freundliche Oberschenkel über seinen eigenen, behaarten Greisenschenkeln konnte ihn aus der seltsamen Landschaft zurückholen, in der er sich jetzt bewegte.

Die Melancholie war für Bernard Foy oft eine Polarlandschaft mit Treibeis unter dem arktischen Junihimmel. Und die Gewißheit, daß das weiße, gleichmäßig verteilte Licht niemals weichen würde, um Sonne, Kontraste, scharfe Schatten durchzulassen. In dieser Landschaft hatte er sich, wie ihm plötzlich schien, sein ganzes Leben lang bewegt; während er nach außen hin den Eindruck erweckte, auf Trottoirs, in Bibliotheken und akademischen Prozessionen herumzulaufen, war er eigentlich ein Schiffbrüchiger auf dem Treibeis.

*Das Eis veränderte sich jetzt zusehends. Wo eben noch nur ein Riß gewesen war, verlief jetzt ein breiter Kanal, den der Wind kräuselte. Ein anderer Kanal, den man gerade unter großen Mühen mit Hilfe einer mitgeschleppten Planke überquert hatte, war jetzt völlig verschwunden. Es war, als habe dieses ganze Labyrinth aus Rissen, Blöcken, Spalten und Windbrunnen einen eigenen Willen und treibe seinen Scherz mit diesen hilflosen Männern, die sich mit nassen Füßen unter einem porzellanfarbenen Himmel durch diese schattenlose Welt schleppten.*

Von diesem Augenblick zum nächsten mußte viel mehr Zeit vergangen sein, als es Bernard vorkam. Denn jetzt beugte sich plötzlich Sven Kolzack über seinen Stuhl und fragte:

»Wie fühlst du dich, Bernard?«

»Danke, ausgezeichnet«, sagte Bernard.

»Entschuldige die Frage«, sagte Sven. »Du hast so abwesend gewirkt. Und bleich. Auf einmal.«

»Oh«, sagte Bernard. »Ich habe bloß über eine Stelle in meinen Memoiren nachgedacht. Wenn ich mich stark konzentriere, wirke ich manchmal so.«

»Ja, entschuldige bitte«, sagte der Verleger in dem leicht beleidigten Tonfall, den man nicht selten bei Menschen findet, die aus dem einen oder anderen Grund erschrocken sind und es nicht recht zugeben wollen.

»Es war nur so, daß ich viermal gefragt habe, ob du dich für ein Hauptgericht entschieden hast. Und du hast bloß aus dem Fenster gestarrt. Ich glaubte, du hättest irgendwelche Schmerzen bekommen.«

»Bestell irgendwas für mich«, sagte Bernard. »Ich muß einen Augenblick verschwinden.«

Endlich fand er die elegante Toilette. Sie lag im ersten Stock und war nicht leicht zu finden.

Gerade, als er die Tür aufmachen wollte, um mit einem Seufzer der Erleichterung die palastartige Toilette zu betreten, kam ihm ein Herr entgegen, genau wie er selbst in einen schwarzen Anzug mit weißem Nadelstreifen gekleidet, weißhaarig wie er selbst, mit äußerst sorgfältig in die Schläfen gebürsteten bläulich weißen Haaren, Fältchen um die blauen Augen, die eher traurig als glücklich wirkten. Der Fremde ging mit zögernden Schritten, als bewege er sich eigentlich eher durch Schneematsch als auf einem eleganten Teppichboden. Der Entgegenkommende lächelte ihn mit einem sanft ironischen Lächeln zu, als wisse er etwas über Bernard, das Bernard nicht wußte. *Wo* hatte er ihn schon gesehen? Der Mann war ihm auf eine eigentümliche Art wohlbekannt. Eine Mischung aus Melancholie und tiefer Freundschaft prägte diese Begegnung, die Bernards Gedanken sogar in der Situation, in der er sich befand, ablenken konnte.

Über das vermutlich sehr kostbare Waschbecken aus schwarzem Marmor gebeugt, musterte er mit einem gequälten Ausdruck in den Augen sein Gesicht. Es sah aus wie üblich. Nur ein bißchen bleich. Er bespritzte es wieder und wieder mit eiskaltem Wasser.

Immer wenn ein neuer Gast das elegante Herrenzimmer aufsuchte, tat er so, als wasche er sich die Hände.

Er legte keinen Wert darauf, Aufmerksamkeit zu erregen.

In Wirklichkeit wollte er feststellen, ob es ein vorübergehendes oder ein bleibendes Phänomen war, daß er in seiner rechten Gesichtshälfte nichts von dem kalten Wasser spürte.

Gehirnblutung. Schlaganfall, dachte er. Jetzt ist schließlich der Schlaganfall gekommen. Ich habe lange darauf gewartet. Aber jetzt ist er jedenfalls da. Teufel auch!

Gehirnblutung. Wie seltsam, daß ich mich noch bewegen kann! Und als das kalte Wasser nichts bewirkte, versuchte er es mit warmem, so heiß wie es nur ging. Mit Entsetzen sah er ein, daß die nächste Gehirnblutung natürlich jederzeit folgen konnte. In einer sekundenschnellen Panik meinte er einen Augenblick, die Bombe eines Terroristen, eine Sprengladung im Kopf zu haben.

Aber wie oft er sich auch Wasser über das Netzwerk der Falten in seinem Gesicht schüttete, hatte er kein Gefühl mehr in seiner rechten Gesichtshälfte. In der linken war das Kalte kalt und das Heiße heiß. In der rechten empfand er überhaupt nichts mehr.

Es tat kein bißchen weh. Es fühlte sich taub an, ungefähr wie wenn man beim Zahnarzt gewesen ist und eine Spritze bekommen hat, nur auf einer viel größeren Fläche.

Es kann überhaupt kein Zweifel mehr bestehen, sagte sich Bernard Foy. Ich habe eine kleine Gehirnblutung gehabt. Meine erste Gehirnblutung. Ein Glück, daß sie nicht tiefer reichte. Ich kann immer noch über meine Hände verfügen. Meine Füße gehorchen mir.

Doch unbestreitbar ist da ein Gefühl, als habe sich die Welt ein wenig verändert. Als habe sie eine andere Färbung. Ich will jetzt zu Sven zurückkehren und dafür sorgen, daß er sich nicht beunruhigt.

Gerade als er aus der Toilette kam, begegnete er einem sehr bleichen älteren Herrn in einem ansprechenden grauen wollenen Anzug mit Weste, der offenbar unterwegs zur Herrentoilette war.

Irgend etwa an diesem Herrn war Bernard auf unbestimmte Weise wohlbekannt. Diese Art, die grauen Haare zu kämmen, die mit Hilfe von Watzins Keratin einen fast bläulichen Schimmer an den Schläfen bekamen. Wo hatte er das schon gesehen?

»So kann ich ja endlos weitermachen«, dachte Bernard, »und Herren in der Tür begegnen, die ich kenne und doch nicht kenne. Sonderbar!«

Bernard hielt dem Herrn höflich die Tür auf, worauf dieser nicht nur dankbar nickte, sondern ihm auch einen kurzen, aber merkwürdig ausdrucksvollen Blick zuwarf. In seinen graublauen Augen blitzte für eine Hundertstelsekunde ein freundlich ironischer Funke auf, ungefähr als habe er sagen wollen: »Aber erkennst du mich denn nicht?«

Erst auf dem Weg zum Restaurant mit dem immer ungeduldiger wartenden Verleger (der mittlerweile vermutlich tobte, weil er seinen Lunch nicht innerhalb einer angemessenen Zeit serviert bekam oder jedenfalls, höflich wie er war, nicht imstande war, sich darauf zu stürzen) traf ihn mit der Wucht eines Hammerschlags die plötzliche Erkenntnis, daß der Mann, dem er gerade begegnet war, kein anderer sein *konnte* als er, *er selbst*, der Poet und Memoirenverfasser Bernard Foy.

*Ich denke, also bin ich,*

sagte sich Bernard in einer sekundenschnellen Panik. Das ist ja schön und gut. Aber hier bleibt noch etwas zu klären, nicht wahr? Ja, natürlich! Denn wenn dieser freundlich ironische und gut angezogene Herr, dem ich gerade begegnet bin, diese Offenbarung von Melancholie und Glück, tiefster Lust, von Tragödie und Farce, dessen Pupillen einen Augenblick mit einer Dunkelheit in die meinen blickten, die die ganze tiefe Dunkelheit zwischen den Galaxien war, wenn dieser Fremde der Poet, der beliebte Autobiograph, der Günstling der Damen, einer von den achtzehn in der Schwedischen Akademie, Bernard Foy war,

*wer bin dann ich, der denkt?*

Von seinem Tisch am hinteren Ende des großes Raums aus beobachtete ihn sein Verleger aufmerksam, mit einem sanften Ausdruck freundlicher Skepsis. Alles sah plötzlich ganz klein und fern aus. Wie in so einem altmodischen Apparat, einem Stereoskop, wie es heißt, in den man Postkarten steckt und plötzlich dreidimensionale Bilder bekommt, dachte Bernard.

## 15. Spiegel haben etwas zutiefst Dämonisches

Es gibt, wie Baudelaire so richtig sagt, Augenblicke, in denen die trivialste Szene vor unseren Augen auf eigentümliche Art unser ganzes Leben zu enthalten und einzuschließen scheint.

Der Rückweg...

Bernard hatte in diesem Moment das Gefühl, er beginne einen endlosen Abhang hinabzugleiten. Und was schlimmer war, er meinte, mit jeder Bewegung ein Stückchen weiter hinunterzurutschen.

Weil die Szene sich für einen Augenblick das Recht genommen hat, ein Symbol für all das zu werden, was wir sind. Ganz einfach deshalb, weil jeder Augenblick unseres Lebens natürlich alle anderen Augenblicke einschließt, kreisförmig, wie die Ringe auf dem Wasser einander einschließen.

Der etwas langweilige Verleger mit seiner hohen kahlen Stirn und seinen müden großen blauen Augen, nicht unähnlich seinem eigenen Ölporträt in dem einen oder anderen Konferenzraum, der tadellos gedeckte Tisch mit seinen Kristallvasen, seinen Blumen und den gefalteten Servietten und im Hintergrund das Stockholmer Schloß mit seinen unruhig kreisenden Möwen, all das schien Bernard plötzlich alles zu enthalten, was er war.

In den kühlen blauen und vom vielen Trinken ein wenig starren Augen des Verlegers (ähnlich denen eines alten Offiziers) meinte er die gesamte schwedische Dichtung zu erblikken, nicht nur die Poeten von Stiernhielm bis Silfverstolpe, sondern auch die Kritiker, die Zeitschriften, die langen schläfrigen Reden der Vorsitzenden in der Schwedischen Akademie, den Geruch von uraltem Staub in der Stiftsbibliothek von Västerås, das langsame Blättern des Knaben in einem abgegriffenen Horaz, die mit Bleistift eingetragenen und wieder ausradierten Übersetzungsversuche, die ungeschriebenen Zeilen, die zu früh Gestorbenen, die vergessenen Poeten und die großen Unglücklichen, die allzu früh den Gegenstand von Verehrung und Vergötterung wurden; ja, dieser Blick war insgesamt der Magisterblick, der nur eins von ihm wollte: daß er tüchtig sei.

Und immerzu kreisten dahinter die Möwen und schienen etwas ganz anderes zu wollen. Sie waren nicht dabei.

*(Der Leutnant Einar Lundborg landete zweimal auf der Eisscholle. Das erste Mal am 23. Juni. Es war eine abenteuerliche, aber geglückte Landung, und sie führte ein wenig überraschend dazu, daß der Leiter der Expedition, General Umberto Nobile, sich als erster ausfliegen ließ.*

*Es war nämlich kein Schwede mehr zu retten. Hans von Lagerhielm hatte sich schon etwa zwanzig Tage zuvor zu der Eiswanderung aufgemacht, von der er als einziger nicht zurückkehren sollte.*

*Kurz nach Mitternacht, also am 24. Juni, am Mittsommernachtstag, kehrte der Flieger im weißen Porzellanlicht der Polarnacht zurück, wartete vorsorglich, bis der Nebel sich gelichtet hatte, und machte eine Landung, bei der das Flugzeug in letzter Sekunde umkippte, wobei der Propeller abknickte und die Skier zerbrachen. Lundberg war jetzt ebenso ein Gefangener des Eises wie die Verunglückten, die er eben noch hatte retten wollen.*

*Nahezu schweigend schleppten sich die Männer zu der kleineren Scholle zurück, auf der das orangefarbene Zelt noch stand. Der verwundete Ceccioni, der hätte ausgeflogen werden sollen, blieb im Schutz des Doppelflügels bei der umgekippten Maschine zurück. Aus Angst vor Eisbären konnte er jedoch nicht schlafen.*

*Der Rückweg war maßlos schwer. Das Eis veränderte sich jetzt zusehends. Wo eben noch nur ein Riß gewesen war, verlief jetzt ein breiter Kanal, den der Wind kräuselte. Ein anderer Kanal, den man gerade unter großen Mühen mit Hilfe einer mitgeschleppten Planke überquert hatte, war jetzt völlig verschwunden. Es war, als habe dieses ganze Labyrinth aus Rissen, Blöcken, Spalten und Windbrunnen einen eigenen Willen und treibe seinen Scherz mit diesen hilflosen Männern, die sich mit nassen Füßen unter einem porzellanfarbenen Himmel durch diese schattenlose Welt schleppten. Sie bewegten sich unter dem eiskalten, feuchten Frühsommerhimmel der Unterwelt. Und auf dieser endlosen Wanderung fürchteten sie vielleicht für immer zu bleiben.*

*In einer Landschaft dieser Art, aber das würden die wenigen Überlebenden erst lange nach ihrer Rettung erfahren, hatten Hans von Lagerhielm und seine beiden italienischen Gefährten entdeckt, daß sie nach einem äußerst mühseligen Tagesmarsch nur drei Kilometer zurückgelegt hatten. Und manchmal waren sie nach diesen drei Kilometern durch die Eigenbewegungen des Eises weiter entfernt von ihrem Ziel, der Foyninsel, als am Abend zuvor.*

*Eigentlich war es nicht so leicht herauszufinden, welchem Zweck der Mensch diente.)*

Der Rückweg war maßlos schwer.

Bernard war ehrlich erstaunt und erleichtert, als er entdeckte, daß er tatsächlich noch reden konnte. Die rechte Gesichtshälfte fühlte sich etwas steif an, aber nicht schlimmer als nach einem Besuch beim Zahnarzt, die Stimme klang ein wenig krächzend, doch Bernard hatte immer, wie er meinte, eine ziemlich krächzende Stimme gehabt, was daher kam, daß seine Mutter tatsächlich schon früh schwerhörig gewesen war.

»Es tut mir leid, daß es etwas länger gedauert hat«, sagte Bernard.

»Oh, ich habe ein richtig angenehmes Stündchen verbracht«, erwiderte der Verleger mit unverändert zerstreuter Liebenswürdigkeit. »Ich habe mir jedoch erlaubt, einen kleinen Krabbencocktail zu nehmen. Zu dieser Tageszeit überfällt mich immer der Hunger. Und dann habe ich ein paar lange Geschäftsgespräche geführt. Weißt du schon, daß es eine neue Emission bei Uddeholm gibt? Ist das nicht fabelhaft! Nach all diesen Jahren. Aber jetzt ist es vielleicht Zeit für etwas Sill? Und Kräuterkäse? Und einen Schnaps? Und ein eiskaltes Pils?«

»Danke«, sagte Bernard. »Ich glaube, ich esse heute keinen Lunch. Ich nehme einen Tee. Vielleicht Tee mit Toast. Ist das in Ordnung, meinst du? Einen Tee mit etwas Toast?«

(Er meinte sich genau zu erinnern, daß man es so nannte.)

»Wie war das nun? Du möchtest also meine gesammelten lyrischen Werke herausgeben? In drei Bänden?«

»Habe ich das wirklich gesagt? Ich dachte, ich hätte gesagt, das würde ich am liebsten machen, doch mit Rücksicht auf die verheerende Situation auf dem Buchmarkt müsse ich mich leider auf einen hübschen kleinen Auswahlband beschränken, der vielleicht am günstigsten kurz vor Weihnachten herauskommen sollte.«

Ich weiß nicht mehr, wer ich bin, dachte Bernard. Meine eine Gesichtshälfte ist gelähmt, ich weiß nicht mehr, wer ich bin, und ich bin zum ersten Mal in meinem Leben mir selbst begegnet. Viele Menschen, die ich kenne, würden tatsächlich wegen weniger verzweifeln.

Und wenn dieser andere, dem ich an der Tür begegnet bin, Bernard Foy war, wer bin dann ich? *Spiegel haben etwas zutiefst Dämonisches.*

Oder: wenn er Bernard war, bin ich dann nicht der andere?

»Findest du das nicht gut?« fragte der Verleger besorgt. »Ein feiner kleiner Band, mit sagen wir fünfzig Gedichten. Vielleicht mit ein paar *zeittypischen* Vignetten?«

»Verzeihung, was meinst du eigentlich mit *zeittypisch*?«

(Bernard war freudig überrascht, sich selbst diese Bemerkung machen zu hören, wenn auch mit etwas schludriger Artikulation. Offenbar gab es irgendeine Ecke in seinem Gehirn, die noch ganz vorzüglich funktionierte, obwohl er nicht einmal wußte, wem dieses Gehirn gehörte. Eher besser als üblich, dachte Bernard.)

»Wenn du *zeittypisch* sagst, meinst du dann typisch für dieses Jahr? Ist es das, was du meinst? Oder etwas anderes? Ich glaube, du mußt dir das ein bißchen genauer überlegen, mein lieber Sven.«

Was Bernards Gedanken in diesem Augenblick beschäftigte, war ein ganz anderes Problem, von größerem Gewicht und mit einem anderen Stellenwert als das, wie man seine albernen Jugendgedichte auf den nächsten Weihnachtsmarkt werfen könnte, wo sie als Ladenhüter in langweiligen Kaufhausbuchhandlungen liegen würden, mit Verkäufern, die nie ein Buch lasen, und mit Kunden, die samt und sonders wie Landtagsräte aussahen, breite, häßliche verlogene Münder hatten und phantasielose Kamelhaarmäntel trugen. Läden, in die er selbst prinzipiell keinen Fuß setzte. Ob seine Gedichte verkauft wurden oder nicht, ob sie in den Volksbüchereien neben den Handbüchern für Stickerei und Hundedressur greifbar waren oder nicht, das war ihm in diesem Augenblick völlig egal.

Über diese Leser, einen Kreis von Holzköpfen und Hechtmäulern, die ihm im Prinzip genauso gleichgültig waren wie die marokkanischen Reinigungsmänner in der Pariser Metro, mochte sich Sven Kolzack ruhig den Kopf zerbrechen.

*Spiegel haben etwas zutiefst Dämonisches.*

Denn wenn Jemand das große Blatt der Welt einmal in der Mitte gefaltet hat, damit es sich selbst spiegelt und sichtbar wird, dann soll der Mensch dieses Werk nicht zerstören, indem er es noch einmal faltet.

Bizarrer, seltsamer, erschreckender Gedanke, woher bist du gekommen?

Die Frage, die Bernard Foy in diesem Augenblick beschäftigte, war folgende:

Wenn ich nur im Traum eines anderen existiere, woher soll ich wissen, daß es so ist? Ich merke es erst beim Erwachen. Wenn nicht auch das bloß ein Traum ist. Doch das Erwachen kann ja etwas sein, das von jemand anderem oder von mir auch nur geträumt wird.

Ach was, darüber haben alle Philosophen schon geschrieben und geredet!

Aber angenommen, dieser andere existiere zugleich in meinem Traum, so daß wir einander wechselseitig träumen. Dann wäre das ja eine Art Möbiusband, bei dem man in den Traum eintaucht und ihn wieder verläßt, ohne zu wissen, wo die Grenze verläuft, und ständig wieder zur gleichen Stelle zurückkehrt.

Dann gibt es ja keinen Weg hinaus! Der Traum wird sich verändern, aber wir werden immer träumen. Wo bist du dann, du feste Welt! Du Wirklichkeit, auf die sich alle Diktatoren berufen, wenn sie neue Gesetze haben wollen, die so fest und unerbittlich aussah, warst du nichts anderes als eine Fläche, die sich langsam dreht, aber so langsam, daß wir es nicht merken, ein Abhang, den wir unaufhaltsam hinabrutschen.

Wo versteckst du dich, du weiches Pelztier?

Und angenommen, derjenige, der mich träumt, sei ich selbst, dabei aber in Wirklichkeit ganz anders als ich selbst, wie ich im Traum bin. Wie soll ich dann wissen, wer ich bin?

Wenn ich träumen kann, ich sei ein Schmetterling, kann ich dann nicht auch träumen, ich sei ein müder alter Poet, der gerade seine erste leichte Gehirnblutung gehabt hat. Und wer ich eigentlich war, der ich mich träumte, das werde ich nie erfahren.

Seltsam, dachte Bernard, hier kommen nun Gedanken einer ganz anderen Art, Gedanken eines Typs, wie ich sie noch nie zuvor gehabt habe. Wenn ich gut beieinander wäre, würde ich natürlich versuchen, ein Gedicht über das alles zu schreiben.

*(»Ein Tropfen Blut*
*befeuchtete mit unbekannter Wirkung*
*die feinen Wurzeln des Gehirns,*
*und gleich beschlug die Spiegelfläche*
*und sie verlor die Macht des Spiegels«)*

»Verzeih mir, Bernard«, sagte der Verleger ganz überraschend, »es war nicht meine Absicht, dich zu verletzen. Wirklich nicht. Wir sind doch immerhin alte Freunde, nicht wahr, Bernard?«

Er machte eine kurze Pause. Eine Kunstpause, dachte Bernard.

»Wenn du es wirklich möchtest, geben wir die gesammelten Gedichte in drei Bänden zu Weihnachten heraus. In Halbfranzbänden. Ich glaube, das ist besser. So machen wir es, Bernard, letzten Endes sollten wir anfangen, uns mehr um unsere Klassiker zu kümmern.«

*Der Rückweg war maßlos schwer. Das Eis veränderte sich jetzt zusehends. Wo eben noch nur ein Riß gewesen war, verlief jetzt ein breiter Kanal, den der Wind kräuselte.*

»Bernard, geht es dir gut?« fragte Sven Kolzack besorgt.

Er hatte sich halb vom Stuhl erhoben. Bernard meinte, einen Wasserfall um sich her zu hören, einen Wasserfall aus Stimmen, klagenden, lachenden, laut argumentierenden Stimmen, von Männern, Frauen, Kindern. Das Hohngelächter der Dämonen, das hilflose, langgezogene Weinen der Frauen, das schwere, mächtige Geräusch von großen Windmühlen, die von einem starken Wind angetrieben werden, das hohle klatschende Geräusch der Brandung, die in der pechschwarzen Dunkelheit tief unter einem Kai gegen die Pfähle schlägt, dies alles erfüllte auf einmal seine Ohren.

*(»Auf das leere Gelände des April*
*fällt ein letztes Mal*
*das karge Licht der Hoffnung.*

*Und die Lerche steht und fällt im Flug*
*über noch braunen und wartenden Feldern,*
*wie in meiner unruhigen Jugend.*

*Ich sehe einen Jüngling, der einst war,*
*und erkenne, daß ich nie sein Freund sein kann.«)*

»Es ist nichts Schlimmes, Sven. Ich habe nur ein Ohrensausen gekriegt, das mich von Zeit zu Zeit überfällt. Und das bekommt mir überhaupt nicht. Ich glaube, ich möchte lieber nach Hause fahren und mich ein Weilchen ausruhen. Wenn du so nett sein könntest, mir ein Taxi rufen zu lassen. Wir haben uns ja schon auf drei Bände geeinigt, nicht wahr?«

»Aber selbstverständlich, Bernard! Wir lassen bald wieder von uns hören, mein lieber Bernard. Meine Sekretärin wird ein kleines Protokoll von diesem angenehmen und ergiebigen Gespräch anfertigen.«

*(»Was wollt ihr von mir, Bilder?*
*Gesichter, starr und reglos wie Afrikas Masken?*
*Dämonengesichter von der dunklen Treppe der Kindheit*
*Katarakte von Gesichtern?*
*Wollt ihr vielleicht nur dies von mir:*
*daß ihr alle meine eigene Maske wart?«)*

Er bekam seinen Mantel, den Hut und den Stock und eilte in die bläuliche Vorfrühlingsdämmerung hinaus.

Es hatte getaut und wieder gefroren, und es war so spiegelglatt, daß die Galoschen mit jedem Schritt ein Stück nach hinten rutschten. Er ging mit unsicheren Schritten, und dabei redete er immerzu lallend mit sich selbst, auf eine laute und fast muntere Art. Keiner von denen, die ihm begegneten, kümmerte sich darum. Es gibt so viele betrunkene und wunderliche Menschen auf den Straßen im Zentrum von Stockholm. Jedenfalls ist es nicht die Aufgabe der Passanten, sich um das Klientenmaterial der Sozialämter zu kümmern.

Der Rückweg war maßlos schwer. Das Eis veränderte sich zusehends. Wo eben noch nur ein Riß gewesen war, verlief jetzt ein breiter Kanal, den der Wind kräuselte. Ein anderer Kanal, den man gerade unter großen Mühen mit Hilfe einer mitgeschleppten Planke überquert hatte, war jetzt völlig verschwunden.

Es war, als habe in einer Landschaft dieser Art dieses ganze Labyrinth von Rissen, Blöcken, Spalten und Windbrunnen einen eigenen Willen und treibe seinen Scherz mit diesen hilflosen Männern, die sich mit nassen Füßen unter einem porzellanfarbenen Himmel durch diese schattenlose Welt schleppten.

## 16. Ein Luftschiff steigt zu guter Letzt durch Wolken von unruhigen Vögeln

*in einer Landschaft dieser Art*

Wenn ich doch nur darauf kommen könnte, was diese idiotische Wendung bedeuten soll: *In einer Landschaft dieser Art!* Was bedeutet das?

Jetzt weht der Wind immer stärker, und er reißt die Erinnerungen des armen Bernard in immer dünnere Fetzen, wie die Wolken über den blauen Hügeln und gekräuselten Seen Västmanlands an einem richtig stürmischen Oktobertag. Großes und Kleines, alles wird zerfetzt, und wenn es wieder zusammenkommt, fügt es sich nicht mehr so recht in die alten Risse.

Bernard Foy, Poet und Mitglied der Akademie? Nein, wir haben ihn nicht vergessen.

Es verwundert mich, daß er im Laufe dieser Wochen nicht wahnsinnig geworden ist, da er sieht, wie ihn der Wind in alle Richtungen treibt. Oh, der arme Bernard, sein Gedächtnis zerflattert jetzt wie ein Spinnwebnetz in diesem starken alzheimerschen Wind!

»Herr Dr. Lutweiler, es wird jetzt Zeit für Sie, nach Hause zu gehen«, sagte Bernard zu seinem anstrengenden Gast.

»Was läßt sie glauben, daß ich ein Zuhause habe? Daß ich einfach nur ein Taxi rufen oder zur nächsten U-Bahn-Station zu gehen bräuchte, um gleich zu Hause zu sein? Wo wohnen Sie übrigens selbst, Herr Foy? Woher wissen Sie, daß ich nicht derjenige bin, der hier wohnt, und Sie sind der Fremde?«

Seine Frage entbehrte nicht der Logik. Denn Bernard träumte nun Nacht für Nacht von einer eigentümlichen Pest, die die Stadt befallen hatte. Man bekam keine Beulen davon, nicht einmal Fieber. Sie traf alle Menschen *im Zentrum*, in ihrem eigenen Zentrum also. Dabei zeigte sie keine dramatische Wirkung. Es war nur so, daß die Menschen eines Morgens mit dem Gefühl erwachten, sie könnten tatsächlich jeder beliebige sein, und daß der, der sie wirklich waren, im Grunde genommen nicht die geringste Bedeutung hatte.

Sie liefen herum wie Schlafwandler, gingen still und sorgfältig ihren üblichen Tätigkeiten nach, doch bei jedem von ihnen verriet ein winziges Zucken in den Mundwinkeln, daß sie tatsächlich wußten, wie völlig sinnlos sie von nun an im Grunde waren.

In dem, was sie sagten, wurden nun ganz andere Sätze und Wörter wichtig. Es war, als habe man ihnen eine Maske abgenommen, und plötzlich würde sichtbar, daß alle Menschen die ganze Zeit in einer geheimen Chiffre gesprochen hatten. Und jetzt wurde diese Chiffre verständlich:

Lundborg schlief im Zelt links neben Viglieri, der die ganze Nacht über rheumatische Schmerzen klagte. Lundborg nahm hin und wieder Morphiumtabletten und schien sich immerzu den melancholischsten Gedanken hinzugeben.

»Es verwundert mich«, sagte er, »daß ihr im Laufe dieser Wochen auf der Eisscholle noch nicht wahnsinnig geworden seid, *da ihr seht, wie euch der Wind in alle Richtungen treibt.*«

In einer Landschaft dieser Art, aber das würden die wenigen Überlebenden erst lange nach ihrer Rettung erfahren, hatten Hans von Lagerhielm und seine beiden italienischen Gefährten entdeckt, daß sie nach einem äußerst mühseligen Tagesmarsch nur drei Kilometer zurückgelegt hatten. Und manchmal waren sie nach diesen drei Kilometern durch die Eigenbewegungen des Eises weiter entfernt von ihrem Ziel, der Foyninsel, als am Abend zuvor.

Wenn man auf der Karte den Platz sieht, an dem Mariano und Zappi in einem Eisloch Hans von Lagerhielm dem Tode überlassen haben, bedeckt mit einigen wenigen Kleidungsstücken, blind und apathisch, wundert man sich, daß er so nahe bei der Insel liegt. Für den, der die Umstände nicht kennt, ist es nahezu unfaßlich, daß Hans nicht einfach aufgestanden und weitergegangen ist.

(in einer Landschaft dieser Art)

»Im übrigen wird es für die ganze Expedition von Vorteil sein, wenn du mitkommst«, fuhr Hans von Lagerhielm fort, indem er einen seiner üblichen Scherze machte, die stets auf mein ziemlich beträchtliches Körpergewicht anzuspielen pflegten. »Wenn wir scheitern, haben wir wenigstens etwas, wovon wir leben können.«

An einem Sonntag abend Ende August 1925 glitten sie aus dem Örsundaån heraus. Es war der letzte Sommer, in dem sie Freunde waren. Sie kamen in der Dämmerung herausgeglitten, zusammen mit den letzten Wildenten, die noch nicht geflüchtet waren, durch die schmalen Öffnungen zwischen den Schilfbänken, die vorerst nur vereinzelte gelbe Flecken aufwiesen. Und im Wind, bevor der Regen des Augustabends dichter fiel und schwer und kalt wurde, sangen die Halme sich zu. Die Schilfhalme singen ihr gedämpftes Lied, dachte Bernard. Der letzte Schwan rauscht aus dem Schilf empor.

Es war schon etwas Unausgesprochenes und Fremdes zwischen ihnen, das sie daran hinderte, einen natürlichen Gesprächsstoff zu finden.

Sie waren seit Freitag nachmittag gepaddelt, als sie das Kanu die kurze Strecke vom Bahnhof Öresundsbro zum Fluß hinabgetragen hatten. Da waren sie noch voller Optimismus und Unternehmungsgeist und hofften auf schönes Wetter. Es war nicht ganz so geworden. Es hatte fast die ganze Zeit genieselt, und die Temperatur war auf sechzehn oder siebzehn Grad abgesunken.

Es war wohl der schweigsamste von all ihren Ausflügen. Sogar den alten Petroleumkocher pumpten sie auf, säuberten ihn mit der Reinigungsnadel und zündeten ihn an, ohne die munteren Kommentare, die sie ihm sonst zu widmen pflegten.

Weiter flußaufwärts, an der Mündung des ersten kleinen Sees, hatten die alten Männer in ihren schwarzgeteerten Kähnen ein bißchen darüber geflucht, daß diese bemützten Studenten in ihren Kanus sie beim Krebsfischen störten. Sie gehörten zu jenen Krebsfischern, die Ende des Monats ihre schwarzen rasselnden Krebse in der Markthalle von Uppsala feilzubieten pflegten. Die beiden hatten ihnen freundlich und ein wenig überheblich zugewinkt.

Nur Bauern fischten Krebse bei Tageslicht, vermutlich mit Fischstücken, die sie in Petroleum tunkten. Die Sommergäste fingen sie immer in Reusen, die in der Augustdunkelheit bei Fackellicht ausgelegt wurden. Es war romantischer so.

Trotz der Manschetten rann früher oder später Wasser in die Ärmel. Bernards Jacke war bis zu den Schultern durchnäßt, als sie in dem immer dichter werdenden Regen auf den Mälaren hinauskamen. Hans von Lagerhielm hatte vorsorglich einen Pullover angezogen.

»Mir tut es ganz gut, ein paar Strapazen durchzumachen.«

Schon damals hatte er das Angebot bekommen, an einer Amundsen-Expedition teilzunehmen, und das machte ihn im Geographischen Institut schon zu einem ziemlich großen Mann. Daraus wurde dann die triumphale Fahrt der Norge vom Kungsfjord auf Spitzbergen über den Nordpol und ein Stück weit über die noch unerforschte Beaufortsee.

»Im Prinzip könnte man, wenn der Wind richtig steht, die Motoren eines solchen Luftschiffs abstellen und sich den ganzen Weg über Grönland bis zur Mündung des Saint-Lawrence-Flusses treiben lassen. Ja, bei ausreichendem Vorrat und günstigen Juniwinden könnte man von Svalbard über den Pol bis nach New York treiben. Über den Pol nach Amerika fliegen!«

Bei all seinem nüchternen Realismus hatte Hans manchmal solche Anfälle von, wie soll man es nennen, Phantasterei, und Bernard dachte oft, das käme von der Schwester. An sie dachte er mittlerweile nur widerstrebend. Wenn Hans die blonden Haare vom Regen am Kopf klebten, konnte er zuweilen an seine Schwester erinnern.

Das war ein Anblick, der Bernard stets einen Schauder über den Rücken jagte. Er wußte nicht genau, warum.

»Halb vier«, sagte Hans und stopfte die Taschenuhr mit Mühe wieder in seine nassen Hosen. »In zwei Stunden müssen wir am Bus sein.«

(in einer Landschaft dieser Art)

Sich mit dem Wind von Fragment zu Fragment treiben lassen! Wie leicht das ging. Wie angenehm es war, wenn man nur ein für allemal den Gedanken akzeptiert hatte, daß man nichts Besonderes war.

»Wenn Sie jetzt nicht schnellstens gehen, Herr Lutweiler, muß ich sie wohl leider töten.«

»Aber mein bester Herr Dr. Foy. Das haben Sie doch schon öfters getan. Erinnern Sie sich nicht? Und Ihre Kristallkugel ist tatsächlich nur ein ungewöhnlich alberner Halter für Blumengestecke, nichts weiter.«

Er machte eine Kunstpause.

»Aber vielleicht ... Das heißt ... Sie haben zweifellos eine Sache, die mich interessiert. Eine einzige. Wenn ich die bekäme, würde ich vielleicht ... freiwillig gehen.«

»Über die Küchentreppe?«

»Genau. Über die Küchentreppe.«

»Sie meinen den gelben schweinsledernen Aktenkoffer?«

»Genau den.«

»Den kriegen Sie nie«, sagte Bernard in einem Tonfall, dessen Entschiedenheit ihn selbst überraschte. »Ich kenne Ihre Vergangenheit nur allzu gut, Herr Dr. Lutweiler. Diesen Aktenkoffer kriegen sie nie. Er enthält mein Ich! Eher lasse ich mich totschlagen.«

»Das ist genau das, was ich vorhabe«, sagte Ernst Lutweiler.

Bernard fragte sich, woher der eigentümliche Tonfall von moralischer Entrüstung stammen mochte. Vielleicht empfinden sich alle Mörder als moralisch? dachte er.

Doch schnell war auch dieser Gedanke vergessen.

Wenn ich doch nur darauf kommen könnte, was diese idiotische Wendung bedeuten soll: *In einer Landschaft dieser Art*! Was bedeutet das?

Ich kann doch wohl nicht selber etwas so Dummes geschrieben haben? Merkwürdig! Ich vergesse alles! Sogar den Tod vergesse ich! *(In einer Landschaft dieser Art.)* Aber ist der

Tod, alles in allem, etwas so Bemerkenswertes? Ist das im Grunde genommen nicht etwas übertrieben? Ich habe den Eindruck, daß alle Lebenden sich einmal tot gefühlt haben. Und daß alle Toten sich einmal lebendig gefühlt haben.

Und Abende gibt es, versteht ihr, wahnsinnige Abende, mit vielen Vögeln in nackten Bäumen vor einem roten Himmel, an denen jeder weiß, daß man das eine nicht säuberlich vom anderen trennen kann.

Nach geraumer Zeit kehrte Amelie schließlich von ihrem Bridgeklub zurück. Sie gab dem Fahrer eigens Geld, damit er wartete, bis sie die Haustür aufgeschlossen hatte. Stockholm war heutzutage eine unsichere Stadt. Amelie ging suchend von Zimmer zu Zimmer, machte Licht, rief den Namen des Mannes, mit dem sie über fünfzig Jahre verheiratet gewesen war und dessen Abwesenheit sie jetzt mit wachsender Besorgnis erfüllte.

In der Küche war noch Licht.

Zu ihrem Entsetzen war die Tür zum Kücheneingang unverschlossen. Sie fand ihn tot am Fuß der Treppe. Er hatte das Gesicht eines friedlich Schlafenden. In der Hand hielt er die rote Kugel aus böhmischem Glas, die eigentlich dazu diente, Blumenstengel hineinzustecken. Inmitten seines Todes umklammerte er sie so fest, daß sie Mühe hatte, sie aus seiner Hand zu lösen.

Sicher gibt es diese sonderbaren Abende!

Sicher gibt es doch diese Abende, an denen die Vögel verrückt werden? Aber seht, jetzt steigt das Luftschiff Italia durch Wolken von unruhigen Dohlen! Wie *groß* es von nahem aussieht!

Die Türme des Doms von Uppsala flammen rot in der Dämmerung, und die Stadt wird eine andere als zuvor.

Das alte Studentenwohnheim Gubbhyllan auf der Öfvre Slottsgatan hat ein schwarzes Blechdach, das an solchen Abenden von innen erhitzt zu sein scheint. Es glüht eine einzige Minute im Sonnenuntergang, und dann erlischt es wieder. Kommt, ihr Dienstleute mit euren Karren auf hohen Rädern, kommt, ihr Bürger, ihr bleichen Studentinnen auf Damenrädern, kommt, ihr Zecher, Nachtschwärmer und

Flaneure! Seht ihr nicht? Aber jetzt müßt ihr es doch sehen! *Da*, über dem Dach von Gubbhyllan, das gerade in dieser Minute rot aufleuchtet und bald wieder erlöschen wird:

*Das ist ja das Luftschiff Italia, das die Stadt auf seinem Weg zum Nordpol überquert*! Und die Mannschaft ist vollzählig!

Jetzt seht ihr es alle, nicht wahr, wie es majestätisch durch die erbleichenden Abendwolken herangeglitten kommt! So kurzsichtig könnt ihr doch nicht sein, daß ihr es jetzt nicht seht?

Mächtig dröhnen die drei Motoren, aber selbstverständlich kann man auf diese Entfernung keine einzelnen Passagiere an den Fenstern der Gondel erkennen.

»Carattis Motor arbeitete noch, und Nobile beugte sich aus dem Fenster der Gondel und schrie: ›Ferma la macchina!‹

Ich schaute neben ihm hinaus und sah, wie sich das Luftschiff mit dem Heck nach unten neigte und gleichsam abwärts rutschte. Ich sah auch Mariano, der einen merkwürdig *verlegenen* Ausdruck im Gesicht hatte, aber sonst ruhig war. Alles, was ich hier schildere, ging ungeheuer rasch vor sich, so daß wir in zwei Minuten auf dem Polareis waren. Im letzten Augenblick umfaßte ich fest das Geländer der Gondel und sah noch einmal hinunter.

Der Anblick war grauenhaft.

Das Eis schien gegen uns zu fliegen und verwandelte sich, je näher wir kamen, aus der ursprünglich einheitlichen Fläche in Hunderte von Eisblöcken, die in wildem Chaos durcheinandergeworfen und stellenweise durch Wasserkanäle getrennt waren. Ich zog den Kopf zurück und schloß die Augen mit dem Gedanken: ›Jetzt hat alles ein Ende‹.«

# Das dritte Tor geht auf:
# Das reife Alter

# 1. Der letzte Schwan rauscht aus dem Schilf empor

Dies ist also die erstaunliche Erzählung, die der junge Bernard Foy schrieb. Den Schluß davon sogar unter der Erde. Wie es zu einer so sonderbaren Sache kommen konnte, davon wollen wir jetzt berichten.

Als Hans von Lagerhielm allmählich merkte, daß Bernard wirklich verschwunden war – und zwar nicht nur auf einem seiner üblichen Abenteuer, sondern ganz im Ernst, war er zunächst nicht so traurig, wie er gedacht hätte. Bernard Foy hatte ja die Schule geschwänzt, seit sein Vater sich im Frühjahr erhängt hatte, für ihn entstanden dadurch also keine Probleme. Doch für Hans von Lagerhielm, der ein bißchen mehr Ehrgeiz in der Zentralschule von Billsta entwickelte, war es nicht immer so einfach, genug Zeit für sein Zusammensein mit Bernard zu finden.

Ein Ring, in einen anderen hineingeschmiedet.

Spinnweben in Spinnweben. Ein Spiegel, der einen anderen Spiegel spiegelt. Bernard fand das Gedicht in der Volksbibliothek. Und schließlich hat Hans von Lagerhielm es rekonstruiert.

So hat alles angefangen:

Die grauen, verregneten, stürmischen Augusttage, nachdem er die wunderbare gestohlene Maschine ausgepackt und in sein Zimmer auf dem Speicher gebracht hatte, wo man die Äste des großen, einsamen alten Birnbaums übers Dach scharren hörte und die Regenböen vom Bockstenssund die Fensterscheiben sprenkelten, hatten in ihm einen Dichter freigemacht, von dem keiner etwas geahnt hatte, am allerwenigsten er selbst. Er fand Hans, der ein wenig skeptisch war, mit seinem Moped und einem Autoradio ab, das er aus einem anderen Lebenszusammenhang geborgen hatte.

So blieb Bernard Foy die ganze dunkle, regnerische Augustnacht lang an seinem Tisch auf dem Speicher sitzen, während die Äste des Birnbaums so laut, so unruhig an die Fensterscheibe klopften, als fühlten sie sich draußen nicht mehr wohl und wollten lieber hereinkommen.

Wie gehorsame Soldaten stellten sich die kleinen Buchstaben jedesmal in einer Reihe auf, wenn er die richtige Taste drückte. Das machte ihn eigentümlich glücklich. Zum erstenmal in seinem Leben *sah* er seine eigene Sprache. Die schweren D-Züge, die nur wenige Kilometer von der Wohnsiedlung von Billsta entfernt ihr Tempo wieder steigerten, nachdem sie auf der mächtigen Brücke über den Kanal gekrochen waren, versetzten die Deckenlampe aus den dreißiger Jahren in leichte Schwingungen. Die Glühbirne über dem Tisch flackerte, es knackte in der Heizung. Davon merkte er nichts. Er sah seine Sprache, und das war genug. Sie führte ihr Eigenleben um ihn herum. Wie das Fruchtwasser den Fötus umgibt, dachte er.

Niedrige, unruhige Wolken wanderten Tag für Tag über das bittere Ende eines stürmischen Sommers.

»Jetzt erst weiß ich, wer ich bin. Und das lasse ich mir von keinem je wieder nehmen.«

Sein schmales Gesicht war bleich und picklig, seine Haare waren viel zu lang. Er hatte kein eigenes Leben und mußte es deshalb schreiben; für den Wind, der klar und kühl wehte, für das Wasser, das sich im Schatten der Sturmböen kräuselte und verdunkelte; für den Wind, für das Wasser und für niemand. Vielleicht war er wirklich der letzte Schwan, der aus dem Schilf emporrauscht.

Trotz seiner sechzehn Jahre konnte Bernard Foy manchmal ganz schön tyrannisch sein. Er wollte gern, daß andere ihm Gesellschaft leisteten, und war immer sauer und abweisend, wenn sie Miene machten, nach Hause zu gehen und sich um Schulaufgaben und andere, in seinen Augen völlig belanglose Pflichten zu kümmern. Bernard neigte dazu, wenn irgendeine Sache sein Interesse geweckt hatte, sei es ein Spiel oder ein Einfall, alles andere auf der Welt völlig bedeutungslos zu finden. Mit bitterer Hartnäckigkeit trieb er jede Sache auf die Spitze, und wenn er sich etwas in den Kopf gesetzt hatte, wußten die Freunde, daß es zwecklos war, ihn durch Überredung davon abbringen zu wollen.

Wenn er andererseits das Gefühl hatte, mit etwas *fertig* zu sein, konnte nichts auf der Welt ihn dazu bringen, sich wieder so richtig dafür zu interessieren. Das galt für die Schule, und das galt ebenso für die katastrophalen Szenen, die sich an einem grauen Frühlingsmorgen 1983 in dem Einfamilienhaus abspielten und damit endeten, daß sein Vater am Nachmittag desselben Tages in einem der Zimmer hing und wie das Pendel einer alten Uhr hin- und herschwang. Erhängt und tot und abgeschlossen.

All das erschien Bernard aber auf seltsame Weise klar. Auch das gehörte zu den Dingen, die rein und tot und abgeschlossen waren.

»Ach was, das ist nicht mein Problem«, sagte er zu seinem besten Freund Hans, als sie sich zum erstenmal nach dem Selbstmord seines Vaters trafen. »Mein Problem ist etwas ganz anderes; die ganze letzte Zeit habe ich mich kindisch benommen. Ich habe mich in einem sehr kindlichen Stadium befunden. Das ist die düstere Wahrheit. Aber ich glaube, ich fange jetzt an, erwachsener zu werden. Ich werde nie mehr hoffen, daß etwas besser werden wird, als es ist.«

Natürlich wurde es etwas leerer. Hans hatte keinen mehr, den er nach der Schule besuchen konnte. Keinen, zu dem er sich in der herbstlichen Dämmerung in das gelbe Haus hinter der Tannenhecke schleichen konnte. Keinen Grund mehr, ein wenig beklommen durch die scheußlich quietschende Hintertür ins Haus zu schlüpfen (die Vordertür war seit dem Frühjahr verriegelt und verrammelt), um in der Dunkelheit des Hauses zu horchen, ob sich etwas rührte. Keinen Grund mehr, sich durch die jetzt, im Herbst 1983, erschreckend verkommene und unbenutzte Küche mit den verstreuten alten Kartons und leeren Flaschen zu tasten. (Das Wasser war ja schon lange abgestellt worden, aber die Stromversorgung hatte sich Bernard zu sichern gewußt, indem er im Schaltkasten am Ende der alten Tannenhecke eine Leitung anzapfte.) Die steile Treppe hinauf, wo nicht selten die ausgemergelten Hauskatzen lautlos wie Geister in der Dunkelheit vorbeistrichen.

Kein Bernard, der freundlich mit großen, etwas geröteten Augen von dem kleinen, gemütlich leuchtenden grünlichen Schirm des Computers aufblickte, mit einem schüchternen und dennoch willkommen heißenden Lächeln.

Während Hans von Lagerhielm eher groß, schmal und

schlaksig war, hatte Bernard einen untersetzten, breiten und kräftigen Körper, und der schwere Kopf saß auf einem muskulösen, aber kurzen Hals dicht auf den Schultern. Er hatte etwas von einem Gnom, einem dieser kleinen, kraftvollen, mit einer Doppelaxt bewaffneten Männer, von denen man sich vorstellen könnte, sie in einer vergessenen Grube tief unter der Erde anzutreffen.

Wenn er mit seinen rötlichen Augen und diesem schüchternen Lächeln aufblickte, wurde Hans immer froh. Jetzt gab es keinen mehr, den man besuchen konnte, das ganze Haus war leer und tot. Keinen mehr, mit dem man die zunehmend merkwürdigen und labyrinthischen Computerspiele spielen konnte, die Bernard in immer schnellerem Tempo seiner kleinen Atari einzugeben lernte, und die oft recht bizarre Weiterentwicklungen jener Spiele waren, die er sich ursprünglich in der Einkaufspassage Gallerian in Billsta angeeignet hatte.

Ganz spezielle Computerspiele herzustellen war eine Kunst, die Bernard rasch gelernt hatte. Sein letztes war wirklich sehr unterhaltsam gewesen. Hans war überzeugt, daß Bernard davon hätte leben können, wenn er gewollt hätte. Ein dreidimensionales Labyrinthspiel hieß »Die Doppeltreppe«. Ein anderes hieß »Tripelspione«, und wieder ein anderes – nach Hans' Geschmack ein ziemlich fades – hieß »Sonette und Sestinen«. Und dann gab es ein wirklich lustiges Spiel, das ganz einfach »Luftschiff« hieß. *(Ein Luftschiff ist irgendwo zwischen der Westseite von Spitzbergen und Jan Mayen abgestürzt. Du hast die Wahl, auf dem Treibeis zu bleiben oder zu versuchen, einen anderen Punkt zu erreichen, aber du mußt sehr sorgfältig berechnen, wieviel Vorrat du dir aufbürden kannst. Das Treibeis, auf dem die Spieler gehen, wird von launischen Winden immerzu in verschiedene Richtungen getrieben, und deshalb ist es manchmal lohnender stillzusitzen, als zu gehen. Flugzeuge und Eisbrecher verschiedener Nationen versuchen die Spieler zu retten und komplizieren die Situation.)* Es war übrigens das Lieblingsspiel von Hans. Er bekam nie genug davon, es mit Bernard zu spielen, obwohl er fast immer verlor.

Aber zugegeben: für Hans wurde das Leben sehr viel einfacher, seit Bernard weg war. Er konnte wieder mehr mit seiner

Schwester Veronica zusammensein, einem hochgewachsenen, robusten und ziemlich aggressiven Mädchen, das Bernard verabscheute. Vor allem verabscheute er die Pickel auf ihrem Rücken, die besonders gut zu sehen waren, wenn sie einen Badeanzug trug. Sogar der Badeanzug war altmodisch und blöd. Er haßte die Zahnspange in ihrem Mund und die blöde Art, wie sie die Buchstaben »ö« und »ä« in diesem dämlichen Stockholmer Tonfall aussprach, daß sie wie »u« und »e« klangen. Außerdem war sie für Bernards Geschmack zu dick.

(Die Eltern von Hans und Veronica waren seit einigen Jahren geschieden. Die Mutter und die Tochter wohnten in Billsta, Hans und sein Vater, der etwas älter war als Väter von Schuljungen zu sein pflegen, wohnten in einem ehemaligen Sommerhäuschen unten am Mälaren, genauer gesagt am Strand von Flogsta, mit Aussicht auf den Bockstenssund.)

Veronica verabscheute ihrerseits Bernard mit der gleichen jugendlichen Frische wie er sie. Sie ließ sich selten die Gelegenheit entgehen, eine der kleinen Manierismen zu verspotten, die für sein Auftreten typisch waren, seinen gleichsam etwas schleppenden Gang, seinen schweren, vorgeschobenen Kopf, seine herabhängenden, scheinbar stets etwas schläfrig zwinkernden Augenlider.

Und da waren noch andere Dinge.

Hätte Bernard sich damit begnügt, in dem kleinen Zimmer ganz oben in dem sonst erschreckend verlassenen gelben Haus zu sitzen und immer kompliziertere Computerspiele zu erfinden, wäre er überhaupt kein besonders schwieriger Freund gewesen. Doch er schreckte nicht davor zurück, die Spiele auch in die Außenwelt zu verlegen. Diese Spiele, die Bernard mit Vorliebe in den Heizungsgängen des Provinziallandtags unter dem Zentrum von Billsta spielte, hatten etwas Überreiztes und Desperates.

Bernard liebte es, sie in Zweierteams zu spielen, und am besten sollten die Teams jeweils aus einem Jungen und einem Mädchen bestehen. Die einen starteten mit einem gewissen Vorsprung, oft waren es zehn Minuten, und dann wurden sie aufgespürt, man jagte und überraschte einander nach verzwickten Regeln in den langen, verschlungenen Heizungsgängen, die sich unter dem ziemlich weitläufigen Gelände der kommunalen und kommerziellen Institutionen von Billsta erstreckten. (Bernard hatte einen Zugang vom Heizungskeller der Schule aus gefunden, als er noch das Gymnasium des Orts besuchte; er hatte eine bemerkenswert gute Nase für alles, was unterirdisch war.)

Diese unterirdischen Gänge, die auf ihre Art einen ganz angenehmen Unterschlupf boten, da sie sogar im kältesten Winter eine Wärme hielten, die weit über der üblichen Zimmertemperatur lag – ja, an gewissen Stellen (bei den Wärmepumpen und den größeren Verzweigungen) war sie tatsächlich so hoch, daß es unangenehm war, dort durchzugehen, hatten unterschiedliche Farben. Vermutlich damit die Klempner, das Aufsichtspersonal und die Kontrolleure sich nicht allzu leicht verlaufen konnten, waren die Gänge mit grün, rot und blau markiert.

Es gab auch Knotenpunkte, an denen die Farbsysteme ineinander übergingen. Bernards Regelsystem, an das er sich mit brutaler und rigider Hartnäckigkeit hielt, schrieb vor, daß man in einigen Zonen gewisse Dinge tun durfte, die in anderen absolut verboten waren. (In roten Gängen zum Beispiel mußten die übrigen Teilnehmer ihm blind gehorchen, während sie eine ebenso blinde Befehlsgewalt über ihn hatten, wenn sie sich in einer anderen Farbzone begegneten.) Da die Mitspieler durchaus nicht immer seine Meinung darüber teilten, was genußvoll sei und was nicht, verwandelten sich bestimmte Zonen, beispielsweise die rote, in eine Art Kampfgebiet, das beispielsweise die Mädchen so schnell wie möglich zu durchqueren hatten.

Es gibt keinen Grund, weiter auf diese kindlichen Streiche einzugehen. In dem eng begrenzten Kreis von Mitschülern, die in das Geheimnis eingeweiht waren, gab es nicht wenige, die immer öfter einen Vorwand fanden, um nicht mitzumachen, nachdem sie es einmal ausprobiert hatten. Andere, wie zum Beispiel Hans, waren unermüdlich. Seine Schwester Veronica fand, Bernard habe nach dem Tod des Vaters angefangen, die Spiele allzu ernst zu nehmen. Bernard selbst war mit dem System der Heizungsgänge nicht mehr zufrieden. Seiner Ansicht nach war es längst nicht groß genug; er hatte ausgerechnet, daß das System insgesamt kaum mehr als fünfzehntausend Meter lang sein konnte.

Das reichte ihm bei weitem nicht. Er träumte davon, geheime Verbindungen zwischen diesem unterirdischen System und anderen zu finden. Der Tunnel der nach Süden führenden Eisenbahnlinie kurz vor dem Södertälje-Kanal mit all seinen Zufahrtsorten und Arbeitstunneln, die unterirdischen Hauptleitungen, die zum Elektrizitätswerk der Gemeinde Botkyrka gehörten, das Elektrizitätswerk der Großgemeinde Billsta-Flogsta, Drainierungstunnel, ja, sogar die uralten Schächte, die von den düsteren russischen Gefangenen benutzt wurden, als sie im achtzehnten Jahrhundert Kanäle und Hafenanlagen hier und da im Mälartal gebaut hatten. Den Traum, diese ganze ausgedehnte Unterwelt zu erforschen, zu beherrschen und zu seinem eigenen Land zu machen, hegte Bernard seit dem Tod des Vaters offenbar mit manischem Eifer.

Hans hatte, kurz gesagt, guten Grund, Bernard sowohl zu vermissen wie ihn nicht zu vermissen.

Natürlich horchte er ein bißchen herum. Im Einkaufszentrum von Billstra zum Beispiel. An mehreren dämmrigen Oktoberabenden radelte er längs der Strandpromenade, wo um diese Jahreszeit die schweren Wellen des Bockstenssunds in der Dunkelheit pulsierten. Er bat seinen Vater, den Kreis von uralten, jedoch oft überraschend gut unterrichteten Herren im Billstaheim zu fragen, dem letzten privaten Altersheim in dieser Gegend, mit denen er jeden Dienstag Harlekin zu spielen pflegte. Er scheute sich nicht einmal, die unerträgliche Gruppe von arbeitslosen Alkoholikern zu fragen, die während der Öffnungszeiten vor dem staatlichen Spirituosenladen von Flogsta herumhingen, um die vorbeiradelnden Schüler zu überreden, für die Beruhigungstabletten, die sie in der Alkoholklinik gegenüber dem Marktplatz bekamen, in den Laden zu gehen und für sie Rotwein zu kaufen.

Hans zögerte nicht einmal, sich höflich den abgebrühten kleinen finnischen Huren zu nähern, die sich am Entlüftungsschacht der U-Bahn am Ende der Einkaufspassage die Füße zu wärmen pflegten.

Wohin aber mochte Bernard verschwunden sein? Wenn er

sich nicht mehr innerhalb der Gemeinde Billsta-Flogsta aufhielt, gab es ja unbestreitbar noch viele andere Möglichkeiten. Ein hartnäckiges Gerücht besagte, man habe ihn draußen auf dem Mälarsee in einem alten Sandkahn mit schwarzen Segeln gesehen. Einem anderen Gerücht zufolge war er unter einem Brückenpfeiler der Västerbron gesehen worden. Und außerdem in der Vorhalle der Königlichen Bibliothek im Humlegården-Park. Tatsächlich florierten damals die wildesten Gerüchte.

Natürlich kehrte Hans mehr als einmal zu dem gelben Haus zurück. Aber dort hatte sich nichts verändert. Kartons und leere Flaschen standen wie üblich in der Küche herum. Vor der dreifach verschlossenen Tür zu Jacob Foys Büro lag ein leerer schwarzer Müllsack, der offenbar zurückgeblieben war, als die Steuerfahnder Jacob Foys Unterlagen und Kassenbücher weggeschleppt hatten. Er flatterte leicht im Luftzug, als Hans hereinkam, und erschreckte ihn fast zu Tode, weil er eine schwarze, unruhige Hand zu sehen meinte, die hilfesuchend winkte.

Nur die ausgehungerten Katzen strichen ihm mit lästiger Hartnäckigkeit um die Waden. Dieses Haus war jetzt tot und von allem Leben verlassen. Allem Anschein nach.

»Offensichtlich«, sagte er sich, »muß ich meine Nachforschungen ausdehnen.«

Drei Tage später stieß er überraschend auf eine höchst interessante Fährte. Ein kleiner Junge, den er aus der Sechsten kannte, Leffe – man nannte ihn aus irgendeinem unerfindlichen Grund Leffe Zwölffuß – tauchte auf, um sich ein bißchen Geld für eine Tasse Kaffee zu erbetteln. Leffe war ein Ausgebrannter, einer von diesen Typen, die irgendwie leer geworden waren von den unglaublichen Mengen schlechten Haschischs, die sie als Kinder in der Zentralschule von Billsta geraucht hatten. Er war in einem sehr frühen Stadium aus der Schule ausgeschieden oder vielmehr geschmeidig hinausgeglitten. Der Fürsorger, die Schulpsychologin und die Lehrer hatten mittlerweile sicher aufgehört, nach ihm zu suchen.

Manchmal aber besaß dieser Junge erstaunlich genaue Informationen über alles, was in der Gegend passierte. Keiner wußte, woher er sie bezog. Er wußte ganz einfach Bescheid.

*A priori*, hätte der philosophisch veranlagte frühere U-Boot-Matrose und spätere Radiohändler Torsten Simmerling im Billstaheim gesagt. Er gehörte zu den Freunden, mit denen der Vater von Hans Karten spielte.

## 2. Sentimentale Landschaftsbeschreibung

Auf die dichten Regenfälle des August folgen nicht selten Tage mit silbrigem Licht über dem weiten Bockstenssund, und durch das schon etwas sprödere Schilf des Septembers bläst ein scharfer, kurzsichtiger Wind. Alles, was ihm in den Weg kommt, macht er glasklar und oberflächlich, er weiß, was er will, und er tut jedem, dem er begegnet, etwas Böses an.

Es ist die Zeit, in der sich unsre Taschen mit Fallobst füllen, verklebt von regennassem Lehm – und manche Taschen mit den Sachen anderer! Einige davon so unwirklich und seltsam, daß wir selbst mit dem allerbesten Willen keine Worte dafür finden würden. Und manche müssen natürlich, denn so ist es immer – mit leeren Taschen fortgehen. Das alles werden wir jetzt, mit eurer freundlichen Geduld, näher erläutern.

Die Landschaft ist weiträumig und nicht besonders zusammenhängend.

Wenn wir uns die Eisenbahnlinie zwischen Stockholm und Södertälje in der Mitte vorstellen, wo die Züge Tag und Nacht über die hohe Brücke am Södertälje Kanal donnern, läßt sich alles leichter verdeutlichen. Die Stelle, an der der Kanal zwischen hohen Felsrücken unter der Brücke durchfließt, bildet dann den Schnittpunkt in einem Kreuz mit vier Feldern.

Im oberen rechten Feld liegt Flogstas Marina an einer verwilderten Bucht des Mälarsees, wo noch altertümliche Zementkähne im vergilbenden Schilf modern. Von dem Mastenwald, der sich im Sommer am Pier zu drängen pflegt, ist jetzt, Anfang Oktober, nicht mehr viel übrig. Die kleine Tankstelle am Pier hat ihr Personal schon heimgeschickt, nur ein paar Motorradjünglinge lassen unten bei den Toilettenhäuschen der Cafeteria ihre Motoren probelaufen. Und im Gebüsch hinter dem Mastkran liegen die letzten verbrauchten Kondome des Sommers neben den sonderbarsten schwarzbraunen Pilzen, die zu dieser Jahreszeit mit jedem Nachtregen aus dem Boden zu schießen scheinen.

Flogstas Marina war ursprünglich sehr viel imponierender, südländischer und eleganter geplant. Nun ist hier und da ein vertäutes altes Holzboot auf den Grund gesunken, ungefähr wie ein Gefangener, den man nicht einmal nach seinem Tod von seinen Fesseln befreit hat. Ein alter Mann sitzt am Ende der Mole und angelt. Er zieht einen weißblinkenden flachen jungen Brachsen nach dem anderen aus dem ziemlich verschmutzten Wasser und stopft sie in einen schachbrettartig gemusterten Einkaufsbeutel aus billigem Kunstleder; Gott weiß, was er mit diesen tristen Fischen anfangen will, die im ungesunden Grundwasser leben und fast immer Plattwürmer in ihren unwissenden, weißen Bäuchen haben.

Der einzige Mensch, der sonst zu sehen ist, ein Herr in Windjacke und Knickerbocker, geht systematisch die Piere ab, um sich die Liegeplatznummern der verbliebenen Boote zu notieren. Vermutlich ist es ein Steuerfahnder, der routinemäßig unterwegs ist, um irgendein Boot zu finden, das dem Finanzamt nicht gemeldet worden ist.

Manche Leute behaupten, der Grund dafür, daß an den teuren, kommunal subventionierten Pieren von Flogstas Marina weniger und vor allem nicht so große Boote liegen, wie man ursprünglich gehofft hatte, sei ihre für die Kontrolleure der Provinzialregierung so günstige Lage. Sie sei ganz einfach zu schnell zu erreichen. Es mag etwas Wahres daran sein. Aber weiß der Kuckuck, ob man heutzutage mit einer größeren Entfernung besser davonkommt. Der frühere Steuerinspektor dieser Gegend benutzte mehrere Saisons lang zwei große Helikopter für seine Fahndung nach versterktem Eigentum. Unheilverkündend schwirrten sie niedrig über die sommerliche Landschaft. Wenn die Sonne plötzlich durch einen silberschimmernden Lichtbrunnen brach, glitten ihre unwirklich großen Schatten über vergessene Bagger hinter vermodernden Scheunen und rasch erbaute Sommerhäuschen am Rand stillgelegter Sandgruben. Ihre Schatten wanderten über die Gegend, könnte man sagen, wie Jahrhunderte übers Land gehen. Jetzt aber sind sie verschwunden.

Mal waren sie weit draußen über den Mälarbuchten, um irgendwelche versteckten Sommerhäuschen aufzuspüren; mal über dem Hochwald beim Sjunkarmoor, im entferntesten Winkel des linken unteren Quadrats. Wohl niemand als Gott allein weiß, wonach sie dort draußen im Sumpfland suchen. Zuweilen sah man sie lange über dem Wasser eines offenen Tümpels stillstehen. Wie Libellen manchmal gedankenvoll über den Sommergewässern stehen. Als wollten sie sich im blanken Schild des Tümpels spiegeln.

Mit dem Sjunkarmoor beginnt die richtige sörmländische Wildnis. Dort endet nicht nur die mittlerweile eigentümlich verbrauchte, verschlissene, ja, praktisch vergessene Kulturlandschaft des Mälartals, sondern dort enden auch Flogstas Einkaufszentren, Regierungsgebäude, geschützte Werkstätten und endlose graubetonierte Mietskasernen. Dort draußen schweben noch Taubenfalken über den meilenweit ausgedehnten Mooren, die teils mit Multbeeren, Mädesüß und Porst bewachsen sind und sich hier und da zu verräterischen Tümpeln öffnen. Dort, wo sie an die Wohnblocks von Billsta-Flogsta grenzen, kann man zuweilen verwirrende Gegenstände in diesen Tümpeln schwimmen sehen: einen Damenschuh, eine einsame Reisetasche, aufgesperrt wie das Maul eines nach Luft schnappenden Hechts, einen gelben, schweinsledernen Aktenkoffer, der vielleicht einmal etwas Wertvolles enthalten hat, jetzt aber nur auf einem Kissen von ungesunder, stickiger Luft auf- und niederschwebt, die er in dem Moment geschluckt haben mußte, als er, seines ursprünglichen Inhalts beraubt, in den Tümpel geworfen wurde.

Weiter draußen verschwinden alle derartigen Anzeichen dessen, was die moderne, durchdachte, betonierte und mieterfreundlich geplante Wohnanlage imstande ist, unbemerkt und unbeachtet in die Welt der Fragmente, Spuren und nie ganz ausgesprochenen Geheimnisse zu überführen. Jenseits dieser unklaren Zone beginnt jene, die nicht mehr den Menschen angehört, das unbebaute und niemals urbar zu machende Sumpfland, das man Sjunkarmoor nennt, vielleicht, weil seit jeher behauptet wird, daß alles darin versinken und für immer verloren gehen kann.

Hierher kommt nur einer, der von Kindheit an die unmerklichen, gewundenen Pfade kennt, oder der das Leben riskiert, um sie aufs neue zu erproben. Hier draußen scheinen nur die Taubenfalken über eine ausgedehnte Wildnis zu herrschen, doch der Eindruck, daß sie alleine herrschen, ist wohl auch ein wenig trügerisch.

Hier draußen im Sjunkarmoor kann das Leben an bestimmten warmen, einsamen Julitagen ebenso ursprünglich und von der Geschichte unberührt erscheinen wie in der frühen skandinavischen Bronzezeit. Hier draußen in der Windstille sieht man an solchen Nachmittagen eine Art von sehr großen Schmetterlingen, die sonst nur in den bunten entomologischen Handbüchern der Volksbüchereien vorzukommen pflegen. Und hier draußen, auf den besonnten Flecken, kann man noch fliegende Ameisen über dem einen oder anderen vertrockneten Baumstamm schwärmen sehen, Überbleibsel der wenigen Bäume des Moors. Denn es ist ja doch anzunehmen, daß dies alles einst lebendig war: ein waldgesäumter See, vielleicht eine tiefe Mälarbucht, die sich durch die rasche Anhebung des Landes in Sümpfe verwandelt hat.

Und hier draußen gibt es Traditionen, Legenden von den Moormännern, den Steinzeitjägern in Umhängen aus grob gewebtem Tuch, die von ihren Feinden getötet wurden und durch die Jahrtausende tiefer und tiefer in die braunen Humussäuren des Moors hinabgesunken sind, wo sie für immer erhalten blieben. Die Legenden, wir wissen nicht genau, von wem sie stammen, möchten es gern so darstellen, daß diese seltsam unversehrten Moorleichen an dunklen Novemberabenden aus der Tiefe der Sümpfe emporsteigen, um für einige kurze Stunden ihr Gespensterdasein mit dem der Lebenden zu vermischen. So daß das Dasein der Lebenden nicht mehr von dem der Toten zu unterscheiden ist.

Was diese lebenden Toten, diese ewig umherirrenden Moormänner auf ihren ausgedehnten Wanderungen im nebligen Novemberdunkel treiben, möchten wir uns lieber nicht ausmalen.

Freiherr Carl Rutger von Lagerhielm, der letzte Privatbesitzer des Gutes Flogsta, pflegte stets beruhigend zu sagen, es gebe in der Gegend bestimmt gefährlichere Dinge zu bekämpfen als die Moormänner. Wenn man *wirklich* jemanden draußen im Moor gesehen habe, seien es mit größerer Wahrscheinlichkeit russische Fallschirmjäger, Spetznatzverbände aus Riga oder Leningrad, die dort draußen eine irgendwann fällige russische Okkupation vorbereiteten und den Funkverkehr der schwedischen Heimwehr abhörten, als irgendwelche Urgestalten aus der fernen Vorgeschichte. Darauf kann sich ja jeder seinen eigenen Reim machen.

»Jedenfalls kann man nur hoffen, daß sie der Teufel holt. Wer sie nun auch sein mögen«, pflegte dieser Carl Rutger zu sagen und sich mit einer bäuerlichen Geste in die Hand zu schneuzen. Manieren hat dieser Herr, trotz seiner unbestreitbaren Gelehrsamkeit, eigentlich nie gehabt.

Mit ihm ist es uns gelungen, uns aus der verlassensten Ecke der Landschaft, der linken unteren, wieder in die zivilisierteste zu versetzen, der rechten oberen, unserem Ausgangspunkt. (Wir lieben es nämlich, uns in Diagonalen zu bewegen. Unser Verhältnis zu Pendelbewegungen hingegen ist, aus Gründen, die vielleicht allmählich deutlich werden, wesentlich zwiespältiger.) Flogstas Marina, Flogstas Badestrand und Flogsta selbst sind nach dem Gut Flogsta benannt, als Rittergut im Jahre 1706 vom Freiherrn und karolinischen Oberst Karl Larsson Lagerhielm erbaut, mehrmals niedergebrannt, aber jedesmal wieder aufgebaut.

Das alte Haus am Mälarsee mit seiner gelben Fassade und den großen französischen Fenstern mit Blick auf eine Terrasse war genauso schön, wie man es von einem solchen Haus erwarten durfte. Die Terrassen verschwanden eine nach der anderen in der Tiefe, zum Ufer hin, wo die Eichen in Erlen übergingen, ein teils gelbes, teils weinrotes Meer aus erstarrten Wellen bis hinab zu der seltsamen Mälarbucht mit ihrem Schilf und ihren Windströmungen aus klarblauer Luft. Natürlich wohnte Carl Rutger von Lagerhielm nicht mehr in diesem Gebäude. Er hatte sich im Zusammenhang mit seinem letzten Konkurs in eine anspruchslosere Behausung zurückgezogen, und wir werden versuchen, mit der Zeit einen Vorwand zu finden, um auch diese zu schildern.

Es hieß, das Gut Flogsta sei eine Zeitlang von der Provinzialregierung Södermanlands als Heim für eine freiwillige Drogentherapie verwendet worden. Jedoch waren dort nie irgendwelche Drogensüchtige zu sehen. Vielleicht waren sie in aller Stille wieder nach Hause gegangen.

Vor einigen Jahren hatte man tatsächlich einige überaus schweigsame Männer gesehen, die mit starren, unbeweglichen Gesichtern im Park und auf der Terrasse mit ihren längst zertrümmerten Marmorstatuen und zerschmetterten Blumentöpfen spazierengeführt wurden. Vielleicht waren diese grauen Geschöpfe, die unter der Aufsicht von einigen jungen Pflegern willenlos in einer langen, gewundenen Reihe ihren Morgenspaziergang machten, wirklich Drogensüchtige. Oder Verbrecher. Womöglich Triebtäter. Ganz gewöhnliche, normale Menschen gibt es ja eigentlich nirgends auf der Welt. Sie hätten übrigens genausogut Moorleichen sein können; es hätte kaum einen Unterschied gemacht. Nun hatten sich die Grauen den ganzen Sommer lang dort nicht blicken lassen. Statt dessen hatte eine der Motorradbanden aus der Gegend ein orgiastisches Fest in den leeren Räumen gefeiert, was zu einem Brand geführt hatte, der seltsamerweise von selbst erloschen war. Vielleicht war es eine Nacht mit einem großen, plötzlichen Gewitterregen gewesen.

»Nein«, sagte Freiherr von Lagerhielm. »Es gehört irgendwie zum Schicksal dieses Hauses, daß es nicht niederbrennen kann. *Nicht, bevor seine Stunde geschlagen hat.*«

Carl Rutger von Lagerhielm hat das Gut Flogsta nach dem Verkauf nie wieder besucht. Er hauste ein gutes Stück weiter südlich in einem nur teilweise winterfesten Sommerhäuschen, das einer seiner Vorfahren, vermutlich sein Großvater, in den dreißiger Jahren für einen Stockholmer Interessenten auf einer kleinen Halbinsel parzelliert haben mußte. Es war ein lustiges Häuschen, das beinahe wie ein Leuchtturm aussah, und manchmal wurde es auch von allzu schnellen Motorbooten draußen in der Bucht für einen solchen gehalten. Nur in einer von den vier Wänden gab es nämlich Fenster, zwei längliche, bootförmige Fenster auf die Bucht und den Bockstenssund hinaus.

Die übrigen Wände waren fensterlos.

Das war dem Baron gerade recht, denn er war ein gelehrter und exzentrischer Mann in den Siebzigern und hatte, wie es hieß, sämtliche Wände in der winzigen Behausung mit den Resten der Schloßbibliothek verkleidet, die sonst auf alle Fälle im Sommer 1961 auf dem Müll gelandet wäre, als die Provinzialregierung den Besitz übernahm. Den ganzen Sommer lang war der Herr Baron dort noch aus- und eingegangen und hatte sich Bücher geholt, als habe er keinen Anstand im Leib. Aber vielleicht waren sie gut, um die Kälte zu vertreiben, wenn die Winterstürme über die Bucht fegten.

Es waren eigentlich ziemlich viele Gerüchte über diesen Freiherrn von Lagerhielm im Umlauf, und nur wenige Menschen hatten ihn in seinem Häuschen auf der Landzunge besucht. Einer der wenigen, die wirklich sein Vertrauen gewinnen sollten und Zugang zu seiner wundersam geretteten Bibliothek erhielten, war der sechzehnjährige, damals schon vater- und mutterlose Bernard Foy.

Der Sohn, ein großer, rothaariger Jüngling namens Hans von Lagerhielm, wohnte nur zeitweilig bei seinem Vater, und die Zeit der Winterstürme pflegte er zu meiden. Dann pfiff der Wind nämlich durch die Ritzen des ehemaligen Sommerhäuschens, und man mußte sogar mitten in der Nacht aufstehen und Holz holen. In solchen Perioden wohnte Hans im zentralgeheizten Zentrum von Flogsta-Billsta, wo seine Mutter, eine sehr dicke und im Unterschied zu ihrem Sohn weizenblonde Frau, einen Tabakladen betrieb. Es wurde gemunkelt, dies sei ein Zentrum für einen illegalen Alkoholhandel mit den hilflosen, ausgestoßenen Alkoholikern, die nicht einmal mehr Kraft und Geld genug haben, um die fünfzehn Kilometer zum staatlichen Spirituosenladen von Södertälje zu fahren.

»Der Junge hat entdeckt«, pflegte der Vater zu sagen, »daß es nur ein Vorurteil ist, menschliche Wärme für besser zu halten als mechanische Wärme. Im Winter kann es genau umgekehrt sein.«

Diese Frau wird in unserer langen Erzählung nur eine untergeordnete Rolle spielen. Sie gilt als ein bißchen verrückt, und ihr schmutzigblondes Haar fliegt in ungepflegten Zotteln über eine breite und mächtige Stirn, wenn sie sich am Wandtelefon in ihrem Tabakladen meldet. Sie verabscheut Carl Rutger ebensotief wie sie ihren Sohn Hans liebt. Den Baron nennt sie etwas schematisch den »Kindsvater«.

Zum Gut Flogsta hinauf ging also der deklassierte Adlige nach dem Konkurs und dem Verkauf an die Provinzialregierung nie wieder. Dort oben war auch nicht mehr viel zu sehen. Die letzten Überbleibsel eines niedergebrannten alten Badehauses. Die lehmbedeckten Reste von etwas, das einst ein Segelboot gewesen sein mußte, offenbar in irgendeinem Herbst ganz einfach dem Zerstörungswerk des Eises überlassen, bis es sank und sich dort unten im Bodenschlamm in ein Monster, ein Walgerippe und Skelett verwandelte. Jetzt diente es bestimmt als herrlicher Unterschlupf für Barsche und Stichlinge. An schönen Tagen pflegten die kleinen Türkenjungen aus den Wohnblocks von Billsta-Flogsta hierher zu kommen und mit Brotteig am Haken nach ihnen zu angeln. Das Segelboot hatte ganz offensichtlich ausgesegelt.

»Eine Charonfähre ist aus meinem alten Boot geworden, mit dem ich als Junge soviel Spaß hatte – es ist schrecklich«, pflegte Carl Rutger von Lagerhielm zu Hans zu sagen. »Ein Schiff, das nur Segel setzt, wenn jemand dem Fährmann einen Obolus reicht. Nichts habe ich dir zu hinterlassen, mein Junge – nach einem ganzen Leben, nach dreihundert Jahren von Lagerhielms. Es ist furchtbar!«

»Das macht nichts, Papa. Wir können doch trotzdem Freunde sein.«

Carl Rutger von Lagerhielms Kanu, das einst straff gespannte Segeltuch mit roter Ölfarbe gestrichen (wie es damals üblich war), war säuberlich aufgebockt, wenn es nicht benutzt wurde. Und das peinliche war, daß über dreißig Jahre vergangen sein mußten, seit es zuletzt im Gebrauch war. Gras und Weidenröschen sprossen Seite an Seite durch die Löcher des längst verfaulten Tuchs. Das Kanu war kein Boot mehr, eher ein Baumstamm, etwas der Natur zugehöriges, ein Kadaver, ja, warum nicht gar auch eine Moorleiche, ein Moormensch.

Als der junge Bernard allmählich mit dem Baron etwas vertrauter wurde und es auch wagte, ein bißchen mehr mit ihm zu scherzen, konnte er auf die Frage, wie es denn mittlerweile auf dem Gut Flogsta aussehen mochte, folgendes antworten:

»Tja, es stürmt auf der geplünderten Terrasse.
Des Dichterfürsten Leier sich der Blitz erkor.
Der letzte Schwan rauscht aus dem Schilf empor.«

Solche Dinge schufen eine für diese Zeit, diesen Ort und die Situation ungewöhnliche Gemeinschaft zwischen dem müden, schon über siebzigjährigen Aristokraten und dem bald siebzehnjährigen Dichter.

Dies geschah, wie gesagt, in dem Jahr, in dem der sechzehnjährige Bernard seinen siebzehnten Geburtstag feiern sollte. Mutterlos ging er in dieses Jahr hinein, und ab Mai würde auch sein Vater nicht mehr am Leben sein. Und ein ganzer Herbst war nötig, um sich das alles wegzuschreiben, der lange, regnerische und stürmische Herbst 1983.

Und zuletzt würde, was wir ebenfalls in dieser Erzählung schildern werden, das Schreiben eine unerwartete Wendung nehmen und sich unter die Erde verlagern. Und dort wie das Netz einer Spinne wachsen, Faden für Faden. Er wurde ein Dichter, aber es kostete ihn natürlich einiges, und auch davon werden wir nach und nach berichten.

## 3. Es war die Zeit, in der sich unsre Taschen füllten . . .

Über die Landschaft gibt es natürlich viel mehr zu sagen. Von den vier Feldern in unserem Diagramm haben wir ja eigentlich nur zwei berührt: das linke untere, ein ödes Sumpfland südwestlich der Eisenbahnlinie, das man Sjunkarmoor nennt, und das rechte obere, in dem das Gut Flogsta den Mittelpunkt einer Uferlandschaft bildet, die in mehreren Terrassen zum Mälarsee hin abfällt.

Westlich von dieser Gegend, mit Blick auf den weiten Bockstenssund, in dem sich gerade ein blaues, mit Zement beladenes Frachtschiff unter holländischer Flagge im Silberschimmer des Horizonts verliert, liegt die alte Wohnsiedlung Billsta. Wenigstens aus einiger Entfernung wirkt sie heute noch wie ein Idyll. Und doch ist sie nichts anderes als ein trügerischer Traum, der Traum von einem glücklicheren, einem gleichberechtigteren Schweden, in dem auch die Arbeiterklasse sich Einfamilienhäuser leisten könnte und die Geringsten Zugang zu Licht und Luft und Birnbäumen hätten.

Die kleinen Häuser mit ihren liebevoll gepflegten Gärtchen entstanden in den dreißiger Jahren, als fleißige und rührige Vorarbeiter und Werkmeister der Scania-Vabis-Fabrik in Södertälje hierher kamen, um in der Nähe des Mälarsees hell und luftig zu wohnen. Sie gruben den weichen Lehmhang zum See hinunter um, sie pflanzten ihre Apfel- und Birnbäume, von denen die Winterstürme jetzt die meisten gefällt haben, obwohl hier und da noch der eine oder andere Riese stehengeblieben ist.

Einige der Häuser fangen jetzt schon an zu verfallen, da die Besitzer nicht mehr die Jüngsten sind und ihnen eigentlich auch von ihrem Einkommen kein Geld für Reparaturen und Unterhalt bleibt. Bei einigen ist die ursprüngliche Holzverschalung unter häßlichen Eternitplatten verschwunden, manche haben Schornsteine, die so aussehen, als könnten sie jederzeit einstürzen. Und bei vielen ist der Hof mit den sonderbarsten Gegenständen vollgestellt: Klempnerbänke, alte, in England gebaute Fords aus der Nachkriegszeit, Lokomobile und Kartoffelerntemaschinen des Patents von Olsén und Hagwald.

Nach Osten zu geht das Ganze allmählich in ein Industriegebiet über, das der Schrecken der Provinzialregierung und das Entsetzen des Gesundheitsamtes ist. Auf Grundstücken, die oft nicht größer sind als die Gärten der benachbarten Siedlung, üben sonderbare Ein- und Zweimannunternehmen eine Reihe von speziellen Tätigkeiten aus. Da gibt es einen grimmigen Finnen, dessen mit pornographischen Werkzeugkalendern geschmücktes Büro ständig von zwei bissigen Schäferhunden bewacht wird. Es heißt, sie hätten schon zweimal Besuchern vom Finanz- und Gesundheitsamt die Hosen gekostet.

Er kauft total verrostete oder unfallgeschädigte Autowracks auf, aus denen die Kunden, meist jüngere Leute, unter der

Aufsicht seines strengen Gehilfen eigenhändig die Teile abschrauben dürfen, die sie brauchen können. In der nächsten Werkstatt arbeiten ein paar ältere Männer aus Dalarna in einem unbeschreiblich stinkenden Hof. Sie sind nämlich die einzigen in der weiteren Umgebung von Stockholm, die die Kippvorrichtung der neuen kommunalen, aus Westdeutschland bestellten Müllwagen reparieren können.

Immer wenn ein solcher schadhafter Wagen ankommt, bleibt eine ganze Menge von dem Müll in dem unordentlichen Werkstatthof liegen. Es stinkt nicht wenig, wenn im Frühjahr das Tauwetter einsetzt, und was es dem Grundwasser antut, möchten wir lieber nicht näher untersuchen (denn, wie Carl Rutger von Lagerhielm zu sagen pflegt, es gibt Dinge in dieser Welt, denen man nachforschen sollte, und es gibt Dinge, denen man nicht nachforschen sollte). Dies führt dazu, daß Anderssons Kippwagenreparatur immer zu Neujahr vom Gesundheitsamt von Sjunkarmoor Berufsverbot bekommt und daß dasselbe Gesundheitsamt regelmäßig am Tag danach eine Sondergenehmigung erteilt. Denn wie sollte man sonst die viel größeren Unannehmlichkeiten vermeiden, die es mit sich bringt, wenn die Gemeinde nicht über genügend funktionierende Müllwagen verfügt?

Überhaupt ist dies keine von den Gegenden, in die sich einzelne Vertreter der Behörden gern hineinbegeben. Ihr eignet eine merkwürdige Fähigkeit, Menschen verschwinden zu lassen, die nach geraumer Zeit wieder auftauchen, und zwar in den überraschendsten und wunderlichsten Formen. Beerenpflückerinnen, Rentner auf Busausflügen, Wurstbudenbesitzer, es ist unglaublich, wie viele verschiedene Menschen verschwinden. Manchmal finden Kinder beim Baden ihre aufgedunsenen Leichen im Schilf, manchmal hocken sie draußen im Hochwald auf der Grenze zum Sjunkarmoor hinter einem Stein, wenn es April wird. Grübelnd können sie aussehen, als suchten sie immer noch nach dem Weg, von dem sie an einem Maitag abgekommen sind.

Selbst ein Steuervogt kann sich hier draußen leicht verirren. Ein paar Jungen fanden spät im Frühjahr einen solchen, der unten beim Flogstabad auf einer Behindertentoilette saß. Genaugenommen sind es ja nicht so viele Behinderte, die den langen Weg von der Stadt nicht scheuen, um hier zu baden. Seine Hand- und Fußgelenke waren sorgfältig mit prima Bootsketten gefesselt, die anscheinend aus einer Werkstatt in dieser Gegend stammten. Später war er dort nicht mehr zu finden. Jemand hatte offenbar den ganzen Kerl weggetragen.

Das Gerücht, zu dessen Verbreitung der junge Bernard Foy beitrug, wollte jedenfalls wissen, der Tote sei zuerst von ihm, Bernard entdeckt worden, und da seien schon böse kleine Waldbienen aus seinen Nasenlöchern geschwärmt. Dann war der Mann verschwunden, und es war nicht so leicht zu kontrollieren, wie es sich wirklich mit den Bienen verhielt. Ein hartnäckiges Gerücht bezeichnete Bernard als denjenigen, der den Toten weggeschleppt hatte, bevor die Polizei eintraf. Und auch dieses Gerücht unterstützte Bernard nach besten Kräften hier und da an den Straßenecken, mit rhetorischem Glanz und genau kalkulierten Pausen und Exkursen. Manchmal wurde behauptet, er habe diese Rhetorik von seiner Mutter geerbt, die zu Lebzeiten eine außergewöhnliche Händlerin war und auf dem Markt von Södertälje bestickte Kissen und anderen Krimskrams verkaufte. Nach dem, was Bernard unten am Aushang beim Strandbad einer atemlosen Schar von gleichaltrigen lederbekleideten Motorrad- und Mopedjünglingen berichtete, sollte der Schädel des Toten schon von den wilden Bienen blankgefressen worden sein, die sich in seinem Kopf niedergelassen hatten. Und Bernard, der damals noch nicht wußte, daß er ein Dichter war, dabei aber die Details schon leidenschaftlich liebte, pflegte zu betonen, daß er mit eigenen Augen gesehen habe, wie eine Biene aus einem Nasenloch des Toten gekrochen sei, um dann wieder dorthin zurückzukehren.

Und das dumpfe Summen im Inneren dieses Vogtschädels sollte, immer noch laut Bernard Foy, wie die seltsamste Musik geklungen haben. Dieser Kopf schien Gedanken zu hegen, die mehr als allem anderen der zerstreuten und abwesenden Stimme Gottes glichen. Eine dumpfe, brummende und ursprüngliche Musik, unbeeinflußt von den zufälligen Launen und Einfällen, die in einem rasch vergänglichen Menschenschädel ein- und ausschwärmen. Man könnte fast sagen, dieser Schädel habe nun zum erstenmal in seiner Existenz eine wirklich vernünftige Bestimmung gefunden. Erst jetzt wurde dort drinnen allen Ernstes gedacht. Denn alles dient.

»Natur«, hatte der Junge hinzugefügt, als er zum Ende seiner Erzählung gekommen war und sich im Vertrauen an seine aufmerksamsten Zuhörer wandte, Hans von Lagerhielm und Kenta Holm, die sich in diesem Augenblick so weit über die Mopedsättel vorbeugten, daß ihre blonden und roten Köpfe zusammen mit Bernards dunklem Haar fast eine Einheit, ein seltsames Blumenmuster, bildeten, »Natur, versteht ihr, ist nicht nur Salat und Tomaten und Lerchen und Haubentaucher, Natur kann genausogut auch aus solchen Dingen bestehen. Wer glaubt, die Natur sei schön, hat nicht viel von der Natur gesehen. Oder er hat womöglich verstanden, daß die Schönheit nicht schön zu sein braucht.«

»Ja«, fuhr er fort, »die Frage ist, ob dieses ganze Naturzeug sich nicht viel näher kommt, wenn es so ist. Ich habe einmal eine Kuh gesehen, die sich ins Sjunkarmoor verirrt hatte. Das heißt: ich habe sie im Sommer danach gesehen. Und da war es fast genauso. Es summte und sang auch im geschwollenen Bauch dieses Kadavers. Und damit nicht genug. Sie spreizte die Beine wie eine verdammte Nutte.«

Es war in solchen Situationen nicht leicht zu wissen, was Ernst war und was ganz einfach der ursprünglichen, von keiner formalen Bildung gezügelten und allgemein ausschweifenden Phantasie des kleinen Bernard Foy entsprang.

Man konnte sich ja beispielsweise fragen – wenn es nun tatsächlich so war, daß Bernard in Wirklichkeit, und nicht nur in seiner fruchtbaren Bubenphantasie, einen von Bienen abgeschälten und blankgescheuerten Steuervogt gefunden hatte, dessen Gehirn jetzt von einem Klumpen eifrig summender und honigsammelnder Insekten im Inneren des Schädels ersetzt worden war, festgekettet auf der stinkenden, ekelhaften Behindertentoilette unten beim Flogstabad, mit ihren unzähligen Spuren von der Tätigkeit jugendlicher Pyromanen und von den sexuellen Versuchen, die noch sehr unreife Teenager entschlossen miteinander anstellten –, warum nicht die Polizei gekommen war und den Kerl abgeholt hatte. Bevor ihn Bernard und seine kleinen Freunde fanden und übernahmen.

Auf diese Frage, wie auf alles andere, wußte unser schlagfertiger Bernhard natürlich eine Antwort: wegen des interessanten Geräusches habe er den Kerl als eine Art Orakel behalten wollen, und deshalb hätten er und seine Freunde das Skelett in einer Herbstnacht weggeschleppt, mitsamt Nadelstreifenanzug, Silberschlips und Aktentasche, kurzum, *den ganzen Klimbim*, und ihn in einem der südlichsten und verlassensten Teile des Sjunkarmoors auf einen Stein gesetzt, weitab von allen Wanderwegen und Knüppeldämmen. Da saß er nun, im Sommer feierlich summend, im Winter schwerer zu wecken. Und gab Auskunft. Im Winter mußte man ihn allerdings behutsam mit einem knorrigen Holzstück auf den Nakken klopfen, das Bernard von dem Baumstumpf abgebrochen hatte, auf dem er saß.

»Vielleicht eine Art *Gottheit*?« fragte der einfallsreiche Hans.

»Ganz und gar nicht«, erwiderte Bernard sehr ernst. »Nur ein Orakel. Ungefähr wie beim Tarock, das meine Mutter oft legte. Der *Vermittler* einer Stimme von außen. Nicht mehr und nicht weniger. Ein Träger von Gedanken, ein Kaffeesatz, um darin zu lesen. Nicht mehr und nicht weniger.«

Was die kleinen Gefährten noch unsicherer machte als die souveräne Selbstverständlichkeit, mit der Bernard solche Geschichten zu servieren pflegte, war natürlich die Tatsache, daß sie wußten, was für ein erschreckend gutes Gedächtnis dieser Junge hatte. Bernard vergaß nämlich nie das geringste. Als er manchmal noch die Zentralschule von Billsta besuchte, pflegte er sogar den ziemlich hartgesottenen Mathelehrer mit seinen unglaublichen mnemotechnischen Künsten fast zu Tode zu erschrecken. Manche Lehrer benutzten ihn als Logarithmentafel. Er war bei Gesprächen ein lästiger Zeuge, denn es gab kein Versprechen, keine Formulierung, die er nicht für immer behielt, wenn er sie einmal gehört hatte. Wie alle Menschen mit einem schattenlosen Gedächtnis litt Bernard Foy natürlich unsäglich unter der unbarmherzigen Klarheit, dem erschreckend starken Tageslicht in den Bildern, die er besaß. Er war eingesperrt in das helle Licht seines eigenen untrüglichen Gedächtnisses, das dazu neigte, die ganze Welt überzubelichten. Er träumte oft vom Vergessen.

»Die Wahrheit über Bernard«, sagte die Schulpsychologin, die einundfünfzigjährige Doktorin Elisabeth Verolyg, als man im Herbst im Zusammenhang damit auf ihn zu sprechen kam, daß er der Schule über ein halbes Jahr lang ferngeblieben war, »die Wahrheit ist, daß er sich bestimmt auf eigene Faust durchschlagen kann. Mit dem fabelhaften Kopf, den er hat. Er vergißt nichts. Doch man muß wohl davon ausgehen, daß das Jugendamt mittlerweile Pflegeeltern für ihn organisiert hat. Aber«, fügte sie hinzu, in ihrem kessen mädchenhaften Djursholmsdialekt, »*wenn* er etwas von diesem sonderbaren Verschwinden weiß, ist er bestimmt ein hervorragender Zeuge. Die Wahrheit über Bernard Foy ist wohl, daß er nie begriffen hat, wie man es anstellt, eine Sache zu vergessen. Er lebt in einer *schattenlosen* Welt, dieser Junge.«

Bernard schwebte noch Ende August 1983 in glücklicher Unkenntnis dieses Gesprächs.

»In einer schattenlosen Welt?«

(Der Direktor Sture Lannerstedt hatte nie ein besonders gutes Auffassungsvermögen gehabt, und mit den Jahren war es nicht gerade besser geworden. Außerdem hatte er einen aufrichtigen Widerwillen gegen alles, was er nicht begriff. Er war der ständige Stellvertreter des eigentlichen, bedeutend origineller en Direktors der Schule, des bizarren Måns Wedelin, der nach einem Nervenzusammenbruch für unbeschränkte Zeit krank geschrieben war, in dessen Vorgeschichte eigentümlicherweise auch Bernard Foy und Hans von Lagerhielm auftauchten.)

»Genau. In der schattenlosen Welt der Erinnerung.«

Der arme Direktor Lannerstedt schüttelte den Kopf. Er fand, es klinge nicht so recht *therapeutisch*, wenn man solche Ausdrücke verwendete wie Elisabeth Verolyg. Überhaupt empfand er sie oft als etwas unangenehm hochgestochen. Sie gehörte schließlich noch der Generation vor der Lehrerhochschule an.

»Tatsache ist«, fuhr die immer noch sehr ansehnliche, einundfünfzigjährige Schulpsychologin fort, die ihr langes, prachtvoll schweres rotblondes Haar in einem bis über die Schultern reichenden Zopf trug und deshalb ein wenig an eins der berühmtesten Bilder von Sarah Bernhardt erinnerte – »Tatsache ist, daß ich bei meinen explorativen Gesprächen mit ihm mehrmals gemerkt habe, *daß er manchmal lügt, er habe etwas vergessen*. Nur um etwas normaler zu erscheinen. Er tut so, als habe er irgendwelche Dinge vergessen, nur damit Lehrer und Mitschüler nicht glauben sollen, er habe nie die Erfahrung des Vergessens gemacht. Übrigens fürchtet er grundsätzlich, in den Verdacht zu geraten, daß er keine von den Erfahrungen gemacht habe, die für andere Kinder selbstverständlich und üblich sind. Bei einer Gelegenheit, im Alter von zwölf Jahren, als er entdeckte, daß manche Mitschüler gern über Eishockey-Ergebnisse redeten, und er in irgendeinen Kontakt mit ihnen treten wollte, zeigte es sich, daß er an einem Sonntagnachmittag sämtliche Spielergebnisse und Torverhältnisse jeder existierenden schwedischen Eishockeysaison auswendig gelernt hatte und obendrein die Namen aller Spieler. Das half nun nicht viel weiter, und bald war er wieder in seinem üblichen dumpfen Autismus versunken. Und sprach mit keinem mehr. Übrigens soll der Vater – der ja nicht mehr vorhanden ist – den Jungen als Telefonbuch benutzt haben. Als Kind saß er oft im Büro auf dem Boden und spielte stundenlang.«

»Kommt so etwas *öfter* vor?« fragte der ziemlich verstörte Sture Lannerstedt, der ungehalten feststellen mußte, daß seine Frage sich zu einem völlig *ungeplanten Gespräch* ausweitete, »oder ist dies *irgendein ganz spezieller Fall*?«

»Ich glaube, es ist ein *sehr* spezieller Fall«, erwiderte Elisabeth Verolyg. Sie schenkte Direktor Lannerstedt zu seinem Erstaunen ein überraschendes kleines Lächeln.

Nach Direktor Lannerstedts Auffassung sollte eine Dame jedoch am Arbeitsplatz keinen blauen Lidschatten tragen.

»Zum Gesamtbild gehört, daß Bernard bis zur Vorpubertät ein sehr *autistisches* Kind war«, fuhr Frau Doktor Verolyg unbekümmert fort. Sie setzte voraus, daß andere Menschen tatsächlich an der Psychologie eines Kindes interessiert seien. »Tatsächlich dürfte außer dem Vater, wie mir gesagt wurde, kaum jemand vor seinem zwölften Lebensjahr einen richtigen sprachlichen Kontakt mit ihm gehabt haben. Und leider wissen wir ja so wenig davon, was in der seltsamen Welt des autistischen Kindes vorgeht«, sagte Elisabeth Verolyg abschließend mit einem Seufzer und fing geschickt eine Haarnadel auf, die gerade aus ihrem prachtvollen Zopf geglitten war. Sie hielt sie zwischen ihren vollen Lippen, während sie rasch in der großen, mütterlichen Handtasche nach ihrem zierlichen Elfenbeinkamm kramte.

(»Füllig«, zweifellos, aber auch *sinnlich*? fragte sich Direktor Lannerstedt. Diese offenbar unverheiratete Schulpsychologin mit der schönen, üppigen Figur und diesen stets jugendlich strammen Lederröcken, den rotblonden Zopf über dem kraftvollen Rücken, hatte etwas, das ihn zutiefst beunruhigte, ungefähr als sei sie mit einer Katastrophe verbunden, die noch nicht eingetroffen war, jedoch früher oder später hereinbrechen würde.)

Was die Geschichte mit Bernard Foy und dem blankgeschliffenen Orakelvogt betrifft, pflegte der erstere zu behaupten, er habe einen Beweis dafür, daß er ihn wirklich gefunden habe. Er habe den Aktenkoffer des Toten. Es sei so ein elegantes, viereckiges Ding aus Schweinsleder, wie man es heutzutage hier und da sehe, und habe tatsächlich an einer verrußten Innenwand in dieser abscheulichen alten Behindertentoilette gelehnt.

Angeblich war er mit diversen eigenartigen Steuerprüfungsunterlagen vollgestopft, die Bernard im Interesse der ganzen Gegend schnellstens in einem der tiefschwarzen Tümpel des Sjunkarmoors versenkt haben wollte.

Hans von Lagerhielm pflegte zu behaupten, daß diese Geschichte vermutlich von A bis Z aus der Luft gegriffen sei. Es gebe genau die gleichen Aktenkoffer im Zentrum von Billsta, und im letzten Frühjahr sei es noch ziemlich einfach gewesen, im Ledershop, wie das Geschäft hieß, zu klauen.

## 4. Die Medusa und der Spiegel

Die schwarzen Gewässer zwischen Porst, Mädesüß und Multbeeren heißen Moortümpel. Wenn der Wind sie nicht kräuselt, können sie aussehen wie die dunkle, blankpolierte Fläche eines Schilds. Wer dort hineingerät, hat keine großen Chancen, wieder herauszukommen. Die Ränder weichen nämlich sanft wie Schleier zurück, wenn man sich daran klammern will. Diese Tümpel spiegeln wie klare schwarze Augen die Wolken, den Himmel, ja, auch die Sterne, bis ein plötzlicher Windstoß sie kräuselt. Dann werden sie selbst zur *Oberfläche* und können keine Spiegel mehr sein.

*(Hauche auf die Spiegelfläche,*
*und schon verschwindet das Bild.)*

Sich in der bleichen Sonne eines Nachmittags Ende Oktober 1983 über endlose, schwankende, unsichere Multbeerensümpfe, zwischen Morast und offenen Tümpeln, über vermodernde Knüppeldämme und bewaldete kleine Inseln mit ihrem eigentümlichen Porstduft, bis zu der Stelle durchzuschlagen, wo der blankpolierte Orakelvogt auf seinem Baumstumpf saß, war ein ziemlich abenteuerliches, um nicht zu sagen, lebensgefährliches Unterfangen. Bernard ließ sich in diesem Herbst mehrmals darauf ein; jedesmal schien es ein bißchen schwieriger als das Mal zuvor. Aber er mußte einfach hin. Dieser Ort zog ihn mit unwiderstehlicher Kraft an. Er war seine Inspiration. So bekam sein blasses, noch sehr jungenhaftes Gesicht in diesem Herbst sogar ein bißchen Farbe.

Es ist schwer zu ahnen, was ihn dorthin lockte. Vielleicht war dieser kahlgenagte Schädel eines ehemaligen Steuerinspektors wirklich ein Orakel? Gab es irgendein gefühlsmäßiges Band zwischen Bernard und diesem eigentümlich von Wind und Bienen blankpolierten Skelett? Der Kerl sah jetzt wirklich nicht mehr nach viel aus. War er vielleicht hier draußen in der Gewalt der Bienen gestorben, wehrlos, die Handgelenke mit schweren Bootsketten gefesselt? Oder war er tatsächlich schon tot, als Bernard, Hans und die anderen Jungen ihn in dieser Behindertentoilette beim Flogstabad fanden?

Vielleicht war es nicht mehr so wichtig, wie er gestorben war. Oder wer er gewesen war. Jetzt war er jedenfalls etwas anderes. Denn eins von den Gerüchten stimmte: ein Volk wilder Bienen hatte sich den Sommer über in dem leergefressenen Schädel seine Wohnung gebaut. Und wo einst sein armes Hirn gewesen war, gab es jetzt süßen Honig und den rätselhaft an- und abschwellenden Gesang der schwarzen, aggressiven Waldbienen. Und ihre Weisen handelten von ganz anderen und viel fesselnderen Dingen als sie sein vertrocknetes, böses altes Zombiegehirn jemals produziert hatte. Sein einstmals eleganter Nadelstreifenanzug hatte das Sonnenlicht des Sommers und die Regenschauer des Herbstes erstaunlich gut überstanden.

Der Silberschlips hingegen war verschimmelt, und die ganze Gestalt mit den immer noch zusammengeketteten Handgelenken beugte sich bedeutend weiter vor als bei Bernards letztem Besuch. Wenn nicht bald etwas geschah, würde der Orakelvogt vornüber kippen und vom weichen, braunen Humuswasser des Moors verschlungen werden. Ja, er würde ein Moormann werden, ein Gespenst, eins von den stummen Gespenstern der Geschichte. Vielleicht würden künftige Archäologen einmal behutsam in den Falten seines vom Humuswasser bewahrten wollenen Anzugs herumstochern und nach seiner tödlichen Wunde suchen? Wer kann diesen Mann aus der zweiten Hälfte des zweiten Jahrtausends getötet haben? War er ein Jäger, ein Sammler oder ein Bauer? Nichts davon, er war ein Nichts, ein parasitärer Auswuchs an einer Gesellschaft, die jede Spur von Sinn und innerem Zusammenhang verloren hatte. Und jetzt? Ja, mittlerweile war er die große horizontlose Nichtigkeit persönlich und schon deshalb etwas Neues und Vielversprechendes.

Die wenigen Holzstücke und Äste, die es hier im tiefsten Moor gab, Wurzelstücke längst verschwundener Birkenbüsche und die seltsam geformten Wurzeln des Rauschbeerstrauchs, bekamen alle eine reizvolle silberweiße Oberfläche. Die Humussäuren hier draußen hatten offenbar auf Schädel und Wurzeln die gleiche Wirkung.

Bernard sah sich um. Es war nicht ganz einfach, da alle diese Wurzelstücke so verdammt krumm waren, aber schließlich gelang es ihm, ein Paar von etwa gleicher Länge zu finden. Indem er sie ihm unter die Achselhöhlen steckte – ungefähr wie Krücken – und die entgegengesetzten Enden sehr tief in den weichen Torf drückte, schaffte er es, den Orakelvogt zu stabilisieren. Es sah ziemlich erbärmlich aus, aber es würde ganz gut funktionieren. Jedenfalls für eine Weile.

Bernard setzte sich auf den Baumstumpf vor dem Orakelvogt, der sich jetzt übers Moor hinausbeugte, wie ein Invalide sich bei einem Fußballspiel auf seinen Krücken über die Stehplatztribüne beugt. Er schien in diesem Moment die ganze Welt unter Aufsicht halten zu wollen.

In den Rauschbeersträuchern fand Bernard das kurze, keulenförmige Stück silberweißen Holzes, das er bei jedem Besuch zu benutzen pflegte, um die Aufmerksamkeit des Vogts auf sich zu lenken. Manchmal mußte man bis zu dreimal klopfen. Dann wieder reichte es mit einem Mal. Zumal wenn ein Gewitter bevorstand. Doch an einem so kühlen und klaren Oktobertag war ein Gewitter wohl kaum zu erwarten.

Vorsichtig klopfte er, zuerst einmal und dann noch einmal, an die Stirn des Orakelvogts. Das zornige Summen der dunklen wilden Bienen, die hier draußen im Moor lebten und ihren Honig von Rauschbeeren, Moosbeeren und Heidekraut sammelten, ließ nicht lange auf sich warten.

»Vogt«, sagte Bernard mit leiser, aber deutlicher Stimme, »was weißt du über den Tod der Medusa?«

(Der kleine Schnörkel von hellerem, ja, hellrotem Material in einer Marmorplatte, etwas, das eine Maserung im Marmor ist, vielleicht aber auch eine Haarlocke: wo hatte er das schon gesehen? In einem Café? In einem der Wartezimmer und Korridore der Provinzialregierung, die nicht selten mit Marmor ausgekleidet waren?

War es vielleicht eine Strähne lebendigen Haares, die für einen Augenblick im Schlaf einer Frau auf ihrem Kissen festklebte?

Oder war es etwas, das er tatsächlich *unter der Erde* gesehen hatte? Aber jetzt hatte der Bienenschwarm jedenfalls zu reden begonnen. Er referierte, als sein dumpfes Summen in Worte überging, nicht selten schlimmer als ein altbackener deutscher Professor:)

»Verschiedene Quellen haben unterschiedliche Auffassungen davon, wie Perseus die Medusa wirklich tötete. Hesiod sagt, mit einem gewöhnlichen Schwert, alle folgenden Quellen berichten, es sei mit jenem kurzen griechischen Krummschwert geschehen, *harpé*, das eher wie eine Sichel aussieht als wie ein gewöhnliches Schwert, und das später in der labyrinthischen Geschichte der Waffen als *Scimitar* oder kurzer türkischer Krummsäbel auftaucht.

Nach Herodot soll das grauenhafte abgeschlagene Medusenhaupt in Chemmis in Ägypten begraben sein, einem entsetzlichen Kultort, wo die Gorgonen angeblich noch in unterirdischen Höhlen hausen. Nach mehreren Überlieferungen gab Perseus das abgeschlagene Haupt der Göttin Pallas Athene, die es an ihrem Schild befestigte. Nach Pausanias liegt das Haupt für immer unter einem kleinen Hügel auf dem Marktplatz von Argos begraben, einem unbedeutenden Ort im antiken Griechenland.

Die Verbindungen zwischen dieser Mythologie und der mithraischen wollen wir hier nur andeuten. Wir wollen uns aber daran erinnern, daß der Name für den Mond im ältesten Griechisch, *gorgonéon*, mit seiner Anspielung auf das dunkle, bedrohliche Gesicht, das die Alten in der Scheibe des Mondes zu sehen meinten, einiges damit zu tun hat. Wahrlich – tief ist der Brunnen der Vergangenheit! Und welche seltsamen Beziehungen lassen sich zwischen dem mithraischen Helden Perseus und einer Urgestalt der Mondgöttin ahnen! Wie tief ist nicht der Brunnen, und wie seltsam muß nicht die ursprüngliche Quelle sein, die diese bedeutungsleere Welt ständig mit den zahllosen, teils bedrohlichen, teils freundlich herabblickenden Gesichtern des Mythos erfüllt! Bedeutungen, Gebärden, Geisteswissenschaften beleben die einst leere und bedeutungslose Welt!

Im Grunde viel interessanter als die Enthauptung selbst ist natürlich die Version, die wir bei Lukian finden und in der es heißt, während Athene den Arm des Helden lenkte, als er das grauenhafte Haupt abschnitt, habe Perseus einen Spiegel vor das Gesicht der Medusa gehalten und sie so überwunden. Ovid und Lukian sind beide völlig einig darin, daß in der Umgebung der Medusa ›alles Lebende, das sie betrachtet‹, ›Menschen, Pflanzen und Tiere‹ zu Stein verwandelt werde. Da also der Blick der Gorgo jeden versteinert, den sie gewahr wird, muß die Medusa, so lautet dieser einfache und scheinbar logische Gedankengang, *auch sich selbst versteinern können*.

Für diejenigen unter unseren künftigen Lesern, die mit selbstreferentiellen Systemen vertraut sind, beispielsweise des Typs, wie sie Dr. Kurt Gödel im Jahre 1931 in seinem kraftvollen Aufsatz ›Über formal unentscheidbare Sätze der

Principia Mathematica und verwandter Systeme I‹ behandelt, liegen die Dinge einfach. (Am 17. November 1930 zur Veröffentlichung eingereicht; wir bitten im übrigen die verehrten Zuhörer – Begleiter und Begleiterinnen auf dem Weg durch diesen weitläufigen Zusammenhang –, die souveräne Ironie zu beachten, die der mittlerweile verstorbene große Mathematiker in dieses ›I‹ gelegt hat, die Andeutung eines in dieser Welt nicht zu realisierenden zweiten Teils, ›II‹, von diesem Aufsatz.) Im Hinblick auf das Gödelsche Ergebnis scheint es nicht ganz selbstverständlich, daß ein solches Verfahren durchführbar ist. Vielleicht kann auch der Blick der Medusa vergödelt werden? Es besteht natürlich die Gefahr, daß die Medusa, wenn sie in den Spiegel blickt, weder ihren eigenen Blick sieht noch einen anderen, weder versteinert wird noch unversteinert bleibt. Es ist denkbar, daß die Medusa in diesem Augenblick tatsächlich überhaupt nichts sieht. Und daß das, was sie da erblickt, die *Wahrheit* über sie selber ist.

Bei einer Spiegelung geht leicht das Wesentliche verloren (die rechte Seite wird, um nur ein Beispiel zu nehmen, zur linken, und umgekehrt), und dieses Wesentliche, das verlorengeht, war vielleicht gerade das, was uns versteinern würde.

Das uralte Grauen, das wir mit der dritten der Gorgonen verknüpfen (die beiden anderen waren, wie bekannt, Stheno und Euryale), ein Grauen vor *dem versteinernden Blick*, das der Leser selbst bestimmt in diesem Augenblick nachfühlen kann, wird irgendwie gemildert von der Vorstellung einer Medusa, die sich selbst durch den Anblick des Spiegels versteinert. Es ist, wenn man Gödels Ergebnis bedenkt, nicht ganz sicher, ob wirklich so viel Trost aus dem dunklen Spiegelschild des Perseus zu holen ist!

In einigen Darstellungen«, fuhr der Bienenschwarm mit unverminderter Energie in seiner Vorlesung fort, »z. B. bei Strabo, ist die Medusa nicht mehr erschreckend. Ihre Haare bestehen nicht aus Schlangen, sondern aus wunderbar beweglichen rötlichen Locken, die für einen Augenblick scheinbar ihr eigenes Leben führen können. Ja, diese atypische Medusa der Mythologie ist tatsächlich schön. Ihre Schönheit wird dann selbst erschreckend. Denn das Schöne ist ja – wie alle vernünftigen Menschen wissen – nur des Schrecklichen Anfang. Und wir merken es nicht! Genau wie der Surfer für immer auf der Welle stehen möchte, will dieses Schönheitserlebnis schwebend und atemlos still in dem unerhörten Augenblick verweilen, bevor die Tragödie eine Tatsache ist, bevor das Grauen hereinbricht. Dieser Augenblick ist natürlich zeitlos, versteinert und für immer unerreichbar. Diese Medusa könnte man als *die Medusa des literarischen Modernismus* beschreiben«, fuhren die schwarzen Waldbienen unerschrocken fort, während sie mit programmatischer Erregtheit durch die Öffnung ein- und ausflogen, an der sich einst die Nasenlöcher eines völlig ungebildeten, gemeinen und niederträchtigen Steuerinspektors befunden hatten.

Sie verstummten für einen Augenblick. Die Sonne stand jetzt tiefer über dem Moor, und die Schatten der niedrigen Sträucher begannen immer weiter über die Tümpel hinauszukriechen. Heimat, die Birken kannte ich alle, dachte Bernard und klopfte noch einmal höflich, aber entschieden an die schimmernd weiße Stirn des Orakelvogts.

»Ein antiker Mythos, mit dem wir Spätgeborenen es andererseits nicht ganz so leicht haben wie mit der idealisierten rothaarigen Medusa und ihren edlen Locken«, fuhren sie mit dem Gespür des geübten Redners für Kunstpausen fort, »ist jener, der besagt, daß der Körper der toten Medusa sich unmittelbar in zwei neue Wesen verwandelt habe, Chrysaur und Pegasus. Pegasus, ja, das ist leicht zu verstehen. Aber Chrysaur – was sollen wir mit dieser scheinbar willkürlichen Emanation anfangen?

(Für uns, die wir so viel später leben und obendrein von so weit herkommen, ist es überhaupt oft schwer, solche Dinge zu verstehen wie die scheinbar ungezwungene und selbstverständliche Logik, mit der die Gestalten der antiken griechischen Mythologie jederzeit bereit sind, aus einander zu emanieren, als warteten sie sozusagen nur auf den befreienden Schwertschlag, der aus einer Gottheit gleich zwei neue machen wird.)

Laßt uns daher zu dem zurückkehren, was wir besser verstehen: zur *Versteinerung*.

Wir haben natürlich alle schon Versteinerungen beobachtet. Und damit meinen wir vielleicht nicht in erster Linie so harmlose Erscheinungen wie den wohlbekannten ›Freeze‹, den ein Tennisspieler nicht selten bei einem aus der Luft genommenen Schmetterball vorn am Netz erleben kann oder ein Eishockeyspieler, der genau vor dem Tor des Gegners mit einem unerwarteten Paß freigespielt wird. In beiden Fällen sieht man oft etwas, das sich von außen wie ein völlig unerklärlicher Fehler ausnimmt.

Der Ehrgeiz dieser bis aufs äußerste angespannten Sportler wird in einem kritischen Augenblick so groß, daß er sich in sein eigenes Objekt verwandelt, und von der Objektebene, auf der der lebende, schwebende Ball in seiner Flugbahn der alles beherrschende Inhalt ihres Bewußtseins, sein selbstverständliches Ziel sein müßte, erhebt sich ihr Handeln auf ein steriles Metaniveau. Hier ist es der *Erfolg*, der plötzlich die Rolle des *Objekts* übernimmt, nicht unähnlich den Usurpatoren in den düsteren Sagen der Merowingerzeit, die die jungen Prinzen in einen streng bewachten Festungsturm einsperren, um unter falschen Vorspiegelungen ihren legalen Anspruch auf die Macht zu übernehmen. Auf die gleiche Art scheint der Erfolg, dieser finstere Usurpator, den ursprünglichen Bewegungsimpuls dieser Sportler in einen Turm einsperren zu können, so daß es für die Außenwelt so aussieht, als habe er sich auf geheimnisvolle Weise selbst verschlungen.

Doch diese Art von Versteinerung:

(›Der angebornen Farbe der Entschließung
Wird des Gedanken Blässe angekränkelt‹)

ist natürlich überhaupt nicht die, mit der die Medusa uns bedroht. Die Medusa überträgt auf uns das unermeßliche Grauen, gesehen zu werden, das wir alle von dem schreckensvollen frühen Augenblick im Leben kennen, wenn unsre Mütter uns eines Tages mit einem neuen, kalten Blick betrachten, der uns sagt, daß wir nicht unsere Mütter *sind*, sondern dieser rätselhafte und ganz entschieden aufgezwungene *Andere*, den wir im morgendlich müden Badezimmerspiegel kennenlernen, und dessen Zusammenhang mit uns selbst wir nie richtig verstehen werden.

Die Frage jedoch, die für uns die tiefste, die grundsätzlichste bleiben muß, ist eher folgende: wie mag wohl der Spiegel aussehen, den Perseus der Medusa vorhält? Zu wissen, daß es der dunkle, blankpolierte Schild ist, hilft uns wenig. Gleicht er gewöhnlichen Spiegeln? Und was spiegelt er noch, außer den fürchterlichen Anblick der Medusa?

*Was macht also* Perseus' dunkler Spiegelschild, *wenn sich keine Medusa darin sieht?*

Es ist also nicht ganz zufriedenstellend, wie Ovid und Lukian zu behaupten, daß ›alles Lebende, das sie betrachtet, zu Stein verwandelt wird‹. Es ist uninteressant, was die Gorgo mit allem anderen macht. Das einzig Bedeutungsvolle ist der Augenblick, *in dem ihr milchweißer, eigentümlich erstarrter Blick dem unseren begegnet.* Zum Beispiel vom Nachttisch aus, wie eine Ranunkel, und dabei eine ungeheuerliche, milchweiße Leere ausstrahlt, eine Leere wie die der Welt vor der Schöpfung. Von den langsam zerfallenden Augen geht dann ein Blick aus, der in Wirklichkeit nichts mehr zu sehen scheint. Oder besser gesagt: er sieht in das absolute Nichts hinein, das die andere, abgewandte Seite der Welt ist. Und es ist demzufolge auch nicht wahr, daß die Medusa uns zu Stein verwandelt.

*Diese Verwandlung vollziehen wir selbst.*«

## 5. Das Pendel und der Abgrund

Auf die Dauer hatte er keine Chance, und das hätte er einsehen müssen. Aber es ist immer ziemlich schwer zu erkennen, wann der Augenblick wirklich gekommen ist.

Bernard lebte den ganzen September und den ganzen Oktober in dem gelben Haus und vermied nur ein Zimmer, das Bürozimmer am nördlichen Giebel, in dem er seinen Vater zuletzt gesehen hatte. Er hatte es, um nicht in Versuchung zu geraten, noch mal dort hineinzuschauen, ordentlich zugeschlossen, nachdem er die Jalousien heruntergelassen und alles Wertvolle zusammengesucht hatte, was es dort geben mochte. Aber es war natürlich nicht mehr viel übrig, nachdem der Steuerinspektor Lutweiler und seine Leute den Inhalt jeder Schublade in ihre großen schwarzen Plastiksäcke geleert hatten. Den Schlüssel hatten sie in den Briefkasten geworfen. Er wußte nicht genau, warum gerade da hinein. Vielleicht mit dem Hintergedanken, ihn schnell zur Hand zu haben, falls die Behörden weitere Eingriffe planten.

Und als dann die Ernte von Äpfeln und Birnen Anfang August wie eine duftende Welle über den Garten hereinbrach, wurde es gleich ein wenig leichter.

Und da sie in diesem Jahr sehr reich war, konnte er wochenlang in dem gelben Haus bleiben ohne auszugehen. Er kriegte natürlich ein bißchen Bauchschmerzen von diesen enormen Mengen von Fallobst. Aber ihm blieb nichts anderes übrig, wenn er nicht zur Galleria in Billsta oder in den Supermarkt von Flogsta fahren wollte, um Würstchen und ein paar Konservendosen zu klauen. Ein Unterfangen, das an sich nicht ganz einfach war, da man ihn in einigen einschlägigen Läden dieser Art schon kannte.

Bernard entdeckte, daß man – natürlich mit einer gewissen Anstrengung – am einen Ende eines Hauses leben, dort sitzen und schreiben und auf die Äste des Birnbaums lauschen konnte, die übers Dach kratzten, ohne dabei auch nur einen Fuß ins andere Ende zu setzen. Das Grenzland zwischen diesen beiden Teilen des Hauses war alles, was nördlich der Küche lag. Besonders nachts achtete er sehr sorgfältig darauf, die Grenze nicht zu überschreiten. Nicht weil er abergläubisch war, sondern weil die Nacht die Fähigkeit hatte, Erinnerungen wachzurufen. Und wenn es etwas gab, an das er sich nicht erinnern wollte, so war es die *Pendelbewegung*, nicht unähnlich dem Pendel in einer alten Uhr, die der tote und seit Stunden am Kronleuchter hängende Körper des Vaters beschrieben hatte.

Diese Bewegung war irgendwie seinem eigenen Wesen einverleibt, und er konnte manchmal in der Phantasie sehen, wie alle denkbaren Gegenstände in seiner Umgebung sie wiederholten. (Er konnte es nicht einmal ausstehen, die Kinder im Park schaukeln zu sehen.) Von dem Augenblick an, als er den Tod des Vaters entdeckt und sein dunkelblaues Gesicht mit den eigentümlich leeren und weißlichen Augen gesehen hatte, nicht unähnlich denen eines toten Barsches, der etwas zu lange auf dem Boden des Kahns gelegen hatte, war es so.

Er wollte nur ungern aus dem Haus gehen. Teils fand er es überflüssig, sich allzu oft in bewohnten Gegenden zu zeigen. Er hatte ein ganz bestimmtes Gefühl, daß es dort die eine oder andere Person gäbe, die meinte, irgendeinen Anspruch auf ihn zu haben, und die ihm Scherereien bereiten würde, sobald er sich zeigte. Das andere, was ihn im Hause hielt, waren die immer weitschweifigeren, spannenden literarischen Versuche, denen er sich widmete. Auf genußvolle Art schienen sie ihm das Tor zu einer anderen Welt zu öffnen. Und diese andere Welt gab ihm ein Gefühl von Sicherheit, Geborgenheit, von Schutz vor alldem andern.

Er begann damit, sechs ziemlich umfangreiche Gedichtsammlungen zu schreiben. Er selber fand sie *solide*, doch was er nicht wußte, war, daß der eine oder andere Kritiker sie möglicherweise ein wenig altmodisch gefunden hätte. Schließlich besaß er als Richtschnur nur einen mit Eselsohren und Fliegendreck versehenen Band von Bertil Malmbergs »Gedichte an der Grenze« und einen bedeutend schmuckeren mit Gunnar Mascoll Silfverstolpes Gedichten. Nach seiner dritten Sammlung mit großen, visionären Gedichten, die den baldigen Untergang der abendländischen Zivilisation prophezeiten, hatte er genug davon. Zwei kraftvolle Disketten lang wurde er statt dessen zum Heimatdichter.

Vor allem deshalb, weil es ihm im Grunde schnurzegal war, ob die abendländische Zivilisatiion unterging. Er hatte eigentlich nie bemerkt, daß sie bis hierher in die Flogsta-Billsta-Gegend gelangt wäre. Die Frage war, ob sie es jemals über den Öresund geschafft hatte, bevor sie wieder in die andere Richtung zurückschrumpfte. Jedenfalls waren einige von den Gedichten wirklich toll. Aber jetzt war es Zeit für etwas, das eher nostalgisch, herbstlich und heimatbetont war: soviel stand fest.

Aber zur Zeit stagnierte die Lyrik tatsächlich ganz und gar. Seit ein paar Wochen war er gänzlich ausgelastet mit einem ziemlich umfangreichen und komplizierten Spionageroman, der »Operation Medusa« heißen sollte. Er fand, daß er recht spannend geriet, doch er vermißte verschiedene Möglichkeiten, die die Gedichte ihm gegeben hatten. Er hatte das Gefühl, die Lyrik gebe ihm eine bessere Möglichkeit, gleichsam mehrere verschiedene Dinge *auf einmal* zu sagen.

(Eigentlich langweilte es ihn auch schon ein bißchen, und er überlegte, ob es nicht eine Methode gäbe, die Gedichtsammlung mit dem Spionageroman zu kombinieren.)

Alles sah genauso aus wie früher, und trotzdem war es ein ganz anderes Haus als das, in dem er als Junge gelebt hatte. Er konnte an dem verfallenden Zaun am Ende des Gartens entlanggehen, im tiefen Schatten der großen Silbertannen, die sein Vater vor langer Zeit gepflanzt hatte, und die Hütten sehen, die er auf den starken, untersten Ästen gebaut hatte. Er sah die überraschenden Formationen von Trompetenpfifferlingen, die seine Mutter einst zu pflücken und auf alten Zeitungen in der Küche zu trocknen pflegte, um sie später für die Suppen des Winters zu verwenden.

Die Trompetenpfifferlinge waren jetzt älter, größer und gleichsam müder. Sie standen da und faulten, immer größer, immer schwärzer und immer formloser, und niemand würde sich jemals mehr um die Pfifferlinge in diesem Garten kümmern. Er konnte sich noch an die kleinen Feuer erinnern, die Jacob Foy im Herbst zu entfachen pflegte, aus zusammengerechtem Laub und kleinen Ästen, die eine melancholische Rauchsäule zum Himmel schickten. Er sah immer noch die halb überwucherten Spuren der kleinen verglasten Frühbeete, in denen sein Vater im Frühjahr verschiedene Pflanzen zog, bevor es warm genug war, um sie in die kalte Erde der Gartenbeete zu setzen. Jetzt waren sie alle von ungesundem, riesigem Wiesenkerbel überwuchert, der einen eigentümlichen Geruch von Gift, Moder und Obduktionssaal am unteren Ende des Gartenzauns verbreitete.

Es ist merkwürdig, dachte Bernard, *wie alles allmählich über-*

*wuchert wird.* Und zwar nur in diesen kurzen Jahren zwischen *damals*, als ich noch ein Junge war, und *jetzt*, wo ich zum Mann werde! Bald segeln alle Luftschiffe der Kindheit durch Wolken von Stein!

Und wenn er sich zum Haus umdrehte und das Licht dort oben in der Küche brennen sah, konnte er für einen Augenblick vergessen, daß dieses Licht nur von einer nackten Glühbirne stammte, und sich an die Stimmen der Eltern erinnern, wie sie noch vor ein paar wenigen Jahren gewesen waren, liebevoll zankend, bekümmert, manchmal die Zukunft planend und manchmal das analysierend, was schon vergangen war.

*Jedenfalls: auf die Dauer hatte er keine Chance, und das hätte er einsehen müssen.*

An einem schönen, klaren Montagmorgen, es war einer von diesen kristallklaren Tagen Ende Oktober, wenn sich die Spatzen wie Schwärme von verrücktgewordenen Satzzeichen aus den Ebereschen erheben, sobald ein plötzlicher Lärm ertönt, fuhr ein Auto am Haus vor. Heraus stieg einerseits ein jüngerer Herr im Kamelhaarmantel mit einer ziemlich dicken Brillenfassung, den Bernard noch nie gesehen hatte, und andererseits eine Person, die er jetzt schon ganz gut kannte, nämlich die Kruke.

Von weitem konnte man sehen, daß *dieser* Herr von einer *Behörde* kam, vermutlich von irgendeiner *Jugendfürsorge*, vielleicht von der Polizei. Er bewegte sich mit sehr entschlossenen und langsamen Schritten. Und mit einem kleinen, eine Spur dünnen, wiedererkennenden Lächeln stieg Elisabeth Verolyg, diese Schulpsychologin, mit der er letztes Frühjahr öfter zu tun gehabt hatte, aus der anderen Wagentür. Es war offenbar nicht ihr Auto. Der Herr von der Behörde hatte sie gefahren.

Heute trug sie einen schwarzen Wintermantel und verwahrte den langen roten Zopf, dessen Festigkeit Bernard schon bei ihrer ersten Begegnung bewundert hatte, in einem eleganten Seidentuch. Sie trug schwarze Fingerhandschuhe in der Oktoberkälte.

Man konnte sagen, was man wollte, aber diese Schulpsychologin war unzweifelhaft *jemand* und nicht nur eine

Figur in dieser eigentümlich gesichtslosen Reihe von *Zombies*, Moorleichen, Gespenstern, die Bernard aus früheren Phasen seines Lebens bei solchen Gelegenheiten zu treffen gewohnt war.

Bernard erkannte, daß es jetzt vor allem galt, die beiden daran zu hindern, das Haus zu betreten. Teils würde es sie auf eine Menge dummer Gedanken bringen, zum Beispiel auf die Idee, daß er womöglich immer noch völlig asozial und gefährlich *in diesem Haus lebte*, im Haus seines Vaters, und außerdem würden sie sehen, *wie* er lebte. Aber vor allem würde es – wie die Dinge jetzt standen – zur Entdeckung des Computers führen, des wertvollen gestohlenen Ataricomputers da oben unterm Dach. Bernard sah in diesem Moment seine gesamte literarische Tätigkeit bedroht. Und er schwor sich, wenn er ungeschoren aus dieser Situation herauskäme, würde er dafür sorgen, daß seine bereits geschriebenen Texte, auf ein paar kleinen 3.5″-Disketten, nie mehr vor seinen Augen einfach eingesackt werden konnten.

Blitzschnell sprang Bernard auf der Rückseite des Hauses aus dem Fenster, raste um die Ecke, um auf die Straße zu gelangen, wurde jedoch von den Himbeerbüschen aufgefangen.

»Guten Tag, Bernard«, sagte Elisabeth Verolyg, nicht ohne eine gewisse Wärme in der Stimme.

Der Herr im Kamelhaarmantel war offenbar nicht ganz so gesprächig. Ein Blick genügte, um zu wissen, daß er *niemand* war. Die Himbeerbüsche hatten mehr Eigenschaften als die Seele dieses Mannes, die schlief oder unterwegs abhanden gekommen war.

»Du *wohnst* doch wohl nicht mehr hier?« fuhr Frau Doktor Verolyg fort, und bei dem Wort »wohnst« schwang ein leises Grauen in ihrer Stimme mit. Bernard schüttelte mit einer genau kalkulierten Kindlichkeit den Kopf. (Ach, wie konnte jemand etwas so Verrücktes annehmen!)

»Nein, ich habe eine Pflegefamilie. Ich wohne jetzt ganz nah bei Södertälje. In einem großen Haus. Es ist eine Familie, die einen Stall hat. Und einen Traktor, also. Und Hunde haben sie auch. Riesig große Hunde. Braune Hunde ... Ich habe massenhaft nette Geschwister gekriegt.«

»Was meinst du mit *massenhaft*?«

»Vier, glaube ich. Ich weiß nicht, ob ich schon alle getroffen habe.«

»Du bist wohl nicht an Geschwister gewöhnt?«

»Nein. Ich bin einzig in meiner Art.«

Bernard wußte ganz genau, daß diese Antwort keineswegs das war, was man von ihm zu hören wünschte. Es zeigte, daß er ein problematisches Kind war, unfähig, in einem Kollektiv zu leben. Gerade deshalb würde die Antwort möglicherweise die Aufmerksamkeit dieser gefährlichen Gegner von dem riskanten Gedanken ablenken, daß er vielleicht immer noch hier hauste.

»Bist du im Haus gewesen?« fragte der Herr in einem inquisitorischen Tonfall. Bernard, der fast körperlich in seinen Handgelenken spürte, was für ein Vergnügen es wäre, sich eines späten Abends diesem Herrn mit raschen, entschlossenen Schritten von hinten zu nähern, auf einem kleinen Weg nahe am Mälarsee, wo starke Wellen immerzu die eigenen Schritte übertönten, während der Herr sich über irgend etwas im Kofferraum beugte, und ihm rasch ein Stück schwere rostige Bootskette um den Hals zu legen und zuzuziehen, während seine Bewegungen zuerst krampfhaft heftig und dann immer steifer, immer langsamer werden würden, *derselbe* listige Bernard antwortete sehr höflich, daß das wohl nicht so einfach ginge. Es sei ja überall verrammelt und verschlossen. Er habe nur, fuhr er fort, einen Augenblick in den Garten geschaut, während sein neuer Adoptivvater mit dem Lastwagen eine Besorgung im früheren Gut Flogsta machte.

»Wozu denn?«

»Um im Gebüsch nach einem Ball zu schauen, einem alten Fußball.«

Er hätte ihn so gern seinem neuen kleinen Bruder gegeben. Es sei ein so netter kleiner Kerl – und er würde so wahnsinnig gern Ball spielen. Diese exemplarisch soziale Antwort löste eine gewisse Verwirrung aus. Bernard fühlte sich sehr zufrieden. Es bestand wohl kein Zweifel, daß er es geschafft hatte, einen Punkt zu sammeln. Ein *autistisches* Kind tat die ersten tastenden Schritte auf die höhere Sphäre des *Kollektivismus* zu.

»Möchtest du dich nicht in den Wagen setzen, solange du auf deinen Pflegevater wartest, Bernard? Es ist so kühl heute, findest du nicht?«

Bernard entschloß sich, es zu riskieren. Es gab, alles in allem, in dieser Situation nicht viel anderes zu tun. Weglaufen wäre ein klarer Fehler. Er setzte sich neben Elisabeth Verolyg auf den Rücksitz. Aus der Nähe war ihr Parfumduft schwer und überzeugend. Aber da war auch ein schwacher Geruch nach Alkohol und Mundwasser, der ihm sagte, daß sie vermutlich auch in der Arbeitszeit ein bißchen trank. Sie hatte einen sehr breiten Mund, etwas von einem Tragödinnenmund, könnte man vielleicht sagen, und wenn sie lächelte, zog sie die Mundwinkel so weit nach hinten, daß das ganze Lächeln einen düsteren Gedanken, einen Schmerz, eine bittere Erinnerung verbarg, über die sie sich stolz und schweigend hinwegsetzte. Aber vielleicht war es auch nur eine Eigentümlichkeit ihrer Gesichtsmuskulatur?

Dies, dachte Bernard, ist im Grunde genommen eine sehr unbefriedigte Frau. Das macht sie aus meiner Sicht doppelt gefährlich.

»Weißt du, Bernard, das ist Inspektor Karlström.«

»Aha. Von meiner alten Schule?«

»Aber nein. Das hast du ein bißchen mißverstanden, Bernard. Inspektor Karlström kommt von der Mordkommission der Polizeidirektion.«

Aus dieser kurzen Entfernung konnte Bernard im Rückspiegel des Autos feststellen, daß der Mann einen sehr schmalen Kopf hatte. Der Abstand zwischen seinen Augen war tatsächlich so klein, daß es ihm eine überraschende Ähnlichkeit mit einer Flunder gab. Aus irgendeinem Grund wirkte das sehr beruhigend auf Bernard Foy. Ein Mann mit einem so dämlichen Aussehen wird niemals mir oder meinen Plänen schaden können, dachte er. Um mir gefährlich zu werden, muß man ganz anders aussehen.

»Wie gruselig«, sagte Bernard und hob charmant die Augenbrauen.

»Und der Inspektor möchte dir gern ein paar Fragen stellen. Es geht um etwas sehr Tragisches, das im Frühjahr hier passiert ist.«

»Ja«, ergänzte Inspektor Karlström. »Hier in der Gegend ist also eine Person verschwunden.«

»Wie hieß er?«

»Oh, das spielt keine Rolle.«

»Doch«, sagte Bernard, *tüchtig:* »es kann eine gewisse Rolle spielen. Denn im Zentrum von Billsta ging ein Gerücht um, daß ein Steuerinspektor Ernst Lutweiler unten am Strand gefunden wurde. Tot. Ja, so etwas habe ich gehört.«

»Wann denn?«

»Tja, ein paar Wochen nachdem er – zu Hause bei meinem Vater war.«

Der Kommissar schien die Ohren zu spitzen.

»Von wem oder von welchen Leuten hast du das gehört?«

»Von ein paar Typen unten bei der Galleria.«

»Was denn für Typen? Namen?«

»Darf ich auf etwas hinweisen«, sagte die Schulpsychologin Verolyg mit sanft beharrlicher Stimme.

»Muß das gerade jetzt sein?« sagte Kriminalinspektor Karlström ziemlich gereizt. »Ich bin gerade zu einer äußerst wichtigen Frage gekommen . . .«

»Zu dem Zeitpunkt, von dem wir jetzt reden, kannte ich auch diese sonderbare Geschichte. Sie stand nämlich damals in den Abendzeitungen. *Expressen* brachte mindestens drei Tage lang Bilder von der abgebrannten Toilette.«

Als Bernard ausgestiegen war, wurde es zuerst sehr still im Wagen. Als erste brach Elisabeth Verolyg das Schweigen.

»Ich frage mich«, sagte sie mit einem affektiert interessierten Tonfall, »warum er zurückgekehrt ist?«

»Wer? Der junge Foy?«

»Nein. Der andere.«

»Lutweiler?«

# 6. Hans von Lagerhielm macht sich auf die Suche nach Bernard Foy

Leffe Zwölffuß – hatte der Name womöglich etwas damit zu tun, daß er so klein war? Oder war er in irgendeine Episode verwickelt gewesen, die mit zwölf Fuß tiefem Wasser zusammenhing? Wie dem auch sei, dieser Leffe Zwölffuß redete sehr leise und undeutlich und mit einer äußerst unzusammenhängenden Syntax. Nach Hans von Lagerhielms Erfahrung war dies einer von diesen scheuen kleinen Typen, die ein besonderes Verhältnis zum Wasser haben. Vielleicht auch zum Feuer – das war etwas unklarer. Luft und Erde, dachte Hans – das ist Bernard. Aber mit Leffe Zwölffuß, um zu ihm zurückzukehren, verhielt es sich wohl so, daß man ihn sehr oft unten am Mälarsee sah. Er schien ständig da unten an der Strandkante ganz für sich herumzustochern.

Angeschwemmtes Strandgut, Zigarrenstummel von den Segelbooten des Sommers, kaputte kleine Spielzeugpuppen, die nach dem wochenlangen Aufenthalt im Wasser Kopf oder Arme verloren hatten. Bücher, den eleganten Segeldamen des Spätsommers vom Schoß gefallen, wenn eine überraschende Wolkenbö das Boot krängen und das Buch von dem sonst so sonnigen Vordeck rutschen ließ; Bücher, die man abtrocknen und deren Seiten man mit einer gewissen Mühe trennen konnte, um zu sehen, wovon sie einmal gehandelt hatten . . . Und schon so lange vergangen; der Duft des Sonnenöls auf ihren braungebrannten Mädchenrücken. Falls man nicht sogar das unglaubliche Glück hatte, gerade so eine Sonnenölflasche aus blauem Glas im welken Schilf zu finden, tiefblau wie nur irgendein Meer der Antike, noch mit ein paar Tropfen des moschusduftenden Elixiers am Boden.

Mit Asphalt abgedichtete und sorgfältig verschlossene, über Bord geworfene dunkelbraune Hanfsäcke mit dem feinsten afghanischen Haschisch; Kisten von den alten, schwer stampfenden ostdeutschen Frachtern, mit halber Kraft den bleigrauen, stummen Oktoberspiegel des Bockstenssunds durchquerend. Ein Spinnakerfall, das abgerissen war und das ein gehetzter Regattensegler in seinem Ärger einfach über Bord geworfen, nachdem er das neue eingespleißt hatte.

Hier vermischten sich Hohes und Niederes, Großartiges und Triviales auf die Art, wie nur ein großes Gewässer die Dinge mischen und sie zu etwas Neuem zusammenfügen kann. Kurz gesagt: Leffe Zwölffuß ging dort von früh bis spät herum und stocherte in allerlei Strandgut, mit seinem armen, leeren, ausgehöhlten Haschischgehirn, in dem nur noch das unbestimmte Gefühl zurückgeblieben war, daß etwas verschwunden sei, etwas Wichtiges, und das hielt ihn am Leben. Es war nicht leicht zu sagen, wonach er eigentlich stocherte. Vielleicht nach allem zugleich? Vielleicht würde er erst in dem Augenblick, in dem er es fand, erkennen, was er suchte, und begreifen, was es war?

Jedenfalls: nachdem Leffe Zwölffuß fünfzehn Kronen für Kaffee und Kopenhagener oder was auch immer gekriegt hatte, und Hans auf vier verschiedene Arten versucht hatte, die Frage zu formulieren, wo sich sein Freund Bernard Foy möglicherweise aufhalten könnte, bekam er ganz überraschend – keine richtige Antwort, aber etwas, das einer Antwort sehr nahe kam.

»Die Gåsholme. Du weißt, andre Seite von Björköland? Ungemütlich. Mistwetter. Zementkahn? Schwarze Segel. Scheißlappen. Steife Brise seit drei Tagen. Aber da ist er nicht. Nie dagewesen. Der Kahn ist jetzt abgesoffen. Tatsache. Nur die Mastspitzen schaun noch raus. Bernard ist nicht da. Nee, du. Da ist er *nicht*. Daß du's nur weißt. Jawohl. Ein paar Bootrocker haben ihn in einem Plastikboot mitgenommen, bis zur Strängnäsbrücke. Da ist er geblieben. Kriegte Ärger mit den Rockern. Bloß ein bißchen Nasenbluten. Hat gestern abend unter der Brücke geschlafen. Feucht und kalt.«

»Ja, und dann?«

Für Hans war es wie für jeden anderen, der es jemals mit diesem bizarren, verwahrlosten Jungen und seinem armen ausgebrannten, von synaptischen Überträgersubstanzen entleerten Hirn zu tun hatte, ein völliges Rätsel, woher er seine oft detaillierten und hochaktuellen Informationen aus einem großen Landschaftsumkreis bezog. Hätte der Junge fliegen können, vielleicht am besten mit einem langsamen und niedrig fliegenden Luftfahrzeug, einem Heißluftballon oder einem Helikopter, über Mälarbuchten und endlose, triste Vorstadtgegenden, gäbe es womöglich eine natürliche Erklärung für alles, was er wußte. Er wäre tatsächlich der ideale Steuerinspektor gewesen, aber Gott sei Dank wäre wohl niemand je auf die Idee gekommen, ihm diese oder irgendeine andere Arbeit anzubieten.

Er hätte Raben zu Freunden haben müssen, um all das zu wissen, was er tatsächlich wußte. Vielleicht hatte er tatsächlich solche Freunde?

(Seit einiger Zeit hatte Hans wirklich das Gefühl, alles sei möglich. Hier gab es ein Meer, einen Ozean auf allen Seiten.)

Hans von Lagerhielm wußte, wo das Motorboot lag: tief in den ausgedehnten Schilfbänken unterhalb des Guts Flogsta. Ein typisches gestohlenes Campingboot vom Sommer. Jeden Sommer wurden viele Boote gestohlen, und das übliche war, daß sie auf genau diese Art im Schilf zurückgelassen wurden. Und wenn man sie so zurückließ, dann bestimmt deshalb, weil das Benzin ausgegangen war.

Damit hatte er schon gerechnet, und als er zur alten Badehausbrücke geradelt kam, die da tief im Schilf verfaulte, umgeben von den geschwärzten Stützpfählen des verschwundenen Badehauses, die aus dem Wasser ragten wie die Zähne im Mund einer alten Bettlerin in der U-Bahn, hatte er nicht nur den Rucksack voll von nützlichen Dingen; Seekarte, Kompaß, Winkelmesser und die gute alte Festmacheleine seines Vaters. Sogar einen fast vollen Zwanzig-Liter-Kanister mit Benzin hatte er auf dem Gepäckträger dabei. Ein bißchen war herausgeschwappt – bergab war es fast lebensgefährlich schwierig gewesen, nur mit einer Hand zu lenken – aber das meiste war jedenfalls noch drin.

Mit seinem Rucksack und seinen kurzen Hosen, seinen altmodischen Kniestrümpfen, seinem Werkzeugkasten und seinem Reservekanister glich Hans mehr als allem anderen einem Scout aus früheren Zeiten. Ein junger Mann, der alles, was er sich vorgenommen hatte, mit äußerster Sorgfalt und Hartnäckigkeit durchführte. Irgendwie sah man ihm an, daß sein Vater älter war als die Väter all der anderen Jungen. Hans von Lagerhielm war genau die richtige Person. Wenn überhaupt jemand geeignet war, sich zu einer soliden Forschungsexpedition nach einem verschwundenen Freund aufzumachen, dann natürlich er.

Und wenn jemand eine Chance hatte, ihn zu finden, war er es. Die Aufgabe war nicht die leichteste: die Fährte des verschwundenen Freundes und Klassenkameraden, des sechzehnjährigen Bernard Foy, war nicht mehr ganz taufrisch. Fremde Füße waren hin- und hergetrampelt und hatten die Fährte des Einsamen in ein wahres Labyrinth von Spuren verwandelt. Womöglich würde ihm jemand zuvorkommen und alles verderben?

Hans war eigentlich auf alles gefaßt gewesen: daß das Boot zur Hälfte voller Wasser sein würde, die Batterie von Startmotor und Pumpe total leer, die Steuerkabel verheddert. Bloß nicht auf diesen Schlamm, den die Brecher im Laufe von zwei Monaten in den armen gestrandeten Mahagonirumpf gespült hatten. Ein liebevoller, aber nicht besonders seemannsgerechter Idiot von Besitzer hatte zu allem Überfluß sein unseliges Schiff auch noch mit *Teppichböden* in den Kabinen ausgestattet.

Hans versuchte, den fettblauen, zähen Morast herauszuschaufeln, zu schöpfen, abzukratzen. Es ist nicht leicht zu erklären, wie eine so verdammt dicke Schlammschicht hereingekommen war. Aber jetzt war sie jedenfalls da. Und war zeitraubend. Schlamm von einem Teppichboden abzuschöpfen ist natürlich nicht ganz einfach. Und schnell geht es auch nicht. Dieser Matsch, und der harte, böige Wind mit leichten Regenspritzern, der bis hierher in die Schilfbank drang, versetzte Hans in eine ziemlich melancholische Stimmung.

Und dann war nicht daran zu denken, den Startmotor mit einer solchen Batterie anzuwerfen, und Hans dampfte regelrecht im zunehmenden kalten Nachmittagsregen, als er schließlich mit der bloßen Schnur einen der beiden Archimedesmotoren zum Zünden brachte. Den anderen in Gang zu bringen schien unmöglich, aber genaugenommen machte das nicht so viel aus. Es war trotzdem eine Art Triumph.

Hans war zur Abfahrt bereit. Sein Schiff war startklar. In diesem Moment begann er wieder, über Leffe Zwölffuß und seine seltsamen Talente nachzudenken.

Vielleicht *flog* Leffe Zwölffuß wirklich? Mit einer anderen, abgewandten Seite seines armen leeren, chemisch ausgelaugten Halbwüchsigengehirns? Es ist unklug, die Talente unserer Mitmenschen zu unterschätzen, denn wir wissen ja so wenig von ihnen.

Hans war fast schon dabei abzulegen. Der Motor lief, jetzt galt es nur, durchs Schilf hinauszustaken, damit der Propeller sich nicht verfing und hängenblieb, es blieb nur noch dieses kleine Stück zu staken, bevor er in die Bucht hinauskam, die Landzunge umrundete und, falls der olle Kahn nicht allzusehr leckte, in den jetzt ziemlich ungastlichen Bockstenssund hinaus, wo die Wellen schon weiße Kämme hatten. Da kommt ein kleiner Kerl in einem zerschlissenen Pullover den Abhang heruntergerannt, er rennt tatsächlich so schnell, daß er ein paarmal in den Lehm des Abhangs fällt. Das scheint ihn nicht weiter zu stören. Und natürlich ist es Leffe Zwölffuß! Wer denn sonst?

Er muß bis zu Hans hin und sich zu seinem Ohr vorbeugen, einen solchen Lärm macht der neu erwachte Motor in dem gestohlenen und jetzt mühsam leergeschöpften Boot.

»Was sagst du? Sprich lauter! Ich kann wegen dem Motor nichts hören!«

»Zuletzt ist ein Auto gekommen und hat ihn mitgenommen. Ein großer blauer alter Plymouth. Eine ganze Menge Leute drin. Sie haben ihn dann abgesetzt. Jetzt ist es in diesem Rockerkaffee, du weißt. An der großen Shelltankstelle oben bei Björnlunda Backar.«

»Was für ein *es*?«

»Das, was sich bewegt. Das, was du erwischen willst. Das, was mitten in der Erzählung ist. Der helle Fleck.«

»Verdammt, dann pressiert es wohl«, sagte sich Hans von Lagerhielm und schwang sich aufs Rad. Der Weg bergauf zum Gut Flogsta schien mörderisch steil zu sein und war obendrein lehmig. Auf den Benzinkanister pfiff er, den Rucksack hängte er sich schnell auf den Rücken. Er wagte nicht, ihn zurückzulassen. Es war ein sehr altes, schweres schwarzes Herrenrad, und so hoch war es, daß Hans Schwierigkeiten hatte, die Pedale zu erreichen.

»Warum ist es so wichtig für dich, ihn zu erwischen?«

Es war Leffe Zwölffuß, der von der Brücke her überraschend einen grammatikalisch völlig korrekten Satz zustande brachte. Es war so ungewöhnlich, daß Hans tatsächlich stutzte.

»Ich muß ihn finden, bevor jemand anders es tut.«

Doch Leffe Zwölffuß schien nicht besonders interessiert daran, die Antwort abzuwarten. Er war praktisch schon *unter* der zerfallenden alten Brücke. Er schien nach etwas zu suchen, was der Sturm offenbar dort im seichten Wasser angeschwemmt hatte. Anscheinend war es jetzt dies und nichts anderes auf der ganzen weiten Welt, was seine Aufmerksamkeit ganz und gar gefangennahm. Hans nahm sich nicht die Zeit, herauszufinden, was er wohl gefunden hatte, und schon gar nicht, ihm zu danken.

## 7. Die Päpstin

Auf die Dauer hatte er keine Chance, und das hätte er einsehen müssen. Aber es ist immer ziemlich schwer zu erkennen, wann der Augenblick wirklich gekommen ist. Das war am Tag nach Bernards bizarrer Begegnung mit dem Kriminalinspektor der Fall. Es war der letzte Dienstag im Oktober, kurz bevor Bernard aus verschiedenen Gründen beschloß, sich buchstäblich unter die Erde zu verziehen.

Unten im ICA-Supermarkt, der nicht wie die anderen in der Flogstapassage liegt, sondern ein bißchen vornehm abseits an der Straße nach Billsta, genau vor der Abzweigung zum Flogstabad, gibt es eine kleine Delikatessenabteilung. Nicht mit irgendwelchen Spezialitäten wie Gänseleber, schwedischen Flußkrebsen oder Auberginen, aber immerhin mit verschiedenen Leckerbissen, die die Seelen in dieser Gegend anlocken. Gegrillte Hähnchen, Schweizerkäse von einigermaßen anständiger Konsistenz, kleine teure, aber gar nicht so üble Pasteten, eingelegter Sill mit Zwiebeln, natürlich, und einiges mehr, was sich die genußsüchtigeren Einheimischen am Freitagnachmittag zu leisten pflegen.

Gerade an diesem Dienstag im Oktober sollte Bernard Foy wiederum seine ehemalige Schulpsychologin, Dr. Elisabeth Verolyg entdecken, als er sich rasch zum Delikatessenstand umdrehte, nachdem er zwei Konserven unter die Lederjacke gestopft hatte, eine mit portugiesischen Sardinen in Öl und eine etwas dickere und unhandlichere mit der Spezialität Surströmming von der ausgezeichneten Marke Röda Ulven.

Er war nicht überrascht und auch nicht erschrocken, sondern betrachtete die Kruke (wie ihr Spitzname in der Zentralschule war) mit einem gewinnenden Lächeln, während er in der Türöffnung stehenblieb. Es war immer außerordentlich vorteilhaft, ein freundschaftliches Gespräch mit Bekannten anzuknüpfen, wenn man auf dem Weg aus einem Laden war, in dem man etwas geklaut hatte.

Heute trug sie einen strengen grauen Wollrock, der ihre runden, üppigen Hüften vorteilhaft betonte. Eine weiße, frisch gebügelte Bluse. Eine elegante marineblaue Strickjacke hing über ihren kräftigen Schultern. Eine mehrreihige Perlenkette, die jedoch nicht echt sein konnte, schmückte ihren kraftvollen, nur wenig faltigen Hals. Es war wirklich ein ungewöhnlich langer und schöner Hals, ein richtiger Djursholmshals, könnte man sagen.

Mit ihren kühlen graublauen Augen betrachtete Elisabeth Verolyg jetzt Bernard, keineswegs unfreundlich, aber auch nicht intim, sondern mit dem freundlich musternden Gesichtsausdruck, den sie für ihre Klienten bereitzuhalten pflegte. Bernard seinerseits hatte in diesem Moment für nichts anderes Augen als für ihren Hals. Dieser Augenblick war natürlich eine Kraftprobe. Und beide wußten es schon.

Elisabeth begann, wenn auch eine Spur brutal, mit der Berufsgewohnheit der routinierten Sozialtherapeutin, Psychiaterin, Psychologin, die Situation zu sondieren und mit raschen Schnitten durch die Oberfläche der menschlichen Kontakte zum Wesentlichen vorzudringen:

»Gestern hast du ganz schön geschwindelt! Du hast gelogen wie ein Autohändler, gefälscht wie ein Falschmünzer, charmiert wie ein Schauspieler, du bist genau als das durch und durch falsche, verlogene, autistische kleine Ekel aufgetreten, das du schon immer warst. Wie hättest du dich aus der Klemme gezogen, wenn ich dir nicht geholfen hätte, du kleiner Lügenhals!«

Bernard antwortete nicht. Sein Schweigen war eigentlich keine Unhöflichkeit, sondern aufgezwungen. Er war ganz und gar damit beschäftigt, diesen immer noch festen, fünfzigjährigen Körper zu bewundern, mit den offenbar noch jungfräulichen Brüsten, den hohen, kräftigen Oberschenkeln und der schönen, fast königlichen Haltung. In Wirklichkeit war er ausschließlich, oder jedenfalls nahezu ausschließlich, in immer bizarrere Phantasien darüber vertieft, was er mit ihr machen würde, wenn er sie ganz für sich hätte. Frauen regten Bernard oft zu sehr lebhaften Phantasien an, aber kaum eine, die er kannte, tat es so intensiv und so nachhaltig wie diese Schulpsychologin.

Er hatte früher sogenannte »Gespräche« mit ihr gehabt. Zum erstenmal im Zusammenhang mit einer Geschichte, als er an einem Wintertag im Neuschnee bei einem Spaziergang mit Freunden oben auf dem Schulhaus auf ein verschneites Glasdach geraten und eingebrochen war. Diese wenig gelungene Kletterpartie in der dritten Klasse hatte mit einem Sturz auf den Speicher geendet. Den damaligen Direktor, den Diplomkaufmann Måns Wedelin, hatte es ungeheuer geärgert, daß Bernard und seine beiden Gefährten sich nicht das Genick gebrochen hatten, zumal sie den Direktor in einer der kleinen Kammern da oben auf dem Speicher zufällig in einer privaten Situation überrascht hatten.

Daß der Direktor sich solchen Betätigungen widmete, hatten die drei kleinen Jungen ebenso natürlich gefunden, wie sie sein Entsetzen, seine Entrüstung und Wut unnatürlich fanden. Was sie hingegen ernstlich verwirrt hatte, war das äußerst eigentümliche und bizarre *Bild*, das der Direktor als Vorlage für ein offenbar mangelhaftes Phantasieleben bei der Ausübung seiner autoerotischen Kontemplationen benutzt hatte. Es war so überraschend, so grotesk, so äußerst entlarvend, daß die drei jungen Männer noch wochenlang danach in allen Ecken des Schulhofs ein ansehnliches Publikum um sich scharen konnten, wenn sie davon berichteten. Man glaubte ihnen natürlich nicht ohne weiteres, aber das steigerte genaugenommen nur den Unterhaltungswert dessen, was sie zu bieten hatten.

(Ein oft wiederkehrender Höhepunkt in diesen Berichten war die Stelle, an der Hans von Lagerhielm, wie Bernard behauptete, gerufen habe »*Motor abstellen*!«, gleich nach der fast lebensgefährlichen Landung der drei Jungen, die jedoch von einem Vorrat der im Schulspeicher verstauten und ordentlich zusammengerollten Teppichböden gedämpft worden war.)

Der Direktor Måns Wedelin wußte natürlich, daß es stimmte, und das verabscheute er. Ein paar Tage später hatte er Bernard zur Schulpsychologin schicken lassen. In der ziemlich leicht zu durchschauenden Hoffnung, daß Bernards Sturz durch das Glasdach als ein Symptom so tiefgreifender kognitiver, emotionaler und sozialer Störungen gedeutet werden könne, daß es womöglich einen Anlaß für seine Entfernung aus der Schule böte. Es war ein dummdreister Versuch, ausgehend von der Annahme, die Schulpsychologin würde im großen und ganzen tun, was der Direktor Wedelin von ihr erwartete. Was er natürlich vergaß, war, daß diese Schulpsychologin einer älteren und folglich nicht gänzlich politisch angepaßten Generation angehörte. Sie hatte ihren Djursholmsdialekt und ihren Djursholmshals.

Der plumpe und taktisch unkluge Plan des Direktors, erklärbar nur, wenn man einen Intelligenzgrad voraussetzt, der sich selbstverständlich keinen Augenblick an dem von Bernard messen konnte und sogar zu beschränkt war, um auch nur *das* einzusehen, baute natürlich darauf, daß Wedelin erwartete, Bernard würde der Schulpsychologin *genau das erzählen, was er gesehen hatte*. Und selbstverständlich würde Bernard als *ein pathologischer Lügenhals* entlarvt werden, wenn er versuchte, der Schulpsychologin jenes Bild zu erläutern.

Der Plan war einfach, schlau und zum Scheitern verurteilt, sobald er sich gegen einen solchen Jüngling wie Bernard Foy richtete.

Bernard hatte natürlich mit keinem Wort das ungeheuerliche *Bild* oder die bizarren autoerotischen Aktivitäten des Direktors erwähnt.

Bernard und seine Freunde seien nie auf irgendeinem Dach gewesen. Wie es kaputtgegangen sei, könne er nicht erklären. Vielleicht durch das Gewicht des schweren Märzschnees da oben.

Hingegen habe der Direktor ihnen gewisse finanzielle Angebote gemacht, falls die Knaben ihm auf den Speicher folgten – was sie dort ausrichten oder besorgen sollten, davon habe Bernard keinen blassen Schimmer. Jedoch habe sein merkwürdig aufgekratztes Benehmen sie ein bißchen verwirrt und erschreckt, und so hätten sie den Speicher auf dem üblichen Weg über die Treppe hinunter zum Direktionsbüro verlassen. Auf das Getöse vom Glasdach seien sie erst durch die Kameraden aufmerksam gemacht worden, als sie wieder auf dem Schulhof waren.

Etwas anderes war – laut Bernard – wirklich nicht vorgefallen, außer einer kleinen Merkwürdigkeit. Und was war das? Nun, Bernard habe nach dieser Episode mehrmals die Stimme des Direktors auf dem Speicher laut rufen hören: »Motor abstellen!« Das sei alles. Nein, was er damit meinen mochte, davon habe Bernard wirklich keine Ahnung.

Diese Geschichte war natürlich perfekt. Sie war dunkel genug, unzusammenhängend genug, um bei einer durchschnittlich ausgebildeten Schulpsychologin genau die richtigen Assoziationen dort zu wecken, wo sie hingehörten. Es dauerte nicht viele Wochen, bis Bernard und seine kleinen Gefährten die Genugtuung erfuhren, zu sehen, wie der Direktor Måns Wedelin sich wegen ernster Überanstrengungssymptome von der Schule beurlauben ließ. Es schien sich lange hinzuziehen, denn seit dem Winter hatte keiner ihn gesehen, und keiner trauerte ihm nach.

Als Bernard zum zweitenmal in das gemütliche Sprechzimmer der Kruke mit seinen vielen Aktenordnern in den Regalen und Topfpflanzen an den Fenstern bestellt wurde, konnte er nicht umhin, die Blicke wiedererkennend auf zwei Dinge zu heften, die ihn schon beim erstenmal sehr gefesselt hatten: die Analytikercouch, die ihn sehr verwirrte, da er ihren Zweck nicht erraten konnte, und den Briefbeschwerer aus rotem böhmischen Glas auf dem Schreibtisch der Kruke.

Es war nicht sehr lange her, daß dieses Gespräch stattgefunden hatte; irgendwann im Frühjahr, und es hatte von den Ereignissen gehandelt, die der katastrophale Besuch des Steuerprüfers bei Bernards Vater nach sich gezogen hatte. Damals war auch schon ein Gerücht in der Schule umgegangen, das jenen auf sonderbare Weise aufgefundenen Aktenkoffer betraf. Was bedeutete beispielsweise »Der blankpolierte Orakelvogt«? Ein merkwürdiger Ausdruck, den man sogar in eine Pissoirwand geritzt gesehen hatte.

Diesmal fand Bernard, sie hätten nicht mehr denselben guten Kontakt wie zuvor. Sie hatte ihn hinter dem Schreibtisch sitzend empfangen und sich nicht freundlich neben ihn auf die Couch gesetzt wie beim erstenmal, was Bernard sofort bemerkt hatte. Das Sprechzimmer mit seinem Geruch von Bohnerwachs und Filterkaffee aus der Kaffeemaschine hatte außerdem eine schwache Beimischung von Medizin, Jod, Karbol und Desinfektionsmitteln gehabt.

Sie war nicht mehr so elegant angezogen, und als sie sich über eine Schublade in dem großen, feuerfesten Aktenschrank mit den Dossiers der Schüler beugte, war ihr Hemd hochgeglitten und hatte ein Stück sonnengebräunter Haut zwischen dem Hosenbund und dem Rückenband des Büstenhalters enthüllt.

Auch diesmal waren sie mit ihrem Problem nicht weit gekommen.

Es war ihm ziemlich leicht gefallen, sie davon zu überzeugen, daß die Geschichte mit dem Blankpolierten und seinem mysteriös wieder aufgetauchten Aktenkoffer nur ein typisches Schulhofmärchen sei. Was sonst? Erfunden von ein paar elfjährigen Bewunderern. Daß ihm selbst eine Rolle in dieser Legende zugeteilt wurde, dafür könne er keine Verantwortung übernehmen.

(Gedankenverloren nahm er die kleine rote böhmische Kristallkugel vom Schreibtisch, die als Briefbeschwerer diente. Sie war schön und überraschend schwer.)

»Bitte leg sie wieder zurück! Sie ist sehr wertvoll.«

»Wieso?«

»Sie ist ein Andenken an meinen Vater.«

Sie hatte dies in einem Tonfall mitgeteilt, als sei es völlig selbstverständlich, daß kein Unbefugter Andenken an ihren Vater anrühren dürfe. In diesem Augenblick war sie natürlich diejenige, die neurotisch erschien, während Bernard ruhig, männlich und überzeugend wirkte, als er behutsam die kleine rote Kugel auf den Schreibtisch zurückstellte. Dies war so etwas wie ein Durchbruch, für einen Augenblick war der Kontakt hergestellt. Fragte sich nur, was für eine Art von Kontakt das war. Die Kugel hatte eine Reihe von kleinen Löchern. Vielleicht waren sie dafür gedacht, daß man Zweige hineinstecken sollte, die ersten schönen Birkenzweige oder Weidenkätzchen des Frühlings, um eine geschmackvolle und angenehme Tischdekoration zu erhalten.

Wenn sich nun diese Kristallkugel in zwei, nein, vielleicht in drei oder mehr Welten gleichzeitig befinden würde! Wenn Herr Lutweiler tatsächlich auch in einer anderen Welt in dieselbe Kristallkugel hineinstarrte! Vielleicht kann ein dritter sie alle beide in diesem Augenblick durch die dunkelrote Dämmerung des Glases sehen und weit weg in einer anderen Welt ein vierter diese drei ... Gespiegelt wie in einem kleinen Fenster. Wo Bernard Foy in seiner Lederjacke und seinen Jeans erscheint, mit der Kristallkugel in der erhobenen Hand wie ein Zauberer, wo aber auch Dr. Ernst Lutweiler in der Projektion der Kugel erscheint, ein sehr kleiner Mann im Nadelstreifenanzug mit einem gelben schweinsledernen Aktenkoffer in der Hand!

Der Autist hatte also ganz unerwartet geredet, und Elisabeth Verolyg hatte ihm mit gleichbleibend grauen, klinischen Augen zugehört, die nur für einen winzigen Moment eine andere, wärmere, katzengelbe Nuance angenommen hatten.

## 8. Die Stimmen der Harlekinspieler in der Fliederlaube

Es wurde in Zweifel gezogen, ob Hans Hansdorff jemals ein Poet gewesen sei.

»*Ein Poet – Papperlapapp, er war genauso ein Poet wie mein Kutscher oder meine Köchin auf Flogsta*«, pflegte Freiherr Carl Rutger von Lagerhielm zu den Harlekinspielern in der Fliederlaube des Billstaheims zu sagen, wenn einer der zittrigen alten Männer mit abgegriffenen Spielkarten in den Händen die Sache zur Sprache brachte.

Es ging natürlich wie üblich um den Anspruch des alten Hans Hansdorff auf diese Bezeichnung. Bei all seiner ziemlich hochgradigen Senilität war Hansdorff immerhin noch ein Mann mit harten Fäusten und einem entsetzlich cholerischen Temperament, und daher wagte gewöhnlich keiner daran zu rühren, außer bei den ziemlich häufig wiederkehrenden Gelegenheiten, wenn er vorübergehend die Gartenlaube verlassen mußte, um zum Pinkeln ins Haus zu gehen. Aber dann machte man sich um so emsiger daran, ihn zu verleumden.

»Von wegen Poet!« johlte der etwas schwerhörige frühere U-Boot-Matrose und spätere Radiohändler Torsten Simmerling aus Göteborg. »Er war *Chauffeur* bei Gunnar Mascoll Silfverstolpe. Das war er. Chauffeur und nichts anderes. Das habe ich aus einer sicheren Quelle, einer bombensicheren Quelle. Und dort, auf Stora Åsby, hat er alles aufgeschnappt, was er von seinen sogenannten Dichterfreunden und Prinz Eugen und der ganzen Bande weiß. Ein Windbeutel ist er, ein Mythomane. Er sagt nie ein wahres Wort.«

»Das bezweifle ich wirklich«, sagte Carl Rutger und betrachtete melancholisch das lausige Blatt, das er gerade von dem eingebildeten kleinen Radiohändler ausgeteilt bekommen hatte. »Erstens ist es natürlich so: wenn das mit dem Poeten erlogen ist, dann ist es ja doch eine Art Argument dafür, daß er auf seine Weise einer ist. Und wenn er andererseits nicht lügt, dann ist die Sache ja klar: er ist ein Poet. Ob er nun also ein Poet ist oder nicht, ist er ein Poet. Das ist ein Schema, das in der mittelalterlichen Logik als ›konstruktives Dilemma‹ bezeichnet wird.

Aber abgesehen von aller Scholastik gibt es für ihn auch ein ziemlich gutes empirisches Argument. Daß du sagst, er sei Chauffeur gewesen, ist ganz einfach unsinnig. Die Familie Silfverstolpe auf Stora Åsby konnte sich absolut keinen Privatchauffeur leisten. Åsby war kein Schloß. Es war ein eher bescheidenes Anwesen. Das kannst du in Sten Selanders Vorwort zu Silfverstolpes Gedichten nachlesen. Leider hat der kleine Bernard Foy mein Exemplar ausgeliehen, sonst wäre dieser Streit leicht zu lösen. Verflixter Schlingel!«

»Wie kannst du das wissen?« fuhr der Göteborger ehemalige U-Boot-Matrose und bis vor kurzem auch Radiohändler

Simmerling auf seine greisenhafte, quengelig sture Tour fort. »Und überhaupt, was ist das eigentlich für eine *bescheuerte Logik*! Meinst du also wirklich im Ernst, daß alle Menschen, die nicht Chauffeure bei einem Poeten gewesen sind, unbedingt Poeten sein müssen? So daß man entweder ein Poet oder ein Chauffeur bei einem Poeten ist? Was passiert zum Beispiel, wenn ein Poet zufällig Chauffeur bei einem Nicht-Poeten wird? Um nur ein einziges Beispiel für die Schwächen solcher negativer, rekursiver Argumente zu nennen.«

»Ich weiß aber zufällig genau«, erwiderte Carl Rutger unbeeindruckt, »daß der große Poet und einer von den Achtzehn in der Schwedischen Akademie, Gunnar Mascoll Silfverstolpe, nach seinen Studienjahren nur ausnahmsweise, und dann nur im Zusammenhang mit irgendwelchen Feiertagen, auf Åsby wohnte. Er hatte vielmehr eine Wohnung auf Kungsholmen.«

»Tja, und woher weißt du das, das würde mich wirklich sehr interessieren«, fuhr der streitsüchtige Alte mit der gleichen Hemmungslosigkeit fort.

Er liebe die Polemik, pflegte Carl Rutger zu sagen, und es gebe, wenn er einmal in Fahrt gekommen sei, kaum eine andere Art, ihn loszuwerden, als ihm zu versichern, alles, was er behauptete oder woran er sich zu erinnern glaubte oder was er beweisen wollte oder erlebt hatte, *verhalte sich ganz genau so*.

»Oh, ich habe wirklich vergessen, woher ich das weiß. Wer hat den Narren?«

»Und die Italia-Expedition?« fragte der ehemalige Wachtmeister Sverre Stål am unteren Ende. »War er da auch nicht dabei?«

»Vergeßt nicht«, sagte der schreckliche Simmerling und knallte die Sau auf den Tisch, daß der verschüttete Nachmittagskaffee der Alten zwischen Karten und Holzlatten und über ein vom frischen Herbstwind zerblättertes Exemplar der *Södertälje Post Tidning* spritzte, »daß ich es war, der damals mit dem Starkodder von Sundsvall, damals Schwedens einziger Meereseisbrecher, zur Südspitze von Grönland vorgedrungen bin. Wir waren es, die den Schweden heimholten und diesen gestrandeten Flieger, Leutnant Einar Lundborg.

Das alles hat dieser verdammte Hansdorff hier von mir

gehört, Hunderte von Kartenrunden lang, jede Einzelheit mit dem Treibeis und dem Luftschiff und den Italienern, die den Schweden aufaßen, als er nicht mehr weiter konnte, all das, nein, nicht alles, denn es gibt eine kleine Einzelheit, die er tatsächlich von Frau Bouveng hat (Frau Claire T. Bouveng, die wohlwollende Vorsteherin des Billstaheims, war einmal als Schulmädchen auf die Dachterrasse der Detthourska Schule hinauskommandiert worden, um zusammen mit den anderen Mädchen ihrer Klasse das weiße, unwirklich silberschimmernde Luftschiff da oben über die Stadt gleiten zu sehen, auf seinem Weg nach Norden), alles übrige hat er von mir.

Und dann sitzt dieser Mistkerl da und erzählt mir das Ganze wieder direkt ins Gesicht! Deshalb, weil er – ich *kann* es nicht besser sagen – so verdammt verkalkt ist, daß er nicht mehr weiß, von wem er es gehört hat!«

»Beruhige dich doch«, sagte der gleichbleibend höfliche Carl Rutger von Lagerhielm. »Wir alle haben unsere Schwächen. Außerdem sind wir ja tatsächlich hier in der Laube zusammengekommen, um Karten zu spielen und nicht, um zu streiten. Aber seht mal an, wenn das nicht Hans ist, der wieder zurückkommt. Dann wollen wir doch mal sehen, wer den Husaren bekommt.«

Frau Claire Bouveng war von diesen Harlekinrunden nicht gerade begeistert. Teils fürchtete sie, die alten Herren könnten sich da draußen in der zugigen Laube eine Lungenentzündung holen. An richtig warmen Julitagen ging es ja noch. Aber jetzt, Ende August, war es wirklich ein bißchen abenteuerlich, selbst wenn sie Decken um die Beine gewickelt hatten. Und ihre andere Befürchtung war, daß ihre schrecklichen Streitereien womöglich zu Gehirnblutungen oder Aneurysmen in ihren spröden, kaputtgesoffenen Gefäßen führen könnten.

Es kam ihr in den Sinn, daß die Alten wirklich Glück hatten, im letzten privaten Pensionärsheim dieser Gegend zu leben. Wäre es eine der schrecklichen kommunalen Seniorenbaracken mit acht alten Leuten pro Schlafsaal gewesen, dann wären sie um diese Zeit schon längst ins Bett gesteckt worden. Und nie im Leben hätten sie etwas so Abenteuerliches machen dürfen, wie Decken in eine Laube mitzuschleppen. Sie hätten ab vier Uhr nachmittags ordentlich in ihren Betten gelegen, ob sie wollten oder nicht, da das die Zeit war, zu der das Personal um diese Jahreszeit heimging. Man konnte nur hoffen, daß der Staat nicht auf die Idee kommen würde, solche frivolen privaten Pflegeheime zu verbieten, mit ihrem ganzen gefährlichen Mangel an *sozialer Kontrolle*, die sie mit sich bringen mußten.

Solche düsteren Gedanken beunruhigten die warmherzige und freundliche Frau Bouveng nicht lange. Aber diese ganzen Laubenzusammenkünfte hatten etwas, das Unordnung in ihre Maßregeln brachte, ohne daß sie richtig dahinterkommen konnte, wie das zuging.

Es war jedes Jahr das gleiche. Die Laube schuf Unordnung, sie war ein Kraftzentrum von anderer Art als die üblichen, und wäre es nicht so gewesen, daß der freundliche Freiherr von Lagerhielm eine so wunderbare Fähigkeit hatte, für Ruhe zu sorgen und die Konflikte zwischen ihren alten Herren zu schlichten, hätte sie wohl kaum eingewilligt, daß ein *Außenstehender* hierher kam und auf diese Weise am Harlekinspiel teilnahm.

Aber er war ja immerhin Freiherr und obendrein ein so entzückender Mensch. Und er machte so reizende Scherze. Hatte er sie, in ihrem Alter, nicht letztes Jahr um die Mittsommerzeit zum Kichern und Lachen gebracht, indem er sie mit der Majorin von Ekeby und die senilen alten Knaben in der Laube mit den Kavalieren von Ekeby verglich?

Jetzt kam Hans Hansdorff zurück. Ob er nun ein Poet oder nur Chauffeur bei einem der großen Poeten der dreißiger Jahre gewesen war, ließ sich letztlich vielleicht nicht so leicht entscheiden. Aber zweifellos sah er aus wie ein großer Poet, wie er da den Gartenweg entlanggeschlendert kam. Sein Hosenladen war nicht zugeknöpft, auf den Hosen waren ziemlich deutliche Spuren des greisenhaft nachtropfenden Urins zu sehen. Am Hemd ließ sich ablesen, daß es zum Lunch Erbsensuppe gegeben hatte, aber die Mähne, die mächtige Mähne aus weißem Haar, die großen blauen Augen und die markante Nase hätten durchaus einem großen, bedeutenden Poeten gehört haben können. Oder gab es vielleicht keine Poeten mehr im Land?

Hans Hansdorff räusperte sich laut, spuckte dreimal ins Blumenbeet, ließ sich keinen Augenblick anmerken, daß er die gerade eingetroffene Frau Bouveng gesehen hatte, und nahm seine Karten mit der Würde eines Mannes, der weiß, daß seine Anwesenheit jede gesellschaftliche Zusammenkunft eine Spur bedeutungsvoller machte, vielleicht sogar historisch, jedenfalls denkwürdig.

»Es ist schade um Foy«, sagte er ganz überraschend. »Wie unnötig und wie dumm. Übrigens möchte ich wissen, was aus diesem Jungen geworden ist?«

»Ich habe ihn tatsächlich mehrmals in diesem Sommer gesehen«, erwiderte Carl Rutger verbindlich. »Er verkehrt ein wenig mit meinem Sohn Hans, und es kommt vor, daß beide Jungen mich zu Hause besuchen, um sich mit dem einen oder anderen helfen zu lassen. Ich bringe ihnen bei, wie man Hechte mit der Schlinge fängt, statt mit dem Angelhaken, und solche Sachen. Aber wo der Junge jetzt wohnt, weiß ich, ehrlich gesagt, nicht so genau. Man darf wohl annehmen, daß irgendwie für ihn gesorgt wurde. Er dürfte wohl zu irgendwelchen Pflegeeltern gekommen sein, wie die Dinge stehen. Aber wo sein Adoptivheim ist, das weiß ich tatsächlich nicht. Ich kann Hans fragen, wenn es dich interessiert.«

»Ich frage deshalb«, fuhr Hans Hansdorff gravitätisch fort, »weil ich ihn gestern nachmittag nicht weit von hier in einer sehr bizarren Situation gesehen habe.«

»Wirklich?«

»*Äußerst* bizarr.«

»Wieso?«

»Er saß auf einer Parkbank, unten an der Strandpromenade von Flogsta. Zusammen mit einer sehr gepflegten, rothaarigen Dame um die Fünfzig.«

»Es ist doch nett, daß der Junge Kontakt mit Menschen hat, nach all dem Traurigen, das er mitgemacht hat! Ich verstehe nicht, was du mit *bizarr* meinst!«

»Nein, aber wenn du gesehen hättest, *wie* sie saßen, würdest du es ein bißchen besser verstehen.«

»Wirklich?«

»Eher *auf*einander als nebeneinander. Jawohl. *Rittlings.* Ja, die Jugend hat heutzutage keine Scham mehr im Leib.«

»So?«

(Wie es Hans mittlerweile so oft passierte, vergaß der alte Mann mit dem eindrucksvollen weißen Poetenhaar just in dem Augenblick, in dem er etwas erzählen wollte, was er erzählen wollte. Außerdem war er durchaus imstande zu vergessen, daß er der Erzähler war. Er konnte plötzlich die Pose des interessierten Zuhörers einnehmen, wenn seine Zuhörer gerade gespannt auf die Pointe warteten.

Das machte seine Konversation zu einer recht tragischen Serie von großen und niemals eingelösten Versprechen. Andererseits konnte man nicht behaupten, daß er die Gesellschaft, in der er sich befand, zu dominieren versuchte. Obwohl er ja trotzdem irgendwie recht dominierend wirkte.)

»Tja, seit meine Alte gestorben ist, finde ich heutzutage fast alles sinnlos«, sagte Simmerling. Er hatte diese sehr laute Stimme, die man oft bei älteren Schiffsoffizieren und solchen Leuten findet. »Eigentlich hätte ich mich schon längst mit meiner alten Dienstpistole von der Marine erschießen sollen. So verdammt langweilig wie alles heutzutage geworden ist. Aber ich kann mich beim besten Willen nicht erinnern, in welche Schublade ich das verdammte Ding gelegt habe. Ich hab danach gesucht wie der Teufel. Aber wenn ich sie finde, werden die Herren ihr blaues Wunder erleben!«

*»Das Treibeis«*, sagte Hans Hansdorff plötzlich. »Jetzt erinnere ich mich wieder daran. Nein, nicht das Treibeis, sondern die *Eisberge*, südöstlich von Grönland, haben mich fasziniert. Sie hatten dieses Gewisse. Sie hatten die Sinnlosigkeit.«

»Ach, sie haben *dich* also fasziniert? Ich möchte wissen, wie *das* möglich ist? Schließlich war *ich* es doch, der mit Vizeadmiral Wrangel auf der Starkodder südlich von Grönland war. Es ist doch *meine* Erfahrung, deren du mich jetzt berauben willst! Na, lassen wir das jetzt mal. Was sagtest du nochmal, was dir wieder eingefallen ist?«

»Tja. Es ist eine der wichtigsten Erinnerungen meines Lebens. Ihr wißt, man ist es ja gewöhnt, daß alles in unserem Leben etwas Besonderes bedeuten soll. Daß es einen Sinn haben soll. Aber diese riesigen, gefährlich schönen weißen Eisberge, die uns feierlich einer nach dem andern auf dem Wasser entgegengeglitten kamen – als gäbe es unendlich viele davon – bedeuteten wirklich überhaupt nichts. Noch nie in meinem ganzen Leben habe ich irgendwelche Dinge gesehen, bei denen das so deutlich wurde wie bei diesen Eisbergen. Überhaupt nichts! Sie waren einfach nur da. Oder sie bedeuteten nichts als sie selbst. Alle Matrosen, die gerade nichts zu tun hatten, standen auf dem Vordeck, verzaubert, und versuchten, wenigstens irgendeinen Sinn herauszulesen. Sie wollten Figuren, Gesichter, Profile, Tierformen darin erkennen, ungefähr, wie wenn man unbedingt solche menschlichen und tierischen Formen in den Wolkengebilden erkennen möchte, die man sieht. Aber das wichtige war ja, daß es nichts anderes gab als eben diese Eisberge. Sie waren sinnlos, völlig sinnlos, und das war ihr Sinn. Ich muß etwa einundzwanzig oder höchstens zweiundzwanzig Jahre alt gewesen sein, als ich auf der Kommandobrücke des alten staatlichen Eisbrechers am Ruder stand, auf der Kommandobrücke der Starkodder – stellt euch vor –, unter einem Federbusch von bleischwarzem Dampfkesselrauch, und sie herangleiten sah, ganz still, einen nach dem anderen, in der feierlich frostigen, neunundzwanzig Grad kalten, eigentümlich diesigen Juniluft, gleich südlich von Grönland ... Wie ihr euch denken könnt, ist der Sommer da oben nicht besonders sommerlich. Und ich dachte: sie kommen wie die Jahre meines Lebens. Seitdem bin ich eigentlich nie ein leicht zu erschreckender Mensch gewesen. Ich hatte mich sozusagen mit der Majestät der Sinnlosigkeit angefreundet.«

»Ich finde, du hast großartig gesprochen«, sagte Carl Rutger von Lagerhielm mit plötzlicher Rührung, die sich darin äußerte, daß seine graublauen Augen noch eine Spur glasiger wurden als üblich. »Mich erinnert es an diese seit schrecklich langer Zeit toten Moormänner, die hin und wieder von Archäologen gefunden werden, in ihre uralten Umhänge aus grobem Tuch gehüllt, und das Loch vom Feuersteinpfeil des Feindes, der ihnen zum Verhängnis wurde, noch wie ein dunkler Schatten an der Schläfe sichtbar. Sie sind von den Humussäuren des Moors so gut erhalten, daß man meint, sie könnten jederzeit wieder aufstehen und im Moor herumstolzieren. Und das flößt uns ein Gefühl von tiefstem Grauen ein.«

Er machte eine ausgesuchte Kunstpause.

»Aber ist es nicht nur das Grauen davor, daß ein alter, verlorengegangener *Sinn* wieder anfangen könnte, sich zu rühren?«

»Ich glaube überhaupt nicht, daß du mich verstanden hast«, sagte der frühere Poet oder möglicherweise nur Gutschauffeur Hansdorff in einem nahezu verletzten Tonfall. »Du hast mich nicht verstanden. Überhaupt nicht, denn du siehst etwas Negatives, etwas Bedrohliches und Erschreckendes darin, daß für den Menschen immer mehr von der Welt, von den Handlungen und Worten seinen ursprünglichen Sinn zu verlieren scheint. Aber ich, verstehst du, ich sehe das Mystische, ja, Großartige darin, daß es dem Leben an Sinn gebricht. Gott will nichts. Denn hätte Gott etwas gewollt, dann wäre es ja schon längst verwirklicht. Gott bedeutet nichts als er selbst. Und das war, was ich begriff, als ich an jenem arktischen Frühsommertag 1928 die großen Eisberge durch die Dansköbucht angeglitten kommen sah, einen nach dem andern, dramatisch und vollständig sinnlos.«

»Aber lieber Hans, du warst doch gar nicht da. Ich war es, der diese Eisberge im Jahr 1929 sah.« Torsten Simmerling konnte es sich ganz einfach nicht mehr verkneifen. »Du bist nie nördlich von Grisslehamn gewesen! Es sind *meine* Eisberge, die du nimmst!«

»Hör auf zu quengeln, du verdammter *Pflegeheimklient*, meinetwegen sollen die Eisberge dir gehören. Dir und allen und keinem! Aber *trotzdem* kommen sie mir immerzu ins Gedächtnis. In kristallklarer Luft gleitend, durch tiefgrünes Wasser, das beinahe ölig langsam wirkt, weil es so nah am Gefrierpunkt ist, an einem Junitag 1928, in der Danskobucht. Auf der Suche nach Leutnant Einar Lundborg, dem Schweden, und den Wrackteilen des so tragisch verunglückten Luftschiffs Italia; – nun, den Rest kennt ihr ja schon, nicht wahr, meine Herren?«

Unter all den Sitzenden war es nur der alte Poet, der jetzt in der Laube aufrecht stand, mit zitternden Händen und einem Beben, das auch durch sein mächtiges weißes Haar zu gehen schien. Sein Gesicht hatte in diesem Augenblick einen eigentümlich flehenden Ausdruck. Wie bei einem, der im letzten Augenblick um Gnade bittet.

## 9. Der Erhängte

Die Kruke hatte ihren Volvo dahin gestellt, wo das Parkverbot anfing. An einem solchen Abend kam kein Mensch hier vorbei, es war schon ziemlich dunkel und ungemütlich. Nachdem sie ihm eine ganze Weile mit der pedantischen Gründlichkeit einer Frau in den mittleren Jahren einen abgelutscht hatte, zog sie den Rock hoch und setzte sich rittlings auf ihn. Er kam sehr schnell, aber zu seiner Überraschung war sie nicht langsamer. Er spürte, daß er bereit war, unverzüglich wieder von vorn anzufangen.

Unterdessen biß er gedankenverloren in den dicken Zopf aus rotem Haar rechts von ihrem Hals, wo eine Pulsader jetzt deutlich gegen seinen linken Mundwinkel pochte.

Noch nie war er mit einer Frau zusammengewesen, die offensichtlich ein so großes Vergnügen an ihm hatte. Sie schien imstande, ihm in allem zu Willen zu sein.

Der Wind zog und zerrte an ihren rötlichen Haaren, ihr Gesicht war naß, ob von Speichel oder Tränen war nicht leicht zu sagen, und sie strömte einen starken sexuellen Geruch aus. Er hatte das Gefühl, als wolle ihr fünfzigjähriges Geschlecht, offenbar verstrickt in ein Labyrinth von heftigen Orgasmen, am liebsten sein eigenes qualvoll erigiertes Glied verschlingen, einen Körperteil, der in diesem Augenblick nicht recht wußte, wo er sich befand; im Himmel oder in der Hölle. Er saß höchst unbequem und fürchtete, sich jeden Moment den Rücken zu verrenken und fand, alles sei so, wie es sein mußte.

Die ganze Zeit schlug der See mit kurzen, nervösen Wellenschlägen ans Ufer. Steinchen rollten an der Strandkante auf und ab, eine leere Flasche knallte gegen einen vermodernden Brückenpfahl, ein toter Fisch trieb mit dem Bauch nach oben, und sein Aasgestank war durch alle anderen Gerüche, Parfums, Düfte, die diesen Augenblick erfüllten, deutlich wahrnehmbar.

In solchen Momenten konnte die Pendelbewegung Bernard ganz überraschend heimsuchen, zuerst so langsam, daß er sie kaum wahrnahm, und dann immer lebhafter, bis er tatsächlich den toten Vater in seinem bescheidenen Büro von der Decke herabhängen sah.

Manchmal konnte ihn das Gefühl befallen, es sei die blinde, unerbittliche Energie des ganzen Universums, die langsam diesen toten Vater mit dem geschwollenen, purpurblauen Gesicht wiegte. Auf seltsame Weise erinnerte ihn diese schwer erträgliche Pendelbewegung daran, daß in demselben Augenblick, in dem dies vorging, Elementarpartikel mit ungeheurer Geschwindigkeit zerfielen. Ferne Galaxien, rotierend in hunderttausendjährig trägen, gnadenlosen Bahnen. Die quantenmechanischen Wellenfunktionen oszillierten in ihrem Hilbertschen Raum. Die Fourierkomponenten marschierten exakt wie Zinnsoldaten durch ihre viel dichteren Funktionenräume, die Mehrpartikelkonfigurationen schwebten in ihrem Phasenraum daher;

*»wie Wolkenschatten überm Land«*

und all das war unerbittlich und von allen unerwünscht und diente eigentlich nur dazu, seine Aufmerksamkeit von etwas anderem, Wichtigerem abzulenken. Es gab keine Ordnung und Methode in den Geometrien und Räumen, ebensowenig wie in irgend etwas anderem auf dieser von Pendelbewegungen laut dröhnenden Welt. Dies war, kurz gesagt, ein wahrhaft ungewöhnlicher Seelenzustand. Ungefähr der Zustand, den manche Ekstase nennen und der nach Auffassung einiger Leute von der Verantwortung vor Gericht befreit. In der Welt war es eigentlich nur ein Zustand unter allen anderen Zuständen.

Er spürte eine Panik, die ihm nicht unbekannt war; *Hauche auf die Spiegelfläche, sagte er sich, und das entsetzliche Bild wird wieder verschwinden.*

Welche Kraft war es eigentlich, die den Toten auf- und abschwingen ließ? War es wirklich der Wind? War es ein Fenster, das noch eingehakt offenstand, nachdem die Steuervögte verschwunden waren? Hier und da auf dem abgenutzten Teppich konnte man noch ihre Zigarettenstummel sehen, die sie in dem Muster ausgetreten hatten, als sie da standen und ihre schwarzen Plastiksäcke mit Kassenbüchern, Gehaltslisten und Quittungen vollstopften. Sogar den Werbekalender einer Baggerfirma, einen von denen, die auf jedem

Blatt leichtbekleidete Jeansdamen präsentieren, hatten sie eingesackt und mitgenommen. Vielleicht in dem Glauben, er enthielte irgendwelche Notizen, die mehr Licht auf die umfassenden Vergehen gegen den Staat werfen würden, denen sich der Vater offenbar seit langem gewidmet hatte; er hatte die Gehälter seiner Mitarbeiter unter dem Tisch ausbezahlt und sein kleines Unternehmen, das zwanzig Personen Arbeit verschaffte, flüssig gehalten, indem er auf diese Weise die verheerenden Lohnsteuern umging.

Ein paar lose Zettel waren in dem starken Durchzug auf dem Boden hin- und hergeflattert. Ein Gummibaum, der offenbar schon lange kein Wasser bekommen hatte, ließ in einer Ecke die Blätter hängen.

Der Freßnapf des schon toten Schäferhunds stand immer noch an seinem Platz. Er hatte diesem Hund und keinem anderen gehört, solange Bernard zurückdenken konnte.

Jacob Foy war bis zuletzt ein ordentlicher und praktischer Mann gewesen. Bevor er auf den Stuhl stieg und sich die Schlinge um den Hals legte, hatte er seine ziemlich abgetretenen Halbschuhe ausgezogen (mit Spuren von regennassem Lehm darauf), damit sie keine Flecken auf dem zerschlissenen, aber soliden schwarzen Ledersitz des Bürostuhls hinterließen.

Und wochenlang hatte der damalige Steuerinspektor Ernst Lutweiler nach seinen drei verbliebenen Baggern und zwei Treckern gefahndet, sowohl unten am Mälarsee wie auch, von einem niedrig fliegenden Helikopter aus, weit draußen über dem Sjunkarmoor, aber ohne sie zu finden. Es war alles vergeblich. Für Bernards Vater stand fest, daß alles, was nicht zu retten war, lieber zerstört werden sollte als in die Klauen der Steuervögte zu fallen. Die Operationen, die er in den letzten Wochen durchgeführt hatte, waren tatsächlich äußerst effektiv gewesen. Was die Bagger und Traktoren betrifft, so ruhen sie mittlerweile vermutlich in der Tiefe des Moors, dachte Bernard, nicht ohne eine gewisse stolze Bewunderung für die Entschlossenheit des Vaters bis ins letzte. Die gleiche Geschichte wiederholte sich in diesen schrecklichen Jahren an so vielen Orten in Schweden. Eigentlich war gar nichts Besonderes an ihm oder an seinem Vater, dachte Bernard.

Ich bin ganz gewöhnlich. Ich bin in Wirklichkeit ein sehr trivialer, ein vollständig alltäglicher Mensch, sagte er sich. Es ist nichts Besonderes passiert. Nicht das geringste. Wieder fühlte er eine Panik in sich aufsteigen, die ihm nicht unbekannt war. *Hauche auf die Spiegelfläche, sagte er sich, und das entsetzliche Bild wird wieder verschwinden.*

## 10. Bilder am Anfang der Nacht

Damit wir nun aber, wie es heißt, unsern Hintern hochkriegen und endlich zusehen, daß wir vom Fleck kommen bei der Reise in die Dämmerung und in die langsam hereinbrechende Nacht, die ihr nun offenbar in unserer Begleitung anzutreten entschlossen seid, haben wir immer noch eine Menge von der Landschaft zu erzählen.

Um kurz zu rekapitulieren und um zu sehen, ob ihr wider Erwarten etwas gelernt habt, möchten wir also zunächst daran erinnern, daß wir schon in einem frühen Stadium, und nur aus pädagogischer Umsicht denen gegenüber, die eines Tages dieses Manuskript finden und freiwillig oder widerstrebend unsere Leser werden, die Landschaft in vier Felder eingeteilt haben:

Das linke untere, oder wissenschaftlicher ausgedrückt, südwestliche Feld dieses Rechtecks enthält nichts anderes als das endlose Sumpfland des Sjunkarmoors, das nach und nach stufenlos in die Wälder und Hochplateaus Östergötlands übergeht, ein unwegsames und gefährliches Gelände, in das sich kein Unerfahrener ungestraft hineinwagt.

Im linken oberen Feld sind die zumindest früher idyllischen kleinen Industriebetriebe von Billsta angesiedelt. Dieses Gebiet fällt zum Mälarufer hinunter in eine Reihe von seichten Schilfbuchten ab, die Ausläufer des weitläufigen Bockstenssunds sind. Hier gibt es nicht nur Gewerbebetriebe, lustige kleine Arbeitercafés, Schrotthaufen, Autofriedhöfe, Lager mit Zementsäcken und allen möglichen Kuriositäten. Sondern auch gemütliche kleine Werkmeisterhäuschen, Anlegebrücken für kleine Boote, Punschveranden und Lauben, die noch heute an langen Mainachmittagen ihren milden Duft nach weißem Flieder verströmen. Jetzt aber sind die Fliederbüsche geplündert und leer. Der große Herbst, der mit seinem bleichen Licht fast alles versöhnen kann, ist schon unterwegs, ein scharfer Wind zieht durch die Apfelbäume und läßt die Früchte dutzendweise auf den Abhang plumpsen.

Weit da draußen im Bockstenssund, wo ein einsamer westdeutscher Dampfer sich in die immer größeren Buchten hineinkämpft, die weit im Westen in die Häfen von Västerås und dann von Köping führen, im Westen haben die Wellen schon so weiße Bärte wie sonst erst Ende November.

Dies Jahr kommt der Herbst früh. Es gibt auch eine reiche Obsternte. Pflaumen reifen unten in dem verfallenden Schloßgarten, der einst der Stolz des Gutes Flogsta war, des einzigen wirklich ansehnlichen Gebäudes im rechten oberen Feld unseres viergeteilten Landschaftsschemas.

Hier geht die Landschaft nicht in ruhigen, seichten Buchten in den Mälarsee über; hier fällt sie in dramatischen Klippenterrassen zum Wasser hin ab. Hier gibt es noch die Spuren einer älteren, einer freundlicheren Zeit: Großhändlervillen mit Badehäusern aus gelben Planken unten am Wasser, gemauerte Schornsteine und verwilderte Apfelbäume von verschwundenen Häusern, Schrebergärten und Aussichtsplattformen.

Außer dem Gut Flogsta, das jetzt also der Provinzialregierung gehört und eine Weile der Rehabilitierung von Drogensüchtigen diente, dessen Verwendung gegenwärtig aber etwas unklar erscheint, gibt es hier das Billstaheim, ein kleineres, privates Pensionärsheim und – eigentümlich isoliert weit draußen im Gelände, fast als wäre es ein Gefängnis – die Zentralschule von Billsta, ein riesiger Betonkasten auf einem der Hügel, die Bernard Anfang der Achtziger einige gedankenverlorene Jahre lang sporadisch zu besuchen Gelegenheit hatte.

Der Schuldirektor heißt, wie wir schon berichtet haben, Måns Wedelin, und die Schulpsychologin ist Frau Doktor (eigentlich Doktor der Philosophie) Elisabeth Verolyg. Einige von den ehemaligen Schülern haben wir auch bereits mit Namen kennengelernt. Im übrigen ist uns diese Institution ziemlich fremd.

Bleibt nur noch das rechte untere Landschaftsfeld zu beschreiben, das wir bisher überhaupt nicht gestreift haben.

Es enthält die Wohnblocks von Sjunkarmoor, ein paar hundert Betonklötze, bis zu zwanzig Stockwerke hoch, größtenteils von melancholischen Einwanderern bewohnt, die einander anscheinend nicht übermäßig viel zu sagen haben, und auch anderen Leuten nicht, und deren sozialer Ehrgeiz sich darauf zu beschränken scheint, so schnell wie möglich alle Parkplätze der Umgebung mit kleinen und großen Wohnwagen zu besetzen, die in den Industrieferien allesamt auf die Straßen hinaus verschwinden. Natürlich enthält dieses Gebiet viel mehr als das. Hier gibt es Nischen, Geheimnisse, unsichtbare Bande und unklare Beziehungen zwischen den Menschen, Grauen und Lust. Was ihm aber fehlt, ist ein Dichter.

Im Kreuzungspunkt der vier Felder führt die Eisenbahnlinie auf einer schwindelerregend hohen Gußeisenbrücke über den Kanal von Södertälje. Denn hier mündet er in den Mälarsee, und gleich links von der Brücke liegt das Zentrum von Sjunkarmoor, mit U-Bahnstation, Busbahnhof und einer ganzen Einkaufsarkade, die gegenwärtig den jungen Bernard Foy mit allerhand technischer Ausrüstung für seine immer entschlosseneren literarischen Übungen versorgt.

Hier gibt es auch einen kleinen Markt, wo die Ausländer kastenweise Südfrüchte und Gemüse kaufen und die Schweden jeweils ihre ein bis zwei Tomaten, wo Geschäfte mit alten Autos gemacht werden und wo in der Abenddämmerung ein stiller Drogenhandel und die Prostitution von Halbwüchsigen ihren routinemäßigen Verlauf nehmen.

Tatsache ist, daß Bernard zumindest eins von den Mädchen kennt. Das ist nicht weiter merkwürdig. Sie saß im Klassenzimmer schräg links vor ihm. Er mochte damals ihren dünnen hellen Hals sehr gern. Er erinnert sich noch, wie sie mit ihrem kleinen goldenen Konfirmationskreuz zu spielen pflegte, wie sie es gleichsam verschwinden ließ, um es da drinnen in der Wärme der Lippen zu bergen. Solche Dinge konnten bei dem erst zwölfjährigen Bernard heftige Erektionen hervorrufen. Oft beugte er sich so weit vor, wie er nur konnte, um durch das ärmellose Sommerkleid einen Schimmer ihrer noch jungfräulichen Brüste zu erhaschen.

Wie an alles andere, was er in seinem Leben gesehen hat, erinnert er sich an jede Einzelheit dieses Halses, erinnert sich an einen kleinen runden Leberfleck hoch oben unter dem linken Ohr, an die spezielle Art, wie dieses Mädchen den Kopf zur Seite neigte. Sie hat sich schon eine ganze Weile hier nicht blicken lassen, stellt Bernard fest, als er in der Unruhe und im Sturm des Herbstabends angeschlendert kommt. Er geht mit etwas wiegenden Schritten – das hat er immer schon getan. Ein selbstbezogener Schritt vielleicht. Seine schwarze Lederjacke ist an den Ellbogen sehr abgeschabt, seine Jeans sind eher weiß als blau. Er gehört genau zu den Typen, denen böswillige Türhüter den Zutritt zu Lokalen verweigern, wie nüchtern sie auch seien. Er ist ein eher kompakter als hochgewachsener Jüngling, das heißt, was ihm an Länge abgeht, kompensiert er durch eine Art innerer Dichtheit. Man sieht ihn nicht allzu selten in den Einkaufsarkaden von Sjunkarmoor. Er hat dort die verschiedensten Dinge zu erledigen, aber jetzt hat ihn seit einer Weile keiner mehr dort gesehen.

Diesmal ist sein Ziel die Volksbibliothek, denn er meint immer noch, zu wenig zu haben, wonach er *sich richten kann*. Das Schreiben von Literatur setzt andere Literatur voraus. Er hat jetzt ziemlich lange an seiner Tastatur gesessen, länger als er es sich ursprünglich vorgestellt hat. Irgend etwas, vielleicht das Gefühl, Zugang zu einer anderen Welt zu haben oder jedenfalls zu einer anderen Galaxis, in die man so leicht hineinsteigen und damit die gewöhnliche alte Welt wirklich loswerden kann, fasziniert ihn derartig, daß er vergißt, wie die Tage und Wochen vergehen.

Jetzt ist es plötzlich Abend in dem verlassenen gelben Haus mit all seinen Echos von Stimmen und Schatten von Menschen, die nicht mehr darin umhergehen, und Bernard hat eine große Leere im Kopf gespürt. Wind und Regen ziehen da draußen durch die Bäume. Nein, er braucht wirklich etwas, wonach er *sich richten kann*, sonst ist sein Buch wohl dazu verurteilt, für immer zu stagnieren.

Er wußte genau, was er brauchte, es war ein anderer Poet, ein bißchen gefährlicher, ein bißchen weniger wohlerzogen als Silfverstolpe, ein wenig giftiger und zugleich schöner, etwas, das näher an die Welt herankam, *wie sie wirklich aussah*. Natur, die nicht nur aus Gemüse bestand, Menschen, die nicht nur edel, Leidenschaften, die nicht nur erbaulich waren. Sein Poet begann – trotz aller hübscher Gedichte, mit denen Bernard ihn ausgestattet hatte – so entsetzlich langweilig zu werden, daß er nicht übel Lust hatte, ihn ein für allemal in die fiktiven und stilisierten zwanziger Jahre zurückzubefördern, aus denen Bernard ihn hervorgezaubert hatte.

Nur äußerst zögernd händigte ihm die Volksbibliothekarin, Frau Evelyne Björkquist, das Buch aus. Die Bibliothek hatte es eigentlich deshalb eingekauft, weil der Übersetzer ein paar Jahre zuvor so großes Lob für seine Danteübersetzung bekommen hatte. Bernard seinerseits war überglücklich. Ein Blick auf drei, vier Gedichte hatte ihn davon überzeugt, daß er das Richtige gefunden hatte.

Die Bibliothekarin indessen fand einige Dinge darin *unpassend* für einen Gedichtband. Keine soziale Gesinnung. Keine Friedenserziehung. Keine Einfühlung in das Problem der Behinderten. Kurz gesagt: eigentlich keine Literatur. Und was für ein absonderlicher Titel! Das Böse konnte doch schließlich keine Blumen haben! Andererseits hatte kein anderer Benutzer als dieser entschlossene Gnom je dieses Buch ausgeliehen, und es würde wohl auch keiner mehr tun. Hier hielt man sich meistens an Romanfolgen über das Leben im armen, unglücklichen Schweden des vorigen Jahrhunderts und der Jahrhundertwende und dergleichen. Wie auch immer, sie stellte Bernard eine neue Benutzerkarte aus und gab ihm das Buch. Sie war vermutlich die letzte normal sozial gesinnte und verantwortungsbewußte Person, die Bernard für lange Zeit sah. Mit einem kleinen Schauder von Gott weiß was, entließ sie Bernard mit seinem Buch in den Herbstregen – er legte anscheinend nicht einmal Wert auf eine Plastiktüte –, löschte in der Bibliothek ein Licht nach dem anderen und machte sich fertig, um nach Hause zu gehen.

## 11. Einladung zur Reise

An Björnlunda Backar ist nichts besonders Lustiges. Eine große, häßliche Shelltankstelle, wo Fernfahrer, Rocker und Motorradbanden in einer unbeschreiblich verräucherten und schmierigen Hamburgerbude herumzuhängen pflegten, die praktisch rund um die Uhr offen hatte. Ungefähr wie die verschiedenen Arten im Urwald angeblich freies Geleit zur Wasserstelle haben, war es auch hier. Vier oder fünf verschiedene Arten von Reisenden drängten sich da drinnen, während dampfende Kaffeetassen und im Mikrowellenherd aufgetaute Hamburger in einem nie versiegenden Strom über den langen, schmutzigen Tresen wanderten.

Zwischen zehn und zwölf Uhr abends wurde es hier recht turbulent, wenn die Motorradbanden aus ihren Kinos in den umliegenden Orten kamen, die erste Welle der nächtlichen Lastzüge hereindonnerte und die eine oder andere Rockersippe mit laut aufgedrehtem Radio in einem liebevoll frisch lackierten, weich federnden alten Plymouth angeschwebt kam. Man saß an verschiedenen Tischen, manch ein verschüchterter Normalbürger ganz hinten an der Tür, die Stammkunden zuinnerst. Mitten hindurch wand sich die Schlange zur Kasse, wo man sein Benzin bezahlte und die Kunden mit Kreditkarten die Gelegenheit wahrnahmen, Kaffeedosen, Abendzeitungen und Kolonialwaren auf das Benzinkonto ihrer Firma zu kaufen. Eine Schar von ängstlichen und geizigen kleinen Leuten, betrogene Menschen, die glaubten, sie könnten noch etwas aus ihrem engen, verpfuschten Leben herausholen. Sie kniffen ihre vom vielen Zusammenkneifen schon von Fältchen umgebenen Augen zusammen und taten so, als sähen sie nicht, wie die Motorradjünglinge die nackten und noch jungen Brüste ihrer Bräute unter den Lederjacken begrapschten und an ihren Reißverschlüssen herumfummelten.

Zufrieden würden die listigen Kleinkrämer des Sozialstaats sich bald wieder in die Herbstdunkelheit hinausbegeben, zu ihren viereckigen, mit hohen Ratenzahlungen belasteten Volvokästen, einen Blick in die Abendzeitung werfen, die mit riesigen schwarzen Schlagzeilen verkündete, daß eine weitere enthauptete Frauenleiche in den südlichen Vororten entdeckt worden sei, und dann behutsam die Zeitung und die steuerfreien Kaffeedosen auf den Beifahrersitz legen. Mit ordentlich umgeschnalltem Sicherheitsgurt würden sie sich diskret in die nach Norden führende Spur einfädeln, wo der Verkehr jetzt im dichter werdenden naßkalten Abendnebel zu stocken begann. Während die Rebellen da drinnen, die Besitzer der geflammt lackierten Limousinen und der pervers aufgeschwollenen und lebensgefährlich schnellen Drei-Liter-Motorräder (wie zum Teufel konnten sie sich so etwas leisten?) einen Hardrock mit solcher Lautstärke aus der Jukebox donnern ließen, daß die Fensterscheiben der Imbißstube vibrierten. Die Motorradfahrer ließen ihre Eisenketten leicht gegen den Tisch klirren, wenn sie Kaffee nachgeschenkt haben wollten. Sonst trugen sie sie gewöhnlich mehrfach um den Bauch geschlungen. Es war nicht immer ganz einfach, sie zu verstehen.

Mit dem Essen in diesem Lokal war kein großer Staat zu machen; die sogenannten Hamburger bestanden hauptsächlich aus Blutplasma und Innereien, dreimal durch den Wolf gedreht, mit billigem Weizenmehl vermischt, tiefgefroren und elektronisch aufgetaut, zusammen mit Bratkartoffeln serviert, die aus irgendeinem Grund immer nach altem Fisch schmeckten. Keiner der Gäste fragte groß danach, was er aß. Man stopfte es ganz einfach in sich hinein. Die Fernfahrer mit ihren lustigen T-Shirts und Reklamemützen, die sie nie abnahmen, aßen am meisten. Die Rocker und Motorradfahrer hielten sich anscheinend vor allem an Kaffee, Kopenhagener und Zigaretten.

Die Mikrowellenherde des Lokals waren eine Quelle unerschöpflicher Freuden. Zusammengenommen war ihre Strahlung so stark, daß die Radarwarnanlagen mehrere Kilometer die Straße hinunter darauf ansprachen. Die kleinen Jungen pflegten an warmen Sonntagnachmittagen am Straßenrand zu stehen und sich darüber zu freuen, wie die Autofahrer aus Stockholm, die sich solche Apparate leisten konnten, auf dem Weg nach Björnlunda hinauf fast auf dem Bremspedal kopfstanden. Das Lokal war offenbar von einem Feld unheilverkündender Mikrowellen umgeben. Die Polizei, die ebenfalls entdeckt hatte, daß es so war, hatte in letzter Zeit tatsächlich ihre Radarkontrollen neben der Tankstelle angebracht, was es noch lustiger machte, an der Straße nach Björnlunda zu wohnen, besonders an den Freitagnachmittagen, wenn viele waghalsige Stockholmer mit dem Auto unterwegs waren.

Der Fraß, der aus diesen erschreckend aktiven Mikrowellenherden kam, zog bestimmt nicht in erster Linie die Leute in dieses Lokal. Das tat wohl eher der warme, verräucherte Lichtschimmer aus den Fenstern, der so stark gegen den Herbstnebel da draußen abstach; die gemütlichen Schwaden von Zigarettenrauch über den Tischen, das Gedröhn der Jukebox, ein lautes Lachen an einem der Tische. Kurz gesagt: es war ein Ort, an den man gehen konnte. Wenn auch das Essen miserabel war, so waren immerhin die Mädchen hinter dem Tresen, die mit flinken Händen und einer Präzision, die man früher mit einem Uhrwerk verglichen hätte, arbeiteten, ziemlich respekteinflößend. Die meisten von ihnen waren kleine, rundliche Finninnen, aber nicht alle. Eine war darunter, die es schaffte, bei aller Hektik mit jedem Gast ein paar Worte zu wechseln. Fernfahrer, Rocker, Punker, Motorradbandenführer, die mit ihren Totenschädeln auf den Lederjakken jedermann einen Schrecken eingejagt hätten: das spielte keine Rolle. Sie hatte für jeden ein Wort parat.

Sie war mollig, eher häßlich als schön, mit ziemlich ungebändigten dunkelblonden Haaren und einem Gesicht von vornehmer Blässe. Sie knallte Teller und Tassen in einem anscheinend unerbittlichen Rhythmus auf den Tisch, genau wie ein Tischtenniscrack im Finale. Sie lächelte im Unterschied zu den anderen Mädchen, die zugleich geistesabwesend und todernst waren, hin und wieder ein rasches kleines Lächeln, während sie sich eine Haarsträhne aus der Stirn strich.

Als Hans von Lagerhielm jetzt den Björnlundagrill betrat, bekleidet mit seinen Skihosen Modell 1952, seinem grauen, abgetragenen Anorak aus etwa demselben Jahr und mit einer blauen Skimütze mit dem Silberemblem des Schwedischen Ski- und Naturfreundevereins über dem geknickten Schirm, wurde es für einen Augenblick ziemlich still im Lokal. Was ihn möglicherweise davor bewahrte, gelyncht zu werden, war der Hardrock, der wie eine Windbö wieder aus der Jukebox kam – und alles wurde wieder wie üblich. Dergleichen hatte man in diesem Lokal noch nie gesehen, soviel stand fest. Als die Musik jetzt wieder losging, gab es indessen keinen akustischen Raum für Kommentare. Ob sie wollten oder nicht, jeder mußte sich wieder dem Seinen zuwenden.

Hans hatte mehrere Minuten gebraucht, bis er herausfand, wie er sein übergroßes, altmodisches Fahrrad parken sollte; er hatte es schließlich ganz einfach gegen eine der Tanksäulen gelehnt. Jetzt ging er freimütig direkt zum Tresen. Seine Schuhe hinterließen ziemlich viel Lehm auf dem Boden, aber das schien keiner zu bemerken. Mit instinktiver Sicherheit wandte er sich an das richtige Mädchen. Sie war bereit. Vielleicht war ihr ganzes Leben eine Vorbereitung auf diesen Augenblick gewesen?

»Hallo. Ich habe kein Geld. Aber ich will auch nichts. Ich suche nach einer – Person ...«

»Du gehörst wohl zu den *neuen* Typen, die jetzt hierher kommen, wie? Mit solchen komischen Jacken und Hosen und so weiter.«

»Wieso?«

»Gestern war fast genauso einer hier wie du.«

»Hat er gesagt, wie er heißt?«

»Nein. Aber er wollte wieder vorbeischauen. Es war ein ganz netter Kerl. Wir haben ein bißchen gequatscht ... über eine Reise, die man machen könnte. Und sowas.«

(Sie brachte es fertig, mitten im Satz einem Fernfahrer am unteren Ende des Tresens ein klebriges Spiegelei auf einem Haufen Bratkartoffeln hinzuschieben und eine Bestellung von einem Vertreter im Kamelhaarmantel am oberen Ende entgegenzunehmen.)

»Er war ulkig. Er sagte, er will mich auf eine Reise mitnehmen. In ein warmes, südliches Land. Mit großen, stillen Zimmern. Darin stehen Möbel, die von feiner alter Politur glänzen. Unter schönen Stuckdecken und mit tiefen, großen, geheimnisvollen Spiegeln.«

Sie lächelte wieder ihr großes, schönes, in sich gekehrtes Frauenlächeln.

»*Das reicht*«, sagte Hans. »Das ist perfekt!«

Es war Bernard. Es konnte ganz einfach kein anderer als er sein. Bernard war hier gewesen, und Leffe Tolvfot hatte also recht gehabt! Unglaublich. Hans fiel es schwer, seine Begeisterung zu zügeln.

»Und irgendwas von großen Schiffen, schönen großen Schiffen, die in den Kanälen schlummern.«

»Kein Zweifel! Du hast meinen Freund, den Poeten Bernard Foy getroffen! Hat er gesagt, wann er wiederkommen wollte?«

»Nein. Bloß, daß er dieser Tage wieder vorbeischaut. Er kennt einen Typ, der in einem Reisebüro arbeitet, mit dem wollte er reden. Und dann wiederkommen. Ist er wirklich ein Poet?«

»Ja. Aber er ist zu schüchtern, um die Gedichte direkt zu schreiben. Deshalb schreibt er stattdessen einen Roman über einen Poeten. Der Poet ist auch schüchtern, aber seine Gedichte müssen auf jeden Fall im Roman vorkommen. Also schiebt er dem Poeten seine eigenen Gedichte unter. Das ist eine Methode, die er erfunden hat. Schlau, nicht wahr? Er hat nicht zufällig gesagt, wohin er geht?«

»Doch. Aber er hat mich extra gebeten, den Mund zu halten.«

Nach einer Pause fuhr das Mädchen fort:

»Jedenfalls kommt er hierher zurück. Wenn du nur lange genug wartest.«

Jedoch war jetzt, ob mit oder ohne Absicht, die ganze Aufmerksamkeit der dunkelblonden Kellnerin auf eine stark geschminkte Blondine in einer Lederjacke gerichtet, die mehr Bratkartoffeln wollte. Sie kriegte massenhaft Bratkartoffeln. Je länger Hans diese bemerkenswerte Kellnerin betrachtete, um so schöner wurde sie. Es gibt Mädchen, die diese Eigenschaft haben.

Hans spürte für einen Augenblick eine wilde Eifersucht hinter den Augenlidern brennen. Es dauerte eine Weile, bis er das große Herrenrad da draußen fand. Irgendein ärgerlicher Autofahrer hatte es hinter der Garage auf einen Haufen mit Schrott und alten Benzinkanistern geworfen. Zärtlich hob Hans es herunter. Es hatte gottlob bloß ein paar Schrammen am Rahmen abgekriegt. Vielleicht war es mittlerweile der einzige Freund, den er hatte.

## 12. Wegweiser zur Unterwelt

Es war ganz leicht, die ersten zehn oder fünfzehn Meter neben der Eisenbahnlinie auf der Brücke zu gehen – nicht schwieriger als auf irgendeinem Bahndamm, und in gleichmäßigen Abständen war ja alles von starken gelben Natriumlampen beleuchtet, wie sie in Häfen und Ölraffinerien üblich sind, so daß er nicht die geringste Schwierigkeit hatte, sich zu orientieren.

Den Abgrund unter sich konnte er nicht sehen, aber das Scheußliche war, daß er ihn immer deutlicher *spüren* konnte. Zwischen den Gleisen und dem äußeren Rand der Brücke gab es nur ein hohes Geländer, und es blieb kaum Platz, um dem Zug auszuweichen. Die Brücke war zwischen den Schwellen offen. Die Regenböen der frühen Oktobernacht kamen ihm nicht nur entgegen: der Wind wurde mit jedem Schritt erschreckender, weil er mit ebensolcher Kraft von unten kam und deutlich machte, daß außer den Eisenbahnschwellen eigentlich nichts unter ihm war.

Dreißig Meter unter ihm bewegten sich langsam die Topplaternen der Frachter. Vor sich hatten sie noch mindestens dreihundert Meter Eisenbahnlinie, und wenn ein Zug in diesem Moment durch die Nacht käme (es waren viele, und sie hielten auf dieser Strecke ein hohes Tempo), wüßte er nicht recht, wo sie hinsollten. Vielleicht wäre es möglich, sich an der Eisenkonstruktion *unter* der Brücke festzuklammern, während der Zug vorbeidonnerte? Oder würde man das nicht schaffen? Und wie gelangte man von hier aus an die Unterseite der Brücke?

Es war wohl das beste, jetzt nicht weiter darüber nachzudenken.

Vermutlich lief man tatsächlich Gefahr, in das nachtschwarze Wasser dreißig Meter unter der Brücke zu stürzen, wenn man diese Passage nicht bewältigte. Das wäre immerhin besser, als von einem nach Süden fahrenden D-Zug überrollt zu werden.

Alles hatte wirklich so viel leichter ausgesehen, wenn man am nördlichen Widerlager stand und diese Wanderung in der Phantasie unternahm. Er fühlte sich plötzlich vollständig nackt und schutzlos all den Mächten ausgeliefert, die ihn suchten und vernichten wollten, verspürte den heftigen Wunsch umzukehren, konnte es aber nicht mehr und wurde von dem ungeheuerlichen Unterschied geschüttelt: Zwischen den leichten Konstruktionen der Phantasie und den so viel vulgäreren, handgreiflicheren und jede für sich einzigartigen Konfrontationen, denen die grausame Außenwelt uns hartnäckig immer wieder aussetzt.

Die grüne Signallampe am fernen anderen Ende der Brücke flammte auf und sank wieder zurück wie die bedrohliche Pupille eines lauernden Raubtiers.

Bernard wäre umgekehrt, wären da nicht die leichten Schritte des Mädchens hinter ihm gewesen. Er konnte noch immer nicht verstehen, warum sie hatte mitkommen wollen.

Was hatte sie mit ihm zu schaffen? Auf welche Weise konnten seine Schicksale und Abenteuer sie etwas angehen? Doch hartnäckig ertönten weiterhin ihre entschlossenen kleinen Schritte hinter ihm.

Sie vibrierten leicht in der Metallkonstruktion; er fragte sich, ob sie hier draußen wirklich hochhackige Schuhe trug. Vielleicht verließ sie sich darauf, daß er diesen Weg schon oft gemacht hätte? In Wirklichkeit war Bernard noch nie zuvor auf der Brücke gewesen. Seine Gewißheit, das zu finden, was er jetzt suchte, kam daher, daß er es einmal von der anderen Seite her gesehen hatte. Es war im Herbst 1980 gewesen, als er unter den bewundernden Blicken der Kameraden den gegenüberliegenden Abhang hinabgeklettert war, um einen Fußball zu holen, der über den hohen Maschenzaun geflogen war und jetzt an einem der Brückenpfeiler lag, genau dort, wo die Betonmauer anfing, die als eine einzige, schwindelerregende Steilwand dreißig Meter tief zum Wasser des Mälaren abfiel.

Es war damals leichter gegangen, als Bernard es sich vorgestellt hatte, denn wie in den Erdboden eingewebt lag da ein sehr grobmaschiges Drahtnetz, das man offenbar angebracht hatte, damit Geröll und Steine nicht in die Tiefe stürzten. Die hohen roten Stengel des Weidenröschens und die eine oder andere Donnerdistel wuchsen unbekümmert durch das Drahtnetz.

Als er auf diesem gefährlichen und vermutlich selten besuchten Abhang so weit hinuntergekommen war, daß er eigentlich nur noch die Hand ausstrecken mußte, um den begehrten Ball zu erreichen, der noch immer mit herausfordernder Ruhe am Fuß des einsamen Pfeilers lag, der ihn daran hinderte, für immer in der Tiefe zu verschwinden, war Bernard einen Augenblick lang von einem stechend scharfen Schwindel übermannt worden. Denn natürlich hatte er nicht umhin können, die Ähnlichkeit zwischen der Situation des Balls und der ebenso aussichtslosen Lage zu sehen, in der sich sein eigenes zerbrechliches Leben im Moment befand.

Statt hinunter zum jähen Ende des Abhangs zu schauen (für jeden gleich, doch dem Dreizehnjährigen gerade jetzt deutlich vor Augen), tat der Junge ein paar tiefe Atemzüge und sah dann den Abhang hinauf statt hinunter. Er war so tief unten, daß seine Kameraden da oben hinter der Böschung verschwunden waren. Er konnte nicht einmal mehr ihre Stimmen hören. Ein lauer, freundlicher Oktoberwind kam vom Bockstenssund her. Es war einer dieser warmen, klaren Oktobertage gewesen, die die Stockholmer Gegend manchmal als späte Gabe im Herbst bekommen kann. Und die dann manchmal den eigentümlichen Eindruck erwecken, als versuchten sie, in einem rhetorischen Rausch den verschwundenen Sommer zu übertreffen. Ein solcher freundlicher, unwirklich sommerlicher Oktoberwind ging an jenem Tag im Jahre 1980, als Bernard Foy also erst dreizehn Jahre alt war, in Wellen durch den rotblonden Teppich von Straußgras, oder *Agrostis tenuis*, wie wir Gelehrten dieses Gras lieber nennen, und gerade da trat einer dieser seltenen Augenblicke von vollständiger Stille und vollkommenem Frieden ein.

Als nun Bernards beruhigte und vom Tod wieder abgewandte Augen sich auf den Abhang gleich neben ihm richteten, machte er eine faszinierende Entdeckung, von der er natürlich drei Jahre später noch jede Einzelheit im Gedächtnis hatte. Ein Eisengitter, direkt in den Abhang eingelassen und im Schatten der Brücke verborgen. Offenbar das Ende irgendeines unterirdischen Gangs, eine Tunnelmündung mit anderen Worten, und so groß, daß ein Erwachsener leicht aufrecht darin stehen könnte.

Nicht nur, daß das Gitter eine Gittertür war. Er hatte gesehen, wie man es anstellen könnte, sie zu öffnen. Es gab eine Leiter, offenbar für Reparaturarbeiten gedacht, die oben von der Brücke bis direkt hinunter zu diesem Punkt führte. Eine schmale, unheimliche Leiter, umgeben nur von schützenden Metallstäben, aber immerhin eine Leiter. Bernard prägte das alles seinem Gedächtnis ein, das heißt, da war nicht viel »einzuprägen«. Alles blieb bei ihm wie die Dinge in der fotografischen Emulsion, und als er es jetzt an einem Oktoberabend drei Jahre später benutzen wollte, war alles an seinem Platz, genau da, wo es sein sollte.

»Du solltest dich beeilen«, rief er über die Schulter dem Mädchen zu. »Damit der Zug dich nicht einholt!«

Ihre leichten Schritte in der Dunkelheit hinter ihm wurden gleich schneller. Es war eigentlich ein ziemlich mutiges Mädchen. Er meinte, ein fernes Knacken in den Schienen zu hören, das womöglich bedeutete, daß der nächste D-Zug nach Süden schon unterwegs war. Doch als der Zug mit einem ohrenbetäubenden Dröhnen über ihren Köpfen vorbeirauschte und sein flackerndes schräges Licht aus den Fenstern warf, waren sie schon unten am Hang. Es klickte im Schloß, als Bernard sein Taschenmesser hineinsteckte. Die Gittertür glitt vorschriftsmäßig auf, und zum Erstaunen des Mädchens war rechts vom Eingang ein ganz gewöhnlicher Lichtschalter.

Ein leichter, aber deutlicher Wind kam aus der Tiefe des Tunnels. Er war angenehm warm, wärmer als eine normale Innentemperatur, und er brachte einen schwachen Geruch nach Keller, getrocknetem Beton und elektrischen Isolierungen mit sich. Sonst herrschte hier unten eine vollständige, eine unnatürliche Stille. Von dem D-Zug, der gerade so schwer über sie hingedonnert war, war kein Ton mehr zu hören.

»Was *ist* das?« flüsterte sie.

»Ein Eingang zur Unterwelt«, sagte Bernard.

Das Mädchen musterte ihn mit großen und ernsten, kühl blauen Augen. Er sah in diesem Moment wie ein kompakter Zwerg aus, triumphierend breitbeinig, die Hände in den Taschen der Lederjacke, mit einem ein wenig schiefen Lächeln in dem für einen jungen Menschen so eigentümlich erfahrenen Gesicht.

Eigentlich, dachte sie, ist er ein ganz ulkiger Typ.

## 13. In einer Landschaft dieser Art: eine Wanderung unter der Erde

Die Glühbirnen wurden auf eine diskrete, entgleitende Art immer matter, bis sie sich nur noch als schwache Halbmonde vor dem unerbittlich dichten Bergesdunkel hinter ihnen abzeichneten. Bernard war das während der letzten halben Stunde aufgefallen, aber er mochte nicht darüber sprechen. Überhaupt hatte die Unterwelt eine Tendenz, ihn schweigsam und glücklich zu machen. Nach einer etwa einstündigen, ermüdenden Wanderung, ermüdend, weil es so spät in der stillen Nacht war, aber auch, weil der Tunnel immerzu aufwärts führte, endete sie so abrupt, daß Bernard in dem äußerst matten Licht fast gegen das solide Eisengitter gestoßen wäre, das den Tunnel blockierte. Er stellte sich auf den unteren Querriegel des Gitters und schaute hinab. Das Geräusch rasch fließenden Wassers war von der anderen Seite zu hören.

»Oh«, sagte Bernard. »Dann weiß ich genau, wo wir sind! Das ist der alte Billstabach. Als sie das Zentrum von Billsta bauten, waren sie gezwungen, ihn unter die Erde zu verlegen. Er fließt von Westen nach Osten und mündet gleich südlich von der U-Bahnstation Flogsta in den Mälaren. Genau beim Flogstabad. Aber unser Kurs ist südlich, wir werden diesem Bach also nur ein kleines Stück folgen.«

»Ist er tief?«

»Das glaube ich nicht. Jetzt müssen wir nur schauen, ob wir über dieses Gitter kommen!«

Zwischen Gitter und Decke gab es eine winzige Öffnung. Bernard quetschte sich als erster hindurch. Als das Mädchen ihm folgen wollte, hatte es Schwierigkeiten mit der schweren Handtasche. Beim Geräusch des strömenden Wassers spürten beide einen Augenblick die ungeheure Last der Felsmassen über sich, um sich. Jedoch auf unterschiedliche Weise. Bernard war diese Situation viel vertrauter. Er meinte, sie schon so viele Male zuvor erlebt zu haben.

*in einer Landschaft dieser Art*

dachte er. Wenn ich doch nur drauf kommen könnte, was dieser idiotische Satz bloß bedeuten soll: *in einer Landschaft dieser Art*! Was bedeutet das?

Das Wasser war eiskalt, reichte ihnen aber bloß bis zu den Waden. Wie alles Wasser, das sehr schnell strömt, war auch dieses seicht. Schnell zu strömen und seicht zu sein ist beim Wasser eigentlich genau die gleiche Eigenschaft, dachte Bernard.

Sie gingen mit dem Strom, das heißt nach Osten, und es ist nicht leicht zu sagen, wie weit sie gegangen sein mochten, als sich linkerhand drei Tunnelmündungen öffneten, diesmal dunkel und mit einem so kleinen Durchmesser, daß man sich bücken mußte, um überhaupt hineinzukommen.

»Schön, aus diesem schrecklichen Eiswasser herauszukommen«, sagte Bernard. »Friert dich nicht an den Füßen?«

»Meine Füße sind taub.«

»Es ist jetzt vorbei«, sagte Bernard. »Wir müssen nur ein Stück durch den mittleren Tunnel kriechen. Ich bin hier schon mal gewesen, aber damals kam ich von der anderen Seite.«

»Du spinnst ja!«

»Ich habe ein ziemlich gutes Gedächtnis«, sagte Bernard schüchtern. »Ich meine, ich vergesse nicht so viel. Nicht einmal in pechschwarzer Dunkelheit. Daher fällt es mir ziemlich leicht, mich – wie soll ich sagen? – *in einer Landschaft dieser Art* zu bewegen. Aber wenn du mir nicht traust, kannst du spüren, daß aus dem mittleren Durchgang Wind kommt. Hier ist ein leichter Luftzug. *Spürst du ihn*?«

Sie spürte ihn, aber äußerst schwach, wie den Atem von jemandem, der tief schläft. Das Geräusch des strömenden

Wassers machte es indessen völlig unmöglich, ihn zu hören. Amelie spürte ihn auf ihrem Handrücken, auf der Unterseite des Handgelenks, und sie schauderte von der Kälte der nassen Strümpfe und Schuhe, der Kälte in den tauben Füßen, aber auch vor Grauen. In diesem schwachen, schwachen Atem konnte sie fühlen, wie weit es noch bis zur Erdoberfläche sein mußte, zum Tageslicht, ja, überhaupt zu den gewöhnlichen Landschaften.

»Wohin führen die beiden anderen?«

»Der linke führt zu einer sehr gefährlichen Stelle, so etwas wie einer sehr tiefen Kluft. Vielleicht war sie schon immer da, oder sie hat sich nach einer Sprengung geöffnet. Ich habe keine Ahnung, wie tief sie ist. Und der Tunnel ganz rechts wird so feucht und eklig, wenn man ein Stück hineingegangen ist, daß man wirklich nicht die geringste Lust hat, weiterzugehen. Ich glaube, er führt unter dem Mälaren durch. Das würde die Feuchtigkeit erklären. Das einzige Mal, als ich ihn ausprobiert habe, gab es da etwas... etwas, was ich nicht mochte.«

»Was meinst du damit?«

»Ich weiß nicht. *Irgendwas.*«

»Und der mittlere?«

»Der ist überhaupt nicht lang und führt zurück in das Tunnelsystem von Flogsta. Er ist warm und trocken. Aber es gibt einen Haken. Irgendwo mittendrin wirst du Sand, einen sehr feinen Sand unter den Füßen spüren. Dann muß man auf Ellbogen und Knien kriechen. Es ist Treibsand. Er war wohl nicht von Anfang an da, aber die Tunnelisolierung muß geborsten sein und hat ihn hereingelassen. Es ist kein langes Stück, aber es ist gefährlich, wenn man einsinkt. Man kommt nicht wieder heraus, verstehst du? Hier ist etwas passiert, seit das ganze System gebaut wurde. Vielleicht nur der Anfang von größeren Veränderungen – was weiß ich? Es gilt also, ruhig und sicher über den Treibsand zu kommen, aber ohne Verzögerung.«

Trotz der Dunkelheit merkte er, daß das Mädchen Angst hatte.

»Glaubst du denn, es wäre leichter umzukehren?«

»Wie meinst du das?«

»Ich meine: glaubst du, es wäre leichter, zurückzugehen als vorwärts?«

»Was willst du damit sagen?«

»Ich meine: *weißt du, welche Veränderungen hinter uns passiert sein können*?«

Sie zog es vor zu schweigen. Es war nicht mehr möglich, ihr Gesicht in dieser Dunkelheit zu erkennen, aber er *spürte* es bitter quer durchs Dunkel. Was ich ihr nicht beibringen kann, dachte Bernard, ist, daß wir tatsächlich ein unglaubliches Glück gehabt haben. Alles hier unten hat sich sehr verändert, seit ich das letzte Mal hier war. Vielleicht wird alles mit der Zeit zusammenstürzen? Ein Glück, daß wir nicht mehr sehr hoch hinaufklettern müssen. Tatsächlich ist das System viel größer, als sie erkennen kann. Aber die linke Abzweigung ist fast unüberwindlich schwer. Sie hat etwas – Strenges und Erschreckendes an sich. Die rechte habe ich nie ausprobiert. Der einzige Weg, den ich kenne, ist dieser hier, und ich habe ihn nie so verändert gesehen wie jetzt. Außerdem bin ich ihn noch nie von dieser Seite her gegangen.

Wenn wir nicht irgendwo in diesem Tunnel steckenbleiben, weiß ich, daß wir bald an eine Abzweigung kommen, die unter der neuen U-Bahnstation von Flogsta liegt, und gleich nördlich davon kommt die Grundkonstruktion vom Autobahnkreuz. Und von diesem Punkt aus kann man schräg nach rechts oder schräg nach links durch die verschiedenen Fernwärmegänge in das neue System des Provinziallandtags hinaufklettern. Das Problem ist natürlich, daß man nicht genau weiß, was einen da drinnen erwartet. Ein Teil dieser Tunnel sind alte Abflußleitungen, genauso alt wie die südliche Eisenbahnlinie und ursprünglich gebaut, um sie zu dränieren, andere sind ganz einfach Förderschächte für den Schutt aus anderen Tunnelbauten, die dann nie mehr benutzt worden sind. Wieder andere sind, wie der alte Billstabach, Gewässer, die unter der Erde fließen, und in die all die kleineren Entwässerungskanäle münden.

Weiter oben kommt dann das ganze moderne System von Heizungsgängen, Kabelschächten und den Tunneln des Telephonnetzes. Es wäre keine Kunst, das alles im Kopf zu behalten, jede Abzweigung, jede Biegung, wenn man nur sicher sein könnte, *daß es hinter einem unverändert bliebe.* Aber das weiß man nicht. Wo es beim erstenmal eine schwankende Brücke gibt, die man tatsächlich überqueren kann, wenn man vorsichtig ist, gibt es vielleicht beim nächstenmal nur eine bodenlose Kluft, eine Spalte, so breit, daß ein Lastwagen darin verschwinden könnte. Und wenn man später wieder da vorbeikommt, kann alles wieder völlig anders sein. *In einer Landschaft dieser Art.* Was eben noch offen und passierbar und klar wie der Sonnenschein war, bequem wie ein Wanderweg, kann plötzlich blockiert sein. Eins von den uralten Treibsandlagern im Berg, Lager von niemals richtig ruhendem, ständig rieselndem Postdiluvialsand, kann sich durch schmale Risse einen Weg gebahnt haben, und plötzlich ist ein riesiger Schacht damit gefüllt, und man kann ihn nicht mehr hinaufklettern.

Und genauso plötzlich hat eines Tages ein kolossaler Krankenhausbau, eine neue große und tiefe U-Bahnstation im südlichen Netz oder etwas ähnlich Monströses die Wasserverhältnisse in dieser Gegend verändert, so daß man trockenen Fußes gehen kann, wo eben noch ein donnernder, wild strudelnder Strom von gelblichem, ungesundem Abwasser bis unter die Decke reichte. Die Stille in einem solchen plötzlich trockengelegten Tunnel kann ohrenbetäubend und bedrohlich sein.

Da gibt es überhaupt keine Ordnung. Und da gibt es natürlich eine Ordnung. Beides zugleich, und eng miteinander verknüpft, dachte Bernard. Es ist ein System, das in gewisser Weise die Systemlosigkeit in ein System gebracht hat. Es hat sich die Sinnlosigkeit einverleibt und sie zum Bestandteil seines Sinns gemacht. Es ist absichtslos und zugleich bis in jede Einzelheit geplant.

Es gibt – um nun eine lange Geschichte kurz zu machen – keine richtige Möglichkeit, sich gegen Veränderungen zu wehren. *In einer Landschaft dieser Art.*

In seinem Gedankengang wurde er von einem Schrei des Mädchens hinter ihm unterbrochen. Einem ängstlichen, spitzen kleinen Schrei. Bernard war nicht ganz sicher, ob es eigentlich gut sei, hier drinnen zu schreien.

»Still!«

»Aber im Dunkeln ist etwas vorbeigeflogen! Es hat fast meine Backe gestreift!«

»Eine Fledermaus. Hier unten gibt es massenhaft davon. Und sie werden ziemlich groß.«

»Sind sie gefährlich?«

»Ehrlich gesagt, ich weiß es nicht. Ich glaube kaum, daß sie gefährlicher sein können als irgendwas anderes hier drinnen.«

Der Treibsand fühlte sich unter den Handflächen erheblich *kühler* an als der gewöhnliche Tunnelboden mit seinem rauhen Beton, der gegen die Handflächen scheuerte, daß sie brannten, und sie mit seinen plötzlichen tiefen Rissen und herausragenden scharfen Steinchen aufschürfte, wohl noch Splitter von der Sprengung des Tunnels. Verglichen mit diesem harten, brennenden Gefühl wäre der Treibsand direkt angenehm gewesen, wenn sie nicht genau gewußt hätten, wie völlig unberechenbar er war. Und daß er im nächsten Augenblick unter ihnen nachgeben und sie fallen lassen könnte, eingeschlossen in eine eisig kühle und undurchdringliche Wolke aus formlosem Staub, fallen – wer weiß, wie lange, bis sie einen Boden erreicht hätten, der sie für immer aufnehmen würde.

Die Zeit verging jetzt außerordentlich langsam. Jede ihrer Bewegungen war genauso behutsam wie die Bewegungen des Minutenzeigers an einer alten Pendüle, die jederzeit zu schlagen beginnen könnte. Eigentlich genoß Bernard die Situation. Er fand, sein Leben sei immer schon genau so gewesen, doch erst dieser Augenblick mache es ganz deutlich. Und er empfand die Art von Erleichterung, die man stets spürt, wenn eine Halbwahrheit zu ihrem Ende gekommen ist und eine grausame Wahrheit alles wieder auf die ursprünglichen Erkenntnisse zurückführt.

# 14. Eine Welt von Interieurs

Das Mädchen war aufmerksamer als er.

Bernard war schon an der Stelle vorbeigegangen, als sie da stehenblieb und mit einer scheuen Geste zur Decke hinaufzeigte. Vielleicht war diese Nacht doch nicht so *untauglich*, *verbraucht*, *vertrocknet*, *wertlos*, wie er zunächst gedacht hatte? Hier war eine große Öffnung in der Decke, pechschwarz, mit einem Strom kälterer Luft, die sich in einer ständig saugenden Abwärtsbewegung befand.

Eine Leiter von der gleichen Art wie die, über die sie von der Eisenbahnbrücke zum Abhang mit der ersten Tunnelöffnung gelangt waren, nahm dort ihren Anfang. Sie war möglicherweise lang, da sie diese schützenden Bögen hatte, damit man beim Hinabklettern nicht rückwärts abstürzte, wenn man die Kontrolle verlor.

»Steig auf meine Hände, dann kannst du draufsteigen. Und du mußt mich dann hochziehen, so gut du kannst.«

Er faltete die Hände zu einer Stufe, und als sie sich draufstellte, fühlte er, wie überraschend leicht sie war; es war kein bißchen schwierig, sie zur ersten Leitersprosse hinaufzubekommen. Er hatte damit gerechnet, daß sie ihn hinaufzöge, aber wie sich zeigte, war es gar nicht so leicht, ihr klarzumachen, was er wollte. Schließlich wurde Bernard ungeduldig und sagte:

»Kletter schon hoch!«

»Aber wohin wollen wir denn?«

Sie klang ein bißchen beunruhigt. Bernard seinerseits war gut in Form und munter, seit sie die stürmische und gefährliche Eisenbahnbrücke hinter sich hatten und sich unter der Erde bewegen konnten. Er war überzeugt, daß dieser aufwärtsführende Schacht sie früher oder später in seine altvertraute Unterweltlandschaft führen würde, und wie alle richtigen Speläologen war er von dem Gedanken besessen, Verbindungen zwischen Höhlensystemen herzustellen, die scheinbar nicht zusammenhingen.

Er hatte genau die Art von Gehirn, die dafür gemacht ist, sich in solchen Labyrinthen zurechtzufinden. Selbst die Dunkelheit störte ihn nicht im geringsten. Den Körper des Mädchens, angespannt und doch von geheimer Energie erfüllt, unsichtbar irgendwo im Dunkel über sich, kletterte er vergnügt weiter.

Stufenweise und ganz allmählich ging der Schacht wieder in eine horizontale Lage über, wurde wieder zum Ort.

Fünfzig Meter weiter vorn sah es so aus, als sei die Reise nun doch zu einem Ende gelangt. Das Mädchen schien es jedenfalls mit Sicherheit anzunehmen. Sie kniete erschöpft vor etwas, das sich im Schein der Taschenlampe als ein großer Block von abgesprengtem Fels entpuppte. Groß wie eine kleinere Wurstbude, dachte Bernard. Er war anscheinend nach der Fertigstellung des Tunnels herabgefallen und versperrte jetzt den Weg. Jedenfalls schien das Mädchen das zu glauben.

»Jetzt ist wohl doch Schluß«, sagte sie verzweifelt.

»Rutsch ein bißchen zur Seite«, sagte Bernard. »Das ist also nicht der Weg, an den ich mich erinnere. Und da mich meine Erinnerung nicht besonders oft trügt, ist es noch schlimmer. Irgendwo in dieser Gegend hat sich etwas verändert, seit ich zum letztenmal hier war. Aber wo man den Kopf durchstekken kann, kommt nach meiner Erfahrung auch das übrige durch. Wenn du jetzt die Lampe hältst, ein bißchen höher, ja, so, werden wir uns zuerst durch den Schlamm wühlen, den alle Regengüsse hier am Boden hinterlassen haben, und dann wollen wir doch sehen, ob wir uns nicht *durchschrauben* können. Das habe ich schon mal gemacht. Du hast das auch schon gemacht. Jeder Mensch hat das mindestens schon einmal gemacht. Sich durchschrauben tut man nämlich auch, wenn man geboren wird, verstehst du.«

»Bis auf die, die daran gestorben sind!«

»Aber die triffst du ja nie«, erwiderte Bernard gedankenverloren. Er war schon auf einer anderen Fährte.

Mit beiden Händen wie ein Maulwurf wühlend, war er schon ein Stück unter dem Felsblock. In Wirklichkeit war es keinem von beiden geheuer, als sie sich nach zweistündigem Wühlen unter dem Block durchzuschrauben begannen. Die Minuten erschienen wie Stunden, und das Mädchen war der Panik nahe, als sie Bernards Stimme eigentümlich deformiert und vergrößert etwas Ermunterndes rufen hörte.

Sie schnappte nach Luft wie ein Fisch an Land und erkannte, daß die Luft, die sie jetzt in die Lungen sog, Bergluft war, diese rauhe, unterirdische, recht sauerstoffarme Luft, die man nur an unterirdischen Orten findet, die lange verschlossen waren. Niemals würde sie es wagen, umzukehren.

Und Bernard würde natürlich niemals seine Atari oder irgendwas anderes auf diesem Weg transportieren können. Es spielte keine Rolle.

Alle seine Talente und Instinkte für die Unterwelt – sein labyrinthisches Landschaftsgefühl, könnte man es nennen – sagte ihm, es müsse irgendwo eine Verbindung geben zwischen dieser unbekannten Unterwelt und derjenigen, in der er schon als Vierzehnjähriger zu spielen pflegte. Doch die alte war viel zu sehr von Reparateuren und Fernmeldetechnikern bevölkert, als daß man die Atari an irgendeine vergessene elektrische Leitung anschließen könnte, um die Erzählung zu Ende zu bringen, die er angefangen hatte. Und das wollte er gern. Er hatte gerade eine Möglichkeit entdeckt, Gedichte zu schreiben – wozu er sonst viel zu schüchtern war. Er hatte ganz einfach einen alten Dichter erfunden, der sie als Bestandteil seiner Erzählung von dem alten Dichter schreiben durfte. Bernard fand diese Erfindung fabelhaft, und er konnte nicht begreifen, wieso kein Erwachsener vorher darauf gekommen war.

Im Grunde genommen war er seit frühester Kindheit dafür geschaffen, in Labyrinthen zu leben, obwohl es ihm nie jemand gesagt hatte. Eigentlich war dies eine Landschaft von der Art, auf die er sich am besten von allen verstand. »Heimat«, sagte er vor sich hin. Das Mädchen unterbrach für einen Augenblick ihre Grübeleien.

»Was hast du gesagt?« fragte sie sehr vorsichtig.

*»Heimat,*
*die Tunnel kannte ich alle,*
*zeigen konnte ich jeden einzelnen Stein.«*

Er konnte nicht umhin, eins von seinen kurzen, lustigen Gelächtern auszustoßen. Dem Mädchen fiel es schwer, die eigentümlichen Echos zu ertragen, die hier unten ausgelöst wurden.

Jetzt stieg der Gang immer steiler an, bis er als beinahe

senkrechter Schacht nach oben führte. Doch er war eng genug, daß man auf beiden Seiten an der rauhen Felswand einen festen Halt hatte. Diese Klettertour zog sich lange mit entsetzlicher Monotonie hin. Nichts veränderte sich. Die etwas kühlere Luft strömte abwärts, die Stille um sie her war groß und kompakt. Weder rechts noch links von ihnen war Wassergeplätscher zu hören. Wie hoch über ihrem Ausgangspunkt konnten sie sein? Wie ein zweistöckiges Haus? Wie ein fünfstöckiges Haus? Der Gedanke an die Tiefe unter ihnen, an die Strecke, die noch hinaufzuklettern blieb, machte Bernard nur noch aufgekratzter. Auf irgendeinem Planeten, dachte er bei sich und stieß erneut ein Gelächter aus, genauso abrupt, kurz und brutal wie das vorhin, auf irgendeinem Planeten in dieser Galaxis, oder jedenfalls auf einem Planeten in irgendeiner Galaxis, muß es natürlich eine Art von schweren Vögeln geben, die durch die Unterwelt fliegen, schwere Falken von ungeheurer Kompaktheit, die genauso leicht durch Gestein fliegen können wie die Vögel dieses Planeten durch Luft.

Bernard wäre gern ein solcher Vogel gewesen.

»Warte«, sagte das Mädchen. »Hier *ist* etwas. Irgendwas Komisches.«

»Was denn? Eine Öffnung? Ein neuer Gang?«

»Ich weiß nicht genau. Nicht richtig. Komm doch rauf und fühl selber nach.«

»Ist denn noch Platz für mich?«

In der Stille war zu spüren, daß sie solche Scherze nicht mochte. Unser Verhältnis, wenn man es so nennen kann, dachte Bernard, hat sich schon auf eine recht ungewöhnliche Art entwickelt. Es ist zugleich intim und sehr platonisch. Ungefähr wie zwischen einem Menschen und einer seiner Ideen. Vielleicht ist sie ein feines Mädchen, oder sie ist nur eine kleine Landstraßenhure. Tatsache ist, daß es in diesem Augenblick gut tut, daß sie hier ist. Sie kann genausogut hier sein, finde ich, wie irgendwo anders.

Er kletterte zur ihr hinauf. Es war so eng, daß er ihre spitzen kleinen Hüftbeinkämme gegen seine Oberschenkel scheuern fühlte, ohne daß er sich wirklich angestrengt hätte, so etwas herbeizuführen.

»Das da, das ist eine Luke, und die sitzt bestimmt ganz

schön fest. Aber wart mal, was zum Teufel ist denn das? Sie ist ja mit Flügelmuttern verschraubt. Das werde ich schon schaffen.«

Er langte die erste Flügelmutter an, zog aber im selben Moment die Hand rasch zurück.

»Was ist los?« sagte das Mädchen und zuckte vor Schreck zusammen. An ihrer Erstarrung merkte er, daß sie kurz vor einer Panik stand. Er selbst empfand nur eine Mischung aus stillem Glück und Neugier. Jetzt war er davon überzeugt, daß sie nicht den furchterregenden Weg zurückgehen müßten, den sie gekommen waren.

Bernard befühlte sorgfältig eine der vier Flügelmuttern nach der anderen. Sie waren zu heiß, um die Hand jeweils länger als einen Augenblick daraufzulegen.

»Dies«, sagte Bernard, »bedeutet zugleich etwas Gutes und etwas Schlechtes. Das Gute ist, daß wir mit dem Fernwärmesystem in Kontakt gekommen sind. Rings um uns her ist jetzt ein Netz von Heizungsgängen. Wir sind im richtigen Steigschacht. Wenn ich das richtig berechnet habe, kommen wir irgendwo in der Gegend der Autobahnausfahrt von Billsta hoch, bei der großen Kreuzung. Aber auf diesem Weg kommen wir nicht rein. Hinter der Luke ist heißes Wasser.«

»Was machen wir jetzt?«

»Wir klettern weiter!«

»Wenn du meinst.«

Es kam ihm in den Sinn, daß sie sich etwa zwanzig Minuten oder länger in absoluter Dunkelheit befunden haben mußten und daß sie tatsächlich ohne Panik weitergeklettert waren und die Umgebung erforscht hatten. Das schwache Licht von den Glühbirnen im Tunnel unter ihnen war nur die leiseste Spur eines Reflexes an den metallischen Wänden. Es gab einen Gedanken, der ihn ein wenig beunruhigte.

War es möglich, daß der Schacht, in dem sie jetzt aufwärts kletterten, einen Überlaufschutz für Überschwemmungen bildete? Vielleicht war der ganze horizontale Tunnel, durch den sie gekommen waren, für dieselbe Sache gedacht, nämlich das heiße Wasser bei einem plötzlichen größeren Leck im System abzuleiten?

Den Gedanken an die ungeheure Flutwelle von kochend

heißem Wasser, das sie wegspülen könnte, teilte er dem Mädchen lieber nicht mit. Und dazu kam die beunruhigende Tatsache, daß er seit einer Minute das unendlich leichte Tropfen von Wasser an seiner Stirn fühlte. Was war da im Gange?

Doch dieses Wasser war nicht heiß. Es war eher kalt als warm, und es roch nicht nach Industrie. Er fing mit der Spitze des Zeigefingers einen Tropfen von seiner Stirn auf und probierte ihn vorsichtig. Es schmeckte nicht nach Bergwasser, sondern eher wie aus der Wasserleitung. Und war nicht die Luft, die jetzt in den Schacht eindrang, bedeutend frischer? Nicht ganz wie Außenluft, aber jedenfalls so viel sauerstoffreicher, so viel weniger muffig und naßkalt als die, die sie bisher geatmet hatten.

»Mach dich auf Überraschungen gefaßt! Die frische Luft kommt zurück! Es geht jetzt hinaus! Und sei leise beim Klettern!«

»Wieso?« flüsterte sie.

War es eine Illusion, oder zeichnete sich ihr Gesicht allmählich in der Dunkelheit ab? Ein unendlich schwach umrissenes Oval, unsicher, erwartungsvoll und erschreckt zugleich?

Fünf Minuten später stemmte Bernard mit großer Mühe die Eisenluke auf, die den Schacht abdeckte. Es ging leichter, je weiter er sie aufbekam. Er schaute sich vorsichtig um. Was er sah, war ein Zimmer im frühen Morgenlicht. Immer mehr Einzelheiten traten jetzt hervor. Auf eleganten kleinen Nachttischen standen hübsche Teekannen aus konsumfreundlicher Keramik, und, was Bernards Aufmerksamkeit ganz besonders fesselte, hier und da standen richtige Bücher einladend in den weißlackierten Regalen am Bett.

Was bedeutete dieses Vexierbild? Bernard war völlig sicher, daß er das alles schon einmal gesehen hatte. Ein schönes Bett aus Peddigrohr stand mitten im Raum, ordentlich mit eleganter violetter Bettwäsche bezogen, ein kunstvoll gestrickter Bettüberwurf einladend über dem Fußende gefaltet. An den Wänden reflektierten Schränke und Truhen aus altem, blankpolierten Mahagoni das Morgenlicht. Die Decke war mit schönen Stuckimitationen geschmückt, vermutlich aus Plastik, die sie wie die Decke in einer feinen Altbauwohnung in der Innenstadt aussehen ließen. Tiefe Spiegel füllten zwei Wände aus. Dieses ganze Zimmer atmete Luxus, Ruhe – ja, sogar Wollust.

»Wo sind wir?« flüsterte das Mädchen atemlos.

»*In einem Schlafzimmerinterieur*! Wir sind mitten im IKEA von Billsta herausgekommen. In der Schlafzimmerabteilung. Verstehst du? Es ist phantastisch! Wir sind in einem *Interieur hinausgekommen*!«

## 15. Rätselhafte Erzählungen aus der Mythologie einer Schlafstadt

Mal hatte man ihn draußen in den verlassensten Teilen des Sjunkarmoors gesehen, geschmeidig zwischen lebensgefährlichen Tümpeln hüpfend, einen schweren Rucksack umgeschnallt und den so vielbesprochenen schweinsledernen Aktenkoffer in der Hand, unterwegs auf Knüppeldämmen, die so alt und morsch sind, daß sie vermutlich schon von Elchjägern des vorigen Jahrhunderts angelegt wurden. Mal hatte ihn ein Jogger aus einer Eisenluke in einem Brückenpfeiler der Västerbron herausschauen sehen, und mal hatten zwei Freizeitangler von einem Kahn aus beobachtet, wie er am Heck eines unheilverkündenden schwarzen, lecken alten Zementschleppers hochkletterte, der vor Gåsholmen verankert lag, einer düsteren kleinen Insel weit draußen in Norra Björkfjärden.

Überhaupt wimmelte es noch ein paar Jahre danach von Freunden und Bekannten von Bernard Foy, die ihn an den verschiedensten Orten in den überraschendsten Berufen gesehen haben wollten, in Situationen und Verwicklungen, die sicherlich eher die tiefsten Befürchtungen und Hoffnungen des Erzählers spiegelten als irgendwas anderes.

Zu den aberwitzigsten und eigentümlichsten unter diesen Legenden, Schulhofgeschichten, Schlafstadtgerüchten, die wir bereits erwähnt haben, gehören die Erzählungen vom blankpolierten Orakelvogt. Vorstadtmythologie könnte man es vielleicht nennen, Schlafstadtmythologie von der Art, wie sie sich eine literaturlose Unterklasse stets zu schaffen verstanden hat, um eine Tiefendimension für ihr dürftiges Leben zu formulieren. Damit mag es sich verhalten, wie es will, aber so, wie sie sich in den Jahren nach 1983 im Gebiet von Flogsta-Billsta entwickelt hat, berichtete die Legende vom Orakelvogt, Bernard Foy habe sich alle seine später verschollenen und nur zu einem kleinen Teil wiedergefundenen Bücher von diesem längst in einen windpolierten Schädel verwandelten Vogtkopf diktieren lassen. Natürlich konnte, wendet jemand ein, dieser tote und langsam vertrocknende Steuerinspektor nach dem Tode nicht sprechen.

Gewiß nicht. Aber der Schwarm von kleinen schwarzen Waldbienen, der sich in seinem Schädel angesiedelt hatte, konnte summen. Manchmal sanfter, manchmal wild und aufgeregt, darf man vermuten, zumal wenn sie gestört wurden. Wenn man vorsichtig mit einem Stöckchen an die weiße Stirn des Vogtes klopfte, verfiel der Schwarm in ein Summen, das in einem an- und abschwellenden Rhythmus ein paar Stunden dauern konnte. Zu Füßen des Orakels sitzend und (wie behauptet wird) durch den Duft von Porst, Torf und braunem Humuswasser in eine Art Trance versetzt, soll der junge Bernard seine Geschichte erdichtet haben. (Um natürlich später all dieses Diktierte und somit Verbalinspirierte in seinen gestohlenen kleinen Textverarbeiter der Marke Atari einzutippen, versteckt in einer warmen Höhle des Fernwärmesystems tief unter dem IKEA von Billsta.)

Das Seltsame ist, daß diese ganz weitschweifige Geschichte, die ihr jetzt lest, falls sie wahr ist, die Erzählung von der Dritten Rochade des Bernard Foy, von einer seiner finstersten und am wenigsten sympathischen Figuren diktiert worden wäre, jenem Herrn, der sowohl in der Wirklichkeit wie in der Dichtung unter dem merkwürdig ausländischen Namen Ernst Lutweiler auftritt. Nein, nicht von ihm, von den namenlosen kleinen Bienen natürlich, die sich mit der Zeit in seinem Kopf ansiedeln sollten.

An genau diesem Punkt müssen wir, auf die Gefahr hin, einige unserer zukünftigen Leser zu ermüden, noch einen der zahlreichen Exkurse in dieser Erzählung machen. Es ist nämlich eine erwiesene Tatsache, daß genau zu diesem Zeitpunkt

Bücher aus den elegant arrangierten Regalen im neu eröffneten IKEA-Komplex an der Autobahnausfahrt von Billsta zu verschwinden begannen.

Solche armen, einsamen, verlassenen Bücher, die sich in den geschmackvollen Wohnzimmerinterieurs der Möbelkaufhäuser aneinanderlehnen und notdürftig von einer blauen Keramikvase aufrecht gehalten werden, sind ja in gewisser Weise so erbarmungswürdig mutterseelenallein wie kein anderes Buch im ganzen Universum. Ihre Aufgabe ist es ja eher, Bücher *darzustellen* als sie zu sein, sie werden sozusagen Symbole für sich selbst, und niemand mißt ihnen irgendeine Bedeutung bei. Sie werden von den Dekorateuren in Kisten verwahrt und hervorgeholt, wenn man sie braucht. Gewöhnlich stammen sie aus den unverkäuflichen Restlagern der Verlage und sind zum Einstampfen bestimmt.

Tatsache ist, daß in diesem Herbst 1983 so viele Bücher aus den Regalen der Wohnzimmerinterieurs im IKEAvon Billsta verschwanden, daß die verantwortliche Innenarchitektin Vivianne Söderberg gezwungen war, einen ganzen Lieferwagen voll mit hübschen, aber wie gewöhnlich unverkäuflichen Büchern von P. A. Norstedts & Söner, Tryckerigatan 2, Stockholm zu bestellen. Sie verwahrt in einem ihrer Aktenordner noch immer die Rechnung, die später geschickt wurde. Hingegen ist Fräulein Söderberg keineswegs sicher, was die Frage angeht, woher die ursprünglichen Dekorationsbücher stammten. Sie kamen offenbar nicht von demselben Lieferanten – den sie ja sonst immer zu beauftragen pflegte.

War es Bernard Foy, der nachts all diese Bücher, einzeln oder vielleicht mühsam zu Stapeln zusammengebunden, durch endlose unterirdische Passagen an den Ort schleppte, Gott weiß wo unter der Erde, der seine literarische Werkstatt wurde? Oder ist der Zusammenhang zufällig? Verschwanden die Bücher durch ein Mißverständnis, von einem nachlässigen Lastwagenfahrer zusammen mit Abfall in ihren Pappkartons weggetragen? Oder wurden sie vielleicht irgendwo auf einer Müllkippe gefunden? Eine Überlieferung möchte uns, wie wir wissen, weismachen, daß die Bücher in Wirklichkeit aus der feinen alten Bibliothek des Gutes Flogsta stammten und als Dekorationsbücher, als ihre eigenen Stellvertreter, in diesen Regalen gelandet waren. Vielleicht, weil ein energischer, neu angestellter junger IKEA-Dekorateur sie nach dem Verkauf von der Müllkippe des Provinziallandtags retten wollte, oder weil Freiherr von Lagerhielm sie in einer seiner häufig wiederkehrenden finanziellen Krisen hierher verkauft hatte?

Das Lustige ist, daß wenn – wir sagen ganz hypothetisch *wenn* – es so wäre, daß die Bücher, die Bernard nachts zu seinem unterirdischen Zufluchtsort brachte, vom Gut Flogsta stammten, wüßten wir ungefähr, welche es waren. Denn unter den nachgelassenen Papieren seines Vaters, des Freiherrn und Oberst Henning Rutger von Lagerhielm, die Carl Rutger noch in seinem zugigen, bescheidenen Sommerhäuschen aufbewahrt, ist auch das Gesamtverzeichnis der sorgfältig zusammengestellten Bibliothek, die dieser Offizier mit seinen weitläufigen humanistischen und mathematischen Interessen besaß. Er verstarb, nebenbei bemerkt, im Jahre 1951, lange bevor das Gut Flogsta in den Strudel von wirtschaftlichen Schwierigkeiten geriet, der bald zu seinem Bankrott und zum Verkauf führen sollte. Zuerst wurde es in den frühen Fünfzigern zu einer Anstalt für chronische Alkoholiker, dann für Drogensüchtige und schließlich nur noch eine Ruine mit leckem Dach, zerschlagenen Fensterscheiben, geplünderten und abmontierten Mariebergskachelöfen, wo die Vögel ihr Nest zwischen den abblätternden Goldledertapeten bauen, die in den feuchten und für immer verlassenen Zimmern von den Wänden hängen.

Die ersten vier Seiten dieses Verzeichnisses, die Hans von Lagerhielms Großvater angeblich zusammengestellt hat (eine, wie der Leser sicher bemerken wird, einigermaßen rätselhafte Behauptung, da einige dieser Bücher offenbar viel zu spät entstanden sind, als daß sie einen authentischen Platz in diesem Verzeichnis beanspruchen könnten), sehen so aus:

Alexander D. N. Alexandroff: »Anaxagoras and Heraclitus«. Cambridge University Press 1931.

Gunnar Mascoll Silfverstolpe: »Gedichte«. Ausgewählt und mit einem Vorwort von Sten Selander. In der Reihe Die Schwedische Lyrik. Bonniers 1953.

Bertil Malmberg: »Gedichte«. Die Schwedische Lyrik. Bonniers 1952.

Bernard O. Ytterberg: »Gedichte«. Ausgewählt und mit einem Vorwort von Dr. Tom Hedlund. Die Schwedische Lyrik. Bonniers 1980.

Bernard O. Ytterberg: »Als Blütenblätter noch im Frühling fielen«. Bonniers 1961.

Franz Běhounek: »Sieben Wochen auf der Eisscholle«. Leipzig, Brockhaus 1929.

Rabbi Jaakov ben Abraham de Leone David ben Yehudah Hehasid: »Buch der Spiegel«. Mit gnädigstem Privilegium Seiner Mayestät des Koenigs von Bayern. Die Güntzburg 1536.

Rainer-Maria Rilke: »Worpswede«. Berlin-Bremen 1903.

Övre Richter Frick: »Die schwarzen Geier«. Stockholm, Fritzes Förlag 1932.

Christopher Middleton: »Operation Medusa«. Aus dem Englischen von Madeleine Lindbladh. Stockholm, Wahlströms 1929.

Nouvelle Revue Française No: 284. 1. Mai 1937.

Einar H. Gustafsson: »Lüge und Sprache«. München, Carl Hanser 1934.

Paul Woodruff: »Anleitung zum Schachspiel«. Aus dem Englischen von Lektor O. Björlin. Lindbladhs, Uppsala 1921.

Kurt Gödel: »Über formal unentscheidbare Sätze der Principia Mathematica und verwandter Systeme I«. Monatshefte für Mathematik und Physik 38, Berlin/Göttingen 1931.

Lena Baeckström: »So mache ich meinen Flugzeugführerschein«. Bd. II: Luftschiff, Tragschrauber und Helikopter. Kooperativa Förbundets Förlag. Stockholm 1942.

»Arizona und Texas. Vol. VI: Houston mit Umgebung«. Fremdenführer und Straßenkarte von Dr. Chr. Schlotterer, Ordinarius für Erdkunde an der Universität Rostock. Verlag F. Feilhauer. Leipzig 1933.

H. Diels und W. Kranz: »Fragmente der Vorsokratiker«. Bd. I–III. 10. Ausgabe, Berlin 1961.

Es gab auch noch andere Theorien. Einige davon sind indessen so verwirrend und eigentümlich spekulativ, daß wir uns nicht veranlaßt sehen, uns in sie zu vertiefen. Manche setzen beispielsweise Einzigartigkeiten, strange loops, Nischen und Faltenbildungen im Raum-Zeit-Kontinuum der normalen Physik voraus. Diskontinuitäten eines Typs, den wir nur mit einem reiferen Publikum diskutieren möchten als dem, das uns gerade zur Verfügung steht, mit Lesern, die vor allem Zugang zu einem präziseren mathematischen Symbolismus haben und mehr daran gewöhnt sind, mit einem gut formalisierten und durchdefinierten topologischen Begriffsapparat umzugehen. (Der oben erwähnte, aber leider verstorbene Dr. Kurt Gödel wäre genau die richtige Person gewesen.) In Erwartung dessen, daß ein solcher Leser sich meldet und unsere Aufmerksamkeit beansprucht, ziehen wir es vor, eine *epoké,* eine skeptische Enthaltsamkeit in allen Meinungsäußerungen zu üben. Wir wünschen, einfach ausgedrückt, uns jeder Stellungnahme zu der Frage zu enthalten, an welcher Stelle im Raum-Zeit-Kontinuum der normalen Physik wir uns befinden. Wir summen – lassen wir es dabei!

# 16. Die Harlekinspieler ziehen in den Wintergarten um

Jetzt ist es schon Anfang Dezember, oder wie Carl Rutger von Lagerhielm es gern mit den Worten eines teuren, aber leider verstorbenen Generationsgenossen ausdrückt:

»Wie fern ist nun schon der August.
Wehmütig hebt sich des Meeres Brust.«

Die Kartenspieler des Billstaheims sind längst aus ihrer Laube ausgezogen und spielen jetzt ihre Harlekinrunden zwischen all den Topfpflanzen im großen Wintergarten. Nichtsdestoweniger hat Frau Bouveng angeordnet, daß jeder sich eine Decke um die Beine wickeln soll. Es kann ganz schön ziehen, auch auf einer verglasten alten Veranda, und ängstlich kommt die Vorsteherin nachschauen, nicht nur einmal, sondern mehrmals, ob ihnen auch nicht die Decken weggerutscht sind. Diese verflixten alten Männer, die sich unbedingt das Privileg erstreiten müssen, hier zu sitzen und auf den Bockstenssund hinauszusehen, über dem ein schwerer, rasch sich verdunkelnder Himmel für heute abend einen Schneefall prophezeit.

Der Mälarsee da draußen hat kaum noch Wellen. Die Zeit der Herbststürme ist schon vorbei, und das Wasser regt sich nur mühsam unter einem bleigrauen Horizont. Es sind diese Dezembertage, in denen sich die ausgedehnte Bockstensbucht auf die Eisbildung vorbereitet. Die Frage ist nur, was zuerst kommen wird: der erste Schnee oder das Eis. Die alten Männer im Billstaheim freuen sich wie die Kinder, wenn sich zuerst das Eis bildet. Es ist so hübsch, die Langläufer in ihren roten Anoraks am Horizont auftauchen zu sehen, die Schlittschuhsegler mit ihren bunten Segeln, die so schnell vorankommen.

An einem solchen Winterabend fahren kaum Autos an der Strandpromenade entlang. Nur ein langsam schleichender Streifenwagen.

»Schon wieder«, sagt Carl Rutger und fügt hinzu: »Wer gibt? Ich glaube, ich bin selber an der Reihe.«

»Die Polizei ist wieder da unten«, sagt Torsten Simmerling. »Ich möchte wissen, wonach sie jetzt herumschnüffeln?«

»Das wundert mich gar nicht«, sagt der ehemalige Kripomann Sverre Ståhl. »In letzter Zeit haben wir ja hier eine eigentümliche Kette von ungeklärten Verbrechen gehabt. Mir scheint doch, daß wir zu meiner Zeit bei der Polizei von Södertälje ein paar mehr Kriminalfälle gelöst haben. Das Niveau ist einfach nicht mehr das gleiche.«

»Aber hattet ihr es nicht auch mit etwas simpleren Verbrechern zu tun? Du erzählst doch so gern von dem Tresorknakker, der seine Streichhölzer zu Hause vergessen hatte und dann versucht hat, dir eine Schreibmaschine an den Kopf zu werfen, wie hieß er noch?«

»Ich vermute, du meinst *Jansson mit den Hosen*?«

»Warum nannte man ihn so?« fügt Carl Rutger diplomatisch ein. Denn ihm wird jetzt klar, daß sich womöglich einer der nicht ganz unüblichen Kräche zwischen Simmerling und Ståhl anbahnt. Seit dem letzten sind schließlich mindestens vierzehn Tage vergangen.

»Das habe ich doch schon so oft erzählt: Er wollte den Geldschrank von Janssons Bäckerei in Traninge sprengen, hat dafür Plastiksprengstoff verwendet, der sich aber nicht an der Tresortür befestigen ließ. Da zieht er also seine Hosen aus und füllt sie mit Sprengstoff!«

»Das waren noch Fachleute«, sagt Carl Rutger. »Menschen einer anderen Zeit, mit einem ganz anderen Interesse für ihre Aufgabe! Menschen, die in ihrer Arbeit einen Sinn sahen.«

»Da fällt mir übrigens ein, als ich für kurze Zeit in meiner Jugend Chauffeur bei Gunnar Mascoll Silfverstolpe war«, wirft Hans Hansdorff ein. »Ja, ich war ja eigentlich als sein Sekretär auf Stora Åsby, mein Vater hatte uns übrigens auf der Landwirtschaftsakademie miteinander bekannt gemacht, als sein eigentlicher Chauffeur rheumatische Beschwerden bekam, wie auch immer – ich vertrat ihn, und was meint ihr, passiert?«

»Verzeihung«, unterbricht Simmerling, »aber wird es nicht allmählich Zeit, daß der Herr Baron die Karten rausrückt? Wir warten.«

»Jedenfalls passieren wirklich unheimliche Dinge«, sagte

Frau Bouveng, die rasch den Raum durchquerte und im Vorbeigehen nach dem Petroleumofen schaute, damit er nicht gar die Hosenbeine von einem der Alten in Brand steckte.

»Daß Sie, Baron Lagerhielm, es wagen, allein in Ihrem Häuschen zu wohnen, jetzt, wo die Winterdunkelheit kommt, das will mir nicht in den Kopf. Wäre es nicht viel besser, hier im Billstaheim zu wohnen?«

Dieses Thema war nicht neu. Carl Rutger fühlte sich jedesmal genauso geschmeichelt und antwortete immer auf die gleiche Art.

»Aber liebe Frau Claire, bisher waren ja nur Frauenzimmer betroffen, und«, fügte er umsichtig hinzu, »unter den Frauenzimmern sind es ja dann nur Politessen und solche merkwürdigen Wesen. Eine Schulpsychologin, war es nicht so?«

»Natürlich kann ich verstehen«, sagte Simmerling, »daß man Politessen unangenehm findet, besonders wenn man ein Auto zu parken hat, was ja wahrhaftig in diesen Zeiten nicht alle Leute haben. Aber daß jemand in seiner Wut auf sie so weit geht, daß er anfängt, sie systematisch zu köpfen, das ist mir völlig unbegreiflich.« Zum viertenmal klopfte er mit einem wütenden Knall auf die Abendzeitung.

»Als alter Kripomann und Menschenkenner«, sagte Sverre Ståhl, während er routiniert das Harlekinspiel mischte, »muß ich sagen, daß es gar nicht so sicher ist, ob der Täter einen besonderen *Widerwillen* gegen Politessen hat. Es kann auch ein positives Gefühl sein, eine Faszination. Jemandem den Kopf abzuschlagen kann ja ein Ausdruck für den Wunsch sein, den Betreffenden ganz für sich zu haben, nicht wahr? Kurzgesagt, eine sehr infantile Haltung. Dazu kommt das Unwiderrufliche einer solchen Handlung. Der Kopf läßt sich buchstäblich nicht wieder anbringen. Dies ist ein wesentlicher Punkt, meine Herren!«

»Ich glaube«, sagte er ehemalige U-Boot-Matrose Torsten Simmerling, »er, denn ich gehe davon aus, daß der Täter ein Er ist, braucht weder etwas gegen Politessen noch gegen Schulpsychologinnen zu haben. Er kann sie nur allzu gern mögen. Es kann durchaus sein, daß er sie mit dem allergrößten Wohlwollen sieht. Politessen sind meistens junge Frauen. Man trifft sie praktisch zu jeder möglichen und unmöglichen Tages- und Nachtzeit an.«

»Du meinst also, mein Bester, sie seien *à prendre*, eine leichte Beute sozusagen?«

»Pfui, wie er redet, in seinem Alter«, sagte Frau Bouveng ärgerlich und ging dazu über, energisch die Vasen aus unbeschreiblich häßlichem Preßglas abzustauben, die sie morgens schon mehrmals sorgfältig geputzt hatte.

»Das kann schon so sein. Und das letztemal war es ja keine Politesse.«

»Aber was sagt ihr zu der Art, wie das letzte Opfer zugleich pedantisch und ästhetisierend hindrapiert war? Als Dekoration in einem Schlafzimmerinterieur? A la Baudelaire, mit dem Nachttisch, einem roten Strumpf am Bein und allen Accessoires ... Und das obendrein mit einer Schulpsychologin!«

»Keiner weiß so genau, was Menschen wollen. Und am allerwenigsten, was die Frau will.«

»Aber das war doch wohl ein bißchen sehr stark. Oder nicht?«

»Prenez garde à Madame!«

»Oh, die Herren brauchen sich nicht zu genieren«, beeilte sich Frau Bouveng einzuwerfen. »Schließlich heißt es, daß man viel hören kann, bevor einem die Ohren abfallen, nicht wahr? Aber eins möchte ich gesagt haben, nie im Leben werde ich nach dieser schrecklichen Geschichte wieder einen Fuß ins IKEAvon Billsta setzen.«

»Für uns, die wir das Gedicht kennen, kann wohl kein Zweifel bestehen, daß jemand es wiedererschaffen wollte. Zum grauenhaften Preis eines Verbrechens. Welch eine Ästhetenseele muß es doch sein, die diese abscheulichen Verbrechen verübt! Welch seltsame Schönheitssucht muß sich hinter dieser glänzenden Art verbergen, auf dem dürftigen Boden der Wirklichkeit, unter dem Betonhimmel von Verboten, Razzien, Kontrollen, allgemeiner Armut in unserem nördlichen Vaterland eines der schönsten Gedichte des französischen Frühsymbolismus in all seinem eigensinnigen Glanz wiedererschaffen zu wollen! Und das mitten in einem Schlafzimmerinterieur in einer von IKEAs prächtigen Möbelhallen. Genial! Ins Schwarze getroffen! Glaubt mir, nur ein wahrer Dichter kann so etwas fertigbringen!«

»Schlechter Geschmack, mein bester Baron, schlechter Geschmack und sonst nichts. Eine Ästhetik, die so abgestanden ist wie die Luft in einem Victor-Hugo-Museum.«

»So, er findet also, ich hätte einen schlechten Geschmack, der ehemalige U-Boot-Matrose. Aha. Das ist ja *merkwürdig*. Ich...«

»Na na! Ich glaube, es wird jetzt Zeit, daß die Herren sich in ihre Zimmer zurückziehen. Meine Toleranz ist groß, aber sie hat, wie die Herren sehr wohl wissen, ihre Grenzen. Jetzt sind wir an zwei Abenden hintereinander bis nach neun Uhr aufgewesen, und es kann sein, daß ich nicht nur den Sandkuchen, sondern auch die Punscherlaubnis zum nächsten Sonntagskaffee nach der Fußballübertragung zurücknehmen muß, falls das zur Gewohnheit werden sollte!«

»Au weia!«

»Und Ihnen, Baron, möchte ich nur sagen, daß ich jetzt auf der Stelle ein Taxi für Sie rufe. Ich will einfach nicht, daß er in der Dunkelheit allein nach Hause radelt, wo solche schrecklichen Dinge hier in der Gegend passieren.«

»Das ist zu liebenswürdig, liebe Frau Bouveng, aber ich glaube nicht, daß für mich die geringste Gefahr besteht.«

»Und woher wissen Sie das, Baron?«

»Tja, woher weiß ich das? Ich vermute, einige Dinge weiß man ganz einfach. *Ich* bin zum Beispiel nicht *à prendre*. Mich köpft man nicht so leicht, nein, man steckt mich nicht mal in einen Sack. Guten Abend!«

Sie sah ihn den Gartenweg hinuntergehen, mit seinen Fahrradklammern und seiner im Dezemberdunkel unruhig schwankenden und blinkenden Taschenlampe, seine karierte Sportmütze auf dem schneeweißen Haar. Der Gedanke, den sie ihm nachschickte, war voller Wärme und Fürsorglichkeit.

Wenn er einmal fort ist, dachte sie, gibt es keinen richtigen Mann mehr in dieser Gegend.

## 17. Das Orakel verstummt, es fällt Schnee

Ich gehe ins Sjunkarmoor hinaus, sagte er sich. Das ist der einzige Ort, wo ich noch nicht gesucht habe. Wenn es eine Stelle gibt, wo die Bagger versteckt sind, vielleicht auf einer der Inseln im Moor, ist es ja nicht ausgeschlossen, daß auch Bernard dort draußen irgendwelche Spuren hinterlassen hat.

Das war ein mutiger Entschluß. Und er konnte natürlich erst in die Tat umgesetzt werden, wenn es kalt genug wäre, damit man da draußen zwischen den Tümpeln und Sümpfen vorankam; das Wasser der Kanäle mußte zuerst zufrieren.

Bekleidet mit Skihosen und einer Windjacke von der Art, wie man sie Anfang der fünfziger Jahre zum Skilaufen trug, mit einem kreiselnden, unsicheren Scoutkompaß an einer Schnur vom Hals baumelnd, den alten Jagdrucksack seines Vaters umgeschnallt, wanderte Hans an einem Wintertag ins Moor hinaus.

Und natürlich fand er in der frühen Winterdämmerung zu guter Letzt Bernard, vor dem Baumstumpf des blankgeschliffenen Orakelvogts stehend. Genau dort, wo er ihn zu finden erwartet hatte. Sehr hatte er sich nicht verändert, aber verändert war er. Seine Sachen waren sehr verlottert, er war rotäugig und etwas bleich. Er erschien jetzt viel ruhiger und zugleich abgekämpfter.

»Ich bin froh, daß ich dich schließlich gefunden habe. Ich hatte fast schon die Hoffnung aufgegeben.«

»Das soll man nie tun«, sagte Bernard.

Sein schiefes, freundliches Lächeln war noch das alte, doch er bewegte sich mit neu gewonnenem Gewicht. Es sah aus, als hätte er wochenlang in seinen Kleidern geschlafen.

»Wo hast du so lange gesteckt?«

»Hier und da«, sagte Bernard. »Die Wahrheit ist, weißt du, daß ich mich viel zu lange von kindischem Zeug habe ablenken lassen. Aber ich fühle mich jetzt schon ein bißchen erwachsener. Und nun ist Schluß damit. Mit dem kindischen Zeug, meine ich.«

Er lächelte sein schnelles und scheues, ein wenig entschuldigendes Lächeln. Nie war er einem Gnom so ähnlich gewesen wie jetzt.

»Und dann habe ich jetzt natürlich meine Geschichten aufgeschrieben. Es wurden dann doch recht viele Gedichte. Aber ich bin nicht sicher, ob alle von mir stammen. Es ist nicht ganz einfach, das auseinanderzuhalten. Ich habe so wenig gehabt, wonach ich mich *richten* konnte.«

»Ich für mein Teil habe ein Gedicht gemacht«, sagte Hans leise. »Nur ein einziges.«

»Aha«, sagte Bernard. So *ist* es dann wohl.«

»Du hast ja *ihn*. Ich mußte meins ganz allein erfinden. Du mußt doch zugeben, daß das einen Unterschied macht?«

Er wies mit einer Geste auf die ziemlich zusammengesunkene, mit Schnee bepuderte Gestalt auf dem Baumstumpf, die einst der Steuerinspektor Ernst Lutweiler gewesen war. Das erschien ziemlich unglaublich, wenn man ihn jetzt sah. An einem solchen Wintertag war mit ihm wirklich kein Staat zu machen. Hans fühlte sich enttäuscht und unglücklich; er hatte mehr von Bernard erwartet, etwas Schreckliches oder ungeheuer Faszinierendes, Bewundernswertes, bloß nicht dies.

»Ja«, sagte Bernard. »Aber er hat jetzt aufgehört, zu mir zu reden. Es wird keine Geschichten mehr geben.«

Bernard fiel in diesem Moment nichts Besseres zu sagen ein. Gedankenverloren schlug er die Fäustlinge vor sich zusammen, und er sah seinen eigenen Atem in der trockenen und frostigen Luft. Irgendwie waren seine Augenlider schwerer geworden, sein graublauer Blick schärfer. Der Jüngling war auf dem Weg, ein Mann zu werden. Es war einer von diesen ersten Tagen in den Weihnachtsferien, wenn endlich das Wasser in den Tümpeln zu schwarzblankem Eis gefroren ist, ein leichtes Schneegestöber wie eine Wolke aus bleigrauer Tusche über dem Horizont des Waldes schwebt, wenn die Luft sich zugleich scharf und spröde anfühlt und wenn die Grashalme, kristallisch jetzt im ersten strengen Frost, bei jedem Schritt unter den Stiefeln knistern wie ebenso viele feine Nadeln aus Glas.

So stehen die beiden Freunde da im ersten Frost, mit sichtbarem Atem, und wissen nicht mehr so genau, was sie sagen sollen. Alle Kraniche des Sjunkarmoors sind längst geflüchtet ... Hauchdünn liegt der Neuschnee auf den schon vom Frost gestreiften Multbeeren. Schwacher Duft von Porst. Es wird wohl eine Weile dauern, bis der Frühling wiederkehrt.

Der blankgeschliffene Orakelvogt, er sitzt hier draußen im Moor auf seinem Baumstumpf. Das Bienenvolk in seinem nunmehr recht sturmerprobten und vergilbten Schädel, auf dem sich schon die ersten schüchternen Flechten in den Zickzacklinien der Fontanellen angesiedelt haben, hält seinen Winterschlaf. Jetzt schickt es nur noch vereinzelte Späher aus der Tiefe des Nasenlochs, wenn man an die Stirn klopft. Der Specht soll auf diese Art angeblich ein ganzes Volk von Bienen im Winterschlaf herauslocken können, eine nach der anderen. Denn jede neue Biene fragt sich natürlich, wo die andere abgeblieben ist.

Das wohlbekannte alte Murmeln, das einst so gelehrte und wortreiche Bienengesumm in diesem Kopf in Gang zu bringen, ist nicht mehr so einfach wie früher. Vor allem, da die ganze blankgeschliffene Herrlichkeit ins Moos hinabgefallen ist. Um den Körper ist es etwas besser bestellt. Er ist zwar ein wenig vorgebeugt in seinem Nadelstreifenanzug, steht aber noch auf den zwei Krücken, mit denen Bernard ihn im Oktober gestützt hat. Wie ein Invalide, aber stehen tut er. Der Schädel aber ist herabgefallen, mit seinem ganzen Bienenvolk, und schimmert jetzt weiß zwischen zwei kräftigen Multbeersträuchern. Ein paar Multbeeren leuchten noch bernsteingelb. Der Sturz hat die wilden Bienen auch nicht daran gehindert, ihren Winterschlaf da drinnen unter der Schädeldecke fortzusetzen. Es kümmert sie nicht, wohin sie gefallen sind, solange sie es da drinnen schön warm haben.

Die alte Hirnschale gehört ihnen, und sie fühlen sich darin genauso heimisch wie meine Gedanken in meinem Kopf, denkt Hans. Obwohl es nur Bienen in einem Schädel sind. Aber schließlich weiß man ja auch nicht, was meine Gedanken in meinem Kopf sind.

»Was ist heute eigentlich für ein Tag?« fragte Hans von Lagerhielm, indem er zugleich diesen Kopf – mit großer Behutsamkeit, da er die Bienen nicht wecken wollte – hochhob. Doch die Bienen schliefen und ließen sich nicht mehr stören.

»Freitag, glaube ich.«

Hans hielt den Schädel in seinen jungenhaften Händen mit den Warzen und musterte ihn lange. Dann versuchte er ihn feierlich dorthin zurückzutun, wo er hingehörte. Er versuchte es nicht nur einmal, sondern mehrmals. Es gelang nicht. Dieser Kopf war müde und wollte lieber ruhen. Es war ziemlich klar, daß dieser blankgeschliffene Orakelvogt in diesem Winter nicht mehr sprechen würde.

Und *wenn* er wirklich gesprochen hätte – ja, dann hätte auch diese Geschichte nicht die geringste Ahnung davon, wer sie eigentlich erzählt hat.

*(Austin, Texas 1983–1986)*

# Inhalt

Das erste Tor geht auf:
Niedrig ist das Dach des Oktobers

1. Der abgeschlagene Kopf 11

2. Die Worpsweder Schule 35

3. Das Mysterium der beiden Aktenkoffer 56

4. Der Gaukler in der Rue des Petits-Champs 75

5. Bernard begegnet einer Dame 96

6. In der Passage des Panoramas 105

7. Nacht ohne Sterne 115

8. Die Spieler und die Uhr,
das Pendel und der Abgrund 121

9. Du mußt nicht sterben,
wenn du spielen kannst 131

10. Zwei gegen Terlingua 138

11. Die Adler über der Mesa Aquilas 147

12. Das Haupt der Medusa 156

Das zweite Tor geht auf:
Als Blütenblätter noch
im Frühling fielen


1. Verlorene Tage 169

2. Oktobermanöver 180

3. Brot und Milch hinausstellen 186

4. Generalprobe 192

5. Die Mühsal eines Dichterfürsten 199

6. Besuch einer literarischen Verehrerin 208

7. Ein Anblick von unbestreitbarer Schönheit 218

8. Mehr über das Vergessen;
Kunst und Leben 225

9. Was der Aktenkoffer nicht enthielt.
Und was der Aktenkoffer enthielt 233

10. Der süße Trank des Vergessens 239

11. Die Winterpension 247

12. Das Mädchen und der Tod 258

13. Herr und Knecht 263

14. Bernard Foy begegnet einem Fremden 271

15. Spiegel haben etwas zutiefst Dämonisches 275

16. Ein Luftschiff steigt zu guter Letzt
durch Wolken von unruhigen Vögeln 282

Das dritte Tor geht auf:
Das reife Alter


1. Der letzte Schwan rauscht aus dem Schilf empor 291

2. Sentimentale Landschaftsbeschreibung 299

3. Es war die Zeit, in der sich unsre Taschen füllten . . . 307

4. Die Medusa und der Spiegel 315

5. Das Pendel und der Abgrund 323

6. Hans von Lagerhielm macht sich auf die Suche nach Bernard Foy 332

7. Die Päpstin 337

8. Die Stimmen der Harlekinspieler in der Fliederlaube 343

9. Der Erhängte 352

10. Bilder am Anfang der Nacht 355

11. Einladung zur Reise 360

12. Wegweiser zur Unterwelt 365

13. In einer Landschaft dieser Art: eine Wanderung unter die Erde 369

14. Eine Welt von Interieurs 375

15. Rätselhafte Erzählungen aus der Mythologie einer Schlafstadt 381

16. Die Harlekinspieler ziehen in den Wintergarten um 387

17. Das Orakel verstummt, es fällt Schnee 392